Louisa M. Alcott / Eine glückliche Zeit

LOUISA M. ALCOTT

Eine glückliche Zeit

GESAMTAUSGABE IN EINEM BAND

SPECTRUM VERLAG

5. Auflage 1982
Genehmigte Sonderausgabe
© 1978 by Spectrum Verlag Stuttgart
Alle Rechte vorbehalten
Einbandgestaltung: Karl-Heinz Höllering
Illustrationen: Trude Richter
Aus dem Amerikanischen von Reinhard Federmann
Titel der Originalausgaben: »Little woman« und »Good wives«
Nachdruck mit freundlicher Genehmigung des TOSA Verlag, Wien

ISBN 3 - 7976 - 1317 - 2

ERSTES BUCH

Betty und ihre Freundinnen

Das Pilgerspiel

»Was ist denn Weihnachten ohne Geschenke?« murrte Jo, die auf dem Teppich kauerte.

»Ich finde es gräßlich, arm zu sein!« jammerte Margaret und blickte an ihrem alten Kleid hinunter.

»Ich halte es für ungerecht, daß manche Mädchen alles haben und andere gar nichts«, meinte die kleine Amy und zog ein mürrisches Gesicht.

»Wir haben unsere Eltern und uns«, mischte sich Betty ganz zufrieden aus ihrer Ecke ein.

Bei diesen Worten erhellten sich die vier jungen Gesichter, auf die der Schein des Feuers fiel, ein bißchen. Aber gleich waren wieder Schatten auf ihnen zu sehen, als Jo traurig antwortete:

»Aber Vater ist nicht da, und es wird noch lange dauern, ehe wir ihn wieder unter uns haben.« Obwohl sie nicht sagte: Vielleicht nie wieder, dachte doch jedes der Mädchen voll banger Sorge an den Vater draußen im Krieg.

Kurze Zeit sprach niemand. Dann meinte Margaret mit veränderter Stimme: »Wir sollen einander zu Weihnachten keine Geschenke machen, hat Mutter vorgeschlagen, weil es für alle ein harter Winter ist. Sie meint, wenn die Männer im Krieg sind, dürfen wir nicht noch Geld für unser Vergnügen ausgeben. Es sollte uns leichtfallen, dieses Opfer zu bringen, aber mir fällt es nicht leicht, fürchte ich!« Margaret sah im Geist all die schönen Dinge vor sich, die sie sich wünschte.

»Ich glaube nicht, daß mit dem Wenigen gedient ist, das wir spenden könnten. Der Armee ist nicht viel geholfen, wenn jede von uns den Dollar hergibt, den sie hat. Es macht mir nichts aus, von Mutter und euch nichts zu bekommen, aber ich möchte mir unbedingt das Buch ›Undine und Sintram‹ kaufen«, sagte Jo. Sie war eine große Leseratte.

Betty stieß einen Seufzer aus, den aber niemand hörte. »Ich möchte gern neue Noten haben«, meinte sie.

»Ich hole mir eine Schachtel Zeichenstifte«, warf Amy ein, »die brauche ich dringend.«

»Von unserem Geld sprach Mutter gar nicht. Es kann sich daher jeder etwas kaufen. Ich glaube, wir haben schwer genug gearbeitet, und Mutter wäre es bestimmt nicht recht, wenn wir gar keine Freude hätten«, erwiderte Jo.

»Sicher nicht! Ich muß mich den ganzen Tag mit diesen entsetzlichen Kindern ärgern. Ich bliebe viel lieber daheim«, klagte Margaret.

»Bei dir ist es nicht halb so arg wie bei mir«, rief Jo. »Stundenlang mit einer fahrigen kleinen alten Dame zusammen zu sein, die dich nicht zur Ruhe

kommen läßt, nie zufrieden ist und an dir herumnörgelt, bis du weinen oder zum Fenster hinausspringen möchtest.«

»Ich will mich nicht beklagen, aber ich finde, Geschirrwaschen und alles in Ordnung halten ist das Ärgste auf der Welt. Dabei muß man einfach die gute Laune verlieren. Meine Hände sind schon so gefühllos, daß ich gar nicht mehr gut Klavier spielen kann.« Betty betrachtete ihre rauhen Hände und seufzte.

»Ich glaube, ich muß von uns allen am meisten ausstehen«, jammerte Amy. »Ihr müßt nicht mit hochmütigen Mädchen zur Schule gehen, die euch aufziehen, wenn ihr eure Aufgabe nicht könnt, die sich über eure Kleider lustig machen, euren Vater herabsetzen, wenn er nicht reich ist, und euch ärgern, wenn eure Nase nicht schön genug ist.«

»Hätten wir nur all das Geld, das Vater früher hatte! Wie fröhlich und zufrieden würden wir sein!« sagte Margaret, die sich noch an schönere Zeiten erinnern konnte.

»Du hast aber doch erzählt, die Kings-Kinder streiten und jammern ununterbrochen, obwohl sie so viel Geld haben, und wir seien viel glücklicher.«

»Das ist auch richtig, Betty. Wir haben es doch schön zusammen, obwohl wir arbeiten müssen, und wir sind eine recht nette Bande, um mit Jo zu sprechen.«

Mit vorwurfsvollem Blick warf Amy ein: »Jo spricht immer so gewöhnlich.«

Jo streckte sich auf dem Teppich aus, steckte die Hände in ihre Schürzentaschen und begann zu pfeifen.

»Hör auf, Jo, das ist flegelhaft!«

»Darum mach' ich's doch!«

»Ich kann unhöfliche, undamenhafte Mädchen nicht leiden!«

»Ich mag keine affektierten, eingebildeten Gänse!«

»Die Vögelchen im Nest streiten nicht!« sang Betty und machte ein so komisches Gesicht dabei, daß die beiden zänkischen Stimmen in Lachen übergingen.

Margaret fing an, in ihrer Großen-Schwester-Art zu sprechen. »Ihr solltet beide vernünftiger sein. Du, Josephine, bist groß genug, um nicht so flegelhaft zu sein und dich anständig aufzuführen. Als du klein warst, machte es nichts aus, doch jetzt bist du schon fast erwachsen und steckst dein Haar auf, du solltest dich wie eine junge Dame benehmen!«

»Ich bin aber keine! Wenn ich durch meine Frisur so wirke, trage ich eben offenes Haar, bis ich zwanzig bin!« Jo löste ihr aufgestecktes Haar. »Es ist mir furchtbar, mit Fräulein March angesprochen zu werden und lange Kleider zu tragen. Es ist ohnehin schlimm genug, ein Mädchen zu sein, wo ich doch viel lieber wie ein Junge umherlaufen möchte. Ich komme über meine Enttäuschung, kein Junge zu sein, einfach nicht hinweg. Jetzt ist es besonders arg. Am liebsten möchte ich in die Armee aufgenommen werden und mit Papa gemeinsam kämpfen. Statt dessen sitze ich hier zu Hause und stricke wie eine alte Frau.« Sie schüttelte den blauen Uniformsocken, daß die Stricknadeln wie Kastagnetten rasselten und der Wollknäuel quer durch das Zimmer sprang.

»Arme Jo, es ist doch zu arg! Aber da kann man nichts mehr machen: Du mußt dich eben damit zufrieden geben, dir einen Jungennamen zuzulegen und großer Bruder für uns zu spielen«, tröstete sie Betty und strich dabei zärtlich mit der Hand über Jos zerzausten Kopf.

»Und du«, fuhr Margaret fort, »bist viel zu hochnäsig und affektiert. Jetzt wirkt dein Benehmen noch lustig, aber wenn du so weitermachst, wirst du bald zu einer eingebildeten Gans werden. Ich habe nichts gegen gute Manieren, aber deine geschraubten Reden sind genauso schlimm wie die Kraftausdrücke von Jo.«

»Wenn Jo ein Wildfang und Amy eine Gans ist, was bin dann ich, bitte?« fragte Betty.

»Du bist lieb und sonst nichts«, antwortete Margaret zärtlich. Niemand widersprach ihr, denn Betty war der Sonnenschein in der Familie.

So plätscherte das Gespräch dahin, während alle vier Schwestern fleißig strickten. Draußen deckte indessen der Dezemberschnee leise die Landschaft zu, während in der Stube die Holzscheite im Kamin prasselten. Es war ein gemütliches altes Zimmer, obgleich die Möbel einfach waren und der Teppich schon ziemlich abgetreten wirkte. Die Bilder an den Wänden, die Bücher in den Stellagen schufen zusammen mit den Chrysanthemen im Fenster eine heimelige Atmosphäre.

Margaret, die älteste der vier Schwestern, war sechzehn und sehr hübsch. Ihr ganzer Stolz waren die sehr weißen, weichen Hände, das dichte braune Haar und ihre großen Augen.

Jo war nur ein Jahr jünger als Margaret, aber so ziemlich das genaue Gegenteil von allen anderen. Sie war groß und dünn und erinnerte an ein Füllen, das nie richtig weiß, was es mit seinen Gliedmaßen anfangen soll. Ihren scharfen grauen Augen schien nichts zu entgehen, in ihnen spielten sich alle ihre Gefühle. Einmal blitzten sie lebhaft, und ein andermal schienen sie wieder nachdenklich, träumerisch. Ihr langes, dichtes Haar, das einzig Mädchenhafte an ihr, hatte sie meist mit einem Band nachlässig gebunden, damit es ihr nicht im Weg war. Jo hatte eckige Schultern, große Hände und Füße und trug ihre Kleider so wie alle Mädchen, die zu schnell wachsen und damit nicht einverstanden sind.

Elisabeth, von allen Betty oder Beth genannt, war ein scheues, sanftes Ding von dreizehn Jahren mit leiser Stimme und ausgeglichenem Wesen. Sie lebte ganz in ihrer eigenen Welt, war zu allen Menschen gleich freundlich, und jeder hatte sie gern. Ihr Vater nannte sie seine kleine Ruhe.

Die Jüngste war Amy, in ihren eigenen Augen die Wichtigste der vier Schwestern. Goldene Locken fielen ihr auf die Schultern, und im übrigen gab sie sich wie eine junge Dame.

Die Uhr schlug sechs. Da rückte Betty Mutters Hausschuhe an den Kamin, um sie zu wärmen. Jetzt würde Mutter gleich nach Hause kommen. Der Anblick der alten Pantoffel brachte die Mädchen auf andere Gedanken. Margaret hörte auf zu lesen und zündete die Lampe an, Amy erhob sich, ohne sich vorher bitten zu lassen, aus dem Sessel, und Jo vergaß, wie müde sie war, und stellte die Hausschuhe noch näher an das Feuer.

»Sie sind schon sehr abgetragen. Mammi braucht dringend neue«, stellte sie fest.

»Ich denke, ich werde ihr mit meinem Dollar ein Paar kaufen«, antwortete Betty.

»Nein, das werde ich tun!« schrie Amy.

»Ich bin die Älteste«, fing Margaret an, aber da unterbrach sie Jo unwirsch.

»Ich bin der Hausherr, solange Papa fort ist, und ich kaufe auch die Pantoffeln, denn Papa hat mir aufgetragen, mich besonders um Mammi zu kümmern, während er nicht da ist.«

»Ich sage euch, was wir tun«, meinte Betty. »Wir kaufen ihr jede etwas zu Weihnachten und verzichten darauf, für uns etwas zu kaufen.«

»Das sieht dir ähnlich, Liebes! Was wollen wir kaufen?« fragte Jo.

Jede von ihnen dachte eine Weile nach, dann erklärte Margaret, so als ob sie ihre eigenen Hände auf die Idee gebracht hätten: »Ich werde ihr ein Paar hübsche Handschuhe schenken.«

»Ich schenke ihr die Hausschuhe«, rief Jo.

»Und ich sticke ihr ein paar Taschentücher«, sagte Betty.

»Von mir bekommt sie eine kleine Flasche Kölnischwasser, denn das hat sie gern, und es kostet nicht soviel. Da bleibt noch etwas Geld für mich«, fügte Amy hinzu.

Und Jo schlug vor: »Das alles legen wir auf den Tisch, und dann holen wir Mammi herein. Ich freue mich schon auf ihre erstaunten Augen! Es wird genauso sein wie bei unseren Geburtstagen!«

»Ich fürchte mich immer so, wenn ich an der Reihe bin, mit der Krone auf dem Kopf im großen Sessel zu sitzen, und ihr mit den Geschenken anmarschiert kommt und mich küßt. Die Geschenke mag ich wohl, und auch die Küsse sind mir nicht unangenehm, aber ich mag nun einmal nicht im Mittelpunkt stehen«, meinte Betty, die den Toast für den Tee bereitete.

»Wir lassen Mammi in dem Glauben, daß wir für uns selbst etwas kaufen. So wird sie dann besonders überrascht sein. Wir gehen gleich morgen einkaufen, Margaret, denn wir müssen auch noch für unser Weihnachts-Theaterstück proben«, sagte Jo und schritt, die Hände auf dem Rücken, die Nase in der Höhe, im Zimmer auf und ab.

»Ich bin schon zu alt für diese Kindereien, das ist jetzt das letzte Mal, daß ich mit euch Theater spiele«, erklärte Margaret entschieden und kam sich dabei ungeheuer erwachsen vor.

»Du wirst damit nicht aufhören, solange du den weißen Mantel und den Goldpapierschmuck tragen kannst. Du bist die beste Schauspielerin in der Truppe, und wenn du uns verläßt, ist alles aus«, sagte Jo. »Wir werden heute abend noch einmal proben. Komm, Amy, spiel die Ohnmachts-Szene, in der bist du noch steif wie ein Stock!«

»Ich kann nichts dafür, aber ich habe noch nie gesehen, wie jemand ohnmächtig wurde, und außerdem würde ich mich grün und blau schlagen, wenn ich mich so auf den Boden fallen ließe, wie du das willst«, gab Amy zurück. »Ich werde mich langsam in den Stuhl sinken lassen und versuchen, dabei graziös zu wirken.« Amy hatte weder schauspielerisches Talent noch Verständnis für die Rolle. Sie war dafür nur ausgewählt worden, weil sie leicht genug war, um vom Helden des Stückes schreiend hinausgetragen zu werden.

»Mach es so: Du ringst die Hände und stürmst über die Bühne, dabei schreist du: Rodrigo! Rette mich! Rette mich!« Jo zeigte den Schwestern mit einer melodramatischer Miene, die wirklich Eindruck machte, wie sie sich die Szene vorstellte.

Amy bemühte sich, es ihr nachzumachen. Sie hielt ihre Hände steif von sich und bewegte sich ruckartig wie ein Hampelmann. Ihr »O weh!« hörte sich an, als ob sie auf einen Igel getreten wäre; von Furcht und ernster Verzweiflung war darin nichts zu spüren. Jo stieß einen hoffnungslosen Seufzer aus, Meg lachte ausgelassen, und Betty ließ darüber ihren Toast anbrennen.

»Es ist sinnlos! Tu eben dein Bestes, wenn es soweit ist, und wenn dich das Publikum auspfeift, dann gib nicht mir die Schuld. Komm, Meg.«

Der Rest der Probe verlief ohne Zwischenfall. Don Pedro forderte die Welt in einem zwei Seiten langen Monolog heraus. Hagar, die Hexe, sang mit durchschlagendem Erfolg ein fürchterliches Zauberlied über ihrem Kessel voll kochender Kröten; Rodrigo befreite sich heldenhaft von seinen Fesseln, und Hugo starb, von Reue geplagt, mit einem gräßlichen »Hau! Ha!«

»Das ist unser bestes Stück«, meinte Margaret, als sich der tote Schurke, seine Ellbogen reibend, aufsetzte.

»Ich bewundere dich«, sagte Betty neidlos anerkennend zu Jo gewandt, »wie du gleichzeitig so herrliche Geschichten erfinden und spielen kannst. Jo, du bist ein richtiger Shakespeare!« Sie war fest davon überzeugt, daß ihre Schwestern allesamt Genies seien.

»Ist halb so schlimm«, erwiderte Jo bescheiden. »›Der Hexenfluch‹ ist mir tatsächlich gelungen. Ich würde aber trotzdem gern einmal ›Macbeth‹ aufführen. Wenn wir doch nur eine Falltüre hätten! Ich würde unbedingt die Szene mit dem Degen spielen.« Jo rollte verzückt die Augen, wie sie es bei den berühmten Schauspielern gesehen hatte, und deklamierte: »›Ist dies ein Degen, den ich da vor mir sehe?‹«

»Nein, es ist die Toastgabel mit Mamas Hausschuh dran anstatt mit Brot! Beth ist theaternärrisch!« schrie Meg, und die Probe endete mit einer Lachsalve.

»Ich freue mich, daß ihr so fröhlich seid, Mädels«, sagte plötzlich eine mütterliche Stimme in der Tür, und Stars sowie Publikum sprangen auf, um ihre Mutter zu begrüßen. Frau March war nicht besonders hübsch, aber mit ihrem lieben, gütigen Gesicht war sie trotz ihres alten, grauen Mantels und der unmodernen Frisur die schönste Mutter der Welt.

»Nun, wie ist es euch heute ergangen? Ich hatte so viel zu tun, daß ich mittags nicht nach Hause kommen konnte. Du schaust sehr müde aus, Jo. Und du, Meg, was macht deine Erkältung? Komm her, Kind, und gib mir einen Kuß.«

Während Frau March fortfuhr, sich besorgt zu erkundigen, legte sie ihre nassen Sachen ab, zog die vorgewärmten Pantoffeln an, setzte sich in den bequemen Stuhl und zog Amy zu sich auf den Schoß. So genoß sie die glücklichste Stunde ihres geschäftigen Tages. Die Mädchen flitzten umher und bemühten sich, alles so gemütlich wie möglich zu machen. Bei Jo war jeder Handgriff mit Lärm verbunden.

Als sie alle um den Tisch versammelt waren, sagte Frau March mit einem glücklichen Lächeln: »Heute habe ich etwas Köstliches zum Nachtisch für euch!«

Jo warf ausgelassen ihre Serviette in die Luft und schrie: »Einen Brief von Vater! Wunderbar!« Betty klatschte in die Hände, ohne auf das Biskuit zu achten, das sie hielt, und die anderen strahlten erwartungsvoll.

Frau March klopfte auf ihre Tasche, als ob sie darin einen großen Schatz verborgen hätte. »Ja, einen netten, langen Brief. Er meint, daß er recht gut durch die kalte Jahreszeit kommen wird. Vor allem aber schickt er uns herzliche Wünsche für das Weihnachtsfest und besonders liebe Grüße an euch Mädchen.«

»Beeil dich! Wozu mußt du deine Finger so geziert spreizen, Amy«, rief Jo. Sie verschüttete dabei allerdings ihren Tee, und ihr Butterbrot fiel — wie hätte es anders sein können — mit der Butterseite auf das Tischtuch.

Beth hatte zu essen aufgehört und sich in ihre Ecke zurückgezogen. Dort wartete sie geduldig, bis die anderen fertig waren.

»Ich finde es herrlich von Papa, daß er als Pastor freiwillig mit ins Feld zog, obwohl er doch zu schwach und zu alt ist, um an die Front berufen zu werden«, sagte Meg.

»Könnte ich doch als Trommler oder als Krankenpflegerin gehen, um bei ihm zu sein«, rief Jo ungestüm aus.

»Mir graut allein schon bei dem Gedanken, in einem Zelt schlafen zu müssen, schlechtes Essen zu bekommen und gezwungen zu sein, aus Blechnäpfen zu trinken«, seufzte Amy.

»Sag, Mammi, wann kommt Vater denn wieder nach Hause?« fragte nun Betty besorgt.

»Wenn Papa nicht krank wird, dann wird es wohl noch viele Monate dauern. Er bleibt bestimmt so lange auf seinem Posten, als er nur kann, und wir dürfen ihn nicht eher zurückrufen. So, und jetzt kommt und hört, was er schreibt.«

Nun versammelten sich alle vor dem Kamin. Mutter setzte sich in den Lehnstuhl, und Betty ließ sich zu ihren Füßen nieder. Margaret und Amy saßen rechts und links auf den Armlehnen des großen Sessels. Jo stellte sich dahinter, damit niemand ihre Ergriffenheit sehen konnte, falls ihr der Brief zu nahe ginge.

Jo kannte Vaters Briefe. In solchen Zeiten werden von allen Vätern fast immer nur rührende Briefe nach Hause geschrieben. Vater erzählte diesmal wenig von den Gefahren und Strapazen des Krieges. Es war ein fröhlicher, hoffnungsvoller Brief, voll von spannenden Geschichten. Ganz am Ende zeigte der Vater aber doch, wie sehr er seine Mädchen vermißte und sich nach ihnen sehnte.

»Küß jede für mich und sage ihnen, daß ich immer an sie denke und daß meine Gedanken an sie mein bester Trost sind. Wenn es auch noch ein ganzes Jahr dauern kann, bis ich sie wiedersehe, so weiß ich doch wohl, daß sie artige Kinder sind, die sich Mühe geben, ihren Pflichten nachzukommen. Achte darauf, daß sie ihre Zeit nicht vertrödeln. Wenn ich zurückkomme, werde ich sicher noch stolzer auf meine kleinen Mädchen sein können, als ich es bisher war.«

Bei dieser Stelle schluchzten sie alle vor Rührung. Nicht einmal Jo schämte sich ihrer Tränen. Amy zerwühlte in ihrer Ergriffenheit ihre sonst sorgsam gehütete Lockenpracht und weinte an der Schulter ihrer Mutter: »Ich bin eine selbstsüchtige Gans! Ich will alles tun, um mich zu bessern, damit er von mir nicht enttäuscht ist.«

»Wir alle wollen uns zusammennehmen und in seinem Sinn die uns aufgetragenen Pflichten erfüllen«, rief Margaret pathetisch aus.

Jo wußte zwar, daß sie eher mit ein paar Rebellen zu Rande kommen würde als mit ihrem eigenen wilden Temperament; trotzdem nahm sie sich fest vor, hier zu Hause das zu sein, was Vater von ihr wünschte: ein artiges Mädchen.

Betty sagte nichts dazu, sondern verdoppelte sofort ihren Eifer beim Stricken des blauen Uniformsockens, den sie gerade in der Arbeit hatte, und wischte nur schnell ein paar Tränen fort, die sie nicht unterdrücken konnte. Ihre guten Vorsätze behielt sie für sich.

»Könnt ihr euch erinnern«, fragte unvermittelt die Mutter und brach damit das Schweigen, »wie ihr als kleine Mädchen die ›Pilgerwanderung‹ gespielt habt? Ich erinnere mich mit Vergnügen daran, wie ihr mit euren großen Bündeln auf dem Rücken, mit Hut und Stock durch das ganze Haus gezogen seid. Der Keller war die verwüstete Stadt, und auf dem Dachboden fandet ihr nach langer Wanderung den geeigneten Ort, um das himmlische Paradies zu errichten.«

»Am aufregendsten war immer der Weg durch das Tal mit den Kobolden und der spannende Augenblick, an den Löwen vorbeizukommen«, erinnerte sich Jo.

»Ich liebte die Stelle, wo wir die Bündel abwerfen konnten und sie dann die Treppe hinunterpolterten«, sagte Margaret, stillvergnügt vor sich hin lächelnd.

»Ich kann mich nicht mehr an viel erinnern, außer daran, daß ich im Keller immer entsetzliche Angst hatte und mich schon auf den Kuchen und die Milch freute, die wir oben bekamen. Wenn ich nicht schon zu alt für solche Dinge wäre, würde ich es gern wieder spielen«, erklärte Amy altklug mit ihren ganzen zwölf Jahren.

»Dazu sind wir nie zu alt, meine Liebe«, meinte die Mutter, »denn dieses Spiel begleitet uns unser ganzes Leben hindurch. Jeder von uns hat seine Last und seinen Weg, aber die Sehnsucht nach Glück und nach dem Frieden haben wir alle gemeinsam. Nun, meine Pilger, wie wäre es, wenn ihr aus dem Spiel Ernst machen und eine neue Wanderung beginnen würdet? Da könnten wir sehen, wie weit ihr kommt, bis Vater zurück ist.«

»Du hast recht, Mutter! Wo sind unsere Bündel?« fragte Amy, die immer alles wörtlich nahm.

»Außer Betty habt ihr ja alle eure Lasten aufgezählt. Beth hat wahrscheinlich gar keine«, meinte Mutter.

»Doch, ich habe genug: Geschirrwaschen, Staubwischen, andere Mädchen um ein Klavier beneiden und Angst vor fremden Leuten haben.«

Bettys Sorgenbündel enthielt ein so tolles Durcheinander, daß die anderen nur mit Mühe ihr Lachen zurückhalten konnten. Sie beherrschten sich aber, um ihre Schwester nicht zu kränken.

»Versuchen wir's«, meinte Meg nachdenklich. »Es ist schließlich nur eine neue Art, sich zu bemühen, um gut zu sein. Diese Geschichte kann uns dabei helfen, unsere guten Vorsätze nicht zu vergessen.«

»Heute abend waren wir schon sehr niedergeschlagen, aber Mutter hat uns wieder aufgerichtet. Sollten wir nicht wie die Pilger in der Geschichte unsere

Vorsätze in Schriftrollen festhalten?« fragte Jo, die die langweilige Aufgabe der Pflichterfüllung mit dem Zauber der Romantik zu verbrämen suchte.

»Schaut am Weihnachtsmorgen unter eure Kissen, da werdet ihr eure Anweisungen finden«, versprach Frau March.

Während die alte Hanna den Tisch abräumte, besprachen sie den neuen Plan. Die vier Handarbeitskörbe wurden hervorgeholt, und die Mädchen machten sich schnell an die Arbeit. Sie bestickten Handtücher für Tante March. Das war zwar eine langweilige Sache, aber heute murrte keine.

Um neun Uhr hörten sie auf zu arbeiten und stimmten wie gewöhnlich ein Lied an, bevor sie zu Bett gingen. Niemandem außer Betty gelang es, aus dem alten Klavier Musik hervorzuholen. Sie entlockte den vergilbten Tasten eine hübsche Begleitung zu der einfachen Weise, die sie alle gemeinsam sangen. Margarets Stimme klang wie eine Flöte, und mit Mutter zusammen war sie die Leiterin des kleinen Chores. Amy zirpte wie eine Grille. Jos Stimme glich wohl eher einem Krächzen und klang meistens an den verkehrten Stellen am lautesten. Das bekümmerte jedoch niemanden. Seit die Mädchen groß genug waren, um »Flimmer, flimmer, kleiner Stern« zu singen, wurde dieses Lied jeden Abend angestimmt. Mutter war die geborene Sängerin. Der erste Ton, der am Morgen zu hören war, war ihre Stimme, wenn sie wie eine Lerche trällernd durch das Haus ging; und auch der letzte Laut am Abend entsprang derselben fröhlichen Stimme, die die Mädchen um nichts in der Welt hätten missen wollen.

Ein fröhliches Weihnachtsfest

Jo war die erste, die in der grauen Dämmerung des Weihnachtsmorgens erwachte. Einen Augenblick lang war sie sehr enttäuscht. Am Kamin hingen keine Strümpfe mit Süßigkeiten, so wie sie es eigentlich erwartet hatte. Da erinnerte sie sich an das Versprechen der Mutter. Sie langte mit der Hand unter ihr Kopfkissen und zog ein kleines, rot gebundenes Buch hervor. Sie kannte diese alte Weihnachtsgeschichte sehr gut und fand, daß sie ein sehr guter Wegweiser für jeden Wanderer war. Sie weckte Margaret, wünschte ihr fröhliche Weihnachten und drängte sie sogleich, nachzusehen, was unter ihrem Kissen versteckt sei. Meg fand ein grün eingebundenes Buch. Es enthielt dieselbe Geschichte, aber durch die Worte, die Mutter hineingeschrieben hatte, wurde es für jede eine besondere Kostbarkeit. Amy und Beth erwachten und entdeckten sogleich ihre Bücher. Das von Amy war hellgrau und jenes von Betty blau gebunden. Während draußen die kalte Wintersonne langsam aufging, saßen alle vier Mädchen im Kreis in einem Bett und blätterten in ihren Büchern.

Margaret hatte eine sanfte und nachgiebige Natur. Sie beeinflußte dadurch unbewußt ihre Schwestern, besonders Jo, die sie sehr gern hatte und die ihre Ratschläge beherzigte, da sie so unaufdringlich waren.

»Mädchen«, sagte Margaret, »Mutter möchte, daß wir diese Bücher lesen und daraus lernen. Seit Vater im Krieg ist und wir so sehr mit unseren Sorgen beschäftigt sind, haben wir viele Dinge vernachlässigt. Ihr könnt tun, was ihr wollt; doch ich behalte mein Buch hier auf meinem Nachttisch und werde jeden Morgen, wenn ich aufwache, ein wenig darin lesen, und ich weiß, es wird mir über den Tag helfen.«

Dann öffnete sie ihr Buch und begann zu lesen. Jo schlang ihren Arm um sie und vertiefte sich ebenfalls in ihr Buch.

»Komm, Amy, lesen wir auch. Ich werde dir die Dinge erklären, die du nicht verstehst«, flüsterte Beth, die von dem hübschen Band und vor allem von dem Beispiel ihrer Schwestern sehr beeindruckt war.

»Ich bin froh, daß meines blau ist«, erklärte Amy. Dann hörte man nichts mehr außer dem Rascheln der Seiten.

»Wo ist Mutter?« fragte Meg, als sie und Jo eine halbe Stunde später hinunterliefen, um sich bei ihr für die Geschenke zu bedanken.

»Das weiß Gott allein«, erwiderte die alte Hanna, die seit Megs Geburt im Haus der Familie March lebte und von allen eher wie eine mütterliche Freundin als eine Bedienstete behandelt wurde. »Ein kleiner Junge kam, erzählte etwas von einer kranken Mutter, und schon war sie nicht mehr zu halten und ging mit ihm, um nach dem Rechten zu sehen.«

»Sie wird bald zurück sein, denke ich. Wir bereiten inzwischen alles vor«, sagte Margaret. Sie musterte nochmals den Korb mit den Geschenken, den sie unter dem Sofa versteckt hatten. »Wo ist die Flasche mit dem Kölnischwasser von Amy?«

»Sie hat sie gerade vorhin herausgenommen, sie wollte noch eine Schleife anbringen«, antwortete Jo, die mit den neuen Handschuhen durch das Zimmer tanzte.

»Sehen meine Taschentücher nicht hübsch aus? Hanna hat sie für mich gewaschen und gebügelt, aber ich habe sie alle selbst bestickt«, erklärte Beth und sah stolz auf die etwas ungleichen Buchstaben, die sie so viel Mühe gekostet hatten.

»Um Gottes willen, das gute Kind hat das ganze Wort ›Mutter‹ hineingestickt, anstatt M. für March«, prustete Jo.

»Stimmt das nicht? Ich dachte, es wäre besser so, denn die Initialen von Mutter und Meg sind beide ›M.M.‹, aber ich möchte, daß nur Mammi diese Taschentücher benutzt«, antwortete Betty etwas verwirrt.

»Deine Idee ist sogar ganz ausgezeichnet, und sie wird Mammi bestimmt gefallen«, versicherte Meg und lächelte der kleinen Schwester aufmunternd zu, während sie Jo mit einem vorwurfsvollen Blick strafte.

»Da ist Mutter, schnell, versteckt den Korb«, schrie Jo, als die Eingangstür zufiel und eilige Schritte im Vorraum zu hören waren.

Es war aber Amy, die plötzlich unter der Tür stand und ganz verdutzt dreinsah, als sie den Grund der Aufregung erkannte.

»Wo warst du, und was versteckst du hinter deinem Rücken?« fragte Meg, überrascht, die sonst so bequeme Amy in Hut und Mantel zu sehen — ein Zeichen dafür, daß sie schon so früh am Morgen aus gewesen sein mußte.

»Lach nicht über mich, Jo. Ich wollte bloß nicht, daß irgend jemand vorher etwas merkt. Ich habe die kleine Flasche gegen eine große ausgetauscht, und habe mein ganzes Geld dafür hergegeben, weil ich beschlossen habe, nicht mehr selbstsüchtig zu sein.«

Während sie sprach, zeigte Amy die hübsche Flasche, die sie statt der billigen gekauft hatte. In ihren Bemühungen, das eigene Ich zu vergessen, sah sie so ernst und bescheiden aus, daß Meg sie auf der Stelle umarmte und Jo sie einen »braven Kerl« nannte, während Beth zum Fenster lief und die hübscheste Rose aussuchte, um die Flasche damit zu schmücken.

»Ich habe mich für mein Geschenk geschämt, nach all dem Gerede vom Gutsein diesen Morgen, und so habe ich es umtauschen lassen. Ich bin so froh darüber, denn meines ist nun das hübscheste Geschenk.«

Ein abermaliges Knarren der Haustür veranlaßte die Mädchen, den Korb unter das Sofa zu schieben und sich selbst an den Tisch zu setzen, denn sie wollten mit dem Frühstück beginnen.

»Fröhliche Weihnachten, Mammi! Vielen Dank für unsere Bücher. Wir haben schon darin gelesen und wollen es von nun an jeden Tag tun«, riefen sie im Chor.

»Fröhliche Weihnachten, Kinder! Ich möchte euch jedoch noch etwas sagen, bevor wir uns setzen. Nicht weit von hier liegt eine arme Frau mit ihrem neugeborenen Baby. Sechs Kinder kuscheln sich in einem Bett zusammen, um sich zu wärmen, da sie kein Feuer haben. Es gibt nichts zu essen, und der älteste Bub kam, um mir zu sagen, daß sie Hunger und Kälte leiden. Meine Mädchen, wollt ihr ihnen nicht euer Frühstück als Weihnachtsgeschenk geben?«

Sie waren alle ganz ungewöhnlich hungrig, denn sie hatten schon eine Stunde gewartet. Einen Augenblick lang sprach keine, dann sagte Jo entschlossen: »Ich bin froh, daß du gekommen bist, bevor wir begonnen haben!«

»Kann ich mitkommen und dir die Sachen zu den armen, kleinen Kindern tragen helfen?« fragte Betty eifrig.

»Ich nehme die Sahne und die Hörnchen«, fügte Amy hinzu. Sahne und Hörnchen hatte sie für ihr Leben gern.

Meg schichtete bereits die Buchweizenbrote auf einen großen Teller.

»Ich wußte, daß ihr es tun würdet«, sagte Frau March lächelnd und zufrieden. »Ihr dürft alle mitgehen und mir helfen, und wenn wir zurückkommen, gibt es wie jeden Tag Brot und Milch zum Frühstück.«

Sie waren bald fertig und machten sich auf den Weg. Es war noch früh am Morgen, und sie gingen durch die Hintergassen; so wurden sie nur von wenigen Leuten gesehen, und niemand lachte über den seltsamen Zug.

Es war ein armseliger, elender Raum mit zerbrochenen Fenstern, ohne wärmendes Feuer, mit zerrissenen Bettüchern, einer kranken Mutter, einem jammernden Baby und sechs blassen, hungrigen Kindern, die alle unter einer alten Bettdecke kauerten, um sich warm zu halten.

»Ach, mein Gott! Es sind gute Engel, die zu uns kommen!« rief die arme Frau und weinte vor Freude.

»Sonderbare Engel mit Kapuze und Fäustlingen«, meinte Jo und brachte damit alle zum Lachen.

In wenigen Minuten sah es wirklich so aus, als ob gute Geister am Werk gewesen seien. Hannah, die Holz mitgebracht hatte, machte Feuer und verstopfte die zerbrochenen Scheiben mit alten Hüten und ihrem eigenen Schal. Frau March gab der Mutter Tee und Haferschleim, und während sie das Baby so sorgfältig wickelte, als wäre es ihr eigenes, versprach sie der Frau, ihnen weiterhin zu helfen. Die Mädchen deckten inzwischen den Tisch, setzten die Kinder rund um das Feuer, fütterten sie wie hungrige Vögel und versuchten unter Lachen, das gebrochene Englisch der Kinder zu verstehen.

Die Kinder aßen mit großem Appetit und wärmten sich ihre rotgefrorenen Hände am Feuer. Es war ein fröhliches Frühstück, obwohl die vier hungrigen Mädchen nichts davon bekamen. Als sie fortgingen und richtige Weihnachtsstimmmung zurückließen, gab es kaum vier frohere Leute in der ganzen Stadt als die kleinen, hungrigen Mädchen, die ihr Frühstück verschenkt hatten und sich selbst am Weihnachtsmorgen mit Milch und Brot begnügten.

»Das heißt, seinen Nächsten mehr lieben als sich selbst«, sagte Meg, als sie die Geschenke auspackte, während ihre Mutter in der Dachkammer war und alte Kleider für die arme Familie Hummel aussuchte.

Sie stellten eine große Vase mit roten Rosen und weißen Chrysanthemen in die Mitte des Tisches, und rundherum legten sie ihre kleinen Päckchen; das gab dem alten Tisch ein wirklich festliches Aussehen.

»Sie kommt! Mach die Tür auf, Amy. Dreimal Hoch für Mammi!« rief Jo und hüpfte aufgeregt umher. Margaret geleitete die Mutter zu ihrem Ehrenplatz.

Betty spielte ihren flottesten Marsch auf dem Klavier, Amy machte die Tür auf, und Meg führte die Mutter mit großer Würde zum Tisch. Frau March war überrascht und gerührt; sie lächelte unter Tränen, als sie ihre Geschenke betrachtete. Die Hausschuhe zog sie sofort an, ein Taschentuch mit ein paar Tropfen Kölnischwasser steckte sie in ihre Tasche, auch die neuen Handschuhe probierte sie und stellte fest, daß sie wie angegossen paßten.

Der Rest des Tages war den Vorbereitungen für das Fest am Abend gewidmet. Die Mädchen waren noch zu jung, um oft ins Theater zu können, und sie waren auch nicht reich genug, um sich große Ausgaben für ihre privaten Vorstellungen leisten zu können. Die Mädchen verfertigten ihre Bühnenbilder selbst. Die Gitarren wurden aus Pappendeckel gemacht, die prunkvollen Kostüme aus alten Bettüchern zusammengebastelt und mit Bordüren verziert. Für den Schmuck nahmen sie Silberpapier, und aus den Deckeln von Konservendosen konnte man hübsche Ritterrüstungen anfertigen. Die Möbel wurden zu den verrücktesten Dingen verwendet.

Da keine Herren mitspielen durften, mußte Jo alle männlichen Rollen übernehmen, und darüber war sie sehr erfreut. Ihr großer Stolz war ein Paar rotbrauner Lederstiefel, die sie von einem Freund bekommen hatte. der eine Dame kannte, die ihrerseits wieder mit einem Schauspieler bekannt war. Diese Stiefel, ein alter Degen und ein verschlissenes Wams waren Jos große Schätze und wurden auch bei allen Gelegenheiten verwendet. Da die Truppe so klein war, mußten die zwei Hauptdarsteller mehrere Rollen übernehmen; es gebührte ihnen große Anerkennung für die harte Arbeit, verschiedene Rollen zu lernen, Kostüme zu wechseln und sich nebenbei noch um das Bühnenbild zu kümmern.

Am Weihnachtsabend drängte sich ein Dutzend Mädchen in freudiger Erwartung vor dem blauen und gelben Vorhang. Dahinter wurde getuschelt und geflüstert, und gelegentlich hörte man das Gekicher von Amy, die ziemlich nervös war. Dann klingelte ein Glöckchen, und die Vorstellung begann.

Man sah einen düsteren Wald. Er wurde durch einen grünen Teppich und einigen Grünpflanzen dargestellt. Im Hintergrund wurde eine Höhle sichtbar, in der ein Feuer brannte — hier leistete die Petroleumlampe gute Dienste. Über dem Feuer hing ein Kessel, und eine alte Hexe beugte sich darüber. Sobald sie den Deckel von dem Kessel hob, entstieg daraus richtiger Dampf. Die Bühne war dunkel, und die Glut des Feuers wirkte gespenstisch. Dann kam Hugo, der Bösewicht, auf die Bühne, mit klirrendem Schwert, Schlapphut, schwarzem Bart und rotbraunen Stiefeln. Er marschierte erregt hin und her und sang von seinem Haß auf Rodrigo und seiner Liebe zu Zara und von seinem Plan, den einen zu töten und die andere zu gewinnen. Hugos Stimme und Gesten waren sehr eindrucksvoll, und die Zuschauer applaudierten, sobald er eine Atempause machte. Er verneigte sich wie jemand, der gewohnt ist, Beifall zu bekommen. Dann stellte er sich vor die Höhle und rief der Hexe zu: »He, komm her da! Ich brauche dich!«

Megs Gesicht tauchte hinter einem Vorhang aus grauem Pferdehaar auf. Meg trug ein rot-schwarzes Kleid mit magischen Zeichen. Hugo forderte von ihr einen Trank, der Zara dazu veranlassen sollte, ihn zu lieben, und der imstande war, Rodrigo zu töten. Hagar versprach, beides zu beschaffen, und machte sich daran, den Geist für den Liebestrank herbeizurufen:

> Hierher, hierher, aus der Luft,
> aus dem Wasser, aus der Gruft,
> hört die Stimme, die euch ruft,
> Geister, seid mir untertänig,
> braut mir Liebestrank, nicht wenig,
> der die Liebenden vereint.
> Doch vor allem nun: erscheint!

Eine zarte Weise erklang, und aus dem Hintergrund tauchte eine kleine Gestalt in wolkigem Weiß auf, mit glitzernden Flügeln und einem Blumenkranz im goldenen Haar. Einen Stab schwingend, sang sie:

> Amor, der Verliebten König,
> kommt und ist dir untertänig.
> Von der Wohnung auf dem Sterne
> bringe ich den Trank dir gerne,
> doch benütze ihn recht gut,
> da er kräftig wirken tut.

Dann stellte sie ein kleines vergoldetes Fläschchen zu den Füßen der Hexe und verschwand. Ein anderes Lied von Hagar beschwor eine weitere Erscheinung; diesmal aber keine liebliche, denn ein häßlicher Teufel schleuderte Hugo eine schwarze Flasche vor die Füße und verschwand wieder mit höhnischem Gelächter. Hugo verwahrte die beiden Fläschchen in seinen Stiefeln und verschwand ebenfalls. Nun erzählte Hagar dem Publikum, daß sie Hugo verflucht habe, denn er habe einige ihrer Freunde getötet. Sie wolle nun alles daransetzen, um seine Pläne zu durchkreuzen und sich so an ihm zu rächen. Dann fiel der Vorhang, und das Publikum diskutierte eifrig, Süßigkeiten lutschend, über das Drama.

Hinter dem Vorhang hörte man Hämmern und Klopfen, und es dauerte noch eine Weile, bis er wieder in die Höhe gezogen wurde. Und schon war niemand mehr über die Verspätung verärgert, denn das Bühnenbild war ein wahres Meisterstück. Ein Turm reichte bis an die Decke; in der Mitte des Turmes war ein Fenster zu sehen, eine Lampe brannte darin, und hinter dem weißen Vorhang erschien in einem blau-silbernen Kleid Zara und wartete auf Rodrigo. Dieser erschien gleich darauf in einem prunkvollen Anzug, mit Federhut, rotem Mantel, Degen und Gitarre. Er kniete nieder und sang in schmelzenden Tönen eine Serenade zu der Geliebten hinauf. Zara antwortete, und nach einem rührenden Duett entschloß sie sich, mit Rodrigo zu fliehen.

Dann kam der Knalleffekt des Stückes. Rodrigo warf Zara das Ende einer Strickleiter zu und ermunterte sie, daran herunterzuklettern. Schüchtern stieg Zara aus dem Fenster, legte ihre Hand auf Rodrigos Schulter und war eben dabei, graziös herumzuhüpfen, wobei sie ihre Schleppe vergaß, die sich im Fenster verfing. Der Turm wankte, neigte sich nach vorn und stürzte krachend zusammen und begrub die unglücklichen Liebenden unter sich.

Ein Schrei ertönte aus dem Zuschauerraum. Die rotbraunen Stiefel strampelten wild in der Luft, und ein blonder Kopf tauchte auf und rief zornig: »Ich hab' es dir ja gesagt! Ich hab' es dir ja gesagt!« Mit verblüffender Geistesgegenwart rauschte Don Pedro, der grausame Herr, auf die Bühne, zog seine Tochter hastig beiseite und zischelte ihr zu:

»Lach nicht! Mach, als ob nichts geschehen wäre und das zum Stück gehörte!« Rodrigo befahl er aufzustehen und verbannte ihn wutentbrannt aus seinem Königreich. Dieser weigerte sich jedoch, dem Befehl Folge zu leisten, und Zara, durch das kühne Beispiel ermutigt, widerstand ebenfalls ihrem Vater. So ließ Don Pedro das unglückliche Paar in das tiefste Burgverlies sperren. Ein schüchterner Page kam mit Ketten und führte die beiden ab, und es war offensichtlich, daß er vor Aufregung seine Rolle vergessen hatte.

Der dritte Akt spielte in der Schloßhalle. Hier erschien Hagar, um die Liebenden zu befreien und um Hugo ein Ende zu bereiten. Sie hörte ihn kommen und versteckte sich; Hugo schüttete den guten Zaubertrank in zwei Weingläser und den giftigen in zwei andere und befahl dem scheuen kleinen Pagen, letztere den Gefangenen zu bringen. Der Knappe zog Hugo beiseite und wisperte ihm etwas ins Ohr. Diesen Augenblick benützte Hagar, um die Gläser zu vertauschen. Ferdinando verschwand mit den beiden unvergifteten Gläsern. Hugo, der glaubte, gewonnenes Spiel zu haben, trank, durstig vom vielen Singen, ein Glas mit dem Gift. Von schrecklichem Bauchweh geplagt, starb Hugo, doch nicht, ehe ihm Hagar in einem Lied erzählt hatte, daß dies ihre Rache sei.

Das war eine aufregende Szene! Sie wurde auch nicht dadurch getrübt, daß Hugo während seines schrecklichen Todeskampfes seine Perücke verlor. Zweimal mußten die Schauspieler herauskommen und sich verneigen.

Im vierten Akt wollte sich der verzweifelte Rodrigo erdolchen, da ihm erzählt worden war, daß Zara ihn verlassen habe. Als er eben im Begriff war, sich den Degen ins Herz zu stoßen, erklang unter seinem Fenster eine liebliche Weise, die ihn gewahr werden ließ, daß Zara weiter zu ihm hielt, sich jedoch in großer Gefahr befand und es in seiner Hand lag, sie zu retten. Ein Schlüssel, von geheimnisvoller Hand geworfen, fiel durch das Fenster, Rodrigo sprengte seine Ketten und stürzte davon, um der Dame seines Herzens zu Hilfe zu eilen.

Der fünfte Akt begann mit einer heftigen Szene zwischen Don Pedro und Zara. Er verlangte von ihr, in ein Kloster zu gehen, sie weigerte sich jedoch standhaft; als sie eben ohnmächtig zu werden drohte, stürmte Rodrigo herein und hielt um ihre Hand an. Don Pedro verweigerte sie ihm, da Rodrigo arm war. Sie stritten und gestikulierten und konnten sich nicht einigen. Rodrigo wollte sich eben mit der erschöpften Zara im Arm davonmachen, als der schüchterne Knappe einen Brief und eine schwere Tasche von Hagar überbrachte. Der Brief besagte, daß Hagar dem jungen Paar ungeheuren Reichtum schenke und Don Pedro zu verdammen drohe, wenn er die beiden nicht glücklich vereine. Die Tasche wurde geöffnet, und eine Flut von Silberstücken ergoß sich auf die Erde. Dies erweichte endgültig den hartherzigen Don Pedro, und er erteilte dem knienden Paar seinen väterlichen Segen, während der Vorhang fiel.

Die Zuschauer waren begeistert und applaudierten noch immer, als Hanna heraufkam und verkündete: »Frau March läßt die jungen Damen bitten, zum Abendessen zu kommen.«

Was sie nun sahen, raubte ihnen den Atem. Auf dem Tisch standen zwei riesige Schüsseln voll rosa und weißem Eis, und eine große Platte mit Kuchen und Bonbons lud zum Zugreifen ein. Vier wundervolle Blumensträuße ergänzten den Festtagstisch.

»Waren Feen hier?« fragte Amy.

»Nein, es war der Weihnachtsmann«, erwiderte Beth.

»Mutter war's«, meinte Meg.

»Tante March hat es uns gebracht«, rief Jo in einer plötzlichen Eingebung.

»Falsch. Der alte Herr Laurenz hat es geschickt«, antwortete Frau March.

»Der Großvater von Laurenz! Was in aller Welt brachte ihn auf die Idee? Wir kennen ihn doch gar nicht?« meinte Margaret.

»Hanna erzählte seinem Diener von eurer Frühstücksparty. Herr Laurenz ist ein Sonderling, aber das hat ihm gefallen. Er kannte meinen Vater, und heute nachmittag schickte er mir einen freundlichen Brief, in dem er mich bat, meinen Kindern zur Ehre des Tages mit ein paar Kleinigkeiten eine Freude bereiten zu dürfen. Ich konnte nicht ablehnen, und so habt ihr als Entschädigung für euer Frühstück mit Milch und Brot dieses Festmahl.«

»Das war die Idee des Jungen! Er ist ein netter Kerl, und ich möchte ihn gerne kennenlernen. Es sieht aus, als ob auch er mit uns bekannt werden möchte. Aber er ist so schüchtern, und Meg ist so zurückhaltend. Sie läßt mich nicht mit ihm sprechen, wenn wir ihn treffen«, sagte Jo, während sie alle mit großer Begeisterung das Eis verspeisten.

»Du meinst die Leute, die neben uns in dem großen Haus wohnen?« fragte eines der fremden Mädchen. »Meine Mutter kennt den alten Herrn Laurenz; sie sagte aber, daß er sehr stolz ist und nicht gerne mit den Nachbarn spricht. Er erzieht seinen Enkel sehr streng. Er darf nur mit seinem Hauslehrer spazierengehen und ausreiten, im übrigen muß er sehr viel lernen. Wir haben ihn einmal zu einer Party eingeladen, doch er ist nicht gekommen. Mutter meint, daß er sehr nett ist, obwohl er nie mit uns Mädchen spricht.«

»Unsere Katze lief einmal davon, und er brachte sie zurück. Da unterhielten wir uns über den Zaun hinweg. Als er jedoch Meg kommen sah, ging er fort. Aber ich werde ihn trotzdem eines Tages näher kennenlernen, ich glaube, er braucht Unterhaltung«, erklärte Jo entschieden.

»Er sieht aus wie ein kleiner Gentleman, und ich habe nichts dagegen, wenn ihr mit ihm bei irgendeiner Gelegenheit bekannt werdet. Er brachte selbst die Blumen, und ich hätte ihn gern gebeten, zu bleiben. Er hörte oben euer vergnügtes Lachen, und es schien mir, als ob er zu Hause nicht viel Spaß habe, denn er blickte noch ein paarmal zurück«, sagte Frau March.

»Es war gut, Mutter, daß du ihn nicht eingeladen hast«, meinte Jo. »Wir werden einmal etwas anderes spielen, und dann können wir ihn bitten, zu kommen.«

»Ich wollte, Vater könnte jetzt bei uns sein«, flüsterte Betty. »Er hat sicher kein so fröhliches Weihnachtsfest wie wir.«

Der junge Laurenz

»Jo, wo bist du?« rief Meg zum Dachstübchen hinauf.

»Hier!« antwortete eine heisere Stimme von oben. Meg lief hinauf und fand ihre Schwester Äpfel essend und weinend über einem Buch, auf einem alten, dreibeinigen Sofa unter dem Fenster. Dies war Jos Lieblingsplatz, und hierher zog sie sich zurück, um zu lesen. Sie genoß die Ruhe in Gesellschaft einer kleinen grauen Maus. Als Meg auftauchte, huschte das Tierchen schnell in sein Loch zurück. Jo wischte sich die Tränen ab und wartete auf die Neuigkeit, die ihr die Schwester brachte.

»Stell dir vor, wir haben eine richtige Einladung für morgen abend von Frau Gardiner bekommen!« rief Margaret und schwang fröhlich einen Bogen Papier.

»Frau Gardiner würde sich freuen, Fräulein Margaret und Fräulein Josephine March bei einer kleinen Silvesterparty begrüßen zu dürfen. Mammi erlaubt uns, hinzugehen. Jetzt ist nur die Frage, was wir anziehen sollen.«

»Was hat es für einen Sinn, darüber nachzudenken. Du weißt genau, daß wir unsere Popelinkleider anziehen werden, weil wir keine anderen haben!« antwortete Jo mit vollem Mund.

»Wenn ich nur ein Stück Seide hätte!« seufzte Meg. »Mutter sagt, wenn ich achtzehn bin, bekomme ich vielleicht ein Seidenkleid; aber zwei Jahre sind eine lange Zeit.«

»Ich bin sicher, daß wir in unseren Popelinkleidern sehr gut aussehen werden. Deines ist so gut wie neu, meines ist allerdings am Rücken ein wenig verbrannt. Aber ich kann nicht gut ein Stück herausschneiden. Was soll ich bloß machen?«

»Du mußt eben soviel wie möglich sitzen bleiben und deinen Rücken verstecken. Vorne ist das Kleid ganz in Ordnung. Ich werde eine neue Schleife in mein Haar binden, und Mammi borgt mir ihre kleine Anstecknadel mit der Perle. Meine neuen Schuhe sind sehr hübsch, und die Handschuhe sind auch noch ganz in Ordnung.«

»Auf meinen sind Limonadeflecke; neue kann ich aber keine bekommen, da muß ich eben ohne Handschuhe gehen«, sagte Jo, die sich nicht viel aus Kleidern machte.

»Du mußt Handschuhe anziehen, sonst geh' ich nicht mit dir«, rief Meg entschieden aus. »Die sind das Wichtigste; ohne Handschuhe kann man nicht tanzen.«

»Dann tanze ich eben nicht; ich tanze ohnehin nicht gern, mir ist es lieber, wenn ich die Leute ein wenig zum Narren halten kann.«

»Du kannst auch Mutter nicht um neue bitten; Handschuhe sind so teuer, und du bist so schlampig. Als Mutter entdeckte, daß du die anderen mit Flecken verdorben hast, erklärte sie, du würdest diesen Winter keine neuen bekommen. Kannst du die alten nicht doch nehmen?« fragte Meg.

»Ich kann sie in der Hand halten, da merkt niemand, wie fleckig sie sind; das ist alles, was ich tun kann. Oder nein, ich habe eine Idee! Jede von uns trägt einen guten und hält einen fleckigen in der Hand.«

»Deine Hände sind aber viel größer als meine, und du wirst mir meinen Handschuh furchtbar zerdehnen«, meinte Meg, die auf ihre Handschuhe sehr heikel war.

»Dann gehe ich eben ohne, es ist mir egal, was sich die Leute denken. Aber jetzt laß mich endlich weiterlesen!«

»Gut, meinetwegen, du kannst sie haben! Aber mach sie mir nicht schmutzig, und benimm dich ordentlich. Verschränke die Hände nicht auf dem Rücken und rede nicht soviel dummes Zeug!«

»Mach dir keine unnützen Sorgen um mich. Ich werde schon versuchen, mich anständig zu benehmen. Geh lieber und schreibe Frau Gardiner, daß wir kommen, ich möchte endlich meine Geschichte fertiglesen.«

Meg ging fort, um die Einladung mit Dank anzunehmen, inspizierte ihr Kleid und nähte sich eine Halskrause mit Spitzen darauf. Jo las inzwischen ihre Geschichte fertig, aß Äpfel und tobte mit der kleinen grauen Maus herum.

Am Silvesterabend glich das Haus einem Bienenstock. Die zwei jüngeren Schwestern spielten Kammerzofe, und die beiden älteren Mädchen waren damit beschäftigt, für die Party fertig zu werden.

So einfach die Kleider auch waren, es gab doch ein aufgeregtes Hin und Her, Lachen und Schwatzen, als plötzlich der Geruch von verbranntem Haar das ganze Haus durchzog. Margaret hatte sich ihre Haare auf Papierstreifen gedreht, um ein paar Löckchen zu haben, und Jo hatte sich erboten, mit einer Brennschere ein wenig nachzuhelfen.

»Muß das so rauchen?« fragte Betty mißtrauisch.

»Das ist die Feuchtigkeit, sie verdunstet«, antwortete Jo.
»Was für ein seltsamer Geruch! Es riecht nach verbrannten Federn«, bemerkte Amy und strich sich über ihre Naturlocken.
»Du wirst gleich sehen, was für hübsche Locken du an der Stirn hast, wenn ich die Schere herausziehe«, meinte Jo zuversichtlich.
Sie rollte die Papierwickler auf und zog sie heraus. Doch anstatt der angesagten Lockenpracht klebten Megs Haare auf den Papierstreifen. Jo fiel vor Schreck die Brennschere aus der Hand.
»Was hast du gemacht? Wie sehe ich jetzt aus! Ich kann mich so nicht sehen lassen! Ich habe keine Haare mehr!« jammerte Meg und schaute verzweifelt auf die kurzen, ungleichen Fransen, die ihr in die Stirn hingen.
»Es tut mir leid! Aber du hättest es mich eben nicht machen lassen dürfen. Du weißt, ich verderbe immer alles«, klagte Jo mit Tränen in den Augen.
»Es ist noch nichts verloren. Binde die Haare mit einem Band hoch und laß die Enden ein bißchen in die Stirn hängen, das sieht dann wie der letzte Schrei aus. So habe ich es schon bei vielen Mädchen gesehen«, meinte Amy tröstend.
»Ich wünschte, ich hätte meine Haare in Ruhe gelassen«, weinte Meg.
»Das finde ich auch. Sie waren so weich und hübsch. Aber es wird bald wieder nachwachsen«, beruhigte Beth das geschorene Schaf.
Nach einigen weiteren kleinen Zwischenfällen war Meg endlich fertig, und mit Hilfe der ganzen Familie wurde Jos Haar ebenfalls hochgesteckt. Die beiden sahen sehr hübsch aus in ihren einfachen Kleidern. Megs Kleid war silbergrau mit einem blauen Samtband und einem Spitzenkragen, und dazu trug sie die Ansteckperle ihrer Mutter. Jo war in Braun, mit einem steifen Leinenkragen in Herrenfasson und einer weißen Chrysantheme als einzigem Schmuck. Jede zog einen guten Handschuh an und hielt einen fleckigen in der Hand. Megs hochhackige Schuhe drückten entsetzlich, und auch Jo mußte leiden; sie hatte das Gefühl, als ob die neunzehn Haarnadeln direkt in ihrem Kopf steckten.
»Unterhaltet euch gut, eßt nicht zuviel und kommt gleich nach Hause, wenn ich euch um elf Uhr Hanna schicke«, sagte Frau March.
»Habt ihr auch eure Taschentücher?« rief eine Stimme, als die beiden schon die Gartentür hinter sich zumachten.
»Ja! Meg hat auf ihrem sogar ein paar Tropfen Kölnischwasser«, rief Jo zurück. Lachend sagte sie zu ihrer Schwester: »Ich glaube, Mammi würde selbst dann nach unseren Taschentüchern fragen, wenn wir vor einem Erdbeben davonliefen.«
»Daran erkennt man ihren vornehmen Geschmack, und es ist gut, daß sie ihn hat. Eine richtige Dame sieht immer, daß ihre Schuhe, ihre Handschuhe und ihr Taschentuch in Ordnung sind«, antwortete Meg, die selbst einen guten Teil »vornehmen Geschmack« besaß.
»Nun vergiß nicht, deinen Rücken aus dem Blickfeld zu halten, Jo. Sitzt meine Schärpe richtig? Und sieht mein Haar nicht zu arg aus?« fragte Meg, als sie sich vor dem großen Garderobespiegel in Frau Gardiners Vorhaus drehte.

»Ich werde an alles denken. Wenn du siehst, daß ich etwas falsch mache, dann gib mir einen Wink«, bemerkte Jo und strich sich schnell nochmals über ihre Haare.

»Nein, winken ist nicht damenhaft. Ich werde meine Augenbraue in die Höhe ziehen, wenn etwas nicht in Ordnung ist, und nicken, wenn du alles gut machst. Halte deine Schultern gerade, und mach kleine Schritte; und schüttle niemandem die Hand, wenn du vorgestellt wirst, das tut man nicht.«

»Wie kannst du dir das alles bloß merken? Mir wird das nie gelingen. Ist die Musik nicht hübsch?«

Etwas schüchtern betraten sie den großen Salon, denn sie gingen selten auf eine Party, und sogar dieses kleine zwanglose Fest war ein Ereignis für die beiden. Frau Gardiner begrüßte sie freundlich und übergab sie der ältesten ihrer sechs Töchter. Meg kannte Sally und fühlte sich sofort wohl. Doch Jo, die sich nicht viel aus Mädchentratsch machte, stand abseits und hielt sich sorgfältig mit dem Rücken gegen die Wand. Sie kam sich ziemlich verloren vor. Ein halbes Dutzend junger Herren in einer anderen Ecke des Raumes sprach über Eislaufen. Jo hätte sich gern zu ihnen gesellt, denn Eislaufen war ihre große Leidenschaft. Sie telegraphierte ihre Wünsche zu Meg, doch die Augenbrauen zogen sich so alarmierend hoch, daß sie nicht wagte, sich von der Stelle zu rühren. Niemand kam und sprach mit ihr, und langsam löste sich die Gruppe in ihrer Nähe auf. Jo konnte nicht umherlaufen und sich unterhalten, denn sonst hätte man den verbrannten Fleck auf dem Rücken ihres Kleides gesehen. So starrte sie verloren in die Menge, bis der Tanz begann. Meg wurde sofort aufgefordert, und niemand bemerkte an ihrem lächelnden Gesicht, wie sehr sie in ihren hochhackigen Schuhen litt. Jo sah einen großen rothaarigen Jungen auf sich zukommen, und um nicht zum Tanzen geholt zu werden, schlüpfte sie hinter einen Vorhang. Unglücklicherweise hatte eine andere schüchterne Person ebenfalls dieses Versteck gewählt; als sich der Vorhang hinter ihr schloß, sah sie sich dem Laurenz-Jungen gegenüber.

»Um Gottes willen, ich habe nicht gewußt, daß schon jemand hier ist!« stammelte Jo, bereit, so schnell, wie sie hereingekommen war, wieder hinauszuschlüpfen.

Doch der Junge lachte und sagte höflich, obwohl er etwas verlegen dabei aussah: »Es macht nichts, bleiben Sie doch, bitte!«

»Werde ich Sie nicht stören?«

»Keineswegs. Ich zog mich nur hierher zurück, da ich nicht viele Leute kenne und mich anfangs etwas fremd gefühlt hatte.«

»So ist es auch mir ergangen«, bemerkte Jo.

Der Junge setzte sich wieder nieder und starrte auf seine Schuhe, bis Jo, die sich Mühe gab, höflich und wohlerzogen zu sein, sagte:

»Ich glaube, ich hatte bereits das Vergnügen, Sie einmal zu sehen. Sie wohnen ganz in unserer Nähe, nicht wahr?«

»Gleich nebenan!« Er sah auf und fing plötzlich zu lachen an; denn Jos gespreiztes Benehmen wirkte reichlich komisch, wenn er sich daran erinnerte, wie sie gesprochen hatte, als er die Katze zurückbrachte.

Jo lachte ebenfalls, als sie nun in ihrer herzlichen Art sagte:
»Sie haben uns mit Ihrem Weihnachtsgeschenk viel Freude bereitet.«
»Großvater hat es geschickt.«
»Aber es war Ihre Idee, nicht wahr?«
»Wie geht es Ihrer Katze, Fräulein March?« fragte der Junge und versuchte ernst zu bleiben, während in seinen schwarzen Augen der Schalk blitzte.
»Danke, gut, Herr Laurenz. Aber ich bin nicht Fräulein March, ich bin nur Jo«, antwortete die junge Dame.
»Ich bin nicht Herr Laurenz, ich bin nur Laurie.«
»Laurie Laurenz, was für ein sonderbarer Name.«
»Mein Taufname ist Theodor, aber ich mag ihn nicht; denn die anderen Jungen haben mich immer Dora gerufen. Da habe ich ihnen beigebracht, statt dessen Laurie zu mir zu sagen.«
»Ich hasse meinen Namen auch, er ist so sentimental! Ich wollte, jeder würde Jo statt Josephine sagen. Wie hast du das gemacht, daß dich die andern nicht mehr Dora rufen?«
»Ich habe sie verhauen?«
»Ich kann aber Tante March nicht verhauen, also muß ich mich weiter Josephine rufen lassen«, stellte Jo mit einem Seufzer fest.
»Möchtest du nicht tanzen, Fräulein Jo?« fragte Laurie.
»Ich tanze ganz gern, wenn genug Platz ist. Aber hier habe ich Angst, den Leuten auf die Zehen zu treten oder sonst irgend etwas anzustellen. So bleibe ich lieber außer Gefecht und lasse Meg die Schöne spielen. Tanzt du nicht?«
»Manchmal. Ich bin einige Jahre im Ausland gewesen, weißt du, und deshalb bin ich nicht mehr ganz sicher, wie man hier tanzt.«
»Im Ausland?« schrie Jo, »bitte erzähl mir davon! Ich höre furchtbar gern zu, wenn die Leute über ihre Reisen sprechen.«
Es schien, als ob Laurie nicht wüßte, wo er beginnen sollte; aber Jos eifrige Fragen ließen ihn bald einen Anfang finden. Und so erzählte er ihr von der Schule, die er in Vevey besuchte, wo die Jungen niemals Hüte trugen und Boote auf dem See hatten, während sie in den Ferien Ausflüge mit ihren Lehrern in die Schweiz machten.
»Wie gern würde ich auch einmal dorthin fahren!« rief Jo begeistert. »Warst du auch in Paris?«
»Wir haben den letzten Winter dort verbracht.«
»Kannst du Französisch sprechen?«
»Wir durften nichts anderes sprechen in Vevey.«
»Sag irgend etwas auf Französisch. Ich kann ein wenig lesen, aber ich kann es nicht aussprechen.«
»Comment s'appelle cette jeune demoiselle en les pantoufles jolies?« sagte Laurie schelmisch.
»Wie nett du das sagst! Warte — du hast gefragt: ›Wer ist diese junge Dame mit den hübschen Schuhen‹, nicht wahr?«
»Oui, Mademoiselle.«

»Es ist meine Schwester Margaret, du kennst sie. Findest du, daß sie hübsch ist?«

»Ja, sie sieht so frisch und natürlich aus und tanzt wie eine Dame.«

Jo freute sich riesig über das Lob für ihre Schwester und nahm sich vor, es Meg zu wiederholen. So unterhielten sich die beiden und plauderten vergnügt, als seien sie schon sehr alte Bekannte. Lauries Schüchternheit war in Jos ungezwungener Gesellschaft bald verflogen; er fühlte sich wohl, und Jo fühlte sich glücklich, weil niemand die Augenbraue in die Höhe zog, und den Fleck in ihrem Kleid hatte sie auch vergessen. Sie fand den Laurenz-Jungen immer netter und besah ihn sehr genau, damit sie ihn später den Mädchen beschreiben konnte; denn sie hatte keine Brüder und nur sehr wenige Cousins, und Jungen waren daher ziemlich unbekannte Geschöpfe für sie.

Lockige schwarze Haare, braune Haut, große schwarze Augen, lange Nase, hübsche Zähne, kleine Hände und Füße, so groß wie ich; für einen Jungen sehr höflich und trotzdem natürlich. Ich möchte wissen, wie alt er ist, dachte Jo.

Es lag Jo auf der Zungenspitze, danach zu fragen; doch sie bezwang sich und versuchte mit ungewöhnlichem Takt, es unauffällig herauszufinden.

»Du gehst sicher bald ins College. Da lernst du wohl schon sehr viel?«

»Erst in zwei oder drei Jahren. Ich möchte auf keinen Fall aufs College, bevor ich siebzehn bin.«

»Du bist erst fünfzehn?« fragte Jo und sah den großen Jungen an, den sie mindestens auf siebzehn geschätzt hatte.

»Nächsten Monat werde ich sechzehn.«

»Ich möchte schrecklich gern aufs College gehen. Es sieht nicht so aus, als ob du besonders begeistert davon wärst.«

»Ich hasse es. Nichts als büffeln! Ich mag überhaupt das Leben hierzulande nicht besonders gern.«

»Was möchtest du denn tun?«

»In Italien leben und mich auf meine Weise unterhalten.«

Jo hätte furchtbar gern gewußt, was er unter »auf meine Weise« verstand; aber seine schwarzen Augenbrauen zogen sich drohend zusammen, daß sie vorzog, das Thema zu wechseln. »Was für eine hübsche Polka. Warum tanzt du nicht?« fragte sie ablenkend.

»Wenn ich dich um diesen Tanz bitten darf«, sagte er mit einer kleinen Verbeugung.

»Ich kann nicht; denn ich habe Meg versprochen —« Jo hielt inne und wußte nicht, ob sie weitererzählen oder lachen sollte.

»Was hast du Meg versprochen?«

»Wirst du es auch nicht weitererzählen?«

»Niemals!«

»Nun, ich habe eine schlechte Gewohnheit. Ich stelle mich immer vor den Kamin und verbrenne so meine Kleider; sogar dieses habe ich auf diese Weise verbrannt; obwohl es gut repariert ist, meinte Meg, es wäre besser, wenn ich mich nicht allzuviel bewegte, damit man es nicht sieht. Du darfst lachen, wenn du willst. Es ist ja auch wirklich komisch!«

Aber Laurie lachte nicht. Er sah nur einen Augenblick zur Erde, mit einem Ausdruck, der Jo verwirrte; dann sagte er sanft:

»Das macht nichts. Ich weiß, was wir tun: Wir werden draußen in der großen Halle tanzen, und niemand wird uns sehen. Bitte, komm.«

Jo war froh darüber und wünschte nur, daß sie zwei hübsche Handschuhe hätte, als sie die schönen perlgrauen sah, die ihr Partner anzog. Die Halle war leer, und Laurie tanzte sehr gut. Als die Musik aufhörte, setzten sie sich auf die Treppenstufen, und Laurie erzählte ihr von einem Studentenfest in Heidelberg. Plötzlich erschien Meg und machte Jo ein Zeichen, ihr in ein Nebenzimmer zu folgen. Hier fand Jo ihre Schwester auf einem Sofa liegend; sie sah sehr blaß aus.

»Ich habe mir den Knöchel verstaucht. Diese dummen hohen Absätze kippten um, und dabei habe ich mir den Fuß verdreht. Es tut so weh, daß ich kaum stehen kann. Ich weiß gar nicht, wie ich nach Hause kommen werde«, sagte sie und wippte vor Schmerz hin und her.

»Ich wußte, daß du dir mit diesen dummen Dingern weh tun würdest; aber ich weiß nicht, was du machen könntest, außer einen Wagen zu nehmen oder die ganze Nacht hier zu bleiben«, antwortete Jo und rieb dabei den kranken Knöchel.

»Ich kann keinen Wagen nehmen, das ist zu teuer. Außerdem glaube ich, daß ich gar keinen bekommen kann, weil die meisten Leute mit ihrem eigenen Wagen hergefahren sind, und der Weg zum Stall ist weit, so daß wir auch niemanden hinschicken können.«

»Ich werde gehen.«

»Das ist ausgeschlossen; es ist zehn Uhr vorbei und stockdunkel. Hier bleiben kann ich auch nicht, denn es übernachten schon einige Mädchen bei Sally. Ich werde warten, bis Hanna kommt, und dann mein Bestes versuchen.«

»Ich werde Laurie bitten, daß er dir einen Wagen besorgt«, schlug Jo vor und war sehr erleichtert über ihre Idee.

»Danke, nein! Bitte niemanden und erzähle es auch niemandem. Tanzen kann ich nicht mehr, aber sobald das Abendessen vorbei ist, warte auf Hanna und sage mir sofort, wenn sie da ist.«

»Sie gehen jetzt zum Abendessen. Ich bleibe bei dir.«

»Nein, Liebling. Geh und hole mir etwas Kaffee, ich bin so müde.«

Jo ließ Meg zurück und machte sich auf, um das Eßzimmer zu suchen. Nachdem sie zuerst in einen großen Wandschrank und dann in Frau Gardiners Privatzimmer geraten war, die eben dort eine Erfrischung zu sich nahm, gelangte sie glücklich in das Speisezimmer. Dort schüttete sie sich dann noch den Kaffee auf das Kleid und wischte den Fleck mit Megs Handschuh ab.

»Kann ich dir helfen?« fragte eine freundliche Stimme. Da stand Laurie mit einer vollen Tasse in der einen und einem Eisteller in der anderen Hand.

»Ich versuche eben, etwas für Meg zu holen, die sehr müde ist, und irgend jemand hat mich gestoßen, und nun habe ich die Bescherung«, antwortete Jo und schaute verzweifelt von dem fleckigen Kleid auf den kaffeebraunen Handschuh.

»Ich wollte das eben jemandem bringen. Darf ich es vielleicht deiner Schwester geben?«

»Oh, vielen Dank. Ich zeige dir, wo sie ist. Ich trage lieber nichts mehr, sonst passiert mir noch etwas.«

Jo führte ihn, und Laurie stellte ein kleines Tischchen vor Margaret hin, brachte nochmals Eis und Kaffee für Jo und war so aufmerksam, daß selbst die kritische Meg ihn einen netten Jungen nannte. Sie unterhielten sich vergnügt mit noch ein paar anderen jungen Leuten, und Meg vergaß darüber ganz ihren schmerzenden Fuß. Als Hanna hereinkam, stand sie unvermittelt auf und mußte sich mit einem Schmerzensschrei an Jo festhalten.

»Sag nichts«, flüsterte sie, und laut fügte sie hinzu: »Es ist nichts. Ich habe mir nur etwas den Fuß verdreht — das ist alles«, und sie humpelte hinauf, um ihre Sachen zu holen.

Hanna schimpfte, Meg weinte, und Jo war mit ihrer Weisheit am Ende. Dennoch beschloß sie, die Sache selbst in die Hand zu nehmen. Sie lief hinunter und bat einen Diener, ihr einen Wagen zu holen. Der kannte sich aber in der Nachbarschaft nicht aus, und während Jo sich nach einer anderen Hilfe umsah, kam Laurie daher. Er hatte gehört, was Jo mit dem Diener gesprochen hatte, und bot ihr den Wagen ihres Großvaters an, der eben gekommen war, um Laurie abzuholen.

»Es ist noch so früh — du wirst doch jetzt noch nicht gehen«, meinte Jo, die zwar erleichtert aufatmete, aber doch zögerte, das Angebot anzunehmen.

»Ich gehe immer früh — wirklich. Bitte laßt mich euch nach Hause bringen. Euer Haus liegt auf meinem Weg, und außerdem wird es gleich regnen.«

Endlich war Jo überzeugt, und sie nahm dankend an. Schnell holte sie die anderen. Hanna haßte den Regen wie Katzen das Wasser, und so machte sie keine Schwierigkeiten. Sie fuhren in dem eleganten Wagen und fühlten sich wunderbar. Laurie setzte sich neben dem Kutscher, und so konnte Meg ihren Fuß auf den Sitz legen.

»Ich habe mich großartig unterhalten. Du dich auch?« fragte Jo und löste ihr Haar, um es sich bequemer zu machen.

»Ja, bis ich mir den Fuß verstauchte. Sallies Freundin, Annie Moffat, lud mich ein, mit Sallie eine Woche bei ihr zu verbringen. Wir sollen im Frühjahr kommen. Hoffentlich läßt mich Mutter fahren.«

»Ich habe dich mit dem rothaarigen Herrn, vor dem ich davonrannte, tanzen sehen. War er nett?«

»Sehr sogar! Sein Haar ist goldbraun und nicht rot, und er war sehr höflich, und es war sehr nett mit ihm.«

»Er sah wie eine Heuschrecke aus, als er den neuen Schritt tanzte. Laurie und ich mußten furchtbar lachen. Hast du uns gehört?«

»Nein, aber es war jedenfalls sehr unhöflich. Wo hast du nur die ganze Zeit gesteckt?«

Jo erzählte ihr Abenteuer, und als sie geendet hatte, waren sie bereits zu Hause. Sie bedankten sich herzlich, und nachdem sie sich verabschiedet hatten, schlüpften sie leise ins Haus, um niemanden zu wecken. Doch die Tür knarrte, und schon flüsterten zwei schläfrige, aber aufgeregte Stimmen:

»Erzählt von der Party! Erzählt von der Party!«

Zu Megs Entrüstung hatte Jo einige Bonbons für die kleinen Mädchen mitgebracht, und indem sie eifrig lutschten, ließen sie sich die Abenteuer des Abends erzählen.

»Ich komme mir wirklich wie eine feine junge Dame vor, die von einer Party mit ihrem Wagen nach Hause kommt, in ihrem Ankleidezimmer sitzt und mit einer Zofe plaudert, die sie bedient«, meinte Meg, während Jo ihr den Fuß verband und ihr die Haare bürstete.

»Ich glaube kaum, daß sich feine junge Damen besser unterhalten können, als wir es getan haben, trotz unserer verbrannten Haare und alten Kleider, mit einem einzigen guten Handschuh und hohen Absätzen, mit denen wir uns den Knöchel verstauchen, weil wir dumm genug sind, sie zu tragen«, bemerkte Jo vergnügt.

Alltagssorgen

»Wie schwer ist es doch, sich wieder im Alltag zurechtzufinden«, seufzte Meg am Morgen nach der Party. Nun waren die Ferien vorbei, und die vergangene lustige Woche ließ ihr die Arbeit, die sie nicht mochte, noch schwerer erscheinen.

»Ich wollte, es wäre das ganze Jahr Weihnachten oder Neujahr. Wäre das nicht lustig?« erwiderte Jo und gähnte mißmutig.

»Wir hätten uns nicht so gut unterhalten dürfen, dann wäre es jetzt nicht so schlimm. Aber es ist doch wunderbar, solch ein unbeschwertes Leben zu führen, Blumen zu bekommen, auf Parties zu gehen und im Wagen nach Hause gebracht zu werden, zu lesen und auszuruhen. Und dabei gibt es Leute, die es immer so machen. Ich beneide die Mädchen, die keine anderen Sorgen haben, als sich gut zu unterhalten. Ich könnte mich mühelos an den Luxus gewöhnen«, erklärte Margaret und versuchte zu entscheiden, welches von ihren beiden einzigen Wochentagskleidern das hübscheste sei.

»Das geht eben nicht. Hören wir auf zu jammern und tragen wir fröhlich wie Mammi unsere Sorgenbündel. Ich glaube, wenn ich gelernt habe, Tante March ohne Klagen zu ertragen, werde ich ihre Launen nicht mehr bemerken.

Dieser Gedanke heiterte Jo auf, aber Meg konnte sich mit ihrem Bündel nicht so leicht abfinden, das aus vier verzogenen Kindern bestand, und es erschien ihr schwerer denn je. Sie nahm sich nicht einmal die Mühe, sich wie sonst hübsch zu machen.

»Was hat es für einen Sinn, wenn ich hübsch aussehe. Niemandem würde es auffallen«, murrte sie. »Ich werde mich immer abrackern müssen und nur hier und da ein wenig Spaß haben und dabei alt und häßlich werden, nur weil ich arm bin. Es ist wirklich eine Schande.«

Meg trug weiter ihr gereiztes Wesen zur Schau und war alles andere als ein angenehmer Frühstückspartner. Betty hatte Kopfschmerzen und lag auf dem Sofa; sie kuschelte sich an die Katze und ihre drei kleinen Kätzchen.

Amy jammerte, weil sie ihre Aufgaben nicht gelernt hatte. Jo pfiff und machte einen entsetzlichen Wirbel, während sie sich fertigmachte. Frau March war damit beschäftigt, einen dringenden Brief zu beenden; und Hanna war schlechter Laune, weil sie so spät zu Bett gegangen war.

»Ich habe niemals eine so schlecht gelaunte Familie gesehen!« rief Jo, nachdem auch sie ihre gute Laune verloren hatte, weil sie zuerst beide Schuhbänder abgerissen und sich dann auf ihren Hut gesetzt hatte.

»Du bist die Schlechtestgelaunte von allen!« gab Amy zurück und wischte die falsche Summe von ihrer Tafel, mitsamt den Tränen, die darauf gefallen waren.

»Beth, wenn du diese schrecklichen Katzen nicht im Keller läßt, ertränke ich sie«, keifte Meg und versuchte, sich von einem Kätzchen zu befreien, das sich an ihr Bein krallte.

Jo lachte, Meg keifte, Betty stöhnte, und Amy jammerte, weil sie nicht wußte, wieviel neun mal zwölf ist.

»Kinder! Seid einmal eine Minute still. Ich muß diesen Brief mit der Frühpost wegschicken, und ihr macht mich ganz verrückt mit eurem Geschrei«, rief Frau March und strich den dritten falschen Satz in ihrem Brief aus.

»Hätschle du deine Katzen und vergiß deine Kopfschmerzen, Betty. Auf Wiedersehen, Mammi. Wir sind ein paar Scheusale heute morgen, aber du wirst sehen, wir kommen als Engel nach Hause. Komm, Meg!« Jo ging fort und hatte das Gefühl, daß sie sich nicht so benommen hatten, wie sie sollten.

Sie schauten immer noch einmal zurück, bevor sie um die Ecke bogen, denn die Mutter stand stets am Fenster und winkte und lächelte. Es schien manchmal, als ob sie damit den Tag besser beginnen könnten.

»Wenn Mammi, anstatt uns Küsse nachzuschicken, mit der Faust drohen würde, geschähe uns recht. Wir sind undankbare Scheusale«, stellte Jo fest.

»Verwende nicht solche Ausdrücke«, sagte Meg aus der Tiefe ihres Schleiers, in den sie sich wie eine Nonne gehüllt hatte.

»Ich mag kräftige Worte, die etwas aussagen«, antwortete Jo und erwischte gerade noch ihren Hut, den ihr der Wind davonzutragen drohte.

»Nenn dich selbst wie du willst, aber ich bin weder ein Scheusal, noch bin ich undankbar, und ich möchte nicht so genannt werden.«

»Du bist heute unausstehlich, weil du nicht mitten im Luxus schwelgen kannst. Mein armes Ding, warte nur, bis ich ein Vermögen besitze, dann sollst du Kutschen und Eiscreme, Schuhe mit hohen Absätzen und rothaarige Jungen zum Tanzen haben.«

»Wie lächerlich du bist, Jo!« Aber Meg lachte trotzdem über den Unsinn und fühlte sich etwas besser.

»Ich finde immer etwas, worüber ich lachen kann. Sei nicht mehr mißmutig und komm fröhlich nach Hause. Mach's gut!«

Jo gab ihrer Schwester einen aufmunternden Klaps auf die Schulter, als sich ihre Wege trennten.

Als Herr March sein Vermögen verloren hatte, weil er versucht hatte, einem guten Freund zu helfen, hatten die beiden Mädchen gebeten, etwas arbeiten zu dürfen, um für ihren Lebensunterhalt beisteuern zu können. Die Eltern waren der Ansicht, daß man die Kinder nicht früh genug zur Unabhängigkeit erziehen konnte, und so hatten sie gegen das Vorhaben nichts einzuwenden gehabt. Margaret fand eine Stelle als Erzieherin und kam sich mit ihrem kleinen Gehalt reich vor. Sie »liebte den Luxus«, und ihr größter Kummer war die Armut. Diesen Kummer fand sie schlimmer als alle anderen Sorgen, denn sie konnte sich daran erinnern, daß ihr Heim schön und das Leben voll Vergnügen gewesen war und kein Mangel an irgend etwas geherrscht hatte. Sie versuchte, nicht neidisch und unzufrieden zu sein, aber es war nur natürlich, daß junge Mädchen sich hübsche Dinge, lustige Freunde und ein glückliches Leben wünschten. Bei den Kings sah sie alle Tage, wonach sie sich sehnte, denn die älteren Schwestern der Kinder gingen oft aus, und Meg erhaschte manchmal einen Schimmer von ihren duftigen Ballkleidern, ihren Blumen, hörte ihren Tratsch über Theater, Konzerte, Parties und sonstige lustige Erlebnisse und sah das Geld verschwenden, das sie so dringend gebraucht hätte. Die arme Margaret beklagte sich selten, doch manchmal überfiel sie ein Gefühl der Ungerechtigkeit; dann haderte sie mit ihrem Schicksal und war mit sich und der Welt unzufrieden.

Jo betreute Tante March, die gelähmt war und jemanden brauchte, der sich um sie kümmerte. Die kinderlose alte Dame hatte der Familie angeboten, eines der Mädchen zu adoptieren, als das Unglück geschehen war, und zeigte sich beleidigt, als ihr Vorschlag abgelehnt wurde, Freunde erzählten den Marchs, daß sie alle Chancen verloren hätten, im Testament der reichen alten Dame bedacht zu werden. Aber die Marchs sagten nur: »Wir würden unsere Mädchen nicht für ein zehnmal so großes Vermögen hergeben. Ob arm oder reich, wir bleiben zusammen.«

Die alte Dame hatte lange Zeit nicht mit ihnen gesprochen, aber als sie einmal Jo bei Freunden traf, war sie von ihrem fröhlichen Gesicht und ihrer ungezwungenen Art so eingenommen gewesen, daß sie ihr vorschlug, als Gesellschafterin zu ihr zu kommen. Dies reizte Jo nicht im geringsten; aber sie nahm an, da sich nichts Besseres bot. Zur allgemeinen Überraschung kam sie jedoch mit ihrer reizbaren Verwandten recht gut aus. Es gab gelegentlich einen Krach, und einmal kam Jo nach Hause und erklärte, sie könne es nicht länger ertragen; doch Tante March schickte immer wieder mit solcher Dringlichkeit nach ihr, daß Jo es nicht übers Herz brachte, sie im Stich zu lassen, zumal sie im Grunde die launenhafte alte Dame recht gern hatte.

Die größte Anziehungskraft besaß für Jo aber doch die große Bibliothek mit den vielen Büchern, die dem Staub und den Spinnen überlassen wurden, seit Onkel March gestorben war. Jo erinnerte sich an den freundlichen alten Herrn, der ihr erlaubt hatte, mit seinen großen Wörterbüchern Brücken und Schienen zu bauen, der ihr Geschichten über seltsame Bilder in seinen lateinischen Büchern erzählte und ihr Ingwerlebkuchen kaufte, wenn er sie auf der Straße traf. Der dämmerige, staubige Raum mit den Marmorbüsten, die von den hohen Stellagen herunterstarrten, die gemütlichen Sessel, der Globus und vor allem die Unzahl von Büchern, in welchen sie wahllos stöbern konnte, machten für Jo die Bibliothek zu einem traulichen Zufluchtsort. Sobald Tante

March sich zu ihrem Schläfchen zurückzog oder Gesellschaft hatte, eilte Jo in die Bibliothek zu ihren Büchern und verschlang alles, Gedichte, Romane, Geschichten, Reisebeschreibungen, wie ein richtiger Bücherwurm. Aber wie alles Schöne, so dauerte auch diese Seligkeit nie lange; immer wenn sie zum spannendsten Teil einer Geschichte kam oder zum gefährlichsten Abenteuer des Helden, rief eine schrille Stimme: »Josy-phine! Josy-phine!«, und sie mußte ihr Paradies verlassen, um Garn zu wickeln oder der Tante aus einem alten Schmöker vorzulesen.

Jo hatte sich in den Kopf gesetzt, etwas ganz Großartiges zu tun; sie hatte zwar keine Ahnung, was es sein sollte, doch überließ sie es der Zeit, um dahinterzukommen. Vorläufig war es ihr größter Kummer, daß sie nie genug Zeit hatte, um zu lesen, zu laufen und zu reiten, soviel sie wollte. Ihr lebhaftes Temperament, ihre scharfe Zunge und ihr ruheloser Geist ließen sie immer wieder in schwierige Situationen geraten, die oft tragisch und komisch zugleich waren. So war es ganz gut, daß sie bei Tante March gehorchen mußte, und der Gedanke, daß sie sich selbst erhielt, machte sie trotz des ewigen »Josy-phine!« recht zufrieden.

Beth war zu schüchtern, um in die Schule zu gehen; man hatte es zwar versucht, aber sie hatte so gelitten, daß man es schließlich aufgab. Sie nahm ihre Stunden zu Hause bei ihrem Vater. Sogar als er fort mußte und Mutter in der Soldatenfürsorge beschäftigt war, lernte Beth allein weiter und tat ihr Bestes, um die nötige Bildung zu erwerben. Sie war ein häusliches Geschöpf und half Hanna, das Haus ordentlich und gemütlich zu halten. Niemals fühlte sie sich einsam oder langweilte sie sich. Ihre kleine Welt war mit Freunden bevölkert, die nur in ihrer Phantasie lebten, und sie war fleißig wie eine Biene. Da gab es sechs Puppen, die jeden Tag angezogen und gefüttert werden mußten; denn Beth war ein braves Kind und liebte ihre Spielsachen. Es gab aber kein Puppenkind, das noch ganz oder etwa hübsch gewesen wäre. Alle waren von ihrer Schwester Amy an sie übergegangen, denn Amy konnte keine alten oder häßlichen Dinge leiden. Beth liebte die verstümmelten Puppen dafür um so mehr und errichtete ein Spital für alle ihre Patienten. Nie hörten die Puppen ein hartes Wort oder wurden geschlagen. Ein besonders mitgenommenes Ding hatte Jo gehört und wurde dann nach einem turbulenten Leben von Betty in ihr Asyl aufgenommen. Da dieses beklagenswerte Geschöpf keine Haare hatte, setzte ihm Beth ein Käppchen auf, und als es dann noch Arme und Beine verlor, wickelte sie es in eine Decke und steckte es in ihr bestes Puppenbett. Sie las ihrem Schützling vor, brachte ihm Blumen, nahm ihn mit an die frische Luft, sang ihm Wiegenlieder vor und ging niemals zu Bett, ohne vorher das schmutzige Gesicht zu küssen und der Puppe zärtlich zuzuflüstern: »Hoffentlich hast du eine gute Nacht, mein armer Liebling.«

Beth hatte aber ebenso wie die anderen ihren Kummer, und oft weinte sie, weil sie keine Musikstunden nehmen konnte und kein gutes Klavier hatte. Sie liebte Musik und übte so unermüdlich und geduldig auf dem alten verstimmten Instrument, daß es nur recht gewesen wäre, wenn ihr jemand geholfen hätte. Niemand sah ihre Tränen, die sie von den vergilbten Tasten wischte, wenn sie die Melodie nicht halten wollten. Sie war aber niemals zu müde, um ihrer Mutter und ihren Schwestern vorzuspielen, und jeden Tag sagte sie sich: Ich werde schon einmal ein schönes Klavier bekommen.

Wenn jemand Amy gefragt hätte, was ihr größter Kummer im Leben sei, würde sie sofort geantwortet haben: »Meine Nase.« Als sie ein Baby war, hatte Jo sie unabsichtlich fallen lassen, und Amy bestand nun darauf, daß dieser Sturz für immer ihre Nase ruiniert habe. Amys Nase war weder groß noch lang, sie war nur etwas flach, und alles Drücken und Ziehen konnte ihr keinen edlen Charakter verleihen. Niemanden störte das außer sie selbst. Amy beklagte schmerzlich den Mangel einer griechischen Nase, und sie zeichnete ganze Blätter voll hübscher Nasen, um sich damit zu trösten.

»Der kleine Raffael«, wie sie ihre Schwestern nannten, hatte ein ausgeprägtes Zeichentalent und war glücklich, wenn sie Blumen abzeichnen, Geschichten illustrieren oder Feen zeichnen konnte. Ihre Lehrer beschwerten sich, daß sie, anstatt zu rechnen, ihre Tafel mit Tierzeichnungen bedecke. Auf den Seiten ihres Atlas und in ihren Schulbüchern waren die gelungensten Karikaturen zu finden. Aber Amy meisterte auch ihre Aufgaben, so gut sie konnte, und gab durch ihr Benehmen niemals Anlaß zu Beschwerden. Sie war sehr beliebt, denn sie besaß eine nette Art, die den meisten gefiel. Ihre Kameradinnen bewunderten ihre guten Manieren, und neben ihrem Zeichentalent konnte sie auch noch am besten Französisch lesen, wobei sie höchstens zwei Drittel der Worte falsch aussprach. Ihre Art, zu sagen: »Als Papa noch reich war, machten wir dies und das«, was sie bei jeder passenden und unpassenden Gelegenheit einflocht, wirkte rührend, und die vielen langen Fremdwörter, deren sie sich gern bediente, wurden von den Mädchen als »unerhört elegant« betrachtet.

Amy war auf dem besten Weg, verzogen zu werden, denn jedermann verwöhnte sie und trug auf diese Weise dazu bei, daß ihre Eitelkeit und ihre Selbstsucht wuchsen. Ein Umstand allerdings verhütete diese Entwicklung: Amy mußte die abgelegten Kleider ihrer Kusinen tragen. Nun hatte aber die Mutter ihrer Kusine Florence nicht einen Funken Geschmack, und Amy litt furchtbar darunter, eine rote statt einer blauen Mütze tragen zu müssen und häßliche Schürzen anzuziehen, die ihr nicht paßten. Die Kleider waren gut gemacht und wenig zerrissen, aber für Amys künstlerisches Auge war es eine Qual, wenn sie jeden Tag auf ihrem roten Kleid gelbe Punkte sehen mußte.

Meg war Amys Vertraute und Beraterin, und durch die Anziehungskraft der Gegensätze verstand sich Jo am besten mit der sanften Beth. Nur Jo erzählte das scheue Mädchen seine Gedanken, und umgekehrt hatte Beth auf ihre rauhbeinige Schwester mehr Einfluß als irgend jemand anders in der Familie. Auf diese Weise hatte jeder der zwei älteren Schwestern eine jüngere unter ihren Fittichen und paßte auf die Kleine auf.

»Hat niemand etwas zu erzählen? Es war ein langweiliger Tag!« sagte Meg, als sie am Abend beisammen saßen und nähten.

»Ich habe heute einen amüsanten Tag mit der Tante verbracht. Es ist mir nämlich gelungen, sie herumzukriegen; aber am besten, ich erzähle euch die ganze Geschichte«, begann Jo, die gern etwas zur Unterhaltung beitrug. »Ich las wie immer aus demselben alten Schmöker vor und leierte die Geschichte schnell herunter, wie ich es immer mache, damit die Tante möglichst bald einschläft; dann nehme ich ein neues Buch und lese wie verrückt, bis sie wieder aufwacht. Ich wurde jedoch selbst davon sehr schläfrig, und bevor sie noch einzunicken begann, mußte ich so heftig gähnen, daß sie mich fragte, was ich mir denn dabei denke, den Mund so weit aufzumachen, als ob ich gleich das ganze Buch verschlucken wollte.

›Ich wünschte, ich könnte es!‹ sagte ich und versuchte, dabei ein unschuldiges Gesicht zu machen. Sie hielt mir eine lange Predigt über meine Sünden und empfahl mir, darüber nachzudenken, während sie ihr Schläfchen machte. Kaum war sie eingeschlafen, als ich auch schon den ›Vikar von Wakefield‹ aus meiner Tasche holte und, mit einem Auge die Tante beobachtend, zu lesen begann. Ich kam eben zu einer sehr lustigen Stelle, vergaß dabei ganz die schlafende Tante und lachte laut heraus. Die Tante wurde wach, und da sie nach ihrem Schläfchen gut aufgelegt war, sagte sie, ich solle ihr ein wenig vorlesen und ihr zeigen, welches frivole Werk ich ihrem wertvollen und lehrreichen Lieblingsbuch vorziehe. Ich tat mein Bestes, und es gefiel ihr sichtlich, obwohl sie sagte: ›Ich verstehe nicht, worum es sich handelt; fang von vorne an, Kind!‹

So begann ich nochmals von vorne und hörte bei einer sehr spannenden Stelle plötzlich auf und fragte scheinheilig: ›Ich fürchte, es ermüdet Sie, Madame. Soll ich aufhören?‹ Sie hob ihr Strickzeug auf, das ihr aus der Hand geglitten war, sah mich scharf durch ihre Brille an und sagte in ihrer ungnädigen Art: ›Beende das Kapitel und sei nicht so vorlaut!‹«

»Gab sie zu, daß es ihr gefiel?« fragte Meg.

»Natürlich nicht, aber als ich am Nachmittag zurücklaufen mußte, weil ich meine Handschuhe vergessen hatte, war sie so in den ›Vikar‹ vertieft, daß sie nicht einmal hörte, wie ich in der Halle vor Freude auf die guten Zeiten, die jetzt kommen werden, tanzte. Was für ein vergnügtes Leben sie doch führen könnte, wenn sie wollte. Ich beneide sie nicht, trotz ihres Geldes, denn die reichen Leute haben ebenso viele Sorgen wie die armen, glaube ich«, fügte Jo hinzu.

»Das erinnert mich daran, daß ich euch etwas erzählen wollte«, sagte Meg. »Es ist nicht so amüsant wie Jos Geschichte, aber ich habe darüber nachgedacht, seit ich zu Hause bin. Bei den Kings waren heute alle aufgeregt, und eines der Kinder erzählte mir, daß sein ältester Bruder etwas Furchtbares getan habe und der Papa ihn fortgeschickt habe. Ich hörte auch Frau King weinen und Herrn King sehr laut sprechen. Grace und Ellen drehten ihre Gesichter zur Seite, als sie an mir vorbeigingen, da ich ihre rotgeweinten Augen nicht sehen sollte. Ich fragte natürlich nicht, aber sie taten mir so schrecklich leid, und ich war sehr froh, daß ich keine wilden Brüder habe, die der Familie Schande machen.«

»Ich finde, in der Schule bestraft zu werden ist noch viel schlimmer«, meinte Amy und schüttelte ihren Kopf, also ob die Erfahrung eines ganzen Lebens auf ihren Schultern lastete. »Susi Perkins kam heute mit einem wunderschönen Karneolring in die Schule, und ich wünschte mir den ganzen Morgen, an ihrer Stelle zu sein. Aber dann zeichnete sie ein Bild von Herrn Davis mit einer riesigen Nase und einem Tropfen daran, und aus einem Ballon aus seinem Mund kamen die Worte: ›Meine Damen, mein Auge wacht über sie!‹ Wir lachten alle sehr darüber, als plötzlich Herr Davis Susi befahl, die Tafel herzuzeigen. Sie war wie erstarrt vor Schreck, aber sie ging und zeigte die Tafel her. Und was glaubt ihr, was er mit der Armen machte? Er nahm sie beim Ohr — beim Ohr, stellt euch vor, wie schrecklich! und führte sie zum Katheder, und dort mußte sie eine halbe Stunde stehen und ihre Tafel halten, daß jeder sie sehen konnte.«

»Lachten die Mädchen nicht über das Bild?« fragte Jo.

»Lachen? Nicht eine einzige. Alle saßen mucksmäuschenstill, und Susi weinte. Ich beneidete sie nicht mehr, und eine Million roter Karneolringe hätten mich nicht glücklich gemacht. Ich hätte eine solche Bloßstellung nicht überlebt!« versicherte Amy und fuhr mit ihrer Arbeit fort, in dem stolzen Bewußtsein, besonders tugendhaft zu sein und eine großartige Weisheit von sich gegeben zu haben.

»Ich sah etwas sehr Nettes heute morgen. Ich wollte es schon beim Abendessen erzählen, aber dann habe ich es vergessen«, sagte Betty und brachte während ihrer Erzählung Jos unordentlichen Nähkorb wieder in Ordnung. »Als ich heute einige Austern für Hanna holte, war Herr Laurenz im Fischgeschäft, aber er hat mich nicht gesehen, denn ich hielt mich hinter einem Faß versteckt, und er war mit Herrn Cutter, dem Fischmann, beschäftigt. Da kam eine arme Frau mit einem Besen herein und fragte Herrn Cutter, ob sie nicht den Laden putzen könne, um dafür etwas Fisch zu bekommen, denn sie habe kein Abendessen für ihre Kinder. Herr Cutter war in Eile und sagte ziemlich barsch nein, und die Frau ging fort und sah sehr hungrig und traurig aus. Da nahm Herr Laurenz einen großen Fisch von einem Haken und hielt ihn ihr hin. Sie war so froh und überrascht, daß sie den Fisch an sich drückte und Herrn Laurenz tausendmal dankte. Er sagte nur, sie solle gehen und ihn kochen. Die Frau eilte glücklich fort. War das nicht nett von ihm? Die arme Frau sah so froh aus, als sie den schlüpfrigen Fisch an sich preßte und Herrn Laurenz wünschte, er möge im Himmel auf Rosen gebettet sein, daß ich selbst ganz gerührt war.«

Als Betty mit ihrer Erzählung zu Ende war, baten die Mädchen ihre Mutter um eine Geschichte, und nach einem Augenblick des Nachdenkens begann Frau March:

»Als ich heute die Flanelljacken zuschnitt, hatte ich plötzlich Angst um Vater, und ich dachte daran, wie einsam und hilflos er sein würde, wenn ihm etwas passierte. Es war nicht klug, so zu denken, doch ich kam nicht los davon, mir Sorgen zu machen, bis ein alter Mann mit irgendeiner Nachricht kam. Er setzte sich neben mich, und ich begann, mit ihm zu sprechen, denn er sah arm und müde aus.

›Haben Sie Söhne in der Armee?‹ fragte ich, denn die Nachricht, die er brachte, war nicht für mich.

›Ja, Madame. Ich hatte vier, aber zwei von ihnen sind gefallen; einer ist in Gefangenschaft, und ich werde demnächst den vierten besuchen, der sehr krank in einem Spital in Washington liegt‹, antwortete er ruhig.

›Sie haben eine ganze Menge für Ihr Land getan, Sir!‹ sagte ich und fühlte nunmehr Hochachtung an Stelle des Mitleids.

»Nicht mehr, als nötig war, Madame. Ich wäre selbst gegangen, wenn ich noch von Nutzen wäre; da ich es aber nicht bin, gab ich meine Söhne her.‹ Er sprach so zuversichtlich und schien so froh zu sein, alles geben zu dürfen, daß ich mich schämte. Ich habe nur einen Mann hergegeben und dachte, schon das sei zuviel verlangt, während er vier Söhne verlor, ohne zu murren. Ich habe alle meine Mädchen zuhause, und sein letzter Sohn wartet meilenweit weg, um vielleicht nur noch Lebewohl zu sagen. Ich fühlte mich so reich und glücklich, daß ich ihm ein Päckchen und etwas Geld gab und ihm herzlich für die Lehre dankte, die er mir erteilt hatte.«

»Erzähl uns noch eine Geschichte, Mutter. Ich denke gern über solche Dinge nach, die wirklich geschehen sind«, meinte Jo nach einer Weile.

Frau March lächelte und begann. Sie wußte genau, welche Geschichten ihrem kleinen Publikum am besten gefielen.

»Es waren einmal vier Mädchen, die genug zu essen, zu trinken und anzuziehen, viele Vergnügungen, nette Freunde und gute Eltern hatten, und trotzdem waren sie nie zufrieden.« Die Zuhörer warfen sich verstohlene Blicke zu und begannen emsig zu nähen. »Diese Mädchen bemühten sich eifrig, gut zu sein, und faßten immer die besten Vorsätze, doch gelang es ihnen niemals, lange durchzuhalten, und sie jammerten ständig: Wenn wir nur dies oder das hätten, oder: Wenn wir nur dies und jenes tun könnten. Sie vergaßen dabei ganz, was sie schon alles hatten und was für ein glückliches Leben sie führten. So fragten sie eine alte Frau, was sie machen sollten, um glücklich zu sein, und sie gab ihnen den Rat: Wenn ihr unzufrieden seid, denkt an alles das, was ihr schon besitzt, und seid dankbar dafür.« Hier blickte Jo auf und wollte etwas sagen, doch sie bezwang sich, als sie sah, daß die Geschichte noch nicht zu Ende war. »Die Mädchen versuchten, den Rat zu beherzigen, und waren erstaunt, als sie entdeckten, wie gut es ihnen in Wirklichkeit ging. Eine fand, daß Geld Schande und Kummer aus dem Haus von reichen Leuten nicht fernhalten konnte; eine andere merkte, daß sie viel glücklicher mit ihrer Gesundheit und Jugend und ihrem fröhlichen Temperament war als eine gewisse alte Dame, die ihren Reichtum nicht zu genießen verstand; die dritte lernte, daß es viel unangenehmer ist, um ein Abendessen betteln zu müssen, als bei der Zubereitung zu helfen; und die vierte sah ein, daß der schönste Ring nicht so wertvoll ist wie ein gutes Betragen. So beschlossen die vier, sich nicht mehr zu beklagen und sich statt dessen an den Dingen zu erfreuen, die sie besaßen, und sich ihrer würdig zu erweisen, und ich glaube, sie bereuten es nie, daß sie den Rat der alten Frau befolgt hatten.«

»Mammi, du erzählst uns unsere eigenen Geschichten und hältst uns eine Predigt, anstatt uns zu unterhalten«, beklagte sich Meg.

»Ich mag das gern. Es ist ganz so, als ob Vater zu uns sprechen würde«, meinte Beth gedankenverloren.

»Ich beklage mich nicht halb soviel wie die anderen, und ich werde mich von nun an noch mehr bemühen, nicht mehr zu jammern, denn Susis Schande hat mich gewarnt«, sagte Amy.

»Wir haben diese Lehre gebraucht, und wir werden sie nicht vergessen«, fügte Jo hinzu, die sich die Geschichte mehr zu Herzen nahm als alle anderen.

Die Nachbarn

»Was hast du denn vor, Jo?« fragte Meg eines Nachmittags, als ihre Schwester in Stiefeln, mit Besen und Schaufel durch die Halle stapfte.

»Bewegung machen«, antwortete Jo mit einem spitzbübischen Lächeln.

»Ich finde, zwei lange Spaziergänge diesen Morgen waren genug. Es ist kalt draußen, und es wäre besser, beim Feuer zu bleiben, wie ich es mache«, sagte Meg fröstelnd.

»Ich kann nicht den ganzen Tag stillsitzen, ich bin keine Katze, und ich mag nicht beim Feuer dösen. Ich liebe das Abenteuer und gehe es suchen.«

Meg setzte sich an den Kamin, um sich die Füße zu wärmen und »Ivenhoe« zu lesen, und Jo begann mit großer Energie, Pfade durch den Schnee zu schaufeln. Der Schnee war leicht, und mit ihrem Besen hatte sie bald einen Weg rund um das ganze Haus freigelegt, damit Beth mit ihren kranken Puppen spazierengehen konnte, wenn die Sonne hervorkam. Der Garten trennte das Haus der Familie March von dem Haus des alten Herrn Laurenz. Beide Häuser standen in einem Vorort, der schon sehr ländlich wirkte; es gab hier große Wiesen, Gärten und ruhige Straßen. Eine niedrige Hecke trennte die zwei Grundstücke voneinander. Auf der einen Seite stand ein altes braunes Haus, das ziemlich arm und schäbig aussah, denn jetzt fehlten der wilde Wein, der im Sommer die Wände bedeckte, und die Blumen, die es umgaben. Auf der anderen Seite prangte ein stattliches steinernes Gebäude, das Wohlhabenheit und Luxus ausstrahlte. Dazu gehörte ein großer Wagenpark und gepflegte Wiesen. Trotzdem wirkte dieses Haus einsam und verlassen, denn in dem Park spielten keine Kinder, und nur wenige Leute außer dem alten Herrn und seinem Enkel gingen darin aus und ein.

In ihrer lebhaften Phantasie erschien Jo das Laurenz-Haus als ein verzauberter Palast voller Überraschungen, an denen sich niemand erfreuen konnte. Sie wollte schon seit langem hinter die Geheimnisse dieses Hauses kommen und den Laurenz-Jungen kennenlernen, der aussah, als ob auch er gern ihre Bekanntschaft machen würde und sich nur nicht getraute, den ersten Schritt zu tun. Seit der Party war Jo entschlossener denn je, und sie schmiedete verschiedene Pläne, um mit ihm Freundschaft zu schließen. Aber in der letzten Zeit hatte sie ihn nicht gesehen und glaubte schon, er sei wieder verreist, als sie eines Tages sein braunes Gesicht gedankenverloren aus einem Fenster in einem der oberen Stockwerke in den Garten starren sah, während sie mit Beth und Amy eine Schneeballschlacht austrug.

»Dieser Junge sehnt sich nach Freunden und Unterhaltung«, sagte sie zu sich selbst. »Sein Großvater weiß nicht, was ihm fehlt und schließt ihn ein. Er braucht eine Menge lustiger Jungen, die mit ihm spielen, oder eine andere fröhliche Gesellschaft. Ich werde einfach zu dem Alten gehen und es ihm sagen.«

Jo hatte ihren kühnen Plan nicht vergessen, und an jenem Nachmittag überlegte sie, was getan werden konnte. Sie hatte den alten Herrn Laurenz wegfahren sehen, und nun schaufelte sie sich einen Weg bis zur Hecke frei, wo sie eine Pause machte. Alles war ruhig, die Vorhänge im Erdgeschoß waren vorgezogen, die Dienerschaft war nicht zu sehen, nur ein schwarzer Lockenkopf lugte aus einem Fenster im Oberstock.

Das ist er, dachte Jo. Armer Junge! Wahrscheinlich ist er krank und ganz allein! Es ist eine Schande. Ich werde einen Schneeball werfen, und wenn er aufmacht, sage ich ihm ein paar nette Worte.

Eine Handvoll weichen Schnees flog hinauf; ein Gesicht drehte sich Jo zu, und sofort begann Laurie zu lächeln. Jo lachte zurück und schwang ihren Besen.

»Wie geht es dir? Bist du krank?«

Laurie öffnete das Fenster und schrie heiser wie ein Rabe heraus: »Es geht mir schon besser, danke. Ich war furchtbar erkältet und für eine Woche eingeschlossen.«
»Es tut mir leid. Unterhältst du dich wenigstens gut?«
»Im Gegenteil, es ist langweilig wie in einem Grab.«
»Liest du nichts?«
»Nicht viel; sie lassen mich nicht.«
»Kann dir nicht jemand vorlesen?«
»Großvater liest mir zuweilen vor, aber meine Bücher interessieren ihn nicht, und ich hasse es, immer Brooke darum zu bitten.«
»Kommt dich niemand besuchen?«
»Niemand, den ich sehen mag. Die Jungen machen mir zuviel Lärm. Mein Kopf ist noch ganz benommen.«
»Gibt es kein nettes Mädchen, das dir vorliest und dich unterhält? Mädchen sind ruhig und lieben es, Krankenschwester zu spielen.«
»Ich kenne keines.«
»Du kennst mich«, begann Jo, dann lachte sie und schwieg.
»Das stimmt. Möchtest du kommen?« schrie Laurie.
»Ich bin zwar nicht ruhig und nett, aber ich möchte dich besuchen, wenn meine Mutter mich läßt. Schließ das Fenster und warte, bis ich komme; ich werde sie fragen.«
Jo schulterte ihren Besen und marschierte ins Haus. Laurie war etwas aufgeregt bei dem Gedanken, Besuch zu bekommen, und huschte umher, um rechtzeitig fertig zu werden; denn Frau March sagte, daß er ein »kleiner Gentleman« sei, und zur Ehre seines Gastes bürstete er seine Locken, nahm einen frischen Kragen und versuchte, das Zimmer rasch ein wenig gemütlich zu machen. Da klingelte es auch schon, und eine Stimme fragte nach Herrn Laurie. Ein erstaunter Diener kam gelaufen, um eine junge Dame anzumelden.
»In Ordnung, führen Sie die Dame herauf. Es ist Fräulein Jo«, entgegnete ihm Laurie und ging, um Jo in der Tür zu empfangen. Jo sah rosig und frisch aus. In der einen Hand trug sie ein zugedecktes Körbchen und in der anderen die drei Kätzchen von Beth.
»Hier bin ich«, sagte sie strahlend. »Mutter läßt dich grüßen und ist froh, daß ich etwas für dich tun kann. Meg schickt dir einen Pudding, sie macht ihn sehr gut, und Beth meinte, daß du dich über die Kätzchen freuen würdest. Ich bin sicher, du magst sie nicht, aber ich konnte es nicht ablehnen, denn sie war so darauf bedacht, auch etwas für dich zu tun.«
Doch gerade die Kätzchen halfen Laurie, seine Schüchternheit zu überwinden, und er wurde sofort gesprächig.
»Der Pudding sieht fast zu hübsch aus zum Essen«, sagte er, während er Jo zusah, wie sie das Körbchen aufdeckte. Der Pudding war von grünen Blättern umgeben und mit roten Blüten von Amys Lieblingsgeranie verziert.
»Es ist nicht viel, aber wir wollten dir alle eine kleine Freude machen. Sag dem Mädchen, es soll den Pudding für dich zum Tee aufheben. Er ist sehr weich, und das Schlucken wird dir nicht im Hals weh tun. Was für ein gemütliches Zimmer du hast!«

»Es könnte gemütlicher sein, wenn es ordentlicher wäre, aber die Zimmermädchen sind faul, und ich weiß nicht, wie ich sie antreiben könnte.«

»Ich bringe das in zwei Minuten in Ordnung, man muß nur den Kamin ein wenig sauber machen und die Bücher zurechtrücken, die Flaschen da herüberstellen, dein Sofa vom Licht wegrücken und ein bißchen die Kissen aufschütteln. Siehst du, schon sieht es ordentlich aus.«

Laurie fühlte sich wirklich besser, denn Jo lachte und plauderte, und das ganze Zimmer sah gleich viel besser und gemütlicher aus. Er setzte sich mit einem Seufzer der Zufriedenheit und auf das Sofa und sagte dankbar:

»Wie nett du bist. Genau das ist es, was ich wollte. Nun setz dich in den großen Sessel und laß mich etwas tun, um meinen Besuch zu unterhalten.«

»Nein, ich bin doch gekommen, um dich zu unterhalten. Soll ich dir vorlesen?« Jo schaute verlangend auf ein paar Bücher auf dem Tisch.

»Danke, ich habe sie alle schon gelesen, und wenn es dir recht ist, möchte ich lieber ein wenig plaudern«, antwortete Laurie.

»Du mußt mich nur zum Reden bringen. Beth sagt, ich bin nicht mehr zu stoppen, wenn ich einmal angefangen habe.«

»Ist Beth die rosige Kleine, die die meiste Zeit zu Hause ist und manchmal mit einem Korb ausgeht?« fragte Laurie interessiert.

»Ja, das ist Beth.«

»Die Hübsche ist Meg, und die mit den lockigen Haaren ist Amy, nicht wahr?«

»Wie hast du das herausgefunden?«

Laurie errötete, antwortete aber, ohne zu zögern: »Siehst du, ich habe oft gehört, wie ihr euch im Garten gerufen habt, und wenn ich hier oben allein bin, dann schaue ich zu eurem Haus hinüber. Es sieht immer so lustig aus. Ich bitte um Verzeihung, daß ich so neugierig war, aber manchmal vergeßt ihr, die Vorhänge vor dem Fenster mit den Blumen zuzuziehen, und wenn die Lampe brennt, kann ich euch beobachten, wie ihr alle mit eurer Mutter rund um den Tisch sitzt. Ihr Gesicht sieht so lieb aus, ich kann es nicht genug ansehen. Ich habe nie eine Mutter gehabt, weißt du.« Laurie beugte sich über das Feuer, um das Zucken seiner Lippen zu verbergen.

Der traurige Ausdruck in seinen Augen ging Jo sehr zu Herzen. Sie war einfach und vernünftig erzogen; mit ihren fünfzehn Jahren war Jo ein liebes, unverdorbenes Kind, das mit dem armen Jungen aufrichtiges Mitleid empfand. Laurie war krank und einsam. Jo fühlte, wie reich sie selbst war, und wollte versuchen, ihr Glück mit ihm zu teilen. Ihr braunes Gesicht war sehr freundlich, und ihre Stimme klang ungewöhnlich sanft, als sie sagte:

»Wir werden nie wieder die Vorhänge vorziehen, und du kannst schauen, soviel du magst. Aber ich wünschte, du kämst, anstatt zu schauen, zu uns hinüber. Mutter würde sich freuen, und Beth wird singen, wenn ich sie darum bitte. Amy tanzt dann dazu, und Meg und ich würden dich bestimmt zum Lachen bringen. Wir könnten eine herrliche Zeit haben! Glaubst du, daß dich dein Großvater kommen lassen wird?«

»Ich denke schon, daß er es mir erlauben wird, wenn deine Mutter ihn darum bittet. Er ist sehr freundlich, obwohl er nicht so aussieht, und läßt mich fast immer tun, was ich will. Er sieht es nur nicht gern, wenn ich Fremde belästige.«

»Wir sind keine Fremden, wir sind eure Nachbarn, und du störst uns nicht. Wir wollten dich kennenlernen, und ich habe es schon lange versucht. Wir sind einige Zeit nicht hier gewesen, aber wir sind mit allen unseren Nachbarn bekanntgeworden, außer mit euch.«

»Weißt du, Großvater geht ganz in seinen Büchern auf und kümmert sich nicht viel darum, was draußen vorgeht. Herr Brooke, mein Lehrer, wohnt nicht hier, und ich habe niemanden, der mit mir spazierengeht, und so bleibe ich zu Hause und beschäftige mich, so gut es geht, allein.«

»Das ist nicht richtig. Du solltest alle Leute, von denen du eingeladen wirst, besuchen, dann wirst du bald eine Menge Freunde haben. Es macht gar nichts, wenn du schüchtern bist; das wird nicht lange so bleiben, wenn du oft in Gesellschaft bist.«

Laurie errötete wieder, doch war es keineswegs beleidigend, weil Jo ihn schüchtern nannte. Es lag soviel Herzlichkeit in ihren Worten, daß er nicht übersehen konnte, wie gut sie es meinte.

»Gehst du gern in die Schule?« fragte der Junge, nach einer kleinen Pause das Thema wechselnd, während er ins Feuer starrte.

»Ich gehe gar nicht in die Schule. Ich betreue meine alte Tante«, antwortete Jo.

Laurie wollte eben eine andere Frage an sie richten, aber er erinnerte sich rechtzeitig, daß es sich nicht gehörte, zu viele Fragen über die Angelegenheiten fremder Leute zu stellen. Jo machte es jedoch nichts aus, von Tante March zu erzählen, und so gab sie ihm eine lebhafte Beschreibung von der sonderbaren alten Dame, von ihrem fetten Pudel, ihrem Papagei, der Spanisch sprach, und von der Bibliothek, die sie so liebte. Laurie amüsierte sich köstlich und lachte, daß ihm die Tränen die Wangen herunterliefen und ein Zimmermädchen den Kopf zur Tür hereinsteckte, um zu sehen, was los war.

»Du, das gefällt mir wunderbar. Bitte erzähl weiter«, sagte er und hob sein Gesicht aus dem Sofakissen, rot und glänzend vor Vergnügen.

Sehr erfreut über ihren Erfolg, fuhr Jo fort, weiterzuerzählen. Sie sprach über ihre Spiele, Pläne und Hoffnungen und von ihrer Angst um den Vater und schilderte die interessantesten Ereignisse aus der kleinen Welt, in der die Schwestern lebten. Dann sprachen sie über Bücher. Zu Jos großer Freude entdeckte sie, daß Laurie Bücher ebenso liebte wie sie und sogar schon mehr als sie gelesen hatte.

»Wenn du Bücher so gern hast, dann komm und sieh dir unsere Bibliothek an. Großvater ist nicht zu Hause, und du brauchst dich nicht zu fürchten«, sagte Laurie und stand auf.

»Ich fürchte mich vor nichts«, gab Jo zurück.

»Ich glaube, das ist wahr!« rief der Junge aus und sah sie voll Bewunderung an. Im geheimen dachte er, daß sie wohl Grund haben würde, sich zu fürchten, wenn sie den alten Herrn in einer seiner Launen anträf.

Laurie zeigte Jo einige Zimmer des Hauses und zum Schluß die Bibliothek. Hier schlug Jo die Hände vor Entzücken zusammen. Sie war vollgestopft mit

Büchern und Statuen. In der Mitte des Raumes standen Tische mit Glasplatten, unter denen sich Münzen und andere sehenswerte Schätze befanden. Große Lehnstühle, kleine Tische und ein offener Kamin machten das Zimmer gemütlich.

»Wie herrlich!« seufzte Jo und sank in die Tiefe eines Plüschsessels. Sie blickte mit einer Miene größter Zufriedenheit um sich. »Theodor Laurenz, du müßtest der glücklichste Junge der Welt sein«, fügte sie hinzu.

»Man kann nicht nur von Büchern leben«, erwiderte Laurie, während er sich über einen der Tische beugte.

Bevor er noch mehr sagen konnte, läutete eine Glocke, und Jo sprang erschrocken auf und rief: »Um Gottes willen! Das ist dein Großvater.«

»Ich dachte, du hast vor niemandem Angst«, bemerkte der Junge schmunzelnd.

»Ich glaube, ich fürchte mich ein bißchen vor ihm, aber ich weiß nicht, warum. Mammi hat mir erlaubt, daß ich herüberkomme«, meinte Jo, sich selbst beruhigend, obwohl sie die Tür im Auge behielt.

»Ich fürchte nur, daß du schon zu müde bist, um noch länger mit mir zu plaudern. Aber es war so nett, daß ich gar nicht aufhören mag«, sagte Laurie dankbar.

»Der Doktor möchte den jungen Herrn sehen«, meldete ein Mädchen und zog sich gleich wieder zurück.

»Macht es dir etwas aus, wenn ich dich für einen Moment allein lasse? Die Untersuchung wird sicher nicht lange dauern«, sagte Laurie.

»Es macht mir durchaus nichts. Ich fühle mich sehr wohl hier«, antwortete Jo.

Laurie ging fort, und sein Gast blieb allein zurück.

Jo stand gerade vor einem Porträt des alten Herrn, als sich die Tür öffnete und sie, ohne sich umzudrehen, sagte: »Ich bin jetzt sicher, daß ich mich nicht vor ihm fürchte. Er hat so freundliche Augen, obwohl sein Mund streng wirkt und er aussieht, als ob er einen sehr starken Willen habe. Er sieht nicht so gut aus wie mein Großvater, aber ich mag ihn.«

»Danke, mein Fräulein«, sagte eine brummige Stimme hinter ihr, und als sie sich umdrehte, stand der alte Herr Laurenz im Zimmer.

Die arme Jo wurde über und über rot, und ihr Herz begann zu klopfen, als ihr zu Bewußtsein kam, was sie soeben gesagt hatte. Einen Augenblick lang hatte sie den Wunsch, fortzulaufen; aber das wäre feig gewesen, und die Mädchen hätten sie ausgelacht. So beschloß sie zu bleiben und sich so gut wie möglich aus der Affäre zu ziehen. Ein zweiter Blick sagte ihr, daß die lebhaften Augen unter den buschigen grauen Augenbrauen noch freundlicher waren als auf dem Bild, und ihr Zwinkern verminderte Jos Furcht beträchtlich. Die brummige Stimme klang noch brummiger, als der alte Mann nach einer schrecklichen Pause plötzlich sagte: »So, du hast also keine Angst vor mir, he?«

»Nicht viel, Sir.«

»Und du findest, daß ich nicht so gut aussehe wie dein Großvater?«

»Nicht ganz so gut, Sir.«

»Und ich habe einen starken Willen, sagst du?«
»Ich habe nur gesagt, daß ich das glaube.«
»Aber du magst mich trotzdem?«
»Ja, Sir.«

Die Antwort gefiel dem alten Herrn. Er lachte und schüttelte Jo die Hand. Er legte seinen Finger unter ihr Kinn, betrachtete eingehend ihr Gesicht und sagte mit einem freundlichen Nicken: »Du hast den Charakter deines Großvaters, wenn du ihm auch nicht ähnlich siehst. Er war ein großartiger Mensch, mein Kind, aber was noch besser ist, es war tapfer und ehrlich, und ich bin stolz, daß ich sein Freund sein durfte.«

»Vielen Dank, Sir.« Jo war schon fast gewonnen, denn das Lob über ihren Großvater freute sie.

»Was hast du mit meinem Enkel gemacht, he?« war die nächste Frage.

»Ich habe nur versucht, eine gute Nachbarin zu sein, Sir«, erwiderte Jo und erzählte, wie ihr Besuch zustande kam.

»Du meinst, daß er etwas Aufheiterung braucht?«

»Ja, Sir. Er scheint sehr einsam zu sein, und junge Leute um ihn herum würden ihm gut tun. Wir sind nur Mädchen, aber wir wären froh, wenn wir ihm ein wenig helfen dürften, denn wir haben das wundervolle Weihnachtsgeschenk, das Sie uns gemacht haben, nicht vergessen«, sagte Jo eifrig.

»Das war die Idee des Jungen. Wie geht es der armen Frau?«

»Danke, gut, Sir.« Jo beeilte sich, zu erzählen, daß ihre Mutter reichere Gönner für die arme Familie gefunden hatte, als sie es waren.

»Genau wie ihr Vater. Ich werde deine Mutter einmal besuchen. Sag es ihr. Es läutet zum Tee; wir trinken ihn des Jungen wegen immer so früh. Komm mit und sei weiter eine gute Nachbarin.«

»Wenn es Ihnen recht ist, Sir.«

»Hätte ich dich sonst darum gebeten?« Herr Laurenz bot ihr galant seinen Arm.

Was würde Meg sagen? dachte Jo, während sie sich von dem alten Herrn in den Salon führen ließ. Mit Vergnügen stellte sie sich vor, was sie zu Hause zu ihrem Abenteuer sagen würden.

Nun, was ist in den Jungen gefahren? dachte der alte Herr, als Laurie die Treppe heruntergestürzt kam und vor Überraschung bremste, als er Jo am Arm seines sonst so mürrischen Großvaters sah.

»Ich wußte nicht, daß Sie gekommen sind, Sir«, begann Laurie, während ihm Jo einen triumphierenden Blick zuwarf.

»Komm zum Tee und benimm dich wie ein Gentleman!« Dabei zog er den Jungen gutmütig bei den Haaren, ehe er in den Salon ging. Laurie folgte ihnen erleichtert.

Herr Laurenz sprach nicht viel. Er trank seine vier Tassen Tee und beobachtete die beiden jungen Leute, die wie alte Freunde miteinander plauderten. Die Veränderung seines Enkels entging ihm nicht. Lauries Gesicht war gerötet, und in seinem Lachen war echte Heiterkeit.

Sie hat recht. Der Bursche ist einsam. Werden sehen, was diese kleinen Mädchen für ihn tun können, dachte Herr Laurenz, während er den beiden zuhörte. Jo gefiel ihm. Ihre rauhe Art sagte ihm zu, und sie schien den Jungen zu verstehen, als ob sie selbst einer wäre.

Wenn die Laurenz eingebildet und hochnäsig gewesen wären, hätte Jo nicht gewußt, wie sie sich benehmen sollte. Solche Leute machten sie scheu, und sie fühlte sich in ihrer Gegenwart unbehaglich. Doch da sie auch Herrn Laurenz freundlich und nett fand, gab sie sich ganz natürlich und machte dadurch einen guten Eindruck auf ihn. Als sie mit dem Tee fertig waren, wollte Jo fortgehen. Doch Laurie mußte ihr unbedingt noch etwas zeigen. Er führte sie in das Gewächshaus. Jo erschien es dort wie im Märchen, denn da blühten mitten im Winter die schönsten Blumen. Laurie pflückte einen großen Strauß und sagte mit einem glücklichen Lächeln: »Bitte gib ihn deiner Mutter und sag ihr, daß mir die Medizin, die sie mir schickte, sehr gut getan hat.«

Herr Laurenz stand im großen Wohnzimmer vor dem Feuer. Aber Jos Aufmerksamkeit wurde vollkommen von dem großen Flügel in Anspruch genommen, der sich dort befand.

»Spielst du?« fragte sie Laurie.

»Manchmal«, antwortete er bescheiden.

»Bitte spiel mir etwas vor. Ich möchte dich hören, damit ich Beth davon erzählen kann.«

»Möchtest du nicht selbst spielen?«

»Ich kann nicht; Ich bin zu ungeschickt, um es zu lernen, aber ich liebe die Musik sehr.«

Laurie spielte, und Jo hörte zu, mit der Nase in den Teerosen. Ihre Bewunderung für den Laurenz-Jungen stieg immer mehr, denn er spielte ausgezeichnet. Sie wünschte, daß Beth ihn hätte hören können, und lobte ihn so sehr, daß er ganz verlegen wurde und sein Großvater meinte: »Das ist genug, junges Fräulein, zuviel Lob ist nicht gut für ihn. Sein Spiel ist nicht schlecht, doch ich hoffe, daß er in wichtigeren Dingen genauso tüchtig ist. Gehst du schon? Ich bin dir sehr dankbar, und komm bald wieder. Meine Empfehlungen an deine Mutter. Gute Nacht, Doktor Jo.«

Er schüttelte ihr freundlich die Hand, aber irgend etwas schien ihn verstimmt zu haben. In der Halle fragte Jo Laurie, ob sie etwas Verkehrtes gesagt habe. Laurie schüttelte den Kopf.

»Nein, es war meine Schuld. Er hat es nicht gern, wenn ich Klavier spiele.«

»Warum nicht?«

»Ich werde es dir eines Tages erzählen. John wird dich nach Hause bringen, da ich dich nicht begleiten kann.«

»Das ist nicht notwendig. Ich bin keine junge Dame, und es ist doch nur ein Sprung. Paß auf dich auf!«

»Wirst du wiederkommen?«

»Wenn du versprichst, uns zu besuchen, sobald du wieder gesund bist.«

»Das werde ich tun.«

»Gute Nacht, Laurie.«

»Gute Nacht, Jo.«

Als Jo zu Hause mit dem Erzählen fertig war, hatte die ganze Familie Lust, zu Besuch in das große Haus zu gehen, denn jeder war überzeugt, dort etwas zu finden, was ihn besonders interessierte. Frau March wollte mit dem alten Herrn über ihren Vater sprechen, an den er sich so nett erinnerte; Meg wünschte sich, im Gewächshaus umherzuspazieren; Betty sehnte sich nach dem großen Flügel, und Amy wollte die schönen Bilder und Statuen sehen.

»Mutter, warum will wohl der alte Herr Laurenz nicht, daß Laurie Klavier spielt?« fragte Jo.

»Ich weiß es nicht ganz sicher, aber ich glaube, es kommt daher, daß sein Sohn, Lauries Vater, eine Italienerin heiratete, die Musikerin war. Sie mißfiel dem alten Herrn, der sehr stolz ist. Die Frau war gut und hübsch, doch er mochte sie nicht und hat seinen Sohn nach dessen Hochzeit nicht mehr gesehen. Beide starben, als Laurie noch ein kleines Kind war, und da nahm ihn sein Großvater zu sich. Ich glaube, der Junge, der in Italien geboren wurde, ist nicht sehr gesund, und der alte Herr hat Angst, ihn zu verlieren, und deshalb ist er so besorgt um ihn. Laurie liebt die Musik, und das Talent hat er von seiner Mutter; wahrscheinlich fürchtet sein Großvater, daß er ebenfalls Musiker werden möchte. Auf jeden Fall erinnert ihn Lauries Neigung an diese Frau, die er nicht mochte, und deshalb mag er nicht, daß Laurie spielt.«

»Mein Gott, wie romantisch!« rief Meg aus.

»Wie dumm!« entgegnete Jo. »Er soll ihn doch Musiker werden lassen, wenn der Junge das möchte, und ihn nicht damit plagen, ihn ins College zu schicken, wenn Laurie es haßt, dorthin zu gehen.«

»Deshalb hat er so hübsche schwarze Augen und so gute Manieren. Die Italiener sind alle nett«, sagte Meg, die ein wenig sentimental war.

»Was weißt du von seinen Augen und Manieren? Du hast kaum mit ihm gesprochen«, rief Jo, die nicht sentimental war.

»Ich habe ihn auf der Party getroffen, und was du von ihm erzählt hast, zeigt, daß er sich zu benehmen weiß. Das war doch nett, wie er sich für die Medizin bedankte, die ihm Mutter geschickt hatte.«

»Er meinte den Pudding, glaube ich.«

»Wie dumm du bist! Er hat doch dich damit gemeint.«

»Wirklich?« Jo sah ganz erstaunt aus, denn darauf war sie nicht gekommen.

»Ich habe niemals solch ein einfältiges Mädchen gesehen! Du merkst nicht einmal, wenn du ein Kompliment bekommst«, sagte Meg mit der Miene einer jungen Dame, die über solche Dinge genau Bescheid weiß.

»Das ist alles Unsinn, und ich möchte nicht, daß du so dumm bist und mir meinen Spaß verdirbst. Laurie ist ein netter Junge, und ich mag ihn, und ich möchte nichts über Komplimente und sonstigen sentimentalen Quatsch hören. Wir werden alle nett zu ihm sein, denn er hat nie eine Mutter gehabt, und er darf uns besuchen kommen, nicht wahr, Mammi?«

»Ja, Jo, dein kleiner Freund ist uns willkommen, und ich hoffe, Meg erinnert sich daran, daß Kinder so lange Kinder sein sollen, als sie es können.«

»Ich fühle mich ganz und gar nicht als Kind, und ich bin noch nicht einmal dreizehn«, bemerkte Amy. »Was sagst du, Beth?«

»Ich habe eben über unsere Vorsätze nachgedacht. Ich glaube, in diesem Haus können wir sehr viel Gutes tun«, antwortete Beth.

»Wir müssen aber vorher noch den richtigen Weg finden«, sagte Jo.

Betty schließt Freundschaft

Es brauchte einige Zeit, bis alle das große Haus besucht hatten. Betty fand es besonders schwierig, sich darin wohl zu fühlen. Der alte Herr Laurenz war das größte aller Hindernisse. Nachdem er die Mädchen eingeladen, jedem etwas Nettes oder Lustiges gesagt und mit ihrer Mutter über die alten Zeiten geplaudert hatte, fürchtete sich niemand mehr vor ihm außer der schüchternen

Beth. Ein weiteres Hindernis bestand darin, daß sie arm war und Laurie reich; das machte sie unsicher. Doch nach einiger Zeit fanden sie heraus, wie dankbar Laurie für Frau Marchs mütterliches Entgegenkommen und für ihre fröhliche Gesellschaft und die Gemütlichkeit in ihrem einfachen Haus war. So vergaßen sie bald ihren Stolz und vergalten alles durch Freundlichkeit.

Von nun an gab es eine ganze Menge Vergnügungen, denn die neue Freundschaft gedieh wie das Gras im Frühling. Jedermann mochte Laurie, und er erzählte seinem Hauslehrer, was für wundervolle Mädchen die Marchs seien. Mit Begeisterung nahmen sie den einsamen Jungen in ihrer Mitte auf, und er fand viel Freude an der unverdorbenen Kameradschaft dieses fröhlichen Kreises. Er hatte weder Mutter noch Schwestern und spürte bald den guten Einfluß, den die Marchs auf ihn ausübten. Ihre frohe Geschäftigkeit ließ ihn voll Scham an das träge Leben denken, das er bisher geführt hatte. Er war seiner Bücher müde und fand seine neuen Freunde so interessant, daß sein Lehrer, Herr Brooke, gezwungen war, recht unzufriedene Berichte abzugeben, denn Laurie schwänzte mit einemmal häufig die Stunden und lief statt dessen zu den Marchs hinüber.

»Das macht nichts, lassen Sie ihn Ferien machen, er soll es nachher wieder aufholen«, sagte der alte Herr. »Unsere Nachbarin meint, daß er zuviel studiert und mehr junge Gesellschaft und Vergnügungen braucht, und ich glaube, sie hat recht; ich habe den Jungen verhätschelt, als ob ich seine Großmutter wäre. Lassen Sie ihn machen, was er will, solange er glücklich dabei ist. Er lernt nichts Schlechtes in diesem kleinen Mädchenpensionat, und Frau March tat mehr für ihn, als wir für ihn tun könnten.«

Sie verbrachten eine herrliche Zeit mit Spielen und gemütlichen Abenden in dem alten Wohnzimmer. Hin und wieder gab es auch eine lustige kleine Gesellschaft in dem großen Haus. Meg konnte im Gewächshaus spazierengehen und Blumensträuße pflücken, sooft und soviel sie wollte; Jo stürzte sich wild auf die Bibliothek und erheiterte den alten Herrn mit ihren kritischen Urteilen. Amy zeichnete Bilder ab und erfreute sich an allen schönen Dingen, und Laurie spielte den vollkommenen Hausherrn.

Nur Betty brachte nicht den Mut auf, ihre Schwestern zu begleiten, obwohl sie sich danach sehnte, auf dem großen Flügel zu spielen. Sie war einmal mit Jo hinübergegangen, doch der alte Herr, der nicht wußte, wie scheu sie war, hatte sie so scharf unter seinen buschigen Augenbrauen angestarrt und so laut »He!« gesagt, daß sie erschrak und ihr die Knie zitterten, wie sie später ihrer Mutter erzählte. Sie lief davon und erklärte, nie wieder hinübergehen zu wollen, nicht einmal um des Flügels willen. Alle Überredungskünste konnten sie nicht dazu bringen, ihre Furcht zu überwinden, bis die Sache auf mysteriöse Weise Herrn Laurenz zu Ohren kam. Während eines seiner kurzen Besuche lenkte er geschickt das Gespräch auf die Musik und sprach von den großen Sängern, die er gehört hatte, und erzählte so amüsante Anekdoten, daß Betty es nicht länger in ihrer Ecke aushielt, wo sie sich versteckt hatte, und immer näher und näher kam. Hinter seinem Sessel blieb sie stehen, und da stand sie und horchte mit weitgeöffneten Augen und roten Wangen. Indem er ihr nicht mehr Aufmerksamkeit als einer Fliege schenkte, sprach Herr

Laurenz weiter über die Interessen von Laurie, und plötzlich sagte er zu Frau March, als ob ihm die Idee eben gekommen sei:

»Der Junge vernachlässigt die Musik jetzt ein bißchen, und ich bin froh darüber, denn er hatte begonnen, sie zu sehr zu lieben. Darum wird auch der Flügel jetzt wenig benützt. Möchte nicht eines ihrer Mädchen herüberkommen und hin und wieder darauf üben, damit das Instrument nicht den Klang verliert, Madame?«

Betty machte einen Schritt vorwärts und preßte ihre Hände aneinander, damit sie zu zittern aufhörten, denn der Gedanke, auf diesem wundervollen Klavier zu spielen, raubte ihr beinahe den Atem. Bevor Frau March noch antworten konnte, fuhr Herr Laurenz fort:

»Sie braucht sich um niemanden zu kümmern und mit niemanden zu sprechen, sondern kann jederzeit unbehelligt ins Haus kommen, denn ich bin meistens in meinem Studierzimmer im anderen Teil des Hauses. Laurie ist oft nicht zu Hause, und von der Dienerschaft ist nach neun Uhr kaum noch jemand in der Nähe.« Herr Laurenz stand auf, als ob er gehen wollte. Nun entschloß sich Beth endlich, zu sprechen, denn das Angebot ließ keinen Wunsch offen. »Bitte erzählen Sie den jungen Damen, was ich gesagt habe; und wenn keine Lust hat, zu kommen, macht es auch nichts.« Da schlüpfte eine kleine Hand in seine, und Beth schaute dankbar zu ihm auf und sagte schüchtern:

»Oh, Sir, ich habe sehr große Lust dazu!«

»Bist du das musikalische Mädchen?« fragte Herr Laurenz und blickte freundlich auf sie herab, ohne »He!« zu rufen.

»Ich bin Beth; ich liebe Musik sehr, und ich komme gern, wenn Sie ganz sicher sind, daß mich niemand hört und niemand durch mein Spiel gestört wird«, fügte sie hinzu. Sie zitterte, als ob sie plötzlich über ihre eigene Kühnheit erschrocken sei.

»Keine Menschenseele. Das Haus ist den halben Tag leer. Komm nur und spiele, so laut du magst, ich werde dir dankbar dafür sein.«

»Wie nett Sie sind, Sir!«

Beth errötete unter seinem freundlichen Blick, aber sie fürchtete sich nicht mehr. Sie drückte dankbar die große Hand, denn sie fand keine Worte, um sich für das kostbare Geschenk zu bedanken. Der alte Herr strich ihr sanft das Haar aus der Stirn, beugte sich nieder und küßte sie, während er in so mildem Ton, wie ihn nur wenige Leute je von ihm gehört hatten, sagte:

»Ich habe einmal ein kleines Mädchen mit ebensolchen Augen gehabt. Gott segne dich, Kind! Auf Wiedersehen, Madame.« Und er ging in großer Eile fort.

Betty tanzte vor Freude mit ihrer Mutter im Zimmer herum und lief dann schnell, um die Neuigkeit ihren Puppen zu erzählen, denn ihre Schwestern waren noch nicht zu Hause. Am Abend war sie so ausgelassen, wie man es von dem stillen Kind gar nicht gewohnt war, und am anderen Morgen lachten alle über sie, denn sie hatte Amy in der Nacht geweckt, weil sie im Schlaf auf ihrem Gesicht Klavier spielte. Am Nachmittag, nachdem sie herausgefunden hatte, daß der alte und der junge Herr nicht daheim waren, schlüpfte

Beth durch eine Seitentür in das große Haus und ging lautlos wie ein Mäuschen in das Wohnzimmer, wo das Klavier stand. Ganz durch Zufall natürlich lagen ein paar hübsche leichte Noten darauf, und mit zitternden Fingern, und nachdem sie sich einen großen Anlauf genommen hatte, berührte Beth endlich die Tasten. Sofort war ihre Furcht verschwunden, und sie vergaß sich selbst und alles um sie herum. Das Entzücken über die Musik hatte sie völlig ihrer Umwelt entrückt.

Sie blieb, bis Hanna sie zum Abendessen holte, aber sie hatte überhaupt keinen Appetit. Sie saß nur da und lächelte selig.

Seit jenem Tag schlüpfte Betty fast täglich durch die Hecke, und dann war das große Wohnzimmer von Melodien erfüllt; es schien, als würden sie von einem unsichtbaren kleinen Geist hervorgezaubert. Betty wußte nicht, daß Herr Laurenz oft die Tür seines Studierzimmers öffnete, um die alten Lieder zu hören, die er liebte. Sie sah niemals Laurie, der die Dienerschaft aus der Halle hinausschickte. Es kam ihr aber auch nicht der Verdacht, daß die Noten, die immer auf dem Flügel bereitlagen, nur für sie bestimmt waren. Sie war so glücklich, als hätten sich mit einem Schlag alle ihre kühnsten Wünsche erfüllt.

»Mutter, ich werde für Herrn Laurenz ein Paar Pantoffeln nähen. Er ist so nett zu mir, ich muß ihm irgendwie meine Dankbarkeit beweisen, und ich weiß keinen anderen Weg. Kann ich das tun?« fragte Beth einige Wochen nach dem schicksalshaften Besuch von Herrn Laurenz.

»Ja, mein Liebling, er wird sich sehr darüber freuen, und es ist wirklich eine nette Art, ihm zu danken. Die Mädchen werden dir dabei helfen, und ich kaufe das Material«, antwortete Frau March, die mit Vergnügen Bettys Wunsch unterstützte.

Nach mehreren hitzigen Meinungsverschiedenheiten zwischen Meg und Jo war das Muster gewählt, das Material gekauft, und die Arbeit begann. Beth arbeitete von früh bis spät und unterbrach nur selten ihre emsige Tätigkeit. Sie war sehr geschickt im Nähen, und so dauerte es nicht lange, bis sie die Pantoffeln fertig hatte. Sie schrieb noch ein paar freundliche Zeilen, und mit Lauries Hilfe schmuggelte sie das Päckchen eines Morgens auf den Tisch im Studierzimmer, bevor der alte Herr wach war.

Als sie diese Aufregung hinter sich hatte, wartete Beth gespannt, was geschehen würde. Der ganze Tag verging und auch noch ein Teil des nächsten, ohne daß der alte Herr etwas von sich hören ließ. Beth befürchtete bereits, ihren launenhaften Freund beleidigt zu haben. Am Nachmittag des zweiten Tages ging sie mit Joanna, ihrer armen invaliden Puppe, spazieren. Als sie auf dem Rückweg die Straße heraufkam, sah sie drei — nein, vier Köpfe aus dem Wohnzimmer schauen. Sobald ihre Schwestern Beth erblickten, winkten sie aufgeregt, und mehrere fröhliche Stimmen schrien:

»Es ist ein Brief von dem alten Herrn da! Komm schnell und lies!«

»Oh, Beth! Weißt du, was er dir geschenkt hat —«, begann Amy und gestikulierte wild. Weiter kam sie nicht, denn die anderen zogen sie vom Fenster herunter.

Beth eilte die Stufen hinauf. An der Tür empfingen sie ihre Schwestern und führten sie in einer feierlichen Prozession in das Wohnzimmer, dann riefen sie alle auf einmal: »Schau her! Schau her!« Beth wurde blaß vor Freude und Überraschung; denn dort stand ein Pianino mit einem Brief auf dem glänzenden Deckel, der an »Fräulein Elisabeth March« adressiert war.

»Für mich?« rief Beth und hielt sich an Jo fest, da sie das Gefühl hatte, auf den Boden zu sinken, denn es war zu überwältigend.

»Ja, mein Schatz, für dich! Ist es nicht wunderbar von ihm? Glaubst du nicht auch, daß er der netteste alte Herr auf der ganzen Welt ist? Da ist der Schlüssel in dem Brief, wir haben ihn nicht aufgemacht, aber wir sterben vor Neugier, zu erfahren, was drin steht«, sagte Jo und drängte ihre Schwester, den Brief zu öffnen.

»Lies du ihn, ich kann nicht, ich fühle mich so seltsam. Es ist zu schön!« Beth versteckte ihr Gesicht in Jos Schürze.

Jo öffnete das Briefchen und begann zu lachen, denn die ersten Worte, die sie las, lauteten:

»›Fräulein March:
Sehr geehrte Madame —‹«

»Wie nett das klingt! Ich wollte, es würde mir jemand so schreiben!« rief Amy.

»›Ich hatte schon viele Paar Pantoffeln, doch ich hatte noch nie welche, die mir so gut gefielen wie die von Ihnen‹«, fuhr Jo fort. »›Stiefmütterchen sind meine Lieblingsblumen, und sie werden mich immer an die liebe Spenderin erinnern. Ich möchte Ihnen meinen Dank bezeugen, und ich weiß, Sie werden es dem alten Herrn erlauben, Ihnen etwas zu schicken, das einmal meiner kleinen Enkelin gehörte, die ich verloren habe. Mit herzlichem Dank und besten Wünschen verbleibe ich Ihr dankbarer Freund und ergebener James Laurenz.‹

Das ist eine Ehre, Beth, auf die man stolz sein kann! Laurie hat mir erzählt, wie gern Herr Laurenz das Kind hatte, das gestorben ist, und wie sorgfältig er seine Sachen aufbewahrt. Denk doch nur, er hat dir sein Pianino geschenkt! Das kommt davon, wenn man so große blaue Augen hat und Musik liebt«, sagte Jo und versuchte Beth zu beruhigen, die vor Aufregung zitterte.

»Schau dir die gebogenen Kerzenhalter an der Seite an und die hübsche grüne Seide mit der goldenen Rose in der Mitte, und den Notenständer mit dem Schemel, alles komplett«, fügte Meg hinzu und öffnete das Instrument, um die Pracht zu enthüllen.

»›Ihr ergebener James Laurenz‹; wenn ich nur daran denke, daß er dir das geschrieben hat! Ich werde das meinen Schulkolleginnen erzählen! Sie werden es umwerfend finden«, rief Amy, die von dem höflichen Brief am meisten beeindruckt war.

»Spiel etwas, Betty! Laß uns hören, wie das Pianino klingt«, bat Hanna, die an den Freuden und Leiden der Familie immer regen Anteil nahm.

Beth spielte, und alle stellten einmütig fest, daß das Klavier den schönsten Klang hatte, den sie jemals gehört hatten. Es war natürlich neu gestimmt worden. Doch so vollkommen es auch war, das rührendste waren doch die glücklichen Gesichter, die sich darüber beugten und Beth zusahen, wie sie freudestrahlend die schönen schwarzen und weißen Tasten berührte und die schimmernden Pedale trat.

»Du mußt dich bei ihm bedanken«, sagte Jo, ohne ernsthaft daran zu glauben, daß die schüchterne Beth es über sich bringen könnte, allein zu dem alten Herrn hinüberzugehen.

»Ja, das glaube ich auch. Ich denke, ich werde jetzt gleich gehen.« Und zum größten Erstaunen der versammelten Familie marschierte Beth tapfer durch den Garten, schlüpfte durch die Hecke und verschwand in der Tür des Nachbarhauses.

»Nun, das hätte ich ihr niemals zugetraut. Das Pianino hat ihr den Kopf verdreht. Sie wäre sonst niemals freiwillig gegangen«, rief Hanna und starrte Beth nach, während die Mädchen sprachlos über den Mut ihrer Schwester waren.

Sie wären aber noch erstaunter gewesen, wenn sie gesehen hätten, was Beth nachher tat. Bevor sie überhaupt zum Nachdenken kam, klopfte sie an die Tür des Studierzimmers, und als eine brummige Stimme »Herein!« rief, ging sie hinein und direkt auf Herrn Laurenz zu, der sehr verblüfft aussah. Sie streckte ihre Hand aus und sagte nur mit einem schwachen Zittern in der Stimme: »Ich komme, um Ihnen zu danken, Sir, für —«, aber sie sprach nicht weiter, denn er sah so freundlich drein, daß sie ihre kleine Rede vergaß; sie dachte an das kleine Mädchen, das er so sehr geliebt hatte, und plötzlich schlang sie die Arme um seinen Hals und küßte ihn.

Wenn das Dach des Hauses plötzlich weggeflogen wäre, hätte der alte Herr nicht erstaunter sein können. Aber er war zugleich gerührt und erfreut über den Kuß. Er hob Beth auf seine Knie und legte seine runzelige Wange gegen ihre rosige, und einen Augenblick lang hatte er das Gefühl, als sei ihm seine kleine Enkelin wiedergegeben. Beth hatte alle Furcht vor ihm verloren und plauderte so unbefangen mit ihm, als habe sie ihn ihr Leben lang gekannt. Als sie nach Hause ging, begleitete er sie bis zur Hecke, dann schüttelte er ihr herzlich die Hand und berührte seinen Hut, als er zurückging, aufrecht und stattlich wie ein alter, gutaussehender Gentleman, der er ja auch war.

Gewitter über Amy

»Der Junge ist ein richtiger Zyklop, nicht wahr?« sagte Amy eines Tages, als Laurie im Vorbeireiten mit seiner Peitsche schnalzte.

»Wie kannst du so etwas sagen, wenn er doch beide Augen hat, und sehr hübsche noch dazu«, rief Jo, die ihrer Schwester die geringschätzige Bemerkung über ihren Freund übelnahm.

»Ich habe nichts über seine Augen gesagt, und ich verstehe nicht, warum du dich aufregst, wenn ich seine Reitkunst bewundere.«

»Lieber Himmel! Diese kleine Gans meint einen Zentaur und nennt ihn einen Zyklop!« platzte Jo lachend heraus.

»Du brauchst deshalb nicht so verletzend zu sein«, gab Amy zurück. »Ich wünschte nur, ich hätte einen Teil von dem Geld, das Laurie für das Pferd ausgibt«, fügte sie hinzu.

»Wozu?« fragte Meg freundlich. Jo lachte noch immer über Amys Schnitzer.

»Ich brauche es dringend, ich habe furchtbare Schulden, und ich bekomme diesen Monat kein Taschengeld.«

»Schulden? Was meinst du damit, Amy?« Meg schaute ihre Schwester fragend an.

»Ich schulde ungefähr ein Dutzend kandierte Zitronen, und ich kann sie nicht zurückgeben, ehe ich nicht wieder Taschengeld bekommen habe, denn Mammi hat verboten, im Geschäft Schulden zu machen.«

»Sind Zitronen jetzt modern?« Meg versuchte ernst zu bleiben, denn für Amy war die Sache offensichtlich sehr wichtig.

»Ja, die Mädchen kaufen immerzu kandierte Zitronen, und wenn du nicht schief angesehen werden möchtest, mußt du es auch tun. Die Mädchen lutschen sie die ganze Zeit, sogar während der Stunden heimlich unter der Bank. Sie tauschen sie für Bleistifte, Ringe und Papierpuppen oder für irgend etwas anderes ein. Wenn man jemand mag, dann gibt man ihm eine kandierte Zitrone. Aber wenn man jemandem böse ist, dann lutscht man sie vor seinen Augen und läßt ihn nicht einmal ein kleines Stückchen davon abbeißen. Ich habe schon so viele Zitronen bekommen, daß ich jetzt auch einmal welche spenden muß. Das ist nämlich eine Ehrenschuld, weißt du.«

»Wieviel brauchst du, um sie zu bezahlen und um deinen guten Ruf wiederherzustellen?« fragte Meg und nahm ihre Geldbörse heraus.

»Fünfundzwanzig Cent werden mehr als genug sein. Da bleibt sogar noch etwas übrig, damit ich auch dir eine kandierte Zitrone mitbringen kann. Oder magst du sie vielleicht gar nicht?«

»Nicht sehr, du kannst meinen Anteil selbst essen. Hier ist das Geld, aber versuche, so lange wie möglich damit auszukommen.«

»Oh, vielen Dank! Ich freue mich schon darauf, wieder eine Zitrone zu lutschen, denn ich habe die ganze Woche keine gehabt, weil ich mich nicht getraute, eine anzunehmen. Ich wußte ja nicht, ob ich sie würde zurückgeben können.«

Am nächsten Tag kam Amy ziemlich spät in die Schule. Dennoch konnte sie es sich nicht versagen, voll Stolz ein feuchtes braunes Papierpaket herzuzeigen, bevor sie es in ihr Pult legte. In der nächsten Minute ging es von Mund zu Mund, daß Amy March vierundzwanzig köstliche Zitronen mitgebracht habe. Die Aufmerksamkeit ihrer Freundinnen war überwältigend. Katy Braun lud sie auf der Stelle zu ihrer nächsten Party ein. Mary Kingsley bestand darauf, ihr bis zur Pause ihre Uhr zu leihen. Jenny Snow, eine affektierte junge Dame, die nichts von Amy hatte wissen wollen, solange sie ihr keine Zitronen anbieten konnte, begrub sofort das Kriegsbeil und versprach, ihr die Lösungen einiger schwieriger Rechenaufgaben zu verraten. Aber Amy hatte die bissigen Bemerkungen von Jenny Snow über »gewisse Leute, deren Nasen nicht zu flach sind, um die kandierten Zitronen anderer zu riechen«, nicht vergessen. Sofort schickte sie ihr ein Telegramm, in dem sie schrieb: »Du brauchst nicht plötzlich so freundlich zu sein, denn du bekommst keine.«

An diesem Morgen besuchte eine wichtige Persönlichkeit die Schule, und Amys Zeichenmappe wurde sehr gelobt, was im Herzen von Jenny Snow einen weiteren Stachel hinterließ. Zu allem Überfluß blies sich Amy noch wie ein Pfau auf. Doch Hochmut kommt vor dem Fall, und die rachsüchtige Mitschülerin wendete das Blatt mit verheerendem Erfolg. Kaum hatte der Gast die Tür hinter sich geschlossen, als Jenny, unter dem Vorwand, eine wichtige Frage zu haben, Herrn Davis, den Lehrer, darüber informierte, daß Amy March kandierte Zitronen in ihrem Pult habe.

Natürlich war es verboten, in der Schule Süßigkeiten zu lutschen. Lehrer Davis hatte schon erfolgreich den Kaugummi aus seiner Schule verbannt, im Hof ein Freudenfeuer mit beschlagnahmten Zeitschriften und Romanen veranstaltet, ein privates Postamt vernichtet, unter Strafe Spitznamen und Karikaturen verboten, kurzum, er hatte alles getan, um fünfzig ausgelassene junge Mädchen im Zaum zu halten. Auch Jungen können die Geduld eines Lehrers hart auf die Probe stellen, aber Mädchen sind noch viel schlimmer, besonders wenn der Lehrer ein nervöser Herr mit einem aufbrausenden Temperament ist. Herr Davis wußte zwar eine Menge in Griechisch, Latein, Algebra und in allen -ologien, aber Verständnis für junge Leute hatte er überhaupt keines.

Es war ein sehr ungünstiger Augenblick, um Amy anzuschwärzen, und Jenny wußte es. Herr Davis hatte natürlich seinen Kaffee heute morgen zu stark getrunken, außerdem wehte Ostwind, der immer seine Neuralgien verstärkte, und weiters zollten ihm seine Schüler nicht die Aufmerksamkeit, die er zu verdienen glaubte. Er war, wie seine Schülerinnen zu sagen pflegten, »nervös wie ein Schneider und mürrisch wie ein Bär«. Das Wort »Zitrone« wirkte auf ihn wie Öl im Feuer. Sein gelbes Gesicht wurde knallrot, und er schlug mit solcher Wucht auf sein Pult, daß Jenny mit ungewohnter Schnelligkeit auf ihren Platz zurücklief.

»Meine Damen, aufgepaßt, bitte!«

Fünfzig Augenpaare schauten erschrocken zu ihm auf.

»Fräulein March, kommen Sie heraus!«

Amy erhob sich ahnungslos. Dennoch war ihr nicht ganz wohl zumute, denn die Zitronen drückten auf ihr Gewissen.

»Bringen Sie die Zitronen mit, die in Ihrem Pult liegen«, donnerte die Stimme des Lehrers, die sie erstarren ließ, bevor sie aus ihrem Pult herausgetreten war.

»Nimm nicht alle mit«, flüsterte ihre Banknachbarin geistesgegenwärtig.

Amy schüttete schnell ein paar Zitronen in ihr Pultfach und legte den Rest vor Herrn Davis auf den Tisch. Im geheimen hoffte sie, daß ihm bei dem köstlichen Duft das Wasser im Mund zusammenlaufen werde und er dadurch umgestimmt würde. Unglücklicherweise verabscheute Herr Davis den Geruch der Süßigkeiten, die bei seinen Schülerinnen gerade in Mode waren, und diese Abneigung vermehrte seine Wut.

»Ist das alles?«

»Nicht ganz«, stammelte Amy.
»Bring sofort den Rest.«
Mit einem verzweifelten Blick auf die restlichen Zitronen gehorchte sie.
»Bist du sicher, daß das alle sind?«
»Ja, Sir.«
»So, nun nimm je zwei und zwei von den widerlichen Dingern und wirf sie zum Fenster hinaus.«
Ein allgemeiner Seufzer ging durch die Klasse, als die köstlichen Süßigkeiten in die Tiefe wanderten. Rot vor Zorn und Scham führte Amy den Befehl des Lehrers aus. Ein Jubelschrei von der Straße machte den Ärger der Mädchen vollkommen, denn nun wußten sie, daß die kandierten Früchte von frechen Straßenjungen eingesammelt wurden, die ihre geschworenen Feinde waren. Das war zuviel. Alle warfen Herrn Davis flehende Blicke zu, und ein Mädchen brach sogar in Tränen aus.

Als Amy von ihrem letzten Gang zurückkam, gab Herr Davis ein gewichtiges »Hem« von sich und sagte mit seiner eindrucksvollsten Stimme:
»Meine Damen, denken Sie an das, was ich vor einer Woche gesagt habe. Ich bedaure, daß dies heute geschehen ist. Ich dulde es einfach nicht, daß meine Regeln durchbrochen werden, und ich breche niemals mein Wort. Fräulein March, strecken Sie Ihre Hände aus.«

Amy starrte ihn an und legte ihre Hände auf den Rücken. Sie war so fassungslos, daß sie kein Wort herausbrachte. Eigentlich mochte sie der »alte Davis«, wie er natürlich von seinen Schülerinnen genannt wurde, recht gern, und er hätte ihr wahrscheinlich verziehen, wenn nicht ein Mädchen gezischt und dadurch die Wut des Lehrers von neuem aufgestachelt hätte.

»Ihre Hände, Fräulein March!«

Amy war zu stolz, um zu weinen oder um Verzeihung zu bitten. Sie biß die Zähne zusammen und ließ die Schläge auf ihre kleinen Hände über sich ergehen. Der Lehrer schlug nicht oft und auch nicht fest zu, doch das machte keinen Unterschied für sie. Es war das erstemal in ihrem Leben, daß sie geschlagen wurde, und sie empfand diese Schmach so tief, als ob er sie halb zu Tode geprügelt hätte.

»Du bleibst nun bis zur Pause hier auf dem Katheder stehen«, befahl Herr Davis, fest entschlossen, die Sache, die er begonnen hatte, bedingungslos zu Ende zu führen.

Das war einfach schrecklich. Es wäre schon schlimm genug gewesen, unter den mitleidigen Blicken ihrer Freundinnen und dem schadenfrohen Gekicher ihrer Feindinnen auf ihren Platz zurückzugehen. Aber vor der ganzen Klasse wie angeprangert stehenbleiben zu müssen, schien ihr unerträglich. Für einen Augenblick glaubte sie, auf der Stelle umzufallen und vor Schande zu sterben. Nur ihr Zorn auf Jenny Snow, die ihr dieses Unrecht zugefügt hatte, gab ihr die Kraft, es zu ertragen. Sie nahm den Platz am Katheder ein und stand dort bewegungslos und weiß wie die Wand, den Blick starr auf das Meer von Gesichtern unter sich gerichtet.

Während der folgenden fünfzehn Minuten litt das stolze und empfindsame Mädchen unvergeßliche Qualen der Demütigung. Amy war in den zwölf

Jahren ihres Lebens nur mit Liebe und Güte erzogen worden, und eine solche Strafe war ihr vorher nie begegnet. Aber der Schmerz auf ihren Händen und die erlittene Schmach waren nicht so schlimm wie der Gedanke: Was werden sie zu Hause sagen? Wie enttäuscht werden sie von mir sein!

Die fünfzehn Minuten erschienen ihr wie eine Stunde, aber auch sie vergingen, und die Pause war ihr niemals so willkommen gewesen wie heute.

»Sie können gehen, Fräulein March«, sagte Herr Davis, der sich offensichtlich selbst sehr ungemütlich fühlte.

Er sollte den vorwurfsvollen Blick nicht so schnell vergessen, den ihm Amy zuwarf, als sie, ohne ein Wort zu sagen, in den Vorraum ging, ihre Sachen nahm und die Schule »für immer«, wie sie zu sich sagte, verließ. Sie war in einem traurigen Zustand, als sie nach Hause kam. Frau March sagte nicht viel, aber sie sah sehr bestürzt aus und versuchte ihre kleine Tochter auf die liebevollste Weise zu trösten. Meg streichelte weinend Amys Hände, Beth drückte ihre geliebten Kätzchen noch fester an sich, und Jo schlug vor, daß Herr Davis unverzüglich eingesperrt werden sollte, während Hanna die Kartoffeln für das Abendessen so heftig schüttelte, als hätte sie den »Schurken« bereits unter ihren Händen.

Amys Flucht wurde in der Schule mit keinem Wort erwähnt, doch ihren Mitschülerinnen entging es nicht, daß sich Herr Davis in seiner Haut nicht sehr wohl zu fühlen schien und ungewöhnlich nervös war. Knapp vor Schulschluß kam Jo und machte ein grimmiges Gesicht, während sie auf den Katheder zuging und einen Brief von ihrer Mutter hinlegte. Dann packte sie die Sachen von Amy, die noch da waren, ein und streifte sich beim Weggehen sorgfältig die Schuhe auf der Türmatte ab, als ob sie den Staub dieses Platzes von ihren Füßen abschütteln wollte.

»Du kannst einstweilen von der Schule zu Hause bleiben, doch ich wünsche, daß du jeden Tag ein wenig mit Beth lernst«, meinte Frau March an jenem Abend. »Ich lehne körperliche Züchtigung ab, besonders für Mädchen. Ich bin auch mit den Lehrmethoden von Herrn Davis nicht ganz einverstanden. Ich werde jedoch deinen Vater um Rat fragen, bevor ich dich in eine andere Schule schicke.«

»Das ist gut! Ich wünschte, alle Mädchen würden seine Schule verlassen, dann müßte er zusperren. Es ist ewig schade um die köstlichen Zitronen«, seufte Amy mit der Miene einer Märtyrerin.

»Es schadet nichts, daß du sie wegwerfen mußtest, denn du hast die Schulregeln nicht beachtet und für deine Unfolgsamkeit eine Strafe verdient«, antwortete Frau March streng. Amy machte ein beleidigtes Gesicht, denn sie hatte schon begonnen, sich in ihrer Rolle zu gefallen und von allen bemitleidet zu werden.

»Du meinst, du bist froh, daß ich vor der ganzen Klasse gedemütigt wurde?« rief sie.

»Ich hätte eine andere Strafe gewählt«, entgegnete die Mutter, »aber ich bin nicht ganz sicher, ob diese nicht doch besser für dich war als eine mildere Methode. Du bist zu eingebildet und nimmst dich viel zu wichtig in letzter Zeit, meine Liebe, und es ist höchste Zeit, daß du dich änderst. Du hast eine

Menge guter Eigenschaften, aber das ist kein Grund, die Nase so hoch zu tragen, denn Hochmut verdirbt die besten Anlagen. Niemand wird deine guten Eigenschaften übersehen, wenn sie mit Bescheidenheit gepaart sind.«

»So ist es«, rief Laurie, der mit Jo in einer Ecke des Zimmers Schach spielte. »Ich kenne ein Mädchen, das ein bemerkenswertes Musiktalent hat und es selbst gar nicht weiß. Sie hat keine Ahnung, was für entzückende kleine Dinge sie komponiert, wenn sie allein ist, und würde es nicht glauben, wenn es ihr jemand sagte.«

»Ich würde dieses nette Mädchen gerne kennenlernen. Vielleicht könnte es mir helfen, ich bin ja so dumm«, sagte Beth, die neben Laurie stand und eifrig zuhörte.

»Du kennst sie, und sie hilft dir mehr als irgend jemand anders«, antwortete Laurie und sah sie so unmißverständlich mit seinen fröhlichen schwarzen Augen an, daß Beth plötzlich errötete und ihr Gesicht in einem Sofakissen versteckte, ganz überwältigt von diesem unerwarteten Lob.

Jo ließ Laurie das Spiel gewinnen, um ihm für seine netten Wort zu danken. Beth war jedoch unter keinen Umständen zu bewegen, ihnen nach diesem Kompliment etwas vorzuspielen. So erklärte sich Laurie bereit, ein paar Lieder zu singen, denn er war heute besonders gut gelaunt. Als er gegangen war, fragte Amy, die den ganzen Abend gedankenvoll vor sich hin gestarrt hatte:

»Ist Laurie ein talentierter Junge?«

»Ja, er hat eine ausgezeichnete Ausbildung genossen und besitzt sehr viel Talent. Er wird vielleicht einmal ein großer Künstler, wenn er nicht durch Schmeicheleien verdorben wird«, antwortete die Mutter.

»Und er ist nicht hochnäsig, nicht wahr?« fragte Amy.

»Nicht im geringsten. Deshalb ist er ja so reizend, und deshalb mögen wir ihn alle so. Ihr seht also, daß es gar nicht notwendig ist, sein Talent besonders hervorzustreichen.«

»Genauso wie es lächerlich wäre, wenn du alle deine Mützen, Kleider und Bänder auf einmal tragen würdest, damit die Leute wissen, daß du sie besitzt«, fügte Jo hinzu, und alle lachten über ihren Einfall.

Eine Lehre für Jo

»Wo geht ihr hin?« fragte Amy, als sie an einem Samstagnachmittag in das Zimmer ihrer Schwestern kam und diese sich mit geheimnisvollen Gesichtern zum Ausgehen fertigmachten.

»Kleine Mädchen sollen nicht immerzu Fragen stellen«, antwortete Jo ziemlich unfreundlich.

Dies war für Amy eine grobe Beleidigung, da sie sich doch schon so erwachsen vorkam, und daher beschloß sie, nicht eher zu ruhen, bis sie das Geheimnis ergründet hatte. Sie wandte sich an Meg, die ihr nie lange etwas verweigern konnte, und bat: »Sag es mir! Laß mich mitkommen! Beth spielt mit ihren Puppen, und ich habe nichts zu tun und bin so einsam.«

»Das geht nicht, Liebes, denn du bist nicht eingeladen«, begann Meg, aber Jo unterbrach sie ungeduldig: »Sei doch still, Meg! Oder willst du alles verderben? Du kannst nicht mitkommen, Amy. Sei kein Baby und hör auf zu jammern.«

»Ihr geht mit Laurie irgendwohin, ich weiß es. Ihr habt schon gestern abend dauernd geflüstert und gelacht, und als ich hereingekommen bin, seid ihr sofort still gewesen. Geht ihr mit ihm?«

»Ja, und nun sei still und hör auf, lästig zu sein.« Amy schwieg zwar, doch hielt sie ihre Augen offen und sah, wie Meg einen Fächer in ihre Tasche steckte.

»Ich weiß es! Ihr geht ins Theater und seht die ›Sieben Schlösser‹«, rief sie. Entschlossen fügte sie hinzu: »Ich komme mit, denn Mutter hat mir erlaubt, daß ich das Stück sehe. Außerdem habe ich mein Taschengeld bekommen, und es war wirklich nicht nett von euch, daß ihr es mir nicht rechtzeitig gesagt habt.«

»Hör mir eine Minute zu und sei ein liebes Kind«, sagte Meg besänftigend. »Wir haben schon unsere Karten, und so müßtest du auf einen Platz allein sitzen. Nächste Woche kannst du mit Beth und Hanna gehen.«

»Ich möchte aber mit euch und Laurie gehen. Bitte laßt mich mitkommen. Ich werde ganz still und brav sein«, bettelte Amy.

»Könnten wir sie nicht doch mitnehmen? Ich glaube nicht, daß Mutter etwas dagegen hat, wenn wir gut auf sie aufpassen«, meinte Meg.

»Wenn sie mitgeht, bleibe ich zu Hause, und wenn ich nicht gehe, wird Laurie auch nicht mitkommen wollen. Es ist sehr unhöflich, Amy mitzubringen, wenn er nur uns eingeladen hat. Sie soll sich nicht dazwischendrängen, wenn sie nicht erwünscht ist«, sagte Jo ärgerlich, denn sie wollte nicht auf Amy aufpassen, sondern sich unterhalten.

Ihr Ton und ihre Art machten Amy immer zorniger. Sie begann sich die Schuhe anzuziehen, während sie entschlossen sagte: »Ich gehe. Meg hat gesagt, ich darf mitkommen, und wenn ich für mich selbst zahle, hat Laurie gar nichts damit zu tun.«

»Du kannst nicht bei uns sitzen, denn unsere Plätze sind reserviert, und allein kannst du nicht sitzen, also wird dir Laurie seinen Platz anbieten, und das wird uns das ganze Vergnügen verderben. Oder er wird für dich einen Platz neben uns besorgen, und das ist nicht recht, da du doch nicht eingeladen wurdest, also mußt du hierbleiben«, schimpfte Jo, die immer ärgerlicher wurde. Zu allem Überfluß hatte sie sich auch noch einen Fingernagel abgebrochen.

Amy saß auf dem Boden und begann zu weinen. Meg versuchte, sie zu beruhigen, als Laurie von unten rief und die zwei Mädchen eilig davonliefen, ohne sich weiter um ihre jammernde Schwester zu kümmern. Amy vergaß, daß sie schon erwachsen sein wollte, und benahm sich wie ein verwöhntes Kind. Als die drei eben das Haus verließen, rief sie drohend: »Das wirst du noch bereuen, Jo March!«

Jo warf als Antwort nur die Tür zu.

Sie unterhielten sich ausgezeichnet, denn das Theaterstück »Die sieben Schlösser vom Diamantensee« war wunderschön. Doch trotz der lustigen roten Kobolde, der schimmernden Elfen und der stattlichen Prinzen, die die Bühne bevölkerten, war in Jos gute Laune ein Wermutstropfen gefallen. Die blonden Locken der Feenkönigin erinnerten sie an Amy, und während der Pausen dachte sie darüber nach, was ihre Schwester anstellen könnte, um sich an ihr zu rächen. Sie und Amy hatten schon oft Streit gehabt, denn beide besaßen ein lebhaftes Temperament und waren ziemlich jähzornig. Amy ärgerte Jo, und Jo reizte Amy. Obwohl Jo die ältere war, hatte sie weniger Selbstkontrolle, und so geschah es immer wieder, daß sie ihr aufbrausendes Wesen in Schwierigkeiten brachte. Ihr Ärger hielt jedoch niemals lange an, und nachdem sie ihre Schuld eingesehen hatte, war sie stets von ehrlicher Reue erfüllt. Ihre Schwestern waren der Ansicht, daß es ganz gut wäre, sie öfter in Wut zu bringen, denn Jo war nachher immer sanft wie ein Engel.

Als sie nach Hause kamen, saß Amy lesend im Wohnzimmer. Sie trug ein beleidigtes Gesicht zur Schau, sagte aber kein Wort. Sie hob weder die Augen von ihrem Buch, noch stellte sie eine einzige Frage. Vielleicht hätte ihre Neugierde die Überhand gewonnen, wenn ihr nicht Beth mit Fragen zuvorgekommen wäre, und so bekam sie eine begeisterte Beschreibung von dem Stück. Als Jo in ihr Zimmer ging, um ihren guten Hut aufzuheben, galt ihr erster Blick ihrem Schreibtisch, denn bei ihrem letzten Streit hatte Amy ihre Gefühle damit besänftigt, Jos Schreibtischlade auf den Boden zu leeren. Aber es war alles in Ordnung, und nach einem flüchtigen Blick in ihre verschiedenen Fächer, Taschen und Schachteln nahm Jo an, daß Amy ihr verziehen und auf ihre Rache verzichtet habe.

Aber Jo irrte sich, denn am nächsten Tag machte sie eine recht unerfreuliche Entdeckung. Meg, Beth und Amy saßen am späten Nachmittag beisammen, als Jo aufgeregt in das Zimmer stürzte und atemlos fragte: »Hat jemand meine Geschichte genommen?«

Meg und Beth verneinten und sahen überrascht auf. Amy stocherte im Feuer herum und sagte nichts. Jo sah sie erröten und war sofort bei ihr.

»Amy, du hast sie!«

»Nein, ich habe sie nicht.«

»Dann weißt du, wo sie ist.«

»Nein, ich weiß es nicht.«

»Das ist eine Lüge!« schrie Jo und packte sie bei den Schultern und sah dabei so wild aus, daß sich auch ein tapfereres Mädchen als Amy gefürchtet hätte.

»Ich habe das Buch nicht, und ich weiß nicht, wo es jetzt ist, und es kümmert mich auch nicht.«

»Du weißt etwas darüber, und es ist besser, du sagst es mir sofort, sonst kannst du etwas erleben!«

»Schimpf, soviel du willst, du wirst deine dumme alte Geschichte nie wieder bekommen«, schrie Amy zurück.

»Warum nicht?«

»Ich habe sie verbrannt.«

»Was! Mein kleines Buch, das ich so gern gehabt habe und an dem ich soviel gearbeitet habe, damit es fertig wird, bevor Vater nach Hause kommt! Du hast es wirklich verbrannt?« fragte Jo, die ganz blaß geworden war.

»Ja, ich habe es getan! Ich habe dir gesagt, daß du dafür büßen wirst, daß du gestern so häßlich zu mir warst, und so habe ich —«

Amy kam nicht weiter. Jos wildes Temperament ging mit ihr durch; sie schüttelte Amy, daß ihre Zähne aufeinander schlugen, und schrie fassungslos:

»Du gemeines, böses Mädchen! Ich kann es niemals wieder schreiben, und ich verzeihe dir das nie, solange ich lebe!«

Meg befreite Amy aus Jos Umklammerung, und Beth versuchte, Jo zu beruhigen. Aber Jo war außer sich. Sie gab ihrer Schwester eine Ohrfeige und stürmte aus dem Zimmer, hinauf in das Dachstübchen und zu dem alten Sofa, auf das sie sich schluchzend warf.

Unten legte sich der Sturm allmählich. Denn Frau March kam nach Hause. Nachdem sie die Geschichte gehört hatte, gelang es ihr bald, Amy zu beweisen, wie unrecht sie getan hatte. Jos Buch war ihr ganzer Stolz, und es wurde von der ganzen Familie als ein literarischer Versuch angesehen, der viel versprach. Es umfaßte nur ein halbes Dutzend kleiner Märchen, aber Jo hatte eifrig daran gearbeitet und gehofft, daß sie gut genug seien, um gedruckt zu werden. Sie war eben damit fertig geworden, sie sorgfältig abzuschreiben, und hatte das alte Manuskript vernichtet, so daß Amys Tat die liebevolle Arbeit von einigen Jahren zerstört hatte. Es war leicht zu verstehen, daß Jo todunglücklich war und glaubte, nie über diesen Verlust hinwegzukommen. Beth trauerte aufrichtig mit ihr, und sogar Meg weigerte sich, ihren Liebling zu verteidigen. Frau March sah ernst und traurig aus, und Amy hatte das Gefühl, von allen verlassen zu sein. Sie mußte Jo für ihre Tat um Verzeihung bitten, die sie mehr als ihre früheren Streiche bereute.

Als die Glocke zum Tee klingelte, erschien Jo und sah so grimmig und unnahbar aus, daß Amy all ihren Mut zusammennehmen mußte, um schüchtern zu sagen: »Bitte verzeih mir, Jo, es tut mir sehr, sehr leid.«

»Ich werde dir nie verzeihen«, antwortete Jo kalt, und von diesem Augenblick an war Amy Luft für sie.

Niemand sprach über den Streit — nicht einmal Frau March —, denn alle hatten aus der Erfahrung gelernt, daß Worte vergeblich waren, wenn Jo starrköpfig war. Das beste war, zu warten, bis sie sich wieder beruhigt hatte und die Wunde von selbst geheilt war. Es war kein gemütlicher Abend, obwohl sie wie gewöhnlich beisammen saßen und nähten und die Mutter ihnen laut vorlas. Der häusliche Friede war gestört. Am schlimmsten war es, als sie ihr Lied sangen und Amy plötzlich abbrach, so daß Meg und Mutter allein weitersangen. Doch auch diese beiden schienen heute keine Freude an dem Lied zu haben und konnten die Melodie nicht richtig halten.

Als Jo ihren Gutenachtkuß bekam, flüsterte ihr Frau March ins Ohr: »Laß die Sonne über deinem Zorn nicht untergehen, Jo. Verzeiht und helft einander und beginnt morgen neu.«

Jo hätte gerne ihren Kopf in den Schoß der Mutter gelegt und sich ihren Kummer und Ärger von der Seele geweint. Aber Weinen war kindisch, und sie fühlte sich so verletzt, daß sie ihrer Schwester unmöglich jetzt gleich verzeihen konnte. So schüttelte sie nur den Kopf und sagte unversöhnlich, daß auch Amy es hören konnte:

»Es war eine ungeheuerliche Bosheit; sie verdient nicht, daß ich ihr verzeihe.«

Damit ging sie zu Bett, und es gab an diesem Abend kein fröhliches, vertrautes Geplauder.

Amy war sehr beleidigt, daß ihre Friedensbemühungen zurückgestoßen wor-

»Du, Mutter? Du kannst doch gar nicht böse sein!« rief Jo überrascht.
»Ich habe mich vierzig Jahre lang bemüht, mein Temperament zu bekämpfen, und heute bin ich wenigstens imstande, es zu zügeln. Ich bin fast jeden Tag einmal böse, Jo, aber ich habe gelernt, es nicht zu zeigen, und ich hoffe noch zu lernen, einmal ganz frei von solchen Gefühlen zu sein. Sicher wird es weitere vierzig Jahre dauern, bis ich es soweit gebracht habe.«
Das gütige Gesicht der Mutter, das sie so liebte, ging Jo mehr zu Herzen als die schärfste Rüge. Sie fühlte sich geborgen in dem Vertrauen, das ihr entgegengebracht wurde. Das Bewußtsein, daß ihre Mutter den gleichen Fehler hatte wie sie, ließ sie den eigenen leichter ertragen. Es stärkte ihren Entschluß, ihn auszumerzen, obwohl vierzig Jahre einem fünfzehnjährigen Mädchen als eine endlos lange Zeit erscheinen.
»Mutter, bist du böse, wenn du manchmal die Lippen zusammenpreßt und aus dem Zimmer gehst, wenn Tante March schimpft oder jemand dich ärgert?« fragte Jo und fühlte sich ihrer Mutter verbundener denn je.
»Ja, ich habe gelernt, die häßlichen Worte, die über meine Lippen kommen wollen, hinunterzuschlucken. Dann gehe ich für einen Augenblick hinaus, bis ich mich wieder gefaßt habe.« Lächelnd strich sie Jo über das zerzauste Haar.
»Wie hast du gelernt, dich zu beherrschen? Die scharfen Worte rutschen mir immer so schnell heraus, daß ich gar nichts dagegen tun kann. Erzähl mir, wie du das machst, Mammi.«
»Meine Mutter hat mir dabei geholfen —«
»Wie du uns hilfst«, unterbrach sie Jo und gab ihr einen dankbaren Kuß —
»Doch ich verlor sie, als ich nur ein wenig älter war als du, und jahrelang mußte ich ganz allein an mir arbeiten, weil ich zu stolz war, meine Schwäche einem anderen Menschen einzugestehen. Es war eine schlimme Zeit, und ich vergoß viele bittere Tränen, denn es schien mir, als ob ich trotz all meiner Bemühungen nicht weiterkomme. Dann lernte ich deinen Vater kennen, und ich war so glücklich mit ihm, daß ich es plötzlich ganz leicht fand, gut zu sein. Doch nach und nach, als ich vier kleine Töchter um mich hatte und wir arm geworden waren, zeigte sich der alte Fehler von neuem. Denn ich glaubte, ich könnte es nicht ertragen, wenn es meinen Kindern an etwas mangelte.«
»Arme Mutter! Wer half dir dann?«
»Dein Vater, Jo. Er ist so geduldig, er verzweifelt niemals oder beklagt sich, sondern ist immer voll Hoffnung und Zuversicht, daß man sich vor ihm schämt, wenn man nicht so ist. Und ohne es zu wissen, habt auch ihr mir schon viel geholfen und tut es noch immer. Ich lerne aus euren Fehlern genauso wie aus meinen. Die Liebe und das Vertrauen meiner Kinder sind die schönste Belohnung für meine Bemühungen, ein zufriedener, ausgeglichener Mensch zu sein, der anderen als Vorbild dienen kann.«
»Oh, Mutter, wenn ich wüßte, daß ich nur halb so gut werden kann, wie du es bist, dann wäre ich zufrieden«, sagte Jo gerührt.
»Ich hoffe, daß du einmal um vieles besser sein wirst. Deshalb vergiß niemals die Lehre, die du heute bekommen hast. Erinnere dich stets daran und versuche mit aller Kraft, dein wildes Temperament zu meistern, bevor es dir größeren Kummer bringt, als du ihn heute erfahren hast.«

»Ich werde es versuchen, Mutter, ganz bestimmt. Aber du mußt mir dabei helfen, so wie Vater dir geholfen hat. Gib mir nur einen Wink, wenn du siehst, daß ich aufbrausen möchte. Ich werde ihn schon verstehen und mich dabei an meinen guten Vorsatz von heute erinnern«, sagte Jo zuversichtlich.

»Ja, so hat Vater es auch gemacht. Mit einem einzigen Blick hat er mich oft vor einer scharfen Äußerung gewarnt, ehe sie mir über die Lippen schlüpfen konnte.«

Jo sah, daß sich die Augen ihrer Mutter mit Tränen füllten und ihre Lippen zitterten, als sie sprach, und da sie fürchtete, zuviel gesagt zu haben, fragte sie ängstlich: »War es falsch, daß ich dich daran erinnert habe? Ich wollte dich nicht damit kränken, aber es ist so schön, dir alles sagen zu können, was ich mir denke, und ich fühle mich nun so sicher und froh.«

»Meine Jo, du kannst deiner Mutter alles sagen, denn es ist mein größter Stolz und mein Glück, daß mir meine Töchter vertrauen und daß sie wissen, wie sehr ich sie liebe.«

»Ich dachte, ich habe dich gekränkt.«

»Nein, mein Liebes. Es tut mir nur so weh, von Vater zu sprechen, denn es erinnert mich daran, wie sehr ich ihn vermisse, wie sehr ich ihn brauche und wie sehr ich mich bemühen muß, seinen Töchtern ein gutes Vorbild zu sein.«

»Obwohl du ihm selbst geraten hast, in den Krieg zu ziehen, und nicht geweint hast, als er ging«, sagte Jo bewundernd.

»Ich habe das Beste, was ich habe, meinem Land gegeben, und ich hielt meine Tränen zurück, bis er gegangen war. Es ist unsere Pflicht, in schweren Zeiten zusammenzustehen und unser persönliches Glück oder Unglück einer höheren Sache unterzuordnen. Gott wird uns immer dabei helfen, mein Kind.«

Amy bewegte sich und seufzte im Schlaf. Jo beugte sich über sie und flüsterte: »Ich habe die Sonne über meinem Ärger untergehen lassen. Ich wollte dir nicht verzeihen, und wenn dir Laurie nicht geholfen hätte, wäre es vielleicht zu spät gewesen. Wie konnte ich nur so böse sein?«

Als ob sie es gehört hätte, schlug Amy die Augen auf und streckte Jo lächelnd die Arme entgegen. Keiner sagte ein Wort, aber sie umarmten einander so innig, und alles war mit einem herzlichen Kuß vergessen und vergeben.

Meg auf dem Jahrmarkt der Eitelkeit

»Ich glaube, es war ein glücklicher Zufall, daß gerade jetzt die Kings-Kinder die Masern haben«, sagte Meg an einem Apriltag, als sie, von ihren Schwestern umgeben, in ihrem Zimmer die Reisetasche packte.

»Es ist sehr nett von Annie Moffat, daß sie ihr Versprechen nicht vergessen hat. Vierzehn Tage frei und ungebunden zu sein ist wirklich wundervoll«, antwortete Jo, die Megs Kleider zusammenfaltete.

»Außerdem ist herrliches Wetter. Ich freu' mich so für dich«, fügte Beth hinzu. Sie sortierte sorgfältig Bänder in eine hübsche Schachtel, die sie ihrer Schwester für die große Gelegenheit borgte.

»Ich wollte, ich würde auch einmal eingeladen und könnte immerzu meine hübschesten Sachen tragen«, sagte Amy und wählte mit sicherem Geschmack einen Gürtel zu Megs Reisekleid.

»Ich wünschte, ihr könntet alle mitkommen. Aber da das nicht geht, werde ich mir meine Abenteuer gut merken und sie euch dann erzählen, wenn ich zurückkomme. Es war wirklich sehr nett von euch, daß ihr mir einiges von euren Sachen geborgt und mir dabei geholfen habt, fertig zu werden«, sagte Meg und sah sich prüfend im Zimmer um.

»Was hat dir Mutter aus der Schatztruhe gegeben?« fragte Amy, die nicht dabei gewesen war, als die wohlbekannte Zedernschachtel geöffnet wurde, in der Frau March ein paar Erinnerungsstücke an die gute alte Zeit aufbewahrte, um sie später ihren Töchtern zu schenken.

»Ein Paar Seidenstrümpfe, den hübschen durchbrochenen Fächer und eine schöne blaue Schärpe. Ich hätte mir gern etwas aus der violetten Seide genäht, aber ich hatte keine Zeit mehr dazu.«

»Die blaue Schärpe wird sehr hübsch zu meinem weißen Musselinrock passen. Hätte ich doch mein Korallenarmband nicht kaputt gemacht, ich würde es dir gern geben«, sagte Jo. Leider waren die meisten ihrer Besitztümer so mitgenommen, daß nicht mehr viel damit anzufangen war.

»In der Schatztruhe liegt ein hübsches altmodisches Perlenhalsband, aber Mutter meinte, echte Blumen seien der schönste Schmuck für ein junges Mädchen, und Laurie hat mir versprochen, mir die Blumen zu schicken, die ich möchte«, antwortete Meg. »Habe ich jetzt alles? Da ist mein neues graues Straßenkleid; rolle nur die Feder auf meinem Hut ein, Beth; dann mein Popelinkleid für den Sonntag und die kleinen Gesellschaften ... es sieht zwar ein bißchen schwer aus für den Frühling. Die violette Seide wäre so hübsch gewesen!«

»Mach dir keine Sorgen, du hast das weiße Kleid für die großen Gelegenheiten, und in Weiß siehst du immer wie ein Engel aus«, meinte Amy.

»Es ist nicht ausgeschnitten, und es ist nicht weit genug, aber es wird gehen. Mein blaues Hauskleid sieht gut aus; es wurde frisch gewendet und aufgeputzt, so daß ich das Gefühl habe, es ist ganz neu. Meine Seidentasche ist nicht mehr modern und mein Hut auch nicht. Ich will mich ja nicht beklagen, aber ich war sehr über meinen Schirm enttäuscht. Ich habe Mutter gesagt, ich möchte einen schwarzen mit einem weißen Griff, aber sie hat es vergessen und mir einen grünen Schirm mit einem häßlichen gelblichen Griff gekauft. Ich will nicht undankbar sein, aber ich werde mich neben Annie schämen, die einen seidenen Schirm mit einem Goldknopf besitzt«, seufzte Meg und sah mit großem Mißbehagen ihren unscheinbaren Schirm an.

»Tausch ihn um«, riet ihr Jo.

»Das werde ich nicht tun. Es würde Mutter kränken, nachdem sie sich so bemüht hat, mir diese Dinge zu kaufen. Ich tröste mich mit meinen Seidenstrümpfen und meinen zwei Paar neuen Handschuhen. Du bist ein Schatz, Jo, daß du mir deine leihst. Ich fühle mich damit so reich und elegant wie eine ganz große Dame.« Meg sah befriedigt auf ihre Handschuhschachtel.

»Annie Moffat hat blaue und rosa Schleifen auf ihren Nachthemden. Möchtest du nicht auf meine welche aufnähen?« fragte sie, als Beth mit einem Stoß frisch gebügelter Wäsche aus der Küche kam.

»Nein, das möchte ich nicht tun, denn die duftigen Schleifen würden nicht zu dem einfachen Schnitt deiner Nachthemden passen«, erklärte Jo entschieden.

»Ich möchte wissen, ob ich jemals reich genug sein werde, um echte Spitzenkrägen auf meinen Kleidern tragen zu können«, seufzte Meg.

»Du hast unlängst gesagt, daß du vollkommen glücklich sein würdest, wenn du nur zu Annie Moffat gehen könntest«, bemerkte Beth lächelnd.

»Ja, das ist richtig. Nun, ich bin glücklich, und ich werde nicht mehr jammern. Aber es ist schon einmal so: Je mehr man bekommt, desto mehr möchte man haben. So, nun ist alles eingepackt außer meinem Ballkleid; das überlasse ich Mutter«, meinte Meg. Sie warf einen Blick auf das oftmals umgearbeitete weiße Kleid, das sie ihr »Ballkleid« nannte.

Am nächsten Tag war schönes Wetter, und Meg reiste für vierzehn Tage ins Vergnügen. Frau March hatte nur mit Zögern ihre Einwilligung zu diesem Besuch gegeben, denn sie fürchtete, daß Margaret unzufriedener heimkommen würde, als sie fortgefahren war. Aber Meg hatte so lange gebettelt, und Sally hatte versprochen, gut auf sie aufzupassen, daß sie schließlich nachgegeben hatte. Außerdem schien Meg nach diesem Winter voll harter Arbeit ein bißchen Abwechslung verdient zu haben.

Die Moffats waren sehr reich, und Meg war zuerst von der Pracht des Hauses und dem Luxus, der dort herrschte, ganz eingeschüchtert. Aber die Leute waren freundlich, und bald fühlte sich ihr Gast sehr wohl bei ihnen. Vielleicht fühlte Meg unbewußt, daß sie nicht so kultiviert und gebildet waren, wie sie glauben machen wollten, und daß sie bei all ihrem Reichtum wenig echte Werte besaßen. Aber es war doch herrlich, in einem feinen Wagen spazierenzufahren, jeden Tag die besten Kleider zu tragen und nichts zu tun, als sich zu unterhalten. Dieses Leben behagte Meg sehr, und bald begann sie die Manieren der Leute und ihre Art zu sprechen nachzuahmen, sie verwendete französische Ausdrücke, kräuselte sich das Haar und redete über Mode, so gut sie konnte. Je mehr sie von Annie Moffats hübschen Sachen sah, um so mehr beneidete sie ihre Freundin und wünschte sich, reich zu sein. Ihr Heim kam ihr schäbig und traurig vor, und die Arbeit erschien ihr schlimmer als je zuvor. Sie fand, daß sie trotz ihrer neuen Handschuhe und Seidenstrümpfe ein sehr armes Mädchen sei.

Meg hatte aber nicht viel Zeit zum Grübeln, denn die drei jungen Mädchen waren immerzu beschäftigt mit Einkaufen, Spazierengehen, Reiten und verschiedenen Einladungen. Sie besuchten Theater und Oper oder hatten am Abend Gäste, denn Annie besaß viele Freunde und verstand sie zu unterhalten. Ihre älteren Schwestern waren feine junge Damen; eine war verlobt, was Meg ungemein interessant und romantisch erschien. Herr Moffat war ein dicker, lustiger alter Herr und Frau Moffat eine freundliche, rundliche alte Dame, die Meg sofort ins Herz schloß. Jeder verwöhnte sie und nannte sie »Daisy«, und Meg war drauf und dran, sich den Kopf verdrehen zu lassen.

Als der Abend der »kleinen Party« kam, fand Meg, daß ihr Popelinkleid auf keinen Fall gut genug dafür sei, denn die anderen Mädchen besaßen alle hübsche Kleider und wirkten sehr elegant. Sie holte ihr weißes Kleid hervor, doch es sah noch einmal so alt und schäbig aus neben dem feinen Kleid von Sally. Meg fühlte, wie sie die Mädchen musterten und sich dann ansahen, und wurde rot, denn bei all ihrer Sanftheit war sie sehr stolz. Niemand sagte ein Wort, doch Sally bot sich an, ihr das Haar aufzustecken, und Annie band ihr die Schärpe, während Belle, die verlobte Schwester, ihre weißen Arme lobte. Aber bei all ihrer Freundlichkeit spürte Meg nur das Mitleid in den Bemühungen ihrer Freundinnen, und ihr Herz wurde schwer, als sie beisammenstanden und die anderen lachten und schwatzten und sich unbeschwert unterhielten. Das bittere Gefühl wurde noch schlimmer, als ein Stubenmädchen eine Schachtel mit Blumen brachte. Annie hob den Deckel auf und stieß einen Laut der Bewunderung aus. Die Schachtel enthielt einen Strauß wunderschöner Rosen.

»Die sind natürlich für Belle. George schickt ihr immer welche; aber diese hier sind ganz besonders schön«, rief Annie.

»Sie sind für Fräulein March«, sagte der Mann, der sie ablieferte. »Und hier ist ein Brief«, erwiderte das Mädchen und hielt Meg das Schreiben hin.

»Was für ein Spaß! Von wem sind sie? Wir haben nicht gewußt, daß du einen Verehrer hast«, riefen die Mädchen und drängten sich neugierig um Meg.

»Der Brief ist von Mutter, und die Blumen sind von Laurie«, erklärte Meg, die sehr erleichtert war, daß Laurie sie nicht vergessen hatte.

»Oh, tatsächlich!« Annie warf Meg einen seltsamen Blick zu, als diese den Brief in die Tasche steckte, als Talisman gegen Neid, Eitelkeit und falschen Stolz. Die paar netten Worte in dem Brief hatten ihr gutgetan, und die Blumen hatten ihre Schönheit aufgefrischt.

Da sie sich nun wieder besser fühlte, steckte sie sich ein paar Rosen an und band die anderen zu kleinen Sträußchen zusammen, die sie ihren Freundinnen schenkte. Clara, Annies älteste Schwester, nannte Meg gerührt das »süßeste kleine Ding«, das ihr je begegnet sei, und auch die anderen Mädchen waren sehr erfreut über ihre kleine Aufmerksamkeit. Bald war Megs Niedergeschlagenheit ganz verflogen, und als sie alle zu Frau Moffat gingen, um sich ansehen zu lassen, schaute ihr aus dem Spiegel ein glückliches Gesicht mit glänzenden Augen entgegen. Ihr Kleid kam ihr mit den Rosen darauf gar nicht mehr so schäbig vor.

Meg unterhielt sich an diesem Abend prächtig und tanzte nach Herzenslust. Alle waren sehr freundlich und aufmerksam. Annie bat sie, zu singen, und jemand fand, daß sie eine bemerkenswert schöne Stimme habe. Major Lincoln fragte, wer »das hübsche Mädchen mit den schönen Augen« sei, und Herr Moffat bestand darauf, auch einen Tanz mit ihr zu wagen. So amüsierte sie sich großartig, bis sie zufällig ein Gespräch mitanhörte, das sie zutiefst erschütterte. Sie saß eben im Wintergarten und wartete auf ihren Partner, der ihr etwas Eis bringen wollte, als sie eine Stimme fragen hörte:

»Wie alt ist sie?«

»Sechzehn oder siebzehn, würde ich sagen«, antwortete eine andere Stimme, in der Meg Frau Moffat erkannte.

»Es wäre eine große Sache für eines der Mädchen. Sally sagt, sie sind jetzt gut befreundet, und der alte Herr mag sie sehr.«

»Frau M. hat ihre Pläne und mischt rechtzeitig ihre Karten. Das Mädchen denkt natürlich jetzt noch nicht daran«, erwiderte Frau Moffat.

»Sie behauptete, daß der Brief von ihrer Mutter sei, und wurde rot, als sie die Blumen bekam. Das arme Ding! Sie wäre so hübsch, wenn sie nur moderner angezogen wäre. Glaubst du, sie würde beleidigt sein, wenn wir ihr für Donnerstag ein Kleid borgen wollten?« fragte eine andere Stimme.

»Sie ist stolz, aber ich glaube nicht, daß sie böse sein wird, denn das weiße Kleid ist das einzige, das sie hat.«

»Wir werden sehen. Ich werde jedenfalls den jungen Laurenz einladen, um ihr eine Freude zu machen.«

Da kam Megs Partner zurück und fand sie sehr aufgeregt. Meg war fassungslos, doch ihr Stolz half ihr, den Ärger und die Scham, die sie empfand, nicht zu zeigen. In ihrer Unverdorbenheit verstand sie den Tratsch ihrer Freunde gar nicht. Sie versuchte, ihn zu vergessen, aber es gelang ihr nicht, und so wiederholte sie sich die Sätze, die sie unfreiwillig aufgeschnappt hatte, immer wieder. Am liebsten wäre sie nach Hause gelaufen, um sich bei ihrer Mutter das Herz auszuschütten und sie um Rat zu fragen. Aber da dies unmöglich war, tat sie ihr Bestes, um fröhlich zu erscheinen. Niemand merkte, was für eine Anstrengung sie das kostete. Meg war froh, als das Fest vorbei war und sie in ihrem Bett lag, wo sie nachdenken und sich wundern konnte, bis sie der Kopf schmerzte und ihr Kopfkissen naß von Tränen war. Dieses Gespräch hatte Meg den Blick in eine neue Welt geöffnet und den Frieden der alten gestört, in der sie bis jetzt glücklich wie ein Kind gelebt hatte. Ihre unschuldige Freundschaft mit Laurie war durch dieses dumme Gerede getrübt worden, und die Bemerkung über ihre Mutter hatte einen Stachel in ihrem Herzen zurückgelassen. Megs guter Vorsatz, mit ihren Kleidern zufrieden zu sein, war durch das Mitleid der dummen Moffat-Mädchen wieder umgeworfen worden. Schließlich war es noch längst nicht das größte Unglück auf der Welt, zwei Jahre hintereinander dasselbe Kleid tragen zu müssen.

Die arme Meg hatte eine unruhige Nacht und erwachte am anderen Morgen mit einem schweren Kopf. Sie ärgerte sich über ihre Freunde und über sich selbst, weil sie nicht den Mut hatte, offen zu sprechen und alles aufzuklären. Irgend etwas im Benehmen ihrer Freunde hatte sich verändert. Sie behandelten Meg mit mehr Achtung, wie ihr vorkam, und sahen sie voll Neugierde an. Das überraschte sie und schmeichelte ihr, obwohl sie den Grund nicht verstand. Da sagte Belle mit ungewöhnlich sanfter Stimme zu ihr:

»Daisy, Liebes, ich habe eine Einladung für Donnerstag an deinen Freund, Herrn Laurenz, geschickt. Wir möchten ihn gern kennenlernen.«

Meg errötete, aber gleichzeitig kam ihr die gute Idee, die eingebildete Gans ein wenig zum Narren zu halten.

»Du bist sehr freundlich, aber ich fürchte, er wird nicht kommen«, flötete sie zurück.

»Warum nicht?« fragte Belle.

»Er ist zu alt.«

»Was meinst du damit? Wie alt ist er?« rief Clara.

»Fast siebzig, glaube ich«, antwortete Meg und biß sich auf die Lippen, um nicht laut herauszulachen.

»Wir meinen natürlich den jungen Herrn Laurenz«, sagte Belle eifrig.

»Es gibt keinen jungen Herrn, Laurie ist ein kleiner Junge.« Als Meg den Blick sah, den die beiden Schwestern austauschten, konnte sie das Lachen nicht länger zurückhalten.

»In deinem Alter?« fragte eine der Schwestern.

»Mehr im Alter meiner Schwester Jo. Ich werde im August siebzehn«, erwiderte Meg.

»Es ist sehr nett von ihm, dir Blumen zu schicken, nicht wahr?« bemerkte Annie und versuchte, weise dreinzusehen.

»Ja, er schickt uns oft welche, denn er hat viele in seinem Garten, und wir lieben Blumen so sehr. Meine Mutter und der alte Herr Laurenz sind befreundet, und so ist es nur natürlich, daß wir Kinder miteinander spielen.«

»Es läßt sich nicht leugnen, Daisy ist wirklich noch nicht erwachsen genug«, sagte Clara leise zu Belle.

»Ja, sie ist vollkommen ahnungslos«, flüsterte Belle zurück.

»Ich gehe weg, um einige Einkäufe zu machen; kann ich für euch etwas mitnehmen?« fragte Frau Moffat, die eben zur Tür hereinkam.

»Nein danke, Mama«, antwortete Sally. »Ich habe mein rosa Seidenkleid für Donnerstag, ich brauch' weiter nichts!«

»Ich auch nicht —«, begann Meg, obwohl sie genau wußte, daß sie vieles benötigen würde, aber nichts kaufen konnte.

»Was wirst du anziehen?« fragte Sally.

»Wieder mein altes Weißes, wenn ich es so ausbessern kann, daß man es nicht sieht. Ich habe es letzte Nacht ziemlich arg zerrissen«, antwortete Meg. Sie bemühte sich, ruhig zu sprechen, fühlte sich aber sehr unbehaglich dabei.

»Warum schreibst du nicht nach Hause, daß sie dir ein anderes schicken?« fragte Sally, die nicht gerade taktvoll war.

»Ich habe kein anderes.« Diese Worte kosteten Meg eine große Überwindung, doch Sally bemerkte es nicht und rief erstaunt:

»Nur das eine! Wie komisch —« Sie konnte nicht zu Ende sprechen, denn Belle unterbrach sie und sagte freundlich:

»Das ist überhaupt nicht komisch. Was hat es für einen Sinn, eine Menge Kleider zu haben, wenn sie noch nicht ausgeht? Es ist gar nicht notwendig, daß du nach Hause schreibst, Daisy, auch wenn du ein Dutzend hättest. Ich habe nämlich ein hübsches blaues Seidenkleid, aus dem ich herausgewachsen bin, und ich möchte gern, daß du es trägst. Willst du?«

»Du bist sehr liebenswürdig, aber es macht mir nichts aus, mein altes Kleid zu tragen; es ist gut genug für mich«, meinte Meg.

»Laß mir die Freude, dich hübsch anzuziehen. Es würde mir großen Spaß bereiten, aus dir eine kleine Schönheit zu machen. Niemand darf dich vorher sehen; erst wenn du fertig bist, überraschen wir sie wie Aschenbrödel und ihre Stiefmutter, die auf den Ball geht«, versuchte Belle sie zu überreden.

Meg konnte der Aussicht nicht widerstehen, »eine kleine Schönheit« zu sein, und im Nu waren ihre unbehaglichen Gefühle gegenüber den Moffats vergessen.

Am Donnerstag vor dem Fest schloß sich Belle mit Meg ein, um, wie sie versprochen hatte, eine Schönheit aus ihr zu machen. Sie lockte ihr Haar, puderte ihr die Arme und den Nacken, schminkte ihr die Lippen und hätte ihr noch etwas Rouge auf die Wangen gelegt, wenn Meg nicht protestiert hätte. Meg bekam ein hellblaues Kleid, das so eng war, daß sie darin kaum atmen konnte, und so tief ausgeschnitten, daß sie über ihr eigenes Spiegelbild errötete. Schließlich erhielt sie noch Armbänder, Ringe und Ohrgehänge und ein Teerosensträußchen für den Ausschnitt. Ein Schleier über den Schultern machte sie besonders hübsch. Ein Paar hochhackiger blauer Seidenschuhe vollendete die Pracht. Ein Spitzentaschentuch, ein Federfächer und ein Blumenstrauß gaben ihr den letzten Schliff. Belle war so entzückt von ihr wie ein kleines Mädchen von seiner neu angezogenen Puppe.

»Mademoiselle ist charmant, très jolie, nicht wahr?« rief das Mädchen, das ihnen beim Ankleiden geholfen hatte.

»Komm und laß dich anschauen«, sagte Belle und führte Meg in das Zimmer zu den anderen.

Als Meg in dem schönen langen Kleid, mit ihrer Lockenpracht und den baumelnden Ohrringen einherschritt, begann ihr Herz zu klopfen. Sie fühlte, daß dies der Höhepunkt sein mußte. Der Spiegel hatte ihr gezeigt, daß sie wirklich eine kleine Schönheit war, und der Beifall ihrer Freunde schien ihr das zu bestätigen.

»Während ich mich anziehe, zeigt ihr, wie man das Kleid rafft und mit diesen französischen Absätzen geht. Stecke ihr auch die lange Locke auf der linken Seite hinauf, Clara«, riet Belle, als sie davoneilte. Sie war zufrieden mit ihrem Werk.

»Ich habe Angst, hinunterzugehen. Ich fühle mich so fremd und steif und halb angezogen«, sagte Meg zu Sally, als die Glocke läutete und Frau Moffat nach den Mädchen schickte.

»Du siehst fremd aus, aber sehr hübsch. Belle hat einen wunderbaren Geschmack, und du wirkst ganz französisch, das versichere ich dir. Laß deine Blumen ruhig herunterhängen, du brauchst nicht so vorsichtig damit umzugehen«, erwiderte Sally und versuchte, sich nichts daraus zu machen, daß Meg hübscher war als sie.

Margaret kam mit ihren hohen Absätzen sicher die Treppe hinunter und segelte in das Wohnzimmer, wo die Moffats und einige frühe Gäste bereits versammelt waren. Sie entdeckte bald, daß feine Kleider einen gewisse Anziehungskraft auf eine bestimmte Klasse von Leuten ausüben. Einige junge Damen, die früher von ihr kaum Notiz genommen hatten, waren plötzlich sehr liebenswürdig. Ebenso erging es ihr mit einigen jungen Herren, die sie bei einer anderen Gelegenheit nur angestarrt hatten und ihr jetzt plötzlich vorgestellt werden wollten. Sie sagten ihr dumme, wenn auch angenehme Dinge. Einige ältere Damen, die auf Sofas saßen und die Anwesenden eifrig kritisierten, erkundigten sich interessiert, wer sie sei. Einmal hörte sie Frau Moffat antworten:

»Daisy March — Vater ein Oberst in der Armee — eine der ersten Familien, aber völlig verarmt, intime Freunde von Laurenz, sehr nettes Ding, mein Ned ist ganz wild auf sie.«

»Mein Gott!« sagte die alte Dame und setzte ihr Lorgnon an, um Meg genauer zu betrachten, die tat, als ob sie nichts gehört hätte. Im Grunde war sie empört über Frau Moffats Schwindelei.

Das seltsame Gefühl, das Meg von Anfang an empfunden hatte, ließ sie nicht los, doch redete sie sich ein, die Rolle der feinen Dame vollendet zu spielen und sich dabei wohl zu fühlen, obwohl ihr das enge Kleid Atembeklemmungen verursachte und ihr die Schleppe immer zwischen die Beine kam. Außerdem lebte sie in der ständigen Angst, ihre Ohrringe zu verlieren. Sie spielte mit ihrem Fächer, und lachte zu den schwachen Späßen der jungen Herren, die versuchten, witzig zu sein, als sie plötzlich Laurie erblickte. Er sah sie mit unverhohlener Überraschung an, und obwohl er sich höflich verbeugte und lächelte, ließ sie der Ausdruck in seinen Augen erröten, und sie wünschte, daß sie ihr altes Kleid angezogen hätte. Ihre Verwirrung wuchs, als sie sah, wie Belle und Annie von ihr zu Laurie blickten. Zu ihrer Erleichterung sah dieser ungewöhnlich jungenhaft und scheu aus.

Wie dumm, mir solche Gedanken in den Kopf zu setzen. Ich werde mich nicht mehr darum kümmern, dachte Meg und rauschte durch das Zimmer, um ihrem Freund die Hand zu schütteln.

»Ich bin froh, daß du gekommen bist. Ich hatte schon Angst, du würdest nicht kommen«, sagte sie mit ihrem »erwachsenen« Gesichtsausdruck.

»Jo bat mich, zu gehen und ihr zu sagen, wie du aussiehst; so bin ich eben gekommen«, antwortete Laurie, ohne seine Augen von ihr zu wenden, obwohl er etwas über ihren gezierten Tonfall lächelte.

»Was wirst du ihr sagen?« fragte Meg voll Neugierde, seine Meinung über ihr Aussehen zu hören. Sie merkte, daß sie sich zum erstenmal in seiner Gegenwart unbehaglich fühlte.

»Ich werde ihr sagen, daß ich dich nicht erkannt habe, weil du so erwachsen und fremd ausgesehen hast«, sagte Laurie und nestelte verlegen an seinem Handschuhknopf.

»Wie lächerlich von dir! Die Mädchen zogen mich zum Spaß so an, und mir gefällt es so. Würde Jo erstaunt sein, wenn sie mich sehen könnte?« fragte Meg.

»Ja, ich glaube, sie wäre es«, erwiderte Laurie ernst.

»Gefalle ich dir nicht so?« fragte Meg.

»Nein, überhaupt nicht«, war die grobe Antwort.

»Warum nicht?« fragte sie verwirrt.

Lauries Gesichtsausdruck, während er sie noch einmal von Kopf bis Fuß musterte, war noch schlimmer als seine Antwort. Es fehlte ihr jede Spur von dem höflichen, liebenswürdigen Ton, der ihm sonst eigen war:

»Ich mag keine aufgeputzten Mädchen.«

Das war zuviel. Meg rauschte empört davon, aber sie drehte sich noch einmal um und sagte gekränkt:

»Du bist der unhöflichste Junge, dem ich je begegnet bin.«

Da sie sich sehr unbehaglich fühlte, ging sie zu einem Fenster in einer ruhigen Ecke, um ein paar tiefe Atemzüge zu machen, denn sie meinte, allmählich in dem engen Kleid zu ersticken. Als sie dort stand, ging Major Lincoln vorbei, und gleich darauf hörte sie ihn zu seiner Mutter sagen:

»Sie machen eine Närrin aus dem armen Mädchen. Ich wollte sie dir vorstellen, aber sie haben sie vollkommen verdorben; sie ist nichts als eine aufgeputzte Puppe heute abend.«

»Mein Gott!« seufzte Meg. »Ich wollte, ich hätte mein altes Kleid angezogen, dann wären die Leute nicht enttäuscht von mir und ich würde mich nicht so unbehaglich und beschämt fühlen.«

Meg lehnte ihre Stirn an die kühle Scheibe und stand halb verdeckt hinter den Vorhängen. Sie bemerkte nicht einmal, daß ihr Lieblingswalzer gespielt wurde, bis jemand sie am Arm berührte. Laurie stand neben ihr. Er sah sehr betreten drein, und mit seiner schönsten Verbeugung sagte er:

»Bitte verzeih mir meine Unhöflichkeit und komm und tanz mit mir.«

»Ich fürchte, es wird dir unangenehm sein«, entgegnete Meg und versuchte, beleidigt auszusehen, doch es mißlang ihr gründlich.

»Keineswegs, ich möchte sehr gerne mit dir tanzen. Komm und sei nett. Ich mag zwar dein Kleid nicht, aber ich finde dich — wunderbar.« Er machte eine Bewegung mit seinen Händen, da seine Worte nicht ausreichten, um seine Bewunderung auszudrücken.

Meg lächelte und flüsterte ihm zu: »Paß auf meine Schleppe auf und tritt nicht darauf, sie ist die ärgste Plage meines Lebens, und ich bin wirklich eine Gans, sie zu tragen.«

»Wickle sie dir um den Hals, dann hat sie einen Zweck«, schlug Laurie lachend vor und sah auf die kleinen blauen Schuhe.

Sie tanzten ausgezeichnet und boten ein hübsches Bild, wie sie fröhlich rund um den Saal wirbelten.

»Laurie, bitte tu mir einen Gefallen«, bat Meg, als er ihr zufächelte, nachdem ihr der Atem ausgegangen war.

»Gern!« sagte Laurie.

»Bitte erzähle zu Hause nichts von meinem Kleid heute abend. Sie würden den Spaß nicht verstehen, und Mutter wäre bestimmt enttäuscht.«

Warum hast du es dann getan? schienen Lauries Augen zu fragen. Meg beeilte sich hinzuzufügen:

»Ich werde ihnen selbst alles erzählen und Mutter beichten, wie dumm ich gewesen bin. Ich möchte das selbst tun. Und du wirst ihnen nichts erzählen, nicht wahr?«

»Ich gebe dir mein Wort darauf; aber was soll ich sagen, wenn sie mich fragen?«

»Sag bloß, daß ich nett ausgesehen und mich gut unterhalten habe.«

»Das erstere kann ich mit gutem Gewissen erzählen; aber es sieht nicht danach aus, als ob du dich amüsiert hättest.« Laurie sah sie so zweifelnd an, daß sie lächeln mußte. Dann erwiderte sie ernst:

»Nein, das nicht gerade. Glaube nicht, daß ich wirklich mein Vergnügen daran hatte, wie eine Modepuppe daherzuschweben. Im Gegenteil, ich finde es gräßlich und wäre froh, wenn das Ganze schon vorbei wäre.«

»Da kommt Ned Moffat. Was will er nur?« fragte Laurie und runzelte seine schwarzen Augenbrauen. Es sah so aus, als ob er über die Störung ganz und gar nicht erfreut sei.

»Er hat sich dreimal auf meiner Tanzkarte eingetragen, und ich glaube, er kommt, um seine Tänze einzulösen. Oh, wie langweilig!« sagte Meg und machte ein so komisches Gesicht, daß Laurie lachen mußte.

Er sprach nicht mehr mit ihr bis zum Abendessen. Meg trank Champagner mit Ned und einem seiner Freunde, und Laurie fand, daß sich ihre Kavaliere »wie ein paar Idioten« benahmen. Er fühlte sich wie Megs großer Bruder, der auf sie aufzupassen und sie zu beschützen hatte.

»Du wirst morgen schreckliches Kopfweh haben, wenn du viel von dem Zeug trinkst. Ich würde es nicht tun, Meg. Deine Mutter wäre bestimmt nicht damit einverstanden, das weißt du«, flüsterte er ihr zu, als Ned sich umdrehte, um ihr Glas nachzufüllen, und der andere sich bückte, um ihren Fächer aufzuheben.

»Ich bin heute abend nicht Meg, ich bin eine Puppe, die eine Menge verrückte Dinge tut. Morgen lege ich den ganzen Tand ab und bin wieder ich selbst«, antwortete sie mit einem affektierten Lachen.

»Dann wünsche ich, daß es schon morgen wäre«, murmelte Laurie.

Meg tanzte und flirtete, schwatzte und lachte, wie es die anderen Mädchen taten. Laurie gelang es auch nicht, sie von Ned Moffat und seinen Freunden zu befreien. Erst beim Abschied kam er dazu, mit ihr noch einige Worte zu wechseln.

»Vergiß nicht!« sagte sie und versuchte zu lächeln, denn die Kopfschmerzen hatten schon eingesetzt.

»Stillschweigen bis zum Tod«, antwortete Laurie mit einem dramatischen Tonfall.

Dieses Geflüster hatte Annies Neugierde erregt, doch Meg war zu müde für einen Tratsch und ging gleich ins Bett. Sie hatte das Gefühl, als ob sie auf einer Maskerade gewesen sei und sich nicht so amüsiert habe, wie sie es erwartet hatte. Den ganzen nächsten Tag war sie krank, und am Samstag fuhr sie unter einem Vorwand nach Hause. Sie hatte genug von all diesen Vergnügungen und fand, daß sie lange genug »im Luxus geschwelgt« habe.

»Es ist doch schöner, in Ruhe zu leben und nicht die ganze Zeit Gesellschaften zu haben. Daheim ist es viel gemütlicher, obwohl es bei uns nicht so hoch hergeht«, sagte Meg, als sie am Sonntag abend mit ihrer Mutter und Jo beisammensaß.

»Ich bin froh, daß du das sagst, Meg. Ich fürchtete schon, es würde dir zu Hause armselig und langweilig erscheinen nach all dem Luxus, den du dort genossen hast«, antwortete ihre Mutter, die sie an diesem Tag oftmals prüfend angeschaut hatte. Den mütterlichen Augen bleibt keine Veränderung in den Gesichtern der Kinder verborgen.

Meg hatte fröhlich über ihre Erlebnisse erzählt und immer wieder betont, wie herrlich sie sich unterhalten hatte. Es schien jedoch, als ob sie noch etwas auf dem Herzen habe, und als die kleineren Geschwister zu Bett gegangen waren, saß sie gedankenverloren da und starrte stumm ins Feuer. Als es neun Uhr war und Jo vorschlug, schlafen zu gehen, erhob sich Meg plötzlich, setzte sich neben ihre Mutter und schlang den Arm um sie. Tapfer sagte sie: »Ich möchte dir noch etwas sagen, Mammi.«

»Ich dachte es mir. Was ist los, Kind?«

»Soll ich hinausgehen?« fragte Jo feinfühlend.

»Natürlich nicht. Erzähle ich dir nicht immer alles? Ich habe mich vor den Kleinen geschämt, aber ich möchte, daß ihr beide alles erfahrt, was ich bei den Moffats erlebte, auch das, was nicht so besonders schön war.«

»Wir sind bereit«, sagte Frau March lächelnd, aber sie sah ein bißchen ängstlich aus.

»Ich habe euch erzählt, daß sie mich aufgeputzt haben, aber ich habe euch nicht gesagt, daß sie mich geschminkt und mir die Haare eingedreht und mich wie eine Modepuppe hergerichtet haben. Laurie dachte, ich sei nicht bei Sinnen, ich weiß es, obwohl er es nicht gesagt hat, und ein Herr machte eine abfällige Bemerkung über mich. Ich weiß, daß es dumm war, aber sie schmeichelten mir und sagten, ich sei eine Schönheit und noch eine Menge solchen Unsinn. Ich bin selbst schuld daran, denn ich habe mich wirklich wie eine Gans benommen.«

»Ist das alles?« fragte Jo, während Frau March schweigend auf den gesenkten Kopf ihrer hübschen Tochter blickte und es ihr nicht gelang, ein Wort des Tadels zu finden.

»Nein, ich trank Champagner und versuchte zu flirten und war auch sonst ganz verändert«, fuhr Meg reumütig fort.

»Da ist noch etwas, glaube ich«, half ihr Frau March weiter, als sie sah, wie Meg mit sich kämpfte und nicht die richtigen Worte fand, weiterzusprechen.

»Ja, es ist zwar sehr dumm, aber ich möchte es trotzdem erzählen, denn ich hasse es, wenn die Leute solche Dinge über mich und Laurie denken.«

Dann erzählte sie die verschiedenen Klatschgeschichten, die sie bei den Moffats gehört hatte, und während sie sprach, sah Jo, wie ihre Mutter ärgerlich die Lippen zusammenpreßte.

»Das ist der größte Unsinn, den ich je gehört habe«, rief Jo aufgebracht. »Warum hast du ihnen nicht gleich auf der Stelle die Wahrheit gesagt?«

»Ich konnte nicht, es war so peinlich für mich. Ich war ja nur unfreiwilliger Zeuge eines Gesprächs, und ich war so fassungslos, daß ich nicht den Mut hatte, ihnen meine Meinung zu sagen.«

»Warte nur, bis ich Annie Moffat treffe, dann zeige ich dir, wie man solch lächerliche Tratschereien ausmerzt. Was denen nur einfällt — wir seien bloß deshalb so freundlich zu Laurie, weil er reich ist und eine von uns heiraten könnte! Er würde toben, wenn ich ihm erzählte, was für dumme Sachen sie sich da zusammengereimt haben!« Jo lachte, denn je länger sie darüber nachdachte, um so komischer kam ihr die ganze Sache vor.

»Wenn du es Laurie erzählst, verzeihe ich dir das nie! Sie darf es nicht tun, Mutter, nicht wahr, das darf sie nicht!« rief Meg verwirrt.

»Nein, natürlich wird sie es ihm nicht erzählen. Am besten, ihr vergeßt diese dumme Geschichte so schnell wie möglich«, sagte Frau March ernst. »Es war sehr unklug von mir, dich zu Leuten gehen zu lassen, von denen ich so wenig weiß. Sie mögen ja freundlich und nett sein, aber ihre Art zu leben und unschöne Gerüchte über andere zu verbreiten, ist uns so fremd, daß ich nichts mehr mit ihnen zu tun haben will. Es tut mir leid, daß du so schlechte Erfahrungen machen mußtest, Meg.«

»Es braucht dir nicht leid zu tun, und ich fühle mich nicht verletzt. Ich werde alles Schlechte vergessen und mich nur an das Schöne erinnern, denn ich habe mich trotzdem sehr gut unterhalten, und ich danke dir, daß du mich hast gehen lassen. Ich werde nun nicht mehr unzufrieden sein, Mutter. Ich weiß, ich bin ein dummes, unerfahrenes Mädchen, und ich werde bei dir bleiben, bis ich alt genug bin, um auf mich selbst aufzupassen. Aber es ist doch recht angenehm, gelobt und bewundert zu werden, ich gebe zu, daß mir das gefallen hat«, sagte Meg und schaute betreten von einem zum anderen.

»Das ist ganz natürlich und harmlos, wenn es nicht übertrieben wird und einen zu verrückten Handlungen veranlaßt. Lerne das Lob abschätzen und versuche, dabei hübsch bescheiden zu bleiben, Meg.«

Margaret dachte eine Weile nach, und Jo schaute verwirrt von der Mutter zu ihrer Schwester. Es war für sie neu, Meg erröten zu sehen und so ernst über solche Dinge sprechen zu hören. Sie hatte den Eindruck, daß ihre Schwester in diesen vierzehn Tagen sehr erwachsen geworden und ihr auf einmal sehr weit entrückt sei.

»Mutter, hast du ›Pläne‹, wie Frau Moffat sagte?« fragte Meg.

»Ja, mein Liebling, ich habe eine Menge Pläne, wie alle Mütter, nur glaube ich, daß sich meine etwas von denen von Frau Moffat unterscheiden. Ich werde dir einige davon aufzählen, denn die Zeit ist gekommen, diesen kleinen romantischen Kopf zurechtzusetzen. Du bist jung, Meg, aber nicht zu jung, um mich zu verstehen. Jo, dich wird es ebenfalls bald betreffen; also hört meine Pläne und helft mir, sie zu verwirklichen, wenn sie gut sind.«

Jo setzte sich auf eine Armlehne und machte ein sehr ernstes Gesicht, als die Mutter fortfuhr:

»Ich möchte, daß meine Töchter schön, gut und talentiert sind, daß sie bewundert, geliebt und geachtet werden, daß sie eine glückliche Jugend haben und einmal gute und glückliche Ehefrauen werden und daß sie ein sinnvolles und zufriedenes Leben ohne Kummer und Sorgen führen können. Von einem guten Mann erwählt und geliebt zu werden, ist das Schönste, was einer Frau geschehen kann, und ich hoffe, daß meinen Töchtern ein solches Schicksal bestimmt ist. Aber es ist nicht allein damit getan, auf das Glück zu warten, bis es einem in den Schoß fällt. Ihr sollt schon heute damit beginnen, euch auf die Pflichten vorzubereiten, die euch in der Zukunft erwarten. Meine Mädchen, ich bin ehrgeizig für euch, aber ich wünsche mir nicht, daß ihr reiche Männer heiratet, die ihr nicht liebt. Geld zu haben, ist schön und angenehm, aber es ist nicht das höchste Glück auf Erden. Da ist es mir lieber, wenn meine Tochter die Frau eines armen Mannes wird, an dessen Seite sie ein glücklicheres und zufriedeneres Leben führt als an der Seite eines ungeliebten Königs, der ihr ein Schloß zu Füßen legt.«

Der Pickwick-Klub

Als der Frühling kam, begann eine Zeit eifriger Geschäftigkeit. Der Garten mußte in Ordnung gebracht werden, und jede Schwester hatte ein paar Beete, auf denen sie pflanzen konnte, was sie wollte. Hanna pflegte zu sagen: »Ich wüßte, wem die einzelnen Teile des Gartens gehörten, und wenn ich sie in China sehen würde«, denn der Geschmack der Mädchen war so verschieden wie ihre Charaktere. Meg hatte in ihrem Teil Rosen, Myrthen und einen kleinen Orangenbaum gepflanzt. Jos Beete sahen in jedem Jahr anders aus, denn sie versuchte immer etwas Neues; diesmal wollte sie Sonnenblumen pflanzen. Beth hatte in ihrem Teil süße Erbsen und Vogelfutter angebaut. Auf Amys Beeten wuchsen Glockenblumen, weiße Lilien und eine Menge malerischer Pflanzen, die das Auge des Betrachters erfreuten.

An den schönen Tagen waren die vier Schwestern mit Gartenarbeit beschäftigt, oder sie unternahmen Spaziergänge oder Bootsausflüge. An den Regentagen vertrieben sie sich mit verschiedenen Heimspielen die Zeit. In diesem Jahr waren geheime Gesellschaften der letzte Schrei, und um auch diese Mode mitzumachen, hatten sie einen Klub gegründet. Da die Mädchen Dickens über alles verehrten, nannten sie ihn den Pickwick-Klub. Mit wenigen Unterbrechungen hielten sie diesen Klub ein Jahr lang aufrecht und trafen sich jeden Samstag abend auf dem großen Dachboden. Dort wurden nach folgenden Zeremonien die Sitzungen abgehalten: Vier Stühle wurden in einer Reihe vor einem Tisch aufgestellt, auf dem eine Lampe stand; daneben lagen vier weiße Abzeichen mit dem Schriftzeichen »P. K.«, von denen jedes in einer anderen Farbe gehalten war, sowie die wöchentliche Zeitung des Klubs, genannt Pickwick-Portfolio. Jo war der Redakteur. Um sieben Uhr erschienen die vier Mitglieder im Klubraum, steckten ihre Abzeichen an und nahmen mit großer Würde Platz. Meg, als die Älteste, war Samuel Pickwick, Jo, als Literat, Augustus Snodgrass, Beth, weil sie rund und rosig war, Tracy Tupman, und Amy, die immer alles machen wollte, was sie nicht konnte, war Nathaniel Winkle. Pickwick, der Vorsitzende, las die Zeitung vor, die originelle Erzählungen, Gedichte, lokale Neuigkeiten, Anzeigen und Ratschläge enthielt. Bei einer dieser Sitzungen setzte Herr Pickwick Brillen ohne Glas auf, räusperte sich, und, nachdem er einen vorwurfsvollen Blick auf Herrn Snodgrass geworfen hatte, der in seinem Sessel lümmelte, begann er zu lesen:

»Das Pickwick-Portfolio

20. Mai

Die maskierte Hochzeit
Eine Geschichte aus Venedig
von S. Pickwick

Gondel um Gondel legte an den Marmorstufen an und lud die liebliche Fracht aus, die den prächtigen Palast des Grafen Adelon füllen sollte. Ritter und Damen, Elfen und Pagen, Mönche und Blumenmädchen vereinten sich in fröhlichem Tanz. Süße Stimmen und liebliche Melodien erfüllten die Luft.

›Hat Ihre Hoheit heute abend die Dame Viola gesehen?‹ fragte ein galanter

Troubadour die Feenkönigin, die graziös an seinem Arm durch den Saal schwebte.

›Ja, ist sie nicht entzückend, obwohl sie so traurig aussieht! Ihr Kleid ist auch passend ausgewählt, denn in einer Woche heiratet sie den Grafen Antonio, den sie leidenschaftlich haßt.‹

›Bei Gott, ich beneide ihn. Da kommt er, ganz wie ein Bräutigam gekleidet, bis auf die schwarze Maske. Wenn er sie abnimmt, können wir sehen, wie er die schöne Dame betrachtet, deren Herz er nicht gewinnen kann, obwohl ihr gestrenger Vater darauf besteht, daß sie ihm ihre Hand gibt‹, antwortete der Troubadour.

›Man sagt, daß sie den jungen englischen Künstler liebt, der ihr auf Schritt und Tritt folgt, doch der alte Graf wies ihn ab‹, sagte die Dame, als sie zu tanzen begannen.

Das Fest war auf seinem Höhepunkt, als ein Priester erschien und das junge Paar in eine Nische bat, die mit rotem Samt ausgekleidet war, und ihm befahl, niederzuknien. Sofort trat Stille ein, und außer dem Geplätscher der Brunnen und dem Säuseln des Windes in den Orangenhainen war kein Ton zu hören. Dann sprach Graf Adelon:

›Meine Damen und Herren, verzeihen Sie, daß ich Sie unter dem Vorwand eines Maskenfestes hierhergebeten habe, damit Sie Zeuge der Trauung meiner Tochter werden. Pater, beginne mit der Zeremonie!‹

Aller Augen sahen auf das Brautpaar, und ein erstauntes Gemurmel erhob sich, denn weder die Braut noch der Bräutigam legten ihre Masken ab. Doch die Zuschauer bezähmten ihre Neugierde, bis die heilige Handlung vorüber war. Dann scharten sie sich um den Grafen und baten um eine Erklärung.

›Gerne würde ich sie euch geben, doch ich vermag nur soviel zu sagen, daß es eine Laune meiner scheuen Tochter Viola war, der ich nachgab. Nun, meine Kinder, beendet das Spiel. Nehmt eure Masken ab und empfangt meinen Segen.‹

Wie groß aber war das Erstaunen, als die Maske fiel und das edle Gesicht von Ferdinand Devereux, dem Künstler, enthüllte. An seiner Brust, auf der eine Grafenkrone leuchtete, lehnte die liebliche Viola, strahlend vor Glück und Wonne.

›Mylord, Sie haben mir zornig befohlen, nicht eher um die Hand Ihrer Tochter anzuhalten, als ich einen ebenso ehrwürdigen Namen und ein ebenso großes Vermögen wie das des Grafen Antonio vorzuweisen habe. Nun kann nicht einmal Ihre ehrgeizige Seele einen Grafen von Devereux und De Vere zurückweisen, der seinen alten Namen und seinen unermeßlichen Reichtum als Gegengabe für die geliebte Hand dieses schönen Mädchens anbietet, das nun meine Frau ist.‹

Der Graf stand da wie versteinert, und der Bräutigam wandte sich wieder an die verwirrte Menge und fügte mit triumphierendem Lächeln hinzu: ›Euch, liebe Freunde, kann ich nur wünschen, daß ihr eine ebenso schöne Braut gewinnt, wie ich sie durch diese maskierte Hochzeit gewonnen habe!‹«

Samuel Pickwick blickte einmal prüfend in die Runde, räusperte sich und fuhr fort zu lesen:

»Warum ist der P. K. wie der Turm von Babel? Er ist voller unfolgsamer Mitglieder. —

Herr Pickwick, Sir:
Ich wende mich an Sie zu dem Thema Sünde. Der Sünder den ich meine, ist ein Mann namens Winkle der seinen Klub durch Kichern stört und manchmal seinen Beitrag zu diesem wertvollen Blatt nicht leisten will. Ich hoffe Sie werden ihm seine Schlechtigkeit verzeihen und ihm erlauben eine französische Fabel zu senden da er selbst nicht schreiben kann weil er so viele Hausaufgaben machen mußte daß er kein Gehirn mehr übrig hat. Ich werde mich in Zukunft bemühen meine Beiträge pünktlich abzuliefern comme il faut das bedeutet wie es sich gehört.
Ich bin in Eile da die Schule gleich beginnt
Ihr ergebener N. Winkle.
(Obiges ist eine männliche und anerkennenswerte Entschuldigung. Wenn unser junger Freund noch die Satzzeichen studieren würde, dann wäre es ausgezeichnet.)

Ein trauriger Unfall
Letzten Freitag wurden wir von einem furchtbaren Lärm in unserem Keller erschreckt, dem Hilferufe folgten. Als wir alle gemeinsam in den Keller stürmten, fanden wir unseren geliebten Präsidenten auf dem Boden liegend. Er war beim Holzholen gestolpert. Ein vollkommenes Bild der Zerstörung bot sich unseren Augen. Während seines Falles hatte Herr Pickwick seinen Kopf und seine Schultern in ein Wasserschaff getaucht, einen Kübel mit Schmierseife umgestoßen und seine Kleider arg zerrissen. Als wir ihn aus seiner gefährlichen Lage befreit hatten, konnten wir feststellen, daß er außer einigen blauen Flecken keine Verletzungen davongetragen hatte, und wir freuen uns, mitteilen zu können, daß es ihm bereits wieder gut geht.

Anzeigen
Fräulein Oranthy Bluggage, die begabte Vortragende, wird ihren berühmten Vortrag über ›Die Frau und ihre Bedeutung‹ nächsten Samstag abend nach der üblichen Sitzung in der Pickwick-Halle halten.

Ein wöchentliches Treffen wird im Haus der Küche abgehalten werden, um jungen Damen die Kunst des Kochens beizubringen. Hanna Braun führt den Vorsitz, und alle sind herzlich eingeladen.

Die Mistschaufel-Gesellschaft trifft sich nächsten Mittwoch und hält ihre Parade in den oberen Stockwerken des Klubhauses ab. Alle Mitglieder müssen in Uniform erscheinen und um neun Uhr pünktlich ihre Besen schultern.

Frau Beth Bouncer eröffnet nächste Woche eine neue Abteilung ihres Puppenspitals.

Die letzten Pariser Neuheiten sind eingetroffen, und Bestellungen werden zur Zufriedenheit ausgeführt.

Ein neues Stück wird im Laufe der nächsten Wochen im Barnville-Theater herausgebracht. Es wird alles übertreffen, was je über die amerikanischen Bühnen gelaufen ist. ›Der griechische Sklave‹ ist der Titel des aufregenden Dramas!!!

Ratschläge

Wenn S. P. nicht soviel Seife für seine Hände verwenden würde, würde er nicht immer zu spät zum Frühstück kommen. A. S. wird ersucht, nicht auf der Straße zu pfeifen. T. T., bitte vergiß nicht Amys Lätzchen.

Wöchentlicher Bericht über das Verhalten der
Schwestern March

Meg — gut
Jo — schlecht
Beth — sehr schlecht
Amy — mittel.«

Als der Präsident mit dem Verlesen des Blattes fertig war, setzte stürmischer Applaus ein. Dann erhob sich Herr Snodgrass, um einen Vorschlag zu machen.

»Herr Präsident, meine Herren«, begann er in parlamentarischem Ton, »ich möchte die Aufnahme eines neuen Mitgliedes vorschlagen; eines Mannes, der diese Ehre zu Recht verdient und dafür sehr dankbar sein würde. Außerdem wäre seine Mitgliedschaft für den Geist des Klubs ein Gewinn; er würde den literarischen Wert unserer Zeitung heben und unablässig fröhlich und nett sein. Ich schlage Herrn Theodor Laurenz als Ehrenmitglied des P. K. vor.«

Jos plötzlicher Tonfallwechsel reizte die andern drei Mädchen zum Lachen, aber sie sahen ziemlich unschlüssig drein; keine sagte ein Wort, als Snodgrass sich wieder setzte.

»Darüber müssen wir abstimmen«, meinte der Präsident. »Alle, die für diesen Vorschlag stimmen, sollen ihre Einwilligung mit einem Ja bezeugen. Wer dagegen ist, sagt nein.«

Meg und Amy waren dagegen, und Herr Winkle erhob sich und sagte mit großer Würde: »Wir wünschen keine Jungen in unserem Klub. Sie machen nur Witze über unsere Arbeit. Dies ist ein Damenklub, und wir wollen privat bleiben.«

»Ich fürchte, er würde über unsere Zeitung lachen und sich über uns lustig machen«, bemerkte Pickwick und strich sich dabei die kleine Locke aus der Stirn, wie er es immer tat, wenn er Zweifel hatte.

Snodgrass stand nochmals auf und sagte beschwörend:
»Sir! Ich gebe Ihnen mein Wort als Gentleman, daß Laurie nichts dergleichen tun wird. Er schreibt gern, und er wird unseren Beiträgen Gehalt verleihen und nur unserem Gefühlsüberschwang Einhalt gebieten. Ich glaube, es wäre nur recht und billig, wenn wir ihm einen Ehrenplatz in unserem Klub anbieten und ihn in unserer Mitte willkommen heißen würden. Denkt doch daran, was er schon alles für uns getan hat und wie wenig wir für ihn tun können.«

Diese kunstvolle Rede überzeugte Tupman, der nun entschlossen erwiderte:
»Ja, wir sollten es tun, auch wenn uns das nicht ganz angenehm ist. Ich sage, er soll kommen, und sein Großvater auch, wenn er will.«

Bettys Meinung fand begeisterte Zustimmung, und Jo erhob sich von ihrem

Platz, um ihr die Hand zu schütteln. »Dann stimmen wir nochmals ab. Jeder erinnert sich daran, was Laurie für uns bedeutet, und sagt ja«, rief Snodgrass.
»Ja! Ja! Ja!« antworteten drei Stimmen auf einmal.
»Gut. Da nun alles in Ordnung ist, erlaubt mir, daß ich euch das neue Mitglied vorstelle.« Zum Schrecken aller Anwesenden öffnete Jo die Tür eines alten Kastens, und da saß Laurie auf einem Koffer, rot und prustend vor unterdrücktem Lachen.
»Du Verräter! Jo, wie konntest du nur!« schrien die drei Mädchen, als Snodgrass ihren Freund triumphierend herausholte, ihm ein Abzeichen ansteckte und einen Stuhl anbot.
»Die Kühnheit von euch zwei Schurken ist beispiellos«, begann Herr Pickwick und versuchte, düster auszusehen; doch es gelang ihm nur ein freundliches Lächeln. Das neue Mitglied fühlte sich der Situation vollkommen gewachsen und erhob sich mit einer höflichen Verbeugung von seinem Sessel. In seiner gewinnendsten Art begann Laurie zu sprechen:
»Herr Präsident, meine Damen — ich bitte um Verzeihung — Gentlemen, erlauben Sie mir, daß ich mich vorstelle als Sam Weller, der sehr ergebene Diener des Klubs.«
»Gut, gut«, schrie Jo und schepperte mit dem Henkel der alten Wärmflasche, an der sie lehnte.
»Mein treuer Freund und edler Gönner«, fuhr Laurie fort, »der mich heute abend so schmeichelhaft vorgestellt hat, ist für diesen kühnen Schachzug nicht verantwortlich zu machen. Ich selbst habe diesen Plan geschmiedet, und er half mir nur bei der Ausführung.«
»Nun nimm nicht die ganze Schuld auf dich allein! Du weißt, daß ich den Kasten als Versteck vorgeschlagen habe«, unterbrach ihn Snodgrass, dem die Sache sichtlich riesigen Spaß machte.
»Hört nicht, was er sagt. Ich bin der Schurke, der es getan hat, Sir«, ereiferte sich das neue Mitglied, zu Pickwick gewandt. »Doch bei meiner Ehre, dies wird nie wieder vorkommen; von nun an werde ich mich einzig und allein den Interessen des unsterblichen Clubs widmen.«
»Hört, hört!« rief Jo und trommelte begeistert auf die Wärmflasche.
»Weiter, weiter!« riefen Winkle und Tupman, während der Präsident gnädig nickte.
»Ich möchte nur noch hinzufügen, daß ich aus Dankbarkeit für die Ehre, die mir zuteil wurde, in der Ecke am unteren Ende des Gartens ein Postamt errichtet habe. Wir können dort Briefe, Manuskripte, Bücher und Päckchen abgeben; dies soll die guten Beziehungen zwischen den befreundeten Nationen fördern. Jede Nation besitzt einen Schlüssel. Erlauben Sie mir, Ihnen Ihren Klubschlüssel zu überreichen und mit herzlichem Dank für Ihre Gunst meinen Platz wieder einzunehmen.«
Stürmischer Applaus begleitete die feierliche Zeremonie, als Herr Weller einen kleinen Schlüssel auf den Tisch legte. Es dauerte eine Weile, bis die Ordnung wieder hergestellt war. Die Sitzung gestaltete sich sehr lebhaft, und es erhob sich eine lange Diskussion, die schließlich mit drei Hochrufen auf das neue Mitglied beendet wurde.

Niemand bereute die Aufnahme von Sam Weller, denn ein ergebeneres, höflicheres und fröhlicheres Mitglied hätte der Klub nicht finden können. Er brachte Geist und Witz in die Zeitung und in die Sitzungen. Seine Reden begeisterten die Zuhörer, und seine Beiträge waren so hervorragend, daß Jo ihn mit Bacon, Milton und Shakespeare verglich.

Das Postamt war eine wunderbare Einrichtung. Allerhand seltsame Dinge wurden mit seiner Hilfe befördert — wie auf einem richtigen Postamt: Romane, Krawatten, Gedichte, Spaten, Gartensamen und Briefe, Noten, Ingwerkekse, Einladungen und Puppen. Auch dem alten Herrn Laurenz machte die Sache Spaß, und er beteiligte sich an dem Spiel, indem er seltsame Päckchen, geheimnisvolle Botschaften und lustige Telegramme sandte. Sein Gärtner, der Hannas Charme verfallen war, sandte ihr über Jo Liebesbriefe. Sie lachten alle sehr, als das Geheimnis offenbar wurde, doch keine dachte im entferntesten daran, wie viele Liebesbriefe das kleine Postamt in den kommenden Jahren noch befördern sollte.

Ein Experiment

»Erster Juni! Die Kings fahren morgen an die Küste, und ich bin frei! Drei Monate Ferien! Wie werde ich sie genießen!« rief Meg, als sie an einem warmen Tag nach Hause kam und Jo erschöpft auf dem Sofa lag, während Beth ihre staubigen Schuhe fortträumte und Amy für die ganze Gesellschaft zur Erfrischung Limonade machte.

»Tante March ist auch schon fort«, berichtete Jo. »Ich hatte tödliche Angst, sie würde mich doch noch mitnehmen wollen. Und Plumfield ist doch so langweilig wie ein Friedhof. Wir hatten eine Menge zu tun, bis die alte Dame endlich reisefertig war, und ich begann jedesmal zu zittern, wenn sie etwas zu mir sagte. Dabei bemühte ich mich, so nett und hilfsbereit wie nur möglich zu sein. Um so mehr mußte ich daher fürchten, daß sie es plötzlich unmöglich finden könnte, sich von mir zu trennen. Ich war wie erlöst, als sie endlich im Wagen saß, doch ein letzter Schock stand mir noch bevor; als sie abfuhr, steckte sie den Kopf noch einmal aus dem Fenster und rief: »Josephine, möchtest du nicht —?« Ich hörte sie jedoch nicht weiter an, sondern drehte mich auf der Stelle um und lief auf und davon.

»Arme Jo, sie kam angelaufen, als ob Bären hinter ihr her wären«, sagte Beth.

»Was werdet ihr die ganzen Ferien treiben?« fragte Amy.

»Ich werde lange schlafen und nichts tun«, antwortete Meg aus der Tiefe des Schaukelstuhles. »Ich bin den ganzen Winter zeitig aufgestanden und habe meine Tage damit verbracht, für andere Leute zu arbeiten; jetzt ruhe ich mich einmal aus.«

»Hm«, sagte Jo, »dieses Faulenzen würde mir nicht gefallen. Ich habe einen ganzen Haufen Bücher, und ich werde meine Mußestunden dazu benützen, unter dem alten Apfelbaum zu lesen.«

»Beth, wir könnten auch mit unseren Stunden aufhören und für eine Weile nur spielen und uns ausruhen«, schlug Amy vor.

»Wenn es Mutter recht ist. Ich möchte einige neue Lieder lernen, und meine Puppen brauchen neue Sommerkleider.«

»Dürfen wir, Mutter?« fragte Meg und drehte sich zu ihrer Mutter um, die nähend in ihrer Ecke saß.

»Ihr könnt eine Woche lang das Experiment machen, um zu sehen, wie euch das Nichtstun gefällt. Ich denke, spätestens bis Samstag abend werdet ihr herausgefunden haben, daß spielen, ohne zu arbeiten, genau so schlimm ist, wie nur zu arbeiten, ohne Zeit für Vergnügungen zu haben.«

»Nein, niemals! Es wird wundervoll werden, davon bin ich überzeugt«, sagte Meg.

»Einen Toast auf ›Nur Spaß und keine Arbeit!‹« rief Jo und schwenkte ihr Limonadenglas.

Alle hoben fröhlich die Gläser und verbrachten den Rest des Tages mit Faulenzen. Am nächsten Morgen erschien Meg erst um zehn Uhr, aber ihr einsames Frühstück schmeckte ihr gar nicht, und das Zimmer sah seltsam unaufgeräumt aus, denn Jo hatte die Vasen nicht mit Blumen gefüllt, Beth hatte nicht abgestaubt, und Amys Bücher lagen verstreut umher. Nichts außer Mammis Ecke war ordentlich und sauber. Meg saß lange untätig da und dachte nach, was für hübsche Sommerkleider sie sich um ihren Lohn kaufen konnte.

Jo verbrachte den Vormittag mit Laurie am Fluß, und am Nachmittag setzte sie sich mit einem Buch unter den Apfelbaum. Beth begann in einem großen Kasten, den die Familie gemeinsam benützte, Stoffreste für Puppenkleider zu suchen, doch bevor sie etwas Passendes gefunden hatte, wurde es ihr langweilig, und sie ließ alles drunter und drüber liegen und setzte sich ans Klavier, sehr erfreut darüber, daß sie kein Geschirr waschen mußte. Amy nahm ihre Staffelei, zog ihr schönstes weißes Kleid an, frisierte ihre Locken und setzte sich zum Zeichnen in den Garten, in der Hoffnung, daß sie jemand sehen und fragen würde, wer diese reizende junge Künstlerin sei. Als außer einem neugierigen Heuschreck niemand kam, der ihre Arbeit mit Interesse betrachtete, ging sie spazieren, wurde von einem Regenguß erwischt und kam patschnaß nach Hause.

Während der Teestunde tauschten die Schwestern ihre Erfahrungen aus und stimmten überein, daß es ein schöner, aber ungewöhnlich langer Tag gewesen sei. Meg, die nachmittags einkaufen gegangen war und einen »süßen blauen Musselin« erstanden hatte, entdeckte, daß sich der Stoff nicht waschen ließ, was sie leicht verstimmte. Jo hatte beim Bootfahren einen Sonnenbrand auf ihrer Nase bekommen und vom zu langen Lesen außerdem noch Kopfweh. Beth ärgerte sich über die Unordnung in ihrem Kasten und über die Schwierigkeit, drei oder vier Lieder auf einmal zu lernen, und Amy bereute, ihr bestes Kleid verdorben zu haben, da am nächsten Tag die Party von Katy Brown stattfand und sie das Kleid bei dieser Gelegenheit gebraucht hätte. Doch das waren nur kleine Unannehmlichkeiten, und sie alle versicherten ihrer Mutter, daß ihnen das Faulenzen und das Herumtrödeln riesig gut gefalle. Die Mutter lächelte bloß, sagte nichts und verrichtete mit Hannas Hilfe ihre Arbeit.

Es war erstaunlich, wie ungemütlich das Haus auf einmal war. Die Tage wurden länger und länger, das Wetter war veränderlich, und so waren auch die Mädchen. Jedes war unzufrieden. Meg verdarb ein Kleid, das sie à la Moffat nähen wollte. Jo las, bis sie die Augen schmerzten und sie krank von Büchern war. Außerdem war sie so gereizt, daß sie sogar einen Streit mit dem gutmütigen Laurie begann. Beth ging es noch am besten, denn sie vergaß ständig, daß sie nach dem Motto »Nur Spiel und keine Arbeit« leben wollten, und verrichtete hier und da einige ihrer gewohnten Arbeiten. Dennoch empfand auch sie dieses lähmende Gefühl der Unzufriedenheit und Gereiztheit.

Amy fühlte sich am schlechtesten, denn sie konnte auf einmal gar nichts mit sich anfangen und langweilte sich zu Tode. Sie mochte keine Puppen, Märchen fand sie kindisch, und die ganze Zeit zu zeichnen wurde ihr allmählich unerträglich. »Wenn man ein großes Haus mit einer Menge netter Freundinnen hätte oder den Sommer über verreisen könnte, dann wären die Ferien herrlich. Aber mit drei langweiligen Schwestern allein zu Hause zu bleiben ist wirklich kaum auszuhalten«, beklagte sich Amy nach einigen Tagen süßen Nichtstuns.

Keine wollte zugeben, daß sie von dem Experiment bereits genug hatte, doch Freitag abend gestand sich jede ein, daß sie froh war, eine Woche hinter sich zu haben. Noch dazu hatte es Frau March so eingerichtet, daß Hanna einen freien Tag hatte, so daß die Mädchen die Tragweite ihres Nichtstuns noch stärker zu spüren bekamen.

Als sie am Samstagmorgen aufstanden, war kein Feuer in der Küche, kein Frühstück stand im Wohnzimmer bereit, und Mutter war nirgends zu sehen.

»Was ist los?« rief Jo und blickte sich erstaunt um.

Meg lief hinauf in das Zimmer ihrer Mutter und kam erleichtert, aber einigermaßen zerknirscht zurück.

»Mutter ist nicht krank, aber sehr müde. Sie hat gesagt, sie bleibt den ganzen Tag in ihrem Zimmer und läßt uns tun und lassen, was wir wollen. Sie habe eine schwere Woche hinter sich, und wir sollten ihr nicht böse sein und uns um uns selber kümmern.«

»Das ist fein. Ich sehne mich schon danach, etwas zu tun«, fügte Jo schnell hinzu.

Es war für alle eine große Erleichterung, endlich wieder etwas zu tun. Sie erkannten jedoch bald, daß es nicht der reinste Spaß war, den Haushalt zu führen. Zum Glück waren genug Vorräte in der Speisekammer, und während Beth und Amy den Tisch deckten, bereiteten Meg und Jo das Frühstück.

»Ich werde Mutter etwas hinaufbringen, obwohl sie gesagt hat, daß wir uns nicht um sie zu kümmern brauchen«, sagte Meg.

Ein Tablett wurde hergerichtet und mit den besten Grüßen vom Koch hinaufgeschickt. Der Tee war sehr bitter und das Omelett verbrannt, aber Frau March nahm es dankbar entgegen und lachte herzlich, als Jo gegangen war.

»Die armen Dinger! Ich glaube, sie werden eine schlimme Zeit haben, aber es wird ihnen nichts schaden«, sagte sie zu sich selbst.

Die Mädchen bemühten sich redlich, ihre Pflichten untereinander aufzuteilen, und ließen sich auch durch kleine Mißgeschicke nicht einschüchtern.

»Ich mache das Mittagessen und werde servieren, du spielst die Dame des Hauses, hältst die Hände sauber, empfängst die Gäste und erteilst Befehle«, sagte Jo zu Meg, obwohl sie noch weniger von Haushaltsangelegenheiten verstand als ihre Schwester.

Dieses Angebot wurde erfreut angenommen, und Margaret zog sich ins Wohnzimmer zurück, wo sie schnell die Vorhänge herabließ, um sich das Abstauben zu ersparen. Jo, ihrer hausfraulichen Fähigkeiten vollkommen sicher, schrieb sofort an Laurie und lud ihn zum Mittagessen ein. Sie hoffte damit gleichzeitig auch den Streit zu schlichten, den sie in ihrer schlechten Laune verursacht hatte.

»Du hättest vorher nachsehen sollen, was da ist, ehe du Gäste einlädst«, gab Meg zu bedenken, als sie von Jos gastfreundlicher Geste hörte. »Wir haben Corned Beef und eine Menge Kartoffeln, und ich besorge dazu noch Spargel und Hummer als Vorspeise. Dann gibt es Salat; ich weiß zwar nicht, wie man ihn zubereitet, aber das steht sicher im Kochbuch; und als Nachtisch Erdbeeren mit Schlagsahne und Kaffee.«

»Mach nicht zu viele Umstände, Jo, denn du kannst außer Ingwerkeksen nichts Eßbares zubereiten. Ich wasche meine Hände in Unschuld, du hast Laurie auf eigene Verantwortung eingeladen und mußt dich auch um ihn kümmern.«

»Du sollst gar nichts tun, sondern ihn nur unterhalten und mir dann später beim Dessert helfen. Du gibst mir nur Ratschläge, wenn ich etwas nicht weiß, ja?« fragte Jo etwas beleidigt.

»Ja, aber ich weiß selbst nicht allzu viel. Du solltest besser Mutter fragen, bevor du irgendeine Entscheidung triffst«, sagte Meg vorsichtig.

»Natürlich! Daß mir das nicht gleich eingefallen ist!« Jo lief zu ihrer Mutter und fragte sie um Rat.

»Mach, was du willst, und störe mich nicht. Ich bin zum Mittagessen nicht zu Hause und kann mich nicht um den Haushalt kümmern«, sagte Frau March, als Jo sie um Ratschläge bat. »Ich habe Haushaltsarbeit nie leiden können. Ich nehme mir heute einen freien Tag und werde lesen, schreiben, Besuche machen und mir's gut gehen lassen.«

Der ungewohnte Anblick, ihre sonst immer beschäftigte Mutter am frühen Morgen untätig im Lehnstuhl zu finden, brachte Jo mehr aus der Fassung, als ein Vulkanausbruch oder ein Erdbeben es vermocht hätten.

»Irgendwie ist heute alles durcheinander«, sagte sie zu sich selbst, als sie wieder hinunterging. »Ich höre Beth weinen, das ist ein sicheres Zeichen, daß irgend etwas in der Familie nicht stimmt.«

Als Jo das Wohnzimmer betrat, fand sie Beth schluchzend über Piep, ihren Kanarienvogel, gebeugt, der tot in seinem Käfig lag.

»Es ist meine Schuld. Ich habe ihn vergessen — es ist nicht ein Körnchen oder ein Tropfen da. Oh, Piep, mein Piep! Wie konnte ich so grausam zu dir sein!« weinte Beth und nahm das arme Tier in die Hand und versuchte, es wieder zum Leben zu erwecken.

Jo besah sich sein halboffenes Auge und fühlte sein kleines Herz, aber der Vogel war steif und kalt. Das einzige, was sie noch tun konnte, war, ihre Dominoschachtel als Sarg anzubieten.

»Leg ihn neben den Ofen, vielleicht wird er warm und er erwacht wieder zum Leben«, sagte Amy hoffnungsvoll.

»Er ist verhungert, und jetzt soll er nicht auch noch verbrannt werden. Wir werden ihn im Garten begraben. Niemals werde ich einen anderen Vogel haben, denn ich bin zu schlecht, um einen zu besitzen«, murmelte Beth und streichelte das tote Tierchen, als wollte sie es damit wieder zum Leben erwecken.

»Das Begräbnis soll heute nachmittag stattfinden, und wir werden alle kommen. Nun weine nicht mehr, Betty, es ist wirklich wie verhext. Diese Woche ist alles schiefgegangen, und Piep hatte am meisten zu leiden. Lege ihn in die Schachtel, und nach dem Mittagessen werden wir ihn feierlich begraben«, sagte Jo und hatte bereits das Gefühl, daß sie sich zuviel zugemutet hatte.

Sie überließ es den anderen, Beth zu trösten, und ging in die Küche, die sich in einem entmutigenden Zustand befand. Jo band sich eine große Schürze um und richtete sich das Geschirr zum Abwaschen her, als sie entdeckte, daß das Feuer ausgegangen war.

»Schöne Bescherung!« murmelte Jo und stocherte wild in der Asche herum.

Nachdem sie das Feuer wieder angefacht hatte, entschloß sie sich, auf den Markt zu gehen. Das Wasser wurde ja von selbst warm. Der Spaziergang belebte sie ein bißchen, und nachdem sie sich selbst zu ihren guten Einkäufen beglückwünscht hatte, kam sie wieder zu Hause an. Sie hatte einen zu jungen Hummer, zu alte Spargel und zwei Schachteln unreife Erdbeeren gekauft. Schließlich war auch die Küche halbwegs in Ordnung gebracht. Nun war es aber auch schon Zeit für das Mittagessen. Hanna hatte am Vortag Brotteig angerührt, und Meg hatte ihn auf den Herd gestellt, um ihn nochmals aufgehen zu lassen. Sie unterhielt sich jedoch im Wohnzimmer mit Sally Gardiner und hatte den Teig ganz vergessen. Plötzlich flog die Tür auf, und eine mehlverschmierte Gestalt fragte bissig: »Ist der Brotteig fertig, wenn er über die Schüssel läuft?«

Sally fing zu lachen an, doch Meg nickte und zog ihre Augenbrauen hoch. Das hieß soviel wie: Jo sollte verschwinden und den Brotteig selbst in das Rohr stellen.

Frau March verließ das Haus und schaute vorher noch ein wenig nach, um zu sehen, wie die Mädchen zurechtkamen. Sie tröstete Beth, die ihren Kanarienvogel liebevoll in die Dominoschachtel bettete. Als die Mutter um die Ecke verschwunden war, kamen sich die Mädchen mit einemmal völlig hilflos vor. Doch um das Maß voll zu machen, erschien wenige Minuten später Fräulein Crocker und bat, zum Mittagessen bleiben zu dürfen. Sie war eine dünne alte Jungfer mit einer scharfen Nase und neugierigen Augen, denen nichts entging. Die Mädchen konnten sie nicht leiden, aber sie mußten freundlich zu ihr sein, denn Fräulein Crocker war arm und alt und besaß wenig Freunde. So bot ihr Meg den bequemen Lehnstuhl an und versuchte sie zu unterhalten, während die Alte unentwegt Fragen stellte und alles kritisierte.

Jo, die keine weiteren Ratschläge hören wollte, bemühte sich, allein zurechtzukommen, und entdeckte dabei, daß mehr als Energie und guter Wille notwendig sind, um eine gute Köchin zu sein. Sie ließ den Spargel fast eine Stunde lang kochen und war dann sehr verwundert, daß er trotzdem hart blieb und die Köpfe abfielen. Das Brot verbrannte, und die Sauce für den Salat hatte sie vollkommen verdorben. Den Hummer löste sie mühsam aus der Schale heraus und versteckte die mageren Stückchen unter den Salatblättern. Die Kartoffeln waren noch lange nicht gar gekocht, aber der Spargel war fertig und mußte serviert werden. Außerdem entdeckte sie, daß die unteren Erdbeeren im Körbchen nicht so reif waren wie die oberste Schicht.

Sie können Fleisch, Brot und Butter essen, wenn sie hungrig sind; es ist nur bedauerlich, daß der ganze Vormittag für nichts vertan wurde, dachte Jo und läutete eine halbe Stunde später als gewöhnlich zum Mittagessen.

Die arme Jo wäre am liebsten unter den Tisch gekrochen, als eine Schüssel nach der anderen fast unberührt zurückkam. Amy kicherte, Meg sah unbehaglich drein, Fräulein Crocker rümpfte die Nase, und Laurie plauderte und lachte, um die trostlose Stimmung ein wenig zu heben. Jo hoffte, mit der Nachspeise alles zu retten, denn sie hatte die Früchte gut gezuckert und reichlich mit Schlagobers garniert. Fräulein Crocker kostete als erste, machte ein saures Gesicht und trank hastig ein paar Schluck Wasser. Jo hatte sich selbst keine Erdbeeren genommen, da sie fürchtete, nicht genügend für die Gäste zu haben. Sie sah nach Laurie, doch dieser aß unbewegt und mit starrem Blick. Amy, die Süßigkeiten sehr liebte, hatte sich einen ganzen Löffel voll in den Mund gestopft, hustete, versteckte ihr Gesicht in der Serviette und verließ eilig den Tisch.

»Was ist los?« fragte Jo bestürzt.

»Salz anstatt Zucker, und die Creme ist sauer«, antwortete Meg mit einer theatralischen Geste.

Jetzt erinnerte sich Jo, daß sie aus einer der beiden Dosen auf dem Küchentisch die Beeren noch schnell überzuckert hatte, bevor sie sie auftrug; außerdem hatte sie vergessen, die Sahne aufs Eis zu stellen. Sie wurde rot und war dem Weinen nahe, als sie Laurie in die Augen sah, die trotz seiner heldenhaften Bemühungen, die ungenießbaren Erdbeeren zu verzehren, lustig blitzten. Und plötzlich kam ihr die ganze Situation so unbeschreiblich komisch vor, daß sie lachen mußte, bis ihr die Tränen kamen. Alle stimmten ein, sogar Fräulein Crocker, und das verunglückte Mittagessen endete mit Brot, Butter und Oliven.

»Ich habe keine Lust, jetzt alles in Ordnung zu bringen. Wir werden gleich mit dem Begräbnis beginnen«, schlug Jo vor, nachdem sie vom Tisch aufgestanden waren. Fräulein Crocker verabschiedete sich rasch. Sie hatte es eilig, die Geschichte beim Kaffeeklatsch ihren Freundinnen zu erzählen.

Das Begräbnis war eine sehr feierliche Angelegenheit. Laurie hob ein Grab unter den Buchen im Garten aus; der kleine Piep wurde hineingelegt und mit vielen Tränen von Beth benetzt. Dann bedeckten sie das Grab mit Moos und schmückten es mit einem Strauß Wiesenblumen. Auf einem Stein standen folgende Worte, die Jo während ihres Kampfes mit dem Mittagessen gedichtet hatte:

> »Hier ruht unser kleiner Piep.
> Wir alle hatten ihn sehr lieb.
> Nun ist er tot und stumm,
> wir sind sehr traurig drum.
> Tief beklagt und heiß beweint;
> er war unser aller Freund.«

Nach dem Begräbnis zog sich Beth in ihr Zimmer zurück, um allein über ihren Schmerz hinwegzukommen. Sie mußte jedoch ihren Kummer vergessen, denn die Betten waren nicht gemacht, und sie fand es unmöglich, sich ihren Gefühlen zu widmen, während sie die Kissen aufschüttelte und das Zimmer in Ordnung brachte, Meg half Jo in der Küche. Sie verbrachten den ganzen Nachmittag damit und waren dann so müde, daß sie beschlossen, zum Abendessen nur Toast und Tee zu servieren. Laurie fuhr mit Amy aus, denn die saure Sahne schien sich auf ihre Laune schlecht ausgewirkt zu haben. Als Frau March nach Hause kam, fand sie die anderen drei Mädchen bei der Arbeit, und ein Blick genügte ihr, um sich zu vergewissern, daß das Experiment ein Erfolg zu werden versprach.

Bevor es den drei Hausfrauen vergönnt war, sich auszuruhen, kamen noch verschiedene Leute zu Besuch, und sie mußten Tee servieren und nachher wieder Geschirr spülen. Bei Einbruch der Dämmerung versammelten sich alle in der Veranda und fielen erschöpft in ihre Stühle.

»Was für ein schrecklicher Tag war das!« rief Jo, die wie gewöhnlich als erste zu sprechen begann.

»Er kam mir zwar kürzer vor als jeder andere, aber noch nie erschien mir ein Tag so ungemütlich«, meinte Meg.

»Nicht ein bißchen wie sonst daheim«, fügte Amy hinzu.

»Es kann doch gar nicht so sein ohne Mammi und dem kleinen Piep«, seufzte Beth und sah mit Tränen in den Augen auf den leeren Käfig.

»Mutter ist wieder hier, und du kannst morgen einen neuen Vogel bekommen, wenn du willst.«

Frau March nahm neben den Mädchen Platz. Es sah aus, als ob ihr Ferientag auch nicht viel fröhlicher gewesen sei als der ihrer Kinder.

»Seid ihr mit eurem Experiment zufrieden oder wollt ihr noch eine Woche damit fortfahren?« fragte sie.

»Ich nicht«, rief Jo entschlossen.

»Ich auch nicht«, stimmten die anderen ein.

»Ihr meint also, es ist besser, kleine Pflichten zu haben und auch ein wenig für die anderen zu leben?«

»Herumlungern und Faulenzen macht sich nicht bezahlt«, bemerkte Jo. »Ich bin es müde.«

»Du könntest zum Beispiel kochen lernen, das würde dir gar nicht schaden«, meinte Frau March, die schon alles über Jos Mittagessen wußte, denn sie hatte Fräulein Cocker getroffen, die ihr eine lebhafte Beschreibung gegeben hatte.

»Mutter, bist du vielleicht nur deshalb fortgegangen, um zu sehen, wie wir allein zurechtkommen?« rief Meg, die diesen Verdacht schon den ganzen Tag nicht los wurde.

»Ja, ich wollte euch zeigen, wie sehr die Gemütlichkeit eines Heimes davon abhängt, was jeder dazu beiträgt. Während Hanna und ich eure Arbeit getan hatten, ging es auch ganz gut, obwohl ich den Eindruck hatte, daß ihr dabei nicht sehr glücklich gewesen seid. So beschloß ich, euch eine kleine Lektion zu erteilen, um euch zu zeigen, was passiert, wenn jeder nur an sich selbst denkt. Glaubt ihr nicht auch, daß es besser ist, einander zu helfen und sich die Mußestunden durch tägliche kleine Pflichten zu verdienen?«

»Jetzt schon, Mutter!« riefen die Mädchen.

»Dann übernehmt wieder eure kleinen Arbeiten im Haushalt und im Garten, denn die Arbeit hält uns die Langeweile fern, sie ist gesund und macht froh und zufrieden.«

»Wir werden so fleißig sein wie die Bienen!« rief Jo. »Ich werde während meiner Ferien kochen lernen, und mein nächstes Mittagessen wird ein Erfolg sein.«

»Ich werde Hemden für Vater nähen, anstatt dich das machen zu lassen, Mammi. Ich kann es, und ich will es auch tun, obwohl ich nicht sehr gerne nähe. Das ist besser, als meine eigenen Sachen zu verderben, die auch so hübsch genug aussehen«, sagte Meg.

»Ich werde jeden Tag lernen und nicht mehr so viel Zeit mit der Musik und meinen Puppen verbringen«, versprach Beth, während Amy heroisch erklärte: »Ich werde Knopflöcher ausnähen lernen.«

»Sehr gut, dann bin ich mit meinem Experiment sehr zufrieden und hoffe, daß es nicht notwendig sein wird, es zu wiederholen. Nur verfallt jetzt nicht gleich in das andere Extrem und schuftet wie Sklaven. Teilt euch die Arbeit und das Vergnügen ein, dann werden eure Ferien schön sein, so daß ihr euch gerne daran erinnert.«

»Wir werden uns daran halten, Mutter!«

Und so geschah es auch.

Ein Ausflug ins Grüne

Beth war die Postmeisterin, denn sie war am häufigsten zu Hause, und es machte ihr großen Spaß, die tägliche Post zu verteilen. An einem Julitag kam sie mit einem ganzen Arm voller Sendungen herein.

»Da ist deine Post, Mutter! Laurie vergißt nie, dir Blumen zu schicken«, sagte sie und steckte einen Strauß frischer Margeriten in eine Vase.

»Fräulein Meg March, ein Brief und ein Handschuh«, fuhr Beth fort und überreichte beides ihrer Schwester, die neben ihrer Mutter saß und nähte.

»Wieso, ich habe doch beide Handschuhe drüben vergessen, und das ist nur einer«, sagte Meg. »Hast du keinen im Garten verloren?«

»Nein, ganz sicher nicht, denn es war nur einer im Postkasten.«

»Hoffentlich findet sich der andere Handschuh auch noch, denn was soll ich mit einem anfangen? Der Brief ist nur die Übersetzung eines deutschen Liedes, die ich haben wollte. Ich glaube, Herr Brooke hat sie gemacht, denn das ist nicht Lauries Schrift.«

Frau March sah auf Meg. In ihrem Morgenrock und mit den kleinen Löckchen, die ihr in die Stirn hingen, sah sie sehr hübsch aus. Frau March lächelte zufrieden.

»Zwei Briefe für Doktor Jo, außerdem ein Buch und ein lustiger, alter Hut, der den ganzen Platz im Postkasten einnahm«, fuhr Beth lachend fort und ging damit ins Studierzimmer, wo Jo saß und schrieb.

»Laurie ist ein richtiger Spaßvogel! Ich sagte, daß ich es lieber hätte, wenn größere Hüte modern wären, denn ich verbrenne mir an jedem heißen Tag mein Gesicht. Er meinte, ich sollte mich nicht um die Mode kümmern und ganz einfach einen größeren Hut tragen! Ich erklärte, daß ich es gern tun würde, aber keinen hätte; und nun hat er mir diesen geschickt. Ich werde ihn zum Spaß tragen und ihm zeigen, daß ich mich nicht um die Mode kümmere«, sagte Jo und setzte den Hut einer Büste von Plato auf.

Dann öffnete sie den ersten Brief. Er war von ihrer Mutter. Jos Wangen röteten sich, und ihre Augen füllten sich mit Tränen, als sie las:

»Mein Liebling, ich schreibe Dir ein paar Zeilen, um Dir zu sagen, mit welchem Vergnügen ich deinen Bemühungen zusehe, Dein Temperament zu zähmen. Du sagst nichts über Deine Fehlschläge oder Erfolge. Vielleicht denkst Du, niemand sieht und bemerkt etwas davon. Doch ich glaube an Deine Fortschritte und bin sicher, daß Du Dein Ziel bald erreicht haben wirst. Fahre geduldig und tapfer fort und denke immer daran, daß niemand Dich besser versteht als Deine Dich liebende Mutter.«

»Das freut mich! Das wiegt mehr als Millionen. Oh, Mammi, ich will mich weiter bemühen! Ich werde nicht müde werden, solange ich dich habe.«

Sie legte den Kopf auf ihre Arme und benetzte ihren Roman mit einigen Glückstränen, denn sie hatte wirklich gedacht, niemand merke ihre Bemühungen, gut zu sein. Diese Anerkennung war doppelt wertvoll und ermutigend, da sie von ihrer Mutter kam.

Der andere Brief war von Laurie, und er schrieb:

»Liebe Jo, einige englische Jungen und Mädchen, die Vaughans, kommen mich morgen besuchen, und ich möchte etwas Lustiges mit ihnen unternehmen. Wenn es schön ist, will ich mein Zelt in Longmeadow aufstellen und die ganze Band zu einem Picknick und zu einem Ausflug einladen. Wir könnten ein Lagerfeuer machen und wie die Zigeuner leben. Es sind sehr nette Leute, und die Sache wird ihnen bestimmt Spaß machen. Brooke wird dasein, um auf uns Jungen aufzupassen, und Kate Vaughan wird Gouvernante für die Mädchen spielen. Ich möchte, daß Ihr alle mitkommt. Macht Euch keine Sorgen wegen des Proviants — ich kümmere mich darum und um alles andere —, nur kommt mit! In Eile immer Dein Laurie.«

»Wunderbar!« rief Jo und lief, um Meg die Neuigkeit zu erzählen. »Natürlich werden wir mitmachen, Mutter, es wird für Laurie eine große Hilfe sein. Meg und ich können uns um das Essen kümmern, und die beiden Kleinen sollen sich auch irgendwie nützlich machen.«

»Kennst du die Vaughans? Weißt du etwas über sie, Jo?« fragte Meg.

»Nicht viel. Es sind vier Geschwister. Kate ist älter als du, Fred und Frank, die Zwillinge, sind ungefähr in meinem Alter, und ein kleines Mädchen, Grace, ist neun oder zehn. Laurie lernte sie im Ausland kennen. Er mag die Jungen, aber ich glaube, daß er von Kate nicht sehr begeistert ist.«

»Ich bin so froh, daß mein buntes Kleid gewaschen ist, es ist gerade das richtige für solch einen Ausflug«, sagte Meg. »Was wirst du anziehen, Jo?«

»Mein rot und grau gemustertes Kleid. Das ist für eine solche Gelegenheit gut genug. Ich werde rudern, da kann ich kein Kleid brauchen, auf das ich aufpassen muß.«

Jo mußte alle Überredungskünste aufbieten, um Betty für den geplanten Ausflug zu gewinnen. Das schüchterne Mädchen hatte Angst vor den vielen fremden Leuten, vor allem vor den Jungen, die sie nicht kannte, und Jo mußte ihr tausendmal versprechen, gut auf sie aufzupassen und Störenfriede von ihr fernzuhalten.

»Ich habe eine Schachtel Schokoladekugeln und das Bild bekommen, das ich abzeichnen möchte«, sagte Amy und zeigte ihre Post her.

»Und mich hat Laurenz gebeten, hinüberzukommen und ihm etwas vorzuspielen, bevor es dunkel wird«, fügte Beth hinzu, deren Freundschaft mit dem alten Herrn sich sehr vertieft hatte.

»Nun müssen wir aber gleich an die Arbeit gehen, damit wir morgen mit gutem Gewissen ausfliegen können«, sagte Jo und vertauschte ihre Feder mit einem Besen.

Am nächsten Morgen schien strahlend die Sonne, und es versprach ein wunderschöner Tag zu werden. Im Haus der Marchs surrte es wie in einem Bienenstock, und Beth, die als erste fertig war, spornte die Schwestern beim Anziehen an. Hin und wieder schaute sie beim Fenster hinaus und berichtete den andern, was sich vor dem Laurenz-Haus abspielte.

»Da geht der Mann mit dem Zelt! Ich sehe, wie Frau Barker das Picknick in einen großen Korb steckt. Nun schaut Herr Laurenz zum Himmel hinauf und auf den Wetterhahn. Ich wünschte, er käme auch mit! Da ist Laurie — er sieht aus wie ein Matrose. Um Gottes willen, da ist ein Wagen voll mit Leuten — eine große Dame, ein kleines Mädchen und zwei schreckliche Jungen. Einer ist gelähmt. Armes Ding, er hat eine Krücke! Laurie hat uns nichts davon erzählt. Beeilt euch, es ist schon spät. Schau, da ist Ned Moffat. Meg, ist das nicht der Junge, der dich begrüßte, als wir vor ein paar Tagen einkaufen waren?«

»Ja, das ist er! Wie komisch, daß er mitkommt! Ich dachte, er sei in den Bergen. Da ist Sally. Ich bin froh, daß sie rechtzeitig zurückgekommen ist. Sehe ich gut aus, Jo?« rief Meg aufgeregt.

»Wundervoll. Aber setz deinen Hut gerade auf, sonst wird er dir beim ersten Windstoß davonfliegen. So, und nun komm schon.«

»Jo, du wirst doch nicht mit diesem schrecklichen Hut gehen? Das ist unmöglich! Mach doch keinen Jungen aus dir«, schimpfte Meg, als Jo den breitkrempigen Hut mit dem roten Band aufsetzte, den sie von Laurie bekommen hatte.

»O doch, er ist so leicht und schützt mich gut vor der Sonne. Es macht mir nichts aus, wie ein Junge auszusehen, wenn es nur bequem ist.« Und Jo ging geradewegs zur Tür hinaus.

Laurie lief ihnen entgegen und stellte sie seinen Freunden vor. Meg war froh, als sie sah, daß Kate — sie mochte etwa zwanzig Jahre alt sein — sehr einfach gekleidet war; außerdem fühlte sie sich geschmeichelt, als ihr Ned versicherte, nur ihretwegen gekommen zu sein. Jo verstand sofort, warum Laurie Kate nicht besonders gut leiden konnte; sie war sehr hochmütig und wirkte neben den fröhlichen March-Kindern steif und unzugänglich. Beth beobachtete die fremden Jungen und kam zu der Ansicht, daß der gelähmte sehr freundlich aussah. Er tat ihr auch leid, und so beschloß sie, nett zu ihm zu sein. Amy fand, daß Grace eine fröhliche kleine Person sei, und nachdem man sich gegenseitig eine Weile begutachtet hatte, schlossen alle schnell Freundschaft.

Die Zelte, das Picknick und die anderen Dinge waren schon vorausgeschickt worden, und so dauerte es nicht lange, bis die Gesellschaft in den Booten saß. Laurie und Jo ruderten ein Boot. Herr Brooke und Ned das andere. Jos lustiger Hut hatte sofort das Eis gebrochen, denn alle lachten darüber und machten Witze. Jo meinte außerdem, daß er einen sehr geeigneten Regenschirm für die ganze Gesellschaft abgeben könnte, falls es dazu kommen sollte.

Meg saß im anderen Boot, den beiden Ruderern gegenüber, die sie beide bewunderten. Herr Brooke war ein ernster junger Mann mit hübschen braunen Augen und einer angenehmen Stimme. Meg mochte seine ruhige Art und hielt ihn außerdem für ein wandelndes Lexikon. Er sprach nicht viel mit ihr, doch er schaute sie ständig an, und Meg wußte, daß das nicht aus Abneigung geschah. Ned besuchte das College; er war zwar nicht besonders klug, aber gutmütig und fröhlich und gut zu verwenden, einen Picknickkorb zu tragen. Sally Gardiner war damit beschäftigt, ihr weißes Pikeekleid nicht schmutzig zu machen, und plauderte mit Fred, dem einen der beiden Zwillinge.

Es war nicht weit bis Longmeadow, und das Zelt war bereits aufgestellt, als sie ankamen. Ein hübscher grüner Rasen mit Krickettoren und drei schattenspendenden Eichen in der Mitte empfing sie.

»Willkommen im Camp Laurenz!« sagte der junge Gastgeber, als die Boote anlegten. »Das Zelt steht allen zur Verfügung; die eine Eiche ist das Gesellschaftszimmer der Damen, die andere das Herrenzimmer und die dritte die Lagerküche. Ich schlage vor, wir spielen jetzt noch ein wenig Kricket, bevor es heiß wird, und dann kümmern wir uns um das Picknick.«

Frank, Beth, Amy und Grace setzten sich nieder und sahen dem Spiel zu. Herr Brooke wählte Meg, Kate und Fred für seine Mannschaft, und Laurie stellte mit Sally, Jo und Ned die andere. Die Engländer spielten gut, aber die Amerikaner waren ihnen überlegen. Fred schwindelte, doch Jo, die ihn dabei ertappte, ging großzügig darüber hinweg. Dennoch gewann Jos und Lauries Mannschaft das Spiel.

Laurie warf vor Freude seinen Hut in die Luft, erinnerte sich jedoch daran, daß es unhöflich war, sich über die Niederlage seiner Gäste zu freuen und begnügte sich damit, Jo zuzuflüstern:

»Bravo, Jo. Er hat gemogelt, ich habe es gesehen, aber wir können es ihm nicht sagen, und sicher wird er es nicht wieder tun.«

Meg zog Jo unter dem Vorwand, ihr etwas am Kleid zu richten, beiseite und sagte anerkennend:

»Das war nett von dir. Ich bin froh, daß du dich beherrscht und kein Wort über den kleinen Schwindel verloren hast.«

»Lobe mich nicht, Meg, denn ich hätte ihm in diesem Augenblick am liebsten eine Ohrfeige gegeben. Nur mit Mühe konnte ich mich zurückhalten«, entgegnete Jo. »Ich hoffe, er geht mir jetzt aus dem Weg«, fuhr sie fort und biß sich auf die Lippen, als sie Fred unter ihrem großen Hut hervor ansah.

»Zeit zum Essen«, sagte Herr Brooke und sah auf seine Uhr. »Laurie, willst du inzwischen Feuer machen und Wasser holen? Fräulein March und Fräulein Sally sollen den Tisch decken. Wer kann gut Kaffee kochen?«

»Jo kann das«, sagte Meg und freute sich, ihre Schwester empfehlen zu können.

Jo hatte während ihrer letzten Kochstunden große Fortschritte gemacht und ging gleich an die Arbeit. Die Jungen sammelten trockenes Holz, machten Feuer und holten Wasser von einer nahen Quelle.

Herr Brooke und seine Gehilfinnen breiteten das Tischtuch aus und stellten alle Köstlichkeiten bereit. Die Tafel wurde mit grünen Blättern geschmückt. Jo kündigte an, daß der Kaffee fertig sei, und alle setzten sich mit großem Appetit »zu Tisch«. Es wurde ein fröhliches Mahl, und es schmeckte allen ausgezeichnet.

»Hier ist Salz, wen du das lieber hast«, sagte Laurie, als er Jo eine Schüssel mit Beeren reichte.

»Danke schön, ich ziehe Spinnen vor«, antwortete sie und rettete zwei kleine Spinnen vor dem sicheren Tod in der Schlagsahne. »Wie kannst du es wagen, mich an dieses schreckliche Mittagessen bei uns daheim zu erinnern!« beklagte sich Jo, während sie beide herzlich lachten und gemeinsam aus einer Schüssel aßen.

»Das werde ich nie vergessen, es war wirklich zu komisch. Das Picknick hier ist nicht mein Verdienst, ich habe überhaupt nichts dabei gemacht. Meg und Brooke und du, ihr habt es in Schwung gebracht, und ich bin euch wirklich zu Dank verpflichtet. Was sollen wir nach dem Essen tun?« fragte Laurie.

»Wenn es kühler ist, könnten wir wieder spielen. Ich habe mir auch etwas zum Lesen mitgenommen, und ich glaube, Kate weiß etwas Hübsches zu erzählen. Geh und frag sie. Du solltest dich mehr um sie kümmern.«

»Ich dachte, Brooke leistet ihr Gesellschaft, aber er unterhält sich mit Meg, und Kate sitzt nur dabei und starrt vor sich hin. Ich werde mich ein wenig ihrer annehmen.«

Kate kannte verschiedene neue Spiele, und da die Mädchen nichts mehr essen wollten und die Jungen nicht mehr essen konnten, zogen sich alle in das »Wohnzimmer« zurück und spielten »Rigmarole«.

»Eine Person beginnt eine Geschichte zu erzählen — bis zu einer besonders spannenden Stelle. Dann bricht sie ab, und eine andere erzählt weiter. Bitte, Herr Brooke, beginnen Sie's«, sagte Kate mit einer aufmunternden Handbewegung, die Meg verwunderte, denn sie hätte sich nicht getraut, Lauries Lehrer so freundschaftlich anzusprechen.

Herr Brooke, der im Gras zu Füßen der beiden jungen Damen lag, begann folgsam eine Geschichte zu erzählen, während er in die Ferne blickte.

Es wurde eine recht kunterbunte Geschichte, über die alle herzlich lachen mußten. Doch als Herr Brooke bei einer spannenden Stelle abbrach, fand sich niemand, der weitererzählen wollte. Also mußte man sich zu einem anderen Spiel entschließen.

»Kennt ihr ›Wahrheit‹?« fragte Sally, als sie alle genügend über die Geschichte gelacht hatten.

»Ich hoffe es«, sagte Meg.
»Das Spiel, meine ich.«
»Jeder wählt sich eine Zahl und schreibt sie auf ein Blatt Papier. Die Zettel werden auf einen Haufen gelegt und gezogen. Die Person, deren Zahl gezogen wird, muß auf alle Fragen, die von den anderen gestellt werden, ehrlich antworten. Das ist ein großer Spaß.«
»Versuchen wir es«, sagte Jo.
Kate und Herr Brooke, Meg und Ned schieden aus, aber Fred, Sally, Jo und Laurie spielten und zogen, Laurie kam als erster dran.
»Wer sind deine Vorbilder?« fragte Jo.
»Großvater und Napoleon.«
»Welches Mädchen findest du am hübschesten?« fragte Sally.
»Margaret.«
»Welche hast du am liebsten?« fragte Fred.
»Jo, natürlich.«
»Was für dumme Fragen ihr stellt!« murrte Jo, als die anderen über Lauries ehrliche Antworten lachten.
»Weiter, das ist kein schlechtes Spiel«, sagte Fred.
»Es ist wie für dich geschaffen«, murmelte Jo unhörbar.
Sie kam als nächste dran.
»Was ist dein größter Fehler?« fragte Fred.
»Ein aufbrausendes Temperament.«
»Was wünschst du dir am meisten?« wollte Laurie wissen.
»Ein Paar Schuhbänder«, gab Jo zurück.
»Das ist keine ehrliche Antwort, du mußt sagen, was du dir wirklich wünschst.«
»Genie und Talent!«
»Welche Eigenschaften bewunderst du am meisten bei einem Mann?« fragte Sally.
»Mut und Ehrlichkeit.«
»Jetzt bin ich dran«, sagte Fred
»Laß ihn«, flüsterte Laurie Jo zu, die nickte und sofort fragte:
»Hast du nicht beim Kricket geschwindelt?«
»Ja, ein wenig.«
»Findest du nicht, daß die englische Nation in jeder Hinsicht einmalig ist?« fragte Sally.
»Ich müßte mich schämen, wenn ich es nicht täte.«
»Er ist ein echter John Bull. Nun, Fräulein Sally, sollten Sie eine Chance haben, ohne vorher zu ziehen«, sagte Laurie, und Jo nickte Fred zu, zum Zeichen, daß der Friede wiederhergestellt sei.
»Was hassen Sie am meisten?« fragte Fred.
»Spinnen und Reispudding.«
»Was hast du am liebsten?« fragte Jo.
»Tanzen und französische Handschuhe.«
»Ich finde, das ist doch ein sehr dummes Spiel. Versuchen wir lieber etwas anderes, um unseren Geist aufzufrischen«, schlug Jo vor.

Ned, Frank und die kleinen Mädchen machten diesmal mit, während sich die drei älteren danebensetzten und sich unterhielten. Kate zog einen Skizzenblock aus der Tasche, und Margaret sah ihr zu, wie sie zeichnete, während Herr Brooke auf dem Rasen lag, mit einem Buch vor sich, ohne darin zu lesen.

»Wie schön Sie das machen! Ich wünschte, ich könnte auch so gut zeichnen«, sagte Meg mit unverhohlener Bewunderung.

»Warum lernen Sie es nicht? Ich glaube, Sie haben Geschmack und Talent«, antwortete Kate gnädig.

»Ich habe keine Zeit.«

»Ich nehme an, daß Ihre Mamá andere Beschäftigungen für Sie vorzieht. Meine Mutter wollte auch nicht, daß ich zeichnen lerne, aber ich bat meine Gouvernante, mir heimlich ein paar Stunden zu geben. Kann Ihre Gouvernante nicht auch gut zeichnen?«

»Ich habe keine.«

»Ach ja, ich vergaß, hier in Amerika gehen die jungen Damen meist in die Schulen. Papa sagt, sie seien auch sehr gut. Ich nehme an, Sie gehen in eine Privatschule?«

»Ich gehe nicht mehr in die Schule, ich bin selbst Erzieherin.«

»Oh, tatsächlich!« sagte Kate, doch sie hätte genausogut sagen können: »Oh, wie schrecklich!« Ihre Stimme klang ganz danach. Als Meg ihr Gesicht sah, hätte sie am liebsten ihre Worte zurückgenommen.

Herr Brooke sah auf und sagte schnell: »Die jungen Damen in Amerika lieben die Unabhängigkeit ebenso wie ihre Vorfahren. Sie werden bewundert und respektiert, wenn sie selbst Geld verdienen.«

»O ja, natürlich, es ist sehr anerkennenswert und gut. Viele junge Frauen machen es bei uns ebenso. Sie widmen sich einer wohltätigen Beschäftigung und sind alle sehr begabt«, erklärte Kate in gönnerhaftem Ton.

»Hat Ihnen das deutsche Lied gefallen, Fräulein March?« fragte Herr Brooke nach einer peinlichen Pause.

»O ja! Es ist sehr schön, und ich bin dem, der es übersetzt hat, sehr dankbar.«

»Können Sie nicht Deutsch?« fragte Kate überrascht.

»Nicht sehr gut. Mein Vater, der mir die Anfangsgründe beigebracht hat, ist fort, und ich komme allein nicht recht weiter, denn ich habe niemandem, der meine Aussprache korrigiert.«

»Versuchen Sie es einmal, hier ist Schillers ›Maria Stuart‹ und ein Lehrer, der Sie gern unterrichten möchte.« Herr Booke hielt ihr das Buch mit einem aufmunternden Lächeln hin.

»Es ist so schwierig, ich habe Angst, es zu probieren«, sagte Meg. Es war kein Wunder, daß ihr in Gegenwart dieser selbstbewußten jungen Dame der Mut fehlte, einen deutschen Text zu lesen.

»Ich fange an, damit Sie sich ein wenig an den Klang gewöhnen.« Und Kate las eine der schönsten Stellen sehr korrekt, aber völlig ausdruckslos.

Herr Brooke äußerte sich nicht zu ihrem Vortrag und gab das Buch wortlos an Meg weiter, die ein ziemlich ratloses Gesicht machte.

Langsam und schüchtern begann Meg zu lesen, und unbewußt verlieh sie den Worten einen neuen Klang. Sie empfand die Schönheit der Dichtung und die tragische Größe dieser unglücklichen Königin. Sie fühlte mit ihr und litt mit ihr, und bald hatte sie ihre Umgebung und ihre Zuhörer völlig vergessen. Meg sah nichts davon, wie gebannt Herr Brooke ihrem Vortrag lauschte, obwohl ihre Aussprache bei weitem nicht so korrekt war wie die von Kate.

»Sehr gut!« sagte Herr Brooke, als sie abbrach, und lächelte Meg mit aufrichtiger Anerkennung zu.

Kate nahm ihre Brille ab, schloß ihr Skizzenbuch und erhob sich.

»Sie haben einen hübschen Akzent«, sagte sie, »und mit der Zeit werden Sie gut lesen können. Ich rate Ihnen, Deutsch zu lernen, denn die Kenntnis einer Fremdsprache ist eine wertvolle Bereicherung für eine Erzieherin. Ich muß mich jetzt um Grace kümmern.« Kate entfernte sich würdevoll und sagte zu sich selbst: »Ich bin nicht gekommen, um eine Gouvernante zu beraten, auch wenn sie jung und hübsch ist. Was für seltsame Leute diese Yankees sind! Ich fürchte, Laurie wird noch ganz verdorben in ihrer Gesellschaft.«

»Ich habe ganz vergessen, daß die Engländer über Gouvernanten die Nase rümpfen und sie nicht wie ihresgleichen behandeln«, sagte Meg und blickte Kate ein wenig unbehaglich nach.

»Lehrer haben dort auch einen schlechten Stand, wie ich aus eigener Erfahrung weiß. Es gibt keinen besseren Platz für arbeitende Menschen als Amerika, Fräulein Margaret.« Herr Brooke sah so zufrieden und fröhlich aus, daß Meg sich schämte, ihr hartes Los bedauert zu haben.

»Dann bin ich froh, daß ich hier lebe. Ich mag meine Arbeit nicht, aber ich bin einigermaßen damit zufrieden und beklage mich nicht. Ich wünschte nur, daß ich ebensoviel Freude am Unterrichten hätte wie Sie.«

»Es würde auch Ihnen Spaß machen, wenn Sie Laurie als Schüler hätten. Ich werde sehr traurig sein, wenn ich ihn nächstes Jahr verliere«, sagte Herr Brooke.

»Er geht wahrscheinlich ins College?« Meg wagte nicht, ihn zu fragen, was dann aus ihm würde.

»Ja, es wird Zeit, er ist alt genug. Wenn der Krieg bis dahin nicht zu Ende ist, melde ich mich freiwillig, sobald Laurie fort ist.«

»Das ist sehr mutig von Ihnen!« bewunderte ihn Meg. »Aber für Ihre Angehörigen wird das sehr hart sein.«

»Ich habe keine Angehörigen mehr und nur sehr wenig Freunde, die sich darum kümmern, ob ich lebe oder sterbe«, sagte Herr Brooke ziemlich bitter und zerrupfte geistesabwesend eine Rose, die er in der Hand hielt.

»Laurie und sein Großvater würden sich sehr viel daraus machen, und wir alle wären sehr traurig, wenn Ihnen ein Leid zustoßen würde«, sagte Meg herzlich.

»Danke, das klingt sehr nett«, erwiderte Herr Brooke und sah wieder fröhlich aus, doch bevor er weitersprechen konnte, kam Ned auf einem alten Pferd geritten und wollte seine Künste vor den jungen Damen zeigen.

»Reitest du gern?« fragte Grace Amy, als sie nach einem Rundritt mit Ned zurückkamen, um sich auszuruhen.

»Ich möchte es schrecklich gern. Meine Schwester Meg hatte Reitstunden, als unser Papa noch reich war, aber wir haben jetzt außer Ellen Tree keine Pferde«, antwortete Amy lachend.
»Erzähl mir von Ellen Tree. Ist es ein Esel?« fragte Grace neugierig.
»Nein. Siehst du, Jo ist ganz verrückt nach Pferden, genau wie ich, aber wir haben nur einen alten Sattel und kein Pferd. Aber in unserem Garten ist ein Apfelbaum mit einem niederen Ast, und so hängen wir einfach die Zügel darüber und reiten auf Ellen Tree, wann immer wir wollen.«
»Wie lustig!« lachte Grace. »Ich habe ein Pony zu Hause, und ich reite fast jeden Tag mit Fred und Kate im Park. Meistens kommen auch noch ein paar Freunde, dann ist es besonders lustig.«
»Oh, wie herrlich! Ich hoffe, daß ich auch einmal ins Ausland reisen kann, aber ich möchte am liebsten nach Rom fahren«, sagte Amy, deren sehnlichster Wunsch es war, einmal dort die berühmten Kunstwerke zu sehen.

Frank, der hinter den beiden kleinen Mädchen saß und sehnsüchtig zuschaute, wie die anderen Jungen umhersprangen und alle möglichen Kunststücke aufführten, stieß plötzlich mit einer ungeduldigen Bewegung seine Krücke von sich. Beth sah erschrocken auf und fragte schüchtern:
»Fühlst du dich nicht wohl? Kann ich etwas für dich tun?«
»Unterhalte dich mit mir, bitte, es ist so langweilig, allein hier zu sitzen«, antwortete Frank.
Wenn er sie gebeten hätte, eine lateinische Rede zu halten, hätte er die schüchterne Beth nicht ärger in Verlegenheit bringen können; aber es war unmöglich, einfach davonzulaufen, und Jo war weit und breit nicht zu sehen, um ihrer kleinen Schwester beizustehen. Außerdem sah der arme Junge so traurig drein, daß Beth tapfer beschloß, es zu versuchen.
»Worüber möchtest du dich unterhalten?« fragte sie und spielte verlegen mit den Karten, die sie noch in der Hand hielt.
»Ich interessiere mich für Kricket, Bootfahren und Jagen«, antwortete Frank. Er hatte es noch nicht gelernt, seine Vergnügungen seiner körperlichen Eignung anzupassen.
Lieber Himmel, was soll ich machen! Ich weiß überhaupt nichts darüber, dachte Beth, und in ihrer Aufregung vergaß sie die Krücken des Jungen und sagte, um ihn selbst zum Reden zu bringen: »Ich habe noch nie bei einer Jagd zugesehen, aber du warst sicher schon oft dabei?«
»Ja, früher, aber das ist für immer vorbei. Ich verletzte mich schwer, als ich über ein hohes Gitter sprang; jetzt gibt es keine Pferde mehr für mich«, sagte Frank so traurig, daß Beth zutiefst bereute, so dumm gefragt zu haben.
»Es ist sicher viel schöner, in euren Wäldern zu jagen, als bei uns in der Prärie auf Büffeljagd zu gehen«, sagte Beth. Sie war froh, daß sie in einem Buch von Jo etwas über die Büffelherden in der Prärie gelesen hatte und daher das Gespräch auf ein Thema bringen konnte, das ihr lag.
Die Büffel waren ein dankbarer Gesprächsstoff, und in ihrem Eifer, den Jungen zu unterhalten, vergaß Beth ihre Schüchternheit und plauderte ungezwungen drauflos. Sie bemerkte nicht einmal, daß die anderen ihre Kricketrunde unterbrachen und sie überrascht beobachteten.

»Betty ist wie ausgewechselt«, sagte Jo. »Sie wäre die geborene Krankenpflegerin. Seht nur, wie gut sich die beiden unterhalten. Frank war vorher in einer so trübseligen Stimmung, jetzt strahlt er vor Vergnügen!«
»Ich habe ihn schon lange nicht so herzlich lachen hören«, bemerkte Grace.
Der Nachmittag endete mit fröhlichen Spielen. Bei Sonnenuntergang war das Zelt abgebrochen, der Proviant verpackt, die Boote wurden beladen, und die ganze Gesellschaft ruderte zurück und sang aus voller Kehle.
Ned wurde romantisch und sang eine Serenade für Meg. Er sah sie so dumm dabei an, daß Meg lachen mußte.
»Wie können Sie nur so grausam sein?« flüsterte er, als sie einen Augenblick lang unbeobachtet waren. »Den ganzen Tag mußte ich mit diesen eingebildeten Engländern verbringen, und jetzt lachen Sie mich aus.«
»Das wollte ich nicht, aber Sie sahen so komisch aus, daß ich nicht anders konnte«, antwortete Meg. In Wirklichkeit war es ihr sogar eine Genugtuung, ihn ein wenig zum Narren zu halten und gehörig abblitzen zu lassen, denn sie hatte die Moffat-Party und sein Benehmen von damals nicht vergessen.
Ned war beleidigt und wandte sich an Sally, um sich über Meg zu beklagen: »Es ist nicht eine Spur von Romantik in dem Mädchen, nicht wahr?«
»Nicht die Spur, aber sie ist sehr lieb«, antwortete Sally.
Auf der Wiese vor dem Laurenz-Haus trennte sich die kleine Gesellschaft wieder. Die Vaughans verabschiedeten sich, denn sie wollten am nächsten Tag nach Kanada weiterfahren. Als die vier Schwestern durch den Garten nach Hause gingen, sah Kate Vaughan ihnen nach und sagte: »Sie haben ja etwas andere Manieren, aber ich glaube, wenn man sie näher kennenlernt, können auch die amerikanischen Mädchen sehr nett sein.«
»Sie haben vollkommen recht, Miß Kate«, erwiderte Herr Brooke.

Luftschlösser

An einem warmen Septembernachmittag lag Laurie faul in seinem Liegestuhl und dachte darüber nach, was wohl die Nachbarn jetzt machten, war aber zu bequem, um nachzusehen. Er war in einer seiner schlechten Stimmungen, denn der Tag war nutzlos und langweilig gewesen und er hätte ihn gerne noch einmal gelebt. Das heiße Wetter machte ihn reizbar, er hatte nicht lernen wollen, hatte Herrn Brooks Geduld auf die Spitze getrieben, seinen Großvater geärgert, die weiblichen Angestellten geängstigt, indem er ihnen erzählte, einer seiner Hunde sei wahnsinnig geworden, und hatte sich dann in seinen Liegestuhl geworfen, mit sich und der Welt unzufrieden, bis ihn der Friede des lieblichen Tages gegen seinen Willen wieder beruhigte.
Er träumte eben vor sich hin, als er plötzlich durch ein Gewirr von Stimmen aufgeschreckt wurde. Da sah er, wie im Nachbargarten die Mädchen in einer seltsamen Prozession durch den Garten gingen, bei der Hintertür hinausschlüpften und den Hügel hinaufkletterten, der zwischen dem Haus und dem Fluß lag. Jede trug einen breitrandigen Sonnenhut und einen großen Leinen-

beutel über der Schulter, dazu einen langen Stab. So zogen sie im Gänsemarsch durch den Garten.

»Das ist zuviel!« sagte Laurie zu sich selbst. »Sie machen ein Picknick und rufen mich nicht. Sie können gar nicht mit dem Boot wegfahren, denn sie haben keinen Schlüssel. Vielleicht haben sie ihn vergessen. Ich hole ihn und sehe nach, was sie vorhaben.«

Obwohl Laurie ein halbes Dutzend Hüte besaß, konnte er so schnell keinen finden. Dann suchte er verzweifelt den Schlüssel und fand ihn schließlich in seiner Tasche, und als er endlich aus dem Haus lief, waren die Mädchen schon verschwunden. Er nahm den kürzesten Weg zum Bootshaus, aber da war kein Mensch, und so stieg er auf den Hügel, um sich zu orientieren.

Da sah er zu seinem Erstaunen die vier Mädchen friedlich in einer windstillen Mulde sitzen. Jede hatte sich eine Handarbeit mitgebracht und war eifrig damit beschäftigt. Das ganze Bild strahlte beschauliche Ruhe aus. Laurie war enttäuscht; er fühlte, daß er nicht hierher gehörte und eigentlich unbemerkt verschwinden müßte. Er zögerte jedoch, denn es graute ihm heute besonders vor der Einsamkeit, und diese friedliche Gesellschaft hier war genau das, wonach er sich sehnte. Er stand noch immer unentschlossen da, als Beth aufsah und ihm lächelnd zunickte.

»Kann ich kommen oder störe ich?« fragte er schüchtern.

Meg zog ihre Augenbrauen in die Höhe, aber Jo schaute sie drohend an und rief: »Selbstverständlich kannst du kommen! Wir hätten dich schon vorher fragen sollen, aber wir dachten, du machst dir nichts aus einem langweiligen Damenkränzchen.«

»Ich bin immer gern in eurer Gesellschaft, aber wenn Meg etwas dagegen hat, gehe ich wieder.«

»Ich habe nichts dagegen, wenn du kommst und dich auch mit etwas beschäftigst; es ist nur gegen die Regel, hier müßig zu sitzen«, antwortete Meg gnädig.

»Ergebensten Dank. Ich werde alles tun, wenn du mich nur ein bißchen verschnaufen läßt, denn hier unten ist es so glühend heiß wie in der Sahara. Soll ich nähen, lesen oder zeichnen oder alles auf einmal?« fragte Laurie lachend, während er sich zu ihnen setzte.

»Lies diese Geschichte fertig, dann stricke ich an meiner Ferse weiter«, sagte Jo und gab ihm das Buch, aus dem sie eben den anderen vorgelesen hatte.

»Bitte sehr, Gnädigste«, antwortete Laurie lächelnd. Er bemühte sich redlich, um sich für die hohe Gunst dankbar zu erweisen, daß sie ihn in ihre Mitte aufgenommen hatten.

Als Laurie mit der Geschichte fertig war, konnte er seine Neugier nicht länger bezähmen.

»Ist diese sehr lehrreiche und charmante Institution eine besondere Neuigkeit?« fragte er.

»Wollt ihr es ihm sagen?« fragte Meg ihre Schwestern.

»Er wird uns auslachen«, sagte Amy warnend.

»Wen stört das?« entgegnete Jo.

»Ich glaube, es wird ihm gefallen«, fügte Beth hinzu.

»Natürlich! Ich gebe euch mein Wort, daß ich nicht lachen werde.«
»Du mußt wissen, daß wir lange Zeit unser Pilgerspiel spielten«, begann Jo. »Wir spielten es immerzu, im Winter und im Sommer.«
»Ja, ich weiß«, sagte Laurie und nickte weise.
»Wer hat es dir erzählt?« fragte Jo.
»Geister.«
»Nein, ich war es. Ich wollte ihn einmal unterhalten, als ihr alle weg gewesen seid. Er war so schlechter Laune, und es gefiel ihm wirklich. Nun schimpf nicht, Jo«, bat Betty.
»Du kannst kein Geheimnis bewahren. Aber es macht nichts, so ist es jetzt einfacher.«
»Weiter, bitte«, sagte Laurie, als sich Jo in ihre Arbeit vertiefte und etwas übellaunig dreinsah.
»Ach so, hat sie dir nichts über unseren neuen Plan erzählt? Wir haben beschlossen, unsere Ferien nicht zu vergeuden, und jede hat sich eine Aufgabe gestellt, die sie zu erfüllen versucht. Die Ferien sind bald vorüber, und wir sind froh, daß wir nicht nur gefaulenzt haben.«
»Ja, das glaube ich«, sagte Laurie und dachte reumütig an seine eigenen müßigen Tage.
»Mutter ist froh, wenn wir nicht immerzu im Haus sitzen, und so kommen wir mit unserer Arbeit hierher und haben eine schöne Zeit. Zum Spaß setzen wir alte Hüte auf, und jede trägt ihr Bündel und einen Stab. Wir spielen Pilger, wie wir es vor Jahren getan haben.«
Die Sonne ging langsam unter, und die kleine Gesellschaft folgte andächtig diesem immer wieder gleich schönen Schauspiel der Natur.
»Wir stehen oft hier und warten, bis die Sonne hinter den Hügeln verschwunden ist. Es ist immer wieder ein bißchen anders, aber immer gleich wunderbar. Ich möchte es einmal malen«, sagte Amy.
In dieser friedlichen und vertrauten Stimmung begannen sie von ihren Zukunftswünschen zu erzählen. Laurie fing damit an.
»Nachdem ich schon eine ganze Menge von der Welt gesehen habe, möchte ich nach Deutschland gehen und mich dort ganz der Musik widmen. Ich möchte ein berühmter Musiker werden und mich nie um Geld und Geschäfte kümmern müssen. Natürlich ist das nur ein Luftschloß, aber es wäre doch zu schön, immer tun zu können, was man will. Hast du dir auch ein Luftschloß gebaut, Meg?«
Margaret erschien es ein wenig schwierig, von ihrem Luftschloß zu erzählen, und so begann sie langsam: »Ich wünsche mir ein hübsches Haus, angefüllt mit lauter schönen Dingen: kostspieligen Kleidern, schönen Möbeln, netten Leuten, einer großen Dienerschaft und einem Haufen Geld. Ich möchte darin die Herrin sein und schalten und walten, wie ich will. Ich würde nicht müßig sein, sondern unentwegt Gutes tun, und jeder müßte mich gern haben.«
»Möchtest du keinen Mann für dein Luftschloß?« fragte Laurie.
»Ich sagte bereits: ›nette Leute‹«, erwiderte Meg und band sorgfältig ihren Schuh, während sie sprach, damit niemand ihr Gesicht sehen konnte.
»Warum sagst du nicht, daß du einen hübschen, klugen und guten Gatten

und einige süße Kinderchen haben möchtest? Du weißt, daß dein Schloß ohne sie nicht vollkommen wäre«, neckte sie Jo.

»Du hast nichts außer Pferden, Tintenfässern und Büchern in deinem Kopf«, antwortete Meg verärgert.

»Das wäre herrlich! Ich möchte einen Stall voll arabischer Stuten, ein Zimmer mit Stapeln von Büchern und ein Zaubertintenfaß, so daß meine Worte so berühmt werden wie Lauris Musik. Ich möchte etwas Besonderes tun, bevor ich mich auf mein Schloß zurückziehe — etwas Heldenhaftes oder Wunderbares, das auch nach meinem Tod nicht vergessen wird. Ich weiß nicht, was, aber ich bin auf der Lauer, und ich hoffe, euch eines Tages zu verblüffen. Ich denke, ich werde Bücher schreiben und reich und berühmt werden, das würde mir gefallen. So, das ist mein Lieblingstraum.«

»Mein größter Wunsch ist, zu Hause bei Vater und Mutter zu bleiben und mich um die Familie zu kümmern«, sagte Betty bescheiden.

»Wünscht du dir sonst nichts?« fragte Laurie.

»Seit ich mein Klavier habe, bin ich vollkommen zufrieden. Ich wünsche mir nur, daß wir zusammenbleiben und immer gesund sind, sonst nichts.«

»Ich habe eine Menge Wünsche, aber mein schönster Traum ist, eine Künstlerin zu werden, nach Rom zu gehen, schöne Bilder zu malen und auf der ganzen Welt berühmt zu sein«, lautete Amys bescheidener Wunsch.

»Wir sind eine ehrgeizige Bande, scheint mir. Jeder von uns, außer Beth, will reich und berühmt sein. Ich möchte wissen, ob einer von uns alle seine Wünsche erfüllt sehen wird«, sagte Laurie.

»Ich habe einen Schlüssel zu meinem Luftschloß, aber ob ich die Tür öffnen kann, wird sich noch zeigen«, bemerkte Jo geheimnisvoll.

»Ich habe auch den Schlüssel zu meinem, aber ich darf ihn nicht probieren. Verflixtes College!« murmelte Laurie mit einem abgrundtiefen Seufzer.

»Hier ist meiner!« rief Amy und schwang ihren Bleistift.

»Ich habe keinen«, sagte Meg betrübt.

»Doch, du hast einen«, entgegnete Laurie.

»Wie meinst du das?«

»Dein hübsches Gesicht.«

»Unsinn, das hat keinen Wert.«

»Warte geduldig, vielleicht ist das wertvoller, als du denkst«, antwortete der Junge und lächelte geheimnisvoll, so, als meinte er etwas ganz Bestimmtes mit seinen Worten.

Meg errötete, aber sie stellte keine weiteren Fragen, sondern blickte gedankenverloren auf den Fluß, als ob auch sie in diesem Augenblick einem ganz bestimmten Gedanken nachhing.

»Wenn wir in zehn Jahren noch alle leben, dann treffen wir uns, um zu sehen, wessen Wünsche in Erfüllung gegangen sind oder wie nahe wir ihnen gekommen sind«, schlug Jo vor, die immer einen Plan zur Hand hatte.

»Wie alt werde ich dann sein — siebenundzwanzig!« rief Meg aus, die sich schon sehr erwachsen fühlte, obwohl sie erst siebzehn geworden war.

»Du und ich, wir werden sechsundzwanzig sein, Beth vierundzwanzig und Amy zweiundzwanzig«, sagte Jo.

»Ich hoffe, ich werde bis dahin etwas geleistet haben, worauf ich stolz sein kann: aber ich bin solch ein Faulpelz. Ich fürchte, ich werde nichts erreichen«, seutzte Laurie.

»Du brauchst ein Ziel, sagt Mutter; wenn du dir erst einmal eines gesteckt hast, wirst du auch imstande sein, es zu erreichen.«

»Glaubt sie das wirklich?« rief Laurie und setzte sich voll plötzlicher Energie auf. »Ich möchte ja gern, daß Großvater mit mir zufrieden ist, und versuche auch, ihm alles recht zu machen. Aber ich bin einfach nicht dafür geschaffen, so wie er Kaufmann zu werden, wie er es wünscht. Ich mache mir nichts aus all dem Zeug, womit er handelt, es ist mir gleichgültig, wenn eine Schiffsladung Tee und Gewürze oder ein ganzer Stapel Seide sinkt. Darum will ich auch nicht aufs College. Ich bin beinahe entschlossen, auszureißen, wie mein Vater es getan hat. Wenn mir nicht bang wäre, den alten Herren allein zu lassen, ginge ich schon morgen.«

Laurie sprach aufgeregt und sah aus, als ob er bereit sei, seinen Vorsatz bei der geringsten Herausforderung wahr zu machen. Er kam sich plötzlich sehr erwachsen vor und fühlte einen Drang zum Abenteuer in sich, das ihn in die weite Welt hinausrief.

»Ich rate dir, segle mit einem Schiff deines Großvaters fort und komm erst wieder nach Hause, wenn du versucht hast, auf deine Art zu leben und durchzukommen«, sagte Jo, deren Phantasie von dem Gedanken an ein so waghalsiges Unternehmen beflügelt wurde.

»Das ist nicht richtig, Jo. Du darfst nicht so zu Laurie sprechen, und er soll nicht auf deinen schlechten Rat hören. Du mußt tun, was dein Großvater wünscht, Laurie«, sagte Meg in ihrem erwachsensten Ton. »Tu dein Bestes im College, und wenn er sieht, daß du dich bemühst, wird er auch nicht länger hart und unnachgiebig sein. Wie du sagst, hat er niemanden außer dir, und du würdest es dir nie verzeihen, wenn du ihn ohne Erlaubnis verlassen würdest. Tu deine Pflicht, dann wirst du ebenso beliebt sein wie Herr Brooke.«

»Was weißt du über ihn?« fragte Laurie, der froh war, dem Gespräch eine andere Wendung geben zu können.

»Nur, was dein Großvater über ihn erzählt hat: wie er sich um seine Mutter kümmerte, bis sie starb, und nicht als Erzieher ins Ausland gehen wollte, weil er sie nicht verlasen konnte; und wie er jetzt für eine alte Frau sorgt, die die Kinderfrau seiner Mutter war; daß er nie jemandem davon erzählt und daß er so großzügig, geduldig und gut wie nur möglich ist.«

»Das stimmt!« sagte Laurie herzlich, und Meg schwieg und schien über ihre eigenen Worte erstaunt zu sein. »Das sieht Großvater ähnlich, alles über ihn herauszufinden und es dann andern Leuten zu erzählen, damit auch sie nett zu Brooke sind. Darum ist also deine Mutter so freundlich zu ihm. Brooke hat sich sehr gewundert, daß sie ihn oft mit mir zusammen einlädt. Und ich weiß selbst am besten, was für ein guter Mensch er ist. Wenn sich meine Wünsche jemals erfüllen, dann sollt ihr sehen, was ich für Brooke tun werde.«

»Es wäre besser, du würdest schon jetzt damit anfangen, anstatt ihm oft das Leben recht schwer zu machen«, bemerkte Meg.

»Was weißt denn du davon?«

»Ich kann es immer an seinem Gesicht sehen, wenn er fortgeht. Wenn du brav warst, sieht er zufrieden aus und geht beschwingt, wenn du ihn gequält hast, ist er ernst und geht langsam, als ob er zurückgehen wollte, um seine Arbeit besser zu machen.«

»Du kannst also mein gutes und schlechtes Verhalten von Brookes Gesicht ablesen. Ich sehe ihn immer eine Verbeugung machen und lächeln, wenn er an eurem Haus vorbeigeht, aber ich habe nicht gewußt, daß du einen Telegrafenmast aufgestellt hast.«

»Das haben wir auch nicht; sei deswegen nicht böse, und vor allem erzähle es ihm nicht! Ich habe es nur erwähnt, um dir zu zeigen, daß ich mich für deine Fortschritte interessiere. Ich wünsche, daß du unser Gespräch vertraulich behandelst!« rief Meg, bestürzt bei dem Gedanken, welche Folgen ihre sorglose Äußerung haben könnte.

»Ich erzähle keine Geschichten«, antwortete Laurie. »Aber wenn Brooke ein Barometer ist, muß ich achtgeben, daß er immer nur schönes Wetter anzeigt.«

»Ach, sei doch nicht so spitz. Ich wollte dir weder eine Predigt halten noch Geschichten erzählen oder dich bevormunden. Ich wollte nur nicht, daß Jo dir Flausen in den Kopf setzt und du etwas tust, was du später bereuen müßtest. Wir haben dich doch alle gern, du bist wie ein Bruder zu uns; da dürfen wir doch sagen, was wir denken. Verzeih mir; ich habe es gut gemeint!«, und Meg streckte ihm ihre Hand zur Versöhnung hin.

Beschämt über diese freundliche Geste, drückte Laurie die kleine Hand und sagte herzlich: »Ich muß um Verzeihung bitten. Ich bin heute schon den ganzen Tag unausstehlich. Es ist mir recht, wenn du mich auf meine Fehler aufmerksam machst und wie eine große Schwester zu mir bist. Kümmere dich nicht darum, wenn ich brummig bin; ich danke dir jetzt schon dafür.«

Für den Rest des Tages war Laurie wie ausgewechselt. Er tat alles, um sein launenhaftes Betragen wieder gutzumachen. Er wickelte Baumwolle für Meg, trug Jo ein Gedicht vor und war so sanft wie ein Osterlamm. Sie unterhielten sich so angeregt, daß sie beinahe die Glocke überhörten, mit der Hanna sie zum Tee rief.

»Darf ich wieder kommen?« fragte Laurie, als sie sich verabschiedeten.

»Ja, wenn du brav bist und deine Aufgaben machst und dein Lehrer mit dir zufrieden ist«, sagte Meg lächelnd.

»Ich werde mir Mühe geben.«

»Dann bist du uns willkommen, und ich lehre dich stricken, wie es die Schotten machen. Es herrscht eine große Nachfrage nach Socken«, fügte Jo hinzu und winkte mit ihrem Strickstrumpf, als sie sich am Gartentor verabschiedeten.

Am Abend, als Beth für Herrn Laurenz in der Dämmerung Klavier spielte, stand Laurie im Schatten der Vorhänge und sah ihr zu. Die einfachen Melodien beruhigten sein erregtes Gemüt. Er beobachtete den alten Mann, der seinen grauen Kopf in die Hand stützte und an das tote Kind dachte, das er so sehr geliebt hatte. Er erinnerte sich an das Gespräch am Nachmittag und sagte zu sich selbst: Ich werde mein Luftschloß aufgeben und bei dem lieben alten Herrn bleiben, denn er braucht mich: ich bin alles, was er hat.

Geheimnisse

Jo war in ihrem Turmzimmer sehr beschäftigt, denn die Oktobertage begannen düster zu werden, und die Nachmittage wurden kürzer. Für zwei, drei Stunden schien die Sonne warm durch das hohe Fenster, vor dem Jo auf dem alten Sofa saß und eifrig schrieb. Sie ruhte nicht eher, als bis auch die letzte Seite Papier vollgeschrieben war, dann setzte sie ihren Namen darunter, legte die Feder hin und sagte zu sich selbst: »Ich hab's geschafft! Ich habe mein Bestes gegeben, und wenn es doch nicht gut ist, muß ich eben warten, bis ich es besser kann.«

Sie las das Manuskript noch einmal sorgfältig durch, strich da und dort etwas aus und fügte Satzzeichen hinzu. Ihr ernstes Gesicht verriet, wie sehr ihr die Sache am Herzen lag. Jos Schreibtisch in dem Stübchen war ein altes Küchenbrett, auf dem sie ihre Papiere und einige Bücher aufbewahrte. Aus einem Fach holte sie ein anderes Manuskript hervor und steckte beide in ihre Tasche.

Dann stieg sie leise die Treppen hinunter, zog lautlos ihre Jacke an, setzte ihren Hut auf und lief zum Flurfenster, kletterte von dort aufs Dach der niedrigen Veranda, sprang auf den Rasen und nahm einen Umweg zur Straße. Dort stieg sie in einen Autobus und fuhr in die Stadt.

Einem zufälligen Beobachter wäre Jos Benehmen sehr sonderbar erschienen. An einer Haltestelle in einer belebten Straße stieg sie aus und sah sich suchend nach einer bestimmten Hausnummer um. Als sie sie gefunden hatte, trat sie in das Haus ein, schaute sich in dem schmutzigen Flur um und blieb eine Minute lang unschlüssig stehen. Dann trat sie wieder auf die Straße und verschwand ebenso eilig, wie sie gekommen war. Kurz darauf kam sie zurück und wiederholte das Manöver von vorhin, sehr zum Vergnügen eines jungen Herrn, der sie aus einem Fenster des gegenüberliegenden Hauses beobachtete. Beim dritten Mal nahm sich Jo einen Anlauf, zog ihren Hut tief in die Stirn und stieg die Treppe hinauf. Sie machte dabei ein Gesicht, als ob sie sich alle ihre Zähne ziehen lassen müßte.

Der junge Mann von gegenüber zog seinen Mantel an, nahm seinen Hut und ging hinunter, um sich im Haustor aufzustellen. Lächelnd sagte er zu sich selbst. »Das sieht ihr ähnlich, allein herzukommen. Wenn die Sache schiefgeht, braucht sie jemanden, der sie nach Hause begleitet.«

Zehn Minuten später kam Jo mit einem roten Gesicht heruntergerannt. Als sie den jungen Mann sah, war sie alles andere als begeistert. Sie nickte ihm kurz zu, als sie an ihm vorbeiging. Doch er folgte ihr und fragte:

»Hat es geklappt?«

»Kann sein.«

»Du warst schnell fertig.«

»Ja, Gott sei Dank!«

»Warum bist du allein gegangen?«

»Ich wollte nicht, daß es jemand weiß.«

»Du bist der sonderbarste Kauz, den ich je getroffen habe. Wie viele sind es?«

Jo schaute ihren Freund an, als ob sie ihn nicht verstanden hätte, dann begann sie plötzlich zu lachen.

»Es sind zwei, von denen ich will, daß sie herauskommen, aber ich muß eine Woche warten.«

»Warum lachst du? Hast du Unannehmlichkeiten gehabt, Jo?« fragte Laurie, denn natürlich war er es, der auf sie gewartet hatte. »Mein Herr, was haben Sie in dem Billardsalon gemacht?«

»Verzeihung, Madame, das ist kein Billardsalon, sondern ein Turnsaal, und ich habe eine Fechtstunde genommen.«

»Bravo, das freut mich!«

»Warum?«

»Da kannst du es mir zeigen, und wenn wir Hamlet spielen, können wir eine wunderbare Fechtszene einüben.«

»Ich werde es dir zeigen, ob wir Hamlet spielen oder nicht. Fechten ist herrlich!«

»Und ich fürchtete schon, du spielst Billard. Das tust du doch nicht, oder doch?«

»Hin und wieder.«

»Das sollst du lieber bleiben lassen.«

»Weshalb? Ich habe ein Billard zu Hause, aber es ist nur lustig, wenn man einen guten Gegner hat. Ich spiele manchmal mit Ned Moffat oder einem der anderen Jungen.«

»Es wäre besser, du würdest damit aufhören. Du weißt doch, wie die Spieler sind. Zuerst spielen sie nur hin und wieder, dann immer öfter, bis sie schließlich für nichts anderes mehr Interesse haben.«

»Aber es ist doch nicht so schlimm, wenn man es nur als harmloses Vergnügen auffaßt.«

»Ich habe ja schon gesagt, daß es meistens nicht dabei bleibt. Außerdem mag ich Ned und seine Freunde nicht, und ich wünschte, du würdest dich von ihnen fernhalten. Mutter mag ihn auch nicht, deshalb lädt sie ihn auch nicht ein. Sieh zu, daß du nicht so wirst wie er, denn sonst ist es mit unserer Freundschaft vorbei.«

»Wirklich?« fragte Laurie erschrocken.

»Es liegt nur an dir, und du mußt selbst wissen, wessen Freundschaft dir wichtiger ist. Ned ist ein Angeber, und mit solchen Leuten wollen wir nichts zu tun haben.«

»Es wird nicht soweit kommen, dafür werde ich schon sorgen. Ich bin kein Angeber und werde nie einer sein. Aber hin und wieder wirst du mir doch ein harmloses Vergnügen gestatten, nicht wahr?« fragte Laurie lächelnd.

»Natürlich! Wir wollen doch nicht, daß du wie ein Heiliger lebst. Das wäre ja todlangweilig. Bleib so, wie du bist, so haben wir dich am liebsten. Ich dachte nur gerade an den Sohn der Familie King, der soviel Geld hatte und nicht wußte, wie er es ausgeben sollte. Er spielte und trank, machte dem Namen seines Vaters Schande und wurde ein Taugenichts.«

»Du glaubst, daß ich imstande wäre, etwas Ähnliches zu tun? Herzlichen Dank.«

»Nein, das glaube ich nicht, und ich wollte dich auch nicht mit ihm vergleichen. Verzeih, wenn es so geklungen hat. Aber ich weiß, daß Geld eine Versuchung bedeutet und man ruhiger lebt, wenn man arm ist.«

»Du machst dir also Sorgen um mich, Jo?«

»Ein bißchen, denn du wirkst manchmal so launenhaft und unzufrieden. Aber ich weiß, daß du einen guten und starken Willen hast, der weiterhin dein Handeln bestimmen wird.«

Laurie ging schweigend neben ihr her. Jo beobachtete ihn und wünschte, sie hätte nicht so viel gesagt, denn er schaute sehr finster drein. »Wirst du mir den ganzen Heimweg eine Moralpredigt halten?« fragte er schließlich.

»Natürlich nicht, warum?«

»Wenn du es tust, nehme ich einen Bus; wenn nicht, dann gehe ich weiter mit dir und erzähle dir etwas sehr Interessantes.«

»Ich werde dich in Ruhe lassen und bin furchtbar neugierig«, erwiderte Jo lachend.

»Sehr gut. Also hör zu. Es ist ein Geheimnis, und ich sage es dir nur, wenn du mir zuerst deines verrätst.«

»Ich habe keines«, begann Jo, unterbrach sich aber sofort, da ihr einfiel, daß sie doch ein Geheimnis hatte.

»Ich weiß, daß du eines hast; du kannst nichts verbergen. Also komm und beichte, sonst erzähle ich dir meines auch nicht«, erklärte Laurie.

»Ist dein Geheimnis wirklich so interessant?«

»Oh, sicher! Es dreht sich um Leute, die du kennst, und es wird dir einen riesigen Spaß machen, du wirst schon sehen! Ich brenne darauf, es dir zu erzählen. Komm, du fängst an.«

»Versprichst du, daß du zu Hause nichts verrätst?«

»Nicht ein Wort.«

»Und daß du mich nicht auslachst?«

»Das tue ich doch nie.«

»O doch! Und du bekommst alles aus den Leuten heraus, was du wissen möchtest. Ich weiß nicht, wie du es anstellst, aber du bist ein geborener Schmeichler.«

»Danke, fang an!«

»Nun, ich habe einem Zeitungsredakteur zwei Geschichten gebracht, und er wird mir nächste Woche seine Antwort geben«, flüsterte Jo ihrem Freund ins Ohr.

»Es lebe Fräulein March, die gefeierte amerikanische Autorin!« schrie Laurie und warf seinen Hut in die Luft.

»Sei still! Es wird nichts werden, glaube ich. Aber ich konnte nicht anders, ich mußte es probieren, und ich habe auch niemandem etwas gesagt, also braucht auch niemand enttäuscht zu sein.«

»Es wird schon klappen! Deine Geschichten sind doch großartig, voll Witz und Humor. Es wäre wundervoll, sie gedruckt zu sehen. Du wirst schon sehen, wie stolz wir auf unsere Dichterin sein werden!«

Jos Augen glänzten, denn sie freute sich über Lauries Lob und wußte, daß er es ernst meinte.

»Nun laß mich dein Geheimnis hören! Wenn du dein Wort nicht hältst, glaube ich dir nie wieder«, sagte sie ablenkend.

»Es kann mir Unannehmlichkeiten bereiten, wenn ich es dir erzähle, aber ich habe nicht versprochen, zu schweigen. Also sollst du alles erfahren, denn ich will keine Geheimnisse vor dir haben. Ich weiß, wo Megs Handschuh ist.«

»Ist das alles?« fragte Jo und sah enttäuscht drein, als Laurie nickte.

»Es ist genug für den Anfang, wie du zugeben wirst, wenn ich dir erzählt habe, wo er ist.«

»So erzähl schon.«

Laurie beugte sich zu ihr und flüsterte ihr drei Worte ins Ohr, die eine seltsame Veränderung in ihrem Gesicht bewirkten. Jo blieb stehen und starrte ihn einen Augenblick lang ungläubig an, wobei sie gleichzeitig überrascht und verärgert aussah. Dann ging sie weiter und fragte scharf: »Wieso weißt du das?«

»Ich habe ihn gesehen.«

»Wo?«

»In seiner Tasche.«

»Die ganze Zeit?«

»Ja, ist das nicht romantisch?«

»Nein, es ist schrecklich.«

»Freust du dich nicht darüber?«

»Natürlich nicht, es ist lächerlich. Was wird Meg sagen?«

»Du darfst es niemandem erzählen, erinnere dich daran.«

»Ich habe es nicht versprochen.«

»Das war selbstverständlich, und ich habe dir vertraut.«

»Gut, ich werde es vorläufig nicht erzählen, aber ich bin empört und wünschte, du hättest es mir nicht erzählt.«

»Ich dachte, du würdest dich freuen.«

»Über die Aussicht, daß jemand kommt und uns Meg wegnimmt? Nein, danke.«

»Wäre es dir lieber, wenn jemand käme und dich mitnehmen würde?«

»Den möchte ich sehen, der das probiert«, rief Jo.

»Ich werde es tun!« sagte Laurie lachend.

»Ich habe genug von Geheimnissen, ich kann es einfach nicht glauben«, sagte Jo unfreundlich.

»Laufen wir ein Stück«, schlug Laurie vor.

Jo fing zu laufen an; sie lief so schnell, daß ihr Hut und ein paar Haarnadeln davonflogen. Laurie erreichte das Ziel als erster und war mit dem Erfolg seiner Behandlung zufrieden.

»Ich wollte, ich wäre ein Pferd, dann könnte ich meilenweit laufen und mir würde nicht der Atem ausgehen. Bitte sei nett und hol mir meinen Hut«, bat Jo und setzte sich unter einem Baum. Sie hoffte, daß niemand vorbeikommen würde, bevor sie ihr Haar wieder in Ordnung gebracht hatte. Doch es kam jemand vorbei, und zwar ausgerechnet Meg, die einen Besuch gemacht hatte und wie eine vollendete Dame aussah.

»Was in aller Welt machst du hier?« fragte sie und betrachtete kopfschüttelnd ihre aufgelöste Schwester.

»Blätter sammeln«, antwortete Jo unsicher.

»Und Haarnadeln«, fügte Laurie hinzu und warf ein halbes Dutzend in Jos Schoß. »Sie wachsen hier auf der Straße, Meg, ebenso wie Strohhüte.«

»Ihr seid um die Wette gelaufen, nicht wahr? Ach, Jo, wann wirst du endlich aufhören, dich so wild zu benehmen?«

»Nicht bevor ich steif und alt bin und eine Krücke benützen muß. Versuch nicht, mich so zu machen, wie du bist. Ich habe keine Lust, so aufgeputzt herumzulaufen wie du.«

Obwohl Jos Stimme ärgerlich klang, fühlte sie sich doch recht unsicher dabei. Sie spürte, wie sehr ihr Margaret überlegen war, und Lauries Geheimnis hatte sie ihr noch ein Stück weiter entrückt.

Um die Spannung zu überbrücken, fragte Laurie: »Wo bist du zu Besuch gewesen?«

»Bei den Gardiners, und Sally hat mir von der Hochzeit von Belle Moffat erzählt. Es soll wundervoll gewesen sein, und sie werden den Winter in Paris verbringen. Denk dir nur, wie schön das sein muß!«

»Beneidest du sie, Meg?« fragte Laurie.

»Ich fürchte, ja.«

»Da bin ich aber froh!« murmelte Jo und setzte ihren Hut mit einem Schwung auf.

»Warum?« fragte Meg überrascht.

»Wenn dir diese Dinge solchen Eindruck machen, wirst du niemals einen armen Mann heiraten«, erwiderte Jo und warf Laurie einen vieldeutigen Blick zu.

»Ich werde überhaupt nicht heiraten«, entgegnete Meg, drehte sich um und ging beleidigt weiter, während ihr die beiden lachend und flüsternd folgten.

In den nächsten Tagen benahm sich Jo so seltsam, daß ihre Schwestern sich nur wundern konnten. Sie stürzte zur Tür, wenn der Briefträger läutete, war unhöflich zu Herrn Brooke, starrte Meg manchmal minutenlang ganz geistesabwesend an, sprang dann plötzlich auf und schüttelte oder küßte sie ohne besonderen Grund. Wenn Laurie herüberkam, steckten sie die Köpfe zusammen, flüsterten aufgeregt oder machten sich hinter dem Rücken der anderen Zeichen.

Ein paar Minuten später kam Jo hereingestürzt, holte eine Zeitung hervor, legte sich auf das Sofa und begann zu lesen.

»Liest du etwas Interessantes?« fragte Meg.

»Nur eine Geschichte! Wahrscheinlich nichts Besonderes«, antwortete Jo und verdeckte sorgfältig den Namen der Zeitung.

»Lies sie uns vor, damit wir auch ein bißchen Unterhaltung haben«, bat Amy.

»Wie heißt die Geschichte?« fragte Beth, die sich wunderte, warum Jo ihr Gesicht hinter dem Blatt versteckte.

»Die rivalisierenden Maler.«

»Das klingt gut. Nun fang schon an«, sagte Meg.

Jo räusperte sich lange und gründlich und las dann so schnell, als ob sie die Geschichte schon zum hundertsten Male lesen würde. Die Schwestern folgten gespannt und waren begierig, das Ende zu erfahren. Es war sehr romantisch und sehr eindrucksvoll, denn die meisten Helden mußten leider sterben.

»Am besten hat mir die Stelle mit dem wunderbaren Bild gefallen«, sagte Amy anerkennend.

»Ich finde die Liebesszenen am schönsten. Viola und Angelo sind doch unsere Lieblingsnamen, ist das nicht seltsam?« sagte Meg und wischte sich die Tränen ab, die sie vor Rührung vergossen hatte.

»Wer hat die Geschichte geschrieben?« fragte Beth und schaute Jo erwartungsvoll an, als sei ihr plötzlich eine Eingebung gekommen.

Jo sprang auf, legte die Zeitung beiseite und verkündete mit lauter Stimme: »Eure Schwester!«

»Du?« rief Meg und ließ ihre Arbeit fallen.

»Sie ist sehr gut«, sagte Amy kritisch.

»Ich wußte es! Ich wußte es! Oh, meine Jo, ich bin so stolz!« jubelte Beth und lief zu ihrer Schwester und umarmte sie.

Meg wollte es nicht glauben, bis sie die Worte »Von Josephine March« las, die tatsächlich in der Zeitung gedruckt waren. Das Blatt ging von Hand zu Hand, und alle riefen und fragten aufgeregt durcheinander. »Erzähle!«, »Wann ist es erschienen?«, »Was hast du dafür bekommen?«, »Was wird Vater sagen?«, »Wie wird Laurie lachen!«

»Hört auf, dann sage ich euch alles«, rief Jo. Und sie erzählte von ihrem ersten Besuch bei der Zeitung und fuhr dann fort: »Als ich hinging, um mir die Antwort zu holen, sagte der Mann, daß ihm beide Geschichten gefielen, aber er könne Anfängern nichts zahlen, sondern lasse nur ihren Artikel in seiner Zeitung drucken; er merke sich jedoch ihre Namen. Es sei eine gute Übung, sagt er, und wenn er merkt, daß sich jemand verbessert, zahlt er ihm das nächstemal etwas. Ich habe ihm also die zwei Geschichten gegeben, und heute bekam ich die Zeitung hier geschickt. Laurie hat mich damit erwischt und bestand darauf, sie zu lesen; so gab ich sie ihm eben. Er sagt, die Geschichten seien gut und ich solle mehr schreiben; er wird trachten, daß ich für die nächsten etwas bekomme. Ich bin so glücklich, denn mit der Zeit werde ich vielleicht genug verdienen, um mich selbst erhalten und euch allen ein bißchen helfen zu können.«

Hier ging Jo der Atem aus. Sie war auch glücklich und gerührt, daß es ihr die Rede verschlug, und das war ebenfalls ein außergewöhnliches Ereignis.

Ein Telegramm

»November ist der unangenehmste Monat des Jahres«, sagte Margaret, als sie an einem düsteren Nachmittag am Fenster stand und in den froststarrenden Garten hinaussah.

»Deshalb bin ich auch im November geboren«, bemerkte Jo gedankenvoll.

»Wenn etwas Angenehmes passiert, würdet ihr ihn gleich zum schönsten Monat im ganzen Jahr ernennen«, widersprach Beth.

»In dieser Familie ereignet sich nie etwas Angenehmes«, behauptete Meg, die besonders schlechter Laune war. »Wir plagen uns Tag für Tag und haben gar keine Freude und kein Vergnügen. Wir stecken wirklich in einer Tretmühle.«

»Ich wollte, ich könnte dein Leben so einrichten, wie ich es mit den Heldinnen meiner Romane mache! Du bist hübsch und klug, und ich würde dir unerwartet von reichen Verwandten ein Vermögen hinterlassen; dann könntest du als reiche Erbin ins Ausland reisen und als große Dame zurückkommen.«

»In der heutigen Zeit hinterlassen die Leute kein Vermögen. Die Männer müssen arbeiten, und die Frauen heiraten des Geldes wegen. Es ist eine schrecklich ungerechte Welt«, beklagte sich Meg. »Jo und ich werden für euch alle ein Vermögen erwerben. Wartet nur zehn Jahre, dann werdet ihr es schon sehen«, sagte Amy, die in einer Ecke saß und »Sandkuchen« knetete, wie Hanna ihre kleinen Figuren und Gestalten aus Ton nannte.

»Ich kann nicht so lange warten, und ich muß zugeben, ich glaube nicht recht daran, obwohl ich euch für eure guten Absichten herzlich danke.«

Meg seufzte und drehte sich wieder dem froststarrenden Garten zu; Jo starrte vor sich hin und stemmte beide Ellbogen auf den Tisch, nur Amy arbeitete eifrig weiter. Beth, die beim Fenster saß, lächelte und sagte: »Gleich werden zwei angenehme Dinge passieren: Mammi kommt die Straße herunter, und Laurie stapft durch den Garten und bringt bestimmt eine nette Neuigkeit.«

Wenige Minuten später kamen beide zur Tür herein. Frau March fragte wie immer: »Irgendeine Nachricht von Vater, Kinder?« und Laurie rief: »Ist niemand von euch zu einer Spazierfahrt aufgelegt? Ich habe heute Mathematik gebüffelt, und ich möchte meinen Geist ein wenig erfrischen. Es ist ein düsterer Tag, aber die Luft ist gut, und ich fahre Brooke nach Hause. Wenn ihr mitkommt, wird es bestimmt sehr lustig.«

»Natürlich wollen wir.«

»Vielen Dank, aber ich bin beschäftigt.« Meg nahm ihren Arbeitskorb zur Hand, denn sie hatte ihrer Mutter zugestimmt, daß es besser sei, nicht zu oft mit den jungen Herren auszufahren.

»Wir sind in einer Minute fertig«, rief Amy und lief, um sich die Hände zu waschen.

»Kann ich etwas für Sie tun, Frau March?« fragte Laurie und wandte sich zuvorkommend an die Mutter.

»Danke. Du könntest so freundlich sein und im Postamt nachsehen, ob ein Brief von Vater da ist. Ich warte schon so ungeduldig auf eine Nachricht von ihm, denn er schreibt sonst immer regelmäßig. Aber diesmal scheint die Post Verspätung zu haben.«

Die Glocke der Eingangstür läutete schrill, und gleich darauf kam Hanna mit einem Brief in der Hand ins Zimmer.

»Es ist ein Telegramm, Madame«, sagte sie und hielt es weit von sich, als ob sie Angst hätte, daß es explodieren könnte.

Frau March griff hastig danach und las die zwei Zeilen, die es enthielt. Sie wurde blaß und sank in ihren Stuhl zurück. Laurie stürmte um Wasser, Meg und Hanna bemühten sich um Frau March, während Jo mit zitternder Stimme las:

»Frau March. Ihr Mann ist sehr krank. Kommen Sie sofort.
                    S. Hale, Blank Spital, Washington.«
Frau March faßte sich schnell. Sie las nochmals die traurige Botschaft, umarmte ihre Töchter und sagte in einem Ton, der ihnen unvergeßlich bleiben würde: »Ich fahre sofort, aber womöglich ist es schon zu spät! Meine Kinder, helft mir, es zu ertragen!«

Die Mädchen brachen in lautes Schluchzen aus. Hanna war die erste, die die Sprache wiederfand.

»Gott wird ihn beschützen! Ich würde meine Zeit nicht mit Weinen vergeuden, Madame. Packen Sie Ihre Sachen«, sagte sie herzlich und wischte sich ihr Gesicht mit der Schürze ab.

»Sie hat recht. Mit Weinen ist jetzt nicht geholfen. Seid ruhig, Kinder, und laßt mich nachdenken.«

Sie versuchten sich zu beruhigen, während ihre Mutter, blaß, aber gefaßt, nachdachte und für sie plante.

»Wo ist Laurie?« fragte Frau March nach einer Weile und schaute sich suchend im Zimmer um.

»Hier, Madame. Lassen Sie mich etwas tun!« rief der Junge, der sich in das nächste Zimmer zurückgezogen hatte, um ihren Schmerz nicht zu stören.

»Schicke ein Telegramm und schreibe, daß ich sofort komme. Der nächste Zug geht am frühen Morgen, den nehme ich.«

»Weshalb denn? Die Pferde sind bereit, ich kann Sie überall hinbringen«, sagte er und sah dabei aus, als ob er bis ans Ende der Welt fahren wollte.

»Ich schreibe schnell ein paar Zeilen für Tante March. Jo, gib mir Papier und Feder.«

Jo wußte nur zu gut, daß Mutter sich das Geld für diese lange und traurige Reise ausborgen mußte, und sie wünschte sehnlichst, daß sie selbst etwas dazu beisteuern könnte.

»Nun geh, Laurie. Aber fahr nicht zu schnell, damit nichts passiert.«

Frau Marchs Warnung war natürlich unnütz, denn fünf Minuten später trieb Laurie die Pferde an, als gälte es sein Leben.

»Jo, lauf zu Frau King und sag ihr, daß ich nicht kommen kann. Auf dem Rückweg kannst du ein paar Dinge borgen, die ich Vater mitbringen möchte. Die Spitäler sind nicht so gut ausgerüstet. Beth, geh und bitte Herrn Laurenz um ein paar Flaschen alten Wein; ich bin nicht zu stolz, um für Vater zu betteln. Er soll von allem das Beste haben. Meg, komm und hilf mir meine Sachen richten, ich bin ganz durcheinander und komme allein nicht zurecht.«

Meg bat ihre Mutter, sitzen zu bleiben, sie wollte sich allein um das Einpacken kümmern.

Herr Laurenz kam sofort mit Beth herüber und brachte alles mögliche mit, was für den Kranken von Nutzen sein konnte, und versprach auch, sich während der Abwesenheit der Mutter um die Mädchen zu kümmern. Er erklärte sich sogar bereit, Frau March zu begleiten und ihr seinen Schutz anzubieten. Aber Frau March wollte nichts davon hören. Dennoch entging es dem alten Herrn nicht, daß sie einen Augenblick lang sehr erleichtert schien, nachdem er ihr das Angebot gemacht hatte. Ganz unvermittelt stand Herr

Laurenz auf, um fortzugehen; er erklärte jedoch, daß er gleich wieder zurückkommen werde. Niemand dachte mehr an ihn, als Meg mit einer Schale Tee in der Hand durch die Vorhalle rannte und plötzlich auf Herrn Brooke stieß.

»Es tut mir sehr leid, dies zu hören«, sagte er in seiner herzlichen, ruhigen Art, die angenehm auf ihr zerrüttetes Gemüt wirkte. »Ich komme, um mich als Begleiter Ihrer Mutter anzubieten. Herr Laurenz hat mir einige Erledigungen in Washington aufgetragen, und ich wäre sehr froh, wenn ich ihr irgendwie behilflich sein könnte.«

Meg streckte ihm dankbar ihre Hand entgegen. Mit einemmal war sie wieder voll Hoffnung, und es erschien ihr einfach unmöglich, daß ein ernstes Unglück über sie hereinbrechen könnte.

»Wie gut ihr alle seid! Mutter wird sehr froh sein, davon bin ich überzeugt. Und für uns wird es eine große Erleichterung sein zu wissen, daß jemand bei ihr ist, der sich um sie kümmert. Vielen, vielen Dank, Herr Brooke!«

Alles war rechtzeitig erledigt. Laurie kam mit einer Nachricht und der erbetenen Summe von Tante March zurück. Die alte Dame hatte in ein paar Zeilen wiederholt, was sie schon oft gesagt hatte: es sei glatter Unsinn, in die Armee zu gehen; es komme nichts Gutes dabei heraus, und sie hoffe, daß sie nächstes Mal ihren Rat befolgen würden. Frau March steckte den Brief ins Feuer, das Geld in ihre Börse und fuhr mit ihren Vorbereitungen fort. Sie preßte die Lippen fest zusammen; Jo hätte sie nur zu gut verstanden, wenn sie hier gewesen wäre.

Der kurze Nachmittag ging zu Ende. Es waren beinahe alle Vorbereitungen getroffen. Meg und ihre Mutter waren mit einer Näharbeit beschäftigt, während Beth und Amy den Tee zubereiteten. Nur Jo kam nicht zurück. Sie fingen schon an, sich Sorgen zu machen, und Laurie ging, um sie zu suchen. Er verfehlte sie jedoch, und wenige Minuten später kam Jo zur Tür herein. Sie machte ein komisches Gesicht; es war schwer zu sagen, was sie in diesem Augenblick empfand. Sie legte einige Geldscheine auf den Tisch und sagte mit einem leisen Zittern in der Stimme: »Das ist mein Beitrag, daß Vater wieder gesund wird und bald nach Hause kommt.«

»Aber Jo, wo hast du das Geld her? Fünfundzwanzig Dollar! Ich hoffe, du hast nichts Unüberlegtes getan?«

»Nein, es gehört mir! Ich habe nicht gebettelt und es auch nicht ausgeborgt oder gestohlen. Ich habe es verdient, und ich hoffe, du wirst mir nicht böse sein, denn ich habe nur etwas verkauft, was mir gehörte.«

Während sie sprach, nahm Jo ihren Hut vom Kopf. Ein erschrockener Ausruf folgte, denn ihr wundervolles Haar war ganz kurz geschnitten.

»Dein Haar! Dein schönes Haar! Oh, Jo, wie konntest du nur!«

»Es wird meinem Gehirn guttun, daß diese Mähne weg ist. Mein Kopf ist jetzt so leicht und kühl, und der Friseur hat gesagt, daß ich bald wieder kurze Locken haben werde, denn mein Haar wächst schnell nach; das sieht sehr schick aus und ist leicht in Ordnung zu halten. Ich bin damit zufrieden, also nimm bitte das Geld und laß uns essen.«

»Das sieht dir ähnlich, Jo. Ich bin nicht ganz einverstanden, aber ich kann dir keine Vorwürfe machen, denn ich weiß, daß du aus liebevoller Hilfsbereitschaft gehandelt hast. Aber es wäre nicht nötig gewesen, und ich fürchte, du wirst es eines Tages bereuen«, sagte Frau March.

»Nein, bestimmt nicht!« entgegnete Jo fest.

»Wie bist du nur darauf gekommen?« fragte Amy, die wohl kaum zu solch einem Opfer bereit gewesen wäre.

»Ich wollte unbedingt etwas für Vater tun«, antwortete Jo, als sie alle um den Tisch herumsaßen. »Ich wußte, wie Mutter es haßt, sich Geld zu leihen, noch dazu von Tante March, die immerzu jammert, selbst wenn du sie um zehn Cent bittest. Und da ich selbst kein Geld mehr habe, wollte ich unbedingt irgend etwas verkaufen, und wenn es meine Nase hätte sein müssen. Ich dachte gar nicht gleich an meine Haare, doch als ich so dahinging und überlegte, was ich anstellen könnte, um zu Geld zu kommen, blieb ich zufällig vor einem Friseurgeschäft stehen und schaute mir die Perücken an, die in der Auslage lagen. Ein schwarzer Zopf, etwas länger, aber nicht so dick wie meiner, kostet 40 Dollar. Da wußte ich, was ich zu tun hatte. Ich ging auch sofort hinein und fragte, wieviel sie mir für mein Haar geben würden.«

»Ich kann nicht verstehen, daß du es gewagt hast«, sagte Beth.

»Der Friseur war ein kleiner Mann, der aussah, als ob er in Haaröl gebadet habe. Zuerst schaute er mich mißtrauisch an. Sicher kommt es nicht oft vor, daß ihm ein Mädchen freiwillig ihr Haar zum Verkauf anbietet. Er sagte, er wolle meine Haare nicht, sie hätten keine moderne Farbe, und außerdem könne er nicht viel zahlen, denn die mache die Perücken und Zöpfe erst so teuer. Aber ihr wißt ja, wenn ich etwas will, lasse ich nicht so schnell locker.

So erklärte ich ihm, wofür ich das Geld brauchte, und ich erzählte ihm auch von euch, vor allem von dir, Mutter. Das war sicher dumm von mir, aber ich glaube, es gefiel ihm, obwohl ich vor Aufregung kaum sprechen konnte, und schließlich sagte seine Frau: ›Nimm es, Thomas, und hilf der jungen Dame. Ich würde es jeden Tag für unseren Jimmy tun, wenn ich wertvolles Haar zu verkaufen hätte.‹«

»Wer ist Jimmy?« fragte Amy neugierig wie immer.

»Ihr Sohn, der in der Armee ist. Sie erzählte gleich eine ganze Menge von ihm und lenkte mich ab, während der Mann mein Haar abschnitt.«

»War es nicht schrecklich für dich, als er den ersten Schnitt machte?« fragte Meg.

»Ich warf einen letzten Blick auf mein Haar, und dann war es weg. Ich will ehrlich sein, ich fühlte mich etwas seltsam, als mein schönes langes Haar vor mir auf dem Tisch lag und ich nach den kurzen Enden an meinem Kopf tastete. Es war mir genauso, als ob ich einen Arm oder ein Bein verloren hätte. Die Frau beobachtete mich und nahm eine lange Locke weg, die ich behalten durfte. Ich gebe sie dir, Mammi, als Erinnerung an die vergangene Pracht, denn kurzes Haar ist so praktisch, und ich glaube, ich werde es nie wieder so lang wachsen lassen.«

Frau March nahm die Locke und legte sie in ihr Pult, sie sagte nur: »Danke, Jo«, aber irgend etwas in ihrem Blick ließ die Mädchen das Thema wechseln. Herr Brooke und sein freundliches Anerbieten waren ein guter Gesprächsstoff, der sie alle ein wenig froher stimmte.

Vor dem Schlafengehen sangen sie gemeinsam Vaters Lieblingslied. Betty begleitete sie am Klavier, und alle sangen tapfer mit, obwohl manche Töne verdächtig zitterten und dann und wann eine Stimme ganz ausfiel. Als der letzte Ton verklungen war, sagte Frau March: »Nun geht zu Bett und schlaft gleich ein, denn wir müssen morgen früh aufstehen. Gute Nacht, Kinder.«

Nach dem Gutenachtkuß gingen alle so ruhig zu Bett, als ob der teure Kranke im nächsten Zimmer läge. Beth und Amy schliefen sofort ein, aber Meg war noch lange wach und grübelte. Jo lag bewegungslos, und ihre Schwester dachte, sie schlafe, als plötzlich ein unterdrücktes Schluchzen aus Jos Bett herüberdrang.

»Jo, Liebes, was ist? Weinst du wegen Vater?«

»Nein, jetzt nicht.«

»Weshalb denn?«

»Mein — mein Haar«, jammerte Jo, die versuchte, ihr Schluchzen im Polster zu ersticken.

Meg strich ihrer unglücklichen Schwester liebevoll über den struppigen Kopf und tröstete sie, so gut sie konnte.

»Es tut mir nicht leid«, protestierte Jo. »Ich würde es morgen wieder tun, wenn ich könnte. Es ist nur diese dumme Eitelkeit, die mich so ärgert. Ich komme einfach nicht los davon. Erzähl es niemandem, es ist schon vorüber. Ich dachte, du schläfst schon, so habe ich nur meiner verlorenen Schönheit ein bißchen nachgeweint. Aber weshalb bist du denn noch wach?«

»Ich kann nicht schlafen, ich habe Angst«, sagte Meg.

»Denk an etwas Schönes, dann wirst du gleich einschlafen.«

»Ich habe es versucht, aber ich fühle mich wacher als zuvor.«

»Woran hast du gedacht?«

»An ein hübsches Gesicht mit schönen Augen«, antwortete Meg lächelnd.

»Welche Augenfarbe magst du am liebsten?«

»Braun ... aber blau ist auch hübsch.«

Jo lachte, und Meg drehte sich beleidigt zur Seite. Ein paar Minuten später schliefen beide tief und fest.

Briefe

Am nächsten Morgen herrschte eine trübe Stimmung, obwohl sich die Mädchen vorgenommen hatten, ihrer Mutter den Abschied so leicht wie möglich zu machen. Niemand sprach, und das Frühstück verlief zu der ungewohnt frühen Morgenstunde sehr ungemütlich, so daß sie kaum einen Bissen hinunterbringen konnten. Als sie auf den Wagen warteten, sagte Frau March zu ihren Töchtern, die alle eifrig um sie bemüht waren: »Kinder, ich lasse euch bei Hanna und Herrn Laurenz ja in guten Händen. Hanna ist treu wie Gold, und unser lieber Nachbar wird auf euch wie auf seine eigenen Kinder aufpassen. Seid nicht traurig, während ich fort bin, sondern vertraut auf Gott, der sicher alles zum Besten wenden wird.«

»Ja, Mutter.«

»Meg, sei vorsichtig, und paß auf deine Schwestern auf; zieh Hanna zu Rate, wenn du irgendwo nicht zurecht kommst, oder geh zu Herrn Laurenz. Jo, sei geduldig und tu nichts Unüberlegtes, schreib mir oft und sei ein tapferes Mädchen. Beth, du tröste dich mit deiner Musik und verrichte wie gewöhnlich deine kleinen Pflichten im Haushalt. Und du, Amy, hilf überall mit, sei folgsam und brav.«

»Ja, Mutter, wir werden dir keinen Kummer machen.«

Durch das Rattern des herannahenden Wagens wurde das Gespräch unterbrochen. Nun folgte die schwerste Minute, doch die Mädchen überstanden sie gefaßt. Keine weinte oder lief davon, obwohl ihnen allen danach zumute war. Sie baten die Mutter tausendmal, Vater von ihnen zu grüßen und zu küssen, als dächten sie gar nicht daran, daß es vielleicht schon zu spät sein könnte. Dann küßten sie Mutter und versuchten, ein fröhliches Gesicht zu machen.

Laurie und sein Großvater kamen auch, um auf Wiedersehen zu sagen und um den anderen den Abschied zu erleichtern.

»Lebt wohl, auf Wiedersehen, meine Kinder! Gott schütze euch!« flüsterte Frau March und küßte sie alle noch einmal; dann stieg sie schnell in den Wagen.

Als der Wagen um die Ecke bog, warf Frau March einen letzten Blick zurück; da standen ihre vier Mädchen und winkten und dahinter wie ein Leibwächter der alte Herr Laurenz, die treue Hanna und Laurie.

»Wie gut alle zu uns sind«, sagte sie und drehte sich zu Herrn Brooke um.

Herr Brooke sah sie freundlich an und antwortete: »Ich würde es nicht verstehen, wenn es anders wäre.« Frau March schenkte ihm ein dankbares Lächeln. Unter diesen Vorzeichen mußte doch noch alles gut werden.

»Ich fühle mich wie nach einem Erdbeben», sagte Jo, als die vier Mädchen und Hanna allein zu Hause waren.

»Es ist, als ob das Haus auf einmal leer sei«, fügte Meg hinzu.

Ehe Beth etwas sagen konnte, füllten sich ihre Augen mit Tränen, und trotz aller guten Vorsätze begannen alle vier Mädchen bitterlich zu weinen.

Hanna ließ sie in ihrem Schmerz allein und kam erst eine Weile später mit der Kaffeekanne herein.

»Nun, meine Damen, erinnert euch, was eure Mutter gesagt hat, und hört jetzt auf zu weinen. Kommt her und trinkt eine Tasse Kaffee, und dann marsch an die Arbeit.«

Der Kaffee duftete verlockend, und Hannas Überredungskunst tat das übrige. Zehn Minuten später saßen alle um den Tisch, hatten die Taschentücher mit Servietten vertauscht, und alles war in Ordnung.

»Hoffen und arbeiten, das ist unser Motto. Ich gehe wie gewöhnlich zu Tante March. Wenn sie nur nicht gleich zu predigen anfängt!« seufzte Jo.

»Ich werde auch zu den Kings gehen, obwohl ich lieber zu Hause bleiben würde, um hier nach dem Rechten zu sehen«, sagte Meg und wünschte, sie hätte sich die Augen nicht so rot geweint.

»Das ist nicht notwendig. Beth und ich werden das Haus in Ordnung bringen«, warf Amy mit einer wichtigen Miene ein. »Hanna wird uns sagen, was zu tun ist, und alles wird sauber und nett sein, wenn ihr nach Hause kommt«, fügte Beth hinzu und nahm schon Besen und Staubtuch zur Hand.

Als die zwei älteren Mädchen das Haus verließen, um zu ihrer täglichen Arbeit zu gehen, blickten sie an der Ecke wie immer noch einmal zurück, obwohl sie wußten, daß ihnen heute nicht wie sonst Mutter zum Abschied winkte. Dafür stand Beth dort oben am Fenster und nickte ihnen lächelnd zu.

»Das sieht Beth ähnlich!« sagte Jo und winkte dankbar zurück. »Auf Wiedersehen, Meg. Ich hoffe, die Kings sind heute erträglich. Und mach dir nicht zuviel Sorgen um Vater«, fügte sie hinzu, als sie sich trennten.

»Ich wünsch' dir einen angenehmen Tag mit Tante March. Das kurze Haar steht dir gut, es sieht sehr hübsch aus«, antwortete Meg und schaute den kleinen lockigen Kopf der Schwester liebevoll an.

»Das ist auch der einzige Vorteil«, sagte Jo und fühlte sich wie ein geschorenes Schaf an einem Wintertag.

Die neuesten Nachrichten über den Zustand ihres Vaters beruhigten die Mädchen einigermaßen. Obwohl er ernstlich krank war, tat ihm die Anwesenheit und Pflege seiner Frau sehr gut, Herr Brooke sandte jeden Tag ein paar Zeilen, und Meg, die sich ganz als Familienoberhaupt fühlte, bestand darauf, sie stets zuerst zu lesen. Die Mädchen schrieben eifrig und fühlten sich sehr wichtig, da sie in reger Korrespondenz mit Washington standen.

»Liebste Mutter, es ist unmöglich zu beschreiben, wie glücklich uns Dein letzter Brief gemacht hat. Wie weinte und lachte alles durcheinander. Wie gut, daß Herr Brooke so freundlich ist und daß ihm seine Geschäfte so lange in Washington festhalten, da er doch für Dich und Vater eine große Hilfe ist. Die Mädchen sind alle sehr brav. Jo hilft mir nähen und besteht darauf, alle möglichen schweren Arbeiten zu verrichten. Ich würde Angst haben, daß sie sich überarbeitet, wenn ich nicht wüßte, daß ihr Eifer nachlassen wird. Beth ist so pünktlich mit ihren Pflichten fertig und vergißt nie, was Du ihr gesagt hast. Sie kränkt sich sehr wegen Vater und sieht immer sehr ernst aus, außer wenn sie Klavier spielt. Amy ist sehr lieb, und ich kümmere mich viel um sie. Sie frisiert sich selbst, und ich lehre sie Knopflöcher machen und Strümpfe stopfen. Sie übt sehr fleißig, und ich weiß, daß Du mit ihren Fortschritten zufrieden sein wirst, wenn Du zurückkommst. Herr Laurenz wacht über uns wie eine Gluckhenne, wie Jo sich ausdrückt, und Laurie ist wie immer sehr lieb und freundlich. Er und Jo sorgen für Heiterkeit, und das ist gut so, denn manchmal fühlen wir uns wie Waisen. Hanna ist eine perfekte Heilige, sie schimpft nie mit uns und nennt mich nur noch Fräulein Margaret, was ich vollkommen richtig finde. Es geht uns allen gut, und wir sind sehr beschäftigt, doch wir sehnen uns Tag und Nacht nach Deiner Rückkehr. Grüße und küsse Vater von mir, ich verbleibe immer Deine

Meg.«

Dieser Brief war auf feinem Briefpapier geschrieben und unterschied sich wesentlich von dem folgenden, der auf einem großen, dünnen Papierbogen gekritzelt war:

»Meine teure Mammi, dreimal Hoch für unseren lieben, alten Vater! Das war sehr klug von Brooke, gleich zu telegraphieren, um uns wissen zu lassen, daß er sich besser fühlt. Ich wollte Gott danken, als der Brief kam, doch ich konnte nur weinen und sagen: Ich bin so froh; ich bin so froh! Wir haben eine lustige Zeit zusammen, und es ist, als ob wir in einem Nest von Turteltauben wohnten. Du würdest sehr lachen, wenn Du Meg am Kopfende des Tisches sitzen sehen könntest. Sie versucht unausgesetzt, mütterlich zu sein. Sie wird jeden Tag hübscher, und ich bin manchmal richtig in sie verliebt. Die Kinder sind Engel, und ich — nun, ich bin Jo und werde nie etwas anderes sein. Ich muß Dir noch erzählen, daß ich mit Laurie fast einen Streit gehabt hätte. Ich habe ihm über eine Dummheit meine Meinung gesagt, und er war beleidigt. Er ging nach Hause und sagte, er werde nicht eher wiederkommen, als bis ich ihn um Verzeihung gebeten hätte. Ich erklärte ihm, daß ich das nicht tun würde. Es dauerte den ganzen Tag, und ich fühlte mich sehr schlecht und hatte große Sehnsucht nach Dir. Laurie und ich sind beide so stolz, und es ist sehr schwer, um Verzeihung zu bitten. Doch ich dachte, daß er es tun müsse, denn ich war im Recht. Doch er kam nicht, und am Abend fiel mir ein, was Du gesagt hast, als Amy in den Fluß gefallen war. Ich lief sofort hinüber, um ihm zu sagen, daß es mir leid tut. Ich traf ihn an der Gartentür; er wollte eben kommen, um mir das gleiche zu sagen. Wir lachten beide, baten uns gegenseitig um Verzeihung, und alles war wie vorher.
Umarme Vater von mir recht herzlich, und Du sei tausendmal geküßt von Deiner

Jo.«

»Liebe Mutter, ich habe nur noch wenig Platz, um Dir zu schreiben; dafür schicke ich Dir ein gepreßtes Vergißmeinnicht. Ich bemühe mich sehr, brav zu sein, und denke immer an das, was Du uns gesagt hast. Jeder ist nett zu uns, und wir sind so froh, wie wir ohne Dich eben sein können. Amy möchte auf dieser Seite noch etwas dazuschreiben, und so muß ich aufhören. Ich ziehe jeden Tag die Uhr auf und lüfte die Zimmer.
Küsse Vater auf die Wange, von der er sagt, daß sie mir gehört. Du komm bitte bald zurück zu Deiner Dich liebenden kleinen

Beth.«

»Ma chère Maman, es geht uns allen gut, und ich mache jeden Tag meine Aufgaben. Meg ist eine große Stütze für mich und gibt mir jeden Abend einen Fruchtsaft. Jo sagt, daß das für mich sehr gut ist, denn das erhält mich bei guter Laune. Laurie behandelt mich nicht so respektvoll, wie es sich gehören würde, denn ich bin immerhin schon fast dreizehn, und er nennt mich Kücken. Außerdem ärgert er mich immer, wenn ich ›merci‹ und ›bonjour‹ sage. Dann spricht er so schnell französisch mit mir, daß ich ihm nicht folgen kann. Die Ärmel von meinem blauen Kleid waren ganz zerrissen, und Meg hat mir neue eingesetzt, doch die sind jetzt blauer als das Kleid. Ich bin sehr unglücklich darüber, aber da kann man eben nichts machen. Ich trage meine Sorgen, ohne mich zu beklagen, nur wäre ich froh, wenn Hanna meine Schürzen mehr stärken würde. Wäre das nicht möglich? Habe ich dieses Fragezeichen nicht schön gemacht? Meg sagt, daß meine Satzzeichen und meine Ausdrucksweise gräßlich sind, und ich bin sehr zerknirscht darüber, aber ich habe so viel zu tun, daß ich nicht an alles denken kann. Adieu, ich schicke Papa viele liebe Grüße.

Deine Dich liebende Tochter
Amy Curtis March.«

Die kleine Heilige

Nachdem sich die Mädchen von der ersten Angst um ihren Vater erholt hatten, ließen sie unbewußt mit ihren tugendhaften Bemühungen nach und begannen wieder, in ihre alten Fehler zurückzufallen. Sie vergaßen nicht ihr Motto, doch nach den ungeheuren Anstrengungen fanden sie, daß sie einige Erleichterungen verdienten, und ließen es daran nicht fehlen.

Jo bekam eine schlimme Erkältung, die sie ihren kurzgeschnittenen Haaren verdankte, und mußte deshalb zu Hause bleiben, um Tante March nicht anzustecken. Jo war gar nicht traurig darüber und pflegte ihre Erkältung auf dem Sofa mit Pulvern und Büchern. Amy fand, daß die Hausarbeit und die Kunst nicht zu vereinen seien, und kehrte zu ihren Tonmodellen zurück. Meg ging täglich zu den Kings, und zu Hause nähte sie oder schrieb lange Briefe an ihre Mutter, Beth fiel am wenigsten in die Müßigkeit zurück. Sie erledigte jeden Tag gewissenhaft alle kleinen Pflichten und übernahm noch einige von ihren Schwestern. Dennoch war das Haus wie eine Uhr, die ihren Pendel verloren hatte. Wenn Beth vor Sehnsucht nach der Mutter das Herz schwer wurde, oder vor Furcht um Vater, zog sie sich in ihr Zimmer zurück und weinte sich ihren Kummer von der Seele. Niemand merkte etwas davon, und nachher war sie wieder so heiter und hilfsbereit, daß jeder mit seinen kleinen Sorgen zu ihr kam.

»Meg, ich wollte, du gingest, um nach den Hummels zu sehen. Du weißt, Mutter hat uns ersucht, es nicht zu vergessen«, sagte Beth zehn Tage nach der Abreise von Frau March.

»Ich bin heute zu müde«, antwortete Meg. Sie nähte und saß gemütlich im Schaukelstuhl.

»Kannst nicht du gehen, Jo?« fragte Beth.

»Es ist zu windig für mich mit meiner Erkältung.«

»Ich dachte, sie sei schon fast gut.«

»Sie ist schon gut genug, um mit Laurie auszugehen, aber noch nicht so gut, um zu den Hummels zu gehen«, sagte Jo lachend.

»Warum gehst du nicht selber?« fragte Meg.

»Ich war jeden Tag dort, aber das Baby ist krank, und ich weiß nicht, was ich tun soll. Frau Hummel geht arbeiten, und Lottchen kümmert sich um das Baby, aber es wird immer schlimmer, und ich denke, ihr oder Hanna solltet hingehen.«

Beth sah sehr ernst drein, und Meg versprach, morgen hinzugehen.

»Bitte Hanna um ein kleines Eßpaket und bring es hin, Beth. Die Luft wird dir guttun«, sagte Jo und fügte hinzu: »Ich würde ja gehen, aber ich möchte meine Geschichte beenden.«

»Mein Kopf tut mir weh, und ich bin so müde, so dachte ich, daß eine von euch gehen würde«, sagte Beth.

»Amy wird bald hier sein, sie soll gehen«, schlug Meg vor.

»Gut, ich werde mich etwas ausruhen und auf sie warten.«

Beth legte sich auf das Sofa, und die beiden anderen kehrten zu ihrer Beschäftigung zurück, die Hummels aber waren vergessen. Eine Stunde verstrich, aber Amy kam nicht. Meg ging in ihr Zimmer, um ein neues Kleid zu probieren, Jo war in ihre Geschichte vertieft, und Hanna schien beim Küchenfeuer eingeschlafen zu sein. Beth stand leise auf, nahm ihren Überhang, füllte den Korb mit allerlei guten Dingen für die armen Kinder und ging mit einem schweren Kopf und müden Gliedern in die Kälte hinaus. Es war spät, als sie zurückkam, und niemand sah, wie sie die Treppe hinaufging und sich in das Zimmer ihrer Mutter einschloß. Eine halbe Stunde später kam Jo herein, um etwas zu suchen, und fand Beth auf der Truhe sitzend, mit roten Augen und einer Kampferflasche in der Hand.

»Was ist los?« rief Jo, als Beth ihre Hand ausstreckte, wie um sie zurückzuhalten, und fragte:

»Du hast schon Scharlach gehabt, nicht wahr?«

»Vor Jahren, als ihn Meg hatte, warum?«

»Dann erzähle ich es dir — Jo, das Baby ist tot!«

»Was für ein Baby?«

»Das Baby von Frau Hummel. Es ist in meinem Schoß gestorben, bevor sie nach Hause kam«, weinte Beth.

»Mein armes Kind, wie schrecklich für dich! Ich hätte hingehen sollen«, sagte Jo und umarmte ihre Schwester, setzte sich in den Sessel ihrer Mutter und machte ein reumütiges Gesicht.

»Es war nicht schrecklich, nur traurig! Ich sah sofort, daß es furchtbar krank war, aber Lottchen sagte, daß ihre Mutter um den Doktor gegangen sei, und so nahm ich das Baby und ließ Lottchen ausruhen. Der Kleine schien zu schlafen, doch plötzlich merkte ich, daß er nicht mehr atmete. Ich versuchte, seine Füßchen zu wärmen, und Lottchen gab ihm etwas Milch, aber er bewegte sich nicht, und ich wußte, daß es tot war.«

»Weine nicht, Liebes! Was hast du gemacht?«

»Ich bin bloß dagesessen und habe das Baby gehalten, bis Frau Hummel mit dem Doktor kam. Er bestätigte, daß es tot sei. ›Scharlach, Madame, Sie hätten mich früher holen müssen‹, sagte er ernst. Frau Hummel erzählte ihm, daß sie arm sei und versucht habe, das Baby selbst gesund zu pflegen, doch nun sei es zu spät, und sie könne ihn nur bitten, den anderen zu helfen, die auch schon Fieber hätten. Es war sehr traurig, und ich weinte mit ihnen, bis er sich plötzlich umdrehte und mich nach Hause schickte und mir auftrug, sofort Kampfer zu nehmen, sonst bekäme ich auch Scharlach.«

»Nein, du wirst ihn nicht bekommen!« rief Jo erschrocken und drückte

Betty fest an sich. »Oh, Beth, wenn du krank wirst, verzeihe ich mir das niemals! Was sollen wir tun?«

»Hab keine Angst, ich glaube, es wird nicht so schlimm sein, wenn ich krank werde. Ich habe zwar Kopfschmerzen und Halsweh und solch ein komisches Gefühl, aber ich habe schon Kampfer genommen und fühle mich jetzt besser«, sagte Beth und preßte die kalten Hände gegen ihre heiße Stirne und versuchte dabei, gesund auszusehen.

»Wenn nur Mutter zu Hause wäre!« jammerte Jo, und es kam ihr zu Bewußtsein, wie weit Washington weg war. Sie sah Beth prüfend an, fühlte ihren Kopf, schaute ihr in den Hals und sagte dann sehr ernst: »Du warst über eine Woche jeden Tag bei dem Baby und bei den anderen, die auch schon krank sind. Ich glaube, du hast Fieber, Beth. Ich werde Hanna rufen, sie kennt sich bei Krankheiten aus.«

»Laß Amy nicht zu mir, sie hat noch nicht Scharlach gehabt, und ich möchte auf keinen Fall, daß ich sie anstecke. Könnt ihr, du und Meg, ihn nicht wieder bekommen?« fragte Beth ängstlich.

»Ich glaube nicht. Mach dir keine Sorgen, ob ich ihn bekomme, es würde mir recht geschehen, weil ich zu bequem war und zu Hause blieb, um meinen Unsinn zu schreiben!« murmelte Jo, bevor sie hinunterging, um Hanna zu Rate zu ziehen.

Die Gute war in einer Sekunde hellwach. Sie veranlaßte gleich alles Nötige und versicherte Jo, daß kein Grund zur Aufregung vorhanden sei, jeder bekomme einmal Scharlach, und wenn er richtig behandelt werde, sterbe niemand daran. Als nächstes mußte Meg eingeweiht werden.

»Nun werde ich euch sagen, was wir tun«, sagte Hanna, als sie Beth ausgefragt und begutachtet hatte. »Wir werden Doktor Bangs holen, er wird die Diagnose stellen, dann können wir dich auch richtig behandeln. Wenn du wirklich Scharlach hast, schicken wir Amy auf kurze Zeit zu Tante March, um sie vor Ansteckung zu bewahren, und eine von euch Mädchen bleibt in den nächsten Tagen zu Hause, um Beth zu pflegen.«

»Ich bleibe natürlich bei ihr, ich bin die Älteste«, erklärte Meg reumütig.

»Nein, ich werde Beth pflegen, denn es ist meine Schuld, daß sie krank ist. Ich habe Mutter versprochen, mich um die Hummels zu kümmern, und ich habe es nicht getan«, sagte Jo entschieden.

»Wer soll bei dir bleiben, Beth? Entscheide du!« schlug Hanna vor.

»Jo, bitte!«

»Ich gehe und sage es Amy«, erklärte Meg, die sich ein wenig verletzt fühlte, obwohl sie im Grunde genommen erleichtert war, da sie im Unterschied zu Jo keine sehr gute Krankenpflegerin war.

Amy wehrte sich energisch dagegen, zu Tante March zu gehen. Lieber bekomme sie Scharlach, fand sie. Meg redete ihr gut zu, bat und schimpfte, aber es war alles umsonst. Amy war nicht dazu zu bewegen.

Meg verließ sie, um Hanna zu fragen, was sie tun sollte. Bevor sie zurückkam, erschien Laurie und fand Amy, ihren Kopf in den Sofakissen vergraben, schluchzend im Wohnzimmer. Sie erzählte ihm, was vorgefallen war, und hoffte, getröstet zu werden. Doch Laurie ging, die Hände in den Hosentaschen, im Zimmer auf und ab und pfiff leise vor sich hin, während er seine Augenbrauen runzelte und angestrengt nachdachte. Dann setzte er sich neben Amy und sagte schmeichelnd: »Nun sei ein liebes, braves Mädchen und tu, was sie dir sagen. Nein, weine nicht; aber hör zu, was für einen Plan ich habe. Du gehst zu Tante March, und ich komme jeden Tag, um dich auszufahren oder mit dir spazierenzugehen, und wir werden eine wundervolle Zeit haben. Ist das nicht besser, als hier zu sitzen und womöglich auch krank zu werden?«

»Ich will nicht fortgeschickt werden, als ob ich im Weg sei«, beklagte sich Amy mit leidender Stimme.

»Es ist doch nur, damit du nicht krank wirst. Niemand will dich wegschicken, das weißt du doch. Oder möchtest du etwa Scharlach bekommen?«

»Nein, natürlich nicht. Aber ich glaube, ich werde trotzdem krank, da ich mit Beth die ganze Zeit beisammen war.«

»Eben deshalb sollst du das Haus so schnell wie möglich verlassen. Vielleicht ist es noch nicht zu spät. Die Luftveränderung wird dir guttun, und wenn du doch krank wirst, wird es bestimmt schneller vorbeigehen.«

»Aber es ist gräßlich bei Tante March, und sie ist so eigensinnig«, sagte Amy und sah ziemlich unglücklich drein.

»Es wird nicht so gräßlich sein, wenn ich dich jeden Tag abhole. Dann erzähle ich dir, wie es Beth geht, und wir fahren zusammen aus. Die alte Dame hat mich gern, und ich werde so nett wie möglich zu ihr sein, das wird sie bestimmt freundlich stimmen.«

»Wirst du mich wirklich im Wagen ausführen?«

»Mein Wort darauf.«

»Und du wirst jeden Tag kommen?«

»Ganz bestimmt.«

»Und du bringst mich zurück, sobald Beth sich nur ein wenig besser fühlt?«

»Auf die Minute.«

»Und du gehst wirklich mit mir ins Theater?«

»In ein Dutzend Theater, wenn du willst.«

»Gut — ich glaube — ich gehe«, sagte Amy gnädig.

»Braves Mädchen! Rufe Meg und sage ihr, daß du nachgegeben hast«, schlug Laurie vor.

Meg und Jo kamen heruntergelaufen, um das Wunder zu bestaunen, das geschehen war. Amy kam sich ungemein edel vor und versprach, zu Tante March zu gehen, sobald der Doktor festgestellt habe, daß Beth wirklich krank sei.

»Wie geht es der Kleinen?« fragte Laurie, denn Beth war sein besonderer Liebling, und er machte sich mehr Sorgen um sie, als er zu zeigen wagte.

»Sie liegt in Mutters Bett und fühlt sich ein wenig besser. Der Tod des Babys macht ihr den größten Kummer. Ich glaube fast, daß sie nur eine Erkältung hat. Hanna vermutet es auch. Aber sie ist so erregt, das macht uns Sorgen«, antwortete Jo bedrückt. »Kaum haben wir einen Schlag überstanden, kommt schon der nächste.«

»Soll ich eurer Mutter telegraphieren oder sonst etwas tun?« fragte Laurie.

»Das ist meine größte Sorge«, entgegnete Meg. »Ich finde, wir müssen sie verständigen, wenn Beth wirklich krank ist. Aber Hanna meint, wir sollen es nicht tun, denn Mutter kann Vater nicht verlassen, und sie wird sich nur furchtbar ängstigen. Beth wird bestimmt bald gesund werden, und Hanna weiß, was zu tun ist.«

»Hm, ich kann nichts dazu sagen. Ich schlage vor, du fragst Großvater, nachdem der Doktor hier war«, schlug Laurie vor.

»Das werden wir tun. Jo, geh und hole sofort Dr. Bangs«, befahl Meg, »wir können keine Entscheidung treffen, bevor er nicht hier war.«

»Bleib, wo du bist, Jo. Ich bin der Laufbursche in dieser Runde«, sagte Laurie und nahm seine Mütze.

»Hast du nicht noch zu arbeiten?« warf Meg ein.

»Nein, ich habe heute schon genug gelernt.«

»Lernst du überhaupt während der Ferien?« fragte Jo.

»Ich folge dem guten Beispiel meiner Nachbarn«, antwortete Laurie lächelnd, als er aus dem Zimmer ging.

»Ich setze große Hoffnungen auf meinen Jungen«, bemerkte Jo und sah ihm anerkennend nach, als er über die Hecke sprang.

»Er ist ganz brav — für einen Jungen«, war Megs ungnädige Antwort.

Dr. Bangs kam und sagte, Beth habe die Symptome des Scharlachs, aber er nehme an, daß sie ihn nur leicht bekommen würde. Amy wurde sofort weggeschickt und bekam ein Mittel, um vor der Ansteckung sicher zu sein. Sie verließ das Haus mit Jo und Laurie als Begleitung.

Tante March empfing die drei mit ihrer üblichen Freundlichkeit.

»Was wollt ihr denn jetzt schon wieder?« fragte sie und blickte scharf über den Brillenrand, während der Papagei auf ihrer Stuhllehne saß und krächzte.

Laurie zog sich zum Fenster zurück, und Jo erklärte der Tante den Grund ihres Besuches.

»Es war nicht anders zu erwarten, wenn ihr euch bei armen Leuten herumtreibt. Amy kann bleiben und sich hier nützlich machen, wenn sie nicht krank ist. Ich fürchte aber, daß sie angesteckt wurde — sie sieht ganz danach aus. Weine nicht, Kind, es macht mich nervös, jemanden heulen zu sehen.«

Amy kämpfte mit den Tränen, doch Laurie zupfte den Papagei am Schwanz, was Polly zu einem erstaunten Krächzen veranlaßte. Da mußte Amy schließlich lachen.

»Was hört ihr von eurer Mutter?« fragte die alte Dame mürrisch.

»Vater geht es schon viel besser«, antwortete Jo.

»Oh, tatsächlich? Nun, das wird sicher nicht lange dauern. March hatte nie genügend Widerstandskraft«, war die ermutigende Antwort. »Jo, du gehst jetzt besser sofort nach Hause, es gehört sich nicht, so spät auf der Straße herumzulaufen, noch dazu mit einem solchen Lausejungen.«

Laurie schüttelte sich vor Lachen, und zu allem Überfluß flog ihm Polly auf die Schulter und pickte ihn am Ohr.

Ich glaube nicht, daß ich es hier aushalte, aber ich werde es versuchen, dachte Amy, als sie mit Tante March allein zurückblieb.

Schwere Tage

Beth hatte Scharlach und wurde viel schlimmer krank, als es Beth und der Arzt erwartet hatten. Die Mädchen wußten nicht, wie ernst die Sache war, und Herr Laurenz durfte sie nicht besuchen. Dr. Bangs kam jeden Tag, um nach der Kranken zu sehen. Meg blieb zu Hause, damit sie die Kings-Kinder nicht ansteckte; sie hielt das Haus in Ordnung und schrieb fleißig an ihre Mutter. Dabei wurde sie ein quälendes Schuldgefühl nicht los, denn sie erwähnte in ihren Briefen nie etwas von Bettys Krankheit. Sie fand, daß es nicht recht war, Mutter zu täuschen; doch Hanna meinte, sie sollten sie nicht mit einer schlechten Nachricht beunruhigen. Jo pflegte Beth hingebungsvoll, was an sich keine schwere Aufgabe war, da Beth sehr geduldig war und niemals klagte. Doch ihr Zustand verschlechterte sich zusehends, sie begann zu phantasieren und redete wirres Zeug.

Eines Tages konnte sie die Gesichter ihrer Schwestern nicht mehr erkennen, brachte alle Namen durcheinander und rief flehentlich nach ihrer Mutter. Da wurde ihnen angst und bang. Meg bestand darauf, Mutter zu verständigen, und sogar Hanna sagte: »Man könnte es erwägen, obwohl noch keine Gefahr besteht.« Ein Brief aus Washington vergrößerte ihre Sorgen, denn Herr March hatte einen Rückfall erlitten, und es war nicht daran zu denken, daß er in absehbarer Zeit nach Hause kommen würde.

Inzwischen lag Beth fiebernd im Bett, die Puppe Joanna neben sich, und fragte nach ihren Katzen. In ihren ruhigen Stunden schrieb sie kurze Briefe an Amy, bat ihre Schwestern, den Eltern auszurichten, daß sie bald schreiben würde, und oft ersuchte sie um Papier und Bleistift, um ein paar Zeilen an Vater zu schreiben. Er sollte nicht glauben, sie habe ihn vergessen. Doch dann kam eine Zeit, in der sie kaum noch das Bewußtsein erlangte. Sie lag in tiefem Schlaf, der ihr keine Erfrischung brachte, oder stieß unzusammenhängende Worte aus. Dr. Bangs kam nun zweimal am Tag. Hanna wachte jede Nacht am Bett der Kranken, Meg hielt ein Telegramm in ihrem Schreibtisch verschlossen, bereit, es jederzeit abzusenden, und Jo wich nicht von Bettys Seite.

Der erste Dezember war ein kalter Wintertag. Der Wind blies eisig, und es schneite dicht. Als Dr. Bangs an diesem Morgen kam, sah er Beth lange an, hielt eine Zeitlang ihre heiße Hand in der seinen und sagte dann in leisem Ton zu Hanna: »Wenn Frau March ihren Mann verlassen kann, so sollte sie besser kommen.«

Hanna nickte wortlos, aber ihre Lippen zuckten verdächtig. Meg sank in einen Stuhl; sie zitterte an allen Gliedern. Jo stand eine Minute lang blaß und wie angewurzelt da; dann rannte sie in das Wohnzimmer, nahm das Telegramm und stürmte fort. Sie war bald zurück, und während sie sich den Mantel auszog, kam Laurie mit einem Brief von Mutter, in dem sie schrieb, daß es Vater wieder besser gehe. Jo atmete auf, doch ihr Herz wurde dadurch nicht leichter, und ihr Gesicht drückte so viel Kummer aus, daß Laurie fragte:

»Was ist los? Geht es Beth schlechter?«

»Ich habe Mutter telegraphiert, sie solle kommen«, sagte Jo.

»Um Gottes willen, Jo! Hast du es auf deine eigene Verantwortung getan?«

»Nein, der Doktor hat es uns geraten.«
»Ist es denn wirklich so schlimm?« fragte Laurie erschrocken.
»Ja. Sie erkennt uns nicht, sie phantasiert und spricht ganz wirr. Das Herz könnte einem brechen, wenn man sie anschaut.«
Tränen strömten über Jos Gesicht; sie ergriff Lauries Hand und drückte sie fest, als ob sie bei ihm Hilfe suchen wolle. Laurie sagte so ruhig, wie er es mit dem Klumpen in seiner Kehle vermochte:
»Ich bin hier, halte dich an mir fest, Jo!«
Jo schaute ihn dankbar an. Er wollte noch etwas Liebes und Tröstendes sagen, doch es fielen ihm keine passenden Worte ein. So stand er still und strich ihr sanft über den Kopf, wie es Mutter immer tat, wenn sie Kummer hatte. Das beruhigte sie mehr, als Worte es vermocht hätten, und bald trocknete sie ihre Tränen und fühlte sich ein wenig erleichtert.
»Danke, Laurie, du bist so lieb, daß ich gleich wieder mehr Hoffnung habe. Wir müssen stark sein, wenn Mutter kommt, und dürfen sie nicht die ganze Last allein tragen lassen.«
»Du mußt fest daran glauben, daß alles gut wird, Jo. Ich bin sicher, daß Beth bald wieder gesund sein wird.«
»Ich bin so froh, daß es Vater besser geht. Da fällt es Mutter bestimmt leichter, ihn zu verlassen. Ach, warum ist dieses ganze Unglück über uns gekommen!« seufzte Jo und breitete ihr nasses Taschentuch auf ihren Knien aus, um es zu trocknen.
»Ich könnte es nicht ertragen, wenn Vater oder Betty etwas zustoßen würde! Meine süße kleine Betty — ich glaube, niemand liebt sie so wie ich!«
Wieder vergrub Jo ihr Gesicht in dem nassen Taschentuch und weinte verzweifelt. Als sie sich wieder etwas beruhigt hatte, sagte Laurie: »Ich glaube nicht, daß sie sterben wird. Sie ist so gut, und wir lieben sie alle so sehr, und ich kann nicht glauben, daß Gott sie von uns wegholt.«
Laurie holte ein Glas Wein für Jo zur Stärkung, und als er zurückkam, lächelte sie und sagte tapfer: »Ich trinke auf die Gesundheit meiner Beth! Du bist ein guter Doktor, Laurie, und solch ein lieber Freund. Wie kann ich dir das je vergelten?« fügte sie hinzu.
»Ich werde dir gelegentlich meine Rechnung schicken. Doch jetzt möchte ich dir noch etwas sagen, das dich bestimmt freuen wird«, sagte Laurie geheimnisvoll.
»Was ist es?« rief Jo und vergaß für eine Minute ihren Kummer.
»Ich habe gestern deiner Mutter telegraphiert, und Brooks hat geantwortet, daß sie sofort kommen werde. Heute abend wird sie hier sein, und alles wird gut werden. Bist du nicht froh, daß ich es getan habe?«
Laurie sprach sehr schnell und aufgeregt. Er hatte auf eigene Faust gehandelt, ohne den anderen etwas davon zu sagen. Jetzt schaute er Jo erwartungsvoll an. Würde sie sich freuen, oder nahm sie ihm seine eigenmächtige Handlungsweise womöglich übel?
Jo sprang auf, umarmte ihn ungestüm und rief mit einem Freudenschrei: »Oh, Laurie! Ich bin so froh!« Sie weinte nicht mehr, aber sie zitterte am ganzen Körper und klammerte sich an ihn wie ein Schiffbrüchiger an einen

Felsen. Laurie war mindestens ebenso überrascht wie sie, denn so völlig fassungslos hatte er Jo noch nie gesehen. Er handelte jedoch sehr geistesgegenwärtig, hielt sie fest, strich ihr tröstend über den struppigen Kopf und redete sanft auf sie ein, bis Jo sich beruhigt hatte.

»Nun wird alles wieder gut«, sagte er liebevoll und gab ihr einen schüchternen Kuß auf die Wange. Das brachte Jo sofort wieder zu sich.

»Laurie, was fällt dir ein?« sagte sie atemlos.

»Ich wollte dich doch nur trösten«, antwortete er verlegen.

»Ich war so froh, daß du das Telegramm geschickt hast, daß ich dich einfach umarmen mußte!«

»Weißt du, ich machte mir große Sorgen und fand, daß Hanna ihre Autorität ein wenig übertreibt. Ich sprach auch mit Großvater, und der meinte ebenfalls, daß eure Mutter verständigt werden müsse, selbst wenn keine unmittelbare Lebensgefahr besteht. So telegraphierte ich eben nach Washington. Deine Mutter kommt heute mit dem Zug um zwei Uhr nachts. Ich werde sie abholen, und du mußt dich um Beth kümmern.«

»Laurie, du bist ein Engel! Wie kann ich dir jemals danken?«

»Du kannst mir noch einmal um den Hals fallen. Das hat mir gutgetan«, bemerkte Laurie und schmunzelte.

»Nein, danke. Das ist nur aus Versehen passiert. Du mußt dir schon etwas anderes einfallen lassen«, wehrte sich Jo energisch.

Sie eilte davon, um den anderen die Neuigkeit zu berichten. Hanna schien ebenfalls erleichtert zu sein, daß Frau March schon in dieser Nacht eintreffen würde.

Meg brütete über einem Brief, Jo brachte das Krankenzimmer in Ordnung, und Hanna buk einen Kuchen. Bei aller Aufregung waren sie sehr gefaßt. Sie sprachen flüsternd miteinander und konnten ihre Ungeduld kaum bezähmen.

Nur Beth lag in ihrem Bett und wußte nichts von allem, was ihre Schwestern bewegte. Das Herz wollte einem brechen, wenn man das einst so rosige Gesicht blaß und teilnahmslos auf dem Kissen liegen sah. Sie öffnete nur selten die Augen und bat hin und wieder mit schwacher Stimme um einen Schluck Wasser. Den ganzen Tag saßen Jo und Meg abwechselnd bei ihr, wachten, warteten und hofften.

Es schneite ununterbrochen, ein eisiger Wind blies um das Haus, und die Stunden krochen langsam dahin. Endlich wurde es Abend. Die Mädchen zählten schon die Stunden bis zur Ankunft ihrer Mutter. Der Doktor kam und sagte, daß um Mitternacht im Zustand der Kranken eine Veränderung zum Guten oder zum Schlechten eintreten werde und er um diese Zeit nochmals vorbeikommen wolle.

Hanna legte sich erschöpft auf das Sofa am Fußende des Bettes und schlief ein. Herr Laurenz ging im Wohnzimmer auf und ab und dachte voll Sorge daran, wie Frau March diesem neuen Schicksalsschlag entgegentreten würde. Laurie lag auf dem Teppich und hatte die Absicht, ein wenig zu schlafen, starrte aber gedankenverloren ins Feuer.

Es war für alle eine unvergeßliche Nacht. Auch die Mädchen fanden keinen

Schlaf und wachten gemeinsam am Bett ihrer Schwester. Sie empfanden ihre eigene Machtlosigkeit stärker als je zuvor und bangten der Ankunft der Mutter entgegen.

»Wenn Beth gesund wird, will ich mich niemals mehr beklagen«, flüsterte Meg.

»Ja, und ich werde so sanft wie ein Lamm sein und Gott mein Leben lang für seine Gnade danken«, fügte Jo überschwenglich hinzu.

»Ich wollte, ich hätte kein Herz, es tut so weh«, seufzte Meg nach einer Weile.

Da schlug es zwölf, und die beiden Schwestern sahen ängstlich auf Beth. Jetzt mußte die vom Arzt angekündigte Krise eintreten. Es war totenstill im Haus, aber draußen heulte der Wind.

Eine Stunde verging, und nichts geschah. Hanna schlief noch immer, und Laurie ging leise aus dem Haus und zum Bahnhof. Eine weitere Stunde verstrich. Sie erschien den Mädchen wie eine Ewigkeit. Ihre Gedanken wanderten von Beth zu dem kranken Vater in Washington.

Es war zwei Uhr vorbei. Jo stand am Fenster und sah hinaus, als sie hinter sich etwas hörte. Sie drehte sich um und sah Meg tief über das kranke Kind gebeugt, ihr Taschentuch fest an die Lippen gepreßt. Eine furchtbare Angst befiel Jo, die nichts anderes dachte, als daß Beth tot sei und Meg der Mut fehlte, es ihr zu sagen.

Sie war sofort beim Bett der Kranken und blickte ängstlich auf das schmale Gesicht in den Kissen. Die Fieberröte und die dunklen Schatten unter den Augen waren verschwunden. Beth atmete ruhig und sah so friedlich aus wie schon lange nicht mehr. Jo beugte sich zu ihr hinunter und küßte ihre Lieblingsschwester auf die Stirn. »Meine liebe kleine Beth, nun wirst du bald gesund sein«, flüsterte sie.

Hanna erwachte und eilte zum Krankenbett. Sie schaute Betty prüfend an, fühlte ihre Hände, ihren Puls und lauschte auf ihren Atem. Tränen liefen ihr die Wangen herunter, als sie mit vor Freude zitternder Stimme verkündete: »Das Fieber ist weg, sie schläft und atmet frei und ruhig. Sie wird wieder gesund!«

Noch ehe Meg und Jo die freudige Wahrheit fassen konnten, kam der Arzt und bestätigte die glückliche Wendung. Er schien selbst sehr erleichtert zu sein, als er mit einem beruhigenden Lächeln sagte: »Ich denke, das kleine Mädchen hat das Schlimmste überstanden. Haltet Ruhe im Haus, laßt sie schlafen. Wenn sie wach wird, gebt ihr —«

Doch was sie ihr geben sollten, hörten sie nicht mehr, denn Meg, Jo und Hanna fielen einander vor Freude um den Hals. Dann liefen die beiden Mädchen hinunter, um Herrn Laurenz die frohe Botschaft zu bringen und ihn von seiner Ungewißheit zu erlösen. Aber sie kehrten gleich wieder in das Krankenzimmer zurück.

»Wenn nur Mutter schon käme«, sagte Jo.

Als der fahle Wintertag anbrach, hörten sie endlich das Geräusch von Wagenrädern auf der Straße. Im nächsten Augenblick rief Laurie aufgeregt: »Sie ist da! Sie ist wirklich da!«

Amys Testament

Amy hatte es nicht leicht bei Tante March, und öfter als einmal war sie drauf und dran, davonzulaufen. Sie fühlte sich sehr verlassen und merkte zum erstenmal, wie verwöhnt und verhätschelt sie zu Hause wurde. Tante March meinte es ja nur gut mit ihr, wie sie immer wieder betonte, denn das gut erzogene kleine Mädchen gefiel ihr. Sie hatte die Kinder ihres Neffen überhaupt sehr gern, obwohl sie es nicht zugeben wollte. Aber sie wußte eben doch nicht so richtig mit Mädchen wie Amy umzugehen. Sie quälte Amy mit nicht enden wollenden Verhaltensvorschriften und guten Lehren zu Tode. Dabei erschien ihr die Kleine viel anpassungsfähiger und gefügiger als deren Schwester. Leider glaubte sie, sie müsse in ihrer Erziehung manches wiedergutmachen, was Amys Eltern verdorben hätten, und so erzog sie Amy genauso, wie sie selbst vor sechzig Jahren erzogen worden war. Kein Wunder, daß Amy sich wie eine Fliege im Netz einer Spinne fühlte.

Jeden Morgen mußte sie Geschirr spülen und die silberne Teekanne und die Gläser polieren, bis alles blitzblank glänzte. Dann hieß es, im Zimmer Staub zu wischen; dabei durfte aber kein Stäubchen übersehen werden, denn Tante March hatte scharfe Augen.

Danach wurde der Papagei gefüttert und der Hund gekämmt, und Amy hatte alle Hände voll zu tun, um die weiteren Befehle der alten Dame auszuführen, denn Tante March war schon ziemlich steif und unbeweglich, konnte sich kaum noch bücken und verließ selten ihren großen Sessel. Nach diesen ermüdenden Arbeiten mußte Amy ihre Aufgaben machen, erst dann durfte sie eine Stunde spielen oder spazierenfahren. Laurie kam jeden Tag und redete Tante March gut zu, bis sie Amy erlaubte, mit ihm auszufahren. Nach dem Mittagessen mußte sie der alten Dame laut vorlesen und ruhig sitzen bleiben, während die Tante schlief, was nach der ersten Seite meist schon der Fall war. Anschließend wurden bis zum Tee irgendwelche Handarbeiten verrichtet, was Amy besonders zuwider war. Das Schrecklichste waren aber die Abende, denn da erzählte Tante March endlose Geschichten aus ihrer Jugend, die so ungeheuer langweilig waren, daß Amy froh war, wenn sie zu Bett gehen konnte. Dann weinte sie sich oft leise in den Schlaf, doch meistens war sie so müde, daß sie gleich einschlief.

Wenn nicht Laurie und Mary, das alte Dienstmädchen, gewesen wären, hätte sie diese furchtbare Zeit nicht überstanden. Der Koch war mürrisch, der alte Kutscher taub, und Mary war ihre einzige Freundin in dieser schweren Zeit.

Sie ließ Amy in dem großen alten Haus herumstöbern und zeigte ihr den kostbaren Schmuck der Tante, den diese streng verschlossen hielt. Mary erzählte Amy auch, daß sie und ihre Schwestern bei besonderen Gelegenheiten oder nach dem Tod ihrer Tante viele dieser schönen Schmuckstücke bekommen würden. Das versöhnte Amy ein wenig mit ihrem Schicksal, und sie nahm sich vor, ein bißchen netter und gehorsamer zu sein. Aber es fiel ihr nicht leicht, denn es kam niemals vor, daß ihr Tante March ein Wort des Lobes oder der Anerkennung sagte.

Um sich die Zeit zu vertreiben, beschloß Amy, so wie Tante March es getan hatte, ihr Testament zu machen. Falls sie krank würde und sterben müßte, sollten ihre Besitztümer gerecht verteilt werden. Es kostete sie große Überwindung, auch nur daran zu denken, daß sie sich von ihren kleinen Schätzen trennen müßte, die in ihren Augen ebenso kostbar waren wie die wertvollen Schmuckstücke in den Augen von Tante March.

Während einer ihrer freien Stunden verfaßte Amy das wichtige Dokument mit Hilfe von Mary, die sie auch als Zeugin unterschreiben ließ. Danach fühlte sie sich sehr erleichtert und beschloß, es Laurie zu zeigen, den sie als zweiten Zeugen hinzuziehen wollte. Da es ein regnerischer Tag war, ging sie in eines der großen Zimmer im oberen Stock, in dem sich ein Kasten voll altmodischer Kleider befand, und nahm sich Polly zur Unterhaltung mit.

Es war ihre Lieblingsbeschäftigung, sich die alten Kleider anzuziehen und damit vor dem großen Spiegel auf und ab zu paradieren. Sie war an diesem Tag so beschäftigt, daß sie Lauries Läuten überhörte und noch immer nichts bemerkte, als er den Kopf zur Tür hereinsteckte. Sie stolzierte hoheitsvoll mit einem großen rosa Turban auf dem Kopf, einem blauen Brokatkleid und einem gelben Unterrock durch das Zimmer, fächelte sich zu und nickte zuweilen gnädig zu ihrem eigenen Spiegelbild. Sie mußte vorsichtig gehen, da sie hochhackige Schuhe trug. Laurie hätte am liebsten laut herausgelacht. Es war auch wirklich zu komisch, wie Amy in ihrer bunt zusammengewürfelten Garderobe würdevoll durch das Zimmer schritt.

Nachdem Laurie mit größter Anstrengung ein lautes Gelächter unterdrückt hatte, um Ihre Majestät nicht zu kränken, trat er ein und wurde gnädig empfangen.

»Setz dich nieder und ruh dich aus, bis ich diese Sachen ausgezogen habe, denn ich muß dich in einer sehr ernsten Angelegenheit um Rat fragen«, sagte Amy, nachdem sie sich in ihrer Pracht gezeigt und Polly in eine Ecke bugsiert hatte.

»Nun bin ich fertig«, verkündete sie schließlich, verschloß die Kleider im Kasten und nahm ein Stück Papier aus ihrer Tasche. »Ich möchte, daß du dies liest und mir dann sagst, ob es richtig und legal ist. Ich hatte das Gefühl, daß ich es tun müßte, denn das Leben ist ungewiß, und ich möchte keine Streitigkeiten an meinem Grab.«

Laurie biß sich auf die Lippen und drehte sich ein wenig von Amy weg; dann begann er mit ernster Stimme zu lesen:

»Mein letzter Wille und mein Testament:

Ich, Amy Curtis March, im vollen Besitze meiner geistigen Kräfte, vermache all mein persönliches Eigentum an folgende Personen:

Meinem Vater meine besten Bilder, Skizzen, Mappen und Kunstarbeiten, mit den Rahmen. Ebenso meine 100 Dollar, er kann damit tun, was er will.

Meiner Mutter mit viel Liebe alle meine Kleider, außer der blauen Schürze mit den Taschen — sowie mein Porträt.

Meiner lieben Schwester Margaret gebe ich meinen Türkisring (wenn ich ihn bekomme) sowie meine grüne Dose, dann mein Stück echter Spitze für einen Kragen und meine Skizze als Erinnerung an ihr ›kleines Mädchen‹!

Jo erhält meine Brosche, die auf der einen Seite mit Wachs geklebt ist, mein bronzenes Tintenfaß — das ohne Deckel — und mein kostbares Gipskaninchen, denn es tut mir leid, daß ich ihre Geschichte verbrannt habe.

Beth bekommt meine Puppen und meinen kleinen Schreibtisch, meinen Fächer, meinen Leinenkragen und meine neuen Schuhe, wenn sie ihr passen. Und hiermit sage ich ihr auch, daß ich bereue, über die alte Puppe Joanna immer Witze gemacht zu haben.

Meinem Freund und Nachbar Theodor Laurenz, genannt Laurie, vermache ich mein Pferdetonmodell, obwohl er immer sagt, daß es keinen Hals hat. Ebenso in Anerkennung seiner großen Freundlichkeit in schweren Stunden eines meiner Kunstwerke, welches er haben möchte; ich finde, Notre Dame ist am besten.

Unserem verehrten Gönner Herrn Laurenz hinterlasse ich meine rote Purpurschachtel mit der Lupe.

Ich möchte, daß meine liebste Freundin, Kitty Bryant, meine blau-silberne Schürze und meinen goldenen Perlenring bekommt und einen Kuß dazu.

Hanna gebe ich meine Bänderschachtel, die sie schon immer haben wollte, und meine ganzen Handarbeiten überlasse ich ihr auch und hoffe, daß sie sich an mich erinnern wird, wenn sie sie ansieht.

Und da ich nun über meine wertvollen Besitztümer verfügt habe, hoffe ich, daß alle zufrieden sind und der Toten nichts Schlechtes nachgesagt werde. Ich vergebe jedem einzelnen, wenn er einmal nicht nett zu mir war, und vertraue darauf, daß wir uns im Jenseits wiedersehen werden. Amen.

Unter dieses Testament setze ich meine Unterschrift und versiegle es am 20. November des Jahres 1861.

Amy Curtis March

Zeugen: Mary Valnor
   Theodor Laurenz«

Der letzte Name war nur mit Bleistift geschrieben, und Amy erklärte, daß Laurie ihn mit Tinte nachziehen müsse.

»Wer hat dich auf diese Idee gebracht? Hat dir jemand erzählt, daß Beth ihre Sachen verschenkt hat?« fragte Laurie ernst, als Amy eine rote Tube mit Siegelwachs vor ihn hinlegte.

Amy fragte ängstlich: »Was ist mit Beth?«

»Es tut mir leid, daß ich es erwähnt habe, aber da es nun einmal geschehen ist, will ich es dir erzählen. An einem Tag fühlte sie sich so krank, daß sie Jo sagte, sie möchte ihr Klavier Meg geben, ihren Vogel dir und die arme alte Puppe Jo. Sie war traurig, daß sie so wenig zu verschenken hatte, und natürlich beruhigten wir sie wieder und versicherten ihr, daß sie bald gesund werden würde, und sie hatte es auch selbst schnell vergessen. Es fiel mir nur eben ein, als du mir dein Testament zeigtest.«

Nachdem Laurie mit todernstem Gesicht unterschrieben und das Siegel daraufgesetzt hatte, schluckte Amy einmal kräftig und fragte dann zögernd: »Kann man einem Testament auch ein Postskriptum anfügen?«

»Ja, natürlich, man nennt das ›Kodizil‹.«

»Setze eines unter meines. Ich möchte, daß alle meine Locken abgeschnitten und an meine Freunde verteilt werden. Ich habe es vergessen, doch ich möchte, daß es geschieht, obwohl es nicht hübsch aussehen wird.«

Laurie fügte auch noch diesen Wunsch hinzu und lächelte über Amys letztes und größtes Opfer. Dann unterhielten sie sich eine Stunde lang lebhaft miteinander. Als Laurie gehen wollte, hielt ihn Amy zurück und fragte ängstlich: »Besteht wirklich eine Gefahr für Beth?«

»Ich fürchte ja, aber wir dürfen die Hoffnung nicht aufgeben.«

Vertraulich

Als Beth aus tiefem Schlaf erwachte, fiel ihr erster Blick auf Mutters liebevolles Gesicht, das sich über sie beugte. Sie lächelte und schlang die Arme um ihren Hals. Dann schlief sie wieder ein und hielt Mutters Hand fest in der ihren. Hanna hatte ein üppiges Frühstück für Frau March vorbereitet, und die Mädchen warteten auf ihre Mutter, die sich erst sanft aus Beths Umarmung lösen mußte. Meg und Jo bemühten sich eifrig um sie, während sie ihrem leisen Bericht über Vaters Ergehen lauschten. Herr Brooke hatte versprochen, weiter bei Vater zu bleiben und nach ihm zu sehen.

Nach den überstandenen Aufregungen schliefen Jo und Meg sofort ein, aber Frau March wollte um keinen Preis von Bettys Seite weichen.

Laurie eilte fort, um Amy von der Genesung ihrer Schwester und der Ankunft der Mutter zu erzählen. Sogar Tante March war über seinen Bericht gerührt, schnupfte und ersparte sich ihre üblichen spitzen Bemerkungen.

Amy tocknete schnell ihre Tränen und wäre am liebsten gleich mit Laurie gegangen, um Mutter zu begrüßen und nach ihrer Schwester zu sehen.

Aber sie bezwang ihre Ungeduld, was ihr ein Lob der Tante eintrug. Amy wäre auch gerne mit Laurie spazierengegangen, doch als sie entdeckte, wie müde er war, obwohl er es zu verbergen versuchte, schlug sie ihm vor, sich auf das Sofa zu legen, während sie ihrer Mutter ein paar Zeilen schrieb. Es dauerte eine Weile, bis sie wieder zurückkam, und da fand sie Laurie fest schlafend auf dem Sofa. Tante March hatte die Vorhänge zugezogen und saß still in einer Ecke, um ihn nicht zu stören.

Es hatte den Anschein, als ob er vor Abend nicht mehr aufwachen würde. Doch plötzlich ging die Tür auf, und hinter Mary erschien Frau March. Amy flog ihr mit einem Freudenschrei entgegen, und Laurie wurde davon wach. Aller Kummer war vergessen. Amy saß auf dem Schoß ihrer Mutter und erzählte ihr all die schrecklichen Dinge, die sich ereignet hatten. Schon während sie sich alles vom Herzen redete, war es längst nicht mehr so schlimm.

»Tante March hat mir heute diesen Ring geschenkt!« Amy hielt stolz die Hand mit dem blauen Türkis hoch. »Sie küßte mich und steckte ihn mir an den Finger und sagte, daß sie mich lieb habe und mich am liebsten immer bei sich behalten möchte. Ich darf ihn doch tragen, Mammi?«

»Er ist sehr hübsch, doch ich glaube, du bist noch ein wenig zu jung für solchen Schmuck, Amy«, entgegnete Frau March. »Aber Tante March wird sich freuen, wenn du ihn ihr zu Ehren trägst.«

»Wenn ich den Ring trage, werde ich immer daran denken, wie traurig wir waren, als du so weit fort warst, und wieviel Angst wir um Beth hatten. Und ich verspreche dir, daß ich nicht eitel sein und nie damit prahlen werde.«

»Das ist ein großer Vorsatz«, sagte Frau March lächelnd.

»Ich will es wenigstens versuchen«, fügte Amy hinzu.

»Ich bin so schrecklich eitel und selbstsüchtig, das weiß ich ganz genau. Aber ich glaube, es wird mir gelingen, mich zu bessern. Ich werde immerzu an Beth denken, die so gut und bescheiden und geduldig ist. Ich möchte gern, daß mich alle genauso gern haben wie Beth. Ich war schon immer ein wenig eifersüchtig, weil sie der Liebling von allen ist. Aber du wirst schon sehen, daß ich genauso sanft und gut sein kann, wenn ich mich bemühe. Der Ring wird mir dabei helfen. Und außerdem ist er doch so hübsch, nicht wahr, Mammi? Sieh nur, wie er glänzt, wenn ich ihn gegen das Licht halte. Ich habe solche Freude an schönen Dingen. Deshalb braucht man ja nicht gleich eitel zu sein, findest du nicht?«

»Ja, trage den Ring, Amy, und vergiß niemals diese schwere Zeit, die wir hoffentlich für immer glücklich überstanden haben. Aber ändere dich nicht zu sehr, wir haben dich doch alle lieb. Vor allem versuche nicht, andere nachzuahmen, sondern handle immer nach deinem Herzen.«

Während Meg am Abend ihrem Vater über die sichere Ankunft von Mutter berichtete, schlüpfte Jo in Bettys Zimmer und fand ihre Mutter an ihrem gewohnten Platz. Sie stand eine Minute unschlüssig mitten im Zimmer und fuhr sich mit ihren Fingern durch das kurze Haar.

»Was ist los, Jo?« fragte Frau March.

»Ich möchte dir etwas erzählen, Mutter.«

»Über Meg?«

»Wie schnell du es errätst! Ja, über Meg. Obwohl es nur eine Kleinigkeit ist, beunruhigt es mich sehr.«

»Beth schläft. Sprich leise und erzähle mir alles. Dieser Moffat-Junge war doch hoffentlich nicht hier?«

»Nein. Ich hätte ihm die Tür vor der Nase zugeschlagen, wenn er gekommen wäre«, sagte Jo und setzte sich neben dem Stuhl ihrer Mutter auf den Fußboden. »Letzten Sommer hatte Meg ein Paar Handschuhe bei den Laurenz vergessen, und nur einer wurde zurückgegeben. Wir hatten es ganz vergessen, bis Laurie mir erzählte, daß Herr Brooke ihn habe. Laurie sah, wie ihn Herr Brooke aus seiner Jackentasche streute, und neckte seinen Lehrer damit. Herr Brooke vertraute ihm an, daß er Meg liebhabe, sich es aber nicht zu sagen getraue, weil Meg so jung sei und er so arm. Ist das nicht furchtbar?«

»Glaubst du, daß sich Meg etwas aus ihm macht?« fragte Frau March.

»Ach, ich verstehe nichts von Liebe und solchem Unsinn!« sagte Jo halb geringschätzig, halb neugierig. »In Romanen werden die Mädchen rot oder fallen in Ohnmacht und essen auf einmal nichts mehr. Nun, Meg tut nichts dergleichen, sie ißt und trinkt und schläft ganz normal. Sie sieht mir gerade ins Gesicht, wenn ich über Herrn Brooke spreche, und errötet nur ein wenig, wenn Laurie Witze macht. Ich verbiete ihm, das zu tun, doch er hält sich nicht daran.«

»Dann nimmst du also an, daß Meg nicht an John interessiert ist?«

»An wem?« rief Jo fassungslos.

»An Herrn Brooke. Ich nenne ihn jetzt John; wir haben es im Spital so eingeführt, und ihm ist es recht so.«

»O mein Gott! Ich wußte, daß du seine Partei ergreifen würdest, er ist gut zu Vater, und deshalb willst du ihn nicht abweisen, sondern Meg heiraten lassen, wenn sie auch will. Das ist doch die Höhe! Sich bei dir einzuschmeicheln, damit du ihn liebgewinnst«, rief Jo entrüstet und fuhr sich wieder mit einer theatralischen Geste durchs Haar.

»Meine Liebe, beruhige dich! Ich werde dir erzählen, wie es war. John kam auf Ersuchen von Herrn Laurenz mit mir und war zu unserem armen Vater so nett, daß wir nicht anders konnten als ihn liebgewinnen. Er sprach offen mit uns über Meg und erzählte uns, daß er sie liebe, aber zuerst ein gemütliches Heim erwerben möchte, bevor er um ihre Hand anhalte. Er wollte nur unsere Meinung dazu hören und uns bitten, die Entscheidung Meg zu überlassen. Seine aufrichtige Art gefiel uns so gut, daß wir nicht ablehnen konnten. Aber ich möchte einer Verlobung von Meg noch nicht zustimmen, da ich finde, daß sie noch zu jung ist.«

»Natürlich nicht, das wäre ja lächerlich! Ich ahnte, daß ein Unglück geschehen würde, ich fühlte es, aber es ist noch schlimmer, als ich gedacht hatte. Ich wollte, ich selbst könnte Meg heiraten, um sie für immer in der Familie zu halten.«

Frau March mußte über Jos seltsamen Gefühlsausbruch lächeln, doch dann sagte sie ernst: »Jo, ich vertraue dir und wünsche nicht, daß du irgend etwas zu Meg sagst. Wenn John zurückkommt und ich sehe, wie sie sich ihm gegenüber verhält, werde ich bald mehr wissen.«

»Sie wird ihm in seine hübschen Augen sehen, von denen sie immerzu spricht, und dann wird es um sie geschehen sein. Sie hat solch ein weiches Herz, es wird wie Butter in der Sonne schmelzen. Sie las die kurzen Briefe, die er sandte, öfter als die deinen und war beleidigt, wenn ich sie deshalb neckte, und sie mag seine braunen Augen so sehr und findet nicht, daß John ein häßlicher Name ist, und sie wird sich verlieben, und das wird das Ende unserer lustigen und gemütlichen Zeit sein. Ich sehe schon alles vor mir, sie werden verliebt miteinander flüstern, und Meg wird für nichts anderes mehr Interesse haben. Brooke wird irgendwie zu Geld kommen, sie wegholen und ein Loch in die Familie reißen. Mir wird das Herz brechen, und alles wird so leer sein. Warum sind wir nicht alle Jungen! Dann gäbe es keine Schwierigkeiten!«

Jo stützte die Ellbogen auf die Knie und das Kinn in die Hände und starrte wütend vor sich hin. Frau March seufzte, und Jo schaute hoffnungsvoll zu ihr auf.

»Dir ist es auch nicht recht, Mutter, ich weiß es. Sag ihm doch, er soll seinen Geschäften nachgehen und Meg in Ruhe lassen, und alles wird wieder so, wie es früher war.«

»Es ist wirklich nicht recht von mir, zu seufzen, Jo. Es ist ganz natürlich, daß ein netter junger Mann kommt und den Wunsch hat, mit Meg ein Heim und eine Familie zu gründen. Ihr werdet alle an die Reihe kommen, wahrscheinlich früher, als du denkst! Freilich, ich bin traurig, daß ich euch verliere, und möchte euch lieber noch einige Zeit bei mir behalten. Meg ist erst siebzehn, und es wird schon einige Jahre dauern, bis John in der Lage ist, sie zu heiraten. Ich möchte jedenfalls, daß sie warten, bis Meg zwanzig ist. Wenn sie und John einander wirklich lieben, werden sie diese Prüfung leicht bestehen. Ich wünsche unserer lieben Meg von Herzen, daß sie glücklich wird, und bin sicher, daß sie mit ihrem Glück nicht leichtsinnig verfahren wird.«

»Möchtest du nicht lieber, daß sie einen reichen Mann heiratet?« fragte Jo, der nicht entgangen war, daß die Stimme ihrer Mutter ein wenig zitterte.

»Geld zu haben ist schön, Jo, und ich hoffe, daß meine Mädchen den Mangel an Geld weder zu bitter verspüren noch verschwenderisch damit umgehen werden. Ich wäre schon zufrieden, wenn John festen Fuß in einem guten Geschäft fassen würde, das ihm ein Einkommen garantiert, um sorgenfrei zu leben. Ich habe nicht den Ehrgeiz, mit einem großen Vermögen, einer glänzenden Position oder einem berühmten Namen zu prahlen. Wenn Rang und Geld mit Liebe gepaart sind, werde ich stolz darauf sein und mich über euer Glück freuen, doch ich weiß aus Erfahrung, wieviel echtes Glück in einfachen Häusern herrschen kann, wo das tägliche Brot verdient wird. Ich bin froh, daß Meg bescheiden und natürlich ist, und wenn ich mich nicht irre, wird sie das Herz eines guten Mannes besitzen, und das ist mehr wert als ein Vermögen.«

»Ich verstehe dich, Mutter, doch ich bin trotzdem ein wenig enttäuscht, denn ich habe gehofft, daß Meg einmal Laurie heiraten wird und ihr ganzes Leben in Luxus verbringen kann. Wäre das nicht wundervoll?« fragte Jo.

»Er ist jünger als sie, das weißt du«, begann Frau March, doch Jo unterbrach sie:

»Oh, das macht nichts, er ist reif und groß für sein Alter, und er kann sich ganz erwachsen benehmen, wenn er will. Und er ist reich und großzügig und gut und liebt uns alle, und es ist ein Jammer, daß mein Plan verdorben ist.«

»Ich fürchte, Laurie ist nicht erwachsen genug für Meg und viel zu weich, um jemanden von sich abhängig zu machen. Schmiede keine Pläne, Jo, sondern laß die Zeit und die Herzen der jungen Menschen sprechen. Wir dürfen uns nicht in solche Angelegenheiten mischen, und es ist besser, wir schlagen uns den romantischen Quatsch, wie du es nennst, aus dem Kopf, sonst verderben wir uns noch unsere Freundschaft.«

»Gut, ich werde mich nicht einmischen, aber ich hasse es, wenn alles durcheinander geht und kompliziert wird. Am liebsten wäre es mir, wenn wir uns mit Bügeleisen beschweren könnten, die uns am Wachsen hindern«, sagte Jo eigensinnig.

»Was redest du da für einen Unsinn?« fragte Meg, als sie mit dem fertigen Brief in der Hand ins Zimmer kam.

»Nur eine meiner dummen Reden. Ich gehe schlafen«, entgegnete Jo.

»Sehr gut und hübsch geschrieben. Bitte füge hinzu, daß ich Grüße an John schicke«, sagte Frau March, als sie den Brief durchgelesen hatte und Meg zurückgab.

»Du nennst ihn John?« fragte Meg lächelnd.

»Ja, er war wie ein Sohn zu uns, und wir haben ihn sehr gerne«, antwortete Frau March.

»Das freut mich. Ich glaube, er ist sehr einsam. Gute Nacht, Mutter. Es ist so schön, daß du wieder da bist!« antwortete Meg freundlich, aber völlig unbefangen.

Als die beiden Mädchen aus dem Zimmer gegangen waren, dachte Frau March halb zufrieden, halb bedauernd: Sie liebt ihn jetzt noch nicht, aber sie wird es lernen.

Lauries Streich

Jo war am nächsten Tag noch immer ganz durcheinander. Das Geheimnis lastete auf ihr, und sie fand es schwierig, nicht geheimnisvoll dreinzuschauen. Meg merkte es, aber sie vermied es, ihre Schwester zu fragen, denn sie hatte gelernt, daß es am besten war, Jo durch scheinbare Gleichgültigkeit zum Reden zu bringen. Sie war daher ziemlich überrascht, als das Schweigen andauerte und Jo eine gönnerhafte Miene zur Schau trug, die Meg ärgerte und dazu veranlaßte, selbst auch eine erhabene Miene aufzusetzen. Im übrigen widmete sich Meg ihrer Mutter. So konnte sich Jo ihren eigenen Problemen zuwenden, denn Frau March hatte ihren Platz am Krankenbett eingenommen. Amy war noch nicht zurück, und Laurie war Jos einzige Zuflucht. So gerne sie jedoch in seiner Gesellschaft war, so fürchtete sie sich auch ein bißchen vor ihm, denn er neckte sie in letzter Zeit ununterbrochen, und außerdem hatte sie Angst, er würde ihr das Geheimnis entlocken.

Jo hatte recht, Laurie gab nicht nach, ehe er ein Geheimnis, das er witterte, ergründet hatte. Er schmeichelte, drohte und schimpfte, dann sagte er plötzlich, daß er es gar nicht wissen wolle, dann wieder, daß er es ohnehin schon wisse, und so gelang es ihm meist, Jo so weit zu bringen, daß sie es ausplauderte. Aber diesmal war mit Jo nichts anzufangen, und Laurie mußte sich damit zufriedengeben, daß das Geheimnis Meg und Herrn Brooke betraf. Er fühlte sich gekränkt, daß sein Lehrer ihn nicht ins Vertrauen gezogen hatte, und sann auf einen Rachestreich.

Meg schien die einzige zu sein, die sich über die Angelegenheit keine Gedanken machte, und widmete sich ganz den Vorbereitungen für die Ankunft ihres Vaters. Doch plötzlich ging eine Veränderung mit ihr vor, und sie benahm sich ganz seltsam. Sie erschrak, wenn man sie ansprach, errötete, wenn man sie ansah, und war sehr unruhig. Auf die Fragen ihrer Mutter antwortete sie, daß sie sich ganz in Ordnung fühle, und Jo entgegnete sie ein paarmal schnippisch, daß sie allein gelassen werden wolle.

»Es geht etwas in ihr vor — die Liebe, glaube ich —, deshalb benimmt sie sich so komisch. Sie ist wie ausgewechselt, nervös und ärgerlich, sie ißt nichts und liegt lange wach. Dann fängt sie auf einmal zu singen an, und wenn man sie anspricht, wird sie rot wie eine Mohnblume. Was sollen wir tun?« sagte Jo ratlos und schaute dabei so entschlossen drein, als ob sie zu allem bereit sei.

»Warten. Laß sie allein, sei freundlich und geduldig, und wenn Vater kommt, wird sich alles einrenken«, antwortete ihre Mutter.

»Hier ist eine Nachricht für dich, Meg: versiegelt. Wie seltsam! Laurie versiegelt seine Briefe an mich nie«, sagte Jo am nächsten Tag, als sie den Inhalt des kleinen Postkastens verteilte.

Frau March und Jo waren sehr beschäftigt, als sie beide plötzlich ein Ausruf von Meg aufschauen ließ. Sie hielt den Brief in der Hand und sah ganz verstört aus.

»Mein Kind, was ist los?« rief ihre Mutter und lief zu ihr hin, während Jo versuchte, das verhängnisvolle Papier an sich zu nehmen.

»Es ist ein Mißverständnis — er hat es nicht geschickt — oh, Jo, wie konntest du das tun!« Meg versteckte ihr Gesicht in den Händen und weinte, als wollte ihr das Herz brechen.

»Ich! Ich habe nichts getan! Wovon sprichst du?« fragte Jo verwirrt.

Megs sonst so freundliche Augen sprühten vor Zorn, als sie einen zweiten, zerknüllten Brief aus der Tasche zog und Jo entgegenschleuderte:

»Du hast das hier geschrieben, und dieser ekelhafte Junge half dir dabei! Wie konntest du so taktlos und so gemein sein?«

Jo schaute sie verständnislos an, doch dann lasen sie und ihre Mutter den zerknüllten Brief, der mit einer eigenartigen Handschrift geschrieben war:

»Meine liebste Margaret, ich kann meine Leidenschaft nicht länger bezähmen, und ich muß mein Schicksal kennen, bevor ich zurückkehre. Ich wage es jetzt noch nicht, Ihren Eltern etwas zu sagen, doch ich glaube, sie werden ihre Einwilligung geben, wenn sie erst wissen, daß wir uns anbeten. Herr Laurenz wird mir einen guten Posten verschaffen, und ich hoffe, daß Sie mich dann glücklich machen werden. Ich bitte Sie, Ihrer Familie noch nichts zu sagen, aber mir durch Laurie ein Wort der Hoffnung zu senden.

Ihr ergebener

John.«

»Oh, dieser Schurke! Das meinte er mit ›heimzahlen‹, weil ich Mutter mein Wort hielt. Ich werde gehörig mit ihm abrechnen und ihn hierherbringen, damit er dich um Verzeihung bittet«, rief Jo und brannte darauf, sofort der Gerechtigkeit Genüge zu tun. Doch ihre Mutter hielt sie zurück und sagte eindringlich:

»Halt, Jo, du bist uns auch eine Erklärung schuldig. Du hast schon so viele Streiche auf dem Gewissen, daß ich fürchte, deine Hand ist auch mit im Spiel.«

»Auf mein Wort, Mutter, nein! Ich habe dieses Papier nie zuvor gesehen, und ich wußte auch nichts davon«, beteuerte Jo so ernst, daß man ihr einfach glauben mußte. »Wenn ich diesen Streich mitgespielt hätte, dann hätte ich es besser gemacht und einen hübschen Brief geschrieben. Ich finde, du könntest wissen, daß Herr Brooke nicht solch einen Unsinn schreiben würde«, fügte sie hinzu und schmiß das Papier zornig auf den Boden.

»Es sieht wie seine Schrift aus«, sagte Meg und verglich die beiden Briefe miteinander.

»Meg, du hast doch nicht darauf geantwortet?« rief Frau March erschrocken.

»Doch, das tat ich!« rief Meg und bedeckte wieder ihr Gesicht mit den Händen.

»Ich werde den Missetäter gleich herbeischaffen. Er soll es bitter bereuen, das schwöre ich dir!« rief Jo und war schon wieder bei der Tür.

»Laß mich das machen! Die Sache ist schlimmer, als ich dachte. Margaret, erzähle mir die ganze Geschichte«, befahl Frau March und setzte sich neben Meg.

»Laurie gab mir den ersten Brief, aber er schaute so unschuldig drein, als wüßte er gar nichts«, begann Meg, ohne aufzublicken. »Ich war zuerst verwirrt und wollte es dir erzählen, denn ich erinnerte mich daran, wie gern du Herrn Brooke hast; doch dann dachte ich, du würdest nicht böse sein, wenn ich mein kleines Geheimnis ein paar Tage für mich behalte. Es war dumm von mir, ich weiß es, und je mehr ich darüber nachdachte, um so romantischer wurde mir zumute, und zuletzt kam ich mir beinahe wie die Heldin eines Romanes vor. Das habe ich jetzt davon! Ach, Mutter, ich kann ihm niemals mehr ins Gesicht schauen!«

»Was hast du ihm geschrieben?« fragte Frau March.

»Ich habe nur geschrieben, ich sei zu jung, um jetzt schon eine Entscheidung zu treffen, und ich wolle keine Geheimnisse vor dir haben, und er müsse mit Vater sprechen. Ich fühle mich durch seinen Antrag sehr geehrt, aber wir sollten zunächst nichts weiter als gute Freunde bleiben.«

Frau March lächelte, und Jo schlug die Hände zusammen und rief lachend: »Meg, du bist ein vorbildliches Muster an Vorsicht! Erzähle weiter! Was hat er darauf geantwortet?«

»Er schrieb ganz überrascht, daß er mir niemals einen Liebesbrief geschrieben habe und daß es ihm sehr leid tue, daß sich meine Schwester Jo solche Freiheiten in unserem Namen erlaube. Er war sehr freundlich und verständnisvoll, aber bedenkt, wie schrecklich das für mich ist!«

Meg lehnte sich an ihre Mutter und schluchzte verzweifelt, während Jo durch das Zimmer raste und über Laurie schimpfte. Plötzlich hielt sie inne und besah sich nochmals beide Briefe genau, dann sagte sie entschieden: »Ich glaube nicht, daß Brooke einen von diesen beiden Briefen gesehen hat. Laurie hat beide geschrieben und hält deinen bei sich, um mich zu bestrafen, weil ich ihm nicht mein Geheimnis verraten habe.«

»Hab keine Geheimnisse, Jo, erzähle sie Mutter und halte dich aus Schwierigkeiten heraus, wie ich es hätte tun sollen«, sagte Meg, noch immer weinend, aber schon etwas erleichtert.

»Mutter hat es mir selbst erzählt.«

»Es ist in Ordnung, Jo. Ich bleibe bei Meg, während du Laurie holst. Ich werde der Sache auf den Grund gehen und ein für allemal solchen Streichen ein Ende machen.«

Jo lief fort, und Frau March erzählte Meg von Herrn Brookes wahren Gefühlen. »Nun, Liebes, wie steht es mit dir? Liebst du ihn genug, um zu warten, bis er dir ein Heim bieten kann, oder willst du vorläufig noch frei bleiben?«

»Ich bin so erschrocken und verwirrt, daß ich einstweilen nichts von solchen Dingen wissen will — vielleicht niemals«, fügte Meg hinzu. »Wenn John es nicht weiß, erzähle ihm nichts über diesen Unsinn und befiehl Jo und Laurie, den Mund zu halten. Ich will nicht ausgelacht werden und aus mir einen Narren machen — es ist eine Schande!«

Frau March war klug genug, um nicht weiter in Meg zu dringen. Das Kind mußte sich erst gehörig von dem Schreck erfangen und sich selbst über seine Gefühle klar werden.

Als Lauries Schritt in der Halle zu hören war, flog Meg aus dem Zimmer, und Frau March empfing den Sünder allein. Jo hatte ihm nicht erzählt, warum er herüberkommen sollte, um nicht auf seinen Widerstand zu stoßen. Doch als er Frau Marchs Gesicht sah, war ihm alles klar. Jo wurde aus dem Zimmer verbannt und marschierte ruhelos in der Halle auf und ab. Eine halbe Stunde lang wurden die Mädchen auf die Folter gespannt. Sie hörten zwar das Auf- und Abschwellen der Stimmen im Wohnzimmer, konnten aber kein Wort verstehen.

Als sie hineingerufen wurden, machte Laurie solch ein zerknirschtes Gesicht, daß ihm Jo auf der Stelle vergab; sie ließ es ihn jedoch nicht merken. Meg nahm seine Entschuldigung gnädig entgegen und war über seine Versicherung, daß Brooke von dem ganzen Spaß nichts wisse, sehr erleichtert.

»Ich werde es ihm niemals erzählen, und keine zehn Pferde könnten es aus mir herausbringen. Bitte verzeih mir, Meg; ich werde alles tun, um dir zu beweisen, wie leid es mir tut«, fügte er hinzu.

»Ich werde es versuchen, aber es war sehr kindisch, so etwas zu tun. Ich hätte nicht gedacht, daß du so albern sein kannst, Laurie«, antwortete Meg und bemühte sich, ihre Verwirrung unter einer vorwurfsvollen Miene zu verbergen.

»Es war abscheulich, und ich verdiente, daß ihr ein Monat nicht mit mir sprecht; aber ihr werdet es trotzdem tun, nicht wahr?« Laurie schaute so zerknirscht und flehend drein, daß es unmöglich war, ihm noch länger böse zu sein. Meg verzieh ihm, und Frau March konnte ein Lächeln nicht unterdrücken, als sie sah, wie erleichtert Laurie war.

Jo stand abseits und versuchte, weiterhin ein finsteres Gesicht zu machen. Laurie schaute sie ein paarmal von der Seite an, doch da sie kein Zeichen der Versöhnung machte, drehte er ihr gekränkt den Rücken zu. Als er ging, machte er nur eine leichte Verbeugung in ihre Richtung, sagte aber kein Wort.

Als er fort war, bedauerte Jo zutiefst, daß sie nicht versöhnlich gewesen war, und als ihre Mutter und Meg hinaufgingen, fühlte sie sich einsam und sehnte sich nach Laurie. Nach einigem Zögern nahm sie ein Buch, das sie ihm zurückgeben wollte, und lief ins Nachbarhaus hinüber.

»Ist Herr Laurenz da?« fragte Jo das Mädchen, welches ihr öffnete.

»Ja, Fräulein, aber ich glaube nicht, daß Sie ihn jetzt sprechen können.«

»Warum nicht? Ist er krank?«

»Das nicht, aber er hatte Ärger mit Laurie, und so darf ich ihn nicht stören.«

»Wo ist Laurie?«

»Er hat sich in sein Zimmer eingeschlossen und antwortet nicht, obwohl ich ein paarmal geklopft habe. Ich weiß nicht, was aus dem Abendessen werden soll, denn es ist fertig, und keiner will essen.«

»Ich gehe hinauf und sehe nach, was los ist. Ich fürchte mich vor keinem von beiden.«

Jo klopfte fest an die Tür von Lauries Studierzimmer.

»Hör auf, oder du kannst etwas erleben!« rief der beleidigte junge Mann drohend.

Jo stemmte sich gegen die Tür, und diese flog auf. Sie stand vor Laurie, bevor sich dieser von seiner Überraschung erholen konnte. Als sie sah, daß er wirklich wütend war, sagte sie sanft:

»Bitte verzeih mir, daß ich so unfreundlich war. Es tut mir schrecklich leid!«

»Also gut«, antwortete Laurie kurz.

»Danke. Aber sag, was ist denn los mit dir? Du siehst nicht gerade fröhlich aus.«

»Ich bin geohrfeigt worden, und das ertrage ich nicht!«

»Wer hat es getan?« fragte Jo.

»Großvater. Wenn es jemand anders gewesen wäre, hätte ich —« Laurie machte eine angriffslustige Bewegung mit seinem rechten Arm.

»Das macht doch nichts. Ich stupse dich doch oft, und das macht dir nichts«, sagte Jo beschwichtigend.

»Pah, du bist ein Mädchen, und das ist Spaß, aber ich erlaube es keinem Mann, mich zu schlagen.«

»Ich glaube, das würde auch niemand sonst wagen, wenn du wie eine Gewitterwolke aussiehst, so wie jetzt. Warum hat er dich denn geohrfeigt?«

»Nur weil ich nicht sagen wollte, weshalb mich deine Mutter rufen ließ. Ich habe euch versprochen, es nicht zu erzählen, und habe nur mein Wort gehalten.«

»Konntest du deinen Großvater nicht mit einer anderen Erklärung zufriedenstellen?«

»Nein, er verlangte ausdrücklich, ich müsse ihm die volle Wahrheit sagen; da brachte ich es nicht über mich, eine Ausrede zu gebrauchen, und habe nur geschwiegen. Mein Großvater empfand es als Eigensinn und als eine unerhörte Beleidigung, und er geriet so sehr in Zorn, daß er mir eine Ohrfeige gab.«

»Das war nicht nett, aber es tut ihm sicher leid. Geh hinunter zu ihm und mach es wieder gut. Ich helfe dir dabei.«

»Nein, ich will nicht, und ich gehe nicht. Ich lasse mich nicht wie ein kleines Kind behandeln, und es ist schrecklich für mich, um Verzeihung zu bitten. Ich habe es vorhin nur Meg zuliebe getan, und weil ich wirklich im Unrecht war. Aber ich tue es nicht wieder!«

»Das weiß er doch alles nicht.«

»Er sollte mir vertrauen und endlich lernen, daß ich mich um mich selbst kümmern kann und kein Schürzenband brauche, um mich anzuklammern.«

»Was für ein Hitzkopf du bist! Wie gedenkst du nun die Angelegenheit zu regeln?«

»Er soll mich um Verzeihung bitten und mir glauben, wenn ich ihm sage, daß ich es ihm nicht erzählen kann.«

»Das wird er nicht tun.«

»Ich gehe nicht hinunter, bevor er es nicht getan hat.«

»Sei vernünftig, Laurie. Du kannst doch nicht hier oben bleiben und trotzen wie ein kleines Kind.«

»Ich habe nicht die Absicht, lange hierzubleiben. Ich laufe fort und fahre irgendwohin, und wenn er mich vermißt, wird er schon nachgeben.«

»Das glaube ich auch, aber du darfst nicht fortgehen und ihm Kummer machen.«

»Fang nur ja nicht an, mir eine Predigt zu halten! Ich gehe nach Washington und besuche Brooke. Dort werde ich meinen Ärger vergessen und eine schöne, sorglose Zeit verbringen.«

»Wie fein! Ich wollte, ich könnte mit dir fahren!« rief Jo und vergaß ganz, daß sie ja gekommen war, um zu vermitteln.

»Komm mit! Warum nicht? Du wirst deinen Vater überraschen, und ich suche Brooke auf. Das wäre ein Spaß, Jo! Wir hinterlassen einen Brief und schreiben, daß es uns gut geht, und dann verschwinden wir. Ich habe Geld genug. Die Abwechslung wird dir guttun, und außerdem fährst du ja zu deinem Vater.«

Einen Augenblick schien es, als ob Jo zustimmen würde, doch nach einigen Minuten des Überlegens schüttelte sie den Kopf.

»Wenn ich ein Junge wäre, käme ich mit. Aber ich bin leider ein Mädchen, und da ist es besser, ich bleibe zu Hause. Überrede mich nicht, Laurie, dein Plan ist wirklich verrückt!«

»Das ist ja das Lustige daran!« entgegnete Laurie, der fest entschlossen war, auszureißen.

»So hör schon auf damit!« rief Jo und hielt sich die Ohren zu. »Ich kam her, um dich zur Vernunft zu bringen, und nicht, um mich zu einem dummen Streich verleiten zu lassen.«

»Ich weiß, daß Meg einem solchen Vorschlag nicht zustimmen würde, aber ich dachte, du hättest mehr Unternehmungsgeist«, warf Laurie ein.

»Sei still. Setz dich und denke über deine Sünden nach. Wenn ich deinen Großvater dazu bringe, sich für die Ohrfeige zu entschuldigen, gibst du dann deinen Plan, davonzulaufen, auf?« fragte Jo ernst.

»Ja, aber du tust es nicht«, antwortete Laurie, der sich gern versöhnen, aber zuerst seine verletzte Würde wiederherstellen wollte.

»Wenn ich den Jungen behandeln kann, komme ich auch mit dem Alten zurecht«, murmelte Jo und war im nächsten Augenblick zur Tür hinaus.

»Herein!« Herrn Laurenz' Stimme klang mürrisch, als Jo an seine Tür klopfte.

»Ich bin es, Sir. Ich komme nur, um ein Buch zurückzubringen«, sagte sie schüchtern, als sie eintrat.

»Noch etwas?« fragte der alte Herr und sah grimmig und verärgert drein, obwohl er sich bemühte, es nicht zu zeigen.

Jo versuchte, ihre Anwesenheit hinauszuzögern, indem sie ihn um ein paar andere Bücher bat, die sie lesen wollte. Der alte Herr suchte die gewünschten Bände, und Jo zerbrach sich in der Zwischenzeit den Kopf, wie sie das Gespräch auf Laurie bringen konnte. Herr Laurenz schien jedoch zu vermuten, daß ihr irgend etwas auf dem Herzen lag, und plötzlich drehte er sich um und fragte:

»Was ist mit dem Jungen los? Versuche nicht, ihn zu schützen! Ich weiß, er hat etwas angestellt, doch ich kann kein Wort aus ihm herausbringen; er reizte mich mit seiner Dickköpfigkeit so sehr, daß ich ihm eine Ohrfeige gab. Da lief er hinauf und sperrte sich in sein Zimmer ein.«

»Er hat wirklich etwas angestellt, aber wir haben ihm verziehen und uns gegenseitig versprochen, niemandem ein Wort davon zu erzählen«, begann Jo schüchtern.

»Damit ist die Sache nicht abgetan. Er soll sich vor mir nicht hinter diesem Versprechen verstecken, das er euch weichherzigen Mädchen verdankt. Wenn er etwas Unrechtes getan hat, dann soll er beichten, um Verzeihung bitten und bestraft werden. Heraus damit, Jo! Ich möchte nicht im unklaren bleiben.«

Herr Laurenz sah so drohend drein und sprach so scharf, daß Jo am liebsten fortgelaufen wäre; aber Herr Laurenz stand vor ihr, und so konnte sie ihm nicht entwischen.

»Wirklich, Sir. Ich kann es nicht sagen. Mutter hat es mir verboten. Laurie hat gestanden, um Verzeihung gebeten und ist genug bestraft worden. Wir schweigen nicht, um ihn zu schützen, sondern um jemand anders ein peinliches Aufsehen zu ersparen. Er würde alles nur komplizieren, wenn Sie auch noch davon wüßten. Es war zum Teil auch meine Schuld, aber jetzt ist alles in Ordnung; also vergessen wir es und reden wir nicht mehr davon.«

»Gib mir dein Wort, daß dieser nichtsnutzige Bursche kein ernstes Unheil gestiftet hat. Ich würde ihm das nie verzeihen, nach all dem, was ihr für ihn getan habt.«

Jo erzählte dem alten Herrn gerade so viel, daß er sich eine ungefähre Vorstellung von Lauries Streich machen konnte, ohne daß sie dabei Meg erwähnte.

»Hm! Gut, wenn der Junge seinen Mund hält, weil er es versprochen hat, und nicht aus Eigensinn, dann verzeihe ich ihm. Er ist ein dickschädeliger Bursche und sehr schwer zu behandeln«, seufzte Herr Laurenz.

»Ich bin genauso, aber ein freundliches Wort wirkt bei mir Wunder«, sagte Jo schlau.

»Du meinst, ich sei nicht freundlich zu ihm, he?«

»O nein, das nicht, Sir. Sie sind oft sogar zu freundlich zu ihm und verwöhnen ihn zu sehr. Doch dann sind Sie wieder zu ungeduldig, wenn er etwas angestellt hat. Finden Sie nicht, Sir?«

Jo war etwas unbehaglich zumute bei ihren kühnen Worten. Zu ihrer großen Erleichterung und Überraschung warf er nur seine Brille auf den Tisch und sagte:

»Du hast recht, Mädchen! Ich liebe den Jungen, aber er überfordert meine Geduld, und ich weiß nicht, wie das enden wird, wenn wir so weitermachen.«

»Ich fürchte, er wird fortlaufen.« Jo tat es sofort leid, das gesagt zu haben. Sie wollte ihn bloß warnen, daß Laurie nicht zuviel Bevormundung ertrage, und ihm klarmachen, daß er nachsichtiger mit ihm sein solle.

Herr Laurenz drehte sich von ihr weg und starrte finster auf ein Bild eines hübschen Mannes, das über dem Tisch hing. Es stellte Lauries Vater dar, der in seiner Jugend von zu Hause fortgelaufen war und gegen den Willen seines Vaters eine Künstlerin geheiratet hatte. Jo fühlte, daß sie etwas sagen mußte, um ihre voreilige Bemerkung von vorhin abzuschwächen. Der kummervolle Blick des alten Mannes flößte ihr Angst ein.

»Er wird es nicht tun, solange nichts Schlimmeres passiert. Er droht nur hin und wieder damit, wenn ihn das Lernen nicht freut. Ich möchte manchmal auch am liebsten davonlaufen, wenn mir das Leben hier zu eng erscheint. Wenn Sie uns je vermissen sollten, dann fragen Sie bloß nach zwei Jungen, die auf einem Schiff nach Indien unterwegs sind«, sagte Jo lachend.

»Du bist eine freche kleine Kröte! Was sind doch die Jungen und Mädchen für eine Heimsuchung, obwohl wir ohne sie nicht auskommen könnten«, sagte er und zwickte sie gutmütig in die Wange. »Geh und hole den Jungen zum Essen herunter. Sag ihm, daß alles in Ordnung ist und daß er nicht mehr so traurig dreinschauen soll; ich kann es nicht ertragen.«

»Er wird nicht kommen. Er ist böse, weil Sie ihm nicht geglaubt haben, und hat die Ohrfeige noch nicht verwunden.«

Herr Laurenz konnte nicht anders, er mußte über ihr ernsthaftes Gesicht lachen. Jo atmete erleichtert auf.

»Ich soll sagen, daß es mir leid tut, und ihm wohl dafür danken, daß er nicht zurückgeschlagen hat, nehme ich an. Was glaubt der Junge eigentlich?«

»Wenn ich Sie wäre, Sir, würde ich ihm eine Entschuldigung schreiben. Er sagt, eher kommt er nicht herunter. Womöglich fällt es ihm wirklich ein, fortzufahren. Eine humorvolle Entschuldigung wird ihm zeigen, wie dumm er ist, und das wird ihn zur Vernunft bringen. Versuchen Sie es, Laurie versteht Spaß, und so ist es einfacher, als darüber zu sprechen. Ich übergebe ihm Ihr Schreiben und werde ihn an seine Pflicht erinnern.«

Herr Laurenz sah sie scharf an, setzte seine Brille auf und sagte langsam: »Du bist ein schlaues Mädchen. Du verstehst es, mich um den Finger zu wickeln, genau wie deine Schwester Beth. Aber es macht mir nichts aus. Gib mir ein Stück Papier und laß mich den Unsinn schreiben.«

Der Text wurde so abgefaßt wie ein förmliches Entschuldigungsschreiben, das ein Gentleman an einen anderen nach einer schweren Beleidigung richtet. Jo drückte Herrn Laurenz einen zarten Kuß auf die Stirn und lief hinunter, um Laurie den Zettel durch den Türschlitz zu schieben. Da sie die Tür wieder versperrt fand, ließ sie ihn mit der Nachricht allein und ging leise fort.

Als sie am Ende der Treppe angelangt war, rief ihr Laurie nach: »Du bist wundervoll, Jo!«

»Es war gar nicht so schwierig!«

»Ich dachte schon, du hättest mich vergessen.«

»Was fällt dir ein! Komm jetzt zum Abendessen, danach wirst du dich gleich besser fühlen.«

Laurie folgte ihr in das Speisezimmer. Es wurde kein Wort über die ganze Geschichte gesprochen, und so wurde es nach dem vergangenen Sturm noch ein friedlicher, gemütlicher Abend.

Eine glückliche Zeit

Die beiden Kranken genasen schnell, und Herr March sprach davon, Anfang des nächsten Jahres nach Hause zurückzukehren. Beth war bald soweit, daß sie tagsüber auf dem Sofa im Wohnzimmer liegen konnte und mit den geliebten Katzen spielen durfte. Jo führte sie jeden Tag ein Stückchen vor das Haus, damit sie frische Luft schöpfen konnte. Meg betätigte sich als eifrige Köchin, um Beth zur Stärkung verschiedene Leckerbissen zu kochen, während ihr Amy großzügig manches von ihren Schätzen schenkte.

Da Weihnachten schon wieder vor der Tür stand, begann wie gewöhnlich die Zeit der Geheimnisse.

Nach einigen Tagen ungewöhnlich milden Wetters versprach es ein herrlicher Weihnachtstag zu werden. Herr March schrieb, daß er bald bei ihnen sein werde, und Beth fühlte sich außergewöhnlich wohl und konnte im Sessel beim Fenster sitzen. Jo und Laurie hatten in der Nacht gearbeitet, um eine hübsche Überraschung für Beth vorzubereiten: Im Garten stand ein stattlicher Schneemann, gekrönt mit einem Mistelzweig und mit einem Korb voll Früchten und Blumen am Arm.

Wie freute sich Beth, als sie dies sah! Laurie lief, um die Geschenke hereinzuholen, und Jo hielt eine lustige Rede, während sie überreicht wurden.

»Ich bin so glücklich! Wenn Vater auch noch hier wäre, dann würde ich vor Glück platzen«, sagte Beth.

»Ich auch«, fügte Jo hinzu und klopfte sich auf die Tasche, wo das langersehnte Buch »Undine und Sintram« steckte.

»Ich auch«, echote Amy, in ein Bild versunken, das die Madonna mit dem Kind darstellte; ihre Mutter hatte es ihr in einem hübschen Rahmen geschenkt.

»Mir geht es ebenso«, rief Meg und strich liebkosend über die silbergrauen Falten ihres ersten Seidenkleides. Herr Laurenz hatte darauf bestanden, ihr eines zu schenken.

»Wie könnte es bei mir anders sein!« sagte Frau March, als sie vom Brief ihres Mannes aufschaute und in die lachenden vier Gesichter blickte. An ihrem Kleid prangte eine hübsche Brosche, die ihr die Mädchen sorgfältig angesteckt hatten.

Eine halbe Stunde später kam Laurie. Sein Gesicht war vor unterdrückter Aufregung gerötet, und seine Stimme klang so verräterisch, daß alle aufsprangen und gespannt warteten, bis Laurie atemlos sagte: »Hier ist noch ein Weihnachtsgeschenk für die Familie March.«

Im nächsten Augenblick war Laurie verschwunden, und an seiner Stelle erschien ein großer, bis zu den Augen vermummter Mann, der am Arm eines anderen Mannes lehnte und etwas sagen wollte, aber kein Wort herausbrachte. In den nächsten Minuten geschahen die verrücktesten Dinge, ohne daß ein Wort gesprochen wurde. Der eine der beiden Männer wurde schier erdrückt vor ungestümer Freude. Der andere küßte aus Versehen, wie er erklärte, Meg. Es war nicht schwer zu erraten, wer die beiden unverhofften Besucher waren. Frau March war die erste, die sich wieder faßte und sagte: »Ruhig! Denkt an Beth!«

Doch es war bereits zu spät; die Tür flog auf, und Beth lief geradewegs in die Arme ihres Vaters.

Nachdem sich die allgemeine Aufregung etwas gelegt hatte, dankte Frau March Herrn Brooke für seine opferbereite Hilfe, doch Herr Brooke winkte bescheiden ab und erinnerte daran, daß Herr March Ruhe brauche, und zog sich mit Laurie zurück. Die zwei Kranken mußten sich ausruhen; jeder wurde in einen großen Sessel gesetzt, wo sie dann angeregt weiterplauderten.

Herr March erzählte, daß er diese Überraschung schon lange geplant habe; als das schöne Wetter kam, habe er von seinem Arzt die Erlaubnis bekommen, nach Hause zu reisen. Er konnte gar kein Ende finden, Herrn Brooke und dessen Hilfsbereitschaft zu loben. Dabei schaute er Meg prüfend an, die eifrig im Feuer herumstocherte. Als er dem Blick seiner Frau begegnete, nickte diese leicht und fragte dann plötzlich, ob er nicht etwas essen wolle. Jo sah und verstand den Blick und stapfte grimmig davon, um Brot und Wein zu holen, während sie zu sich selbst sagte: »Ich hasse aufrechte junge Männer mit braunen Augen!«

Herr Laurenz, sein Enkel und Herr Brooke waren zum Weihnachtsessen eingeladen. Jo schaute Herrn Brooke finster an, und Laurie amüsierte sich königlich darüber. Am Kopfende der Tafel saßen Vater und Beth in bequemen Lehnstühlen und ließen sich so wie die anderen das Huhn und die Früchte schmecken. Man trank auf die Gesundheit, erzählte Geschichten, sang Lieder und hatte eine herrliche Zeit. Eine Schlittenfahrt war geplant, doch die Mädchen wollten nicht von der Seite ihres Vaters weichen, und so verließen die Gäste bald das Haus, um die glückliche Familie allein zu lassen, die sich nun um das Feuer versammelte.

»Vor einem Jahr haben wir über das traurige Weihnachtsfest geklagt, das uns erwartete. Könnt ihr euch erinnern?« fragte Jo.

»Es war trotz allem ein gutes Jahr«, sagte Meg und schaute lächelnd ins Feuer.

»Ich bin so froh, daß alles vorüber ist und wir dich zurückhaben«, flüsterte Beth und setzte sich auf die Knie ihres Vaters.

»Ein ziemlich harter Weg für eure Reise, meine kleinen Pilger, besonders im letzten Teil. Aber ihr habt euch tapfer gehalten«, sagte Herr March und sah zufrieden auf die vier jungen Gesichter.

»Wieso weißt du es? Hat es dir Mutter erzählt?« fragte Jo.

»Nicht viel, doch ich habe heute verschiedene Entdeckungen gemacht.«

»Oh, erzähle uns davon!« rief Meg, die neben ihm saß.

»Diese zum Beispiel!« Er nahm Megs Hand, die auf seiner Sessellehne lag, und zeigte auf den rauhen Zeigefinger, den Brandfleck auf dem Handrücken und ein paar harte Stellen auf der Handfläche. »Ich kann mich an eine Zeit erinnern, als diese Hand weiß und weich war und deine erste Sorge ihrer Pflege galt. Sie war damals sehr hübsch, doch für mich ist sie jetzt schöner, denn aus diesen Malen lese ich eine kleine Geschichte. Meg, mein Kind, ich schätze Häuslichkeit und weibliche Geschicklichkeit mehr als weiße Hände oder moderne Kleidung. Ich bin stolz, daß ich diese kleine, fleißige Hand streicheln darf, und ich hoffe, ich muß sie nicht so bald fortgeben.«

Kein Lob hätte Meg tiefer berührt als der herzliche Händedruck ihres Vaters und sein liebevolles, anerkennendes Lächeln.

»Du mußt auch Jo loben«, flüsterte Beth ihrem Vater ins Ohr. »Sie war sooo gut zu mir und hat sich sooo um dich gesorgt!«

Er lachte und schaute auf Jo, die ihm gegenüber saß und heute ungewöhnlich sanft dreinsah.

»Trotz der kurzen Haare erinnerst du mich gar nicht mehr an meinen ›Jungen‹, Jo, den ich vor einem Jahr verlassen habe«, sagte Herr March. »Ich finde eine junge Dame vor, deren Kragen gerade sitzt, die ihre Schuhe ordentlich gebunden hat und weder pfeift noch Dialekt spricht oder auf dem Teppich liegt, wie sie es sonst zu tun pflegte. Ihr Gesicht ist ziemlich schmal und blaß, aber es ist weicher geworden und ihre Stimme leiser, und sie bewegt sich ruhig und kümmert sich mütterlich um ihre kleine Schwester. Ich vermisse mein wildes Mädchen ein bißchen, aber die neue, sanfte Jo gefällt mir beinahe noch besser.«

Jos blasses Gesicht rötete sich; sie freute sich sehr über das Lob, aber es war ihr auch etwas unbehaglich dabei zumute, da sie das Gefühl hatte, daß sie es nicht so ganz verdiente.

»Jetzt kommt Beth an die Reihe«, sagte Amy, die schon ungeduldig auf ihre eigene Geschichte wartete, sich aber nicht vordrängen wollte.

»Es ist so wenig von ihr da, daß ich fast nicht wage, etwas zu sagen, weil Beth sich sonst noch kleiner machen wird«, sagte der Vater lächelnd. »Ich freue mich sehr, daß sie nicht mehr so schüchtern ist wie früher und sich unsere lieben Nachbarn als Freunde gewonnen hat.« Vater legte seine Wange an die ihre und sagte zärtlich: »Unser fleißiges Bienchen wäre beinahe ausgeflogen, aber der liebe Gott hat es nicht zugelassen und dich zu uns zurückgeschickt.«

Dann wandte er sich an Amy, die auf einem Schemel neben ihm saß, strich ihr über das glänzende Haar und sagte:

»Ich habe beobachtet, daß Amy ihrer Mutter den ganzen Nachmittag half, ihren Platz heute abend Meg überließ und geduldig wartete, bis die Reihe an sie kam. Sie hat noch nicht einmal den schönen Ring erwähnt, den sie trägt. Ich glaube beinahe, daß sie gelernt hat, mehr an andere und weniger an sich selbst zu denken, und beschlossen hat, ihren Charakter so sorgfältig zu formen, wie sie es mit ihren kleinen Tonmodellen macht. Das freut mich, denn sosehr ich auf dein Talent und deine Kunstfertigkeit stolz bin, so macht es mich doch noch glücklicher, zu sehen, wie meine liebenswerte Tochter mit Bescheidenheit und Sanftmut anderen und sich selbst das Leben schön zu machen versteht.«

Danach erzählte Amy schnell die Geschichte von ihrem Ring. Als sie damit fertig war, saß Beth am Klavier und schlug die ersten Töne zu Vaters liebstem Weihnachtslied an. Mutter wollte ihr zuerst besorgt Einhalt gebieten, doch als sie Bettys glückliches Gesicht sah, stimmte sie selbst das Lied an, und alle fielen fröhlich ein.

Tante March greift ein

Am nächsten Tag waren alle so eifrig um den Kranken bemüht, daß Herr March auf dem besten Weg war, vor Zärtlichkeit erdrückt zu werden. Er saß in seinem großen Sessel neben Bettys Sofa, und Mutter, Meg und Jo wichen nicht von seiner Seite; es schien, als ob nichts zu ihrem Glück fehlte. Und dennoch schwebte ein leiser Schatten über ihnen. Herr und Frau March sahen einander ängstlich an, wenn ihre Augen Meg folgten. Jo machte ein drohendes Gesicht, als ihr Blick auf Herrn Brookes Schirm fiel, den dieser

in der Halle vergessen hatte. Meg war zerstreut, scheu und still, sie erschrak, wenn die Türglocke läutete, und errötete, wenn Johns Name erwähnt wurde. Amy sagte: »Es scheint, als ob jeder noch auf etwas warte, und das ist doch seltsam, da Vater nun zu Hause ist«, und Beth wunderte sich, warum die Nachbarn nicht wie gewöhnlich herüberkamen.

Laurie ging am Nachmittag vorbei, und als er Meg am Fenster sah, machte er eine komische, flehende Geste zu ihr hinauf, als wollte er im nächsten Augenblick auf die Knie fallen und sich die Haare raufen. Als Meg ihm sagte, er solle sich normal benehmen und weitergehen, wand er unsichtbare Tränen aus seinem Taschentuch und stapfte wie in wilder Verzweiflung um die Ecke.

»Was will dieser Esel?« fragte Meg lachend und versuchte, ein unschuldiges Gesicht zu machen.

»Er zeigt dir, wie sich dein John nach dir verzehrt. Rührend, nicht wahr?« antwortete Jo ärgerlich.

»Sag nicht ›dein John‹, das ist boshaft und auch gar nicht wahr. Bitte, Jo, laß mich damit in Ruhe. Ich habe dir gesagt, daß ich mir nicht viel aus ihm mache, und es gibt nichts mehr darüber zu sagen.«

»Das stimmt nicht. Du denkst an nichts anderes, und Mutter weiß es auch. Du bist nicht ein bißchen mehr du selbst und erscheinst so weit fort von uns. Ich will dich nicht ärgern und werde es wie ein Mann tragen, aber ich wünsche, daß dieser Zustand bald ein Ende hat. Ich hasse diese Ungewißheit. Wenn du es so willst, dann entscheide dich schnell und laß es bald vorüber sein«, sagte Jo.

»Ich kann nichts sagen oder tun, bevor ich mit ihm gesprochen habe, und er wird nicht kommen, weil Vater gesagt hat, ich sei noch zu jung«, begann Meg und beugte sich mit einem seltsamen Lächeln über ihre Arbeit, was besagen sollte, daß sie in diesem Punkt nicht ganz ihrem Vater zustimmte.

»Wenn er wirklich käme, um mit dir zu sprechen, wüßtest du nicht, was du sagen sollst, sondern würdest rot werden und davonlaufen, anstatt ihm eine entschiedene Antwort zu geben.«

»Ich bin nicht so dumm und schwach, wie du glaubst. Ich weiß genau, was ich sagen werde, denn ich habe schon alles geplant, ich bin vorbereitet.«

Jo mußte über Megs wichtige Miene lachen, die sie unbewußt angenommen hatte. Sie merkte auch nicht, wie ihr plötzlich die Röte ins Gesicht stieg.

»Würde es dir etwas ausmachen, mir zu sagen, was du antworten wirst?« fragte Jo vorsichtig.

»Nicht im geringsten. Du bist jetzt sechzehn; alt genug, um meine Vertraute zu sein. Das wird dir später vielleicht bei deinen eigenen Angelegenheiten von Nutzen sein.«

»Ich habe nicht die Absicht, solche Angelegenheiten zu haben. Ich würde mir wie ein Narr vorkommen!« sagte Jo und machte ein verdutztes Gesicht.

»Das wird sich ändern, wenn du jemanden sehr gern hast und er dich auch.« Meg sprach mehr zu sich selbst als zu Jo und sah auf die Wiese hinaus, auf der zu jeder Jahreszeit die Liebespaare auf und ab wandelten.

»Ich dachte, du wolltest mir deine Entscheidung mitteilen«, sagte Jo und unterbrach mit ihren Worten die kleine Träumerei ihrer Schwester.

»Oh, ich würde ganz einfach, ganz ruhig und entschieden sagen: ›Danke, Herr Brooke, Sie sind sehr freundlich, aber ich stimme mit Vater überein, ich bin noch zu jung, um mich zu verloben. Also sprechen Sie bitte nicht weiter, sondern lassen Sie uns gute Freunde bleiben wie bisher.‹«

»Das ist steif und kühl genug. Ich glaube nicht, daß du das jemals sagen wirst, und wenn, dann wäre er sicher nicht damit zufrieden. Wenn er wie der Liebhaber in einem Roman vorgeht, dann wirst du nachgeben, bevor du ihm das geantwortet hast.«

»Nein, das würde ich nicht tun! Ich würde ihm sagen, daß ich fest entschlossen sei, und einfach aus dem Zimmer gehen — mit Würde und Anstand, versteht sich.«

Meg hatte sich erhoben, während sie sprach, und wollte eben Jo vorführen, wie sie sich die Szene vorstellte, als Schritte in der Halle erklangen, worauf sie sich in ihren Sitz zurückfallen ließ. Jo unterdrückte das Lachen, und als schüchtern an die Tür geklopft wurde, öffnete sie diese mit einem plötzlichen Ruck, der alles andere als gastfreundlich war.

»Guten Tag! Ich komme, um meinen Schirm zu holen — das heißt, auch um zu sehen, wie sich Ihr Vater heute fühlt«, sagte Herr Brooke etwas verwirrt.

»In Ordnung, er ist im Schirmständer, ich hole ihn und sage ihm, daß Sie hier sind«, und nachdem Jo ihren Vater und den Schirm in einem Satz untergebracht hatte, schlüpfte sie aus dem Zimmer, um Meg Gelegenheit zu geben, ihre Rede und den geplanten würdevollen Abgang loszuwerden. Aber Meg machte nur eine hilflose Bewegung zur Tür hin und murmelte:

»Mutter möchte Sie sicher sehen. Bitte nehmen Sie Platz, ich hole sie.«

»Bleiben Sie da, Margaret! Oder haben Sie etwa Angst vor mir?« Herr Brooke sah verletzt aus, und Meg dachte, etwas sehr Kränkendes gesagt zu haben. Sie errötete, denn er hatte sie nie zuvor Margaret genannt, und sie war überrascht, wie natürlich es aus seinem Munde klang.

»Wie könnte ich vor Ihnen Angst haben, wo Sie so freundlich zu Vater waren? Ich wünschte nur, ich könnte Ihnen dafür danken.«

»Das können Sie«, sagte Herr Brooke und nahm ihre kleine Hand fest in die seine. Dabei schaute er sie so liebevoll an, daß ihr Herz zu klopfen begann und sie nicht wußte, ob sie davonlaufen oder hierbleiben sollte.

»O nein, bitte nicht — lieber nicht«, sagte sie und versuchte, ihm ihre Hand zu entziehen.

»Ich will Ihnen keinen Kummer machen. Ich möchte nur wissen, ob Sie ein wenig für mich übrig haben, Meg. Ich liebe Sie so«, fügte Herr Brooke schüchtern hinzu.

Dies wäre der Moment für die geplante Rede gewesen, doch Meg vergaß jedes Wort, sie senkte nur den Kopf und antwortete so leise, daß es Herr Brooke kaum hören konnte: »Ich weiß es nicht.«

Er lächelte zufrieden und drückte dankbar die kleine Hand, wobei er zärtlich sagte: »Wollen Sie versuchen, es herauszufinden? Ich möchte es so gern wissen, denn ich kann nicht fortgehen, um zu arbeiten, solange ich nicht weiß, ob ich am Ende dafür meine Belohnung erhalte.«

»Ich bin zu jung«, stotterte Meg.

»Ich werde warten, und in der Zwischenzeit können Sie lernen, mich zu lieben. Wird das sehr schwer sein, Margaret?«

»Nicht, wenn ich mich dazu entschließe, aber —«

»Ach, bitte entschließen Sie sich, Margaret. Ich will Ihr Lehrmeister sein, damit Sie mich liebgewinnen. Das ist leichter, als Deutsch zu unterrichten.«

Ein schüchterner Blick zeigte Meg, daß seine Augen fröhlich und zärtlich zugleich blickten und daß er sie mit einem zufriedenen Lächeln umfing, wie einer, der keinen Augenblick an seinem Erfolg zweifelt. Das ärgerte sie, und sie erinnerte sich an die verrückten Ratschläge von Annie Moffat und empfand die Macht, die sie über ihn besaß. Sie fühlte sich erregt und fremd und folgte einem kapriziösen Impuls, als sie sagte: »Ich entschließe mich aber nicht dazu. Bitte gehen Sie und lassen Sie mich allein!«

Der arme Herr Brooke sah aus, als ob vor seinen Augen sein schönstes Luftschloß zusammengestürzt sei. Er hatte Meg nie zuvor so gesehen, und das verwirrte ihn.

»Meinen Sie das wirklich?« fragte er traurig.

»Ja, ich möchte nicht mit solchen Dingen belästigt werden. Vater sagt auch, es sei noch zu früh —«

»Darf ich nicht hoffen, daß Sie nach und nach Ihre Meinung ändern werden? Ich will geduldig warten, aber spielen Sie nicht mit mir, Meg. Das wäre eine zu große Enttäuschung für mich.«

»Denken Sie überhaupt nicht an mich, das wäre mir am liebsten«, sagte Meg schnippisch. Es bereitete ihr Vergnügen, zu probieren, wie weit sie es auf diese Weise treiben konnte.

Er sah jetzt sehr ernst und blaß aus und wurde ganz den Romanhelden ähnlich, die sie bewunderte. Doch er schlug sich weder auf die Stirn, noch rannte er aufgeregt durch das Zimmer. Er stand nur da und sah sie so nachdenklich und zärtlich an, daß Meg trotz aller guten Vorsätze ganz weich wurde. Doch gerade jetzt kam Tante March bei der Tür herein.

Die alte Dame hatte von Laurie gehört, daß Herr March angekommen sei, und war schnurstracks hergefahren, um ihren Neffen zu besuchen. Die übrige Familie war im hinteren Teil des Hauses beschäftigt. Tante March hatte sich ganz leise hereingeschlichen, um sie alle zu überraschen. Die Überraschung war ihr wirklich gelungen. Meg fuhr zusammen, als ob sie einen Geist gesehen hätte, und Herr Brooke verschwand eilig ins Studierzimmer.

»Was bedeutet das alles?« rief die alte Dame und sah von dem blassen jungen Mann auf das puterrote junge Mädchen.

»Er ist ein Freund von Vater. Ich bin überrascht, dich zu sehen«, stammelte Meg.

»Das ist natürlich«, entgegnete Tante March und setzte sich nieder. »Aber was hat Vaters Freund gesagt, daß du wie eine Mohnblume aussiehst? Da steckt etwas dahinter, und ich bestehe darauf zu erfahren, was es ist.«

»Wir haben bloß geplaudert. Herr Brooke kam, um seinen Schirm zu holen«, begann Meg und wünschte, daß Herr Brooke und sein Schirm bereits sicher aus dem Hause wären.

»Brooke? Der Lehrer des Jungen? Ah! Ich verstehe. Ich weiß alles. Jo erzählte etwas über eine falsche Nachricht in einem Brief an deinen Vater, und ich bestand darauf, daß sie es mir sagte. Du hast ihm doch nicht ›ja‹ gesagt, Kind?« herrschte Tante March sie mit schockiertem Gesicht an.

»Pst! Er kann es hören! Soll ich Mutter holen?« fragte Meg besorgt.

»Noch nicht. Ich muß dir etwas sagen, und zwar sofort. Du denkst doch nicht im Ernst daran, diesen Habenichts zu heiraten? Wenn du es tust, dann erhältst du nicht einen Groschen von meinem Geld. Merke dir das und sei ein vernünftiges Mädchen«, sagte die alte Dame gebieterisch.

Tante March besaß das Talent, selbst in den sanftesten Leuten Widerstand zu wecken. Nun riß sich Meg zusammen und antwortete fest:

»Ich heirate, wen ich will, Tante March, und du kannst dein Geld geben, wem du magst.« Sie unterstrich ihre Antwort noch mit einer energischen Geste.

»So also hörst du auf meinen guten Rat! Das wird dir noch leid tun, mein Fräulein, wenn du die Liebe in einer Hütte erlebt hast und herausfindest, daß es ein Fehler war.«

»Es kann nicht schlimmer sein als herauszufinden, daß man in einem Schloß unglücklich ist.«

Tante March setzte ihre Brille auf und schaute das Mädchen durchdringend an. Von dieser Seite kannte sie Meg noch gar nicht. In Wirklichkeit war Meg über sich selbst erstaunt und stolz auf ihren Mut. Sie fühlte sich sehr tapfer und selbständig, weil sie ihr Recht verteidigte, den zu lieben, den sie wollte. Tante March sah ein, daß sie es falsch angepackt hatte, und nach einer kleinen Pause begann sie mit veränderter, sanfter Stimme: »Nun, Meg, meine Liebe, sei vernünftig und nimm meinen Rat an. Ich meine es gut, und ich möchte nicht, daß du dir dein ganzes Leben verpatzt, indem du gleich zu Beginn einen Fehler machst. Du mußt gut heiraten und deiner Familie helfen; es ist deine Pflicht, eine reiche Partie zu machen, daran mußt du denken.«

»Vater und Mutter denken anders. Sie mögen John, obwohl er arm ist.«

»Dein Papa und deine Mama, meine Liebe, haben nicht mehr Hausverstand als zwei Babys.«

»Darüber bin ich froh«, rief Meg aufgebracht.

Tante March nahm keine Notiz davon und fuhr mit ihrer Lektion fort: »Dieser Kerl ist arm und hat keine reichen Verwandten, nicht wahr?«

»Nein, aber er hat eine Menge netter Freunde.«

»Du kannst nicht von Freunden leben. Versuch es, und du wirst sehen, wie schnell sie verschwinden. Er hat keine Stellung, stimmt das?«

»Ja, aber Herr Laurenz wird ihm eine verschaffen.«

»Darauf kann man sich nicht verlassen. James Laurenz ist ein launenhafter alter Mann, und es ist höchst unsicher, von ihm abhängig zu sein. Wenn du beabsichtigst, einen Mann ohne Geld, Position oder Geschäft zu heiraten, wirst du härter arbeiten müssen, als du es jetzt tust. Wenn du es einmal besser haben willst, dann befolge meinen Rat! Ich dachte, du hättest mehr Verstand, Meg.«

»Ich könnte es nicht besser treffen, und wenn ich mein halbes Leben warte.

John ist gut und klug, er hat eine Menge Talente und wird bestimmt vorwärtskommen, denn er ist fleißig und zielbewußt. Jeder liebt und achtet ihn, und ich bin stolz, daß er sich aus mir etwas macht, obwohl ich so arm und jung und dumm bin«, sagte Meg.

»Er weiß, daß du reiche Verwandte hast, Kind, das ist der Grund seiner Liebe, vermute ich.«

»Tante March, wie kannst du es wagen, so etwas zu sagen! John steht hoch über einer solch niedrigen Gesinnung, und ich höre dir keine Minute länger zu, wenn du so fortfährst«, schrie Meg, fassungslos über eine derartige Verleumdung. »Mein John würde genausowenig des Geldes wegen heiraten wie ich. Wir wollen arbeiten, und wir werden warten. Ich habe keine Angst vor dem Armsein; wenn ich bisher glücklich war, so weiß ich, daß ich es auch mit ihm sein werde, denn er liebt mich, und ich —«

Meg unterbrach sich, da sie sich plötzlich erinnerte, daß sie sich noch gar nicht entschieden hatte. Sie hatte doch »ihrem John« gesagt, er solle fortgehen, und jetzt hatte er vielleicht ihre widersprechenden Bemerkungen gehört.

Tante March war sehr böse, denn sie hatte sich in den Kopf gesetzt, daß ihre hübsche Nichte eine gute Partie machen sollte. Irgend etwas in dem glücklichen Gesicht des Mädchens machte sie traurig und bitter.

»Ich wasche meine Hände in Unschuld in dieser ganzen Angelegenheit! Du bist ein eigenwilliges Kind und hast durch diese Sache mehr verloren, als du glaubst. Nein, ich höre nicht auf, ich bin von dir enttäuscht, und ich habe keine Lust, deinen Vater jetzt zu sehen. Erwarte nichts von mir, wenn du verheiratet bist. Die Freunde deines Herrn Brooke sollen sich um dich kümmern. Ich bin mit dir für immer fertig.«

Tante March schlug hinter sich die Tür zu und fuhr mit ihrem Wagen davon. Es schien, als ob sie allen Mut des Mädchens mit sich genommen hätte, denn als Meg allein war, stand sie einen Moment unentschlossen da und wußte nicht, ob sie lachen oder weinen sollte. Doch bevor sie sich noch für etwas entschließen konnte, fand sie sich in den Armen von Herrn Brooke, der in einem Atemzug sagte: »Ich kann nichts dafür, daß ich alles gehört habe, Meg. Danke, daß du mich verteidigt hast, und Tante March sei Dank, daß ich durch sie erfahren habe, daß du doch ein wenig für mich übrig hast.«

»Ich wußte es nicht, bevor sie anfing, dich zu beleidigen«, begann Meg.

»Und ich brauche nicht fortzugehen, sondern darf hierbleiben, um mit dir über unser Glück zu sprechen, ja?«

Da war das letzte Fünkchen Zweifel verschwunden und alles vergessen, was sie ihm hatte sagen wollen. Meg wehrte sich nicht, als Herr Brooke sanft ihren Kopf an seine Brust zog und ihr über das Haar strich. »Ja, John«, flüsterte sie nur.

Eine Viertelstunde nach Tante Marchs Abgang kam Jo leise die Treppe herunter und horchte einen Augenblick an der Wohnzimmertür. Da sich drinnen nichts rührte, nickte sie und lächelte zufrieden und sagte zu sich selbst: »Sie hat ihn fortgeschickt, wie wir es geplant hatten, und somit ist die Angelegenheit erledigt. Ich werde hineingehen und mir die Geschichte erzählen lassen, damit ich etwas zu lachen habe.«

Doch die arme Jo kam nicht zum Lachen, denn was sie nun sah, raubte ihr den Atem. Da saß Herr Brooke auf dem Sofa, den Arm zärtlich um Meg gelegt, die liebevoll zu ihm aufblickte. Jo war zumute, als ob sie unter eine eiskalte Dusche geraten wäre. Sie ließ die Türschnalle fahren, und die Tür fiel krachend ins Schloß. Meg sprang erschrocken auf, und »der Kerl«, wie Jo ihn bei sich nannte, kam auf sie zu, gab ihr einen Kuß auf die Wange und sagte: »Mein Schwesterchen Jo, du darfst uns gratulieren.«

Das war denn doch zuviel! Jo wehrte sich heftig, machte auf dem Absatz kehrt und rannte aus dem Zimmer. Sie stürmte die Treppe hinauf und rief aufgeregt: »Schnell, geht hinunter, John Brooke benimmt sich schrecklich, und Meg läßt es zu!«

Herr und Frau March verließen schleunigst das Zimmer, und Jo warf sich auf das Bett und weinte herzzerbrechend, während sie Beth und Amy die furchtbare Neuigkeit erzählte. Die kleinen Mädchen waren gar nicht entsetzt, sondern tief beeindruckt und fanden die Sache sehr erfreulich. Das gab Jo den Rest. Sie stieg in ihr Dachkämmerchen hinauf, um allein mit ihrem Kummer fertig zu werden.

Die Verhandlungen im Wohnzimmer dauerten den ganzen Nachmittag und gingen in völliger Ruhe vor sich. Herr Brooke überraschte seine Freunde mit seinen sorgfältig zurechtgelegten Plänen.

Es läutete zum Tee, bevor Herr Brooke noch mit seinen Ausführungen zu Ende war. Stolz geleitete er Meg in das Eßzimmer, und beide sahen so glücklich aus, daß Jo nicht das Herz hatte, länger auf ihn böse zu sein. Amy war sehr beeindruckt von Johns Sicherheit und Megs strahlendem Aussehen. Beth lächelte sie von der anderen Seite des Tisches her an, während Herr und Frau March das junge Paar voll Zufriedenheit betrachteten. Niemand aß viel, dazu waren sie alle viel zu aufgeregt.

»Du hast deine Ansicht aber schnell geändert, nicht wahr, Meg«, sagte Amy. »Noch gestern wolltest du nichts von einer Verlobung wissen.«

»Du hast recht, und ich kann es selbst kaum fassen. Wieviel ist doch geschehen, seit ich dies gesagt habe! Es kommt mir wie ein Jahr vor«, antwortete Meg träumerisch.

»Die Freuden kommen diesmal gleich nach den Sorgen, und ich glaube, die schöneren Zeiten haben jetzt begonnen«, sagte Frau March. »So geht es manchmal, daß man meint, der liebe Gott hat einen verlassen, und dann wird mit einemmal alles gut.«

»Hoffentlich endet das nächste Jahr besser«, murmelte Jo, die sich noch immer nicht damit abgefunden hatte, daß Meg einem Fremden vor ihren Augen ihre ungeteilte Aufmerksamkeit schenkte. Sie wollte ihre Liebe zu einer ihrer Schwestern mit niemandem teilen.

»Ich hoffe, das dritte Jahr wird noch besser enden«, sagte Herr Brooke mit einem liebevollen Blick auf Meg.

»Ist das nicht eine sehr lange Wartezeit?« fragte Amy, die es mit der Hochzeit anscheinend schon eilig hatte.

»Ich muß noch so viel lernen, bevor ich für die Ehe bereit bin, daß mir die Zeit sehr kurz erscheinen wird«, antwortete Meg.

»Du brauchst nur zu warten, ich werde arbeiten«, sagte John lächelnd und begann seine Arbeit damit, Megs Serviette aufzuheben. Jo schüttelte nur den Kopf und rief erleichtert, als draußen die Eingangstür zufiel: »Da kommt Laurie. Endlich jemand, mit dem man vernünftig reden kann!«

Doch Jo irrte sich abermals, denn Laurie kam mit einem riesigen Blumenstrauß für Margaret zur Tür herein. Er war fest davon überzeugt, daß einzig und allein sein geschicktes Eingreifen alles zum Guten gewendet habe.

»Ich weiß, daß Brooke immer alles auf seine Art erledigen will. Wenn er sich etwas einbildet, dann muß es auch geschehen, und wenn der Himmel einstürzt«, sagte Laurie, als er die Blumen und seine Glückwünsche überbrachte.

»Ich lobe mir deinen Scharfsinn. Ich nehme dein Geschenk als gutes Zeichen für die Zukunft und lade dich auf der Stelle zu meiner Hochzeit ein«, antwortete Herr Brooke, der sich heute als der Freund der ganzen Menschheit fühlte und auch mit seinem ungebärdigen Schüler Nachsicht übte.

»Ich werde kommen, und wenn es vom Ende der Welt sein sollte; es lohnt sich schon allein, um Jos Gesicht bei dieser Gelegenheit zu sehen, schon das ist eine lange Reise wert. Du siehst ja nicht gerade glücklich aus, Jo. Was ist los?« fragte Laurie und folgte ihr in eine Ecke, als die anderen den eben eintretenden Herrn Laurenz begrüßten.

»Ich bin zwar überhaupt nicht mit dieser Heirat einverstanden, doch ich habe mich entschlossen, es zu ertragen und kein Wort dagegen zu sagen«, antwortete Jo ernsthaft. »Du kannst dir nicht vorstellen, wie schwer es für mich ist, Meg zu verlieren«, fuhr sie seufzend fort.

»Du verlierst sie nicht, du teilst sie nur«, sagte Laurie tröstend.

»Es kann nie mehr wie früher sein. Ich habe meine beste Freundin verloren«, beklagte sich Jo.

»Du hast immerhin noch mich. Ich bin zwar zu nicht viel nütze, das weiß ich, aber ich werde dir mein ganzes Leben zur Seite stehen, Jo. Auf mein Wort!« Und Laurie meinte auch, was er sagte.

»Ich weiß, daß es dir ernst damit ist. Du bist ein großer Trost für mich, Laurie«, entgegnete Jo und schüttelte dankbar seine Hand.

»Nun sei nicht traurig, er ist ein anständiger Bursche. Es ist alles in Ordnung; Meg ist glücklich, Brooke wird fortgehen und bald eine gute Stellung haben, denn Großvater wird ihm dabei helfen. Es wird sehr schön sein, Meg in ihrem eigenen Haus besuchen zu können. Wir werden eine wundervolle Zeit verleben, wenn sie fort ist, denn da bin ich dann schon wieder vom College zurück, und wir werden ins Ausland reisen oder sonst eine Reise machen. Würde dich das nicht trösten?«

»Ich glaube schon, aber wir wissen nicht, was in drei Jahren sein wird«, sagte Jo gedankenvoll.

»Das ist richtig! Möchtest du nicht ein wenig in die Zukunft blicken können, um zu sehen, wie es in drei Jahren bei uns aussehen wird?« fragte Laurie.

»Nein, denn ich könnte etwas Trauriges sehen, und das wäre doch zu schrecklich. Alle sehen jetzt so glücklich aus! Ich finde, es könnte uns gar nicht besser gehen.« Jo blickte vergnügt in die Runde und vergaß ihren Kummer, als sie in die fröhlichen und zufriedenen Gesichter blickte.

ZWEITES BUCH

Das Pfarrhaus

Daheim

Drei Jahre sind vergangen, und es hat sich in der Familie March wenig verändert. Herr March ist seit Kriegsende zu Hause und vollauf mit seiner Gemeinde und seinen Büchern beschäftigt. Es kommen viele Besucher in das kleine Pfarrhaus, um sich bei dem erfahrenen Seelsorger Rat zu holen.
  Man könnte als stiller Beobachter fast meinen, daß die fünf Frauen das Haus regieren. In Wirklichkeit ist aber Vater March der Mittelpunkt.
  Frau Marchs Haare sind ein wenig grau geworden, aber sie selbst ist so heiter und lebendig wie immer. Megs Angelegenheiten nehmen sie jetzt so sehr in Anspruch, daß sie nur wenig Zeit für die Verwundeten findet, von denen die Lazarette noch immer voll sind. Die Soldaten vermissen die Pfarrersfrau sehr.
  Ein Jahr lang ist John Brooke Soldat gewesen, dann wurde er verwundet und aus dem Kriegsdienst entlassen. Obwohl er eine Auszeichnung verdient hätte, ist er ohne Streifen und Sterne heimgekehrt. Nun, nach seiner Rückkehr, hat auch er mit den Hochzeitsvorbereitungen begonnen. Mit dem für ihn charakteristischen Sinn für Selbständigkeit hat er das großzügige Angebot von Herrn Laurenz, ihnen Geld zu borgen, abgelehnt. Er nahm eine Stellung in einer Firma an, da er es besser fand, mit einem kleinen Gehalt zu beginnen, als sich auf das Risiko einzulassen, mit geliehenem Geld ein Heim zu gründen.
  Meg ist in diesen drei Jahren des Wartens eine gute Hausfrau geworden. Sie sieht noch hübscher aus — eine Frau, deren schönster Schmuck die Liebe ist. Ihren Ehrgeiz hat sie allerdings nicht eingebüßt. Sie scheint manchmal sogar etwas enttäuscht darüber, daß ihr neues Leben so bescheiden beginnen solle. Ned Moffat und Sally Gardiner hatten eben geheiratet, und Meg verglich ihre eigenen Sachen mit dem großen Haus, der Kutsche und der kostbaren Ausstattung des jungen Paares. Insgeheim wünschte sie sich, daß auch sie all das haben könnte. Aber die Unzufriedenheit wich gleich wieder von ihr, wenn sie sich der großen Liebe bewußt wurde, mit der John für ihr zukünftiges Heim arbeitete.
  Jo ging nicht mehr zu Tante March. Diese hatte Amy so sehr liebgewonnen, daß sie sie an Jos Stelle zu sich nahm und ihr dafür vom besten Zeichenlehrer der Stadt Unterricht erteilen ließ. Einer solchen Gelegenheit zuliebe hätte Amy auch noch einem viel strengeren Herrn gedient. Vormittags war sie nun bei der alten Dame, und am Nachmittag hatte sie ihre Zeichenstunden.
  Jo beschäftigte sich mit Beth und mit Literatur. Beth war nach ihrer schweren Krankheit noch immer sehr schwach und schonungsbedürftig. Jo fühlte sich selbständig und frei, solange ihr die Zeitung einen Dollar für eine Spalte ihres »Geschreibsels« zahlte. Sie verfaßte fleißig kleine Erzählungen. Aber sie spann auch ehrgeizige Pläne. Laurie war, wie besprochen, im College. Er verstand es, auf

die angenehmste Art und Weise mit seinen Pflichten fertig zu werden. Seine Großzügigkeit, sein Charme und seine Gutherzigkeit und natürlich auch seine großen finanziellen Mittel verschafften ihm überall große Beliebtheit. Es bestand nur die Gefahr, daß er zu sehr verwöhnt wurde. Wenn er aber an die vorwurfsvollen Augen von Frau March, seiner mütterlichen Freundin, dachte, bewahrten ihn dieser Gedanke und sein gesunder Verstand vor unüberlegten Streichen, die ihn und seinen guten Namen hätten in Gefahr bringen können.

Laurie hatte sich das College viel schlimmer vorgestellt, und er hatte Spaß daran, alle Moden mitzumachen, die zum Collegeleben gehörten. Auf die sportliche Phase folgte die Dandyzeit, und gleich seinen Kameraden verehrte Laurie diejenige junge Dame aus der Gesellschaft, die eben im Mittelpunkt stand. Es war ihm auch gelungen, mehrmals fast aus dem College hinausgeworfen zu werden. Durch seine großartige Redebegabung hatte er es aber immer wieder verstanden, das Schlimmste zu verhüten. Sein Großvater erfuhr niemals etwas davon.

Wenn Laurie zum Wochenende nach Hause kam, schilderte er seine Triumphe über die ekelhaften Professoren. Die Mädchen bewunderten ihn grenzenlos. In ihren Augen waren alle »Männer seiner Klasse« Helden. Brachte Laurie einmal ein paar Freunde mit nach Hause, dann genossen sie alle das große Wohlwollen, das ihnen die vier Schwestern entgegenbrachten. Meg machte sich nicht viel aus den anderen Herren der Schöpfung, sie war viel zu sehr mit ihrem John beschäftigt. Beth bewunderte Lauries Freunde nur von ferne, sie war immer noch sehr schüchtern.

In dieser männlichen Gesellschaft fühlte sich Jo sehr wohl. Das Studentenleben kam ihr viel verlockender vor als der Ruf, eine wohlerzogene junge Dame zu sein, und sie hätte nur allzu gerne daran teilgenommen. Sie war bei den jungen Leuten sehr beliebt, man bezeichnete sie als »patentes Mädchen«. Aber verliebt war niemand in sie. Dafür gab es wohl keinen, der nicht einen schmachtenden Seufzer vor Amys Füße hingelegt hätte.

Natürlich galt das Hauptinteresse der gesamten Familie im Augenblick dem »Taubenschlag«. So hatte Laurie das kleine Häuschen benannt, welches Megs erstes Heim werden sollte. Hinter dem Haus lag ein ganz kleiner Garten, und vorne, gegen die Straße zu, ein Rasen, so groß wie ein Taschentuch. Meg wollte hier viele Blumen pflanzen und einen Springbrunnen anlegen. Vorläufig war der Springbrunnen noch eine verwitterte Steinurne, die wie eine alte Seifenschüssel aussah. Das schüttere Lärchengebüsch konnte sich anscheinend nicht entschließen, ob es leben oder sterben sollte. Ein Regiment kleiner Stöckchen stand an Stelle der Blumen da und verriet, daß hier gesät worden war.

Aber innen war das Häuschen einfach reizend, und die strahlende Braut konnte keinen Fehler zwischen dem Keller und dem Dachboden entdecken. Der Eingang war freilich so schmal, daß es nur ein Glück war, daß sie kein Klavier hatten. Das hätte zerlegt werden müssen, um es ins Haus zu bringen. Mehr als sechs Leute konnten auch im Eßzimmer nicht gleichzeitig sein. Die Küchentreppe war anscheinend nur zu dem Zweck angelegt, um die Köchin samt dem ganzen Geschirr auf dem geradesten Weg in den Kohleneimer zu befördern.

Wenn man sich aber einmal an all diese kleinen Unvollkommenheiten gewöhnt hatte, war es wunderhübsch. Die Zimmer waren geschmackvoll eingerichtet. Zwar sah man keine Tische mit Marmorplatten und auch keine hohen Spiegel, aber sehr viele Blumen und Bücher. Die zarten Musselinvorhänge waren von Amys geschickten Händen drapiert worden. Hanna hatte in der winzigen Küche jede Pfanne eigenhändig aufgehängt. Auch der Herd war schon gerichtet, denn es sollte ja alles fertig sein, wenn Frau Brooke ihren Einzug hielt.

Beth hatte eine solche Menge von Staubtüchern und Topflappen angefertigt, daß Meg damit bis zur silbernen Hochzeit auskommen konnte. Sie hatte auch drei verschiedene Arten von Geschirrtüchern erfunden.

An jedem Wochenende hatte jetzt Laurie den Einfall, irgendeinen ganz »neuen und originellen« Gegenstand für das junge Paar mitzubringen. Zuerst brachte er Wäschekluppen. Danach kam eine Muskatnußmühle, die allerdings bereits beim ersten Versuch auseinanderfiel, dann ein Messerputzer, mit dem man alle Klingen verdarb, eine Teppichkehrmaschine, die die Wolle ausriß, denn Schmutz jedoch nicht aufnahm, ferner eine arbeitsparende Seife, welche auf der Haut brannte, sowie ein wunderbares Klebemittel, das aber nur an den Fingern des enttäuschten Käufers kleben blieb, und schließlich ein wunderbarer Boiler, der alle möglichen Dinge in seinem eigenen Dampf hätte waschen können, dabei aber wohl explodiert wäre ... um nur einige seiner Attraktionen zu nennen.

Meg bat Laurie inständig, nichts mehr zu besorgen. Von John wurde er ganz einfach ausgelacht, und Jo taufte ihn »Herr Kramladen«. Das alles nützte aber gar nichts. Laurie war darauf versessen, den amerikanischen Erfindungsgeist zu fördern und alle jene Dinge, die sonst zum Kummer der Erfinder niemand kaufen wollte, zu entdecken und zu erstehen. Er kam bis zur Hochzeit jeden Samstag mit einem neuen Gegenstand an.

Nun war es endlich soweit, und am Vorabend des großen Tages machte Meg mit ihrer Mutter noch einmal einen Rundgang durch das Häuschen. Sie war mit allem zufrieden, aber Amy meinte:

»Wirklich vollkommen wäre es erst, wenn du noch ein oder zwei Dienstmädchen hättest!«

»Nachdem ich mit Mutter darüber gesprochen habe, bin ich entschlossen, zuerst alles allein zu machen. Mit der schweren Arbeit wird mir Lottchen Hummel stundenweise helfen, und mit dem übrigen werde ich gerade so viel Arbeit haben, daß ich mich nicht langweile«, antwortete Meg.

»Sally Moffat hat aber vier Hausgehilfinnen«, begann Amy von neuem.

»Meg müßte selbst im Garten kampieren, wenn sie auch nur zwei hätte. Das Haus ist viel zu klein!« fiel ihr Jo ins Wort. Sie polierte die Türklinken und hatte eine große blaue Schürze umgebunden.

»Sally könnte ihr großes Haus gar nicht allein in Ordnung halten. Außerdem ist ihr Mann sehr reich. Meg und John fangen eben klein an, und das macht gar nichts. Wenn junge Frauen nichts anderes zu tun haben, als sich hübsch anzuziehen, Besuche zu machen, Einladungen zu geben und ihre Hausgehilfinnen herumzukommandieren, ist das eher ein Unglück für sie. Als ich selbst jung und reich geheiratet hatte, war ich schon nach kurzer Zeit ganz launisch!« erzählte Frau March.

»Hast du dich nicht ein bißchen in der Küche nützlich gemacht?« fragte Meg, die ganz erstaunt war über dieses Geständnis. »Sally erzählte mir, daß sie das öfter tut, zum Zeitvertreib. Natürlich gelingt ihr fast nie etwas, und die Köchin lacht dann immer über sie.«

»Ich bin in die Küche gegangen, um richtig kochen zu lernen, aber nicht, um Hanna im Weg zu stehen. Erst war es ein Zeitvertreib, und später bin ich dann sehr froh darüber gewesen, daß ich gelernt hatte zu kochen, einzuteilen und zu rechnen. Du, Meg, fängst eben von der anderen Seite an, und das wird dir sehr nützen. Wenn du einmal reich werden solltest und es dir möglich sein wird, ein großes Haus zu führen, mußt du selbst alle Arbeiten kennen und wissen, wie sie gemacht werden sollen. Nur so werden dich dann deine Angestellten als Hausfrau anerkennen.«

Meg nickte zustimmend. Dann öffnete sie ihren reich mit Leinenzeug gefüllten Schrank und sagte: »Diesen Platz in meinem kleinen Haus mag ich am liebsten!«

Alle lächelten, denn die Geschichte, die mit diesem Wäscheschrank zusammenhing, war zu lustig.

Tante March befand sich nun, da sie erklärt hatte, Meg würde keinen Pfennig von ihr bekommen, wenn sie »diesen Brooke« heiraten wolle, in einer recht peinlichen Situation. Mit der Zeit hatte sie sich die Sache doch anders überlegt, und sie bedauerte es nun, sich so voreilig geäußert zu haben. Es war aber immer eines ihrer feststehenden Prinzipien gewesen, ihr Wort zu halten. Daher bereitete es Tante March großes Kopfzerbrechen, dennoch eine Lösung zu finden. Plötzlich hatte sie eine Idee. Sie wollte Frau Caroll, Florences Mutter, das Geld geben und sie bitten, für Meg die ganze Wäscheausstattung zu kaufen; sie sollte sie nähen und sticken lassen und sie Meg dann als Geschenk übergeben. Das Geheimnis kam natürlich schnell heraus, da Frau Caroll nur entfernt verwandt war und sie daher Meg niemals ein solch wertvolles Geschenk gemacht hätte. Tante March leugnete aber alles und blieb dabei, daß Meg von ihr nur die Perlen bekäme, die sie schon seit vielen Jahren für die erste Braut der Familie bestimmt hatte.

»Der Kramladen kommt!« rief Jo von unten herauf, und alle hatten es eilig, Laurie zu begrüßen, denn seine regelmäßigen Besuche bedeuteten in ihrem ruhigen Leben ein wichtiges Ereignis.

Ein großer junger Mann, breitschultrig, mit Bürstenhaarschnitt, unter dem Arm einen Filzhut, eilte den Weg herunter. Er stieg, um sie nicht aufmachen zu müssen, über die niedrige Gartentür und eilte geradewegs auf Frau March zu.

»Da bin ich! Es ist alles in Ordnung!« Damit beantwortete er Frau Marchs fragenden Blick. Dafür bekam er auch seinen gewohnten Kuß zur Begrüßung.

»Das hier ist für Frau Brooke, mit den besten Empfehlungen vom Erfinder. Jo, was bist du für ein herzerfrischender Anblick! Du, Amy, wirst zu hübsch für eine alleinstehende junge Dame!«

Während er sprach, drückte er Meg ein braunes Paket in die Hand. Dann zupfte er an Bettys Haarschleife, schüttelte den Kopf mißbilligend über die blaue Schürze von Jo und machte einen ironischen Kniefall vor Amy.

»Wer hat das letzte Spiel gewonnen?« fragte Jo.

»Natürlich wir! Schade, daß du es nicht gesehen hast!«

»Was macht das reizende Fräulein Randall?« fragte Amy mit einem vielsagenden Lächeln.

»Siehst du nicht, wie ich mich kränke? Sie ist abweisender als je zuvor ...« antwortete Laurie mit einem komischen Seufzer.

»Meg, mach doch schon das Paket auf, ich möchte sehen, was er heute wieder dahergeschleppt hat!« rief Beth.

Meg packte mit verdutztem Gesicht eine Nachtwächterrassel aus.

»Dieser Gegenstand wird dir sehr nützlich sein, wenn einmal Diebe kommen oder wenn es brennt. Auch wenn John einmal nicht zu Hause ist und du Angst hast. Wenn du das Ding zum Fenster hinaushältst und damit rasselst, wird sicherlich die gesamte Nachbarschaft zuammenlaufen«, erklärte Laurie. Er machte nur eine Bewegung mit der Rassel, und die Mädchen hielten sich schon ganz entsetzt die Ohren zu.

»Laurie Laurenz, wann wirst du endlich erwachsen werden?« fragte Meg belustigt.

»Frau Brooke, ich tue ja schon mein Möglichstes, ich bringe aber in diesen degenerierten Zeiten nicht mehr als einen Meter fünfundachtzig zusammen«, entgegnete Laurie gelassen.

»Beth und ich gehen jetzt, um von Kitty Bryant die Blumen für morgen zu holen«, sagte Amy.

»Mutter und ich warten noch auf John«, bemerkte Meg.

»Komm mit, Jo! Ich gelange nicht ohne Stütze ins Haus, so erschöpft bin ich! In diesem Haus bekommt man ja nichts zum Essen angeboten, es ist noch immer nur zum Ansehen da.«

»Laurie, es ist wichtig, daß ich ganz ernsthaft wegen morgen mit dir spreche«, sagte Jo, als sie den Garten verließen. »Wir werden ganz feierlich sein, und du mußt mir versprechen, dich manierlich zu benehmen, dir keine Streiche auszudenken und keine dummen Witze zu machen!«

»Das mache ich doch niemals!« rechtfertigte sich Laurie.

»Ich beschwöre dich, schau mich während der Zeremonie nicht an, sonst muß ich bestimmt lachen!«

»Du wirst vor Rührung so viel weinen, daß ein dichter Nebel um dich herum entstehen wird. Daher wirst du mich überhaupt nicht sehen können!«

»Außer bei einem ganz traurigen Ereignis weine ich niemals.«

»Wenn jemand ins College geht, zum Beispiel!« sagte Laurie anzüglich.

»Bilde dir nur nicht so viel ein! Ich habe den anderen beim Weinen nur Gesellschaft geleistet!«

»Das will ich dir glauben! Sag, Jo, ist Großvater in dieser Woche einigermaßen menschlich?«

»Warum? Willst du wissen, wie er es aufnimmt, daß du schon wieder etwas angestellt hast?« fragte Jo herausfordernd.

»Sag, wie kannst du nur so etwas von mir denken? Ich habe doch deiner

Mutter versichert, daß alles in bester Ordnung ist. Du sollst nicht immer gleich Verdacht schöpfen!« erwiderte Laurie beleidigt. »Ich will nur etwas Geld von ihm haben«, fügte er hinzu.

»Laurie, du gibst zuviel aus!«

»Ach Gott, nicht ich gebe es aus, es gibt sich aus, ich weiß dann nie, wo es geblieben ist!« sagte Laurie lachend.

»Du läßt dich von allen anpumpen und ausnützen und kannst nicht nein sagen. Du bist eben manchmal zu gutmütig und zu großzügig. Wir haben auch von der Sache mit Henshaw gehört, was du alles für ihn getan hast. Würdest du das Geld nur immer auf diese Weise ausgeben, dann könnte man es ja noch hinnehmen, so aber . . .«

Laurie unterbrach sie: »Er hat aus einer Mücke einen Elefanten gemacht, das ist gar nicht der Rede wert. Es wäre doch schade, wenn er sich zu Tode rackern müßte, nur weil er im Augenblick das Geld nicht hat. Er ist ein sehr intelligenter Bursche. Ein Dutzend von uns faulen Erben zusammen ist nicht soviel wert wie er!«

»Das dürfte stimmen. Weshalb brauchst du siebzehn Jacken, fünfzig Krawatten und jede Woche einen neuen Hut? Immer wieder bricht diese Dandy-Krankheit, wie die Windpocken, an einer anderen Stelle aus, und ich dachte, du hättest sie schon endlich hinter dir! Dein Kopf sieht ja aus wie Hannas Bodenbürste! Deine orangenfarbenen Handschuhe, diese Zwangsjacke und die vierkantigen Schuhe sind absolut scheußlich. Wenn du wenigstens deine Haare wieder vernünftig wachsen ließest, wäre ich schon zufrieden. Ich möchte nicht mit jemandem gesehen werden, der wie ein herausgeputzter Ringkämpfer aussieht, wenn ich auch selbst keine Gräfin bin!« sagte Jo energisch.

Laurie mußte so herzlich lachen, daß ihm sein Filzhut herunterfiel. Aber Jo, die tat, als ob sie es nicht gesehen hätte, trampelte ganz einfach darüber.

»Der Eifer für das Studium wird von diesem unauffälligen Stil gefördert!« behauptete Laurie frech. Nachdem er seine schönen schwarzen Locken gegen eine 30-mm-Bürste eingetauscht hatte, so wie es die letzte College-Mode erforderte, konnte man ihm wirklich keine unmännliche Eitelkeit vorwerfen.

»Jo, ich wollte dir noch erzählen, daß es mir so vorkommt, als hätte sich der kleine Parker ernstlich in Amy verliebt. Den ganzen Tag läuft er hinter mir her und will sich mit mir über sie unterhalten. Ein Gedicht hat er auch schon an sie verbrochen! Ich habe ihm aber ganz klar und offen gesagt, daß er sich gar keine Hoffnungen machen soll!« sagte Laurie, und dabei spielte er wieder die Rolle des großen Bruders.

»Wir wollen natürlich vorläufig keine weiteren Heiraten in der Familie. Mein Gott, was fällt denn den Kindern nur ein!« Jo tat so entrüstet, als wären Amy und der kleine Parker Kinder, die noch nicht einmal zur Schule gingen.

»Wir leben in einer schnellebigen Zeit, und du, liebe Jo, obwohl du noch fast ein Kleinkind bist, wirst wohl die nächste sein, die daran wird glauben müssen«, versicherte Laurie, der dazu ein Gesicht schnitt wie einer seiner uralten Professoren.

»Du brauchst dir darüber keine Gedanken zu machen. Niemand wird mich wollen, denn ich gehöre nicht zu den angenehmen Menschen. In einer Familie mit so vielen Töchtern ist das auch ganz richtig, da gehört mindestens eine alte Jungfer hin!« meinte Jo nüchtern.

Mit einem sonderbaren Seitenblick entgegnete Laurie: »Du gibst ja niemandem eine Chance. Wenn man zufällig deine weichen Seiten entdeckt, die du immer versteckst, und wenn man dir zeigt, wie gern man dich hat, dann schüttest du den Leuten ganz einfach einen Eimer kalten Wassers über den Kopf.«

»Ich kann mich mit diesem Unsinn nicht abgeben, ich habe viel zuviel zu tun«, sagte Jo kurz angebunden. »Wechsle bitte das Thema, sonst werde ich böse.« Jo machte tatsächlich ein Gesicht, als wollte sie Laurie einen Eimer Wasser über den Kopf gießen.

Trotzdem sagte Laurie beim Abschied an der Gartentür noch einmal: »Jo, du bist die nächste, du wirst noch an meine Worte denken.«

Die Hochzeit

Meg sah an jenem prachtvollen Junimorgen wie eine frisch erblühte Rose aus, wie sie da stolz in ihrem selbstgenähten Brautkleid einherschritt. »Ich wünsche mir, daß ich an meinem Hochzeitstag so aussehe, wie ich selbst bin, und nicht wie eine von fremden Händen herausgeputzte Puppe«, hatte sie gesagt. Die Perlen von Tante March und ein Lilienstrauß von John bildeten ihren einzigen Schmuck.

Die Hochzeit wurde daheim gefeiert. Die drei Schwestern sahen auch sehr hübsch aus. Sie waren alle gleich gekleidet und trugen hellgraue Seidenkleider. In den letzten drei Jahren hatten sie sich sehr zu ihrem Vorteil verändert: Jo war in ihren Bewegungen weicher geworden, wenn man sie auch nicht gerade graziös bezeichnen konnte. Ihr gewelltes, kurzes, üppiges Haar kleidete sie sehr vorteilhaft.

Beth war sehr zart und blaß, und in ihren großen schönen Augen lag eine gewisse Schwermut.

Amy war die strahlendste von allen. Sie hatte trotz ihrer sechzehn Jahre bereits das Benehmen einer jungen Dame und gewann jeden mit ihrem Charme. Ihre Nase war zwar auch in diesen drei Jahren nicht griechisch geworden, und sie seufzte oft darüber. Auch über ihr zu volles Kinn beklagte sie sich. Noch wußte sie nicht, daß gerade das alles ihrem Gesicht seinen besonderen Reiz verlieh. Und so versuchte sie, sich mit ihren blonden Haaren und blauen Augen zu trösten.

Es sollte ein heiteres, kleines Familienfest werden, keine prunkvolle Hochzeit.

Tante March war entsetzt darüber, daß ihr die Braut durch den Garten entgegenlief, um sie zu begrüßen.

»Was fällt dir ein! Du darfst dich doch erst bei der Trauung zeigen!« sagte sie entrüstet.

Der Pastor ging gerade in die Küche, mit einer Flasche Wein unter jedem

Arm, als Tante March das Haus betrat. Kopfschüttelnd ließ sie sich auf ihrem Ehrenplatz nieder. Sie wartete stillschweigend darauf, was es in dieser unmöglichen Familie ihres Neffen heute wohl noch für Überraschungen geben würde.

»Dieser Brooke« war doch tatsächlich fünf Minuten vor seiner eigenen Hochzeit noch damit beschäftigt, eine heruntergefallene Girlande wieder aufzuhängen. Und Tante March mußte mit ansehen, wie ihm seine Braut einen Nagel reichte. Es war entsetzlich! Dann küßte sie »dieser Brooke« noch vor der Trauung und vor allen Leuten auf die Nasenspitze — anstatt sich höflich zu bedanken!

Ihre Hände reichten gar nicht aus, um gleichzeitig das Lorgnon zu zücken, das Riechfläschchen aus der Tasche zu nehmen und sich teils gerührt, teils schockiert mit dem Taschentuch die Augen abzutupfen.

Als Tante March Laurie kommen sah, flüsterte sie Amy zu: »Halt mir den ›Elefanten‹ fern, ich fürchte ihn mehr als einen ganzen Schwarm von Moskitos.«

Amy ging auf Laurie zu und warnte den »Elefanten« vor dem »Drachen«. Das hatte den Erfolg, daß Laurie nun die alte Dame mit seinem ganzen Charme förmlich verfolgte und sie bald aus der Fassung brachte.

Einen Brautzug gab es nicht. Das junge Paar stand unter der Blumengirlande im Wohnzimmer. Wie in der Kirche, saßen die Mutter, die Schwestern, der alte Herr Laurenz und Tante March und Laurie hinter ihnen. In feierlichem Ton hielt der Vater eine Ansprache. Nur er konnte Megs »Ja« hören, so leise sagte sie es. John sprach es mit fester, lauter Stimme.

Gleich nach der offiziellen Trauung umringten alle fröhlich das junge Paar. Jeder machte heute sein Recht geltend, Meg einen Kuß geben zu dürfen, vom alten Herrn Laurenz bis zu Hanna. Alle wollten sie etwas Passendes sagen und versuchten, besonders geistreich zu sein. Manchmal wollte das in der großen Aufregung nicht ganz gelingen. Man versuchte, die kleinen Schnitzer durch große Herzlichkeit wieder gutzumachen. In dem kleinen Haus waren bereits alle Hochzeitsgeschenke aufgestellt worden. Zum Hochzeitskuchen gab es nur Kaffee und Limonade. Das war schon wieder ein Grund für Tante March, sich zu entrüsten und ihrem Neffen zuzuflüstern:

»Du hättest doch bei der Hochzeit deiner ältesten Tochter eine Ausnahme machen und trotz deiner Prinzipien Wein anbieten können!«

Ebenso leise antwortete Herr March: »Wein ist eine sehr gute Sache zur Stärkung eines Kranken. Den Wein, den Herr Laurenz Meg zum heutigen Tag schenkte, haben wir ins Krankenhaus geschickt, womit er sehr einverstanden war. Die Jugend braucht keinen Alkohol, um fröhlich zu sein.«

Nachdem sie den kleinen Imbiß eingenommen hatten, gingen alle in den Garten. Meg und John standen gerade mitten auf dem Rasen, als Laurie den Mädchen zurief:

»Wir müssen ihnen ein Ständchen bringen, nehmt euch rasch bei den Händen!«

Alle, einschließlich Tante March, nahmen einander an den Händen, bildeten einen Kreis um Meg und John und fingen gleichzeitig zu singen an. Der Reigen endete unter großem Gelächter, denn jeder hatte mit einem anderen Lied begonnen.

Die Gäste machten sich bald danach auf den Weg. Tante March sagte zu Meg: »Mein Kind, ich wünsche dir Glück, aber ich fürchte trotzdem, daß du es bereuen wirst.« Den verdutzten John herrschte sie an: »Sie haben einen Schatz erwischt, junger Mann. Geben Sie sich Mühe, damit Sie ihn auch verdienen, das rate ich Ihnen.«

Zu Laurie aber sagte Herr Laurenz auf dem Heimweg: »Solltest du jemals ans Heiraten denken, so bringe auch du nur eines der March-Mädchen. Einen anderen Wunsch habe ich nicht. Ich werde dir dann nie wieder Vorschriften machen und ganz zufrieden sein.«

»Ich will mich sehr bemühen, dich zufriedenzustellen«, gab Laurie mit ungewohnter Bereitwilligkeit zur Antwort.

Es war nicht sehr weit zu dem kleinen Haus, und der kurze Spaziergang von dem alten zum neuen Heim war die einzige Hochzeitsreise von Meg und John. Am Gartentor standen die Eltern und die Schwestern und winkten ihnen nach.

Künstlerische Bemühungen

Um den Unterschied zwischen Talent und Genie zu erkennen, brauchen die meisten Menschen sehr lange, wenn sie außerdem noch ehrgeizig sind, besonders lange. Amy sah diesen Unterschied erst nach vielen harten Prüfungen ein.

Mit Schwung probierte sie alle Arten der bildenden Künste hintereinander aus; sie hielt für Inspiration, was jugendliche Begeisterung war. Sie ließ das »Sandkuchengeschäft« links liegen und machte Federzeichnungen. Dann entdeckte sie ihre Begabung für Brandmalerei, bis sie sich fast die Augen dabei verdarb.

Die gesamte Familie lebte in ständiger Angst vor Brandlegung. Vom Keller bis zum Dachboden roch das ganze Haus nach angekohltem Holz. Oft quoll alarmierender Rauch aus Küchenfenster und Holzschuppen. An allen möglichen Orten lagen glühende Brenneisen umher. Hanna ging nicht schlafen, ohne einen Kübel Wasser und den Gong neben ihr Bett zu stellen.

Im Haus mußten außer den Möbeln alle hölzernen Gegenstände dran glauben. Lockige Engelsköpfe prangten auf einmal auf den Holzdeckeln der Salz- und Zuckerbüchsen in der Küche. Hanna verdankte ihr Unterzündholz ein paar Wochen hindurch Amys Bemühungen, Romeo und Julia auf einer großen Holztafel des Balkons darzustellen. Ein Bacchuskopf schmückte einen Safttiegel.

Jo meinte, nachdem alles Holz auf solche Art bearbeitet worden war, daß Amy ihren künstlerischen Ehrgeiz bewundernswert zügle, da sie wenigstens die Sitzflächen der Stühle verschone.

Für verbrannte Finger war der Übergang vom Feuer zum Öl eine ganz natürliche Entwicklung. Mit uneingeschränkter Leidenschaft machte sich Amy nun an die Ölmalerei. Sie hatte Pinsel, Palette und Staffelei von einem alten Freund ihres Zeichenlehrers bekommen. Die Landschafts- und Marinebilder, die Amy schuf, hatten weder zu Lande noch zu Wasser ihresgleichen. Ihre ungeheuerlichen Darstellungen aus der Tierwelt hätten wohl jede Landwirtschaftsschau in Aufruhr gebracht. Der seetüchtigste Kapitän hätte von dem beängstigenden Schaukeln ihrer Schiffe seekrank werden müssen. Wahrscheinlich wäre er aber schon vorher vor Lachen über die totale Mißachtung aller technischen Gesetze des Schiffbaus gestorben.

In Amys Zimmer blickten dunkelhäutige Männer und schwarzäugige Madonnen von den Wänden, daß man an Murillo denken mußte. Rembrandt wurde mit ölbraunen Gesichtern zu kopieren versucht. Wohlgenährte Babys und vollbusige Damen erinnerten an Rubens. Eine Landschaft mit Gewitter, orangefarbenen Blitzen, roten Wolken, einem braunen Regen und einem Tomatenfleck in der Mitte ließ auf ein Vorbild von Turner schließen.

Danach stürzte sich Amy auf Kohleporträts. In Reih und Glied hingen sämtliche Mitglieder der Familie March an der Wand. Es konnte einem angst und bang werden, so schwarz und so wild sahen sie aus. »Zum Verwechseln ähnlich« wurden Jos Nase, Megs Augen und Lauries Mund befunden.

Doch dann kehrte Amy wieder zu ihrer ersten Liebe, zu Ton und Gips, zurück. Sämtliche Bekannte und Verwandte starrten mit leeren Augen und gespenstisch weißen Köpfen von allen Schränken und aus allen Ecken. Besonders beliebt als Modelle waren Kinder. Aber ihre ein wenig verworrenen Berichte von den umständlichen Prozeduren, denen sie unterworfen waren, hatten zur Folge, daß die junge, vielversprechende Künstlerin Amy March von einigen Eltern verkannt wurde. Sogar die Modelle wurden ihr schließlich entzogen. Amys Begeisterung für das solide Material von Ton und Gips wurde dadurch, und auch durch einen unglückseligen Zwischenfall, beeinträchtigt.

Amy konnte kein Modell mehr finden. Da hatte sie den Einfall, ihren eigenen hübschen Fuß in Gips zu modellieren. An einem Nachmittag wurde die Familie durch ein beängstigendes, mysteriöses Klopfen und Ächzen aufgeschreckt. Sie ließen alle ihre Arbeit liegen und stehen und liefen dem rätselhaften Geräusch nach. Da fanden sie Amy, die verzweifelt im Keller saß, den linken Fuß in einer alten Schüssel voll Gips. Rascher, als sie es erwartet hatte, war der Gips hart geworden. Um sie daraus zu befreien, bedurfte es einer richtigen Operation. Jo rutschte dabei das Messer aus der Hand, weil sie so lachen mußte, und sie schnitt Amy in den Fuß. Davon behielt Amy eine kleine Narbe, die einzig sichtbare Erinnerung an ihre bildhauerischen Bemühungen.

Doch kaum hatte sich Amy von dem Schrecken erholt, bekam sie die Zeichenwut. Den ganzen Tag wanderte sie durch Wälder und Wiesen und zog sich eine Erkältung nach der anderen zu. Weil sie »ein allerliebstes Fleckchen« zeichnen wollte, saß sie andauernd im feuchten Gras. Meistens waren es nur einige Gräser, ein gewöhnlicher Stein, ein Pilz oder eine Schnecke, die ihr künstlerisches Auge fesselten. Um Licht und Schatten zu studieren, lag Amy viele Stunden in der prallen Sonne im Boot und schonte dabei auch ihren Teint nicht. Sie unternahm angestrengte Versuche, die Perspektiven mit Bleistift und Schnur richtig zu erfassen. Davon hätte sie beinahe eine Falte über der Nase bekommen. Amy hätte, ohne zu zögern, ihre Schönheit dafür hergegeben, ein paar echte römische Ruinen zum Abzeichnen zu haben.

Michelangelo hat einmal behauptet, daß Genie ewige Geduld sei. Amy hätte danach gewiß einen kleinen Anspruch auf dieses göttliche Merkmal gehabt. Eines Tages würde sie schon irgend etwas zustande bringen, das man als »hohe Kunst« bezeichnen konnte; davon war sie, trotz aller Schwierigkeiten, Fehlschläge und Entmutigungen überzeugt.

Amy vervollkommnte sich aber auch auf anderen Gebieten, ohne daß sie ihr künstlerischer Ehrgeiz dabei hinderte; sie war darin sogar bedeutend erfolgreicher. Sie war einer von jenen Menschen, die die glückliche Veranlagung haben, überall Freunde zu finden und ohne große Anstrengungen allen Menschen zu gefallen. Solche Leute seien unter einem besonders guten Stern geboren, meinen diejenigen, die diese glückliche Gabe nicht besitzen.

Zu Amys besten Eigenschaften gehörte ihr Taktgefühl, und dies trug viel dazu bei, daß sie so beliebt war. Sie wußte instinktiv, wo sie was und wann sie zu wem etwas sagen mußte. Ihre Schwestern meinten: »Amy würden die Regeln der Hofetikette heute nacht im Schlaf einfallen, wenn sie morgen zum Tee an den englischen Königshof eingeladen würde.«

In »unserer besten Gesellschaft« zu verkehren, war Amys große Sehnsucht. Was aber »das Beste« eigentlich war, das wußte sie gar nicht so genau. Geld, eine gesellschaftliche Stellung, einwandfreie Manieren und Eleganz, das waren in ihren Augen die Dinge, die erstrebenswert waren. Mit Leuten, die das alles bereits besaßen, verkehrte sie am liebsten, und sie pflegte bewußt ihre kostspieligen Allüren und Liebhabereien. Wenn sich erst die Gelegenheit dazu bot, wollte sie auf jeden Fall für die vornehme Gesellschaft und für den Reichtum vorbereitet sein. Sie gab sich tatsächlich die allergrößte Mühe, eine Dame zu sein, und ihr Freunde nannten sie »My Lady«. Alle guten Anlagen dazu hatte sie glücklicherweise wirklich. Daß Geld allein aber nicht genügt, um eine Dame zu sein — um das wissen zu können, war Amy eben noch zu jung.

Eines Tages erschien Amy mit gewichtiger Miene bei ihrer Mutter.

»Darf ich dich um einen Gefallen bitten?«

»Ja, mein Kleines, was gibt es denn?« Die Mutter sah in der selbstsicheren jungen Dame immer noch das Nesthäkchen.

»Nächste Woche geht doch unser Zeichenkurs zu Ende. Ich würde gern die anderen Mädchen zu uns einladen, bevor wir für den Sommer auseinandergehen. Sie möchten einige Plätze zeichnen, die sie in meinem Skizzenbuch gesehen haben; zum Beispiel den Fluß mit der zerbrochenen Brücke. Obwohl sie alle reich sind und wissen, daß ich kein Geld habe, sind sie immer sehr nett zu mir gewesen. Sie haben mich niemals einen Unterschied fühlen lassen«, erzählte Amy.

»Warum sollten sie das tun?« fragte Frau March und machte ein sehr ernstes Gesicht dabei.

»Alle Leute machen darin einen Unterschied, Mammi. Das weißt du doch besser als ich. Wenn dein Küken von fremden Vögeln gepickt wird, mußt du nicht gleich wie eine Gluckhenne dein Gefieder sträuben. Aus dem häßlichen jungen Entlein ist auch einmal ein Schwan geworden«, lachte Amy.

Jetzt mußte Frau March selbst lachen und fragte: »Also, mein zukünftiger Schwan, was planst du denn?«

»Die Mädchen zum Lunch einzuladen, dann rudern zu gehen und die Gegend ein wenig abzustreifen.«

»Das klingt ganz gut. Kuchen, Sandwiches, Kaffee und Obst werden wohl für den Lunch reichen, denke ich«, sagte Frau March.

»Ach nein, kalte Zunge, Huhn, Schokolade und Eis müßten wir doch auch haben. Solche Dinge sind die Mädchen gewöhnt! Meine Einladung soll so vollkommen wie möglich werden, wenn ich mir das Geld auch selbst verdienen muß«, empörte sich Amy.

»Wie viele seid ihr jetzt im Kurs?«

»Zwölf oder vierzehn, das kommt darauf an. Sie werden aber sicher nicht alle kommen.«

»Um Himmels willen! Um sie alle herumzufahren, mußt du ja einen Pferdebus mieten.«

»Ich brauche, auch wenn sie alle kommen sollten, nur eine Kalesche mit Bänken zu mieten. Herr Laurenz wird mir sicher seinen kleinen Wagen borgen.«

»Das wird aber eine sehr teure Einladung werden«, sagte Frau March bedenklich.

»So schlimm ist es nicht. Ich habe es mir genau durchgerechnet, ich kann alles allein bezahlen«, beteuerte Amy.

»Ob den Mädchen nicht zur Abwechslung einmal Kaffee und Kuchen viel besser schmecken würde, da sie doch täglich solche Schleckereien wie Huhn und Eis haben? Einen solchen Aufwand, der gar nicht zu uns paßt, sollten wir nicht treiben, Amy«, meinte die Mutter.

»Ich möchte es so haben, wie ich es für richtig halte. Sonst lass' ich es lieber sein. Wenn ihr mir nur bei den Vorbereitungen helft, kann ich es ganz gut schaffen. Warum sollte ich es nicht so machen? Wo ich doch alles selbst bezahle!« Amy war fest entschlossen, ihren Kopf durchzusetzen.

Die Erfahrung ist der beste Lehrmeister, das wußte Frau March genau. Wenn ihre Tochter nicht auf sie hören wollte, so sollte sie ruhig einmal mit dem Kopf durch die Wand gehen. Es hatte ihn noch niemals geschadet, dabei Beulen zu bekommen. So sagte Frau March sehr geduldig:

»Also gut, du zahlst alle Spesen selbst. Schließlich bekommst du ja von Tante March ein ganz hübsches Taschengeld. Hanna und ich werden kochen. Wenn du die großen Schwestern darum bittest, so werden sie dir bestimmt auch behilflich sein.«

Amy ging zu ihren Schwestern, höchst befriedigt über diese Zusage. Meg stellte Amy alles zur Verfügung, was sie nur wollte: von den Blumen aus ihrem kleinen Garten bis zu ihren schönsten silbernen Teelöffeln.

Jo aber war ganz dagegen.

»Weshalb soll das ganze Haus auf den Kopf gestellt werden für eine Horde dummer Gänse? Du wirfst dein Geld zum Fenster hinaus, und sie machen sich gar nichts aus dir. Ich hätte mehr Stolz und Verstand von dir erwartet. Du hängst dich da an irgendwelche Mädchen, weil sie in einer Kutsche fahren und französische Stiefeletten tragen.«

Jo war besonders ungehalten, weil Amy sie gerade bei ihrer neuen Kurzgeschichte, und noch dazu vor dem tragischen Höhepunkt, gestört hatte.

»Ich kann es nicht ertragen, wenn man mich herablassend behandelt, aber ich hänge mich an niemanden!« empörte sich Amy. Wenn es sich um so grundlegende Dinge wie den gesellschaftlichen Verkehr handelte, geriet sie immer noch sehr leicht mit Jo in Streit. »Auch wenn du die Zeichenstunden modischen Unfug nennst, sind die Mädchen doch nett und begabt. Dir ist es nicht wichtig, in die gute Gesellschaft eingeladen zu werden und beliebt zu sein. Ich lege aber Wert darauf, ich will jede Chance nützen. Wenn es dich freut, dann kannst du, von mir aus, so durch die Welt gehen, die Nase in der Luft und die Ellenbogen nach auswärts. Du kannst das dann deine Selbständigkeit nennen. Ich mache es jedenfalls nicht so!« sagte Amy erregt.

Amy hatte einen gesunden Menschenverstand, und daher blieb sie meistens Siegerin bei ihren Auseinandersetzungen mit Jo. Diese zog oft den kürzeren, denn sie trieb ihre Freiheitsliebe und ihre Abneigung gegen jede Konvention zu sehr auf die Spitze.

Jetzt mußte aber auch Jo über Amys Worte lachen, und sie mußte zugeben, daß ihre Bemerkung treffend war. Jo ließ sich schließlich erweichen und sagte am Ende doch ihre Hilfe zu.

Die Einladung war für den nächsten Montag festgesetzt, und fast alle Mädchen sagten zu. Hanna stöhnte, ihr ganzes Wochenprogramm war dadurch in Unordnung geraten. Sogar die große Wäsche mußte liegenbleiben; da mußte schon alles schiefgehen. Man konnte nicht ahnen, wie sich eine solche Störung im Haushalt auswirken würde. Aber Amy setzte immer durch, was sie sich einmal in den Kopf gesetzt hatte.

Der Montag fing damit an, daß Hanna mit ihrer Kochkunst ganz versagte. Das Huhn war hart, die Zunge zu gesalzen, Kuchen und Eis waren viel teurer, als man geglaubt hatte. Es gab eine Unmenge Nebenspesen, die Amy nicht geplant hatte; der Pferdewagen kostete auch viel mehr.

Beth lag mit einer Verkühlung im Bett, und Meg erwartete Besuch. Ausgerechnet für diesen Montag hatten sich ihre gesamten Freunde angesagt — sie hätten genausogut in einer der nächsten Wochen kommen können. Jo war mit ihren Gedanken noch immer bei ihrer Erzählung; sie fand keinen richtigen Schluß dafür. Daher stellte sie sich bei den Vorbereitungen so ungeschickt an, daß sie mehr verdarb als nützte. Geistesabwesend verteilte sie einen Teil der kostspieligen Eiscreme auf der versalzenen Zunge. Dann warf sie alles wütend hin und drohte, sich für den Rest des Tages in die Dachkammer zu verziehen, weil Amy sich so aufregte.

»Ich hätte es nicht überlebt, wenn Mutter nicht gewesen wäre!« sagte Amy später. Doch da hatten die anderen »den Schlager der gesellschaftlichen Saison« schon längst vergessen.

Sollte es am Montag regnen, erwartete man die jungen Mädchen am Dienstag. Hanna und Jo waren über diese Abmachung ganz verzweifelt. Das Wetter war am Montagmorgen unsicher. Ein richtiger Wolkenbruch wäre besser gewesen. Einmal schien die Sonne ein wenig, dann tröpfelte es wieder oder es blies ein heftiger Wind. Das Wetter wollte sich nicht endgültig entscheiden. Den Gästen erging es ebenso.

Seit dem Morgengrauen war Amy auf den Füßen. Um das Haus rechtzeitig in Ordnung zu bringen, trieb sie die Familie aus den Betten und zum Frühstück.

Das Wohnzimmer erschien ihr heute besonders schäbig. Sie konnte aber keine Zeit damit verlieren, sich darüber zu beklagen. Auf die besonders stark abgeschabten Stellen des Teppichs schob sie die Stühle. Das sah zwar etwas komisch aus, aber es war nicht zu ändern. Ihre eigenen Gemälde hängte sie an die vergilbten Stellen der Tapete. Sie umwand sie mit Efeu, denn Rahmen hatte sie nicht.

Das Essen sah sehr gut aus. Hoffentlich schmeckte es auch ebenso gut. Amy hoffte, daß sie die ausgeborgten Gläser und das Geschirr unversehrt den Besitzern würde zurückgeben können. Jo hatte versprochen, liebenswürdig zu sein, soweit es ihre Abneigung gegen die ganze Angelegenheit zuließ.

Amy war recht müde von den Vorbereitungen. Aber allein die Vorstellung, mit einer ganzen Kalesche voll junger Damen vorzufahren, hielt sie aufrecht.

Während der folgenden zwei Stunden pendelte Amy erwartungsvoll zwischen dem Wohnzimmer und der Veranda hin und her. Indessen wechselte die Stimmung in der Familie wie Aprilwetter. Die jungen Damen sollten um zwölf Uhr eintreffen. Anscheinend war aber ihre Begeisterung durch einen kleinen Regenschauer um elf Uhr gedämpft worden. Die erschöpfte Familie March saß um zwei Uhr ohne Gäste bei Tisch. Damit nichts verlorenging, verspeisten sie die verderblichen Sachen des Festessens allein.

Amy stand am nächsten Morgen wieder mit den ersten Sonnenstrahlen auf. »Heute wird das Wetter prachtvoll, heute werden sie sicher kommen!« Hätte sie nur nichts vom Dienstag gesagt, wünschte sie insgeheim. Genauso wie der Kuchen, verringerte sich auch ihr Interesse an der Angelegenheit.

»Hummer war noch keiner zu haben«, meldete Herr March. Er kam von seinem Morgengang in die Stadt zurück.

»Das macht nichts. Wir machen einen Hühnersalat. Wenigstens spürt man dann nicht, daß das Huhn zäh ist«, meinte Frau March.

»Die Katzen haben es erwischt. Hanna hat es vor wenigen Minuten auf den Küchenschemel gestellt. Es tut mir furchtbar leid, Amy«, sagte Beth ängstlich, als ob sie selbst daran schuld sei.

»Zunge allein ist nicht genug. Dann muß ich eben doch Hummer haben!« Amy war ärgerlich.

»Soll ich einen holen?« fragte Jo gequält.

»Du bringst womöglich den Hummer unter dem Arm daher. Oder er muß hinter dir her laufen. Alles nur, um mich herauszufordern. Ich werde selbst in die Stadt fahren!« sagte Amy. Langsam ging ihre Geduld zu Ende.

Amy hüllte sich trotz des warmen Wetters in einen Schal. Sie wollte nicht von irgendwelchen Bekannten, die sie zufällig traf, erkannt werden. Denn Amy hielt das Einkaufen für eine wenig damenhafte Beschäftigung. Sie hängte sich einen neckischen kleinen Reisekorb über den Arm. Nach längerem Suchen fand sie endlich einen Hummer. Dann kaufte sie auch noch ein Glas Mayonnaise und ein paar andere Dinge, damit es zu Hause mit den Vorbereitungen rascher vorwärts ginge.

Auf der Rückfahrt war außer ihr nur noch ein einziger Fahrgast, eine alte Frau, im Pferdebus. Amy steckte den Schal ein. Sie überlegte sich, wo ihr ganzes Geld geblieben sein konnte. Damit vertrieb sie sich die Zeit. Ihr Fahrschein war viel zu klein, um alle Beträge aufzuschreiben. Sie war so beschäftigt, daß es ihr gar nicht auffiel, daß ein neuer Fahrgast eingestiegen war.

»Guten Morgen, Fräulein March«, sagte eine männliche Stimme.

Einer von Lauries elegantesten Freunden aus dem College stand vor Amy. Ein Glück, daß ich mein bestes Kostüm anhabe! war ihr erster Gedanke. Um Himmels willen, er darf nichts von dem Hummer merken. Hoffentlich steigt er früher aus als ich! war der nächste Gedanke.

Der junge Mann verbeugte sich höflich und fragte, ob er sich zu ihr setzen dürfe. Amy nickte gnädig. Als sie hörte, daß er wirklich vor ihr aussteigen mußte, war sie sehr erleichtert. Jetzt konnte sie den Korb mit dem Hummer ganz einfach vergessen und sich unbeschwert unterhalten.

Aber ganz so glatt, wie Amy gehofft hatte, ging es doch nicht. Beim Aussteigen warf die alte Frau den Korb um, als sie daran vorüberging, und der Deckel fiel herunter. Da erblickten die erlauchten Augen des jungen Mannes den Hummer in seiner vollen Größe.

»Ach, nun hat sie ihr Mittagessen vergessen«, rief er geistesgegenwärtig. Er trieb das rote Ungeheuer mit der Spitze seines Spazierstockes wieder in den Korb hinein. Dann wollte er den Korb aus dem Bus hinausreichen, um ihn der Frau zu geben.

»Ach, bitte nicht, er gehört mir«, flüsterte Amy und wurde so rot wie der Hummer.

»Bitte, entschuldigen Sie! Das ist ja ein ungewöhnlich schöner Hummer, nicht wahr?« renkte der junge Mann sehr geschickt ein.

Amy antwortete mutig, nachdem sie sich genauso geistesgegenwärtig von dem Schock erholt hatte:

»Möchten Sie nicht vielleicht den guten Salat kosten, der daraus gemacht wird, und die jungen Damen kennenlernen, die ihn verspeisen werden?«

Amy war klug. Die Vorstellung eines leckeren Hummersalates verdrängte das Bild des häßlichen Hummers, und der Gedanke an ein Mittagessen in Gesellschaft junger Damen ließ ihn den peinlichen Zwischenfall von vorhin schnell vergessen.

Der Bursche wird sicherlich mit Laurie über diese Geschichte lachen, dachte Amy. Aber ich werde mich nicht darum kümmern. Endlich stieg er aus. Doch Amy erzählte zu Hause keine Silbe von dieser Begegnung.

Wieder war punkt zwölf Uhr mittags alles gerichtet. Sicher interessierten sich auch die Nachbarn für die Vorbereitungen; jedenfalls glaubte es Amy. Sie wollte unter allen Umständen einen großen Erfolg haben und so den Mißerfolg vom Vortag wettmachen. Daher bestellte sie jetzt eine elegante Kutsche anstatt der einfachen Kalesche. Sie fuhr damit bis zur Haltestelle des Pferdebusses ihren Gästen entgegen.

Es wird besser sein, wenn ich sie auf der Veranda begrüße, dachte sich Frau March. Das arme Kind soll doch seinen Spaß haben nach all der Plage.

Als Frau March die Kutsche erblickte, mußte sie aber zu ihrem Schrecken feststellen, daß Amy nur mit einem einzigen Gast ankam!

»Jo und Hanna, räumt rasch den Tisch ab! Nur ein einziger Gast kommt!« rief die Mutter.

Amy ließ sich zum Glück Zeit, ehe sie mit ihrem Gast ins Haus kam. Die fünf konnten so in Windeseile die unnötigen Gedecke entfernen.

Amy benahm sich gegenüber ihrem Besuch, dem einzigen, der sein Versprechen gehalten hatte, sehr liebenswürdig und aufmerksam. Die gesamte Familie March besaß viel Taktgefühl, und alle taten so, als ob man außer June Elliot niemanden erwartet hätte. June war entzückt von der Familie. Amy zeigte ihrem Gast nach dem Essen den Garten und ihr Studio. Die beiden Mädchen machten mit dem kleinen Buggy von Herrn Laurenz einen Ausflug. June Elliot fuhr am frühen Abend wieder heim, nachdem sie vorher noch am Fluß die zerbrochene Brücke gezeichnet hatte.

Amy kam müde nach Hause. Sie dachte nicht mehr an das verunglückte Fest. Nur Jo drehte sich rasch um, weil es um ihre Mundwinkeln zuckte.

»Du hast für deine Ausfahrt wirklich prachtvolles Wetter gehabt«, bemerkte die Mutter. Sie hätte es nicht ernsthafter sagen können, wenn alle zwölf Mädchen gekommen wären.

Beth meinte: »Ich glaube, June Elliot hat es sehr gut gefallen. Sie ist ein nettes Mädchen.«

»Kannst du mir von deinem Kuchen etwas abgeben? Ich würde dir sehr dankbar sein«, sagte Meg. »So guten Kuchen kann ich selbst noch nicht machen, und ich habe morgen wieder Gäste.«

»Ich bin ja hier die einzige, die Süßes mag. Nimm dir nur den ganzen Kuchen. Ich kann ihn nicht allein aufessen.« Mit Schrecken dachte Amy an den großen Vorrat, den sie eingekauft hatte.

Nun setzte sich die Familie zum zweitenmal in zwei Tagen zu einem Abendbrot, das aus Hummersalat und Eiscreme bestand. Jo sagte: »Laurie würde uns helfen. Schade, daß er nicht da ist...«

Ihr Redefluß wurde jedoch durch einen ernsten Blick der Mutter gehemmt. Und Herr March bemerkte lächelnd: »Salat wird bereits in der Geschichte des Altertums als eine sehr beliebte Speise genannt...«

Die Mädchen kicherten und sahen sich an. Sogar Amy lachte und sagte dann: »Ich werde alles den Hummels bringen. Die werden den Salat und das Eis schon aufessen. Ein Glück, daß sie so viele Kinder haben. Wir würden noch eine Woche daran essen.« Jetzt meinten alle, Amy trösten zu müssen. Aber sie wehrte ab:

»Ich bin wirklich zufrieden. Was ich mir vorgenommen habe, ist geschehen. Wenn es nicht gelungen ist, so ist das nicht meine Schuld. Für eure Mithilfe bin ich euch sehr dankbar. Wenn ihr jedoch nicht mehr davon reden würdet, wäre ich euch noch dankbarer. Seid bitte so gut — wenigstens einen Monat lang!«

Sie hielten sich wirklich daran. Aber als Amys Geburtstag kam, schenkte ihr Laurie einen kleinen Hummer aus Korallen fürs Armband. Amy lachte herzlich darüber, denn das große gesellschaftliche Ereignis war längst vorüber.

Schriftstellerische Erfolge

Jo verschwand alle paar Wochen einmal in ihrem Zimmer auf dem Dachboden. Dort versank sie, wie sie es zu nennen pflegte, in »ein Wörterchaos« und schrieb mit wildem Eifer an ihren Kurzgeschichten. Sie fand keine Ruhe, bevor sie nicht damit fertig war. Sie hatte eine alte schwarze Schürze umgebunden, wenn sie schrieb, und putzte darin unbekümmert ihre Feder ab. Außerdem setzte sie sich eine kleine Kappe aus dem gleichen Stoff auf, die mit einer brennroten Schleife verziert war.

Die ganze Familie wußte, daß sie sich in gemessener Entfernung halten mußte, wenn Jo mit der Mütze erschien. Nur ganz selten kam jemand an ihre Tür, um zu fragen: »Brennt der ›Spiritus rector‹, Jo?« Doch selbst das geschah nicht oft. Die Mütze mit der Schleife war für die Familie das Zeichen, sich zurückhaltend zu benehmen. Wenn diese Kopfbedeckung weit in die Stirn gezogen war, wußte man, daß dies schwere Arbeit bedeutete, die man nicht stören durfte. War die Kappe nach hinten geschoben und ragte die Schleife in die Luft, so wußte man, daß Jo gerade an einer aufregenden Geschichte schrieb. Wenn die Kappe aber auf dem Boden lag, dann raufte sich der Autor verzweifelt die Haare. In diesem Fall wagte sich niemand an Jo heran. Man zog sich zurück, bis die geniale Stirn wieder die rote Schleife zierte.

Wenn Jo von der Schreibwut erfaßt wurde, war alles um sie herum vergessen, doch hielt sie sich durchaus nicht für ein Genie. Sie zog sich in die Welt ihrer Phantasie zurück, und ihre Romangestalten waren dann ebenso wirklich für sie wie ihre Familie. Sie merkte nichts vom schlechten Wetter, hatte keine Sorgen, schlief nicht und aß nichts. Um das Glück, das sie in jenen Momenten empfand, zu genießen, wurden ihr die Tage viel zu kurz. Nach ein oder zwei Wochen war diese Inspiration meistens wieder vorbei. Dann tauchte Jo wieder aus ihrem »Wörterchaos« auf, hungrig, müde und schlechter Laune.

Von einem solchen Anfall erholte sie sich eben, als sie Miß Crocker zu einem Vortrag begleiten mußte. Jo kam, als Belohnung für diesen Akt der Menschenliebe, mit einem Einfall nach Hause.

Der Vortrag befaßte sich mit den Pyramiden. Jo begriff nicht, weshalb man dieses Thema gewählt hatte. Wie konnten die Leute im Publikum, die sich mit Kohle- und Lebensmittelpreisen beschäftigen mußten, den Glanz der Pharaonen erfassen?

Miß Crocker und Jo kamen sehr zeitlich. Jo unterhielt sich damit, die Umsitzenden zu beobachten. Auf der einen Seite saßen zwei Matronen, die sich über die Frauenrechte unterhielten, mit roten Köpfen und dazu passenden Hüten. Ein bescheidenes Liebespaar saß händehaltend neben ihnen, und eine alte Dame hielt einen Papiersack, aus dem sie unentwegt Pfefferminzbonbons aß. Hinter einem gelben Taschentuch verborgen, hielt ein alter Herr ein Schläfchen. Rechts saß ein Junge, der in einer zweifelhaften Illustrierten las; das Umschlagbild zeigte einen grauenhaften Abgrund, über dem ein Indianer in voller Kriegsbemalung hing, während dicht neben ihm zwei junge Männer mit Säbeln aufeinander losgingen.

Als der Junge bemerkte, daß Jo seine Zeitung studierte, reichte er ihr freundlich eine Seite und sagte: »Das ist eine prima Geschichte. Möchten Sie sie lesen?«

Miß Crocker schaute nicht hin. Amy, die sich über dieses undamenhafte Verhalten ihrer Schwester hätte empören können, war nicht da, und so nahm Jo mit Dank das Zeitungsblatt entgegen. Bald war sie in ein Labyrinth von Liebe und Mord und geheimnisvollen Geschehnissen verstrickt. Es handelte sich um ein Produkt jener seichten Literatur, das mit billigen Mitteln die Gefühle der Menschen aufreizt.

Als Jo den letzten Absatz gelesen hatte, fragte der Junge: »Prima, nicht wahr?«

»Wenn wir es probieren würden, könnten Sie und ich das genauso gut schreiben«, antwortete Jo. Seine Begeisterung für diesen Kitsch amüsierte sie sehr.

»Wenn ich das zusammenbrächte, hätte ich Glück«, sagte der Junge. »Mit solchen Geschichten verdient sie nämlich viel Geld.« Er deutete auf den Namen der Autorin: Mrs. S.L.A.N.G. Northbury.

Jo fragte plötzlich sehr interessiert: »Ist Ihnen die Dame persönlich bekannt?«

»Nein, aber ich habe einen Freund, der in diesem Verlag angestellt ist. Ich lese alle ihre Geschichten.«

Jo fragte weiter: »Verdient sie wirklich so viel Geld mit diesen Geschichten?« Jetzt betrachtete sie die grausigen Zeichnungen und die reichlich auf der Seite vorhandenen Rufzeichen schon mit viel mehr Respekt.

»Sie kennt eben den Geschmack des Publikums, deshalb schreibt sie es. Dafür bezahlt man sie«, erwiderte der Junge.

Jo hörte nicht viel von dem Vortrag, der gerade angefangen hatte. Sie schrieb sich verstohlen die Adresse der Zeitung auf, denn sie war entschlossen, den ersten Preis von hundert Dollar zu gewinnen, der für eine sensationelle Geschichte ausgesetzt war. Professor Sands sprach indessen über Pharaonen, Skarabäen, Hieroglyphen und Königsgräber. Als die Zuhörer am Ende des Vortrags aufwachten, sah Jo eine fabelhafte Zukunft vor sich. Sie hatte sich auch bereits eine ganz wüste Geschichte ausgedacht. Nur war sie sich noch nicht im klaren, ob das Duell vor der Entführung oder nach dem Mord stehen sollte.

Jo sagte aber zu Hause nichts von ihrem Plan, dafür begann sie schon am kommenden Tag mit der Arbeit. Sie hatte bisher noch nie einen solchen Stil versucht. Im Gegenteil, ihre Erzählungen waren immer so zahm wie möglich gewesen. Das wahllose Lesen und ihre Theatererfahrungen kamen ihr jetzt sehr zustatten. So hatte sie zumindest einen Schimmer von dramatischer Wirkung und der Reaktion des Publikums.

Soweit es Jos eigenen, sehr bescheidenen Erfahrungen gestatteten, war ihre neueste Erzählung von Wahn und Verzweiflung erfüllt. Sie beendete das Drama höchst eindrucksvoll mit einem riesigen Erdbeben — denn der Ort der Handlung war Lissabon.

Heimlich schickte sie das Manuskript ein. Der Redaktion wurde in einem angeschlossenen Brief mitgeteilt, daß der Autor nicht mit dem ersten Preis rechne, aber jeden Betrag annehmen werde, den man für angemessen halte.

Für einen Wartenden sind sechs Wochen eine lange Zeit. Wenn man aber auch noch dazu ein Geheimnis zu hüten hat, so erscheinen sie einem noch länger. Jo hatte eben beschlossen, nicht mehr darauf zu hoffen, daß sie ihre Erzählung je wiedersehen würde; da geschah etwas Atemberaubendes: Es kam ein Brief. Als sie ihn aufmachte, fiel ein Scheck über hundert Dollar heraus! Jo war einen Augenblick wie gelähmt, doch sie faßte sich schnell und las den Brief. Vor Rührung über ihre eigene Tüchtigkeit liefen ihr dabei die Tränen herunter.

Es war schade, daß der Verfasser dieses freundlichen Briefes, der Redakteur der Zeitung, nicht sehen konnte, welche Freude er Jo damit bereitet hatte. Sicher hätte er danach öfters liebenswürdige Briefe an seine Mitmenschen geschrieben.

Kaum hatte Jo ihre Fassung wiedergefunden, alarmierte sie ihre gesamte Familie mit der großen Neuigkeit. In der einen Hand hielt sie den Brief und in der anderen den Scheck: »Ich habe einen Preis gewonnen!« lautete ihre stolze Meldung.

Alle lasen die Erzählung und lobten sie sehr. Der Jubel war riesengroß.

Vater sagte: »Es ist eine gute Sprache. Die Romanze ist herzerfrischend und die Tragödie sehr spannend.« Aber dann schüttelte er den Kopf und fuhr fort: »Jo, du kannst aber noch mehr. Denke nicht ans Geld und bemühe dich, etwas Besseres zu schreiben.«

»Das Geld ist aber das allerbeste dabei, finde ich.« Und Amy betrachtete den Geldschein ganz ehrfurchtsvoll und fragte: »Was wirst du nur anfangen mit diesem Vermögen?«

»Mutter soll mit Beth auf einen Monat ans Meer fahren«, verfügte Jo.

Beth war begeistert und rief: »Oh, das ist wunderbar!« Doch dann überlegte sie: »Aber das ist ja unmöglich! Du hast soviel gearbeitet, es ist doch dein Verdienst, und du sollst selbst etwas von dem Geld haben!«

»Das Geld war von vornherein für dich bestimmt, Beth, nur deshalb hatte ich Erfolg. Du bist noch immer so dünn und blaß und hast eine Luftveränderung dringend nötig. Außerdem muß auch Mutter einmal herauskommen. Du mußt ganz einfach mit ihr fahren, denn sie würde dich doch nicht allein lassen wollen. Dann wirst du so frisch und rundlich heimkommen, wie du früher warst — wie schön wird das sein!« redete Jo ihr zu.

Also fuhren Mutter und Beth ans Meer. Beth fühlte sich viel besser bei ihrer Rückkehr, aber so rundlich und frisch, wie sie alle es gewünscht hatten, war sie nicht. Frau March selbst aber fühlte sich um zehn Jahre jünger. Jo wollte noch mehrere solcher Schecks verdienen, denn sie war mit der Anlage ihres Preises höchst zufrieden. Tatsächlich bekam sie in diesem Jahr noch mehrmals Geld. Sie fühlte sich jetzt als eine Macht im Haus, mit der man rechnen mußte. Sie alle genossen dank ihrem Talent verschiedene Annehmlichkeiten: So wurde die Rechnung beim Fleischhauer durch »Des Herzogs Tochter« beglichen, den neuen Wohnzimmerteppich verdankte man der »Geisterhand«, und Kleider und Lebensmittel der Familie March kamen von dem »Fluch von Coventry«.

»Wenig Geld zu haben, hat auch seine guten Seiten, wenngleich es bestimmt sehr bequem ist, reich zu sein. Es gäbe keinen Fortschritt in der Welt, wenn wir nicht arbeiten müßten. Und wenn man eine Arbeit gut geleistet hat, so ist das ein beglückendes Gefühl«, erklärte Herr March seinen Töchtern.

Jo kannte keinen Neid mehr, und ihre Erfolge machten sie sehr zufrieden. Daß sie nicht mehr um jeden Pfennig bitten mußte, sondern für sich allein sorgen konnte, erfüllte sie mit großem Stolz.

Sie verkaufte ihre Erzählungen, wenn sie auch keinen großen Eindruck machten. Jo war aber jetzt ermutigt, und sie faßte den festen Entschluß, nun den dauernden Erfolg anzustreben. Und so ging sie daran, einen Roman zu schreiben. Sie schrieb ihn viermal ab, dann las sie ihn ihren besten Freunden vor und schickte ihn schließlich unter Herzklopfen an drei Verleger. Nach längerer Zeit wurde er von einem angenommen, doch unter einer Bedingung: einige Jo besonders am Herzen liegende Abschnitte mußten gestrichen und das Ganze um ein Drittel gekürzt werden.

Jo berief einen Familienrat ein und sagte: »Nun bleibt mir nur die Wahl, das Manuskript auf dem Dachboden in einer Truhe vermodern zu lassen, den Druck selbst zu bezahlen oder den Roman so zurechtzuschneiden, daß er dem

Verlag gefällt, und dafür zu nehmen, was ich bekomme. Bargeld ist doch noch besser, als eine Berühmtheit im Haus haben. Was ist eure Meinung in dieser Angelegenheit?«

»Dein Roman ist besser, als du heute selbst vermutest. Verstümmle ihn nicht. Laß die Sache ausreifen und warte geduldig. Es ist kein Wort zuviel in deinem Roman«, sagte Vater.

Die Mutter meinte: »Ich denke, abwarten wird Jo weniger Gewinn bringen als eine Prüfung. Sie wird durch eine Kritik lernen, wie sie es ein andermal besser machen kann. Wir urteilen zu sehr nach dem Herzen. Selbst auf die Gefahr hin, daß Jo wenig Geld dafür bekommt, wird ihr Lob und Tadel von Fremden sehr nützen.«

Jo sagte nachdenklich mit gerunzelten Augenbrauen: »Das glaube ich auch. Ich kann es nicht mehr beurteilen, ob das Buch gut, schlecht oder mittelmäßig ist. Ich arbeite schon zu lange daran. Ein Außenstehender wird es anders sehen.«

»An deiner Stelle würde ich alles so lassen, wie es ist. Du verdirbst es sonst nur. Die Gedanken, die in dieser Erzählung stecken, sind viel reizvoller als die bloße Handlung. Wenn du die Entwicklung der Handlung nicht ganz genau schilderst, wird sich niemand auskennen«, sagte Meg. In ihren Augen gab es kein bedeutenderes Buch als dieses.

Jo zitierte aus dem Brief des Verlegers, Herrn Allen: »Machen Sie es möglichst kurz und spannend, lassen Sie die Erläuterungen weg. Die Hauptpersonen sollen selbst ihre Geschichte erzählen.«

»Befolge seinen Rat, Jo. Er weiß besser als wir, was er verkaufen kann. Schau, daß du soviel Geld wie möglich dafür bekommst, und schreibe ein hübsches, lesbares Buch. Später einmal, wenn du berühmt geworden bist, kannst du in deinen Romanen philosophische Gedanken verarbeiten«, riet Amy. Sie betrachtete die ganze Angelegenheit nur vom praktischen Standpunkt aus.

»Von Philosophie verstehe ich gar nichts. Wenn mein Roman so wirkt, ist das nicht meine Schuld«, meinte Jo. »Aber es freut mich, wenn irrtümlich doch einige gescheite Einfälle in dem Buch sind. Und was meinst du, Beth?«

Beth erwiderte lächelnd: »Es soll nur bald gedruckt werden, das wünsche ich mir.« Sie hatte einen so schwermütigen Blick und betonte das Wort »bald« so auffallend, daß Jo mit einemmal böse Vorahnungen hatte.

Mit spartanischer Härte ging die junge Schriftstellerin daran, ihr Erstlingswerk zurechtzuschneiden. Sie folgte allen, wollte jedem gefallen. Sie machte es aber, so wie der alte Mann mit seinem Esel in der Fabel, nun niemandem recht...

Die philosophische Seite, die ohne Jos Willen dazugekommen war, gefiel dem Vater. Jo hatte zwar ihre Zweifel deswegen, ließ diese Stellen aber stehen.

Mutter fand, daß vielleicht »ein bißchen« zu viele Schilderungen enthalten seien. Nun, nach einer ganz radikalen Kürzung, fehlte manch wichtiger Zusammenhang.

Meg zuliebe, die von der Tragödie begeistert war, wurden die erschütternden Konflikte noch stärker verdichtet.

Das Witzige wurde von Amy abgelehnt. Alles, was diese schwermütige Geschichte ein wenig erheitert hatte, wurde nun von Jo gestrichen.

Im Ganzen machten die Kürzungen, wie vorgesehen, ein Drittel aus. Das Buch war damit in Jos eigenen Augen völlig ruiniert. Der arme kleine Roman wurde hoffnungsvoll abgeschickt. Nun sollte er in der großen, bösen Welt sein Glück versuchen.

Das Buch wurde gedruckt. Jo erhielt dreihundert Dollar, und, was sie sich niemals erhofft hatte, sehr viel Lob und gute Kritiken. Es brauchte geraume Zeit, bis sie sich von ihrer Verwirrung erholt hatte.

»Die Kritiken würden mir nützen, meinte Mutter. Aber sie widersprechen sich ja alle! Jetzt weiß ich gar nichts mehr: Habe ich gut geschrieben? Habe ich alle zehn Gebote auf einmal gebrochen?« Jo wühlte stöhnend in ihren Kritiken. Sie machten sie binnen einer einzigen Sekunde zugleich glücklich und betrübt.

»Einer schreibt: ›Alles in dieser Geschichte ist klar und sauber; sie ist originell, wahrhaftig, ernsthaft und schön.‹ Und der nächste: ›Das Buch hat eine krankhafte Tendenz, ist voll unnatürlicher Charaktere und unreifer Phantasien.‹ Die Charaktere habe ich aus dem Leben genommen, und Phantasie habe ich immer gehabt, und Tendenzen liegen mir fern. Dieser Kritiker irrt also in jedem Fall. Der eine behauptet, daß schon lange kein so vielversprechender Roman erschienen sei, ein dritter bezeichnet ihn als gefährlich, wenn auch originell. Aber alle sehen ein ernstes Anliegen darin, ob sie mich nun loben oder verdammen. Daß es mir jedoch einzig und allein um die Spannung und ums Geldverdienen zu tun war, das hat keiner gemerkt. Wenn ich doch nur alles unverändert gelassen hätte oder es nicht gedruckt worden wäre! Dann hätte man mich nicht derart verkennen können!«

Jo wurde von allen Seiten getröstet. Ihre Freunde und Bekannten taten ihr Bestes, ihr wieder Mut zuzusprechen. Trotzdem dauerte es eine ganze Weile, ehe sie den Schock überwunden hatte. Nun konnte sie sogar schon über ihr armes verstümmeltes Buch lächeln.

Sie meinte: »Ich bin ja doch nicht umzubringen, wenn ich auch kein solches Genie bin wie Keats. Es freut mich ja doch. Sie nennen alles das absurd und unwirklich, was ich dem Leben nacherzählt habe. ›Entzückend und wahr‹ finden sie all das, was ich mit großer Mühe erfunden habe. Deshalb tröste ich mich. Ich werde wiederum schreiben, wenn ich Lust dazu habe. Dreihundert Dollar in der Tasche zu haben ist ein sehr beruhigendes Gefühl!«

Häusliche Erfahrungen

Meg begann ihre Ehe mit dem guten Vorsatz, den so viele junge Frauen haben: Sie wollte eine erstklassige Hausfrau werden. John sollte ein Paradies in seinem Heim finden. Täglich sollte ihn ein lächelndes Gesicht begrüßen und ein herrliches Essen erwarten. Was ein abgerissener Knopf war, sollte er überhaupt nicht mehr wissen.

Megs Bemühungen hatten trotz verschiedener Schwierigkeiten Erfolg, denn sie ging mit großer Tatkraft und Liebe ans Werk. Sehr ruhig war ihr Paradies wohl nicht, sie war zu übertrieben, zu eifrig bemüht, alles richtig zu machen. So erwartete ihren Mann dann am Abend nicht immer eine lächelnde Begrüßung; sie war dazu oft viel zu müde. John wünschte sich manchmal einfachere Kost, denn das raffinierte Essen machte ihm Beschwerden. Meg verstand auch nicht, wo die Knöpfe alle blieben. Daß die Männer so nachlässig waren! Meg schüttelte nur den Kopf. Dann machte sie John den Vorschlag, es doch einmal selbst mit dem Annähen zu versuchen. Vielleicht hielten die Knöpfe dann besser? Die beiden waren sehr glücklich, auch nachdem sie daraufgekommen waren, daß man von der Liebe allein nicht leben könne. Meg wurde alle Tage hübscher, fand John. Der Abschied am Morgen fiel Meg noch immer genauso schwer wie an den allerersten Tagen, auch wenn John fragte, nachdem er sie geküßt hatte:

»Was soll ich dir fürs Abendessen schicken lassen, Liebling, Hammel oder Kalb?«

Das Häuschen wurde zum richtigen Heim, es war nicht mehr wie ein geschmückter Hochzeitskuchen. Zuerst hatten sie »wohnen« gespielt wie kleine Kinder. Aber John nahm sich sehr bald ernsthaft seiner Arbeit an. Er hatte die Verantwortung eines jungen Ehemannes. Meg legte die Zierschürze ab. Sie trug nun eine riesige Küchenschürze und arbeitete mit großer Energie.

Sie probierte, solange ihre Kochwut dauerte, sämtliche Rezepte aus, die in dem großen Kochbuch standen. Sie tat, als wären das Schulaufgaben, die man abliefern mußte. Um die gelungenen, umfangreichen Resultate zu verspeisen, lud sie hin und wieder die ganze Familie ein. Die weniger großen Erfolge wurden bereitwillig von den kleinen Mägen der Hummel-Kinder verschlungen. Eine Unterbrechung der kulinarischen Genüsse gab es erst, nachdem Meg und John einen Abend über dem Haushaltsbuch verbracht hatten. In der darauffolgenden Zeit wurde die Geduld des armen Ehemannes auf eine harte Probe gestellt. Da bekam er dann nur Bratkartoffeln, Pudding und Eintopfgerichte.

Meg beschaffte sich aber, bevor sie den richtigen Mittelweg fand, ein großes Gefäß zum Einkochen. Es war ihr klar geworden, daß in der Speisekammer einer ehrgeizigen Hausfrau die selbsteingekochten Marmeladen und Kompotte nicht fehlen durften. Und die Johannisbeeren waren eben auch reif geworden.

John sollte beim Kaufmann ein Dutzend kleiner Einsiedegläser und Zucker bestellen. Er war sehr stolz auf die Tüchtigkeit seiner Frau und überzeugt von ihren großen Kenntnissen. Es soll Meg an nichts fehlen, beschloß er großzügig. So kaufte er vier statt eines Dutzends Einsiedegläser und einen halben Zentner Zucker statt der ihm aufgetragenen zehn Pfund. Zum Beerenpflücken schickte er ihr gleich noch einen Jungen mit.

Die junge Hausfrau rollte sich die Ärmel auf, steckte sich die Haare auf und ging an die Arbeit. An ihrem Erfolg zweifelte sie keinen Augenblick. Sie war doch hundertmal dabeigewesen, wenn Hanna eingekocht hatte. Meg wunderte ich erst über die Unmenge von Einsiedegläsern, die ihr da ins Haus geschickt wurden. Aber dann erinnerte sie sich an Johns Vorliebe für Marmelade. Und wie hübsch würde ihre Speisekammer aussehen mit den roten Gläsern oben auf dem Regal. Meg wollte sie alle anfüllen. Sie hatte einen ganzen Tag zu tun mit dem Pflücken, dem Aussuchen, dem Kochen und dem Umrühren. Sie holte sich in ihrem Kochbuch Rat und tat, was sie nur konnte.

Sie wollte sich an alles erinnern, was Hanna immer getan hatte. Was konnte sie vergessen haben? Sie fing noch einmal an, alles zu kochen, zu zuckern und zu sieben, vergeblich! Die Masse gelierte nicht!

Meg wäre am liebsten heim zur Mutter gelaufen — trotz ihrer Küchenschürze — und hätte sie um Hilfe gebeten. Aber Meg und John hatten ein ernstes Abkommen getroffen: Sie wollten nie jemanden mit ihren Sorgen oder gar mit Streitigkeiten belästigen. Schon der bloße Gedanke an einen Streit hatte sie zum Lachen gebracht, so unglaubwürdig kam ihnen das vor. Es fragte sie auch nie jemand, wie es ginge und ob sie Rat oder Hilfe brauchten. Frau March hatte ihnen diesen Tip gegeben.

Nun plagte sich also Meg einen ganzen langen heißen Tag mit den Beeren allein ab. Meg war um fünf Uhr nachmittags genauso weit mit dem Einkochen wie um elf Uhr vormittags, und in der Küche herrschte ein heilloses Durcheinander. Da brach sie in Tränen aus.

Oftmals hatte Meg in der Begeisterung der jungen Hausfrau verkündet: »Mein Mann kann zu jeder Zeit mit einem Besuch nach Hause kommen; eine vorherige Anmeldung ist ganz überflüssig. Ich bin immer darauf eingerichtet, das Haus ist auch immer in Ordnung und gepflegt. Jeder unangemeldete Besuch findet ein fertiges Abendessen vor!«

John konnte sich wirklich schmeicheln, eine ausnehmend tüchtige Frau zu haben. Sie hatten schon mehrmals Besuch gehabt. Niemals aber war irgend jemand ohne Anmeldung gekommen. Eine Gelegenheit, sich besonders auszuzeichnen, hatte Meg also noch nie gehabt.

Doch es ist auf dieser Welt schon so: Die unangenehmen Dinge passieren mit einer Unvermeidlichkeit, daß man sich nur wundern kann. John mußte Megs Einkochen ganz vergessen haben. Sonst hätte man es ihm nicht verzeihen können, daß er unter den dreihundertfünfundsechzig Tagen des Jahres ausgerechnet diesen ausgesucht hatte, um einen Freund unangemeldet zum Abendessen mitzubringen. Meg hatte am Morgen eine von Johns Lieblingsspeisen für das Abendessen angekündigt. John freute sich schon im voraus und war stolz auf seine reizende junge Frau. Sie würde den besten Eindruck machen. Sie würde ihm entgegenlaufen, und im Wohnzimmer würde der gedeckte Tisch warten. John Brooke führte seinen Freund mit der stolzen Zufriedenheit des jungen Ehemannes nach Hause.

Aber es ist kein Verlaß auf dieser Welt! John hatte mit seinem Freund Scott noch kaum das Häuschen erreicht, als auch schon seine Lobpreisungen des Ehelebens aufs furchtbarste enttäuscht wurden.

Sonst stand immer die Haustür offen. Heute war sie sogar abgesperrt. Der Schmutz vom Vortag war noch nicht weggekehrt. Die Vorhänge an den Wohnzimmerfenstern waren zugezogen. Es gab keine freundliche Begrüßung. Außer dem kleinen Jungen, der unter den Johannisbeerbüschen eingeschlafen war, war niemand zu entdecken.

»Es muß irgend etwas passiert sein, fürchte ich. Warte einen Augenblick im Garten. Ich muß nachschauen, wo meine Frau steckt«, sagte John. Die ungewohnte Stille verwirrte ihn. John lief ums Haus herum, und schon wies ihm ein durchdringender Geruch den richtigen Weg. Er stürzte ins Haus und ließ Scott draußen stehen. Sein Freund war Junggeselle, und das, was er jetzt zu sehen und zu hören bekam, belustigte ihn sehr.

In der Küche herrschte ein heilloses Durcheinander und verzweifelte Stimmung. Zum Teil tropfte die Marmelade von einem Kochtopf in den anderen, und ein Teil bedeckte den Boden. Der Rest verbrannte lustig auf dem Herd. Die Masse war noch immer hoffnungslos flüssig, und so aß Lotti Hummel mit dem größten Gleichmut Brot mit Johannisbeersaft. Auf der Küchentreppe aber saß, das Gesicht in die Schürze vergraben, die bitterlich weinende Meg.

»Ja, um Himmels willen, was ist denn passiert?« rief John erschrocken. Er hatte mit einemmal eine schreckliche Vorstellung von verbrannten Händen und einer Familientragödie.

»John, ich bin am Ende meiner Kräfte. Ich weiß nicht mehr ein und aus. Ich sterbe, wenn du mir nicht hilfst!« Die Hausfrau war völlig verzweifelt. Sie warf sich in seine Arme, als suchte sie Rettung in seiner Stärke. Die Begrüßung war tatsächlich »süß«, denn auch Megs Schürze war von der Johannisbeermasse getränkt.

»Was gibt es denn? Was ist geschehen?« fragte John und gab Meg einen tröstenden Kuß.

»Ach!« Meg schluchzte verzweifelt.

»Sag schon, was passiert ist, und hör auf zu weinen. Ich kann das nicht hören«, bat John.

»Ach, mein Jam, es wird nichts, was soll ich nur machen?«

John mußte herzlich lachen. »Das ist alles? Kränk dich nicht, wirf es beim Fenster hinaus, ich kaufe dir Jam, soviel du willst! Aber nimm dich zusammen: Jack Scott ist mit mir zum Essen gekommen.«

John konnte nicht weitersprechen. Meg hatte ihn weggestoßen. Mit einer Mischung von Schrecken und Verzweiflung ließ sie sich auf einen Stuhl fallen:

»Scott heute zum Abendessen! Wo alles kopfsteht! John, was ist dir denn eingefallen?«

»Ruhe, Meg, er wartet im Garten! Jetzt kann man nichts mehr machen! Ich hatte die Marmelade vollkommen vergessen!«

»Warum hast du mich nicht verständigt? Warum hast du es mir nicht schon heute morgen gesagt? Und an die viele Arbeit, die ich heute habe, hast du überhaupt nicht gedacht?« Meg war wütend.

»Am Morgen hatte ich ja auch keine Ahnung davon. Ich habe Scott erst auf dem Heimweg getroffen, so konnte ich dir auch keine Verständigung schicken. Du hast übrigens immer gesagt, daß ich jederzeit jemand mitbringen kann, auch ohne Bescheid. Ich habe es heute zum erstenmal getan — es wird nie mehr vorkommen!« sagte John gekränkt.

»Ich hoffe es! Bitte schick ihn gleich wieder fort! Es ist kein Abendessen da, und ich kann heute niemand sehen!«

»Kein Abendessen? Ich habe dir aber doch alles schicken lassen, was du mir heute morgen angesagt hast: Fleisch, Gemüse. Und einen Pudding hast du mir doch auch versprochen!« John konnte vor Enttäuschung nicht weitersprechen.

»Ich konnte nichts kochen, ich habe keine Zeit gehabt. Eigentlich wollte ich bei Mutter essen. Ich hatte so viel Arbeit!« Und wieder fing sie zu weinen an.

Der gutmütige John war fassungslos. Er war hungrig und müde nach einem schweren Arbeitstag heimgekommen; und was erwartete ihn? Ein leerer Tisch, ein unbeschreibliches Durcheinander im ganzen Haus und eine völlig aufgelöste Frau. Die Situation war nicht mehr zu retten. Denn obwohl John sich sehr beherrschte, sagte er ein kleines unbedachtes Wort:

»Das ist alles schrecklich, ich sehe es ja ein, aber nimm dich ein wenig zusammen; du wirst sehen, es wird noch ein netter Abend mit Scott. Hör auf zu weinen! Ich werde dir helfen, und es wird eben irgend etwas anderes zu essen geben. Das spielt doch gar keine Rolle. Du hast bestimmt Fleisch, Brot und Käse zu Hause, und mehr brauchen wir doch nicht! Marmelade wollen wir ja gar keine!«

Das sollte ein Witz sein, aber dieses eine Wort wurde ihm zum Verhängnis. Über ihren Mißerfolg zu lachen — das bedeutete seelische Grausamkeit, und Megs letzter Rest von Geduld schmolz dahin.

»Mach, was du willst! Ich kann mich nicht ›zusammennehmen‹. Ich bin viel zu erschöpft. Fleisch, Brot und Käse einem Besuch zu servieren, das ist ein typisch männlicher Einfall! In meinem Haus darf so etwas nicht vorkommen! Geh zu Mutter mitsamt deinem Scott, erzähl ihm, daß ich weggefahren bin, oder krank oder tot, sag ihm, was du willst. Ich werde ihn nicht sehen. Ihr könnt über meine Marmelade soviel Witze machen, wie ihr wollt, etwas anderes habe ich nicht für euch.«

Die sanfte Margaret war kaum wiederzuerkennen. Sie riß sich die Schürze herunter und eilte vom Schlachtfeld, um sich in ihrem Zimmer auszuheulen.

Was die beiden Männer dann miteinander besprachen, hat Meg niemals erfahren. Zu Mutter gingen sie jedenfalls nicht. Als Meg etwa eine Stunde später wieder den Schauplatz betrat, waren die beiden fort, dafür fand sie die Spuren einer Mahlzeit vor; sie war entsetzt. Von Lotti hörte sie, daß es kaltes Fleisch und Tee gegeben hatte. Es war alles ratzekahl aufgegessen worden. Herr Brooke habe angeordnet, daß Lotti das ganze süße Zeug und die Einsiedegläser verschwinden lassen sollte. Die beiden Herren hätten viel gelacht.

Am liebsten wäre Meg jetzt zur Mutter gegangen und hätte ihr das Herz ausgeschüttet, aber sie schämte sich. Sie wollte auch von sich selbst die letzten Spuren dieses unglücklichen Tages entfernen. Sie kleidete sich um und machte sich sehr hübsch. Dann wartete sie auf Johns Rückkehr und auf die Versöhnung.

Aber John war anderer Meinung und kam nicht. Er hatte Scott gegenüber seine Frau weitgehend entschuldigt, hatte das Ganze als einen lustigen häuslichen Zwischenfall geschildert; er hatte auch, soweit wie möglich, den Besuch allein bewirtet. Aber John war aufgebracht, wenn er sich auch sehr beherrschte. Meg hatte ihn enttäuscht, hatte ihn in eine peinliche Lage gebracht. Wie oft hatte sie gesagt, daß ihr ein Gast immer willkommen sei. Nun hatte er ein einziges Mal darauf vertraut: Es herrschte ein unbeschreibliches Chaos, und sie ließ ihn mit dem Gast allein. Nein, das war nicht fair! Das war ein Unrecht, und John fand, daß Meg das einsehen mußte.

John begleitete seinen Freund nach ihrem improvisierten Abendessen in die Stadt. Auf dem Heimweg hatte sich sein Zorn schon etwas beruhigt, und er dachte: Sie hat so viel Marmelade einkochen wollen, weil sie weiß, daß ich sie so gern esse. Aber mich so einfach mit dem Gast draußen stehen zu lassen — das war nicht schön von ihr. Sie hat über der Einkocherei das Essen vollkommen vergessen. Aber schließlich ist sie ja noch sehr jung... Hoffentlich war sie nicht zu ihrer Mutter gelaufen. Klatsch konnte er gar nicht leiden. Er wurde schon bei dem bloßen Gedanken daran wütend. Gleich darauf wurde er wieder sehr milde gestimmt — vielleicht weinte die arme Meg immer noch. Er wollte sehr lieb und freundlich sein — und er beschleunigte seine Schritte. Er wollte aber trotzdem energisch sein; sie mußte erkennen, daß sie ihre Hausfrauenpflichten verletzt hatte.

Zur selben Zeit beschloß auch Meg, »lieb, freundlich und energisch« zu sein und ihm zu verstehen zu geben, daß er seine Hausherrnpflichten verletzt hatte. Sie wünschte sich sehnlichst eine Versöhnung und wäre John am liebsten im Garten entgegengelaufen. Sie blieb aber doch mit ihrer Handarbeit im Schaukelstuhl sitzen, als hätte sie den ganzen Tag nichts anderes zu tun gehabt; sie war der Meinung, daß das pädagogisch richtiger sei.

John war sehr enttäuscht, daß Meg nicht den ersten Schritt zur Versöhnung machte. Das war sie ihm schuldig, fand er. Er schlenderte daher und nahm auf dem Sofa Platz. Er machte den Eindruck, als sei er bei fremden Leuten zu Gast. »Heute ist Neumond«, sagte er ausnehmend gescheit.

»Mir ist das egal«, antwortete Meg.

Herr Brooke schnitt noch einige andere Gesprächsthemen an, aber seine Frau wollte nichts davon hören. Die Konversation verebbte. Nun ging John zum anderen Fenster und öffnete die Zeitung. Er wickelte sich, bildlich gesprochen, darin ein.

Meg nähte an ihren Hausschuhen, so als ob von den Rosetten ihr ganzes Seelenheil abhinge. Sie schwiegen und fühlten sich beide sehr unbehaglich. Das Eheleben ist gar nicht so einfach, dachte Meg. Man braucht schrecklich viel Geduld — fast genausoviel wie Liebe. Meg mußte daran denken, daß sie nur widerstrebend die Ratschläge ihrer Mutter angehört hatte:

»Auch John hat seine Fehler wie wir alle. Du mußt dir immer vor Augen halten, daß auch du welche hast, und dich bemühen, die seinen zu verstehen und zu ertragen. John ist sehr energisch. Wenn du aber geduldig mit ihm bist und ihm schön zuredest, wird er nicht starrsinnig werden. Wir sind ganz anders als er. Wir werden rasch zornig und auch rasch wieder gut. Er wird langsam böse, aber er vergißt auch nur langsam. Schau, daß er nicht zu lange in seinem Unmut verharrt. Mach immer du den ersten Schritt zur Versöhnung, wenn ihr euch auch beide ins Unrecht gesetzt habt.«

Heute gab es die erste Unstimmigkeit. Wie dumm erschien Meg jetzt der eigene Zorn. Sie war beinahe gerührt, wenn sie an das Durcheinander dachte, in das der arme John geraten war, als er nach Hause kam. Meg stand auf und legte die Näherei weg. Sie wollte den ersten Schritt machen, aber John sah und hörte nichts. Leicht fiel es ihr nicht, ihren Stolz zu unterdrücken. John drehte nicht einmal den Kopf nach ihr um. Meg wollte schon hinausgehen, da sagte sie sich: Ich will mir keine Vorwürfe machen müssen, ich muß den ersten Schritt tun; und sie küßte ihn behutsam auf die Wange.

Und schon war alles vergessen, und John sagte voll Reue: »Ich hätte über diese armen Einsiedegläser nicht lachen sollen, verzeih mir. Es wird nicht wieder vorkommen.«

Aber sooft in Zukunft ein Glas Jam auf dem Tisch stand, mußte er doch wieder lachen und Meg stimmte fröhlich mit ein. Herr Scott wurde bald rechtmäßig eingeladen. Das Essen war wunderbar, und der erste Gang bestand nicht in einer aufgelösten Gattin. Es wurde ein sehr netter Abend, und auf dem Heimweg verfiel Herr Scott in melancholische Grübeleien über sein Junggesellenleben.

Im Herbst erwarteten Meg neue Erfahrungen und Prüfungen. Sally Moffat kam oftmals in das Häuschen auf einen Klatsch, erneuerte ihre Freundschaft und lud »das arme Ding« in ihr großes Haus zu sich ein. Meg, die sich oft langweilte, ging gerne hin, aber Sallys Luxus stimmte sie genauso traurig wie früher. Und weil sie selbst das alles nicht haben konnte, bedauerte sie sich. Meg nahm zwar keine kleinen Geschenke von Sally an, denn sie wußte, daß John das nicht haben wollte. Dann aber tat sie etwas, was Johns Mißfallen noch viel mehr erregte.

Meg konnte frei über das Wirtschaftsgeld verfügen — es war ihr genau bekannt, was John verdiente. Meg sollte ein Haushaltsbuch führen und alle Rechnungen pünktlich begleichen. Bisher hatte es auch keinerlei Schwierigkeiten gegeben. Meg plante genau und achtete auf ihre Ausgaben, da John eben leider noch nicht viel Geld nach Hause brachte. Megs Paradies wurde jedoch im Herbst von der Schlange heimgesucht, die sie zwar nicht mit Äpfeln, dafür aber mit Kleidern in Versuchung führte. Die andauernden Sticheleien Sallys, weil sie nicht immer neue Kleider hatte, ärgerten Meg sehr. Nun bemühte sie sich, Sally durch kleine Einkäufe zu beweisen, daß auch sie selbst imstande war, sich allerhand modische Kleinigkeiten zu leisten. Dieser Firlefanz war meistens so wertlos, daß Meg es schon am Abend bereute, ihn erstanden zu haben. Daß die Dinge nicht sehr kostspielig waren, gab ihr einige Beruhigung. Wenn Meg jetzt mit Sally in die Stadt fuhr, kam sie auch fast täglich mit irgendeinem kleinen Gegenstand zurück — sie war nicht mehr der passive Zuschauer beim Einkaufen.

Die Ausgaben erhöhten sich aber doch merklich, wenn die kleinen Sachen auch billig waren. Die Endsumme, die am Monatsende in ihrem Haushaltsbuch stand, erschreckte Meg sehr.

Meistens machte John die monatliche Abrechnung mit Meg gemeinsam. Diesmal mußte es Meg allein tun. John war zu sehr beschäftigt, da er am nächsten Monatsende geschäftlich verreisen mußte. Meg wußte bereits ein paar Wochen später, daß ihr gesamtes Budget in Unordnung geraten war.

Besonders schwer belastete sie eine arge Unklugheit, die sie kurz zuvor begangen hatte. Meg wünschte sich sehnlichst ein neues Seidenkleid — Sally hatte sich eben einen neuen Seidenstoff gekauft. Mit einemmal kam Meg ihr graues Seidenkleid so einfach vor. In eine ordentliche Garderobe gehörte eben ein leichtes Seidenkleid.

Zu Neujahr bekam alljährlich jedes der vier Mädchen von Tante March fünfundzwanzig Dollar. Das war ja schon am nächsten Monat, und diese wunderbare lila Seide, die Meg so gut gefiel, war billig zu haben. Das Geld war da, Meg konnte es sich von der Haushaltskasse ausborgen und später die fünfundzwanzig Dollar von Tante March zurückgeben. Aber es gab einen Haken: die Seide kostete, trotz des verbilligten Preises, insgesamt fünfzig Dollar. Was würde John sagen, wenn sie die restlichen fünfundzwanzig Dollar aus der Haushaltskasse nehmen würde? Die Seide war so schön, daß Meg glaubte, einfach nicht widerstehen zu können, und der Verkäufer und Sally redeten ihr zu. Kaum wußte Meg, wie ihr geschah, und schon kam sie mit dem Stück lila Seide für fünfzig Dollar zu Hause an.

Jetzt war Meg auf einmal gar nicht mehr so begeistert davon. Trotz der Versicherung des Verkäufers paßte ihr die Farbe auch gar nicht so gut. Meg sah nur noch die fünfzig Dollar, die der Stoff gekostet hatte: Fünfzig Dollar! Sie verstaute die Seide ganz hinten im Kleiderkasten. Aber ungeschehen konnte sie diesen Einkauf leider nicht mehr machen.

John war ein sehr gewissenhafter Hausherr und hatte gerade an diesem Abend wieder einmal Zeit, um sich das Haushaltsbuch anzuschauen. Er wollte wissen, wie das Konto stand, weil auch er an einige Einkäufe dachte. Da wiesen nur sehr saubere Kolonnen auf vernünftige und notwendige Ausgaben hin. Die Rechnungen waren alle beglichen. Demnach hätte in der alten Brieftasche, die sie »unsere Bank« nannten, noch viel Geld vorhanden sein müssen — doch es war nichts drin!

Meg meinte nervös: »Meine Ausgaben hast du ja noch nicht angeschaut.«

Megs persönliche Ausgaben interessierten John niemals, aber sie wollte sie ihm immer zeigen. Er las sie dann wie eine komische Zeitungsgeschichte. Diese Unmengen von Bändern aller Breiten und Farben, die eine einzige Frau haben mußte, waren ihm in seiner männlichen Unkenntnis ein Rätsel. Was konnte ein vernünftiger Mensch nur mit all diesen Rosetten und Schleierblumen anfangen? Immer wieder hörte er sich lächelnd ihre Erklärungen an. John war ein gescheiter Mann, das wußte Meg genau, aber über seine Ahnungslosigkeit in Modefragen mußte sie immer wieder den Kopf schütteln.

Die heutigen Zahlenreihen, die sich über viele Seiten hinzogen, konnte er aber nicht übersehen. Meg meinte auch sofort: »Ich bedaure es, John, aber ich war diesmal sehr anspruchsvoll. Ich gehe oftmals mit Sally aus, sie lädt mich ein, und daher muß ich verschiedenes haben. Aber ich will dafür das Neujahrsgeld von Tante March in die Haushaltskasse tun.«

Meg hatte sich hinter einen Stuhl gestellt und schaute John furchtsam an. Er zog sie hervor und sagte lachend: »Das muß ja sehr arg sein, wenn du dich gleich versteckst. Ich bin doch kein Unmensch. Neun Dollar für ein Paar Schuhe sind zwar reichlich, aber meine Frau hat doch so hübsche Füße, daß sie noch teurere Schuhe tragen müßte.«

Meg dachte ängstlich an die lila Seide im Kasten — die Schuhe waren nur eine der letzten »Kleinigkeiten«. Wie würde John das aufnehmen?

»Ich habe etwas viel Ärgeres als nur Schuhe gekauft — ein Stück Seide!« sagte Meg voll Verzweiflung. Wenn sie es nur schon hinter sich hätte!

»Also, mein Chef sagt immer: wie hoch ist die Hälfte des Verlustes?« John sah jetzt doch recht sorgenvoll drein.

Meg schnappte nach Luft. Dann zeigte sie auf den Endbetrag in ihrem Notizbuch. Der war schon ohne die fünfzig Dollar fürchterlich. Es war ihr jetzt selbst unbegreiflich. Aber John versuchte noch immer, sich seinen Ärger und seinen Schock nicht anmerken zu lassen.

Schließlich sagte er mit beherrschter Stimme: »Nach all den Bändern und dem übrigen Plunder, den eine Frau für ihre Kleidung zu brauchen scheint, kann man noch begreifen, daß ein Nachmittagskleid fünfzig Dollar kostet.«

Meg murmelte: »Genäht ist es noch nicht.« Sie wagte gar nicht daran zu denken, was das Nähen noch kosten würde.

»Mir kommt vor, daß fünf Meter Seide reichlich viel sind für eine so kleine Frau. Aber meine Frau wird sehr elegant darin aussehen — so elegant wie Ned Moffats Frau«, meinte John sachlich.

»John, du bist jetzt sicher sehr böse auf mich. Ich kann nichts dafür! Ich möchte nicht dein Geld vergeuden. Ich habe ohne Überlegung soviel Geld für diese Sachen ausgegeben. Wenn ich sehe, wie sich Sally alles kaufen kann, was ihr gefällt, kann ich auch nicht widerstehen. Und wenn ich nichts kaufe, dann bemitleidet sie mich. Es ist so schwer, zufrieden zu sein; ich bemühe mich ja, aber manchmal habe ich schon genug von dem ewigen Verzichtenmüssen.«

John hatte ihr wegen ihrer kleinen Einkaufssünden noch nie Vorwürfe gemacht, sondern ihr oftmals nur liebevoll erklärt, daß sie auf derlei Dinge vorläufig noch verzichten müsse. Um Meg mit irgend etwas Freude zu machen, hatte er selbst schon auf so manches verzichtet; deshalb trafen ihn ihre Worte besonders hart.

Als Meg geendet hatte, schämte sie sich sehr. John legte das Haushaltsbuch weg und sagte mit fremder Stimme:

»Ich habe das kommen sehen, Meg, aber ich tue, was ich kann!«

Diese Worte berührten Meg mehr, als es die härtesten Vorwürfe hätten tun können. Sie umarmte John und wiederholte unter Tränen: »John, es tut mir ja so leid, ich wollte das nicht sagen. Und das Seidenkleid werde ich lange Jahre haben.«

John entschuldigte alles, machte ihr keine Vorwürfe und zeigte viel Verständnis. Aber wenn er auch nicht mehr darüber redete, wußte Meg genau, daß ihn ihre selbstsüchtigen Worte noch lange schmerzten.

Hatte sie nicht das Versprechen gegeben, ihn allezeit zu lieben? Und schon jetzt beschwerte sie sich, daß er nicht genügend verdiene, und gab das Geld leichtsinnig für lauter Kram aus. Es wäre leichter gewesen, wenn John sich darüber beklagt hätte! Er kam jetzt später aus dem Büro nach Hause, und anstatt die Abende gemütlich mit Meg zu verbringen, arbeitete er nach dem Abendessen auch noch daheim weiter.

Meg war nach einer Woche krank vor Reue. Sie mußte auch feststellen, daß John den schon für sich bestellten Wintermantel wieder abbestellt hatte. Als sie ihn fragte, weshalb er es getan habe, sagte er nur: »Den kann ich mir nun nicht leisten.« Meg erwiderte nichts, aber kurz darauf fand er sie im Vorraum; sie hatte ihren Kopf in seinen alten Mantel gewühlt und weinte bitterlich. John umarmte sie gerührt.

An diesem Abend sprachen sie lange und ernst miteinander. Meg hatte Verständnis für die Arbeit ihres Mannes und für seine Bemühungen, weiterzukommen. Er wollte kein Darlehen vom alten Herrn Laurenz, er wollte es aus eigenem zu etwas bringen.

Meg bekämpfte am folgenden Tag ihren Stolz und ging zu Sally Moffat, um sie zu ersuchen, ihr die Seide abzunehmen. Sally tat es auch und war sogar so taktvoll, Meg den Stoff dann nicht sofort zurückzuschenken. Meg erneuerte die Bestellung des Wintermantels für ihren Mann und zog ihn selbst an, als John am Abend nach Hause kam. »Was sagst du zu meinem neuen Seidenkleid?« fragte sie.

Noch nie hatte John mit einem Geschenk eine so große Freude gehabt wie mit diesem. Nun war es wieder so friedlich in dem kleinen Haus wie zu Beginn ihrer Ehe. An jedem Morgen zog John strahlend den neuen Wintermantel an und nahm zärtlich Abschied von seiner liebevollen Meg.

Winter, Frühjahr und Sommer vergingen. Meg hatte jetzt bedeutungsvollere Dinge zu besorgen als Bänder und Schleifen; sie nähte Babywäsche. Mit größter Spannung erwartete die ganze Familie dieses große Ereignis — Megs erstes Kind. Welche Überraschung es geben würde, ahnte damals noch niemand.

An einem Samstagnachmittag kam Laurie mit großen Schritten zum Taubenschlag.

»Wie geht es der jungen Mutter? Wo sind sie alle? Warum habt ihr mich nicht verständigt?« fragte er laut und vorwurfsvoll.

»Sie strahlt wie eine Königin. Sie sind alle oben und bestaunen das Wunder. Wir wollten keinen Wirbelsturm. Ich schicke sie alle zu Ihnen herunter, Herr Laurie. Bleiben Sie im Wohnzimmer.« Hanna verschwand mit einer wichtigen Miene. Laurie blickte ihr verdutzt nach.

Bald kam Jo mit einem großen weißen Bündel auf den Armen die Treppe herunter. Ihre Augen leuchteten, als sie befahl: »Augen zu, und streck die Arme aus!«

Laurie entfloh in die nächste Ecke. Er versteckte die Hände auf dem Rücken und sagte ängstlich: »Danke, nein, lieber nicht! Ich lass' es womöglich fallen!«

»Dann kannst du deinen Neffen nicht sehen!« sagte Jo und tat so, als ob sie gehen wollte.

»Ich will ihn aber sehen! Aber du trägst die Verantwortung!«

Während sie ihm das große Bündel in die Arme legte, machte Laurie die Augen zu.

Die anderen waren inzwischen hereingekommen und lachten laut. Es war zu komisch, wie er da mit geschlossenen Augen und ausgestreckten Armen stand.

»So, jetzt darfst du sie aufmachen!« rief Jo.

Ganz langsam öffnete Laurie die Augen. Dann blickte er auf das Bündel, das er im Arm hielt, und von dort auf die lachenden Zuschauer. Auf dem Kissen lagen — zwei Babys!

»Um Himmels willen, Zwillinge!« rief er überrascht. Die ganze Familie brach in schallendes Gelächter aus.

»Nehmt sie, rasch, ich muß lachen!« rief Laurie flehend.
John nahm ihm das Bündel ab. Er tat so, als wäre er schon immer mit der Babypflege vertraut, und wanderte stolz mit seinen Kindern auf und ab.

»Ist das nicht eine herrliche Überraschung?« fragte Jo, als sie sich von dem Lachsturm erholt hatte.

»Eine solche Überraschung habe ich noch niemals erlebt«, sagte Laurie.

»Das ist eine Freude! Sind es Jungen, und wie werden sie heißen? Ich möchte sie nochmals sehen. Ich bin fassungslos!« Laurie konnte sich von dem Anblick gar nicht trennen.

»Ein Pärchen! Sind sie nicht wunderbar?« fragte der stolze Vater. Er war von den zwei faltigen, roten Gesichtern so begeistert, als ob sie die schönsten Babys von der Welt wären.

»Das sind die herrlichsten Kinder, die ich je gesehen habe!« beteuerte Laurie. »Welches ist nun welches?«

»Amy hat das Mädchen mit einem rosa und den Jungen mit einem hellblauen Band geschmückt. Übrigens, der Junge hat Megs blaue Augen und das Mädchen die braunen des Vaters. Onkel Laurie, du mußt ihnen einen Kuß geben«, forderte Jo.

»Das werden sie nicht gerne haben, fürchte ich«, wehrte sich Laurie so schüchtern, wie man es gar nicht von ihm gewohnt war.

»Aber sie haben das gern, sie kennen das schon. Also küß sie!« verlangte Jo. Laurie schnitt eine Grimasse. Dann drückte er jedem der beiden Babys einen behutsamen Kuß auf die Stirn. Die Erwachsenen lachten, die Kleinen quietschten.

»Ich habe es ja gleich gewußt, daß sie das nicht gern haben. Der da muß der Junge sein, er hat einen festen Faustschlag. Sie werden bald mit einem Gleichstarken boxen können, Herr Brooke«, sagte Laurie lachend.

»Er wird John-Laurenz heißen, und die Kleine soll nach der Großmutter und nach der Tante den Namen Beth bekommen. Wir werden sie nur Betty rufen. Sonst haben wir zu viele Beths. Bis uns etwas Gescheiteres einfällt, soll der Junge Jack gerufen werden«, erklärte Amy mit einer wichtigen, tantenhaften Miene.

»Ihr könnt ihn auch Demi-John taufen und ihn Demi rufen«, meinte Laurie

»Betty und Demi ist kurz und hübsch. Ich wußte es, daß Laurie einen guten Einfall haben würde«, sagte Jo.

Also hießen die beiden Babys von nun an Betty und Demi.

Verschiedene Besuche

»Jo, komm, es ist soweit.«

»Was denn?«

»Du wirst doch nicht am Ende vergessen haben, was du mir versprochen hast? Wir wollten doch heute ein halbes Dutzend Besuche miteinander machen«, ermahnte sie Amy.

»Ja, ich habe wohl schon öfter Dummheiten gemacht, aber ich kann mich nicht erinnern, je so unvernünftig gewesen zu sein, dir zu versprechen, ein halbes Dutzend Besuche an einem einzigen Tag zu machen. Mich ärgert schon einer allein in einer Woche«, erwiderte Jo.

»Nein, nein, du hast es mir zugesagt, erinnere dich doch. Du wolltest mich bei den Gegenbesuchen bei unseren Nachbarn begleiten, wenn ich dir dafür das Kohleporträt von Beth fertig mache.«

»Aber nur bei schönem Wetter. Schau dir einmal die Wolken an! Ich halte mich fest an die Vereinbarung. Ich muß nicht mitgehen, denn das Wetter ist nicht schön!«

»Es ist herrliches Wetter, du willst nur nicht. Immer bildest du dir soviel darauf ein, daß du niemals wortbrüchig wirst. Du hast die nächsten sechs Monate Ruhe, wenn du jetzt mitgehst«, drängte Amy.

An einem heißen Julitag im schönsten Sonntagsstaat auf Besuchstour zu gehen! Jo war empört über diese Zumutung. Sie konnte diese offiziellen Besuche nicht ausstehen! Nur durch irgendeinen Handel oder eine Bestechung von Amy ließ sie sich dazu bewegen. Heute mußte sie mitkommen. Sie zog die Handschuhe aus der Lade und nahm den Hut vom Kleiderständer und sagte, in ihr Schicksal ergeben:

»Ich bin für das Opfer bereit.«

»Du kannst einen Heiligen zur Verzweiflung bringen, Jo March! Du glaubst doch nicht im Ernst, daß du so Besuche machen kannst«, empörte sich Amy.

»Was willst du denn von mir? Ich bin anständig angezogen, leicht und luftig. Gerade richtig, um an einem so warmen Tag und in dem Staub auszugehen. Menschen, denen meine Kleider wichtiger sind als ich selbst, brauche ich nicht. Mach du dich doch elegant für zwei, ich bleibe, wie ich bin!« erklärte Jo.

»Das hat mir noch gefehlt«, stöhnte Amy. »Glaubst du, mir ist es sehr lustig, in der Hitze Besuche zu machen? Aber wir müssen es erledigen. Das sind wir den Leuten schuldig. Jo, ich tue, was immer du von mir verlangst, aber komm mit und zieh dich nett an. Wenn du dich bemühst, kannst du die Leute gut unterhalten, und ich bin richtig stolz auf dich, wenn du gut angezogen bist. Du siehst dann wirklich vornehm aus! Außerdem weißt du doch, daß ich nicht gern allein gehe.«

»Du kannst schmeicheln, wenn du etwas haben willst! Du bist berechnend, schäm dich! Welche von deinen Äußerungen ist jetzt am weitesten hergeholt: mein Talent, zu unterhalten, mein vornehmes Aussehen oder deine Angst vor dem Alleingehenmüssen? Gut, ich gehe. Ich folge dir blind. Du übernimmst die Führung! Gibst du jetzt Ruhe?« sagte Jo ergeben, ganz im Gegensatz zu ihrem früheren Trotz.

»Du bist ein Engel! Zieh dich schön an, und ich werde dir immer sagen, wie wir uns bei den verschiedenen Leuten benehmen müssen.« Amy übernahm bereits das Kommando. »Wenn du nicht so ablehnend wärst, hätten dich alle sehr gern, und das wünsche ich mir doch so. Stecke die Rose auf deinen Hut, das ist hübsch. Zieh die dünnen Handschuhe an und nimm das gestickte Taschentuch. Meg soll mir ihren weißen Sonnenschirm borgen, dann kannst du meinen grauen nehmen.«

Seufzend befolgte Jo Amys Ratschläge, zog ihr Organdykleid an und nahm ihren hübschesten Hut, den sie sehr sorgfältig umband. Dabei verletzte sie sich ein wenig an einem Fischbeinstäbchen ihres Kragens. Sie runzelte ärgerlich die

Stirn, als sie das Taschentuch nahm, dessen Stickerei ihr genauso zuwider war wie die ganze Besuchstour.

»Sind wir jetzt genug herausstaffiert?« fragte sie.

»Du schaust nett aus, dreh dich einmal um.«

Jo folgte ihr, und Amy betrachtete sie kritisch: »Sehr hübsch! Bewege dich anmutiger und halte die Schultern gerade. Wenn dir die Handschuhe zu eng sind, schadet das gar nichts. Auf der Straße mußt du den Rock in die Höhe nehmen, im Haus gibst du ihn wieder herunter. Bei deiner Größe wirkt es sehr gut, wenn der Rock hinter dir herschleift. Du wirst niemals ordentlich aussehen, wenn du deine Manschette nicht ganz zuknöpfst. Auf solche Dinge mußt du achten!«

Hanna sah ihnen voll Stolz nach und fand sie »bildschön«, wie sie in ihrem Sonntagsstaat dahinsegelten.

»Jo, paß auf: Die Chesters glauben, daß sie sehr vornehme Leute sind. Sei dort so manierlich wie möglich. Tu nichts Auffallendes, mach keine schnippischen Bemerkungen. Sei still und zurückhaltend, damit du möglichst damenhaft wirkst. Das wirst du doch fünfzehn Minuten lang aushalten!« So lauteten Amys Anordnungen vor dem ersten Haus.

»Still und zurückhaltend... das verspreche ich dir. Das kann ich noch von der Bühne her, da hab' ich es einmal probiert. Sei unbesorgt, ich werde deine Anweisungen befolgen, mein Kind.«

Amy hätte eigentlich über die seltsame Sanftmut ihrer Schwester erstaunt sein sollen, aber sie war völlig unbefangen, bis sie mit einemmal entdeckte, was Jo vorhatte.

Zuerst ließ sie sich im Salon der Damen Chester sehr anmutig in einen Sessel sinken. Auch die Rockfalten waren in Ordnung. Sie saß da, ruhig wie das Meer im Sommer, kühl wie der Schnee und stumm wie eine Sphinx. Frau Chester redete vergeblich von Jos hübschen Erzählungen. Die Töchter Chester versuchten, ein Gespräch über Einladungen, Picknicks und Mode zu führen, auch das mißlang. Jo sagte höchstens »Ja« oder »Nein«, sonst hatte sie nur ein eisiges Lächeln. Amy bemühte sich erfolglos, sie, sooft es unauffällig möglich war, mit dem Fuß anzustoßen. Jo saß, wie eine Schlafwandlerin über allem thronend, da; genauso, wie sie immer Maud Chester beschrieben hatte: kalt und ewig dumm.

»Diese Jo March ist aber eine arrogante, langweilige Person«, hörten Jo und Amy gerade noch, bevor sich die Salontür hinter ihnen schloß. Jo mußte sehr darüber lachen, aber Amy war schockiert.

»Du hast mich mißverstanden, Jo. Ich wollte doch nur, daß du manierlich bist. Aber du hast dich benommen wie ein Holzklotz. Wir gehen jetzt zu den Lambs. Bemühe dich dort, so zu sein wie die anderen Mädchen, gesprächig und freundlich. Interessiere dich für alles, worüber sie reden: Kleider, Flirts, Gesellschaften. Es ist sehr wichtig für uns, gut mit ihnen zu stehen. Sie verkehren in den besten Kreisen«, flehte Amy sie an.

»Wie du willst, Amy, ich werde lebhaft und gesellig sein. Ich werde von jedem Unsinn begeistert sein und kichern und tratschen. Ich werde die Rolle eines entzückenden jungen Mädchens spielen. Ich brauche mir nur May Chester zum Vorbild zu nehmen; vielleicht kann ich es noch besser als sie. Die Lambs werden ganz begeistert von mir sein, du wirst schon sehen!«

Diese Versicherung beruhigte Amy durchaus nicht. Sie kannte ihre Schwester zu gut. Man konnte nicht ahnen, wie es ausfallen würde, wenn Jo beschlossen hatte, lebhaft und freundlich zu sein.

Amy beobachtete mit gemischten Gefühlen, wie Jo in den nächsten Salon brauste. Sie küßte die jungen Mädchen übertrieben auf die Wange, reichte den Herrn affektiert die Hand und schaltete sich dann überschwenglich in die Unterhaltung ein.

Frau Lamb unterhielt sich mit Amy, daher konnte diese ihre Schwester nicht bremsen. Die meisten jungen Gäste unterhielten sich mit Jo. Amy fand das Gelächter, das von dort kam, gar nicht passend. Während sie neben Frau Lamb auf dem Sofa saß, stand sie Todesqualen aus. Sie hörte Sätze wie diese:

»Ach, reiten hat sie nur im Baum gelernt, auf einem alten Sattel. Jetzt ist es ihr gleichgültig, wie wild ein Pferd ist, sie reitet jedes. Sie reitet so gut den Damensattel ein, daß man ihr im Reitstall die Pferde ganz billig überläßt. Sie liebt ja die Pferde. Ich sage oft: Amy, sei doch gescheit und werde Zureiterin, dann wirst du dafür bezahlt und kannst reiten, soviel du willst.«

Amy fiel es sehr schwer, bei diesen gräßlichen Reden ruhig sitzen zu bleiben. Jo schilderte Amy als wildes, jungenhaftes Mädchen, ganz genau das Gegenteil von dem, was sie sein wollte. Sie konnte das Sofa aber unmöglich verlassen. Frau Lamb ließ überhaupt keine Gesprächspause eintreten, sie sprach immerfort. Amy konnte sich nicht vor ihr retten, und gleichzeitig sprach Jo Dinge offen aus, die man, wie Amy meinte, einfach nicht erzählen durfte.

Dann kam die Mode an die Reihe. Man wollte von Jo wissen, wo sie den hübschen Hut gekauft hatte, den sie kürzlich bei einem Picknick getragen hatte. Amy habe das teuerste Hutgeschäft der Stadt genannt. Aber Jo sagte offen:

»Der Hut gehört meiner Mutter, Amy hat ihn bemalt, diese zarten Farben bekommt man ja sonst gar nicht. Sie macht das immer für uns. Eine künstlerisch talentierte Schwester im Haus zu haben, ist viel wert!«

Fräulein Lamb war begeistert und rief: »Das ist eine großartige Idee!«

»Das ist nicht alles. Das Kind kann noch viel mehr! Amy wollte für eine Gesellschaft bei Sally Moffat blaue Stiefeletten haben, und da hat sie die alten weißen hellblau angestrichen. Wie Seide hat es ausgesehen.« Jo zersprang fast vor Stolz über die begabte Schwester, aber Amy hätte sie am liebsten geohrfeigt.

»Ihre letzte Erzählung hat uns sehr gefallen, wir haben sie gerade gelesen«, bemerkte die ältere Lamb-Tochter, um Jo etwas Nettes zu sagen.

Leider wirkten aber Bemerkungen über ihre »Schöpfungen« immer sehr schlecht auf Jo. Sie machte entweder ein beleidigtes Gesicht oder sie wechselte, wie jetzt, das Gesprächsthema mit einer kurzen Antwort.

»Wenn Sie nichts Besseres zum Lesen gefunden haben, bedauere ich Sie. Die gewöhnlichen Leute mögen diese Art; ich schreibe es, weil man es kauft. Werden Sie diesen Winter wieder in New York sein?«

Die Antwort war unhöflich und taktlos, da den Lambs ihre Erzählung gefallen hatte. Jo bemerkte ihren Mißgriff. Sie wollte die Sache nicht noch verschlimmern, und der Gedanke, daß sie als Besuch ja zuerst aufbrechen mußte, kam ihr zu Hilfe. Sie zog sich so rasch zurück, daß drei Leuten die halben Sätze im Mund steckenblieben.

»Amy, es ist Zeit! Auf Wiedersehen, besuchen Sie uns bald, meine Lieben, wir freuen uns schon darauf. Sie, Herr Lamb, getraue ich mich nicht aufzufordern. Ich würde es aber nicht übers Herz bringen, Sie wegzuschicken, wenn Sie doch kämen!«

Amy mußte wegschauen. Sie konnte nicht mit ansehen, wie Jo das affektierte Benehmen von May Chester nachmachte.

»War ich nicht tüchtig?« fragte Jo dann sehr stolz.

»Gräßlich war's, ich bin fast umgekommen!« antwortete Amy wütend. »Bist du verrückt geworden? Du erzählst von den Strohhüten, vom Sattel im Baum und benimmst dich wie May Chester! Das hat man doch gemerkt!«

»Mein Gott, ist das nicht lustig? Sie haben doch sehr gelacht. Sie wissen doch, daß wir uns nicht drei oder vier Hüte in der Saison und ein Reitpferd leisten können. Weshalb sollen wir so aufschneiden?« verteidigte sich Jo.

»Man muß doch nicht alles so sagen, wie es ist, wenn sie es auch wissen. Stolz bist du gar nicht, und du wirst auch niemals lernen, wann man den Mund zu halten hat und was man wem erzählen darf«, erwiderte Amy.

Jo war erstaunt. Nie konnte sie es ihrer Schwester recht machen, wenn sie sich auch noch soviel Mühe gab. Als sie zum dritten Haus kamen, fragte Jo: »Und was soll ich hier tun?«

»Ich geb' es auf, du kannst tun, was du willst«, fauchte Amy.

»Dann wird es bestimmt lustiger werden als bei den Chesters und den Lambs. Hier wird man vernünftig reden können; die Jungen sind auch daheim. Ich brauche Zerstreuung. Mein Seelenzustand ist ganz aus dem Gleichgewicht geraten durch dieses blödsinnige Gerede«, sagte Jo erleichtert.

Jos Stimmung hob sich wirklich rasch. Sie wurden von drei jungen Männern und einigen lustigen Kindern herzlich begrüßt. Amy blieb es überlassen, sich mit der Dame des Hauses und einigen Gästen abzugeben. Die erwachsenen Söhne des Hauses berichteten Jo indessen vom College. Sie bewunderte die jungen Tauben im Taubenschlag und besichtigte den neuen Jagdhund.

Auch Amy unterhielt sich gut. Der junge Herr Tudor, den sie vor kurzem im Bus getroffen hatte, war da, aber er erwähnte mit keinem Wort ihr peinliches Zusammentreffen mit Amys Hummer. Dafür berichtete er ausführlich von der Hochzeit eines Onkels; er hatte eine Engländerin geheiratet, die dritte Kusine eines richtigen Lords. In Amys Augen gewann die Familie Tudor dadurch hohes Ansehen. Alles, was nur im entferntesten mit europäischem Adel zusammenhing, begeisterte sie.

Amy mußte aber trotzdem auf die Zeit achten. Schweren Herzens trennte sie sich nach Ablauf der vorgeschriebenen Anzahl der Besuchsminuten von dem weitschichtigen Verwandten einer britischen Adelsfamilie und von dieser ganzen aristokratischen Gesellschaft. Sie ging, um Jo zu suchen. Amy hoffte nur, daß ihre Schwester nicht inzwischen in ihrer unverbesserlichen Art die gesamte Familie blamiert hatte.

Es war nicht so arg, aber Amy genügte, was sie zu sehen bekam: Jo saß auf dem Rasen, inmitten der großen und kleinen Kinder der Familie. Auf Jos schönstem Sonntagskleid lagen die Vorderpfoten eines Hundes, der an einem Knopf knabberte. Ein Junge jagte mit Amys schönem Sonnenschirm Tauben. Das kleinste Mädchen zerbröselte über Jos Hut sein Früchtebrot. Sie waren alle sehr lustig und verwendeten Jos Handschuhe und Grasbüschel als Wurfgeschosse. Jo suchte ihre verschiedenen Kleidungsstücke zusammen, und die ganze Bande begleitete sie bis zur Gartentür. Man forderte sie auf, doch bald wiederzukommen, und ließ Laurie grüßen.

Jo schien sehr zufrieden: »Sehr nette Jungen, nicht wahr?« Dann ging sie mit langen Schritten, die Hände auf dem Rücken, weiter, ganz so, wie sie es immer tat; außerdem bemühte sie sich auf diese Weise, den schmutzigen Sonnenschirm zu verbergen.

»Weshalb gehst du Herrn Tudor immer aus dem Weg?« fragte Amy, ohne eine Bemerkung über Jos Aussehen zu machen.

»Er ist furchtbar eingebildet. Laurie kann ihn auch nicht ausstehen. Deshalb kümmere ich mich nicht um ihn.«

»Du könntest wenigstens höflich zu ihm sein. Du hast in seiner Gegenwart Tommy Chamberlain sehr freundlich begrüßt, ihm hast du jedoch nur kühl zugenickt. Wenn du es umgekehrt gemacht hättest, wäre es richtig gewesen — Tommys Vater hat einen Gemüseladen«, klärte sie Amy auf.

»Nein, das wäre falsch gewesen. Der junge Tudor ist eingebildet und dumm; nur weil sein Vater reich ist, geht er ins College. Ich kann nichts Bewundernswertes an ihm finden. Es kümmert mich auch gar nicht, ob die englische Frau des Neffen seines Onkels oder seines Großvaters oder Schwagers die Kusine eines lebendigen oder eines toten Lords ist. Tudor kann nichts dafür. Tommy Chamberlain ist sehr intelligent und ein lieber Kerl obendrein. Warum soll ich also nicht auch nett zu ihm sein?«

»Es ist wirklich sinnlos, mit dir über gesellschaftliche Dinge zu reden«, seufzte Amy.

»Ganz sicher«, bestätigte Jo. »Hier brauchen wir wenigstens nur die Visitenkarte abzugeben. Kings sind nicht daheim, das ist nett von ihnen.« Bei der fünften Adresse war auch niemand zu Hause, die Damen waren selbst auf Besuch.

Jo sagte erleichtert: »Nun gehen wir heim, zu Tante March können wir ja immer hinübergehen, die schenken wir uns heute. Wir sind doch schon so müde und abgekämpft. Warum sollten wir noch länger in unseren besten Kleidern durch den Staub und die Hitze ziehen.«

»Tante March wird sich aber freuen, wenn wir ihr einen Höflichkeitsbesuch machen«, erwiderte Amy. »Warum sollten wir ihr dieses Vergnügen nicht gönnen, es ist ja nur eine kleine Geste. Wenn du dich mit schmutzigen Hunden im Gras herumkugelst, schadet das deinen Sonntagskleidern viel mehr. Bück dich, ich muß die Krümel von deinem Hut wegnehmen.«

Jo ergab sich seufzend. Sie war etwas betrübt über ihr verdrücktes Kleid; die kleine Schwester war in diesen zwei Stunden genauso sauber und adrett geblieben, wie sie vorher gewesen war.

»Damit du mich in Ruhe läßt, gehe ich auch noch zu Tante March. Aber dort passiert bestimmt etwas. Die alte Dame ist jedesmal aus irgendeinem Grund über mich schockiert. Entweder liegt das an ihr oder an der Luft bei ihr. Immer reizt sie mich, ich kann für gar nichts garantieren; ich werde mich aber zusammennehmen.«

Amy dachte, daß es nach allem, was heute schon geschehen war, nicht noch ärger kommen könnte. Aber Jo hatte recht. Welche verheerenden Folgen dieser Besuch für sie haben sollte, merkte sie erst lange Zeit danach.

Tante Caroll war zu Besuch bei Tante March. Als die Mädchen eintraten, unterbrachen die beiden alten Damen ein sehr lebhaftes Gespräch. Wie es schien, hatten sie gerade über ihre Nichten gesprochen. Jo nahm bereits innerlich eine Abwehrstellung ein.

Amy war auch hier ein Muster an gutem Benehmen. Sie war den alten Damen gegenüber sehr zuvorkommend, sie lobte den Kuchen, den Mary brachte, streichelte den Mops und fütterte den Papagei mit Zucker. Die beiden Tanten nannten sie dafür andauernd »mein liebes Kind«. Sie nickten sich vielsagend zu, wenn Amy zufällig einmal wegsah.

»Mein Kind, wirst du bei dem Wohltätigkeitsbasar helfen?« fragte Tante Caroll. Amy hatte sich eben zu ihr gesetzt, mit einer Miene, die alte Damen immer so reizend an einem jungen Mädchen finden.

»Ja, Tante, Frau Chester war so liebenswürdig, mich aufzufordern. Außer meiner Freizeit und einigen Zeichnungen habe ich leider nichts zu bieten, und daher habe ich gebeten, mich an einem Tisch helfen zu lassen«, erwiderte Amy.

»Ich tue nicht mit! Ich kann es nicht ausstehen, so von oben herab behandelt zu werden«, erklärte Jo laut. »Die Chesters glauben, daß sie uns mit dieser Einladung einen riesigen Gefallen erweisen. Ich kann nicht begreifen, Amy, daß du hingehst. Sie brauchen dich doch nur zur Arbeit, damit ihre Töchter mehr tanzen können.«

»Es gibt gar nicht soviel Arbeit, und es wird sicher ganz lustig. Außerdem tue ich es für den guten Zweck und nicht für die Chesters. Wenn sie uns dazu auffordern, finde ich das nur nett«, sagte Amy.

Tante March tätschelte Amy die Wange und warf Jo einen ärgerlichen Blick zu. Sie sagte: »Liebes Kind, du hast recht. Es macht Freude, Leuten zu helfen, die unsere Bemühungen dankbar anerkennen.«

Jo konnte nicht ahnen, welch großes Glück für eine von ihnen auf dem Spiel stand. Hätte sie es gewußt, wäre sie sicherlich im selben Augenblick ganz zahm geworden.

»Solche Gefälligkeiten sind mir ein Greuel, sie engen mich ein, so daß ich das Gefühl habe, versklavt zu werden! Ich will selbständig sein und alles allein machen!«

Tante Caroll und Tante March blickten einander an.

Tante March sagte leise: »Habe ich es dir nicht gesagt?«

Jo machte ein trotziges Gesicht; man konnte sie in diesem Augenblick wirklich nicht liebenswürdig finden. Sie konnte ja nicht ahnen, was sie angestellt hatte.

»Kannst du Französisch, mein Kind?« fragte Tante Caroll Amy.

»Ja, etwas. Ich verdanke es Tante March, weil sie so lieb ist, Mary mit mir französisch sprechen zu lassen«, erwiderte Amy. Sie warf bei diesen Worten der alten Dame einen dankbaren Blick zu, der diese sehr angenehm berührte.

»Jo, und was sprichst du für Sprachen?«

»Ich? Keine. Mir ist leid um meine Zeit. Französisch ist eine affektierte Sprache«, antwortete sie unhöflich.

Die alten Damen sahen sich wieder vielsagend an. Der Papagei Polly schüttelte sich und schrie: »Komm, geh spazieren!«

»Danke für die Anregung. Das werde ich gleich tun. Komm, Amy!« sagte Jo und stand erleichtert auf. Sie verabschiedete sich sehr burschikos von den Damen. Aber Amy machte einen Knicks und küßte jede von ihnen auf die Wange.

Als sich die Tür hinter den Mädchen geschlossen hatte, sagte Tante March in entschiedenem Ton:

»Also, bleiben wir bei unserer Abmachung. Ich gebe das Geld.«

Tante Caroll antwortete: »Ich tue es wirklich sehr gern. Hoffentlich werden die Eltern einverstanden sein.«

Der Basar

Die jungen Damen der Stadt waren sehr stolz, wenn sie von Frau Chester eingeladen wurden, einen Verkaufstisch bei ihrem Basar zu übernehmen, denn es ging dort höchst elegant und vornehm zu. Amy bekam eine Einladung, Jo jedoch nicht. Jos Ellenbogen waren zu jener Zeit aber so spitz, daß ihr Ausschluß für alle Beteiligten nur als Glück anzusehen war. Jo mußte erst noch durch eine harte Schule gehen, ehe sie gelernt hatte, mit ihren Mitmenschen gut auszukommen. Amy durfte den Tisch mit den kunstgewerblichen Dingen übernehmen, als Anerkennung für ihren guten Geschmack. Sie war eifrig bemüht, sich dieses Vorzugs würdig zu erweisen.

Bis zum Vortag der Eröffnung des Basars war alles in bester Ordnung. Dann allerdings kam es zu einem jener kleinen Zwischenfälle, die bei der Zusammenarbeit von fünfundzwanzig weiblichen Wesen unvermeidlich sind. Alle diese Damen, ob alt oder jung, hatten ihre Eigenart und ihren Ehrgeiz.

Amys Beliebtheit machte May Chester eifersüchtig. Der sehr begehrte junge Tudor hatte nur ein einziges Mal mit May getanzt, mit Amy jedoch viermal. Und jetzt wurden Mays bemalte Vasen von Amys Federzeichnungen ganz verdrängt. Das Ärgste aber war, daß May erfahren hatte, die March-Mädchen hätten sich bei den Lambs über sie lustig gemacht. Deshalb fühlte sie sich durchaus berechtigt, Amy nicht so freundlich wie sonst zu behandeln.

Natürlich war das Jos Schuld gewesen. Alle hatten sofort gewußt, wen sie mit ihrem affektierten Benehmen nachzumachen versuchte. Es war ihr auch wirklich großartig gelungen! Man hatte sich bei den Lambs glänzend darüber unterhalten. Sie hatten ohne Bedenken von Jo Marchs großer schauspielerischer Begabung erzählt, die sie neben ihrem literarischen Talent besaß. Die Betrof-

fenen wußten aber von alldem nichts, und Amy war höchst unangenehm berührt, als Frau Chester am Vorabend der Basareröffnung zu ihr kam. Sie sagte mit freundlicher Stimme, aber bösem Gesicht:
»Dieser Tisch ist der größte und bedeutendste von allen, den sollte eigentlich eine von meinen Töchtern haben, meinen die anderen jungen Damen. Schließlich steht meinen Töchtern ja der beste Platz zu, da sie alles organisiert haben — meinen die anderen. Dir persönlich wird es wohl keine Rolle spielen, einen anderen Tisch zu übernehmen, nachdem dir die gute Sache so am Herzen liegt.«
Frau Chester hatte sich diese Eröffnung etwas einfacher vorgestellt. Nun wurde ihr ein wenig unbehaglich dabei zumute, als sie Amys Enttäuschung aus ihrem unschuldigen Gesicht ablas. Amy ahnte, daß da irgendwelche Hintergründe mitspielen mußten, wußte jedoch nicht, welche.
»Wäre es Ihnen lieber, wenn ich überhaupt keinen Tisch übernehmen würde?« fragte sie.
»Aber nein. Bitte nimm es mir nicht übel. Wenn meine Töchter hier tonangebend sind, ist das doch wohl nur selbstverständlich. Dieser Tisch ist der richtige für sie, meinen die anderen. Du hast dich sehr bemüht damit, das war lieb von dir. Nimm einen anderen, vielleicht den Blumentisch? Für die kleinen Mädchen ist er ja doch zu groß. Der Blumentisch ist immer sehr beliebt — du wirst ihn auch sicher reizend herrichten ...«
»Vor allem für die jungen Herren!« sagte May Chester. Jetzt wurde es Amy klar, weshalb sie den Tisch tauschen mußte.
Amy nahm sich zusammen und sagte in einem Ton, dessen Höflichkeit Frau Chester überraschte: »Natürlich übernehme ich den Blumentisch gern, Frau Chester.«
»Du kannst auch deine eigenen Sachen auf den Blumentisch stellen«, meinte May. Sie hatte nun doch ein schlechtes Gewissen. Amy hatte sich soviel Mühe gegeben mit all den hübschen Dingen: den bemalten Muscheln, den reizenden Bücherständern und den Buchillustrationen. May meinte es gut, aber Amy verkannte sie.
»Wenn sie dich stören, bitte«, sagte sie und strich alles mit einer Handbewegung in ihre Schürze. Amy fühlte sich samt ihren kleinen Kunstwerken schwer gekränkt.
»Ach, Mama, hätte ich nur nichts gesagt! Jetzt ist sie beleidigt!« May blickte traurig auf ihren leeren Tisch.
Beim Blumentisch wurde Amy von den kleinen Mädchen freudig begrüßt. Jetzt waren sie die Verantwortung und Mühe los. Amy aber beschloß, den Blumentisch ganz besonders hübsch und anziehend zu gestalten, wenn sie schon von dem großen Tisch des Kunstgewerbes verbannt war — und ging gleich an die Arbeit.
Man hatte sich anscheinend gegen sie verschworen. Amy war müde, es wurde schon sehr spät. Niemand konnte ihr helfen; alle anderen waren mit ihren eigenen Tischen zu beschäftigt. Die kleinen Mädchen waren so kindisch und unbeholfen, daß ihr guter Wille allein nichts nützte. Die Girlande von Immergrün schwankte nach allen Seiten, und man mußte befürchten, daß sie

ihr oder den Besuchern auf den Kopf fallen würde. Als sie den Blumen frisches Wasser gab, entstand auf ihrer hübschesten Kachel ein Wasserfleck. Dann klopfte sie sich mit dem Hammer auf einen Finger. Zu guter Letzt hatte sie von der immerwährenden Zugluft Halsschmerzen bekommen.

Als Amy dann daheim erzählte, wie man sie behandelt hatte, waren alle wütend. Mutter lobte sie, weil sie trotzdem den Blumentisch übernommen hatte.

»Mich sieht der Basar nicht«, sagte Beth.

»Weshalb hast du die Chesters nicht ganz einfach sitzen lassen und deine Sachen fortgetragen?« fragte Jo.

»Ich sehe nicht ein, warum ich mich einschüchtern lassen soll, nur weil die sich so niederträchtig benehmen. Ich hätte allen Grund, beleidigt zu sein — aber ich lasse es mir nicht anmerken. Glaubst du nicht, Mutter, daß die Chesters es schon merken werden, auch wenn ich ihnen nicht meine Meinung sage?«

»Sicher. Es war gut, daß du höflich warst, das ist stets das beste.«

Amy verlor auch am nächsten Tag nicht die Fassung und widerstand der Versuchung, sich an den Chester-Mädchen zu rächen. Sie wollte den Feind mit Höflichkeit schlagen. Inmitten der bunten Blumen wirkten ihre Zeichnungen und kleinen Plastiken ganz bezaubernd. Sie hatte sich größte Mühe gegeben. May Chester war von einer Schar junger Mädchen umringt, die miteinander flüsterten. Amy dachte: Jetzt reden sie über mich und die ganze Geschichte. Sie blieb aber ruhig, obwohl sie sich recht unbehaglich fühlte.

Da hörte sie, wie May bedauernd sagte: »Jetzt kann ich keine anderen Dinge mehr auftreiben, es ist leider schon zu spät. Irgendwelchen Kram will ich nicht auf den Tisch geben. Er war so hübsch, jetzt wirkt er gar nicht mehr!«

Ein Mädchen meinte: »Wenn du sie darum bittest, würde sie die Sachen bestimmt wieder herstellen!«

»Nach all dem kann ich das doch nicht mehr tun«, seufzte May.

Amy aber sagte liebenswürdig: »Wenn du magst, kannst du sie wieder haben. Schließlich passen sie ja besser auf deinen Tisch. Verzeih, daß ich gestern abend alles so rasch fortgetragen habe.« Und schon holte Amy alle Spenden herbei, die sie dem Basar gewidmet hatte, und legte sie auf Mays Tisch.

»Das ist wirklich reizend von dir!« rief ein Mädchen.

Amy hörte nicht mehr, was May darauf erwiderte, aber sie konnte sehr gut verstehen, was ein anderes Mädchen sagte: »Natürlich ist das reizend von ihr. Sie weiß doch selbst, daß sie an ihrem Tisch niemals etwas verkaufen wird.«

Amy war zutiefst empört über diese Gemeinheit, und sie bereute es, daß sie so gefällig gewesen war. Insgeheim überlegte sie, wie nutzlos es doch sei, zu seinen Mitmenschen nett zu sein.

Es wurde ein langer, schwerer Tag für Amy, trotzdem der Blumentisch ganz besonders hübsch ausgefallen war. Die kleinen Mädchen waren vergnügt, sie aber saß fast immer allein hinter ihrem Tisch. Niemand dachte daran, im Sommer Blumen zu kaufen, fast alle hatten ihre eigenen Gärten. Am Abend ließ sie, samt allen ihren Blumen, den Kopf hängen.

Dafür war Mays Tisch den ganzen Tag von Menschen belagert, die Kunstgegenstände waren eindeutig der Mittelpunkt. Unentwegt mußten die Chester-Mädchen große Geldscheine wechseln, und voll Sehnsucht blickte Amy zu ihnen hinüber. Der Gedanke, daß ihre ganze Familie und Laurie mit seinen Freunden am Abend kommen wollten, war auch nicht erfreulich. Sehr peinlich, wenn sie auch dann noch allein bei ihrem überladenen Blumentisch sitzen würde!

Amy ging erst gegen Abend auf eine kurze Weile nach Hause. Sie sahen alle sofort, daß der berühmte Basar Amy keine Freude machte — sie sah traurig und erschöpft aus. Daß sie ihre hübschen Sachen May wieder zurückgegeben hatte, erwähnte sie mit keiner Silbe.

Jo aber zog sich zur größten Verwunderung ihrer Familie sehr gut an und sagte mit drohender Stimme: »Heute abend passiert noch etwas!«

»Jo, ich bitte dich, halte dich zurück! Ich will keine Szene haben! Ein Tag ist ja schon vorüber, und ich würde dankbar sein, wenn ich statt der verwelkten wenigstens wieder frische Blumen bekäme«, beteuerte Amy.

»Verlaß dich auf mich. Ich werde sehr freundlich sein und versuchen, die Leute an deinem Tisch recht lange zu unterhalten. Bei der Gelegenheit werden sie dann auch Blumen kaufen. Laurie und seine Freunde machen bestimmt mit!« erwiderte Jo.

Amy ging wieder zum Basar; die anderen wollten nachkommen. Jo wartete auf Laurie. Sie lehnte sich an den Gartenzaun, und als sie ihn kommen hörte, lief sie ihm entgegen.

»Laurie?«

»Ich bin's«, sagte er und nahm Jos Arm.

»Ach, Laurie, denk dir nur, was die Chesters angerichtet haben! Der Basar ist eine große Enttäuschung für Amy!« Und Jo erzählte ihm voll Mitleid, wie es ihrer Schwester ergangen war.

»Meine Freunde wollen alle kommen, ich habe ihnen von Amys Tisch erzählt — und sie sind doch alle so begeistert von ihr! Wenn die erst einmal hören, wie dumm sich die Chester-Gans aufgeführt hat, werden sie Amys Tisch stürmen. Die kaufen am Ende noch die immergrüne Girlande«, sagte Laurie tröstend.

»Die Blumen sollen schon ganz welk sein. Wenn sich die Chesters das nicht noch anders überlegen, soll sie wenigstens frische bekommen«, erklärte Jo.

»Ich habe doch Hayes gebeten, aus unserem Garten Blumen zu schicken. Hat er es nicht getan?« fragte Laurie.

»Davon hatten wir keine Ahnung. Bestimmt hat er es vergessen. Und weil sich dein Großvater nicht gut fühlt, habe ich ihn nicht um Blumen für den Basar bitten wollen.«

»Aber Jo, du brauchst doch nicht darum zu bitten. Du weißt ganz genau, daß du dir zu jeder Zeit Blumen holen kannst, soviel du willst. Wir teilen doch immer alles miteinander.« Lauries Tonfall erweckte ihren Widerspruchsgeist.

»Danke nein. Du hast Dinge, von denen ich auf keinen Fall auch nur die Hälfte haben möchte. Aber Amy wartet auf mich. Komm, gehen wir schon.

Mach dich elegant und trommle alle deine Freunde zusammen. Wenn du tatsächlich auch noch frische Blumen mitbringst, kannst du dir etwas von mir wünschen.«

»Gib mir das gleich!« Laurie schaute sie dabei so rätselhaft an, daß Jo nicht anders konnte, als ihm die Gartentür vor der Nase zuzumachen. »Geh nur, wir sind schon sehr spät dran!«

Hayes brachte Amy eine ganze Menge frischer Blumen und einen prachtvollen Korb für die Mitte des Tisches. Die gesamte Familie March kam, und Jo war großartig. Sie bezwang die Vorübergehenden mit ihren humorvollen Äußerungen und redete so lange mit ihnen, bis sie gar nicht anders konnten, als Blumen zu kaufen. Die Leute kauften den ganzen Blumenvorrat, gingen nicht von Amys Tisch weg, und die Herren schenkten ihr alle Blumen auf die galanteste Weise zurück. Amy strahlte, denn ihr Blumentisch war jetzt zur Hauptattraktion des Basars geworden. Die Chester-Mädchen sahen es mit Mißvergnügen.

Während Amy sich mit ihren Verehrern unterhielt, spazierte Jo mit gespitzten Ohren durch den Basar. Dabei erfuhr sie aus Gesprächsfetzen, die ihr zuflogen, den wahren Grund des Tischwechsels. Ihr eigener Streich war schuld daran. Jo war ganz zerknirscht. Außerdem erfüllte sie Amys Großzügigkeit mit größter Bewunderung, als sie hörte, daß sie May ihre kunstgewerblichen Arbeiten zurückgegeben hatte. Aber wo waren Amys Sachen? Hatte man sie nicht aufgestellt? Jo wurde mißtrauisch. Sie konnte sehr böse werden, wenn einer ihrer Schwester ein Unrecht zugefügt wurde — ihre eigenen Schwächen entschuldigte sie leichter.

»Guten Abend, wie geht es Amy?« fragte May Chester übertrieben freundlich.

»Sie unterhält sich jetzt sehr gut, die Blumen sind alle verkauft. Sie müssen wissen, der Blumentisch ist immer sehr anziehend — vor allem für die jungen Herren.«

Jo mußte das ganz einfach sagen. Sie machte sich zwar gleich darauf Vorwürfe und bewunderte Mays Vasen, die von ihr eigenhändig bemalt, aber noch nicht verkauft waren.

»Ist Amys illustriertes Stammbuch noch zu haben? Ich möchte es für Vater kaufen, es ist so hübsch«, sagte Jo. Im Grund genommen ging es ihr aber nur darum, zu erfahren, was mit den Sachen ihrer Schwester geschehen war.

»Amys Sachen sind alle verkauft, und wir haben dafür eine Menge Geld bekommen«, erzählte May.

Jo lief sofort zu Amy, um ihr diese gute Botschaft mitzuteilen.

»Meine Herren, ich wünschte, daß Sie bei den übrigen Tischen ebenso großzügig wären wie bei mir«, sagte Amy zu Lauries Collegefreunden — zu »Lauries Kompanie«, wie sie sie immer nannten.

»Blumen beglücken unser Herz, aber Kunst ist uns egal!« sagte der kleine Parker, der in Amys Nähe immer besonders bemüht war, geistreich zu erscheinen.

Laurie klopfte ihm väterlich auf die Schulter und meinte: »Für einen so kleinen Jungen wie dich ganz hübsch gesagt!« Damit zog er ihn mit sich fort.

Amy flüsterte Laurie ins Ohr, um May noch mehr zu beschämen: »Kauf die Vasen, bitte!«

Der junge Herr Laurenz kaufte sie wirklich, und May war begeistert. Laurie schlenderte dann mit einer Vase unter jedem Arm durch den Basar. Auch seine Freunde kauften mit der gleichen Großzügigkeit ein, wenn sie auch ganz und gar keine Verwendung für all die Fächer, Kunstblumen, Lesezeichen, Nadelpolster und den anderen Kram hatten.

Diese Intrigen, die sich hinter den Kulissen des Basars abspielten, wurden auch Tante Caroll berichtet, als sie erschien. Sie sprach lange und ernst mit Frau March, die auf einmal ganz blaß wurde. Sie schaute immer wieder besorgt und liebevoll auf Amy. Erst wenige Tage später erfuhr die Familie die Ursache von Mutters Aufregung.

Als der Basar seine Tore schloß, konnen alle zufrieden sein. May Chester sagte Amy besonders freundlich Lebewohl, als wollte sie die Sache mit den Tischen ungeschehen machen. »Ich bedaure die Unstimmigkeiten. So etwas darf nie wieder vorkommen. Ich hoffe, Amy, daß du beim nächsten Basar wieder dabei sein wirst«, flötete sie.

»O ja, gerne, aber dann dürfen wir die frischgeschnittenen Blumen erst am Morgen bekommen. Von der ganzen Pracht ist nichts mehr zu sehen, wenn ich sie schon tags zuvor arrangieren muß«, antwortete Amy. Sie wußte genau, worauf May anspielte, aber sie wollte es sich nicht anmerken lassen.

Zu Hause fand Amy Mays bemalte Vasen auf dem Kamin. Sie waren voll von Blumen, und daneben lag eine Karte: »Grüße von ›Lauries Kompanie‹.«

Eine Woche später erhielt Frau March einen Brief von Tante Caroll. Ihr Gesicht hellte sich während des Lesens auf, so daß Jo und Beth neugierig fragten:

»Was hast du für eine gute Nachricht bekommen, Mutter?«

»Tante Caroll reist im nächsten Monat nach Europa, und da möchte sie...«

»...daß ich mitfahre!« jubelte Jo und sprang vom Sessel auf.

»Nicht du, sondern Amy«, sagte die Mutter.

»Ich komme wohl zuerst dran — sie ist doch noch viel zu jung! Das wünsche ich mir schon immer! Ich muß fahren! Es ist doch auch für meine Schriftstellerei so wichtig!« Jo übersprudelte sich.

»Leider, Jo, Tante Caroll wünscht ausdrücklich Amy. Du mußt doch begreifen, daß wir ihr keine Vorschriften machen können, wenn sie schon so gütig ist.«

»Es ist immer das gleiche! Mir bleibt nur die Arbeit, und Amy hat das ganze Vergnügen. Das ist nicht fair, nein, das ist nicht fair!« beklagte sich Jo bitter.

Mutter aber antwortete traurig: »Ich fürchte, daß das hauptsächlich deine eigene Schuld ist. Tante Caroll hat schon auf dem Basar mit mir darüber gesprochen. Es tut ihr sehr leid, daß du dich so wenig gut benimmst, daß du immer alles heraussagst, was du dir denkst, auch wenn es verletzend wirkt. Wenn du dich immer so gut benehmen würdest wie an jenem Abend auf dem Basar, wäre das für dich selbst nur vorteilhaft. Hör dir das hier an:

»... Mein erster Plan war, Jo mitzunehmen. Sie hätte aber nichts davon, weil sie ›Gefälligkeiten haßt‹ und ›Französisch überflüssig und dumm‹ findet. Amy ist viel aufgeschlossener und liebenswürdiger, sie wird etwas von der Reise haben. Außerdem versteht sie sich mit Florence gut.«

Jo seufzte, als sie da ihre eigenen Worte hören mußte, die an ihrem Unglück schuld waren: »Wenn ich doch bloß meinen Mund halten könnte!« Die Mutter konnte nur den Kopf schütteln, als sie hörte, bei welcher Gelegenheit diese Worte gefallen waren.

»Es hätte mich sehr gefreut, wenn du diese Reise hättest machen können, obwohl ich sie natürlich auch Amy von Herzen gönne. Nun ist die Situation für dich aussichtslos. Sei tapfer, und vor allen Dingen verdirb Amy nicht durch Vorwürfe und Jammern die Freude.«

»Ich will mich bemühen«, sagte Jo schluchzend.

»Jo, ich weiß, es ist sehr egoistisch von mir, aber ich bin glücklich, daß du nicht wegfährst. Was sollte ich ohne dich anfangen?« Beth strich ihr tröstend über das Haar.

Das versöhnte Jo ein wenig, wenn sie sich auch am liebsten selbst geprügelt und Tante Caroll auf den Knien angefleht hätte, doch sie mitzunehmen.

Als Amy heimkam, konnte Jo bereits in den allgemeinen Jubel einstimmen und ihre tiefe Enttäuschung verbergen. Amy bemerkte in ihrem eigenen Glück nicht, daß Jo sich nicht ganz so ungetrübt freuen konnte wie sonst.

Amy ging auch sofort an die Reisevorbereitungen. Sie ordnete und verpackte ihre Stifte und Farben. Für die profaneren Dinge mußte die Familie sorgen. Amy schwebte in höheren Regionen; man konnte ihr nicht zumuten, sich um Garderobe, Paß und Geld zu kümmern.

Amy reinigte ihre Paletten und verkündete mit ernster Miene: »Seid sicher, daß es keine Vergnügungsreise für mich werden wird! Es hängt doch meine ganze Zukunft davon ab. In Rom muß es sich herausstellen, ob ich tatsächlich Talent habe. Und wenn ja, so muß ich es beweisen.«

»Und wenn du keines hast?« fragte Jo ganz zahm.

»Dann komme ich wieder und werde mir mit Zeichenunterricht mein Geld verdienen«, antwortete die zukünftige Künstlerin mit erstaunlicher Ruhe. Dann aber machte Amy ein so energisches Gesicht und putzte mit solchem Feuereifer an ihrer Palette, als sei es ihr unverrückbarer Entschluß, auf alle Fälle Talent zu haben.

»Das wirst du nicht, denn du willst ja nicht arbeiten. Du wirst reich heiraten und dein Leben lang im Luxus schwelgen«, sagte Jo.

»Du behältst zwar manchmal recht mit deinen Voraussagen, aber hier irrst du dich bestimmt. Wünschen würde ich es mir schon! Ich möchte gern wenigstens denen helfen, die wirkliche Künstler sind, wenn ich schon selbst keiner sein kann.« Amy wußte schon jetzt, daß ihr die Rolle einer reichen Kunstfreundin viel besser stehen würde als die einer armen Zeichenlehrerin.

»Du kriegst, was du dir wünschst. Deine Wünsche erfüllen sich immer — meine hingegen nie!« sagte Jo, die ihre Enttäuschung doch nicht ganz verbergen konnte.

»Wärst du so riesig gern gefahren?« Amy strich sich mit einem Zeichenstift über die Nase.

»O ja, wie kannst du nur so fragen?«

»Vielleicht kannst du in ein oder zwei Jahren nachkommen. Dann machen wir Ausgrabungen und können alle die Reisen unternehmen, die wir immer schon machen wollten.«

»Vielen Dank! Sollte dieser Tag je kommen, dann werde ich dich an dein Versprechen erinnern.« Jo nahm das unsichere, aber wohlgemeinte Anerbieten so dankbar wie möglich an.

Es herrschte ein großes Chaos im Haus, denn man hatte nicht mehr viel Zeit für die Vorbereitungen zu Amys Abreise. Jo war bis zum Schluß sehr tapfer. Nur einmal floh sie in ihre Dachkammer und weinte hemmungslos.

Amy war ebenfalls bis zur Abfahrt des Dampfers sehr gefaßt. Erst als die Gangway hochgezogen werden sollte, kam es ihr mit Klarheit zu Bewußtsein, daß in kürzester Zeit der Atlantik zwischen ihr und ihrem Zuhause liegen würde. Sie hielt Laurie, der bis zur letzten Minute an Bord geblieben war, ganz fest und flehte ihn unter Tränen an:

»Wenn irgend etwas passieren sollte, mußt du dich um sie kümmern...«

»Mach dir keine Gedanken und reise vergnügt. Es wird gar nichts geschehen; wenn aber wirklich irgend etwas sein sollte, werde ich kommen, um dich zu trösten.« Selbst Laurie konnte damals noch nicht ahnen, daß das einmal notwendig werden sollte.

So segelte Amy der Alten Welt entgegen. Sie stand an der Reling und winkte ihrem Vater und Laurie auf dem Kai so lange zu, bis die Küste nur noch ein dunkler Strich am Horizont war.

Briefe aus Europa

London, Sommer 1866

Meine Lieben daheim!

Nun sitze ich tatsächlich an einem Fenster des Bath Hotels, und unter mir liegt der Piccadilly-Platz! Vor vielen Jahren hat Onkel hier schon einmal gewohnt. Ich finde keinen Anfang, um Euch von all dem Schönen zu berichten, das ich erlebe.

Als ich Euch von Halifax schrieb, fühlte ich mich nicht sehr wohl, dann aber war es herrlich. Ich konnte den ganzen Tag auf Deck sein und war überhaupt nicht seekrank. Ich habe eine Menge netter Leute kennengelernt, die alle sehr lieb zu mir waren, besonders die Offiziere. Nicht lachen, Jo! Auf einem Schiff sind Männer gut zu brauchen. Man kann sich von ihnen bedienen lassen und sich an ihnen festhalten. Es ist geradezu nützlich, wenn man ihnen etwas zu tun gibt, denn sie haben keinerlei Beschäftigung.

Tante Caroll und Florence taten mir sehr leid, sie waren fast die ganze Reise über seekrank. Die Sonnenuntergänge und die Wellen sind wunderbar und aufregend wie ein schnelles Pferd. Was hätte ich darum gegeben, wenn Beth dabei gewesen wäre! Sie hätte sich in der Seeluft wohl gefühlt. Jo wäre sicher ins Schiffsinnere gestiegen und auf den höchsten Mast geklettert.

Es war fabelhaft, aber am schönsten war es doch für mich, als wir die irische Küste sehen konnten. Dort ist es wundervoll grün. Man sieht große Güter und alte Schlösser. Es war Morgen und der Himmel rosenrot, und in der blauen Bucht lagen zahllose Fischerboote. Herr Lennox, einer meiner neuen Bekannten, mußte in Queenstown aussteigen. Wir sprachen einmal über den See von Killarney. Er hat mir ein schwermütiges Lied über Kate Kearney vorgesungen. Die Europäer sind romantisch!!!

Liverpool ist sehr schmutzig und laut, wir waren aber nur wenige Stunden dort. Ich war erleichtert, als wir wieder abfuhren. Onkel ging trotz der kurzen Landung von Bord, um sich einen Regenschirm, häßliche schwere Schuhe und ein Paar englische Lederhandschuhe zu besorgen. Er glaubte, wie ein echter Brite auszusehen, weil er sich seinen Bart auf englische Art hatte stutzen lassen. Der Junge, der die Schuhe putzte, wußte gleich, daß sie einem Amerikaner gehörten. Er sagte: »Ich habe sie mit Yankee-Pasta geputzt. Kostet einen Nickel!« Onkel mußte lachen.

Noch etwas muß ich Euch berichten: Ein Freund von Herrn Lennox ist mit uns bis London gefahren. Der wurde gebeten, mir Blumen zu kaufen. So stand, als ich ankam, ein großer Blumenstrauß in meinem Hotelzimmer. Und auf der Karte stand: »Grüße von Robert Lennox.« Ich finde das rührend. Das Reisen macht mir große Freude.

Ich muß mich beeilen, denn ich möchte Euch doch noch von London berichten. Die Fahrt ist mir wie eine Reise durch ein Bilderbuch vorgekommen. Überall gibt es mit Efeu bewachsene, strohgedeckte Farmerhäuser. Ja, selbst die Kühe und die Hühner sind viel hübscher als bei uns. Einen solchen blauen Himmel und solch grünes Gras hätte ich mir niemals vorstellen können. Flo und ich wollten alles genau sehen, wir sprangen, während der Zug mit 60 Meilen in der Stunde dahinbrauste, von einem Fenster zum anderen.

Onkel las den Reiseführer, ihn erstaunte nichts. Tante schlief sogar. Ihr müßt aber hören, wie begeistert wir waren:

Amy: »Das große Gebäude mit den prachtvollen Bäumen — das muß Kenilworth sein!«

Flo: »Was für ein prachtvolles Schloß! Papa, da müssen wir hinfahren!«

Onkel: »Ja, wenn du Bier trinken willst, dann schon — es ist nämlich eine Brauerei!«

Pause.

Flo schreit plötzlich auf: »Um Himmels willen — ein Galgen! Und ein Mann wird hinaufgezogen!«

»Mein Gott, wo? Wo?« schreit Amy. Sie sieht zwei hohe Stangen und einen Querbalken, an dem etwas hängt.

»Das ist der Förderschacht und der Aufzug einer Kohlengrube«, beschwichtigt uns der Onkel.

London fanden wir genauso, wie wir es aus Büchern kennen: Regen und Regenschirme. Wir ruhten uns ein wenig aus, packten unsere Koffer aus und machten einige Einkäufe. Tante Caroll hat mir ein weißes Musselinkleid mit einem Cape gekauft und einen weißen Hut mit blauer Feder. Es ist himmlisch, in Regent Street Besorgungen zu machen! Und so billig kommt mir hier alles vor: ein Meter wunderhübscher Bänder kostet bloß 6 Pence. Handschuhe will ich mir in Paris kaufen — klingt das nicht großartig?

Flo und ich fahren allein in einer zweirädrigen Kutsche, die wir gemietet haben. Das soll sich aber für junge Mädchen in England nicht schicken — haben wir nachher erfahren.

In unserer nächsten Nähe ist der Hydepark. Wir waren heute dort, weil das Wetter wundervoll geworden ist. Der Herzog von Wellington und der Herzog von Devonshire sind unsere Nachbarn, und ich habe schon ihre Kammerdiener gesehen. Der Hydepark ist großartig. In roten und gelben Karossen fahren dicke reiche Witwen, der Kutscher hat eine weißgepuderte Perücke. Hinten am Wagen steht, mit Seidenstrümpfen und Samtlivree, der Butler. Die jungen Männer tragen Lederhandschuhe in Lavendelfarbe und lustige englische Hüte. Die Soldaten haben kurze Jacken, sie sind noch größer als Laurie. Ich würde sie alle gern zeichnen!

Rotten Row ist voll von herrlichen Pferden. Der Name kommt von »Route du Roi«, was »Weg des Königs« bedeutet. Die Männer sind sehr gute Reiter, aber die Frauen sitzen steif im Sattel. Damit sie ihre hohen Hüte nicht verlieren, halten sie sich ganz gerade. Gerne hätte ich ihnen einen wilden amerikanischen Galopp vorgeführt. Hier reitet alles: alte Herren, dicke Damen und winzigkleine Kinder, und die jungen Leute flirten dabei. Bei dieser Gelegenheit tauscht man, wie es jetzt modern geworden ist, die Knopflochblumen aus.

Die Westminster-Abtei haben wir auch schon besucht — die Schönheit dieser Kirche ist nicht zu schildern. Heute abend werden wir ins Theater gehen. Ein passender Abschluß des schönsten Tages in meinem Leben.

Mitternacht.

Ich muß Euch noch so vieles erzählen, bevor ich diesen Brief abschicke. Denkt Euch nur, wer angekommen ist: Fred und Frank Vaughan — Lauries englische Freunde. Das war eine Überraschung für mich! Ich habe sie kaum wiedererkannt. Sie tragen einen Backenbart und sind riesengroß. Frank hinkt nur noch ganz wenig, er geht ohne Krücken, und Fred ist sehr elegant. Wir haben uns glänzend unterhalten. Sie waren auch mit im Theater. Mit Fred sprach ich, als ob wir uns schon ewig kennen würden. Frank bedauerte sehr, daß Beth so schwer krank war, er läßt sie besonders herzlich grüßen. Fred hat sich erkundigt, ob Jo bei Ausflügen immer noch die alten Hüte von Laurie trägt. Sie erinnern sich beide noch gern an unser Picknick. Das ist aber doch vor Jahrzehnten gewesen, nicht wahr?

Ich fühle mich wie eine Gesellschaftsdame! Ich sitze in meinem eleganten Hotelzimmer, schreibe zu so später Stunde noch Briefe und bin nur mit Theater, Parkbesuchen und neuen Kleidern beschäftigt. Und habe galante Besucher im Kopf, die ihre blonden Schnurrbärte wie richtige englische Lords aufgedreht haben und mich umschwärmen. Ich wünsche mir nur, daß Ihr mich sehen könntet!! Tausend Küsse, Eure Amy.

Paris, 1866

Meine lieben Schwestern!

Mein letzter Brief hat Euch von London und den Vaughans berichtet. Am allerbesten hat mir dann das Kensington-Museum und Hampton Court gefallen, wo wir noch gewesen sind. Im Kensington-Museum habe ich Bilder von Turner, Lawrence und anderen gesehen, und in Hampton Zeichnungen von Raffael. Dann gab's noch ein ganz echt englisches Picknick im Richmond-Park, mit Rehen, die frei umherlaufen. Wir wären sehr gern noch länger in London geblieben. Es soll immer eine ganze Weile dauern, bis sich Engländer mit Ausländern anfreunden. Ich finde sie ganz entzückend, wenn sie erst einmal soweit sind. Hoffentlich kommen die Vaughans wirklich im Winter nach Rom, wie sie versprochen haben. Grace und ich sind gute Freundinnen geworden, die Brüder gefallen mir auch sehr gut, vor allem Fred. Und denkt Euch nur, er ist hier erschienen, kaum, daß wir ausgepackt hatten. Er sagte, er sei auf der Durchreise in die Schweiz. Tante Caroll wurde mißtrauisch, aber sagen konnte sie nichts. Ich glaube, er fährt nicht früher in die Schweiz als wir. Er spricht Französisch wie ein Franzose, und ich freue mich, daß er hier ist. Onkel schreit mit den Leuten auf englisch, damit sie ihn verstehen, aber ohne Erfolg, denn Französisch kann er nicht, und Tante geht es nicht viel besser. Flo und ich können leider lange nicht soviel, wie wir dachten. Ein Glück, daß Fred das — wie Onkel es bezeichnet — »parlez-vous-ing« macht.

Wir wollen alles sehen und laufen den ganzen Tag umher; in den hübschen Cafés wird das Mittagessen eingenommen. Im Louvre genieße ich an Regentagen die herrlichen Bilder. Habe auch schon die Zahnbürste von Napoleon besichtigt, denn ich gehe in viele Museen. Fürs Schreiben bleibt mir kaum Zeit. Ich werde Euch, wenn ich wieder nach Hause komme, wochenlang zu erzählen haben.

Himmlisch ist das Palais Royal! Der herrliche Schmuck in den zahllosen Juwelierläden, von dem ich mir nichts kaufen kann, hat mich halb verrückt gemacht. Fred hätte mir gerne etwas geschenkt, aber das konnte ich doch nicht erlauben. Bois de Boulogne und Champs-Elysées sind »très magnifique« — ganz nahe habe ich die Familie des Kaisers gesehen. Der Kaiser schaut streng aus, die Kaiserin hübsch und bleich, aber geschmacklos. Zu einem roten Kleid trug sie einen blauen Hut. Der kleine Napoleon ist reizend. Wenn er vierspännig vorüberfährt, wirft er Kußhände unter das Volk. Seine Kutscher haben rote Seidenjacken, vor und hinter der Kutsche reiten Leibwachen.

Der Luxembourg-Park begeistert mich besonders. Wir spazieren auch oft in den Tuilerien. Lustig der Friedhof Père Lachaise: einige Gräber schauen wie kleine Zimmer aus. Darin befindet sich ein Tisch mit einem Bild oder der Porträtbüste des Toten. Für die Trauergemeinde stehen Stühle zum Beten bereit.

Wir sehen von unserem Zimmer auf die Rue de Rivoli und überblicken von unserem Balkon die ganze herrliche Straße. Wir sitzen oft am Abend draußen. Fred ist der netteste Junge, den ich kenne, und sehr unterhaltend. Nur ist Laurie natürlich viel liebenswürdiger. Blonde Männer mag ich zwar nicht, mir wäre es lieber, wenn Fred dunkel wäre! Die Vaughans sind eine sehr gute

Familie und riesig reich. Wenn mich seine blonden Haare stören würden, wäre das ganz dumm von mir — und meine sind doch noch viel heller!

Wir reisen in der kommenden Woche nach Deutschland und in die Schweiz. Ich werde keine Zeit zu langen Briefen haben, denn wir werden rasch fahren. Ich bemühe mich aber, Vaters Rat zu befolgen und in meinem Tagebuch alles genau zu schildern. So werdet Ihr von meiner Reise noch viel mehr erfahren als aus meinen Briefen. Vor allem, weil ich ja auch meine Zeichnungen dann dabei haben werde. Au revoir! Amy

Heidelberg, ...

Ma chère Maman!

Ich muß Dir ganz schnell berichten, was in der Zwischenzeit geschehen ist — wir reisen aber bald weiter nach Bern.

Die Rheinfahrt war unbeschreiblich! Es ist nicht zu schildern, Du mußt es in Vaters alten Reiseführern nachlesen. Studenten aus Bonn haben uns in Koblenz ein Ständchen gebracht. Sie hatten sich auf dem Schiff mit Fred befreundet. Wunderschöne Musik weckte Flo und mich auf. Es war schon beinahe ein Uhr und Vollmond. Wir versteckten uns hinter den Vorhängen, konnten aber Fred und die Studenten sehen, die unter unseren Fenstern standen und sangen. Ich habe in meinem ganzen Leben nichts so Romantisches erlebt! Alles erglänzte im Mondlicht: der Rhein, die Brücke, Boote, gegenüber eine alte Burg... unvorstellbar schön! Wir warfen Blumen hinunter, sie schickten Handküsse zu uns herauf. Fred war am kommenden Morgen sehr melancholisch. Er hatte eine von unseren schon verwelkten Blumen im Knopfloch. Ich habe gesagt, sie sei von Flo, und habe über ihn gelacht. Da wurde er normaler und warf die Blume beim Fenster hinaus. Es schaut ganz so aus, als ob ich mit dem Jungen Schwierigkeiten bekäme. Diese Vorstellung schmeichelt mir aber sehr, muß ich sagen.

Auch in Frankfurt hat es mir sehr gut gefallen. Wir besichtigten das Goethehaus. Auch »Ariadne« haben wir gesehen; wenn ich eine Ahnung von dem Stück gehabt hätte, hätte es mir noch besser gefallen. Die anderen taten so, als ob sie alles genau wüßten, da wollte ich nicht fragen. Wenn ich daheim nur mehr gelesen hätte!

Jetzt ist aber hier etwas geschehen — und das ist das Allerwichtigste! Bis zu dem Ständchen sah ich in Fred eigentlich nur einen angenehmen Reisegefährten. Anscheinend war aber all das, was wir miteinander unternommen haben, nicht nur eine Zerstreuung: die täglichen Ausfahrten und Ausflüge und die Mondscheinspaziergänge. Ich habe gewiß nicht geflirtet. Es ist doch nicht meine Schuld, wenn ich den Menschen immer gleich gefalle; es ist mir sogar peinlich, wenn ich sie nicht ebenso gern mag. Ich kann es mir so gut vorstellen, wie du jetzt den Kopf schütteln wirst, und Jo wird wieder sagen, ich sei berechnend und habe kein Herz. Aber — ich habe es mir gründlich überlegt! Ich werde zu Fred ja sagen, wenn er mich fragen sollte. Wir vertragen uns gut, verliebt bin ich aber nicht in ihn. Er ist jung, intelligent, sieht gut aus und ist vor allen Dingen sehr reich, noch reicher als die Familie Laurenz! Seine

Eltern waren sehr nett zu mir, die werden nicht dagegen sein, glaube ich. Sie haben ein Stadthaus, sehr luxuriös, aber solid eingerichtet, in einer sehr eleganten Straße von London. Alles ist so echt bei ihnen, und das gefällt mir riesig gut. Auch den Familienschmuck habe ich gesehen, und die Diener, und Bilder von den wundervollen Pferden und von ihrem Landsitz mit dem riesigen Park. Ich könnte mir nichts Besseres wünschen! Ihr habt vielleicht recht, wenn Ihr sagt, daß ich berechnend bin, aber ich habe genug von den ewigen Einschränkungen. Meg hat nicht reich geheiratet, Jo mag es nicht, Beth kann es noch nicht, aber ich will es, denn eine von uns muß sich unbedingt gut verheiraten. Wenn ich einen Mann hassen oder verachten würde, könnte ich ihn niemals heiraten, und wenn er noch so reich wäre. Fred genügt mir, wenn er auch nicht der Held meiner Träume ist. Wenn er mich liebt und mich alles so tun läßt, wie ich es will, werde ich gut mit ihm auskommen.

Seit ich bemerkt habe, daß Fred mich sehr gern mag, habe ich mir die ganze Angelegenheit genauestens überlegt. Gesagt hat er noch nichts, aber es gibt viele kleine Anzeichen. Er weicht im Restaurant, bei Spaziergängen und im Wagen nicht von meiner Seite; mit Flo geht er niemals aus. Wenn mich ein anderer ansieht, schaut er wütend drein.

Gestern gingen wir zum Schloß, um den Sonnenuntergang zu sehen. Fred wollte unsere Briefe von der Post abholen und uns dann nachkommen. Die anderen schauten sich alles an; ich blieb auf der großen Terrasse, von der aus man einen wundervollen Blick hat. Ich zeichnete einen Löwenkopf von der Wand ab und kam mir vor wie in einem Roman. Ich wartete auf meinen Verehrer und blickte über den Neckar hinaus. Ich war überzeugt, daß Fred an diesem Abend sprechen würde — war aber gar nicht aufgeregt.

Fred kam, er sah so sorgenvoll aus, daß ich nur wissen wollte, was geschehen war; alles andere war vergessen. Er hatte von daheim einen Brief bekommen, mit der Nachricht von der schweren Erkrankung seines Bruders Frank. Er mußte sofort abreisen, wir konnten uns nur noch Lebewohl sagen; er nahm den Nachtzug. Er tat mir leid, und ich war zutiefst enttäuscht. Das dauerte aber nicht lange, denn er sagte, als er mir die Hand gab: »Ich komme bald wieder. Du wirst mich doch nicht vergessen, Amy?« Ich habe ihn schon richtig verstanden, ich weiß, daß er etwas sagen wollte. Er fehlt uns allen, seit er weg ist. In Rom sollen wir uns treffen. Wenn er mich fragen wird: »Willst du ...«, dann werde ich sagen: »Ja, danke« — wenn ich es mir nicht noch anders überlege.

Es ist freilich noch alles ganz geheim. Ich sage es nur Euch, weil Ihr doch alles von mir wissen sollt. Mach Dir keine Sorgen um mich. Du kennst mich doch und weißt, daß ich nicht unüberlegt handle. Ich plane immer alles genau und gewissenhaft. Herzlichst Deine Amy.

Jo macht eine Entdeckung

»Beth macht mir Sorgen.«

»Aber, Mutter, warum denn? In der letzten Zeit sieht sie doch viel besser aus.«

»Es ist ihre Stimmung, die mich besorgt macht, nicht so sehr ihre Gesundheit. Versuche doch herauszubekommen, was sie bedrückt.«

»Woraus schließt du das?«

»Früher wollte sie jede Minute bei Vater sein, und jetzt sitzt sie immer allein in ihrer Ecke. Ich habe sie auch schon dabei überrascht, wie sie still weinte. Sie spielt nicht mehr Klavier, und sie singt nur noch traurige Lieder. Der rätselhafte Ausdruck in ihren Augen ängstigt mich, sie ist so verändert.«

»Sprichst du nicht mit ihr darüber?«

»Es ist nicht möglich. Sooft ich es versuche, lenkt sie ab und schaut unsagbar traurig drein. Ihr seid immer mit all eurem Kummer zu mir gekommen. Jetzt warte ich, daß Beth sich endlich ausspricht, es beunruhigt mich sehr.«

Jo machte sich anscheinend gar keine Sorgen um Beth. Sie sagte: »Beth weiß sicher selbst nicht, warum sie jetzt anders ist als früher. Es wird vorübergehen. Sie wird erwachsen, Mutter, sie ist schon achtzehn. Wir behandeln sie immer noch als Baby und vergessen ganz, daß sie doch schon eine junge Dame ist.«

»Ja, sicher. Mein Gott, wie groß seid ihr geworden, wie schnell sind die Jahre vergangen!« sagte die Mutter seufzend.

»Ja, Mutter, daran kannst du nichts ändern. Alle deine Küken werden aus dem Nest flattern. Aber, wenn dich das beruhigt: ich werde mich bemühen, nicht weit fortzuschlüpfen«, sagte Jo.

»Das wäre eine große Beruhigung für mich. Auf dich kann man sich immer verlassen. Du hast einen festen Willen. Du wirst auch herausbekommen, was mit Beth los ist. Ich wäre vollkommen zufrieden, wenn sie nur wieder ganz gesund würde.« Mutter blickte sorgenvoll drein.

Jo beobachtete von nun an Beth so unauffällig wie möglich. Nach verschiedenen, einander widersprechenden Vermutungen glaubte sie am Ende, eine »logische« Erklärung gefunden zu haben. Sie vermutete und kombinierte mit ihrer lebhaften Phantasie, daß eine kleine Episode Beths Veränderung bewirkt habe.

An einem Samstagnachmittag saß Jo mit Beth im Wohnzimmer und beobachtete, während sie schrieb, ihre Schwester. Beth saß am Fenster und war mit einer Näharbeit beschäftigt; sie schien noch stiller als gewöhnlich. Beth ließ die Arbeit immer wieder in den Schoß sinken und schaute mit abwesendem Blick, den Kopf in ihre Hände gestützt, beim Fenster hinaus. Auf einmal hörten sie draußen Schritte und ein Pfeifen wie von einem Domspatz, und eine wohlbekannte Stimme rief: »Ich komme später, es ist alles in Ordnung!«

Beth erschrak, beugte sich vor und winkte strahlend Laurie zu. Sie blickte ihm noch lange nach. Mit einem winzigen Seufzer fiel sie in ihren Stuhl zurück. »Der liebe Junge schaut immer so glücklich und gesund aus!« sagte sie leise.

Jo schrieb, wie es schien, eifrig an ihrer Geschichte und erwiderte nichts. Aber sie bemerkte, daß Beth wieder sehr traurig war und ein wenig weinte. Jo verließ rasch das Zimmer und murmelte, sie müßte irgendwelche Schreibsachen holen.

In ihrem Zimmer ließ sich Jo auf einen Stuhl fallen und flüsterte vor sich hin: »Donnerwetter. Beth ist ja in Laurie verliebt!« Sie dachte weiter nach: Auf die Idee wäre ich nie gekommen. Was wird Mutter nur sagen? Ich bin neugierig... Jo erschrak. Liebt er sie auch? Ich muß ihn dazu bringen! An der Wand hing ein Porträt von Laurie, das Amy gemalt hatte. Jo schaute das lachende Gesicht beinahe drohend an. Tatsächlich, wir werden erwachsen. Meg mit ihren Zwillingen ist eine steinalte Frau. Amy hat in Paris eine Kollektion von Verehrern, und Beth hat Liebeskummer. Ich halte mich von solchen Dingen fern, ich bin hier die einzig Vernünftige. Jo betrachtete kritisch Lauries Bild und überlegte. Dann nickte sie energisch: »Danke nein, Sir. Reizend bist du wohl, aber nicht verläßlicher als ein Windhund. Es nützt dir gar nichts, verführerisch zu lächeln und reizende Briefe zu schreiben. Davon will ich nichts hören!«

Erst der Gong, der zum Abendessen rief, schreckte Jo aus ihren tiefgründigen Überlegungen auf. Ihr Verdacht wurde an jenem Wochenende durch manches, was sie noch zu sehen bekam, nur verstärkt.

Laurie war rauh und lustig mit Jo, und mit Amy hatte er geflirtet. Beth behandelte er stets sehr sanft und behutsam. Das taten aber alle anderen auch. So wäre es nie jemandem in den Sinn gekommen, daß Laurie sie den Schwestern vorziehen könnte. Man glaubte zu bemerken, daß sich Laurie immer mehr aus Jo machte. Jo wurde aber immer sehr zornig, wenn man es wagte, darüber zu reden. Die Familie hatte keine Ahnung von Lauries zahlreichen zärtlichen Bemühungen — oder eigentlich seinen »Bemühungen zu zärtlichen Bemühungen« — die von Jo stets kalt und herzlos abgewehrt wurden. Hätten sie es gewußt, dann wären sie zufrieden gewesen und hätten gesagt: »Das wissen wir!«

Laurie hatte sich zu Beginn seiner Collegezeit mindestens zweimal im Monat verliebt. Brandwunden behielt er von diesen kleinen, heftigen Flammen nicht zurück. Jo amüsierte sich dabei und erhielt dadurch wertvolle Anregungen für ihre Zeitungsgeschichten. Laurie berichtete in seinen langen Briefen eingehend von dem raschen Wechsel seiner Hoffnungen und Enttäuschungen. Dann jedoch betete er nicht mehr gleichzeitig an mehreren Altären. Mysteriöse Andeutungen erzählten von einer großen Liebe, die ihn vollkommen gefangennahm. Es fehlte auch nicht an Anfällen von Weltschmerz und Schwermut Byronscher Art. Dann kamen philosophische Briefe, in denen dieses Thema nicht mehr erwähnt wurde. Darin berichtete er Jo, daß ihm nur noch sein Studium von Wichtigkeit sei und er danach strebe, seine Prüfungen glanzvoll zu beenden. Das war mehr nach Jos Geschmack, ihr war der Geist wichtiger als das Herz, wichtiger als Händehalten und schmachtende Blicke und Spaziergänge in der Dämmerung. Die lebendigen jungen Männer waren nicht so fügsam wie ihre Helden in den Geschichten, die sie auf den Dachboden verbannen konnte, wenn sie ihrer überdrüssig wurde. So also war die Situation.

Jo betrachtete Laurie an jenem Abend, an dem sie Beths Geheimnis entdeckt hatte, auf eine Weise, wie sie es nie zuvor getan hatte. Es wäre ihr nichts Außergewöhnliches aufgefallen, wenn sie nicht diese neue Idee im Kopf gehabt hätte. Beth war so still, und Laurie war so freundlich zu ihr wie immer. Aber Jo ließ ihrer Phantasie freien Lauf. Durch ihre vielen erdichteten Liebesgeschichten hatte ihr gesunder Menschenverstand sehr gelitten.

Beth lag wie gewöhnlich auf dem Sofa. Laurie saß neben ihr und erzählte ihr lustige Geschichten von der letzten Woche im College. Jo sah in ihrer Einbildung, daß Beth heute auffallend zufrieden wirkte und Lauries hübsches braunes Gesicht öfter ansah als sonst. Weil sie es sich so sehr wünschte, redete Jo sich sogar ein, Laurie sei heute abend ganz besonders fürsorglich und aufmerksam zu Beth.

Es sind schon eigenartigere Dinge passiert, überlegte Jo. Beth wird einen Engel aus Laurie machen, und er wird ihr ein wundervoll sorgenfreies Leben bieten können. Nur lieben müßten sie sich! Jo war felsenfest davon überzeugt, daß Laurie sich bestimmt in Beth verlieben könnte, wenn man ihm nur den richtigen Weg wies.

Jo schoß es durch den Kopf, daß dem ja außer ihr selbst niemand im Wege stand. Sie mußte sich verstecken, aber wo? Sie wollte sofort darüber nachdenken. Für solche Fälle hatte Jo zwei Lieblingsplätze: das Dachbodenzimmer und das alte Sofa. Das Sofa war ein richtiger Veteran. Als kleine Mädchen waren sie darauf herumgesprungen und hatten ihre kleinen Schätze darunter versteckt. Es war eine Persönlichkeit und gehörte genauso zur Familie wie Hanna und der Kanarienvogel. Jos bevorzugter Platz zum Nachdenken war die linke Ecke. Eines der vielen Kissen, die auf dem alten Möbel lagen, war hart und rund. Es war mit einem rauhen Stoff überzogen, in der Mitte saß ein wuchtiger Knopf. Das häßliche Kissen gehörte Jo ganz allein.

Laurie drückte oft sein Mißfallen über dieses Kissen aus. Es hatte ihn schon oft daran gehindert, sich auf seinen Lieblingsplatz, nämlich neben Jo, zu setzen; es war ihm schon ein paarmal an den Kopf geflogen. Laurie war es nur dann erlaubt, sich hinzusetzen, wenn das Kissen auf einem Ende des Sofas lag. Wenn es hingegen neben Jo lag, galt das als sichtbares Zeichen, daß Jo nicht gestört werden durfte. Die große Erschütterung des heutigen Abends hatte Jo sogar vergessen lassen, sich zu verschanzen. Sie hatte sich noch kaum niedergesetzt, als auch schon Laurie neben ihr war. Mit zufriedener Miene ließ er sich mit ausgestreckten Beinen an Jos Seite nieder. Es war keine Möglichkeit mehr, das Kissen zwischen sich und Laurie zu legen, sosehr sich Jo auch bemühte. Laurie schleuderte es unter das Sofa.

»Sei nicht so kratzbürstig, Jo. Ich habe mich diese Woche fast zu Tode gerackert und habe mir wirklich eine Belohnung verdient.«

»Ich habe zu tun — unterhalte dich mit Beth.«

»Beth muß sich schonen, und dieses Mal habe ich die Belohnung von euch beiden verdient.«

»Und wie viele Blumen hast du in letzter Zeit wieder an Miß Randall geschickt?«

»Gar keine, sie hat sich verlobt.«

»Mich kann das nur freuen. Das ist auch eine deiner Verrücktheiten, Mädchen zu beschenken, die du eigentlich gar nicht magst.«

»Was soll ich tun? Die Mädchen, die ich mag, wollen ja keine Geschenke von mir!« beteuerte Laurie.

»Du flirtest schrecklich viel, Laurie, Mutter sagt, es ist nicht richtig, so viel zu flirten.«

»Du tust es leider nicht! Solange sich alle darüber im klaren sind, daß es nur ein harmloses Spiel ist, schadet es doch nicht.«

»Mag sein, ich bringe es jedenfalls nicht zustande. Ich habe es sogar schon probiert, aber ich kann es einfach nicht.« Jo hatte ganz vergessen, daß sie Laurie ja eine Moralpredigt halten wollte.

»Amy hat dafür eine Naturbegabung, sie soll es dir beibringen.«

»Im Gegensatz zu Amy weiß ich niemals, wie ich mich benehmen soll«, seufzte Jo.

»Offen gestanden machen sich die meisten Mädchen mit ihrem gezwungenen

Benehmen nur lächerlich. Amy ist eine Ausnahme, ihr liegt die Vornehmheit einfach im Blut. Ich finde es herrlich, wenn ich mich mit dir unterhalten kann, Jo. Du bist natürlich. Im College wird über die meisten Mädchen nicht gut gesprochen, Jo.«

»Die Mädchen reden über euch noch viel schlechter«, trumpfte Jo auf.

»Liebste Jo«, entgegnete Laurie sehr weise und herablassend, »du hast ja keine Ahnung, was wir alles erleben! Wie diese Gänse die Augen verdrehen und um einen herumtanzen. Mit Achtung sprechen wir Jungen nur von Mädchen, die Vernunft haben.«

Es war auch Jo bestens bekannt, daß man den »jungen Laurenz« in den vornehmen Familien als gute Partie betrachtete. Die Damen aller Generationen himmelten ihn an und sahen vor ihrem geistigen Auge bereits eine Verlobung, wenn er mehrmals hintereinander mit demselben Mädchen tanzte. Er besaß ja zu allen seinen persönlichen Vorzügen noch ein großes Vermögen. Jeder andere, der mit so vielen Vorzügen ausgestattet wäre, müßte größenwahnsinnig werden. Daß das mit Laurie nicht geschehen war, schrieb Jo ihrem eigenen pädagogischen Talent zu.

Jo sagte leise: »Laurie, kümmere dich doch um eines von den vernünftigen Mädchen. Vergeude nicht deine Zeit mit diesen Gänschen.«

»Das sagst ausgerechnet du?« Laurie schaute Jo verdutzt an.

»Natürlich. Wenn ich etwas sage, so meine ich es auch. Du mußt dich aber sehr zusammennehmen bei B..., nun, wie sie eben heißen mag.« Fast hätte Jo den Namen verraten.

»Du hast vollkommen recht«, sagte der sonst so selbstbewußte Laurie und spielte mit Jos Schürzenbändern.

Jo dachte: Um Himmels willen, er glaubt wieder etwas ganz anderes. Laut sagte sie: »Mach ein bißchen Musik — Beth ist zu müde dazu.«

»Ich will hier bleiben.«

»Hier ist kein Platz. Tu etwas. Du magst doch nicht an den Schürzenbändern einer Frau hängen?« Jo zitierte Lauries eigene Worte.

»Das hängt davon ab, wessen Schürze es ist.«

Laurie sah in Jos Äußerung einen erfreulichen Fortschritt. Sie hatte ihm doch tatsächlich empfohlen, sich mehr um »vernünftige« Mädchen zu kümmern. Er setzte sich ans Klavier, um Jo zu gefallen. Sie ging jedoch aus dem Zimmer, sobald ihn die Musik gefangengenommen hatte, und blieb für den Rest des Abends unsichtbar.

Jo eröffnete ihrer Mutter nach einigen Tagen des Nachdenkens ihren Plan: »Wenn du mich daheim nicht brauchst, Mutter, möchte ich in diesem Winter fortgehen. Ich will meinen Horizont erweitern, meine Flügel erproben.«

»Und wohin möchtest du fliegen?« fragte die Mutter.

»Mein Plan ist, nach New York zu gehen. Du hast doch von Frau Kirke einen Brief bekommen, in dem sie schreibt, daß sie für ihre Kinder eine Erzieherin sucht. Für mein unruhiges Wesen ist das freilich nicht sehr ideal, aber ein halbes Jahr werde ich es aushalten. Wenn ich mir vorstelle, was ich dort alles an interessanten Dingen sehen und erleben kann!«

»Frau Kirke hat eine große Pension. Wann willst du ihr schreiben?«

»Die Familie hat mit der Pension nichts zu tun, und außerdem wird sie mich als alte Bekannte, nicht als Angestellte betrachten. Auch wenn mir nicht allzuviel Zeit zum Schreiben bleiben wird, werde ich doch viel Neues sehen und neuen Stoff sammeln.«

»Jo, du bist sehr vernünftig, dieses Kompliment muß ich dir machen. Aber sei ehrlich: Was ist der eigentliche Grund?«

Obwohl Jo doch diese Angelegenheit so nüchtern ansah, wurde sie rot und sagte dann unsicher: »Ich glaube, Laurie verliebt sich in mich.«

»Er hat es schon getan. Und dir bedeutet er nicht viel?« fragte Frau March ernst.

»Nein. Ich mag ihn gern, wie einen Bruder, mehr kommt nicht in Frage.«

»Da bin ich froh, Jo.«

»Weshalb?«

»Als Geschwister vertragt ihr euch herrlich, aber sonst würdet ihr nicht zueinander passen. Ihr habt viele Ähnlichkeiten: gute und schlechte. Für eine Ehe seid ihr beide zu eigensinnig und zu unbeherrscht, zu ungeduldig.«

»Ich hätte es niemals so ausdrücken können, gefühlt habe ich das aber selbst schon«, sagte Jo. »Hoffentlich wird Laurie bald darüber hinwegkommen, wenn ich fort bin. Es wäre mir schrecklich, ihn unglücklich zu machen. Ich kann mich doch nicht auf Befehl verlieben!«

»Wir wollen alles dazu tun, daß du nach New York gehen kannst.«

Jo lächelte befreit und sagte: »Denk nur, wie erstaunt Frau Moffat über dich wäre. Schade, daß Laurie Annie so gar nicht mag! Wenn sie wüßte, daß sie doch nicht alle Hoffnung auf diese gute Partie aufgeben muß! Aber Laurie erschlägt mich, wenn ich mich da einmische!« Jo lachte.

»Mütter wollen ihre Kinder eben glücklich sehen, jeder meint etwas anderes dabei; Meg ist glücklich. Auch du wirst im gegebenen Augenblick wissen, was du zu tun hast. Amy ist so weit fort, das macht mir Sorgen. Aber ich glaube, auch sie wird das Richtige tun. Für Beth wünsche ich mir nur, daß sie wieder ganz gesund wird. Hat sie mit dir gesprochen, Jo? Ich finde sie in den letzten Tagen etwas fröhlicher.«

»Ich weiß jetzt, was sie auf dem Herzen hat, und sie wird es mir allmählich schon noch sagen.« Und Jo erzählte ihrer Mutter alles, was sie »entdeckt« hatte.

Frau March wollte von diesen romantischen Plänen nichts hören: »Du darfst lebendige Menschen nicht so behandeln wie die Helden in deinen Erzählungen. Es wird bestimmt gut für dich sein, nach New York zu gehen.«

Jo meinte: »Wir wollen Laurie nichts sagen, ehe alles ganz sicher ist. Dann reise ich ab, bevor es tragisch werden kann. Beth soll glauben, daß ich wegfahre, um mich zu unterhalten. Um sich zu trösten, wird sie sich mehr mit Laurie abgeben. Er wird auch diesmal darüber hinwegkommen. Es ist ja nicht das erstemal, daß er unglücklich verliebt ist.« Trotzdem sie die Sache so einfach abtat, ahnte Jo, daß es diesmal für Laurie doch viel ernster war als alle seine bisherigen Flirts.

Der Familienrat stimmte dem Plan zu, und Frau Kirke freute sich auf Jo. Das Gehalt war gut, und in ihrer Freizeit würde Jo die Möglichkeit haben, interessante Dinge zu sehen, die ein Gewinn für ihre Schriftstellerei sein würden.

Laurie erfuhr von alldem erst, nachdem es unwiderruflich feststand. Jo war erstaunt, wie ruhig er es aufnahm. Sie beendete ihre Mitteilung mit den hochtrabenden Worten: »Ich beginne einen neuen Lebensabschnitt!« Laurie erwiderte nur. »Ich auch.« Jo war sehr froh; anscheinend hatte er die Absicht, jetzt ernsthaft zu studieren. Zu Beth sagte sie:

»Kümmere dich in meiner Vertretung um Laurie.«

»Ich will mich bemühen, aber du wirst ihm trotzdem sehr abgehen.«

»Aber nein. Du kannst ihn genauso wie ich loben und tadeln und auf ihn schauen.«

Beth versprach es und hatte keine Ahnung, was Jo bezweckte.

Laurie sagte orakelhaft: »Sinn hat es keinen! Gib acht, sonst hole ich dich sofort zurück!«

Jos Tagebuch

New York, November 1866

Meine Lieben!

Ihr bekommt gleich ein richtiges Buch. Ich habe furchtbar viel zu erzählen, wenn ich auch keine junge Dame bin, die durch Europa reist. Mir war ein wenig sonderbar zumute, als der Zug abging. Es hätte sich geschickt, zu weinen, aber das konnte ich einer irischen Familie wegen nicht tun, die mit mir im Abteil saß. Da habe ich gleich meine Praxis mit Kindern begonnen; es waren vier, die alle heulten. Ich warf ihnen Früchtebrot in den Mund, wenn sie ihn aufrissen.

Frau Kirkes Haus ist überfüllt. Sie empfing mich sehr lieb, und ich fühle mich hier wohl. Wann immer ich Zeit habe, sitze ich bei meinem sonnigen Dachstubenfenster und schreibe. Mein »Studio« begeistert mich, die Aussicht ist wunderschön.

Die beiden kleinen Mädchen sind reizend, aber verwöhnt. Ich erzähle ihnen Geschichten und werde noch eine glänzende Erzieherin. Ich esse lieber mit den Kindern als unten mit den Gästen. Ihr werdet es nicht glauben können, aber unten bin ich schüchtern. Ich muß allein zurechtkommen, denn Frau Kirke ist sehr angestrengt. Es wird schon gehen.

Wenn ich erst einmal eingewöhnt sein werde, will ich mir die verschiedenen Leute kritisch ansehen. Ich hoffe, Typen für meine Erzählungen zu finden. Bis jetzt kenne ich nur einen deutschen Professor, und den auch nur vom Sehen. Ich wartete am ersten Tag auf der Treppe auf ein Hausmädchen, damit es mir den Weg zu Frau Kirkes Wohnzimmer zeigte. Hinter dem Mädchen kam ein Herr, der einen Kohlenkübel trug. Er sagte zu dem Mädchen: »Der ist zu schwer für einen jungen Rücken.« An solchen Kleinigkeiten erkennt man die Menschen besser als an großen Taten, sagt Vater doch immer. Frau Kirke erzählte mir, daß der Professor ein großer Idealist sei. Er hat seiner Schwester am Totenbett versprochen, ihre Söhne in Amerika erziehen zu lassen — sie war mit einem Amerikaner verheiratet — und hat deswegen seine Karriere in Deutschland aufgegeben. Er ist der einzige Verwandte, den die Kinder haben, er brachte sie her und gibt nun schlechtbezahlte Privatstunden. In diesem Haus wird es sicherlich noch mehr solcher Schicksale geben. Morgen mehr.

Dienstag abend.

Ich möchte die Kinder manchmal am liebsten ein wenig beuteln, sie sind sehr anstrengend. Heute morgen habe ich mit ihnen geturnt, und da waren sie dann so müde, daß sie ruhig waren.

Nach dem Essen habe ich genäht, ein Hausmädchen ist mit den Kindern spazierengegangen. Plötzlich hörte ich aus dem Wohnzimmer nebenan einen Mann summen: »Kennst du das Land, wo die Zitronen blühen...« Ich blinzelte durch den Vorhang hinüber, es war der Professor. Er wartete auf einen Schüler. Er ist groß, hat braunes Haar, einen Bart, eine große Nase, sehr liebe Augen und eine wohltönende Stimme. Außer seinen herrlichen Zähnen ist eigentlich nichts Hübsches an ihm, aber er gefällt mir sehr gut. Er schaut wie ein Gentleman und sehr interessant aus. Er hatte aber geflickte Schuhe an, und an seinem Rock fehlten Knöpfe.

Er streichelte die Katze, und ich wollte mich wieder zurückziehen. Dann kam aber ein kleines Mädchen bei der Tür herein, mit einem großen Buch in der Hand. Er gab ihm einen Kuß und setzte es auf ein paar dicke Lexika, damit es auf den Tisch reichte. »Tina, hast du brav deine Aufgaben gemacht?« fragte er die Kleine. Aus ihrer Schürzentasche kam ein ganz zerknittertes Stück Papier zum Vorschein. Der Professor lobte sie, gab ihr ein neues Papier, und das Kind fing zu »schreiben« an. Es ist höchstens vier Jahre alt, und bestimmt war kein einziger Buchstabe richtig.

Dann mußte ich meinen Beobachtungsposten aufgeben. Ich hörte aber, daß zwei junge Damen ins Zimmer traten und der Professor mit einer Deutschstunde begann. Die beiden hatten eine gräßliche Aussprache, und sie stellten die dümmsten Fragen. Ich hätte diese Geduld nicht aufgebracht!

Ich bin heute zum erstenmal unten beim Abendessen gewesen. Es gelang mir nicht, so unbemerkt zu bleiben, wie ich wollte. Ich mußte neben Frau Kirke sitzen. Es waren ein paar junge Männer bei Tisch, die sofort nach dem Essen wieder gingen. Dann ein paar junge Ehepaare, die niemanden anschauten, und ältere Herren, die nur über Politik redeten. Ich habe mich mit einer älteren, sehr gebildeten Dame unterhalten. Der Professor saß am anderen Ende des Tisches, er unterhielt sich mit einem alten tauben Herrn und sprach mit einem anderen französisch. Amy wäre entsetzt gewesen, mit welchem Appetit er aß. Wenn ich bedenke, was mir die Arbeit mit den zwei kleinen Mädchen für Hunger verursacht, muß man begreifen, was ein Mensch essen muß, der den lieben langen Tag Idioten zu unterrichten hat.

Im Treppenhaus hörte ich, wie sich zwei Männer miteinander unterhielten: »Die Neue scheint Erzieherin zu sein oder sonst irgend etwas im Haushalt.« »Was hat die an unserem Tisch zu suchen?«

»Sie scheint zur alten Dame zu gehören. Schaut ja nicht übel aus, aber sie ist unschick.«

Darüber kann ich mich nicht wirklich ärgern. Ein Schreiber ist auch nicht vornehmer als eine Erzieherin! Wenn ich auch unschick bin, so habe ich bestimmt mehr Verstand als diese Laffen mit ihrer billigen Eleganz. Solche Typen sind mir verhaßt!

Donnerstag.

Gestern war nichts Besonderes los. Die kleine Tina ist das Kind einer französischen Näherin. Sie hängt ebenso am Professor wie Kitty und Minnie Kirke. Er versteht es glänzend, mit Kindern umzugehen, obwohl er selbst Junggeselle ist. Die jungen Männer nennen ihn »Ursus Major« und verdrehen seinen Namen, der für Amerikaner tatsächlich kaum auszusprechen ist. Er ist aber riesig gutmütig und lacht über alles.

Die ältere Dame, von der ich erzählt habe, ist sehr gebildet, ich durfte sie schon auf ihrem Zimmer besuchen. Sie hat eine Menge interessanter Bekannter, und ich will mich bemühen, durch sie in die »gute Gesellschaft« zu kommen. Freilich versteht Amy etwas anderes darunter als ich.

Gestern traf ich den Professor im Wohnzimmer. Minnie, die sehr altklug ist, stellte mich gleich vor:

»Das ist Fräulein March, Mamas Freundin.«

»Wir folgen ihr sogar, denn sie ist prima«, schrie Kitty.

Da mußten alle lachen.

Heute ist mir etwas Komisches passiert. Ich lief in großer Eile den Gang entlang, und da berührte ich aus Versehen mit meinem Schirm eine Tür. Sie ging auf, und da stand der Professor mitten im Zimmer und stopfte sich gerade einen großen blauen Strumpf. Ich entschuldigte mich, und er sagte nur: »Viel Vergnügen beim Spaziergang, mein Fräulein.«

Sonntag.

Miß Norton, die ältere Dame, hat mich aufgefordert, sie, wenn ich Lust habe, in Konzerte oder zu Vorträgen zu begleiten. Ich habe ihr mit vielem Dank zugesagt.

Im Kinderzimmer gab es heute einen solchen Lärm, daß ich erschrocken hineinschaute. Professor Bär spielte mit den Mädchen, der kleinen Tina und seinen beiden Neffen Zoo. Er selbst kroch dabei auf allen vieren herum.

Minnie sagte: »Wenn Franz und Peter kommen, dürfen wir immer spielen, was uns freut. Mama erlaubt es. Nicht wahr, Onkel?«

»Ja, Fräulein March, wir dürfen. Aber sagen Sie es nur, wenn wir zu laut sind!«

Ich habe dann meine Tür zum Kinderzimmer offengelassen. Der Professor gab sich aber tatsächlich den ganzen Nachmittag mit den Kindern ab. Ich könnte Euch noch lange erzählen, aber der Gedanke an die vielen Briefmarken, die mein Bericht kosten wird, zwingt mich, aufzuhören. Was schreibt Amy? Hat Laurie vor lauter Studieren keine Zeit zum Schreiben? Hoffentlich kümmert sich Beth um ihn. Wie geht es den Babys? Beim Durchlesen scheint es mir, daß dieser Brief sehr »professoral« geworden ist. Ihr wißt aber, daß ich mich für ausgefallene Leute immer ganz besonders interessiere. Und sonst erlebe ich ja nicht viel. Viele liebe Grüße, Jo.

New York, Dezember 1866.

Liebe Eltern!

Heute werde ich Euch wieder einen langen Brief schreiben — es geht hier recht heiter zu, große Erlebnisse gibt es freilich keine. Die beiden Mädchen habe ich mir schon zurechtgebogen, wir vertragen uns gut miteinander. Tina und die beiden kleinen Jungen sind aber interessantere Kinder. Bei schönem Wetter gehen der Professor und ich mit allen fünfen spazieren. Wir haben uns sehr angefreundet, und ich lerne Deutsch bei ihm. Das hat sich auf unerwartete Weise ergeben. Als Frau Kirke eines Tages das Zimmer des Professors aufräumte, rief sie mich hinein:

»Wenn Sie ein wenig Zeit haben, helfen Sie mir, bitte, die Bücher wegzuräumen. Ich muß ein paar Taschentücher suchen«, sagte Frau Kirke.

So half ich ihr. Überall liegen Bücher und Papiere herum, auf einem Fensterbrett steht eine Kiste mit weißen Mäusen, beim anderen Fenster ein Käfig mit einem zerzausten Vogel. Man sieht überall die Spuren von Jungenhänden: Schnüre, Holzstückchen, angefangene Segelschiffe. Drei Taschentücher konnte Frau Kirke finden: mit dem einen war der Vogel zugedeckt, eines war voller Tintenflecke, das dritte war versengt, weil es als Topflappen gedient hatte.

»Das sind Zustände!« sagte Frau Kirke. »Er erlaubt den Kindern einfach alles! Und er ist furchtbar zerstreut und ungeschickt in praktischen Dingen. Ich kann ihm aber nicht böse sein! Ich muß mich wieder mehr um ihn kümmern. Er vergißt so oft, seine beschädigte Wäsche herzugeben, und läuft unbekümmert mit zerrissenen Socken herum!«

Ich habe dann Frau Kirke beim Knopfannähen geholfen — schließlich borgt mir der Professor öfter Bücher und beschäftigt die Mädchen, so daß ich entlastet bin. Ich habe ihm auch schon neue Fersen in seine alten Socken gestrickt. Ich wollte nicht, daß er es merkt, aber er hat mich dabei überrascht. Die Tür zwischen dem Kinderzimmer und dem Wohnzimmer lasse ich meistens offen. Ich höre gern dem Unterricht zu, und die Mädchen laufen immer hin und her. Wenn ich danach die deutschen Bücher des Professors finde, versuche ich, darin zu lesen. Als ich es wieder einmal tat, stand auf einmal der Professor hinter mir. Ich hielt noch das Strickzeug in der Hand. Er unterdrückte ein Lachen und sagte:

»So, so, Sie beobachten mich? Ich beobachte Sie auch. Wenn Sie wollen, gebe ich Ihnen Deutschstunden.«

»Vielen Dank, aber ich bin zu dumm dazu, und dann habe ich auch sehr viel Arbeit.« Ich wurde ganz rot, als ich das sagte.

»Am Abend, zum Beispiel, wird es sich doch einrichten lassen. Ich muß schließlich meine Schulden bezahlen.« Er deutete auf die Socken. »Sie meinen, daß ich es nicht bemerkte, wenn meine Knöpfe wieder angewachsen sind und meine Socken plötzlich wieder neue Fersen haben. Ich merke es, und ich danke vielmals dafür. Sie müssen mir erlauben, Ihnen Stunden zu geben, sonst dürfen Sie nicht mehr Heinzelmännchen spielen.«

Natürlich bin ich auf dieses Geschäft eingegangen und habe schon vier Stunden gehabt. Ich bewundere die Geduld des Professors, er muß mir alles so oft erklären, und ich gebe sehr dumme Antworten. Gestern habe ich wieder einmal gar nichts begriffen, und da warf er die Grammatik hin und ging aus dem Zimmer. Ich kam mir sehr verlassen vor und wollte schon in mein Zimmer gehen. Aber da kam der Professor wieder herein und machte mir den Vorschlag, es jetzt auf eine andere Art zu versuchen. »Die Grammatik lassen wir jetzt einmal ganz weg. Dafür lesen wir lieber eine nette Geschichte miteinander.«

Er legte ein Märchen von Andersen auf den Tisch, und ich stürzte mich darüber. Freilich bin ich oft steckengeblieben, und auch mit der Aussprache der langen Worte ist es mühsam vorwärtsgegangen. Wie ich dann so schlecht und recht mit der ersten Seite fertig war, sagte der Professor: »Viel besser! Aber, passen Sie auf, jetzt lese ich es Ihnen vor.« Es war noch ein Glück, daß er vorher gesagt hatte, daß es »Der standhafte Zinnsoldat« sei, denn verstanden habe ich nicht ein Wort! Aber langsam geht es besser, und auf diese Weise schlucke ich die Grammatik wie eine bittere Pille, die in Zucker eingewickelt ist. Zum Glück hat der Professor die Geduld noch nicht verloren, denn es freut mich sehr. Vielleicht hast du, liebe Mutter, eine Idee, was ich ihm für die Mühe zu Weihnachten schenken könnte.

Es freut mich, daß Laurie beschäftigt und zufrieden ist und daß er sich sein Haar wieder wachsen läßt. Beth hat entschieden einen größeren Einfluß auf ihn als ich. Es freut mich, daß sie sich wohler fühlt. Lest diesen Brief Laurie vor, ich habe zum Briefschreiben leider zu wenig Zeit. Eure Jo.

Januar 1867.

Glückliches neues Jahr Euch allen, auch Herrn Laurenz und einem jungen Herrn namens Laurie. Ich hatte schon jede Hoffnung auf ein Paket aufgegeben, als ich es dann am Abend erhielt. Es hat mich riesig gefreut. In Eurem Brief hattet Ihr ja nichts von dem Weihnachtspaket erwähnt, und da war ich ein wenig enttäuscht. Aber als es dann kam, habe ich mich gleich auf den Boden gesetzt und alles ausgepackt und bewundert. Vaters Buch habe ich noch am selben Abend ausgelesen. Hannas Kuchen ist wunderbar, und Beths Tintenwischer kann ich gut gebrauchen.

Von Professor Bär habe ich zu Neujahr einen Band Shakespeare bekommen, der bis dahin einen Ehrenplatz unter seinen Büchern eingenommen hatte. Ich bin sehr stolz darauf. Und eine Widmung hat er hineingeschrieben: »Von Ihrem Freund Friedrich Bär.« Er sagte: »In diesem Band sind viele Bücher vereint. Lesen Sie es richtig, dann werden Sie die Welt besser begreifen können.«

Ich wußte nicht, was ich ihm schenken sollte, und Geld habe ich auch nicht viel, so bin ich auf die Idee gekommen, ein paar kleine Dinge in seinem Zimmer aufzustellen: eine kleine Vase, denn er hat immer allerlei Grünes, und eine Federbüchse für den Schreibtisch.

Am Silvesterabend wollte ich erst nicht mittun, weil ich nichts Rechtes zum Anziehen hatte. Aber dann haben mir Frau Kirke und Miß Norton ein altes Brokatkleid, einen Schleier, Federn und eine Maske geborgt. Ich war also Madame Malapropos, und keiner hat geahnt, daß das die schweigsame und arrogante Miß March war, die in dem geschmückten Eßzimmer tanzte und Unsinn trieb. Als dann um Mitternacht die Demaskierung erfolgte, machten sie alle dumme Gesichter. Einen der jungen Männer hörte ich sagen, ich sei ihm bekannt vorgekommen, und jetzt wüßte er auch, woher. Ich sei Schauspielerin, und er hätte mich schon öfter auf einer kleinen Bühne gesehen. Amy fällt in Ohnmacht, wenn sie das hört! Professor Bär kam als Neptun, die kleine Tina als Titania auf seinem Arm. Es war ein lustiges Fest. Ich bin gern hier. Liebe Grüße an alle, Eure Jo.

Ein Freund

Jo hatte sehr viel zu tun, aber zum Schreiben fand sie doch immer Zeit. Sie bezweckte etwas ganz Bestimmtes damit, wenn sie sich auch nicht der besten Mittel bediente. Mehr noch als zu Hause war es ihr in New York zum Bewußtsein gekommen, wie wichtig es ist, Geld zu haben. Sie wollte zu Geld kommen. Sie sollten alle etwas davon haben, das Haus sollte behaglich eingerichtet werden. Beth wollte sie mit all dem erfreuen, was sie sich erträumte: mit einem Harmonium und — einer Reise nach Europa. Jo wünschte sich, so viel Geld zu haben, daß sie den anderen helfen konnte.

Jo dichtete eine haarsträubende Geschichte zusammen — sensationelle Erzählungen waren gerade große Mode — und machte sich damit auf den Weg zu Herrn Dashwood, dem Redakteur eines Wochenblattes. Da sie wußte, wie sehr der Eindruck eines Menschen von seinem Äußeren bestimmt wird, kleidete sie sich besonders sorgfältig und bemühte sich, nicht aufgeregt zu erscheinen.

Die Unordnung, die sie in der Redaktion des »Wöchentlichen Vulkans« erwartete, war unvorstellbar. Keiner der drei Zigarren rauchenden Männer bequemte sich dazu, die Füße vom Schreibtisch herunterzunehmen, als Jo ins Zimmer trat. Jo war völlig aus der Fassung gebracht und sagte schüchtern: »Verzeihen Sie, ich suche Herrn Dashwood.«

Der Mann, der die größte Zigarre hatte, stand langsam auf und murmelte unverständlich seinen Namen. Jo reichte ihm das Manuskript und stotterte abgerissene Sätze ihrer wohlvorbereiteten Rede: »Eine Bekannte bittet mich ... es ist ein Versuch ... Ihre Meinung darüber zu hören ... sie kann noch mehr schreiben ...«

Herr Dashwood blätterte mit sehr wenig sauberen Fingern in dem Manuskript und betrachtete es kritisch. Als er sah, daß die Seiten numeriert und nicht mit einem Seidenband zusammengebunden waren, was als das untrügliche Zeichen einer Anfängerarbeit gegolten hätte, sagte er huldvoll: »Sieht nicht nach einem ersten Versuch aus.«

»Nein, sie hat sogar schon einen ersten Preis für eine Erzählung bekommen.«

»So?« Herr Dashwood schien erstaunt und riß seine verschlafenen Augen weit auf. Er betrachtete Jo von oben bis unten: »Lassen Sie es da, wenn Sie wollen. Wir haben zwar mehr solches Zeug, als wir brauchen, aber ansehen kann ich es mir einmal. Sie kriegen nächste Woche Bescheid.«

Jo ließ es nicht gern dort, denn die ganze Atmosphäre mißfiel ihr sehr; aber es blieb ihr nichts anderes übrig. Sie grüßte in ihrer Verlegenheit besonders hoheitsvoll und meinte es den Blicken der Männer anzumerken, daß man ihre Lüge von der »Bekannten« durchschaut hatte. Als sie die Tür hinter sich geschlossen hatte und drinnen ein höhnisches Lachen hörte, war ihre Stimmung total verdorben. Sie wollte nicht mehr dorthin gehen. Nach Hause zurückgekehrt, machte sie ihrem Ärger bei den Schulaufgaben der beiden Mädchen Luft. Wenige Stunden später mußte sie über alles lachen und war entschlossen, sich in der kommenden Woche doch den Bescheid zu holen.

Das nächstemal fand Jo Herrn Dashwood allein in seinem Büro vor. Er war heute viel zuvorkommender als das erstemal.

»Wir nehmen es, es muß nur ein wenig geändert werden. Wenn Sie es so kürzen, wie ich es angemerkt habe, bekommt es die richtige Länge...«

Jo hätte ihr Manuskript nicht wiedererkannt. Äußerlich war es zerknüllt, und im Text war fast jeder Absatz gekürzt; alle ihre moralischen Betrachtungen waren gestrichen. »Aber, Herr Dashwood, ich wollte doch die Reue der Sünder deutlich machen. Ich finde, jede Erzählung sollte eine Moral haben.«

»Moral ist heutzutage nicht gefragt, die Leute wollen sich unterhalten«, sagte Herr Dashwood lachend, denn Jo hatte ganz ihr Inkognito vergessen und die »Bekannte« nicht mehr erwähnt.

»Gekürzt ist es gut?«

»Ja, ich denke schon, Idee und Personen sind lebendig«, meinte Herr Dashwood freundlich.

»Wieviel... was meinen Sie...«, stotterte Jo.

»Fünfundzwanzig bis dreißig Dollar wird für so etwas bezahlt, bei Erscheinen.« Herr Dashwood erwähnte das ganz nebenbei, als wäre es eine von jenen Kleinigkeiten, mit denen er nicht belastet werden sollte.

Da Jo bisher nur einen Dollar pro Spalte bekommen hatte, kamen ihr diese fünfundzwanzig Dollar als ein gutes Honorar vor, und sie willigte ein.

Jo wußte nicht, daß sie sich längst schon verraten hatte, und fragte: »Kann meine Bekannte, wenn sie etwas Neues geschrieben hat, sich wieder an Sie wenden?«

»Sagen Sie Ihrer Bekannten, wenn sie kurz und pikant und ohne jede Moral schreibt, werden wir es uns anschauen, unverbindlich natürlich. Und unter welchem Namen soll die Erzählung erscheinen?«

»Ohne jeden Namen, bitte, sie möchte es so.« Jo errötete wieder.

»Wie Sie wollen. Sollen wir Ihnen das Geld zuschicken?« Es war klar, daß Herr Dashwood Jos Namen erfahren wollte.

»Danke, ich werde es holen.«

Nachdem Jo gegangen war, legte Herr Dashwood wieder seine Füße auf den Tisch und brummte: »Wir kennen das, arm und stolz, aber schreiben kann sie!«

»Kurz und pikant« hatte Herrn Dashwoods Befehl gelautet. Jo tat ihr möglichstes und stöberte die ganze Sensationsliteratur durch. Amy wäre vor Schreck erstarrt, wenn sie geahnt hätte, zu welchen gewöhnlichen Persönlichkeiten ihre feinen Lords und Grafen in Jos Geschichten degradiert wurden. Für Jos Leserkreis spielten weder Geographie noch Geschichte, weder Grammatik noch Glaubwürdigkeit eine Rolle. Bald durfte sie die Hälfte des Textes für jede Nummer von Herrn Dashwoods Blatt »liefern«. Jo konnte nicht wissen, daß sie einen sehr günstigen Augenblick erwischt hatte. Herr Dashwood war nämlich eben von seinem fruchtbarsten Geschichtenschreiber im Stich gelassen worden, der es bei der Konkurrenz wesentlich besser getroffen hatte.

Jo kassierte ein Honorar nach dem anderen ein und war daher Feuer und Flamme für diese Angelegenheit. Sie machte schon Pläne, mit Beth ins Gebirge zu fahren, und war nur betrübt darüber, daß sie ihrer Familie gegenüber nichts davon erwähnen konnte. Sie war sich bewußt, daß die Eltern über die Art und Weise, wie sie das Geld verdiente, nicht erfreut gewesen wären. Hatte sie erst einmal die Summe für Beths Reise beisammen, dann mochten sie zanken! Zum Glück blieb ihr Name unter den Geschichten weiter ungenannt. Wohl hatte Herr Dashwood inzwischen das Geheimnis erfahren, aber er behielt es für sich.

Jo beruhigte ihr Gewissen, indem sie sich den edlen Zweck vor Augen hielt, für den sie das Honorar verwenden wollte, und war entschlossen, nur solche Geschichten zu verfassen, für die sie sich nicht zu schämen brauchte.

Herr Dashwood nahm nur Erzählungen an, die der Sensationslust seiner Leser voll und ganz entsprachen. Jo war sich im klaren, daß sie sich für die laufende Erzeugung solcher Geschichten von irgendwoher Material beschaffen mußte, denn ihre eigenen Erfahrungen reichten dazu nicht aus. Sie tat wie immer alles gründlich und stürzte sich auf die Zeitungsmeldungen von Morden und Unglücksfällen und andere sensationelle Berichte. In der öffentlichen Bibliothek wurde man aufmerksam auf sie, denn dort erregte es Mißtrauen, daß sie immer nur Bücher über Giftmorde und sonstige große Kriminalfälle verlangte. In ihrer Phantasie war sie nur noch mit Wahnsinnigen und Verbrechern beschäftigt.

Jo erinnerte sich an Professor Bärs Rat, sie möge doch die lebendigen Menschen ihrer Umwelt zu ihren Charakterstudien heranziehen. Der Professor konnte freilich nicht ahnen, daß Jo auch ihn als Studienobjekt verwendete.

Jo hatte zuerst nicht verstehen können, weshalb der Professor bei allen so beliebt war. Obwohl er weder elegant noch sonst in irgendeiner Weise auffallend war, fühlten sich die Menschen zu ihm hingezogen. Er war nicht reich und schien doch jedem etwas zu schenken. Es mußten wohl seine Großherzigkeit und sein Humor sein, seine Freundlichkeit und seine Wärme, daß ihn alle so gern mochten. Er hatte ein weites Herz und eine große Liebe zu Kindern.

All das waren Eigenschaften, die Jo sehr schätzte; den größten Respekt hatte sie aber doch vor seiner Intelligenz. Er war in ihrem Ansehen sehr gestiegen, als sie durch Zufall erfahren hatte, was sonst niemand im Haus wußte: Professor Bär war in Deutschland ein angesehener Universitätsprofessor gewesen.

Jo wurde eines Abends zu ihrer größten Freude von Miß Norton zu einer sehr exklusiven literarischen Gesellschaft eingeladen, die zu Ehren von einigen Prominenten gegeben wurde. Miß Norton mochte Jo und Professor Bär sehr gern und hatte sie beide aufgefordert, sie zu begleiten. Jo begeisterte sich schon bei der Vorstellung, die berühmten Geister, die sie nur dem Namen nach kannte und verehrte, von der Nähe zu sehen. Ihre Erschütterung war aber groß, als sie feststellen mußte, daß auch diese herrlichen Wesen nur gewöhnliche Sterbliche waren. So zeigte es sich, daß ein Verfasser hochgeistiger Lyrik ein fettleibiger Mann mit einem Riesenappetit war, der andauernd über seine Wetten bei Pferderennen sprach.

Schaudernd mußte sie mit ansehen, wie sich ein Novellist, dessen Werke von hoher Ethik erfüllt waren, betrank. Zwei prominente Schauspielerinnen, die stets überirdische Gestalten verkörperten, hätten sich mit ihren Blicken am liebsten gegenseitig ermordet. Und ein angeblich genialer Musiker beklagte sich über die Dummheit seines Schneiders.

Jo war zutiefst enttäuscht und zog sich in eine Fensternische zurück. Dort fand sie Professor Bär, der den Wunsch hatte, ihr an diesem Abend doch noch etwas zu bieten. Er sagte:

»Dort unterhalten sich einige sehr gescheite Leute, kommen Sie doch.«

Mehrere Philosophen und Literaten führten ein angeregtes Gespräch, von dem Jo aber kaum etwas verstand. Sie war jedoch glücklich, Namen zu hören, die sie von Vaters Bücherkasten her kannte. Professor Bär diskutierte mit den anderen, und wenn sie auch seinen Worten nicht ganz folgen konnte, so waren ihr doch seine Ansichten vertraut.

Jo war stolz auf ihre Freundschaft mit dem Professor. Doch eines Tages ereignete sich ein Zwischenfall, bei dem sie ihn fast verloren hätte.

Es begann damit, daß der Professor mit einer Papiermütze, die ihm Tina aus Zeitungspapier gemacht hatte, zur Deutschstunde kam. Nach einem lustigen Wortgeplänkel über diese kindliche Kopfbedeckung nahm der Professor die Mütze ab. Als er einen Blick auf die Zeitung warf, aus der sie gefaltet worden war, sagte er verärgert: »Solche Blätter sollten nicht ins Haus kommen! Sie sind nichts für junge Menschen, und die Leute, die so etwas verbreiten, sollten sich schämen!«

Jo warf einen Blick darauf und stellte mit Erleichterung fest, daß es nicht der »Vulkan« war. Aber der zerstreute Professor sah mehr, als sie vermutete. Jo hatte sich irgendwie verraten, und er wußte, daß sie schrieb. Er hätte sie schon oft gern nach ihren Arbeiten gefragt, aber sie wich immer aus. Mit einemmal kam ihm jetzt der Gedanke, daß Jo solche Erzählungen verfaßte und sie sich deshalb schämte, sie ihm zu zeigen. Er war erschüttert und nahm sich vor, hier energisch, aber vorsichtig einzugreifen.

»Lieber würde ich meinen Jungen Waffen zum Spielen geben als diesen Schund!«

Jo sagte zögernd und, wie sie glaubte, sehr diplomatisch: »Die Leute wollen so etwas lesen. Manche Geschichten sind vielleicht gar nicht schlecht, nur dumm, und niemand wird davon verdorben. Die Leute, die sie schreiben, verdienen sich damit ihren Lebensunterhalt wie mit irgendeiner anderen Arbeit.«

»Ich glaube nicht, daß Sie oder ich es ›ehrliche Arbeit‹ nennen würden, so etwas zu verkaufen. Dieses Geschmiere ist nichts anderes als in Zucker verpacktes Gift. Die Leute, die das schreiben, sollten sich darüber klar sein und lieber Straßen kehren gehen.« Er warf das Zeitungsblatt in den Kamin und fügte hinzu: »Ich möchte alle diese Zeitungen so verbrennen können!«

Jo überlegte, was für ein Riesenfeuer ihre Manuskripte geben würden, tröstete sich aber mit dem Gedanken, daß ihre eigenen Erzählungen mehr dumm als schlecht waren. Dann sagte sie ablenkend: »Wollen wir bitte weiterlernen, Herr Professor? Ich bin schon wieder ganz ernsthaft.«

»Ich will es hoffen«, brummte der Professor und dachte dabei an mehr als an die deutsche Grammatik.

Nach der Stunde las Jo alle ihre Geschichten noch einmal gründlich durch. Zum erstenmal dachte sie dabei nicht an das Honorar, das sie ihr brachten. Es standen ihr die Haare zu Berge, als sie versuchte, sich kritisch mit ihren schriftstellerischen Produkten auseinanderzusetzen. Sie versank fast vor Scham bei der Vorstellung, daß ihren Eltern oder dem Professor der Plunder in die Hände fallen könnte. Kurz entschlossen feuerte sie ihre ganze Arbeit von drei Monaten in den eisernen Ofen, so daß nichts davon übrigblieb als das damit verdiente Geld und ein Häuflein Asche.

Jo überlegte nun, was zu tun sei. Sie kam zu dem Schluß, daß sie mit ihrem Geschreibsel noch nicht allzuviel Schaden angerichtet habe und sie das Geld behalten dürfe. Beth sollte ihre Erholung haben. Sie dachte, um wieviel leichter sie doch leben könnten, wenn sie sich nicht immer durch ihr Gewissen gehemmt fühlte. Wie rasch könnte sie dann reich sein!

Jo wollte Buße tun. Sie schrieb keine Sensationserzählungen mehr, sondern verfaßte nun moraltriefende Geschichten. Kein Verleger wollte diese Ergüsse haben, und Jo mußte an Herrn Dashwoods Äußerungen denken, daß mit Moral heutzutage kein Geschäft zu machen sei.

Dann kamen Kindergeschichten an die Reihe. Die gestalteten sich aber auch zu einem Mißerfolg, da niemand auch nur annähernd das Honorar zahlen konnte, das Jo von ihren Sensationsgeschichten gewöhnt war.

Da versteckte sie endlich Tintenfaß, Feder und Papier ganz hinten in ihrer Schublade. »Solange mir nichts Gescheites einfällt, werde ich nicht mehr schreiben!« Der Professor erwähnte die Angelegenheit mit keinem Wort mehr. Er wußte, daß Jo die Schreiberei aufgegeben hatte, und war damit zufrieden.

Nun stürzte sich Jo mit Verbissenheit in die deutsche Grammatik und war auch sonst bestrebt, sich nützlich zu machen. In den Stunden lernte sie aber noch mehr als Deutsch. Und ohne daß Jo es ahnte, bereitete sich die Sensationsgeschichte ihres eigenen Lebens vor.

Bis Juni blieb Jo noch bei Frau Kirke. Als sich ihre Abreise näherte, schienen es alle sehr zu bedauern. Die Kinder wurden ungezogen, und der Professor fuhr sich ständig durch die Haare, was bei ihm stets ein Zeichen von Nervosität war. Jo sollte am nächsten Morgen abreisen, und so nahm sie schon am Vorabend von allen Abschied.

Der Professor sagte mit einem unterdrückten Seufzer: »Nun fahren Sie heim. Sie wissen gar nicht, was für ein Glück Sie haben, ein Daheim zu besitzen.«

»Kommen Sie uns doch besuchen. Ich wünsche es mir so, daß meine Familie meinen New Yorker Freund kennenlernt«, erwiderte Jo.

»Ich soll Sie wirklich besuchen?« Der Professor schien sehr erfreut zu sein.

»Natürlich, kommen Sie doch. Vielleicht nächsten Monat? Laurie — ich habe Ihnen von ihm erzählt — macht dann seine Prüfung, und da können Sie eine Abschlußfeier eines amerikanischen Colleges miterleben«, bemerkte Jo lebhaft.

»Ihr guter Freund, nicht wahr?« Professor Bärs Stimme klang plötzlich belegt.

»Ich möchte, daß Sie ihn kennerlernen, ich bin sehr stolz auf ihn«, erklärte Jo ganz harmlos. Sie hatte den Eindruck, daß er den »guten Freund« anders auffassen könnte, und das durfte nicht sein. Sie wußte nicht recht, wie sie das richtigstellen sollte, und wurde rot vor Verlegenheit. Nun mußte der Professor erst recht eine falsche Meinung bekommen.

Er sagte: »Ich fürchte, das wird nicht möglich sein, aber beglückwünschen Sie Ihren Bekannten herzlich von mir«, und er gab Jo die Hand und ging.

Der Professor kam aber noch zum Bahnhof, brachte Jo Blumen und verabschiedete sich von ihr. Auf der Heimfahrt hing Jo ihren Gedanken nach. Ich habe in diesem Winter kein Buch geschrieben, dachte sie, und auch nicht viel Geld verdient, aber ich habe einen guten Freund gefunden.

Lauries Enttäuschung

Laurie war bestens vorbereitet zur Schlußprüfung gegangen und hatte sie mit gutem Erfolg bestanden. Bei der Feier hielt er die lateinische Ansprache. Großvater, Herr und Frau March, Meg und John, Beth und Jo waren dabei anwesend und sehr stolz auf ihn.

»Ich kann erst morgen früh nach Hause kommen, heute haben wir hier noch unser Abschiedsessen. Ihr werdet doch zum Zug kommen, um mich abzuholen, ihr Mädchen?« fragte Laurie. Eigentlich war es nur noch Jo, die die alte Gewohnheit beibehielt und Laurie jeden Samstag zum Bahnhof entgegenging. Sie war heute besonders stolz auf ihn und sagte herzlich:

»Ich komme, ob schön, ob Regen, und werde den Sieger mit einem Mundharmonikaständchen heimgeleiten!«

Laurie warf Jo einen Blick zu, der sie etwas aus der Fassung brachte. Würde er etwas sagen? Sie mußte immerfort daran denken, ob er ihr wohl einen Heiratsantrag machen würde, oder ob er doch begriffen hatte, daß sie nur mit »Nein« antworten konnte.

Laurie rief, als er sie kommen sah: »Jo, wo hast du deine Mundharmonika?«

»Vergessen!« rief sie mit Erleichterung — das war zum Glück keine sentimentale Begrüßung. Auf dem Heimweg sprachen sie über allerlei belanglose

Dinge. Als sie den kleinen Waldweg erreicht hatten, fing Laurie nach einer unendlich langen Pause zu sprechen an:

»Jo, hör mir zu — je früher ich es anbringe, desto besser ist es für uns!«

»Also gut.«

Laurie war überzeugt davon, daß Jo die richtige Frau für ihn sei, und er mußte das unter allen Umständen im jetzigen Augenblick »anbringen«. Ohne lange Vorbereitung sprang er mit seinem italienischen Temperament in diese Sache hinein:

»Jo, du weißt, daß ich dich schon mein ganzes Leben lang geliebt habe. Du hast immer verhindert, daß ich es dir zeige. Es kann aber nicht länger so weitergehen, hör mich an — und gib mir eine Antwort!« Laurie übersprudelte sich.

»Hast du denn nicht gemerkt...?« Jo hatte sich das alles viel leichter vorgestellt.

»Ihr Mädchen seid unberechenbar! Man kennt sich niemals bei euch aus! Wenn ihr ja meint, sagt ihr nein, nur um euch über einen Mann lustig machen zu können!« Laurie war böse.

»Ich war nicht so — ich bin fortgefahren, damit du nicht mehr an mich denken sollst.«

»Das weiß ich. Genützt hat es aber nichts. Ich habe nur gelernt, habe alles sein lassen, was du nicht magst, und gehofft, daß du mich nach deiner Rückkehr von New York doch lieben wirst.« Laurie schlug während dieser temperamentvollen Rede mit seinem Spazierstock den Blumen die Köpfe ab.

»Ich bin nicht gut genug für dich, ich bin sehr stolz auf dich, aber — es tut mir furchtbar leid — ich liebe dich nicht. Ich habe mich schrecklich bemüht, Laurie, aber es geht nicht. Es wäre eine große Lüge, eine Heuchelei.«

»Jo, ist denn das wirklich wahr?« Laurie nahm Jos Hand und schaute sie so ernst an, daß sie sich ganz unbehaglich fühlte.

»Ja, wirklich«, sagte Jo langsam.

Laurie ließ Jos Hand sinken und stand ganz still, so daß sie ängstlich sagte: »Laurie, ich kann nichts dafür. Es tut mir ja furchtbar leid, aber die Liebe läßt sich nicht erzwingen, die muß von selbst da sein. Nimm es doch nicht so schwer!« Jo streichelte seine Hand, traurig und tröstend zugleich.

»Es gibt Menschen, die es können!«

»Ich halte das nicht für die wirkliche Liebe und will es lieber gar nicht probieren«, sagte sie energisch.

Dann sprachen sie lange nichts. Schließlich setzte sich Jo auf einen Balken und begann in ernstem Ton: »Ich möchte dir etwas erklären.«

»Nein, Jo, sag es nicht, ich kann es nicht hören«, schrie Laurie wütend.

»Was?« Jo war verdutzt über seine Reaktion.

»Du liebst diesen alten Mann.«

»Was für einen alten Mann?«

»Diesen verdammten Professor! Seiten um Seiten hast du in deinen Briefen über ihn geschrieben. Das sag ich dir, wenn du den liebst, dann geschieht etwas!« sagte Laurie drohend.

»Du brauchst nicht zu fluchen, Laurie, oder dich aufzuregen! Er ist gar nicht alt und sehr nett und außer dir mein bester Freund. Du kannst ganz beruhigt sein, ich werde weder ihn noch sonst jemanden lieben.«

»Was wird mit mir, wenn du es doch tust?«

»Du wirst eine andere finden, und alles wird vergessen sein.«

»Nie! Nie!« Laurie schlug auf den Pfosten ein, als ob der etwas dafür könnte. »Ich werde keine andere lieben, niemals!«

»Du weißt doch noch immer nicht, was ich dir erklären wollte. Setz dich, hör zu! Du sollst nicht unglücklich sein!« Jo hatte von der Liebe wirklich noch keine Ahnung, sonst hätte sie nicht annehmen können, daß er mit logischen

Überlegungen wieder zur Vernunft zu bringen sei. Laurie setzte sich in Gras und blickte sie erwartungsvoll an; nach ihren letzten Worten glaubte er, wieder ein wenig hoffen zu dürfen.

»Mutter hat ganz recht, wenn sie meint, daß wir beide viel zu eigensinnig und jähzornig sind, um zueinander zu passen, und nur unglücklich würden, wenn wir so unüberlegt wären...« Jo begann zu stottern, aber Laurie fuhr strahlend fort:

»...und heiraten würden! Keine Spur! Wir würden niemals unglücklich werden. Du weißt doch, Jo, du kannst alles aus mir machen — auch einen Heiligen!«

»Ich will doch gar keinen anderen aus dir machen. Ich mag dich, wie du bist — zum Heiraten reicht es aber nicht! Das werden wir keinesfalls tun — aber wir wollen weiterhin gute Freunde bleiben!« Jo sprach sehr entschieden.

»O ja!« Laurie rebellierte. »Manchmal kommt es mir so vor, als hättest du gar kein Herz!«

»Ich möchte es fast wünschen! Sei doch vernünftig!« Jo hatte keine ganz feste Stimme mehr.

»Sag doch ja, bitte! Enttäusche nicht alle! Großvater wünscht es sich so, und deine Eltern werden nichts dagegen haben.«

Jo sollte selbst erst nach vielen Monaten begreifen, wieso sie so standhaft bei ihrem Entschluß geblieben war.

»Du wirst es mit der Zeit schon einsehen, daß ich recht hatte.«

»Nein, nie!«

»Du wirst das alles vergessen und hoffentlich ein liebes Mädchen heiraten, das gut zu dir paßt. Wir beide würden sicherlich sehr unglücklich miteinander werden, wir haben doch eine ganz entgegengesetzte Einstellung zum Leben. Ich glaube nicht, daß ich jemals heiraten werde, ich ziehe meine Selbständigkeit jedem Mann vor!«

»Das glaubst du heute, aber es wird dir eines Tages doch jemand gefallen, und dann wirst du ihn heiraten, und ich kann zuschauen«, sagte Laurie traurig.

»Dann kann man eben nichts daran ändern! Ich habe dir, so gut ich es vermag, erklärt, daß ich dich als Freund, als Bruder, riesig gern habe, aber heiraten werde ich dich niemals! Finde dich damit ab!« Jo sprach jetzt sehr energisch.

Laurie lief wütend zum Fluß hinunter, setzte sich in das Boot und ruderte davon, ohne sich noch einmal umzudrehen.

Jo überlegte, daß sie es nun Herrn Laurenz würde sagen müssen und daß es traurig sei, daß Laurie sich nicht in Beth verliebt hatte. Anscheinend hatte sie sich auch bei Beth geirrt, sie schien gar nicht in Laurie verliebt zu sein — ein schwieriges Leben!

Als Jo mit Herrn Laurenz über die Sache sprach, war der alte Herr sehr enttäuscht. Er konnte es ganz einfach nicht verstehen, daß ein Mädchen sich nicht in Laurie verlieben konnte! Jo weinte herzzerreißend über ihre eigene Härte, so daß er ihr keine Vorwürfe machen konnte. Als Laurie viel später nach Hause kam, erwähnte der Großvater das alles mit keiner Silbe. Er kam aber auf die Europareise zu sprechen, die in den ganzen vier Collegejahren der Ansporn für Lauries Fleiß gewesen war. Jetzt zeigte Laurie wenig Begeisterung dafür.

Er setzte sich ans Klavier und hörte plötzlich aus dem Nebengarten Frau Marchs Stimme:

»Jo, komm, ich brauche dich!«

Da war es ihm, als spreche eine Stimme in seinem Innern die gleichen Worte. Traurig blickte er auf die Tasten.

Der Großvater sagte: »Laurie, ich weiß es.«

Laurie erschrak: »Von wem?«

»Jo war bei mir. Willst du deshalb nicht mehr nach Europa?«

»Es fällt mir doch gar nicht ein, Jo davonzurennen. Ich bleibe, solange es mich freut, das kann Jo nicht verhindern.«

»Jo kann nichts dafür. Auch mir tut es sehr leid, aber, Laurie, du mußt dich damit abfinden. Diese Reise hast du dir doch schon seit langem gewünscht. Ich wollte übrigens schon immer einmal nach London fahren und nach dem Geschäft sehen und dich mitnehmen. Hier wird inzwischen unter der Führung meiner Teilhaber alles in Ordnung gehen. Ich warte ja nur darauf, daß du an meiner Stelle in das Geschäft eintrittst.«

»Ich weiß doch, daß du ungern reist. Jetzt auf einmal, in deinem Alter, denkst du an eine so weite Reise?« Laurie war erstaunt. Er wäre, wenn es schon unbedingt sein mußte, lieber allein gefahren.

Der Großvater wußte aber, daß diese Europareise für Laurie vollkommen zwecklos wäre, wenn er sie in diesem deprimierten Zustand allein antreten würde. Er hoffte, ihm durch seine Gegenwart helfen zu können, seine Ruhe und sein Selbstvertrauen wieder zu erlangen.

»Ich fühle mich noch gar nicht so alt! Heutzutage ist das Reisen schon sehr bequem geworden; es wird mir gar nicht schaden, im Gegenteil, es wird mir nur guttun. Ich möchte ja auch nicht in ganz Europa herumkutschieren. Ich will mich um das Geschäft kümmern und eine lange Zeit in London bleiben. Danach plane ich, alte Freunde in Paris zu besuchen. Dann kannst du fahren, wohin du willst, nach Italien, in die Schweiz und nach Österreich. Du sollst so viele Landschaften, Musik und Kunst genießen, wie du nur magst.«

Diese sehr klugen Worte seine Großvaters hatten Lauries Herz, das eben noch unwiderruflich zerbrochen schien, einen winzig kleinen Trost gebracht, und so antwortete er: »Gut, Großvater, wenn du es willst, tue ich es. Es ist sowieso ganz egal, wo ich bin.«

Herr Laurenz erledigte in kürzester Zeit alle Reisevorbereitungen, und bald waren Großvater und Enkel auf dem Weg nach New York. Die wenigen Tage vor der Abreise verbrachte Laurie teils in zorniger, teils in melancholischer Stimmung. Er ging Jo aus dem Wag, schaute ihr aber doch verstohlen nach, wenn sie sich im Garten zeigte. Aber er sprach kein Wort mehr über seine unglückliche Liebe, und nicht einmal Frau March durfte ihn trösten. Das waren keine erfreulichen Tage! Alle waren aber der Meinung, daß der gute, arme Laurie sicherlich heiter und zufrieden aus Europa heimkehren würde. Laurie selbst teilte diesen Optimismus jedoch keineswegs, und er konnte sich nicht vorstellen, daß sein Liebeskummer jemals enden würde.

Bei seinem Abschiedsbesuch bei Marchs bemühte sich Laurie, so unbeschwert wie möglich zu erscheinen. Doch als Frau March ihn zum Abschied küßte, war das für ihn ein Zeichen, der gesamten Familie, vom erstaunten Herrn March bis zu Hanna, einen Abschiedskuß zu geben. Bevor noch irgend jemand etwas sagen konnte, war er verschwunden. Jo ging hinaus, um ihm nachzuwinken, falls er doch noch einmal zurückschauen sollte. Er wandte sich wirklich um, lief noch einmal zurück und legte seinen Arm um Jo.

»Jo, ist es dir wirklich unmöglich?« fragte er traurig.

»Ich wünschte, es wäre mir möglich, Laurie!« antwortete sie sehr zögernd.

»Es ist gut, vergiß es!« sagte er langsam, blieb einen Augenblick unbeweglich stehen und verließ sie dann wortlos.

Jo wußte, daß nichts gut war. Sie kam sich wie die Mörderin ihres besten Freundes vor und ahnte, daß er nie mehr zurückkommen würde.

Beths Geheimnis

Jo war sehr bestürzt, wie sehr sich Beth während ihrer Abwesenheit verändert hatte. Für die anderen, die sie jeden Tag sahen, war diese Veränderung anscheinend unbemerkt geblieben. Beth war seit dem Herbst noch zarter geworden, und ihr Blick war seltsam entrückt. Sie war aber heiter, jubelte mit den anderen über Lauries blendend bestandenes Examen und war vor allen Dingen selig, daß Jo wieder daheim war. Beth war lange nicht mehr so traurig, wie sie es im Herbst gewesen war, und man hätte meinen können, sie fühle sich wohler. Als Laurie abgereist war, kümmerte sich Jo wieder mehr um ihre Schwester. Sie hatte den Eltern die Sünden ihrer Sensationserzählungen gebeichtet. Da das damit verdiente Geld Beth zugute kommen sollte, hatten ihr die Eltern verziehen. Beth freute sich sehr auf diese Erholungsreise mit Jo, doch wollte sie nicht in die Berge, sondern lieber an die näher gelegene See gehen, in denselben kleinen Ort, wo sie auch mit der Mutter gewesen war.

Es war ein bescheidenes Fischerdorf. Die Mädchen machten keinerlei Bekanntschaften und ahnten nicht, welch großen Anteil die anderen Feriengäste an ihnen nahmen. Sie wurden von allen freundlich gegrüßt, und die beiden Schwestern standen im Mittelpunkt aller Gespräche auf den Bänken der Seepromenade. Man beobachtete gerührt, wie fürsorglich die starke große Schwester sich um die kleine gebrechliche sorgte, die so schwach war, daß sie oft den kurzen Weg zum Strand nicht allein gehen konnte.

Jo schien es unbegreiflich, daß die Eltern, die ihre Kinder doch sonst so besorgt und aufmerksam beobachteten, die Veränderung, die mit Beth vor sich ging, nicht bemerkten. Aber vielleicht war es besser für alle, daß sie erst am Ende die volle Wahrheit erfahren sollten. Jo war — nachdem sie im Ärztebuch ihrer Mutter nachgeschlagen hatte — nun ganz sicher, daß es sich bei Beth um eine unheilbare Krankheit handeln mußte — um Tuberkulose! Sie wollte, ohne die Schwester zu beunruhigen, zum Arzt des Ortes gehen, um sich bei diesem erfahrenen und gütigen alten Herrn Rat zu holen. An einem regnerischen Tag ließ sie Beth unter einem Vorwand allein in der Pension zurück und machte sich auf den Weg.

Der Arzt begrüßte sie freundlich: »Guten Morgen, Fräulein March. Sie kommen wohl wegen Ihrer kleinen Schwester zu mir?« fragte er ernst.

Jo, erstaunt, aber erleichtert, daß er schon von ihnen wußte, erzählte von ihren Befürchtungen.

Der Arzt hörte ihr ruhig zu, nickte mit dem Kopf und sagte dann: »Ich habe Ihre Schwester schon oft gesehen. Ich bedaure sehr, Ihnen sagen zu müssen, daß Ihre Vermutungen stimmen. Ich will sie gerne untersuchen, wenn Sie es wünschen, doch sind die Symptome für mich als Arzt so deutlich erkennbar, daß wir ihr diese Aufregung ersparen können. Zum Glück sehen es die Angehörigen meist nicht. Sagen Sie weder Ihren Eltern noch Ihrer Schwester etwas davon. Sie wird leise verlöschen und nicht leiden müssen. Sie sind ein tapferer Mensch, kleines Fräulein, deshalb rede ich ganz offen mit Ihnen. Machen Sie es Ihrer Schwester noch so schön wie möglich, bleiben Sie weiter so mutig.« Der alte Herr sah sie tröstend an.

Jo war völlig fassungslos. Langsam ging sie den Weg zur Pension zurück. Würde es ihr gelingen, Beth zu täuschen? Aber sie mußte sich jetzt beeilen, sie durfte die Schwester nicht mehr länger warten lassen.

Und wirklich wartete Beth schon am Tor auf Jo. Das Wetter hatte sich gebessert, und sie gingen gleich an den Strand. Kaum hatte sich Beth von der Anstrengung des Spaziergangs erholt, fragte sie: »Und was sagt der Arzt, Jo?«

Jo erschrak und stotterte: »Was, wieso...«

Beth sah sie ruhig an und sagte: »Ich habe auf dich gewartet und fragte Frau Smith nach dir. Sie kam eben vom Einkaufen nach Hause. Sie meinte, du würdest gleich da sein, sie habe dich eben aus dem Haus des Arztes kommen sehen. Es hat aber eine Weile gedauert — da wußte ich, daß du meinetwegen beim Arzt warst, daß du es gemerkt hattest. Du kannst über alles mit mir reden, ich weiß es doch schon lange Zeit.« Es konnte kein Zweifel darüber bestehen, was Beth mit »es« gemeint hatte.

Jo war völlig ratlos, ihr schwindelte. Aber bevor sie antworten konnte, begann die stille Beth, die sonst kaum zwei Sätze hervorbrachte, wieder zu sprechen:

»Es ist schwer, das alles zu sagen, und ich kann auch nur mit dir darüber sprechen. Wenn ich an frühere Zeiten denke, so glaube ich, daß ich es schon von jeher wußte, daß ich sicher nicht lange leben werde. Ich war doch schon immer krank. Ich habe auch niemals Pläne für später gemacht, wollte niemals erwachsen werden. Wie ich immer schwächer und schwächer geworden bin, war ich zuerst sehr unglücklich — ich wollte ja nicht fort von euch! Aber jetzt denke ich, wir werden uns wiedersehen, und Heimweh wird man im Himmel keines haben...« Beth lächelte jetzt sogar.

»Wir alle können uns irren — auch der Arzt. Du wirst wieder ganz gesund werden, du mußt es nur wollen.«

»Nein, der Arzt irrt nicht. Ich weiß, es ist nicht zu ändern, du mußt dich dreinfinden, Jo. Hilf mir nur, daß die Eltern nicht früher, als es unbedingt sein muß, etwas davon merken.« Beth sprach so energisch, wie man es nie zuvor bei ihr erlebt hatte.

Jo küßte Beth und kämpfte mit den Tränen. Die Heimfahrt einige Wochen später strengte Beth so sehr an, daß man sie zu Hause gleich ins Bett bringen mußte. Jo konnte sich mit dem Unabänderlichen aber nicht so einfach abfinden; sie hoffte doch noch auf die Hilfe eines anderen Arztes. Als sie die Schwester ins Bett gebracht hatte und zu den besorgten Eltern ins Wohnzimmer zurückgekehrt war, sagte sie: »Wenn wir nicht einen ganz hervorragenden Arzt finden, ist Beth verloren!« Unter Schluchzen erzählte sie den Eltern von Beths Ahnungen und den Worten des Arztes.

Weihnachten in Nizza

Auf der Promenade des Anglais in Nizza kann man um drei Uhr nachmittags alle Weltsprachen hören. Feurige Spanier, arrogante Engländer, ernste Deutsche, temperamentvolle Franzosen, russische Grafen und sportbegeisterte Amerikaner lustwandeln um diese Zeit unter den Palmen. Sie blicken mit Wohlgefallen auf das blaue Mittelmeer und die vielen schönen Damen. Es wird von Pferderennen, Bällen und prominenten Gästen, von Charles Dickens und dem italienischen König gesprochen.

Ein großer junger Mann spazierte am Weihnachtstag des Jahres 1867 die Promenade entlang. Er war gekleidet wie ein Engländer, sah aus wie ein Italiener und war sportlich wie ein Amerikaner. Er sah blasiert drein und bemerkte die wohlgefälligen Blicke der Damen nicht. Er blieb stehen, unschlüssig, wohin er bummeln sollte. Da hielt eine junge Dame in einem blauen Kleid ihren kleinen Ponywagen neben ihm an. Es war Amy.

»Ich habe schon gefürchtet, du würdest gar nicht mehr kommen, Laurie!« rief sie.

»Man hat mich aufgehalten. Aber jetzt bin ich da und möchte wie verabredet Weihnachten mit euch verbringen.«

»Wie geht es dir? Wo wohnst du? Ich weiß gar nicht, wo ich mit dem Erzählen anfangen soll. Es gibt so viel Neues.«

»Danke, gut. Ich wohne im Hotel Chauvain. Und was unternehmt ihr heute, Amy?«

»Bei uns im Hotel ist ein Ball. Tante wird sich freuen, wenn du mitkommst.«

»Gern. Wohin fahren wir jetzt?«

»Auf den Schloßberg, dort ist es himmlisch. Warst du schon dort?« Amy kutschierte gern und war sicher, daß sie in ihrem blauen Kleid sehr gut zu den weißen Ponys paßte.

»Ja, ich war vor Jahren einmal oben, aber ich fahre gern wieder hin.«

»Du warst in Berlin? Dein Großvater hat es einmal geschrieben.«

»Ich war einige Wochen dort, dann fuhr ich zu ihm nach Paris. Er fühlt sich sehr wohl, er hat eine Menge guter Freunde in dieser Stadt. Und ich bin ungebunden.«

»Da hast du es aber herrlich!« Amy war sich nicht klar, was es war, aber Laurie war anders geworden.

Als sie durch die alten Teile der Stadt fuhren, sagte Laurie: »Schmutziger Winkel!«

»Wohnen möchte ich da ja nicht, aber mir gefällt diese romantische Altstadt sehr gut.« Amy konnte nicht begreifen, was mit Laurie vorgegangen war. Er hatte sich wirklich verändert. Er war ein eleganter junger Mann, aber nicht mehr der immer lachende Junge. Wie war es möglich, daß er nach all den interessanten Reisen so mißmutig war? Sie bemühte sich, ihm ihre Französischkenntnisse vorzuführen, die zwar quantitativ, aber nicht qualitativ besser geworden waren. Laurie machte ihr deshalb ein kleines Kompliment. Amy errötete, irgend etwas störte sie an seiner ganzen Art. Sie hoffte sehr, daß er sich nur so blasiert gab und der alte Laurie bald wieder zum Vorschein kommen würde.

Auch Laurie beobachtete Amy, genauso wie sie ihn: Sie war in Europa wirklich eine Dame geworden. An Amys Lieblingsplatz, der Terrasse oben auf dem Hügel, konnte man bis nach Korsika sehen. Amy war begeistert, doch Laurie blieb blasiert. Trotz ihrer Aufforderung, ihr von seinen interessanten Reisen zu erzählen, antwortete er äußerst wortkarg, und sie erfuhr von seiner europäischen Kreuzfahrt gerade noch, daß er auch in Griechenland gewesen war. Endlich fuhren sie ins Hotel zurück, wo Laurie Tante Caroll und Florence begrüßte. Er versprach, zum Ball zu kommen.

Tüll war in Nizza sehr billig, und Amy, die an diesem Abend besonders vorteilhaft aussehen wollte, verwandelte ein altes Kleid von Flo mit riesigen Mengen weißen Tülls in ein prachtvolles Abendkleid. Sie besteckte den Rock mit roten Azaleenblüten; der Fächer hatte die gleiche Farbe. Von Tante Caroll hatte sie ein Taschentuch aus echten Brüsseler Spitzen bekommen, und auch ihre Handschuhe waren sehr elegant. Sie besah sich kritisch im Spiegel. Als Laurie sie dann am Fenster des großen Salons stehen sah und ihre schlanke Gestalt von einem roten Plüschvorhang umrahmt wurde, sagte er voll Bewunderung: »Guten Abend, Diana.«

Amy lächelte und antwortete: »Guten Abend, Apollo.« Sie freute sich, mit einem so gut aussehenden jungen Mann durch den Ballsaal zu rauschen. Er hatte ihr einen silbernen Blumenhalter mitgebracht, und damit hatte er einen langgehegten Wunsch Amys erraten. Sie waren ein sehr elegantes Paar und paßten gut zusammen. Amy war sich dessen bewußt und grüßte ihre weiblichen Bekannten besonders hoheitsvoll. Die Musik begann zu spielen, und Amy, die eine begeisterte Tänzerin war, hätte am liebsten gleich mit dem Tanzen begonnen. Laurie fragte mit leicht gelangweilter Stimme: »Machst du dir etwas aus Tanzen?«

»Ich denke, das ist der Zweck eines Balles«, sagte Amy beinahe böse.

»Aus dem ersten Tanz, meine ich. Darf ich bitten?« Laurie beeilte sich, sie zu beschwichtigen.

»Vielleicht geht es. Ich habe zwar schon vor einigen Tagen dem polnischen Grafen versprochen, ihm den ersten Tanz zu geben. Er tanzt wundervoll. Ich werde ihm erklären, daß du ein alter Freund von mir bist.« Amy hoffte, daß

Laurie seine Konkurrenz imponieren würde. Er mußte einmal wissen, daß man sie nicht mehr wie eine kleine Schwester behandeln durfte.

Laurie fand den »wundervoll tanzenden Grafen« etwas zu klein für Amy, meinte aber, daß man ihm das Vergnügen lassen müsse, wenn er schon vor mehreren Tagen um den ersten Tanz gebeten habe. Laurie tanzte mit Florence und sicherte sich keine weiteren Tänze bei Amy; die hatte aber bis zum Diner auch schon alle vergeben und war entschlossen, ihn für seine Gleichgültigkeit zu bestrafen. Sie ignorierte Laurie vollkommen und kam nur hin und wieder zwischen zwei Tänzen für einen Augenblick an den Tisch ihrer Tante, an dem auch Laurie mit gelangweiltem Gesicht Platz genommen hatte. Auf einmal ärgerte es ihn, daß sie sich mit ihren Tänzern vergnügt unterhielt und sich gar nicht mehr um ihn kümmerte. Er bemerkte, wie wunderbar sie tanzte und wie man sie umschwärmte. Laurie mußte feststellen, daß die kleine Amy eine ganz entzückende junge Dame geworden war, dieselbe kleine Amy, die er daheim immer geneckt hatte, wenn sie Fremdwörter falsch ausgesprochen hatte.

Beim Diner ließ sich Amy mit der größten Herablassung von Laurie bedienen. Er staunte nur so und fragte, indem er auf ihren Tüllrock deutete: »Wie nennt man das?«

»Illusion.«

»Das ist wirklich apart — etwas Neues?«

»Nein, uralt. Du mußt es schon bei vielen Mädchen gesehen haben.«

»An dir habe ich es aber noch nie gesehen.«

»Ich will keine Komplimente, sondern eine Tasse Kaffee!« Sie wollte sehen, wie weit er sich von ihr kommandieren ließ.

»Wo hast du das alles gelernt?«

»Was verstehst du unter ›das alles‹?« Amy wußte genau, was er meinte, sie wollte es sich aber von ihm genau erklären lassen.

»Die ganze Art, die — Illusion, verstehst du?«

Amy war mit seiner Antwort sehr zufrieden und sagte: »Weißt du, es heißt doch: Reisen schafft gute Manieren.«

»Gib mir einmal dein Ballbuch! Du sollst sehen, daß auch bei mir das Reisen etwas genützt hat. Ich will mich bei dir anmelden wie ein europäischer Graf!«

So tanzten sie für den Rest des Abends nur noch miteinander, und Amy war zufrieden.

Bei Brookes

Indessen widmete sich Meg daheim ganz ihren Kindern. Sie bemutterte die Zwillinge Tag und Nacht, alles andere mußte dahinter zurückstehen. Lottchen Hummel kam immer noch stundenweise, und ihr überließ Meg auch weitgehend Johns Betreuung. Er vermißte die Fürsorge seiner Frau sehr und hoffte, daß sie ihn, sobald die Babys größer geworden seien, wieder mit der gewohnten Liebe umgeben würde. Aber es änderte sich nichts, Meg wurde

immer nervöser und erschöpfter, das Haus wurde unordentlich, John bekam tagelang das gleiche Essen vorgesetzt. Er mußte alle Besorgungen erledigen und durfte, wenn er abends heimkam, seine Kinder nicht einmal sehen — weil man froh sein mußte, wenn sie rechtzeitig eingeschlafen waren.

John war es auch nicht gestattet, Freunde einzuladen, da es die Kinder stören könnte, und mit Meg auszugehen war ein Ding der Unmöglichkeit. Er saß allein bei Tisch und konnte wegen der schreienden Babys nicht ruhig schlafen; ja sogar das geruhsame Zeitunglesen wurde durch die häuslichen Ereignisse beeinträchtigt. John nahm alle Unbequemlichkeiten viele Monate geduldig hin, aber als sich keine Zeichen einer Besserung dieses ungemütlichen Zustandes ankündigten, zog er sich immer mehr zurück. Er tat etwas, was schon so mancher Vater getan hatte: er suchte und fand seine Behaglichkeit in einer anderen Umgebung.

Scott, Johns Freund, hatte ebenfalls geheiratet. Seine Frau machte es ihm und ihrem Gatten angenehm, man war zu jeder Zeit willkommen, das Schachspiel wurde durch kein Kindergeschrei gestört. Meg hatte zuerst nichts dagegen einzuwenden gehabt, daß John sich fast jeden Abend bei den Scotts gut unterhielt. Endlich aber ließen die Babys sie etwas zur Ruhe kommen, und so saß sie nun allein über ihren Näharbeiten. Sie sagte nichts und bat John auch nicht, daheim zu bleiben. Meg mußte bemerken, daß sie abgehetzt und müde aussah; das Zahnen der Kinder hatte sie mehr hergenommen als die Zwillinge selbst. Aber sie gönnte sich keine Ruhe, sondern machte sich nur noch mehr Arbeit mit den Kindern, um sich über ihre Einsamkeit hinwegzutrösten.

John begann sich plötzlich sehr für Politik zu interessieren. Er diskutierte viel mit Scott und blieb von Tag zu Tag länger bei seinen Freunden.

»Wenn das so weitergeht, komme ich mir bald wie eine Witwe vor«, schluchzte Meg.

»Was meinst du damit?« fragte ihre Mutter.

»Tagsüber ist John im Büro, und abends geht er immerfort zu den Scotts. Ich habe überhaupt keine Unterhaltung mehr und soll nur arbeiten, das ist nicht fair! Er vernachlässigt mich.«

»Und du, hast du ihn nicht auch vernachlässigt?«

»Du hältst also auch nicht zu mir?«

»Denk einmal nach und sei ehrlich zu dir selbst. Du allein bist schuld daran.«

»Wieso?«

»John hat dich früher niemals vernachlässigt — solange du dich um ihn gesorgt hast.«

»Das stimmt, aber jetzt muß ich mich um zwei Babys sorgen.«

»Du mußt aber doch auch an ihn denken, und das hast du nicht getan. Die Kinder dürfen euch nicht trennen. Sie gehören ja nicht dir allein, John hat doch auch Rechte — nicht nur die, für euch Geld zu verdienen! Wenn er sich in seinem Haus nicht mehr zu Hause fühlt, dann geht er eben am Abend zu anderen Leuten. Du läßt ihn nicht einmal ins Kinderzimmer, das dein ständiger Aufenthaltsort ist.«

»Sie sind doch noch so klein — was soll ich tun?«

»Wie oft habe ich dir schon geraten, daß Hanna dir mehr helfen sollte. Es würde sie freuen, und du kannst ihr die Babys unbesorgt überlassen. Du bist dann am Abend, wenn John nach Hause kommt, frei und nicht mehr so gereizt und abgehetzt. John muß bei der Erziehung eurer Kinder seinen Anteil haben. Sie wachsen so rasch heran, und gerade ein Junge sollte so früh wie möglich die väterliche Führung spüren.«

Meg dachte über Mutters Rat nach und war entschlossen, ihn zu befolgen. Sie hatte die Kinder aber durch ihre Übertriebenheiten so sehr verwöhnt, daß sie das ganze Haus tyrannisierten. Wenn sie bei der Mutter durch großes Geschrei und Gestrampel alles erreicht hatten, so gelang es beim Vater nicht so einfach, ihren Willen durchzusetzen. Demi-John hatte den recht eigenwilligen Kopf seines Vaters geerbt und war bestrebt, alles zu erreichen, was er wollte. Meg fand ihn noch viel zu klein, um ihn zu erziehen, aber der Vater versuchte mit väterlicher Strenge, seinem Sohn Gehorsam beizubringen. Demi hatte es bald heraus, daß man gegen den Vater nicht so leicht aufkam.

Einige Tage, nachdem Meg mit ihrer Mutter gesprochen hatte, wollte sie nach langer Zeit wieder einmal einen gemütlichen Abend mit John verbringen. Sie hatte ein gutes Abendessen hergerichtet, sich sorgfältig angezogen und wollte die Babys früh niederlegen. Meg probierte alles aus, um Demi zum Einschlafen zu bringen, aber sie hatte keinen Erfolg. Betty schlief schon lange, und Demi war noch munter und vergnügt. Sie hörte schon ihren Mann nach Hause kommen. »Demi muß ein braver Junge sein, Mammi muß für Pappi den Tee herrichten«, sagte sie.

»Auch Tee!« Demi stand auf.

»Nein, jetzt nicht. Ich hebe dir einen guten Keks auf, wenn du so brav schläfst wie Betty.«

Demi schien einverstanden und machte die Augen zu.

Meg lief hinunter zu John, der sehr erfreut darüber war, daß sie endlich wieder einmal wie in den guten alten Zeiten den Abend miteinander verbringen konnten. Kaum aber war der erste Schluck Tee getrunken, erschien Demi in der Tür:

»Demi auch Tee!«

Meg sprang auf. »Du mußt schlafen, hab' ich dir gesagt!«

»Morgen!« rief Demi in bester Laune und kletterte sofort zu dem Teller mit den Keksen.

»Es ist nicht morgen, und du mußt schön schlafen. Morgen gibt es dann Kekse und Zucker«, begann Meg.

»Pappi lieb!« Damit versuchte Demi, sich diplomatisch seinem Vater zu nähern.

John aber sagte: »Meg, er muß ins Bett, sonst wird er dir nie folgen.«

»Komm, Demi.« Meg führte ihn hinauf, was er ohne Widerrede geschehen ließ — denn er hatte gesehen, wie Mammi in die Zuckerdose gegriffen hatte —, dann legte sie ihn ins Bett und steckte ihm ein großes Stück Zucker in den Mund. Demi gab sich zufrieden. Sein erster Ausflug war recht erfolgreich verlaufen.

Als John und Meg eben bei der Nachspeise waren, erschien Demi abermals und enthüllte Megs pädagogischen Fehlgriff: »Noch Zucker, Mammi!« verlangte er.

John erklärte energisch: »Das geht nicht so weiter! Leg ihn ins Bett, Meg, und er muß allein bleiben!«

»Wenn ich nicht bei ihm bleibe, wird er niemals einschlafen.«

»Demi, marsch ins Bett«, befahl John.

»Nein«, war Demis Antwort, und er holte sich einen Keks vom Teller und fing zu essen an.

»Geh sofort hinauf, sonst bringe ich dich ins Bett!«

»Pappi nich mag — de wech!« Demi versteckte sich hinter Meg.

Jetzt wurde es aber ernst. Demi wurde ohne Kekse und ohne Zucker aus dem Zimmer verbannt. Der Vater schleppte ihn hinauf, da nützte kein Schreien und kein Strampeln. Aber kaum hatte ihn John ins Bett gesteckt, entwischte er auf der anderen Seite und rannte bei der Tür hinaus. Der Vater aber fing ihn immer wieder ein, und dieses Spiel wurde so lange wiederholt, bis der Junge müde wurde und nur noch brüllen konnte. John blieb konsequent. Demi mißfiel diese neue Methode reichlich — es gab keinen Zucker und kein bißchen Licht. Er heulte und schrie nach Mammi.

Meg wurde ganz weich, das Gebrüll zerschnitt ihr das Herz. Sie lief hinauf zu ihm und wollte ihm irgend etwas geben.

John aber sagte: »Laß mich jetzt nur machen, Meg, er muß einmal verstehen, daß er zu folgen hat!«

»Er soll nicht eingeschüchtert werden — er ist doch mein Kind«, begann Meg.

»Er soll nicht verweichlicht werden — er ist mein Sohn!« entgegnete John energisch.

Nach einem Gutenachtkuß von seiner Mammi wurde Demi still. John aber deckte seinen widerspenstigen Sohn warm zu und dachte: der arme Kleine! Aber sein Dickkopf ist jetzt besiegt! Demi sagte jedoch leise und reumütig: »Demi danz blaf.« Und dann schlief er gleich ein.

Meg machte John keine Vorwürfe, was ihn sehr überraschte. Sie folgte ihrer Mutter, und er begriff, daß da ein Umschwung vor sich ging. Meg bat ihn, ihr doch etwas aus dem politischen Teil der Zeitung vorzulesen, und so las er ihr eine lange Parlamentsdebatte vor. Meg bemühte sich, recht interessiert zu erscheinen und sich durch nichts ablenken zu lassen. Es blieb ihr alles ziemlich unverständlich, denn Politik und Mathematik waren ihr zu hoch. Als John mit dem Artikel fertig war, meinte sie: »Es ist mir unbegreiflich, wo das hinführen soll.« Aber John ahnte, daß sie nicht ein Wort verstanden hatte, und ergab sich lachend in sein Schicksal. Da Meg sich so bemüht hatte, sein Interesse an der Politik zu teilen, wollte er sein Interesse für den Hut bekunden, an dem sie gerade nähte: »Wird das ein Morgenhäubchen? Es ist sehr hübsch!«

»Das ist mein schönster Ausgehhut«, erklärte Meg.

»Das ist also ein Ausgehhut! Ich bin ja so froh, daß du dich endlich wieder für andere Dinge interessierst — wollen wir morgen abend ausgehen?«

»John, ich habe mit Mutter gesprochen, und da ist es mir erst richtig klar geworden, wie sehr ich dich vernachlässigt habe. Jetzt wird Hanna jeden Abend kommen, um mir zu helfen, und ich werde nicht mehr so übermüdet sein. Ich will mich bemühen, damit es wieder so behaglich bei uns wird wie früher. Und es ist mir nur recht, wenn du dich mehr um die Kinder kümmerst.«

Nun kamen auch wieder Gäste, und die Kinder störten sie nicht mehr, denn der Vater erzählte ihnen, wenn sie brav gewesen waren, vor dem Schlafengehen immer noch eine kleine Geschichte. Wenn die Eltern dann gemeinsam die Kleinen ins Bett gebracht hatten, wußte auch Demi, daß der Tag nun endgültig vorüber sei und man schlafen müsse. John und Meg gingen auch wieder öfter aus, denn Hanna war ja bei den Kindern, und da konnten sie unbesorgt sein.

So kam jeder zu seinem Recht, und das Familienleben war so harmonisch wie in früheren Zeiten.

Der träge Laurie

Laurie war nun schon einen ganzen Monat in Nizza, obwohl er nur für eine Woche gekommen war. Er fühlte sich wohl in Amys Gesellschaft, und auch Amy war froh, daß er da war. Sie waren füreinander ein Stück Zuhause. Sie gingen tanzen, machten Spaziergänge, und Laurie bekam eine sehr hohe Meinung von Amy, während er bei ihr immer mehr an Ansehen verlor.

Laurie lebte nur von einem Tag zum andern. Er war überzeugt davon, daß alle Frauen der Welt zu ihm ganz besonders lieb und rücksichtsvoll zu sein hatten, da ihn eine verschmäht hatte. Amy hätte er am liebsten mit kleinen Geschenken überschüttet, wenn sie nur gewollt hätte. Er ahnte nicht, weshalb er nicht höher in ihrer Gunst stand.

»Kommst du mit nach Valrosa? Ich fahre hin, um zu zeichnen«, fragte Amy eines Morgens.

»Ist es nicht zu heiß dazu?« fragte Laurie und rührte sich nicht von seinem Sessel.

»Ich habe heute den kleinen Wagen zur Verfügung, Baptiste fährt. Du mußt nur die Sonnenschirme und deine Wildlederhandschuhe halten«, antwortete Amy und warf einen bissigen Blick auf die Handschuhe, Lauries großen Stolz.

»Gut, dann fahren wir.« Laurie wollte Amys Zeichensachen tragen, aber sie lehnte es ab mit der Bemerkung: »Ich trage das selbst, überanstrenge dich nicht!« Er ging gelangweilt mit, kutschierte aber doch selbst den kleinen Wagen.

Die Fahrt war wundervoll, vorbei an den mit Olivenbäumen bewachsenen Hügeln und Gärten mit Orangenbäumen voll goldener Früchte. Am Horizont zeichneten sich die Gipfel der Alpen vor dem blauen Himmel ab. Und wo man hinsah, gab es Rosen in verschwenderischer Pracht. Der Ort trug seinen Namen Valrosa mit voller Berechtigung.

»Hast du schon jemals eine solche Rosenpracht gesehen? Das ist ein Or. für Hochzeitsreisende, habe ich nicht recht?« Amy konnte sich vor Entzücken kaum fassen.

»Ich habe mich schon einmal an Dornen verletzt«, murmelte Laurie und pflückte eine dunkelrote Rose.

»Es gibt noch genug andere mit weniger Dornen.« Amy pflückte drei helle Knospen, eine davon steckte sie Laurie an.

Laurie war abergläubisch und romantisch veranlagt, wohl ein Erbteil seiner italienischen Herkunft. So erinnerte ihn nun die dunkle Rose an Jo. Diese hellen, wie Amy sie gepflückt hatte, legte man in Italien den Toten in die Hand! Laurie dachte, ob das wohl ein Omen sei, doch dann mußte er über sich selbst und seinen Aberglauben lachen — seine amerikanische Nüchternheit hatte gesiegt.

Sie setzten sich auf eine Bank, und Amy fragte: »Wann willst du zu deinem Großvater fahren?«

»Bald.«

»Das hast du schon oft gesagt. Er wartet doch auf dich.«

»Das weiß ich.«

»Und warum fährst du nicht?«

»Ich denke, aus Schlechtigkeit.«

»Nein, aus Faulheit! Was machst du denn überhaupt?«

»Ich würde ihn nur ärgern. Hier ärgere ich dich, und du kannst das besser ertragen. Was ich tue? Ich werde eine Zigarette rauchen, wenn du erlaubst.«

»Du reizt mich. Ich brauche ein Modell, ich erlaube dir nur zu rauchen, wenn ich dich zeichnen darf.«

»Ich bin geehrt. Wie willst du mich haben? Ich möchte so bleiben, wie ich jetzt bin, nenne es dann einfach ›süßes Nichtstun‹.«

»Bleib wie du bist, schlaf meinetwegen. Zeichnen ist auf alle Fälle eine Arbeit!«

»Du hast eine jugendliche Begeisterung!«

»Was Jo zu dir sagen würde?« Amy glaubte, die Erinnerung an ihre energische Schwester würde ihn aufmuntern.

»Das weiß ich ganz genau: ›Laurie, geh, ich habe zu arbeiten.‹« Amy hatte ihn an eine noch nicht vernarbte Wunde gemahnt. Sie glaubte, einen ungewohnten Ton in seiner Stimme zu hören und einen unbekannten Zug in seinem Gesicht zu sehen. Dann schloß er wieder die Augen und lag ausgestreckt da.

»Du bist irgendwie anders geworden, Laurie, wenn ich nur wüßte...« Amy sah ihn besorgt an.

»Es ist alles in Ordnung.« Laurie war von Amys Worten, von ihrem bekümmerten Blick tief berührt, und seine Stimme hatte plötzlich wieder den weichen Klang von früher.

»Das beruhigt mich! Ich hatte schon gefürchtet, daß du am Ende in Baden-Baden fürchterlich viel Geld verspielt hast und nun nicht aus noch ein weißt. Es könnte ja auch sein, daß du dich mit dem Gatten einer reizenden Französin duellieren mußt. Die meisten jungen Leute glauben, daß solche

Dummheiten unbedingt zu einer Europareise gehören. Setz dich zu mir — weißt du, so, wie wir uns daheim in der Sofaecke immer unsere Geheimnisse erzählten.«

»Gut, fang an.« Laurie mußte lächeln. »Was hörst du von zu Hause?«

»Nichts Neues. Kriegst du denn keine langen Briefe von Jo?« fragte Amy erstaunt.

»Nein, sie arbeitet viel, und ich reise. Was macht dein neues Kunstwerk?« Laurie wollte sie ablenken.

»Ich habe keine größenwahnsinnigen Pläne mehr, seit ich in Rom war und dort die wirkliche Kunst gesehen habe!«

»Du bist aber doch so begabt! Was willst du sonst treiben?«

»Eine gesellschaftliche Leuchte werden!«

»Ich vermute, da wird bald Fred Vaughan auf der Bühne erscheinen.«

Amy schwieg, aber ihre Miene verriet sie. Laurie sagte streng:

»Antworte mir, jetzt bin ich der Familienvertreter.«

»Ich sage gar nichts.«

»Wenn du auch nichts sagst, so lese ich es von deinem Gesicht ab. Frank hat mir von dir und Fred erzählt. Wenn er nicht so rasch hätte zurückfahren müssen, wäre wohl etwas daraus geworden?«

»Das weiß ich nicht.« Amy lächelte sehr überlegen.

»Habt ihr euch verlobt?«

»Nein, was glaubst du denn?«

»Du magst also den alten Jungen?«

»Sicher, wenn ich es versuchen würde!«

»Du bist schrecklich berechnend. Fred ist ein lieber Junge, aber kein Mann für dich.«

»Fred hat sehr viel Geld und ist ein Gentleman.« Amy wurde unsicher, als schäme sie sich über diese Bemerkung.

»Nun, du hast ganz recht, wenn man sich den Lauf der Welt betrachtet — du willst eine gute Partie machen. Aber dich als Tochter deiner Mutter so sprechen zu hören ist doch recht merkwürdig.« Laurie war von Amy enttäuscht.

Amy merkte, daß Laurie mit ihr unzufrieden war. Sie war es ja selbst — aber auch er war alles eher als vollkommen. Sie wollte ihn sich schon vornehmen, und so sagte sie scharf: »Du solltest dich ein wenig zusammennehmen!«

»Hilf mir dabei!« Laurie ließ sich nicht so schnell aus dem Gleichgewicht bringen.

»Da würdest du sofort böse werden!«

»Nein, ich werde nicht böse mit dir.«

»Du spielst ja nur den Gleichgültigen. Interessiert es dich zu hören, wie du mir vorkommst?«

»Das interessiert mich sogar sehr.«

»Ich muß dich verachten.«

Laurie erschrak über Amys fast traurig klingende Stimme. Er fragte nur: »Und warum?«

»Du bist faul und blasiert und hast doch alle Voraussetzungen, um glücklich zu sein und dich nützlich zu machen!«

»Das ist hart, aber es stimmt vielleicht. Sprich weiter!«

»Ich bin sehr unzufrieden mit dir. Du bist grenzenlos egoistisch und tust hier nichts anderes, als deinen Freunden Enttäuschungen zu bereiten und Geld und Zeit zu vergeuden!«

»Habe ich denn nicht ein Recht auf etwas Unterhaltung, nach den vier Jahren im College?«

»Wenn du dich wenigstens unterhalten würdest! Du bist nur gräßlich faul und lange nicht mehr so nett wie früher. Deine Unterhaltung besteht darin, daß du dich von belanglosen Leuten anschwärmen läßt, die ja doch nichts anderes als den reichen Yankee in dir sehen. Du bist begabt, gesund, siehst gut aus, aber du läßt all deine Gaben verkümmern, du bist nur ...«

Laurie setzte fort: »... ein fauler Kerl, der das Geld seines Großvaters anbringt.« Amy hatte bereits einen kleinen Erfolg errungen: Laurie war aus seiner Lethargie erwacht, wenn auch gereizt und gekränkt.

Amy nahm Lauries Hand und sagte: »Das ist doch wie die Hand einer Frau, die nur für die kostbarsten Handschuhe geschaffen scheint. Ich bin nur froh, daß du nicht so einen riesigen Siegelring trägst, sondern bloß den kleinen von Jo. Ach, wenn sie nur auch da wäre, sie würde mir helfen!«

»Das wünschte ich mir auch!«

Laurie schien auf einmal sehr verschlossen, und nun ging Amy ein Licht auf. Das war also der Grund, weshalb er niemals mehr von Jo sprach und sofort das Thema wechselte, wenn Amy sie erwähnte! Und deshalb trug er auch den alten Ring. Nun fühlte sie Mitleid mit ihm und sagte herzlich:

»Es tut mir leid, daß ich dir diese Vorwürfe mache — wir alle, besonders dein Großvater, haben immer so viel von dir erwartet und waren sehr stolz auf dich. Sie sollen doch nicht enttäuscht werden, wenn du wiederkommst. Du bist mir so ganz anders vorgekommen. Ich hatte keine Ahnung, was mit dir los ist — zu Hause würden sie es vielleicht verstehen...«

»Sie wissen es!« kam es traurig zurück.

»Ich hätte dir keine Vorwürfe gemacht, wenn man es mir geschrieben hätte!« Amy sprach diplomatisch weiter, denn sie wollte die volle Wahrheit erfahren. »Diese Miß Randall war mir immer schon unsympathisch — aber nun hasse ich sie!«

»Was kümmert mich Miß Randall?«

»Ich habe nur gemeint...«

»Gar nichts hast du gemeint! Du weißt genau, daß ich mich immer nur für Jo interessiert habe.«

»Und Jo?«

»Sie mag mich nicht! Wenn ich so geworden bin, wie du eben gesagt hast, so ist das einzig und allein Jos Schuld!«

»Es tut mir wirklich sehr leid, daß ich dir das alles so hineingesagt habe, aber du solltest es mit mehr Fassung tragen.«

»Paß nur auf, wenn dir so etwas passiert!« Laurie war wütend.

Amy erwiderte mit naiver Überzeugung: »Ich würde mehr Haltung zeigen und dafür sorgen, daß man mich wenigstens respektiert, wenn man mich schon nicht lieben kann!«

Laurie war überzeugt gewesen, daß er Haltung bewahrt hatte. Schließlich war er doch mitsamt seinem gebrochenen Herzen bis nach Europa gefahren. Nun mußte er erfahren, daß er sich wie ein Schwächling benommen hatte. Er fragte: »Würde Jo mich auch verurteilen?«

»Sicher sogar, Jo haßt nichts so sehr wie Faulheit. Tu doch irgend etwas Hervorragendes und zwinge sie damit, dich zu lieben!«

»Ich habe getan, was ich konnte — ohne Erfolg!«

»Denkst du dabei an deine Prüfung? Das war deine Pflicht. Stell dir eine andere Aufgabe, und du wirst wieder unser zielbewußter, lustiger Laurie! Es ist ein Verbrechen, daß du nichts mit deiner Begabung anfängst. Und das alles wegen eines Mädchens, das dich nicht will! Jetzt höre ich aber auf mit meiner Predigt. Vergiß deinen Kummer und werde ein vernünftiger Mensch, trotz der bösen Jo!« Damit beendete sie auch ihre Zeichnung und legte sie Laurie auf die Knie, der ganz still und in Gedanken versunken neben ihr saß und Rosenblätter abzupfte.

»Was sagst du dazu!« Die Zeichnung zeigte einen faul ausgestreckten Laurie, mit einem blasierten Gesichtsausdruck und in eine Rauchwolke gehüllt.

»Das bin ja ich! Du zeichnest aber wirklich gut!«

Amy zeigte ihm ein zweites Blatt und sagte: »Das warst du einmal! Welcher ist dir sympathischer?«

Die zweite Zeichnung zeigte Laurie mit einem jungen Pferd; es war nur eine flüchtige Skizze, aber man spürte daraus seine Kraft und Lebendigkeit. Laurie nagte an seiner Lippe und verglich die beiden Blätter.

»Weißt du noch, wie du Puck bekommen hast? Er war zuerst sehr wild, Beth und Meg fürchteten sich vor ihm, aber Jo wollte ihn gleich reiten. Ich habe dich damals gezeichnet, und erst vor ein paar Tagen habe ich das Blatt gefunden und korrigiert«, erklärte Amy.

»Ich gratuliere dir, du hast riesige Fortschritte gemacht. Aber vergessen wir nicht, daß in deinem Hotel um fünf gespeist wird.« Damit stand Laurie auf, reichte ihr die Zeichnungen und blickte auf seine Uhr. Das Gespräch hatte ihn mehr aufgewühlt, als er es sich eingestehen wollte; seine Gleichgültigkeit war nur gespielt. Amy empfand seine Zurückhaltung und bedauerte sehr, daß er beleidigt zu sein schien. Aber sie hätte kein Wort zurücknehmen mögen.

Am Heimweg unterhielten sie sich über alle möglichen belanglosen Dinge. Beim Hotel angekommen, fragte Amy zum Abschied: »Kommst du heute abend?«

»Leider nein, ich bin verabredet, auf Wiedersehen«, aber Laurie schüttelte ihr herzlich die Hand.

Statt des gewohnten Besuches erhielt Amy am nächsten Morgen diesen kurzen Brief:

»Mein liebes Gewissen! Richte deiner Tante und Florence meine Abschiedsgrüße aus. Du kannst triumphieren: Der faule Laurie reist zu seinem Großvater und will dort irgend etwas Nützliches tun. Dir selbst wünsche ich noch schöne Wochen in Nizza und daß du deine Hochzeitsreise nach Valrosa machen wirst! Auch Fred müßte man einmal energisch zureden! Viele Grüße Laurie!«

Amy dachte lächelnd: Ein Glück, daß er sich zusammengenommen hat! — Aber mir wird er sehr fehlen! schloß sie seufzend ihre Überlegungen.

Laurie lernt vergessen

Das Gespräch mit Amy hatte auf Laurie einen großen Einfluß ausgeübt, auch wenn er sich das erst nach längerer Zeit eingestand. Männer müssen immer das Gefühl haben, daß sie ausschließlich nach ihren eigenen Beweggründen gehandelt haben, wenn sie den Rat einer Frau befolgten. Im Falle eines Erfolges gewähren sie ihr dann das halbe Lob, geben ihr jedoch die ganze Schuld an einem etwaigen Mißerfolg.

Der alte Herr Laurenz hätte nichts dagegen einzuwenden gehabt, wenn sein Enkel nach Nizza zurückgekehrt wäre, denn er fand, daß ihm das dortige Klima hervorragend gutgetan hatte. Laurie selbst wäre aber, nach diesem Gespräch, um keinen Preis der Welt ein zweitesmal nach Nizza gefahren. Wenn er doch einen Augenblick lang in Versuchung geriet, sich eine Fahrkarte dorthin zu lösen, so brauchte er sich nur an die Worte zu erinnern, die ihn am tiefsten verletzt hatten: »Ich muß dich verachten«, und: »Vollbringe etwas Hervorragendes und zwinge sie damit, dich zu lieben!«, und schon war sein Selbstbewußtsein gestärkt. Er glaubte, daß seine Empfindungen tot seien, wenn er auch nicht aufhören wollte, um Jo zu trauern. Wenn Jo ihn schon nicht mochte, so sollte sie ihn zumindest bewundern — und sehen, daß ihr Nein sein Leben nicht zugrunde gerichtet hatte.

Laurie hätte Amys Ratschläge gar nicht bedurft, er hatte doch schon immer große Pläne gehabt. Er wartete nur darauf, bis seine verletzten Gefühle endgültig begraben waren. Nun kam ihm seine oftmals gerühmte musikalische Begabung wieder zu Bewußtsein, und so fuhr er nach Wien. Dort nahm er sich ein Zimmer mit Klavier und beschloß, ein Genie zu werden, nicht ohne sich vorerst noch mit den Büsten von Bach, Beethoven, Haydn und Mozart zu umgeben. Sein erster Plan war, seinem Liebesschmerz ein Requiem zu widmen, das Jo ins Herz treffen sollte. Entweder war die Musik für diesen irdischen Kummer zu zart oder die Trauer zu groß, kurzum, das Requiem kam nicht zustande. Es kamen ihm bei dieser tieftraurigen Komposition immer wieder Melodien in den Sinn, die nicht die seinen waren — sie stammten vom Weihnachtsball in Nizza und waren daher für seine Zwecke unbrauchbar. Also mußte dieses tragische Tonwerk als undurchführbar betrachtet werden.

Nun zog es Laurie mehr zur Oper, aber trotz eines neuerworbenen Vorrates an Notenpapier gab es auch hier unvorhergesehene Klippen. Aus seinen Erinnerungen an seine erste Liebe sollte Jo als Heldin seiner Oper erstehen. Leider sah er sie aber nur in völlig unromantischen Bildern vor sich, er erinnerte sich nur an Jos wenig liebreizende Eigenheiten; eine Opernheldin, die

böse dreinschaute, die alle Zärtlichkeiten mit unfreundlichen Bemerkungen zurückwies oder in einer alten häßlichen Schürze den Speicher aufräumte, war nicht zu gebrauchen! Laurie war verzweifelt.

Es dauerte aber gar nicht lange, und er hatte eine passende Heldin gefunden. Wenn sie auch verschiedene Gesichter zeigte, besaß sie dennoch einige feststehende Eigenschaften: Sie war blond, hatte einen weißen Tüllrock mit Azaleen an und war von weißen Ponys begleitet. Namen gab er ihr keinen, aber sie war nun seine strahlende Opernheldin.

Er gelangte bis zum dritten Akt, dann wartete er nur noch darauf, daß ihm die guten Einfälle für die Durchführung zuflogen. Das bedeutete, daß die Oper niemals zustandekam. Laurie besuchte fast täglich die Oper und erkannte bald, daß er nie dazu befähigt sein würde, selbst eine zu schreiben. Eines Tages legte er die Notenblätter beiseite und sagte sich: Amy hat recht, man ist noch lange kein Genie, wenn man talentiert ist. Ich will mich daran freuen, die Werke anderer Komponisten spielen zu können — ich selbst werde nie einer werden. Großvater will, daß ich Kaufmann werde, also will ich seinen Wunsch erfüllen. Ich werde stets so viel Geld verdienen, um mir alle Opern- und Konzertbesuche leisten zu können, die mich interessieren — das soll mich trösten!

Laurie war höchst überrascht, daß er von Tag zu Tag heiterer wurde und es nicht, wie er gedacht hatte, Jahre dauern würde, bis er Jo und seine Liebe zu ihr vergessen hatte. Er war erstaunt, ja beinahe böse auf sich selbst, wie schnell die Wunde heilte. Er war erleichtert und enttäuscht zugleich, aber seine geschwisterliche Neigung zu Jo trat wieder in den Vordergrund.

Und bei der Betrachtung von Mozarts Büste kam ihm ein Gedanke: Vielleicht konnte er von diesem großen Mann etwas anderes lernen, als eine Oper zu schreiben. Mozart war doch recht glücklich geworden, als er die Schwester jenes Mädchens nahm, das er nicht bekommen konnte! Wäre das nicht auch ihm möglich? Dann verwarf er diesen Einfall wieder und hoffte auf einen Umschwung in Jos Gefühlen. Und schon setzte er sich zu einem Brief und bat Jo, ihm nach nochmaliger Überlegung einen endgültigen Bescheid zu geben. Solange noch ein Funken Hoffnung bestehe, könne er keinen Frieden finden.

Laurie fieberte Jos Antwort entgegen und war in dieser Zeit des Wartens wieder unfähig, zu arbeiten. Dann kam der heißersehnte Brief — und nun war jede Hoffnung vernichtet: Jo sagte wieder nein. Sie schrieb sehr lieb, aber bestimmt und riet ihm, seine Zeit nicht an diesen überflüssigen Liebesschmerz zu vergeuden. Er solle lieber alles Schöne genießen, das ihn umgebe. Jo berichtete auch von Beths schwerer Krankheit und ihrer baldigen Erlösung. Amy sollte aber noch nichts erfahren, um die Zeit in Europa noch unbekümmert genießen zu können. Im Frühling plante Tante Caroll heimzukommen, vielleicht lebte Beth dann doch noch. Zum Briefschreiben bliebe ihr und Mutter kaum Zeit, denn Beths Pflege nehme sie völlig in Anspruch. Mutter bitte deshalb Laurie, öfter an Amy zu schreiben, um ihr die fehlende Post von zu Hause zu ersetzen, damit sie kein Heimweh empfinde; und wenn sie noch in Europa die traurige Botschaft erhalte, möge er sie trösten.

Laurie nahm diesen Wunsch Frau Marchs als Befehl. Arme Beth, und arme

Amy! Wie traurig für uns alle! Der Großvater mußte rechtzeitig auf diesen Schock vorbereitet werden, sonst würde es für den alten Herrn zu schwer zu ertragen sein. Laurie schrieb nicht gleich an Amy. Erst ordnete er Jos Briefe und legte sie in eine Schreibtischlade. Dann nahm er den Kinderring vom Finger, sah ihn lange an und legte ihn dazu. Er war voll Trauer, wie nach einem Begräbnis, und meinte, daß der Brief an Amy einem Hochamt in St. Stephan nachzustehen habe.

Er schrieb den Brief jedoch am nächsten Tag, und er erhielt auch umgehend Antwort. Amy hätte es niemals gewagt, Tante Caroll gegenüber ihr Heimweh einzugestehen, sie wäre sich undankbar vorgekommen. Laurie aber schrieb sie es offen, und ihr Briefwechsel wurde sehr rege.

Die halbfertige Oper wanderte ins Feuer, die Büsten verschenkte er, und dann fuhr Laurie zu seinem glückstrahlenden Großvater nach Paris zurück. Vor lauter Freude darüber, daß er wirklich ins Geschäft eintreten wollte, erlaubte ihm der Großvater, wiederum zu reisen. Aber Laurie wollte in Paris bleiben, bis Amy ihn wieder nach Nizza rief.

Amy hatte aber gerade zu dieser Zeit keine Sehnsucht nach dem großen Bruder. Fred Vaughan war nach Nizza gekommen und hatte die erwartete Frage an sie gerichtet. Im entscheidenden Augenblick hatte sie aber der Mut vor solch großer Berechnung verlassen, und sie hatte nein gesagt. Das Gespräch mit Laurie verfolgte sie, und sie hätte viel darum gegeben, wenn es niemals stattgefunden hätte. Laurie sollte nicht glauben, daß sie ihre Entschlüsse nur nach der vollen Brieftasche richtete! Sie war froh darüber, daß Laurie ihre Äußerungen, die sie in Verbindung mit Fred gemacht hatte, in seinen Briefen mit keiner Silbe erwähnte.

Amy sorgte sich, da von daheim so selten Nachrichten kamen, und Lauries Briefe waren ihr deshalb wirklich ein Trost. Sie konnte jetzt auch seinen Liebesschmerz besser begreifen, seit sie Fred abgesagt hatte. Sie bemühte sich, besonders lieb zu ihm zu sein, und schrieb sehr herzlich. Und er antwortete trotz ihrer harten Worte von damals ebenfalls immer sehr herzlich. Er war ja doch wie ihr Bruder ... Amy tat aber so verrückte Dinge, die man sicherlich nur ganz selten mit den Briefen von Brüdern tut: sie trug sie mit sich herum, küßte sie — wir wollen das auch nicht weitererzählen!

Amy zeichnete in diesem Frühjahr viel. Sie nahm sich aber nicht die Natur als Modell — sie skizzierte immer wieder einen jungen Mann, der mit einer eleganten Dame am Arm in den Ballsaal schreitet oder sich im Gras räkelt — die Gesichter zeigten aber keinerlei Ähnlichkeit. Mit Tante Caroll sprach sie niemals über Fred; sollte sie denken, daß sie ihr Nein bereue. Laurie hingegen erzählte sie in mehreren Briefen, daß Fred in Ägypten sei und dann direkt nach England heimkehren werde. Laurie begriff — und atmete auf.

Ich habe mich nicht in Amy geirrt. Armer Fred, aber mir ist es ja auch nicht besser ergangen! Nun, nachdem er seine Pflichten gegenüber der Vergangenheit erfüllt hatte, freute er sich über Amys Briefe.

Zu Hause gab es während dieser Zeit sehr schwere Wochen. Beth wurde zusehends schwächer, konnte nicht einmal mehr eine Nadel halten, und Licht und laute Stimmen taten ihr weh. Dazu litt sie an großer Schlaflosigkeit. Aber sie war gefaßt und geduldig und wartete still auf ihre Erlösung.

Amy erhielt im Mai die unfaßbare Botschaft, daß Beth in den Armen ihrer Mutter friedlich entschlafen sei. Die Eltern baten sie, die Reise nicht abzubrechen, sie wäre ja doch nicht mehr rechtzeitig gekommen, um Beth noch einmal sehen zu können. Amy hielt sich zu diesem Zeitpunkt in der Schweiz auf, wohin sie mit Tante Caroll, aus Nizza durch die dort bereits herrschende Hitze vertrieben, gereist war.

Mit gleicher Post hatten Laurie und sein Großvater ebenfalls die Trauernachricht erhalten. Es war auch für sie ein großer Schock, obwohl sie nicht unvorbereitet waren. Laurie reiste mit dem nächsten Zug zu Amy. In Vevey angekommen, ging er geradewegs zur Wohnung der Carolls, der Pension La Tour. Dort wurde ihm gesagt, daß nur Mademoiselle March zu Hause sei. Er lief in den Garten, um sie zu suchen.

In dem prachtvollen alten Park, auf bemoosten Stufen, die zum See führten, saß eine ganz in sich versunkene Amy. Sie sah nichts von der Schönheit um sich herum, sie grübelte, sie wollte heim, und sie wollte Laurie sehen. Sie war so tief in Gedanken, daß sie sein Kommen gar nicht hörte. Laurie fand Amy ganz verändert vor. Durch die Trauer schien sie weicher geworden, das schwarze Kleid stand ihr sehr gut. Kaum hatte sie ihn erblickt, lief sie auf ihn zu:

»Laurie — ich habe dich erwartet!«

Laurie umarmte sie und wurde sich im gleichen Augenblick darüber klar, daß Amy die einzige war, die Jos Platz in seinem Herzen einnehmen konnte! Und Amy fühlte, daß Laurie der einzige sei, bei dem sie sich geborgen fühlte, und ihre Tränen versiegten.

Laurie hob die vielen Papiere auf, die auf den Rasen gefallen waren, als Amy so plötzlich aufgesprungen war; es waren seine Briefe und die kleinen Skizzen, die sie von ihm gemacht hatte. Amy errötete ein wenig, und er sah zufrieden drein.

»Ich habe immer nur an dich gedacht... aber... daß du so rasch da warst!« stotterte sie.

»Ich bin sofort abgereist, mit dem nächsten Zug, ich soll dich von Großvater vielmals grüßen. Wir können es uns gar nicht ausmalen, wie es zu Hause sein wird...« Laurie, der sonst so redegewandt war, wußte nichts weiter zu sagen, er konnte seine Gefühle nicht in Worte fassen.

Amy sagte ganz leise: »Wenn du nur da bist! Mutter schreibt, für Beth war es eine Erlösung, wir dürfen nicht unglücklich sein. Ich habe großes Heimweh und fürchte mich doch, nach Hause zu kommen! Kannst du länger hierbleiben?«

»Wenn du es willst...«

»Oh, bleib doch! Die Tante und Flo sind sehr gut zu mir — aber du gehörst doch ganz anders zu uns!«

Laurie spürte, daß Amy großes Heimweh hatte und daß dieses Kind jetzt Trost brauchte. Er sagte: »Ja, deine Mutter hat sicher recht, wir müssen Gott danken, daß Beth nicht mehr länger leiden mußte. Für sie ist es wohl am besten so, wir werden sie sehr vermissen. Hör auf zu weinen, Amy, hier ist es zu kühl für dich, gehen wir ein wenig herum.« Während sie Arm in Arm im Park spazierengingen, sprach ihr Laurie weiter Trost zu. Als der Gong zum Abendessen rief, fühlte Amy, daß eine schwere Last von ihr genommen war.

Als Tante Caroll die beiden zum Haus kommen sah, wurde ihr mit einemmal klar, weshalb Amy Fred einen Korb gegeben hatte, aber sie ließ sich nichts anmerken. Sie ermahnte Amy nur, sich um Laurie zu kümmern, und bat ihn herzlich, zu bleiben.

Im Gegensatz zu Nizza, wo Laurie nur gefaulenzt hatte, gönnte er sich hier nicht einen Augenblick Ruhe. Immer war er mit Amy aus, sie ruderten, sie ritten aus und suchten die umliegenden Ortschaften auf. Es war eine schöne und glückliche Zeit für die beiden — trotz der Trauer um Beth. Die Sorgen der Vergangenheit wurden vom See weggespült, ihre wirren Gedanken trug der Wind davon, und sie gewannen einen offenen Ausblick in ihre eigene Zukunft.

Es war für Laurie immer noch eine Überraschung, daß er so schnell über seine Enttäuschung mit Jo hinweggekommen war. Wenn er auch meinte, daß Jo und Amy einander ähnlich seien, so mußte er doch erkennen, daß Amy ihn gerade ihrer Weichheit und Eleganz wegen fesselte; Eigenschaften, die die burschikose Jo niemals besessen hatte. Amy wußte es ohne stürmische Erklärungen, daß Laurie sie liebte; es kam ganz wie von selbst, und er war überzeugt davon, daß alle, Jo inbegriffen, zufrieden damit sein würden.

Wieder einmal, an einem herrlichen Morgen, waren die beiden auf den See hinausgerudert. Sie erblickten Clarens, wo Rousseaus Liebesgeschichte »Héloise« entstanden war. Sie fragten sich, obwohl sie es nie gelesen hatten, ob nicht ihre eigene Geschichte viel interessanter sei als jene erdachte. Laurie stützte sich auf das Ruder und blickte Amy ganz versunken an; Amy sah zu ihm auf und sagte schnell:

»Laß mich jetzt rudern — du bist wohl schon müde. Seit du da bist, bin ich ganz faul geworden, das Rudern wird mir guttun.«

»Müde bin ich nicht — aber, wenn du magst, kannst du ein Ruder nehmen, wir haben beide Platz.«

Amy kam behutsam in die Bootsmitte und ergriff das eine Ruder. Laurie brauchte nur eine Hand, sie mußte es mit beiden Händen halten — aber gleichmäßig und ruhig im Takt ruderten sie gemeinsam durch das Wasser.

»Wir rudern gut miteinander!« sagte Amy.

»So, daß ich mir wünschen würde, wir beide blieben für immer in einem Boot. Möchtest du das, Amy?«

Und ohne zu überlegen, antwortete sie ihm: »Ja, Laurie.«

Jo daheim

Während Beths Krankheit war es Jo nicht schwergefallen, den Eltern eine Stütze zu sein; jetzt, da Beth nicht mehr am Leben war, war sie selbst so trostbedürftig, daß die anderen keinen Trost bei ihr finden konnten. Seit langem schon erledigte sie Beths häusliche Pflichten — aber sie fielen ihr nicht leicht. Sie war oft recht verbittert. Sie war überzeugt davon, daß sie sich redlich bemühte, viel mehr, als es Amy je getan hatte, und trotzdem blieb ihr eigenes Leben immer im Schatten. Es kam ihr unfair vor, daß es für sie immer nur Arbeit, Enttäuschungen und Kummer geben sollte. Die Vorstellung, ihr ganzes Leben mit den gleichen langweiligen Pflichten in diesem stillen Haus verbringen zu müssen, machte sie verzweifelt, sie glaubte, es nicht aushalten zu können.

Die sanfte Beth hatte stets sehr beruhigend auf die temperamentvolle Jo gewirkt, die Erinnerung an sie machte sie jetzt immer trauriger. Mutters gütige Worte konnten ihr auch nicht helfen. Sie verstand es gut, mit Megs Kindern umzugehen, und sie mußte für jemanden sorgen können. Aber da sich so viele Leute, Meg und John, die Großeltern und Hanna, um die Kleinen bemühten, war sie auch dort meist überflüssig.

Als Jo wieder einmal recht traurig war, fragte die Mutter: »Weshalb schreibst du nichts mehr?«

»Es freut mich nicht mehr — und wer interessiert sich schon dafür?«

»Wir interessieren uns sehr dafür! Wir haben doch immer gerne deine Erzählungen gelesen, das weißt du doch. Schreib, und dann wird man weitersehen!«

Jo meinte: »Es kommt ja doch nichts dabei heraus.« Aber sie nahm sich doch ein längst begonnenes Manuskript vor, weil sie sonst nichts mit sich anzufangen wußte.

Als die Mutter sie nach mehreren Stunden nirgends im Hause finden konnte, stieg sie zu Jos Zimmer hinauf, wo sie ihre Tochter auch fand. Inmitten vollbeschriebener Blätter saß Jo in ihrer alten schwarzen Schürze und mit völlig geistesabwesendem Gesicht. Frau March machte zufrieden lächelnd und still die Tür wieder zu.

Die gesamte Familie war entzückt von Jos neuester Erzählung, aber auf sie selbst machte sie gar keinen Eindruck, ja, sie schrieb sie nicht einmal ins reine. Das tat dann Meg insgeheim, und der Vater schickte sie an eine Zeitschrift. Kurz darauf wurde Jo in einem Brief dringend eingeladen, noch mehr solcher Erzählungen zu schreiben. Es kamen auch Leserbriefe, die ihre Zustimmung ausdrückten. Jo selbst fand es unbegreiflich, warum man soviel Aufsehen damit machte, sie hatte diese kleine Erzählung ohne große Mühe verfaßt.

»Das ist sehr verständlich, die Erzählung ist deshalb so lebenswahr geworden, weil du mit echtem Humor und aufrichtiger Trauer geschrieben hast, du hast nicht an die Wirkung, nicht an den materiellen Erfolg dabei gedacht!« sagte der Vater.

Nun schrieb sie wieder fleißig und freute sich über die Briefe der unbekannten Freunde und so manchen einträglichen Scheck.

Frau March erschrak fast ein wenig, als die Nachricht von Amys Verlobung kam; sie fürchtete, Jo würde doch darunter leiden. Aber Jo, die zuerst sehr ernst geworden war, schmiedete dann sofort Pläne für die Hochzeit der beiden. Der Brief von Laurie und Amy klang sehr glücklich.

»Ist es dir recht, Mutter?«

»Ich hoffte es schon lange. Aus verschiedenen Andeutungen in Amys Briefen sah ich, daß es eines Tages dazu kommen würde.«

»Und warum hast du nie etwas davon erwähnt?« fragte Jo mit einem leichten Vorwurf in der Stimme.

»Ich wollte vermeiden, daß du etwas dazu sagst, bevor sie selbst einig waren. Außerdem fürchtete ich, daß du gekränkt sein würdest.«

»Warum sollte ich gekränkt sein? Ich habe ihm doch nein gesagt.«

»Stimmt, Jo, das war damals deine aufrichtige Überzeugung. Aber vielleicht hättest du ihm jetzt anders geantwortet, wenn Laurie dich nochmals gefragt hätte.«

»Es ist aber gut so. Du hast recht, wenn Laurie mich jetzt fragen würde, bekäme er vielleicht eine andere Antwort, aber nur, weil ich heute jemanden haben möchte, der mich liebt, und nicht, weil ich ihn jetzt mehr liebe als damals.«

»Nimm einstweilen noch mit uns, deinen Eltern und Schwestern und den Zwillingen, vorlieb, es wird noch alles gut werden. Ich glaube auch, daß es so das beste ist; Amy scheint ganz verändert zu sein, sie passen glänzend zusammen, und sie werden sicher sehr glücklich miteinander werden«, sagte Frau March lächelnd.

An einem regnerischen Tag kramte Jo in den vier kleinen Truhen, die auf dem Speicher standen und in denen allerlei Andenken an ihre Kinderzeit lagen. Beths Truhe stimmte sie sehr traurig, als sie die geliebten Puppen der Schwester sah. Amys Truhe öffnete sie gar nicht, Amy hatte alles erreicht, was sie wollte. Aber in ihrer eigenen Truhe lagen ihre Deutschhefte aus New York. Dieser New Yorker Winter wäre ohne Professor Bär lange nicht so schön gewesen, sie machte sich Vorwürfe, daß sie ihn über ihren eigenen Sorgen so ganz vergessen hatte. Er hätte es anders verdient! Auch die Geschichten, die sie jetzt schrieb, hätten nicht mehr sein Mißfallen erregt, und gerade jetzt konnte sie nicht mehr mit ihm darüber sprechen!

Und mit einemmal fiel ihr aus einem der Hefte ein kleiner Zettel entgegen, den ihr der Professor einmal im Kinderzimmer zurückgelassen hatte, als sie zusammen ausgehen wollten: »Bitte, warten Sie auf mich, ich komme später, aber ich komme sicher.«

Jo dachte lächelnd an seinen versprochenen Besuch. Es wäre schön, wenn er käme! Es ist so leer bei uns im Haus, auch Vater könnte eine Ablenkung brauchen! Jo hoffte, daß der kleine Zettel eine gute Vorbedeutung hatte.

Überraschungen

Die Dämmerstunde war immer die beste Zeit für Jo, um Geschichten auszudenken. Auch heute lag sie um diese Stunde auf dem Sofa. Vielleicht war sie sogar ein wenig eingenickt, als auf einmal Laurie vor ihr stand.

»Lieber Himmel, Laurie!« rief sie freudig aus.
»Freust du dich wirklich?«
»Ich werd' verrückt! Wo steckt Amy? Warum habt ihr keine Post geschickt?«
»Wir haben bei Meg angehalten — deine Mutter war gerade auch dort, und meine Frau wollte nicht fort von ihr!«
»Deine — was?« Jo schrie auf.
»Zu dumm, jetzt habe ich es verraten.«
»Ihr seid schon verheiratet?«
»Ja, aber ich verspreche dir, wir tun es sicher nicht noch einmal!« Laurie strahlte.
»Und was wird aus unserer Familienfeier hier?«
»Die holen wir noch nach.«
»Um Himmels willen, was wirst du noch für Einfälle haben?«
»Das war wieder einmal typisch Jo!«
»Was erwartest du von mir, du schrecklicher Mensch? Komm, beichte!«
»Versprich mir nur erst, daß du mich mit dem schrecklichen Kissen verschonst, daß ich's nicht an den Kopf kriege!«
»Das ist jetzt überflüssig geworden, Laurie!«
»Das tut wohl, wenn man wieder Laurie zu mir sagt.«
»Was sagt denn Amy zu dir?«
»Mylord!«
»Das schaut euch beiden ähnlich!«
»Jo, jetzt, wo ich ein würdiges Familienoberhaupt bin, müßtest du mehr Respekt vor mir haben!« Laurie war glücklich, daß Jo wieder ihren alten herzlichen Ton angeschlagen hatte.
»Dazu müßtest du einen grauen Vollbart haben! Jetzt erzähl aber einmal von Anfang an!«
»Also, ich hab' es Amy zuliebe getan.«
»Das ist nicht wahr, sie hat's dir zuliebe getan.«
»Das ist ein und dasselbe, weil wir sowieso immer einer Meinung sind«, sagte Laurie ernst. »Die Carolls wollen noch einen Winter in Paris bleiben, Großvater aber wollte heimfahren, und ich konnte ihn nicht allein reisen lassen, nachdem er doch nur meinetwegen diese ganze Reise gemacht hatte. Frau Caroll wollte Amy aber nicht mit uns fahren lassen, sie hatte allerhand britische Einfälle über Anstandsdamen und so weiter. Da haben wir eben geheiratet, und jetzt können wir tun, wozu wir Lust haben.«

Jo fragte voll Hochachtung: »Du erreichst ja immer alles, was du willst. Aber wie war Tante Caroll dazu zu bewegen?«

»Leicht ist es nicht gewesen, aber Großvater hat geholfen, und dann wußte sie ja auch, daß man zu Hause mit unserer Heirat einverstanden ist.«

»Wann und wo habt ihr geheiratet?«

»Im amerikanischen Konsulat in Paris — vor sechs Wochen. Ganz still natürlich, denn wir haben uns immer an Beth erinnert.«

»Schreiben hättet ihr schon können!«

»Wir wollten gleich herkommen und euch überraschen. Großvater wurde aber geschäftlich zurückgehalten, und so haben wir eine wundervolle Hochzeitsreise nach Valrosa gemacht.« Laurie schien Jos Gegenwart ganz vergessen zu haben — und sie war glücklich über seine Offenheit. Er hatte ihr offensichtlich alles vergeben.

Laurie nahm Jos Hand und sagte: »Einmal muß ich noch davon anfangen und dir für deine Festigkeit danken. Ich konnte es lange Zeit nicht begreifen; ich war vollkommen durcheinander und wußte nicht, welche von euch beiden ich mehr liebte. Aber ich wurde mir klar, als ich Amy nach Beths Tod in der Schweiz wiedersah. Jetzt bist du wieder meine Schwester, Jo, die mich lobt und tadelt, so wie du es immer gewollt hast. Ist es möglich, daß alles wieder so zwischen uns wird, wie es früher war?«

»Ich freue mich ja so, Laurie, daß du als reifer Mann und noch dazu als mein glückstrahlender Schwager zurückgekommen bist. Ganz so wie früher wird es wohl nicht mehr sein. Wir sind älter geworden.«

»Sprich nicht so, auf jeden Fall bin ich älter als du.«

»Ich bin dir aber innerlich um Jahre voraus, darum wollte ich dich ja auch nicht.«

»Entschuldige bitte, wenn ich dir heute sage, daß ich dir dafür dankbar sein muß.«

»Wie verträgst du dich mit Amy, wer spielt bei euch die erste Geige?« fragte Jo boshaft.

»Also, ich tue Amy den Gefallen, aber wir sind so sanft wie zwei Täubchen.«

»Wenn sich das ändert, bekommst du es mit mir zu tun!«

Nun kam die ganze Familie anmarschiert, und es folgte eine große Begrüßungsszene.

Meg sah sofort, daß Amy mit ihrer Eleganz alle hier in den Schatten stellen würde, selbst Annie Moffat. Jo besah sich die beiden mit Wohlgefallen und war überzeugt, daß diese elegante junge Dame, die Amy geworden war, Lauries ganzer Stolz sein mußte. Die Zwillinge Betty und Demi waren hingerissen von der schönen neuen Tante, die ihnen Berner Holzbären mitgebracht hatte.

Hanna aber stellte vor Verwirrung alles verkehrt auf den Tisch und malte sich bereits aus, daß die Leute zu ihrer bildschönen Amy nur Frau Laurenz sagen würden.

Es gab unendlich viel zu erzählen, und mitunter sprachen alle gleichzeitig. Die Kinder waren begeistert, daß die Erwachsenen sich nur für den neuen Onkel und für die neue Tante interessierten Niemand bemerkte es, daß sie aus Omas Tasse Tee tranken und daß sie reichlich Kekse und Zuckerstücke naschten. Selbst den beiden Kleinen konnte es nicht verborgen bleiben, daß die Großen heute ganz verwandelt waren.

Als Jo gerade zufällig durch den Flur ging, klopfte es am Haustor. Die zweite Überraschung dieses Abends erschien: Professor Bär! Jo ergriff mit großer Freude seine Hand, doch der Professor zögerte beim Eintreten, als er die vielen Stimmen im Zimmer hörte, und sagte: »Haben Sie Besuch, Fräulein March?«

»Nein, bitte treten Sie ein, es ist meine Familie, meine Schwester ist eben aus Europa heimgekehrt.« Jo bat den Professor, abzulegen; diese Herzlichkeit des Empfanges hatte er gar nicht erwartet.

Jo riß die Wohnzimmertür auf und posaunte: »Professor Bär, mein New Yorker Freund, ist gekommen!«

Der Professor wurde von der ganzen Familie aufs herzlichste begrüßt, und alle fanden ihn sehr sympathisch. Die Kinder kletterten auf seine Knie und wollten wissen, ob er ein neuer Onkel sei und weshalb er einen langen Bart trage. Der Vater führte bald eine angeregte Unterhaltung mit ihm. Nur Laurie blieb dem Gast gegenüber zurückhaltend und betrachtete ihn beinahe mißtrauisch. Der Professor blickte öfter von ihm auf Jo.

Jo fand, daß der Professor heute besonders angeregt und auffallend wenig zerstreut war, ja, daß er sich von seiner besten Seite zeigte. Er trug einen neuen schwarzen Anzug und zwei gleiche goldene Manschettenknöpfe, man hätte ihn fast elegant nennen können. Wenn er auf Freiersfüßen ginge, hätte er sich auch nicht hübscher machen können, überlegte sie bei sich und wurde bei diesem Gedanken, wie es sich gehörte, rot.

Die Zeit verging im Nu. Hanna brachte die Zwillinge heim, die diesmal gar keine Schwierigkeiten machten, weil sie wußten, daß zu Hause Kekse und Zucker auf sie warteten. Der alte Herr Laurenz begab sich auch bald zur Ruhe, aber die anderen blieben noch zusammen.

Meg, die befürchtete, daß ihre Kinder wieder etwas angestellt hätten, drängte zu später Stunde endlich zum Aufbruch. Doch Jo meinte: »Es wäre nur in Beths Sinn, wenn wir heute wieder unser Lied singen würden.« Laurie ermunterte Amy, sich ans Klavier zu setzen und zu zeigen, was für Fortschritte sie gemacht hatte. Nach ihrem gemeinsamen Gesang blieb keine Zeit zum Traurigsein, denn Jo sagte rasch: »Professor Bär singt sehr schön; ›Kennst du das Land, wo die Zitronen blühen‹ ist sein Lieblingslied.«

Der Professor fühlte sich geschmeichelt; er wußte, daß diese Familie sehr musikalisch war. Amy begleitete ihn, und als er geendet hatte, wurde er reichlich geehrt. Man konnte schon jetzt bemerken, daß er mit seiner musikalischen Begabung bestens zur Familie March paßte.

Professor Bär fiel wie aus allen Wolken, als er von Laurie gebeten wurde, ihn und seine Frau doch einmal zu besuchen. Jo hatte Amy nur als die »jüngste Schwester« vorgestellt, der Professor konnte nicht wissen, daß Laurie der dazugehörige Ehemann war. Er bedankte sich bestens für die Einladung und atmete erleichtert auf. Zu Frau March sagte er: »Darf ich noch einmal zu Ihnen kommen? Ich bin einige Tage hier in der Stadt beschäftigt!« Natürlich bat man ihn, wiederzukommen, denn er hatte allen sehr gut gefallen.

Jo war stolz; sie hatte ihn ja schließlich hergebracht. Als der Professor gegangen war, sagte sie: »Ich wußte ja, daß er euch gefallen wird.«

Dann lag sie noch lange wach, dachte an den überraschenden Besuch und an New York und konnte sich nicht erklären, welche Geschäfte der Professor hier haben mochte.

Mylord und Frau

»Frau Mutter, bitte borgen Sie mir für eine Stunde meine Frau! Das Gepäck ist angekommen, und ich kann nichts finden!« rief Laurie am nächsten Tag beim Wohnzimmerfenster hinein.

»Es ist mir noch so ungewohnt, daß Amy nun nicht mehr bei uns wohnt«, sagte Frau March heiter.

»Ohne Amy bin ich geradezu verloren.«

»Du bist wie ein Wetterhahn«, sagte Jo schlagfertig wie immer.

»Da hast du recht! Bei Amy muß ich meistens nach Westen zeigen; hin und wieder gibt es einen Abstecher nach Süden; Ost- und Nordwind hat es, seit ich verheiratet bin, überhaupt noch nicht gegeben; ich bin sonnig und sanft wie nie zuvor.«

Amy war über diese Wettermeldung der gleichen Meinung; sie fügte noch hinzu: »Wir werden ja sehen, wie lange dieses herrliche Wetter anhalten wird und ob wir den ersten Sturm überstehen. Komm, Laurie, such deinen Stiefelknecht nicht unter meinen Hüten!«, und würdevoll schloß sie: »Männer sind ja so schrecklich unbeholfen, Mutter!«

»Was habt ihr eigentlich vor?« fragte Jo.

»Wir möchten noch nicht viel darüber sagen. Ich werde im Geschäft arbeiten — Großvater wird sehr zufrieden mit mir sein. Dann werden wir unsere elegantesten Hüte in der Stadt vorführen, blendende Gesellschaften geben und die schönen Künste fördern; wir werden... hab' ich recht, meine Dame?« Laurie war zum Necken aufgelegt.

»Wir werden alles sehen; mach dich nicht gleich am ersten Tag hier über mich lustig!« Amy bemühte sich, empört zu erscheinen.

Dann sagte Laurie zu Amy: »Frau Laurenz, der Professor möchte Jo heiraten.«

»Warum sollte er das nicht tun, Mylord?«

»Ja, er ist sehr nett, und ich denke, er paßt zu ihr. Es wäre mir nur viel lieber, wenn er mehr Geld hätte und etwas jünger wäre!«

»Aber Laurie, wie kann man so realistisch denken! Es ist doch ganz einerlei, ob er ein paar Jahre älter ist oder nicht und ob er Geld hat! Man heiratet doch nicht einen Mann wegen des G...« Amy brach plötzlich ihre Rede ab und schaute ihren eigenen Mann an.

Laurie lachte herzlich und erwiderte: »Sicher, sie soll es dir nachmachen! Du hast einem steinreichen Engländer einen Korb gegeben, der ein großes Haus, einen Landbesitz, einige Dutzend Pferde und sechs Wagen hat, und hast einen schäbigen Kräuterhändler geheiratet, der neben seinem Haus nur vier Pferde und zwei Wagen besitzt!«

»Ach, hör doch auf! Ich hätte dich auch genommen, wenn du bloß ein Fährmann vom Genfer See gewesen wärst!« sagte Amy so herzlich, daß an der Aufrichtigkeit ihrer Worte nicht zu zweifeln war.

»Der Fährmann hat kein Geld, nur seine gefischten Fische. Kannst du überhaupt Fische braten?« Amy antwortete nicht, sie war mit ihren Gedanken ganz woanders.

Dann sagte sie langsam: »O ja, ich höre; du mußt wissen, daß mir deine Stellung lange nicht so wichtig ist wie deine Erscheinung! Deine griechische Nase ist ein Trost für mich!« Sie strich ihm liebevoll über seine Nase, und Laurie mußte über dieses etwas sonderbare Kompliment herzlich lachen.

Plötzlich fragte Amy stockend: »Sag einmal, ist es dir nicht recht, wenn Jo den Professor nimmt, Laurie?«

»Aber Amy, wie kannst du nur so etwas glauben! Ich bin heute froh, daß Jo mich nicht wollte; ich bin ihr dankbar dafür, daß sie damals gescheiter war als ich. Sonst hätte ich dich ja niemals gekriegt. Wir werden fest tanzen auf Jos Hochzeit — glaub mir!«

Und Amy sah ihren Mann sehr zufrieden an.

Betty und Demi

Die Zwillinge waren die einzigen Kinder in der Familie. Sie waren jetzt drei Jahre alt und wurden sehr verwöhnt. Es war selbstverständlich, daß sie die gescheitesten, schönsten und natürlichsten Kinder der Welt waren. Mit acht Monaten konnten sie laufen und mit zwölf Monaten reden. Als sie zwei Jahre alt waren, saßen sie bereits am Tisch bei den Erwachsenen.

Hanna weinte vor Rührung über Betty, weil diese schon mit drei Jahren ein Puppenkleid nähte und eine große Vorliebe für Küchengeschirr zeigte. Auch das musikalische Talent hatten die Zwillinge geerbt; sie verwendeten alles zum Musizieren, von den quietschenden Türen bis zu den Töpfen.

Demi betätigte sich mit dreieinhalb Jahren als Konstrukteur einer »Nähmatschiehne«, die aus Sesseln, Schnüren und leeren Zwirnspulen hergestellt wurde. Marktkorb und Wäscheleine wurden zum Aufzugspielen gebraucht. Zu diesem Zweck wurde Betty in den Korb gesteckt, die Leine um den Henkel geschlungen und über die hohe Lehne eines Sessels gelegt. Demis Versuch, Betty plus Korb hinaufzuziehen, endete mit großem Geschrei und Gepolter. Als Mammi und Hanna ins Zimmer stürzten, lag alles auf dem Fußboden: die Kinder, der Korb, der Sessel. Aber nachdem man Betty aus diesem Durcheinander herausgezogen hatte, war sie trotz der vielen blauen Flecken, die sie abbekommen hatte, nicht davon abzubringen, dieses lustige Spiel gleich von vorne zu beginnen.

Gestritten wurde höchstens dreimal am Tag; die Kinder vertrugen sich wunderbar. Betty ließ sich tyrannisieren, denn der Chef war Demi.

Betty war sehr gutmütig und fröhlich. Sie war immer bereit, mit anderen zu teilen, und verstand es, aus den eingefleischtesten Junggesellen begeisterte

Kinderfreunde zu machen. Für sie schien jeden Tag die Sonne, auch wenn es in Strömen schüttete.

Demi konnte mit seiner pausenlosen Fragerei acht Menschen in Atem halten. Mit Großvater March, der in dem Kind einen kleinen Philosophen witterte, wurden tiefgründige Gespräche geführt.

»Opa, warum laufen meine Beine?«
»Dein Geist läßt sie gehen.«
»Wer?«
»Etwas, das in dir steckt. Genauso, wie die Räder in meiner Uhr laufen, weil sie die Feder bewegt.«
»Mach mich offen, will Räder sehn!«
»Das kann ich nicht. Laufen läßt dich der liebe Gott.«
»Aber wenn ich schlaf'?« fragte Demi und suchte dabei den Aufziehknopf auf seinem Rücken.

Bei der nun folgenden langen philosophischen Erläuterung konnte die Oma nur den Kopf schütteln.

»Dafür ist Demi doch noch viel zu klein«, sagte sie.

Aber der Großvater war überzeugt, daß der Kleine jedes seiner Worte verstanden hatte. Er hätte sich auch gar nicht gewundert, wenn Demi wie Alkibiades gesprochen hätte.

Doch Demi rief plötzlich, indem er nur auf einem Bein stand: »In mein Bauch is mein Deist, und der Nopf zum Aufziehen is auf mein Bauch.«

Jetzt hatte selbst der Großvater die Überzeugung gewonnen, daß es für heute mit der Unterrichtsstunde genüge.

Hanna war der Meinung, daß der Junge nicht alt werden könne, weil er zu gescheit sei, doch wurden diese düsteren Befürchtungen dann immer rasch durch eine tüchtige Ungezogenheit des Kindes und die darauffolgende väterliche Strafe widerlegt.

Meg wollte ihre Kinder vernünftig erziehen, damit sie fürs Leben praktisch vorbereitet seien. Bei Demi konnte sie ganz unbesorgt sein, er wußte sich schon jetzt bestens zu helfen.

Mit Tante Jo konnten die Kinder herrlich herumtollen; sie hing mit großer Liebe an ihnen. Aber als dann Professor Bär erschien, hatte sie plötzlich kaum noch Zeit für die Kleinen. Demi war es sofort klar, daß ihm in »Onkel Bart« ein Nebenbuhler erstanden war. Da dieser aber alle Taschen voll Süßigkeiten hatte, wollte er es sich nicht mit ihm verderben. So nahm er wohl die Schokoladen von »Onkel Bart« an, behandelte ihn aber mit einer gewissen Zurückhaltung, denn er hatte wohl bemerkt, daß er ihm Tante Jo wegnahm. Betty hingegen überschüttete ihn mit Küssen, auf die er bei einer anderen Person noch längere Zeit zu warten hatte.

Wenn es sich um kleine Neffen und Nichten angebeteter junger Damen handelt, werden die meisten Männer von einer großen Kinderliebe überfallen. Onkel Bärs Liebe zu Kindern war aber ganz echt, und deshalb mochte ihn auch Demi bald sehr gut leiden.

Der Professor wurde noch immer von seinen rätselhaften Geschäften in der Stadt zurückgehalten, aber sie ließen ihm doch so viel Zeit, um alle Tage bei

den Marchs zu erscheinen. Eines Abends begann er ein Gespräch mit Demi:
»Was hast du heute gemacht, mein Kind?«
»War bei Lisa.«
»Was hast du dort getan?«
»I hab sie getüßt.« Im Gegensatz zu seinen gesellschaftlichen Fortschritten hatte Demi noch einige Schwierigkeiten mit den Konsonanten.
Der Professor lachte: »Was hat Lisa gesagt?«
»Hat mi auch getüßt«, sagte Demi und holte sich ein Pfefferminzbonbon aus Onkel Barts Rocktasche.
Alle mußten lachen. Der Professor hatte offensichtlich Spaß an diesem indiskreten Gespräch:
»Magst du Lisa gern?«
»O ja, i mach alle Mädchen! Mammi und Oma und Tante Jo und Tante Amy und Hanna! Machst du sie auch, Onkel Bart?«
»Freilich mag ich sie sehr!« Er sagte es voller Überzeugung, denn schließlich war er doch Gast in diesem Haus!
»Du mußt auch Tuß deben, Onkel!« Demi verstand gar nicht, wieso der Onkel das nicht von selbst wußte.
Demi bekam von Onkel Bart einen freundlichen Blick, Herr March schaute über seine Brille hinweg auf seinen Enkel, und Jo rannte aus dem Zimmer, »um Tee zu holen« — der stand aber schon die längste Zeit auf dem Tisch.
Etwas später aber — o Wunder — gab Tante Jo dem Kleinen ein Marmeladeglas und einen Löffel und sagte: »Es soll dir schmecken, Kleines!« Demi war entzückt und hätte nichts dagegen einzuwenden gehabt, wenn noch mehr neue Tanten und Onkeln in sein junges Leben gekommen wären, die ihm zu solch überraschenden Näschereien verhalfen.

Unter einem Regenschirm

Laurie und Amy verlebten schöne Flitterwochen, und indessen spazierten Professor Bär und Jo über schmutzige Feldwege. Jo hatte sich überlegt, daß sie nicht gewillt sei, ihre gewohnten Spaziergänge aufzugeben, nur weil ihr der Professor zufällig begegnet war. Niemand hatte übrigens dieses Opfer von ihr verlangt.

Welchen der beiden Wege, die zu Meg führten, sie auch nahm, immer begegnete sie dem Professor. War sie auf dem Hinweg, dann mußte er den Kindern seinen süßen Tascheninhalt bringen. Wenn er Jo zufällig auf dem Heimweg traf, wollte er wissen, ob er den Herrn Vater besuchen dürfe. Natürlich wurde er daraufhin von Jo aufgefordert, zu kommen. Schnell erinnerte sie dann die Mutter noch vor dem Abendessen, daß »Friedrich — ich meine Professor Bär« lieber Kaffee trinke anstatt Tee.

Nach zwei Wochen war allen klar, was hier vor sich ging, wenn sie sich auch taub und stumm stellten. Es wunderte sich niemand mehr über Jos plötzlich aufgetretene Sorgfalt für ihr Äußeres; und man staunte nicht mehr

darüber, daß sie jedesmal mit dem Professor heimkehrte, obwohl sie allein fortgegangen war.

Jo selbst war bemüht, gegen ihre Gefühle anzukämpfen; sie hatte Angst, sich lächerlich zu machen, nachdem sie all die Jahre hindurch Unabhängigkeitserklärungen abgegeben hatte. Aber sogar Laurie benahm sich sehr rücksichtsvoll, dafür hatte schon Amy Sorge getragen. Nach den zwei Wochen, in denen der Professor täglich erschienen war, blieb er plötzlich drei Tage lang weg, worüber die Familie erstaunt und Jo nach ihrer ersten Verwunderung ganz wütend war. Als Jo sich für ihren gewohnten Nachmittagsspaziergang fertig machte, kam sie zu der Überlegung, daß ein Gentleman doch zumindest Lebewohl sagen müßte, wenn er so plötzlich verschwinden wollte.

Die Mutter hatte ihr einige Besorgungen aufgetragen, nachdem Jo erklärt hatte, sie müsse in die Stadt gehen, um Schreibpapier zu kaufen. Frau March fügte noch hinzu: »Solltest du zufällig den Professor treffen, dann bring ihn doch zum Tee mit.« Sie verlor kein Wort darüber, daß Jo ihren besten Hut aufgesetzt hatte, riet ihr aber, einen Schirm mitzunehmen.

Jo besah sich ausgiebig die verschiedenen Schaufenster und kam dabei in Gegenden, die sie sonst niemals aufsuchte. Mit einemmal begann es tatsächlich zu regnen. Sie wollte den Regenschirm aufspannen, um wenigstens ihren Hut zu retten, wenn sie schon ihr Herz nicht mehr retten konnte! Aber der Schirm war zu Hause stehengeblieben! Sie ärgerte sich; wozu hatte sie auch an einem solchen Tag ihre besten Sachen angezogen?

Nun wollte sie aber endlich die beabsichtigten Besorgungen machen. Sie marschierte weiter, der Regen tropfte ihr vom Hut. Plötzlich hörte das Tropfen auf; ein Schirm war über ihr aufgespannt worden — und Jo erblickte Professor Bär.

»Guten Tag. Darf ich Sie begleiten? Sie haben keinen Schirm! Was machen Sie denn hier?«

»Danke, ich mache Einkäufe.« Da nahm der Professor ihren Arm, und Jo trat vor freudigem Schreck in alle Pfützen; sie vergaß sogar, ihren Rock hochzunehmen.

»Wir glaubten, Sie seien abgereist«, sagte sie schnell.

»Sie konnten doch nicht im Ernst annehmen, daß ich ohne Abschied abreisen würde!« sagte er mit einem leichten Vorwurf in der Stimme.

»Sie haben meinen Eltern sehr gefehlt.«

»Und Ihnen?«

»Es ist mir immer eine Freude, Sie zu sehen, Sir.« Jo bemühte sich, möglichst ruhig zu sprechen, und übertrieb dabei — dem Professor versetzte das förmliche Schlußwort einen kleinen Dolchstoß.

»Danke, ich werde noch einmal kommen.«

»Fahren Sie denn schon?«

»Was ich zu tun hatte, ist erledigt.«

Jo hörte die leise Enttäuschung in seiner Stimme und sagte: »Ich hoffe, mit Erfolg!«

»Ja, teilweise. Ich habe eine Professur an einem College gefunden. Nun kann ich endlich für Franz' und Peters Zukunft sorgen.«

»Ich gratuliere Ihnen herzlich! Wie schön, daß Sie wieder, so wie daheim, unterrichten können. Wie geht es den Jungen?« Jo war der Meinung, es handle sich um ein nahe gelegenes College, und fügte hinzu: »Da können wir uns dann öfter sehen, das freut mich.«

»Nein, das wird nicht möglich sein, das College befindet sich im Westen.«

»So weit!« Jo war so erschrocken, daß sie unvermutet stehenblieb.

Trotz seiner großen Allgemeinbildung kannte der Professor die Frauen sehr wenig. Wenn er je geglaubt hatte, Jo zu verstehen, dann veränderte sie ihr Benehmen, ihre Stimme und ihre Miene innerhalb kürzester Zeit so oft, daß er sich nun nicht mehr zurechtfand. Jetzt hatte sie sich innerhalb einer halben Stunde wohl in einem Dutzend verschiedener Stimmungen befunden. Erst hatte sie überrascht ausgesehen, als sie ihn traf. Der Blick, den sie ihm zuwarf, als er ihren Arm nahm, hatte ihn ganz glücklich gemacht. Dann hatte sie ihm eine Abfuhr gegeben; an seiner Stelle nahm sie so lebhaften Anteil, als ob es sie selbst beträfe. Sollte sie sich tatsächlich nur wegen der Jungen gefreut haben? Dann schien es sie wirklich zu schmerzen, daß das College so weit entfernt lag. Jetzt aber kam schon wieder eine kalte Dusche: »Wollen Sie mitkommen? Hier ist das Geschäft, in dem ich einkaufen muß!« Nun war es anscheinend wieder das Wichtigste auf der Welt, Einkäufe zu erledigen!

Jo wollte Professor Bär beweisen, was für eine tüchtige Einkäuferin sie war und daß sie nicht ein ganzes Geschäft auf den Kopf stellte, wie andere Frauen das taten. Sie war aber so verwirrt, fragte bei den verkehrten Tischen nach den verkehrten Sachen und konnte sich nicht mehr erinnern, was sie haben wollte. Zum Glück begriff der Professor nun doch einiges.

Er nahm ihr das Päckchen ab und machte ein fröhliches Gesicht, als sie den Laden verließen. Er schleppte sie in ein anderes Geschäft, wo er allerlei Südfrüchte für die Zwillinge einkaufte, die er in seinen Manteltaschen unterbrachte. Jo drückte er einen Blumenstock in die Hand. Dann schlenderten sie unter dem großen Regenschirm weiter.

Der Professor sagte mit ernster Stimme: »Ich möchte Sie etwas fragen, Fräulein March.«

»Ja«, Jo hatte schreckliches Herzklopfen.

»Ich möchte Sie bitten, mir zu helfen, ein kleines Abschiedsgeschenk für die kleine Tina zu kaufen.«

»Natürlich.« Jo war zu Eis erstarrt.

Sie kauften ein hübsches Kleid für Tina, und dann fragte der Professor mit warmer Stimme: »Wollen wir jetzt heimgehen?«

»Ja, ich bin müde«, sagte Jo plötzlich tieftraurig; die ganze Welt erschien ihr auf einmal grau und leer. Es tat ihr alles weh, und ihr Herz war ein Eisklumpen. Sie winkte dem Bus, der eben kam, so heftig, daß die Blumen in weitem Bogen aus dem Topf fielen.

Der Professor rettete die Pflanzen und sagte: »Das ist nicht der richtige Bus.«

»Ich habe das Schild nicht gesehen, verzeihen Sie! Aber ich kann genausogut gehen.« Dabei liefen ihr die Tränen übers Gesicht, so sehr sie sich deshalb auch schämte.

»Aber, liebe Jo, Sie weinen?« Der Professor beugte sich besorgt zu ihr. Jo war in Herzensdingen so unerfahren, daß sie keine der sonst üblichen Lügen anbrachte. Mit einem unterdrückten Schluchzen sagte sie offen und ehrlich: »Weil Sie abreisen!«

»Herrlich, herrlich!« rief der Professor und umarmte Jo trotz Regenschirm und aller Päckchen: »Ich liebe Sie schon lange! Ich bin doch nur deshalb gekommen, um zu erfahren, ob du mich auch liebst!«

»Warum sagst du mir das erst heute, Friedrich?« Jetzt war der Blumentopf endgültig in die Pfütze gefallen.

»Am letzten Abend in New York wollte ich es schon tun; ich glaubte aber, du seist mit Laurie verlobt, da habe ich mich nicht getraut.«

Jeder, der die beiden so eng umschlungen in einer Pfütze stehen sah, hätte sie für verrückt halten müssen.

»Jo, hättest du damals ja gesagt?«

»Ich weiß es nicht genau, aber ich glaube nicht, denn ich war zu der Zeit ganz herzlos! Nun aber ... Warum hast du dir so lange Zeit gelassen?«

»Ich war überzeugt, daß ich doch zu spät käme. Ich habe dann in irgendeiner Zeitung eine Erzählung von dir gelesen — ›Die Reise nach Boston‹ —, und da bin ich gefahren. Mich hat der Schluß dieser Geschichte an deinen letzten New Yorker Abend und an deine Einladung erinnert. Da hielt ich es einfach nicht länger aus. Als ich dann sah, daß Laurie und Amy ein Ehepaar geworden sind, habe ich mir vorgenommen, nicht früher wieder wegzufahren, bevor ich nicht mit dir gesprochen hatte.«

Jo strahlte: »Ja, Friedrich.« Sie mußte aber immer etwas sagen, was nicht als vollkommen damenhaft zu bezeichnen war, und so setzte sie hinzu: »Weshalb ist dir das bloß nicht früher eingefallen?«

Ernte

Jo und ihr Professor, der seine Stelle an dem College im Westen angetreten hatte, warteten ein Jahr lang zuversichtlich und geduldig; sehen konnten sie einander nur selten, sie schrieben aber unendlich viele Briefe. Nach diesem Jahr ergaben sich für Jo ganz neue Aspekte: Tante March war gestorben und hatte ihr Plumfield vermacht.

Laurie meinte: »Du wirst es doch sicher verkaufen, du bekommst bestimmt eine Menge Geld dafür.«

»Nein, wir wollen dort leben.«

»Das ist doch ein so riesiges Haus, Jo! Bedenke, was allein die Pflege des Obstgartens im Sommer kostet!«

»Wir werden eine Schule für Jungen aufmachen«, verkündete Jo. »Friedrich wird sie unterrichten, und ich werde sie bemuttern. Ich habe mir früher schon immer gewünscht: Wenn ich jemals zu Geld komme, dann suche ich mir ein paar arme, verlassene Jungen, um die sich niemand kümmert, und sorge dafür, daß sie vergnügt und munter sind, ehe sie auf die schiefe Bahn kommen, nur

weil niemand gut und liebevoll zu ihnen war! Friedrich ist ganz damit einverstanden, er kennt meinen Plan seit langem. Plumfield ist dafür bestens geeignet, Haus und Garten sind groß genug.«
»Und wie wollt ihr das alles erhalten?« fragte Laurie skeptisch.
»Wir werden auch einsame Kinder nehmen, die reich sind, das gibt es nämlich auch! In den Flegeljahren sind sie am meisten gefährdet. Die Eltern haben dafür oft gar kein Verständnis und glauben, daß reizende Kinder von einem Tag zum andern reife junge Leute werden können. Gerade in der Zeit brauchen sie die meiste Geduld und Liebe. Ich wüßte nicht, was ich lieber täte!«
»Das weiß ich am besten!« sagte Laurie und sah sie dankbar an.
Es wurde ein gutes Jahr. Jo heiratete, übersiedelte nach Plumfield, und das Haus war bald voll von fremden Jungen. Der alte Herr Laurenz half der stolzen Jo, ohne daß sie etwas davon wußte. Immer wieder fand er ein Kind, das er den Bärs in ihre Obhut geben wollte und für dessen Kosten er selbst aufkam. Tante March wäre wahrscheinlich furchtbar entsetzt gewesen, wenn sie gesehen hätte, wie die wilden kleinen Jungen das vornehme Plumfield veränderten. Fast hätte man von einer ausgleichenden Gerechtigkeit sprechen können, denn solange die alte Tante am Leben war, hatten sie die Kinder im weiten Umkreis gefürchtet, und keines hatte je ihren Garten betreten dürfen. Nun aber war dieser herrliche Park, der Bär-Garten, wie Laurie ihn nannte, zum reinsten Kinderparadies geworden.
In Plumfield gab es keine vornehme Schule, und reich wurden sie auch nicht dabei, aber Jos langgehegter Plan war in Erfüllung gegangen: Viele Jungen verbrachten glückliche Jahre bei ihnen. Es war bald kein Raum im Haus mehr frei, und jedes Kind besaß sein eigenes Gartenbeet; außerdem hatten sie eine Unmenge von kleinen Tieren zu betreuen.
Freilich bedurfte es bei vielen Kindern großer Geduld und Großzügigkeit. Aber Vater und Mutter Bär wurden selbst mit den eigensinnigsten und boshaftesten Jungen fertig. Es gab wilde, sanfte, kranke, gesunde, dumme und gescheite unter ihnen. Auch ein Bub, den man in keiner Schule behalten hatte, fügte sich ein. Der verständnisvolle Vater Bär wurde von den Kindern nicht als gefürchteter Lehrer angesehen.
Jo war riesig beschäftigt; zum Geschichtenschreiben kam sie nicht mehr, nur zum Erzählen. Schließlich kamen auch zwei eigene Jungen dazu, Robert und Teddy. In der Familie blieb es allen unbegreiflich, wie es möglich war, daß die beiden ohne nennenswerte Unfälle heranwuchsen. Sie gediehen unter der Führung der vielen großen Brüder. Jo ängstigte sich niemals um sie und war glücklich und zufrieden, wenn die beiden Knirpse nach stundenlanger Abwesenheit schmutzig und zerschunden heimkamen.
Zu Großmutters sechzigstem Geburtstag, der gerade mit der Apfelernte zusammenfiel, wurde im Bär-Garten ein großes Gartenfest mit einem Picknick veranstaltet. Jo machte sich wegen der nachfolgenden verdorbenen Mägen nicht allzuviel Sorgen.
Der Professor pflückte mit den Jungen die Äpfel. Laurie schleppte seine kleine Tochter herum, half Betty beim Klettern und kümmerte sich um Robby. Als das Picknick beendet war, brachte der Professor einen Toast auf Tante

March aus — sie war auch für die Jungen ein Begriff, und man verdankte ihr viel. Und dann ließ man natürlich die Großmutter hochleben!

Der älteste Enkel, Demi, brachte die Geburtstagsgeschenke. Die Oma war tief gerührt. Auf einmal waren die Jungen nicht mehr zu sehen! Plötzlich stimmte ein unsichtbarer Chor ein Lied an. Der Text war von Jo, die Musik von Laurie. Die Überraschung war groß.

Die Kinder verliefen sich danach wieder, und auf der Terrasse blieb Frau March mit ihren Töchtern zurück.

»Erinnerst du dich noch an unsere Luftschlösser, Jo?« fragte Amy.

»Ja, freilich. Ich glaube noch immer, daß ich einmal ein richtiges Buch schreiben werde. Diese Vorstudien hier werden mir gute Dienste leisten.« Jo sah zufrieden aus, schaute zu den Jungen hinüber, die im Garten spielten, und dann zum Vater und dem Professor, die unter den Bäumen spazierengingen.

»Ich habe mein Luftschloß bekommen, mit allen seinen ›entzückenden Leuten‹ drin!« Meg erinnerte sich noch genau an die Unterhaltung, die sie vor vielen Jahren geführt hatten. Sie streifte John und ihre Kinder mit einem liebevollen Blick.

»Mein Luftschloß hat sich nicht verwirklicht, aber ich bin glücklich, so wie es ist. Ich bin ganz zufrieden, wenn mein Talent so weit reicht, Laurie und unsere Kleine zu malen und zu modellieren«, beteuerte Amy.

»Friedrich fängt an, grau zu werden, ich werde auch bald dreißig, aber dicker werde ich wohl nie. Wir werden auch nie viel Geld haben. Plumfield kann eines schönen Tages in Flammen aufgehen, wenn Tommy weiterhin heimlich im Bett Hopfen raucht. Dabei hat er schon ein paarmal sein Bett angezündet. Das ist alles höchst unpoetisch, aber ich kann euch versichern, daß ich mich noch nie so sauwohl gefühlt habe! Verzeiht den Ausdruck, aber wenn man unter so vielen schlimmen Jungen lebt, nimmt man so manches an — sie haben dann auch größeres Vertrauen zu einem!«

Sie mußten alle lachen. Mutter aber sagte: »Unter so viel Jugend bin auch ich nicht zu alt, um Luftschlösser zu bauen! Es ist beruhigend, zu sehen, daß die euren in Erfüllung gegangen sind, und so wünsche ich mir heute, daß ihr alle immer so glücklich und zufrieden bleiben mögt, wie ihr es jetzt seid!«

Jo, Meg und Amy versprachen der Mutter, daß sie alles dazu tun wollten, damit ihr Luftschloß in Erfüllung gehen möge, und in fröhlicher Stimmung ließen sie die Mutter und ihr Luftschloß hochleben.

INHALT

ERSTES BUCH

Betty und ihre Freundinnen

Das Pilgerspiel	5
Ein fröhliches Weihnachtsfest	13
Der junge Laurenz	20
Alltagssorgen	29
Die Nachbarn	37
Betty schließt Freundschaft	46
Gewitter über Amy	51
Eine Lehre für Jo	56
Meg auf dem Jahrmarkt der Eitelkeit	64
Der Pickwick-Klub	76
Ein Experiment	81
Ein Ausflug ins Grüne	89
Luftschlösser	98
Geheimnisse	104
Ein Telegramm	109
Briefe	115

Die kleine Heilige 119

Schwere Tage 124

Amys Testament 128

Vertraulich 132

Lauries Streich 136

Eine glückliche Zeit 143

Tante March greift ein 146

ZWEITES BUCH

Das Pfarrhaus

Daheim 155

Die Hochzeit 161

Künstlerische Bemühungen 164

Schriftstellerische Erfolge 172

Häusliche Erfahrungen 177

Verschiedene Besuche 189

Der Basar 196

Briefe aus Europa 203

Jo macht eine Entdeckung 210

Jos Tagebuch 216

Ein Freund	222
Lauries Enttäuschung	227
Beths Geheimnis	232
Weihnachten in Nizza	234
Bei Brookes	236
Der träge Laurie	241
Laurie lernt vergessen	246
Jo daheim	252
Überraschungen	254
Mylord und Frau	257
Betty und Demi	258
Unter einem Regenschirm	260
Ernte	264